KB162469

내 무덤
내가 팠다

내 무덤 내가 팠다

초판 1쇄 발행 2017년 3월 20일

지은이 | 노송
디자인 | 디자인숲(02 3143 0482)

펴낸곳 | 아름다운 앎
주　소 | 서울시 강남구 테헤란51로 16 지산빌딩 7층
전　화 | 02-553-6551
팩　스 | 02-593-4906
셀　폰 | 010-9177-6597
e-mail | beautiknowledge@gmail.com

ISBN **978-89-959875-3-7 03370**

내 무덤 내가 팠다

노송

아름다운 앎

01

눈의 충혈이 가시지 않은 한 용구 사장은 세기여행사의 김 민재 부장에게 전화를 걸었다.

"김부장님, 한용구입니다. 제가 예약한 미국행 비행기 표 취소해 주세요."

"두 장 다 말씀입니까?"

"예."

"알겠습니다. 힘들게 구한 표인데, 아드님한테 특별한 사정이 있으신가 봐요."

"죄송합니다."

전화를 끊고 한 사장은 한 동안 멍하니 넋을 잃고 앉아 있다가 침대에 누워 있는 아내에게 간신히 말 했다.

"여보, 비행기 표 취소했어."

"예, 알았어요."

아내의 울음 섞인 목소리는 들릴락 말락 했다. 용구는 그대로 집에 있을 수가 없었다. 어디 가서 펑펑 울고 싶기도 하고 아무 나무나 쓰러뜨려 뿌리를 꺼내 지근지근 씹고 싶기도 했다. '세상에, 이럴 수가'라는 말이 저절로 나오는 것을 멈출 수가 없었다.

"여보, 나 영필이 만나, 맥주 한 잔 하고 올게."

"늦지 마세요."

"기다리지 말고 뭐 좀 먹고 정신 차려."

한용구는 바로 권 영필에게 전화를 걸었다.

"영필아, 용구다. 여섯시에 사무실로 갈게."

뜻밖에 용구의 전화를 받은 권 영필은 고개를 옆으로 제기며 궁금해 했다.

"용구, 너, 미국 간다고 했잖아. 무슨 일이야?"

"가서 이야기 할게."

"알았다. 기다리고 있을게."

친구한테 털어 놓지 않고는 미칠 것만 같은 한용구 사장은 집을 나와 택시를 타고 권영필의 사무실로 갔다. 권영필의 사무실에는 착해 보이는 남녀 직원들이 열심히 일을 하고 있었다. 속사정은 모르겠다만 모두가 천사들 같이 보였다. 이 사람들의 부모는 이들에 대해 어떤 심정일까, 행복하겠지 하고 생각하니 더욱더 억장이 무너졌다.

"권영필 사장 계셔요?"

밝은 표정의 권영필사장 비서는 여전히 친절하게 용구를 맞아주었다.

"사장님, 곧 들어오십니다. 무슨 차를 드릴가요?"

지금 한 용구에게는 어떤 차를 마셔도 차 맛을 느낄 수 없었다.

"저, 냉수 한잔만 주시겠어요."

"예, 사장님."

비서가 사장실에서 나가자마자 바로 알려주었다.

"사장님 오셨습니다."

권영필사장은 용구를 보자마자 다그치듯 물었다.

"아니, 미국에 아들 보러 간다는 사람이 미국은 안 가고 왜 여기를 왔나?"

한용구는 태연하려 애쓰며 억지로 응답했다.

"이야기가 길어. 어디 조용한 곳에 가서 내 이야기 좀 털어 놓게 해 줘."

권영필은 한용구의 표정을 살피며 가볍게 응했다.

"마음대로 털어 놓겠다! 어디가 좋을 가!"

고개를 약간 갸우뚱 하며 잠시 생각하던 권영필은 갈 곳을 말했다.

"음~, 우리 대학 다닐 때 개똥철학 털어놓으며 밤 새던 학교 앞 영천 할매 집, 거기 어때? 프라이버시 하고 오래 있을 수 있고."

한용구도 얼른 기억을 더듬으며 좋다고 했다.

"좋아, 차는 두고 택시타고 가자, 술 좀 마셔야겠다."

"그래, 그러자."

두 사람은 사무실을 나와 택시를 타고 대학 앞 영천 할매 집으로 향했다. 큰 길에서 내려 골목길로 들어서니 젊은 학생들이 두 사람을 힐긋힐긋 쳐다보았다. '교수는 아닌 것 같고, 이런 곳에 올만한 사람들이 아닌 것 같은데, 특별한 볼 일이나 있는가?' 싶어 하는 눈치들이었다. 영천 할매 집은 4미터 길에 붙어 있는 한옥 집이었다. 간판도 보일락 말락 간신히 처마 끝에 붙어 있고 대문에는 가로등도 따로 없었다. 용구와 영필이가 대문을 열고 들어서니 마당에는 아무도 없고 방에도 아직 손님이 없는 것 같았다. 영필이가 큰 소리로 불렀다.

"할매, 용구와 영필이가 왔어요."

환갑을 훌쩍 넘긴 할매는 영필의 목소리를 듣고 반갑게 부엌에서 뛰어 나왔다.

"아니, 이 사람들, 미리 연락도 안 하고 웬 일이야?"

"글쎄요, 용구가 갑자기 할 말이 있다고 하는데 오늘 할매 집에 늦게까지 있을게요."

"그래, 알았어, 마음 편하게 있다가 가."

영필은 영문도 모르고 할 이야기가 있다고 예사롭지 않게 말하는 용구를 무심코 쳐다보았다. 그러나 용구는 물에 빠져 허우적거리며 정신을 못 차리는 사람 같이 멍하니 시 있기반 했다. 두 사람은 영천 할매가 마련해 주는 빈 방으로 가서 마주 앉았다. 서너 사람이 앉으면 꽉 찰 작은 방은 우선 프라이버시 하고 앉든지 서든지 누어있든지 엎드리든지 마음대로 할 수 있어서 편했다. 방음도 잘 되어 있어서 무슨 이야기를 어떻게 하건 누가 듣거나 항의 할 사람도 없었다. 영천 할매가 넣어 준 술상을 사이에 두고 두 사람은 이야기를 하기 시작했다. 영필이가 먼저 용구를 보고 말문을 열었다.

"그래, 네가 하고 싶다는 말이 뭐니? 마음 놓고 털어 놔 봐, 어디 좀 들어보자. 그런데 도대체 미국에는 왜 안 간 거야? 아들한테 무슨 일이라도 있는 거니?"

용구는 영필의 아무 생각 없는 말에 대꾸하듯 말을 하기 시작했다.

"좀 심각한 이야기야. 너도 알다시피 내가 미국에 정무 보러 간다고 했잖아. 그런데 여기에 이렇게 앉아 있으니, 일상적인 보통 이야기가 아니라는 것은 너도 짐작할 것 아니냐."

그제 서야 영필은 약간 정색을 하며 맞장구쳤다.

"응, 좀 심각한 것 같다. 지금이 성수기라 네가 비행기 표를 어렵게 구한 줄 알고 있지."

용구는 우선 맥주 한 잔을 들이 키고 숨을 크게 쉰 다음 말을 하기 시작했다. 용구가 숨을 몰아쉬고 말을 시작하려 하자 영필이 좀 더 여유를 가지라며 한 마디 더 했다.

"너무 긴장하고 있어. 천천히 편하게 말해 봐."

이 말에 용구는 다시 한 번 숨을 크게 쉬고 영필을 바라보며 무슨 말을 먼저 시작할 가 생각하다가 비행기예약부터 말하기 시작했다.

"성수기에 미국 가는 비행기 표를 구하는 것도 어렵지만 두 사람의 비행기 표 값도 만만치 않은 것은 너도 잘 알겠지! 그리고 비행기 값만 가지고 갔다 올 수 있니? 가서 부모노릇 하려면 용돈이라도 좀 있어야 하니까 비행기 값 보다 더 많이 있어야 하지. 우리 형편에 비싼 국적 비행기를 탈 수가 있나? 그래서 여행사 김 부장한테 간곡히 부탁해서 싼 중국 비행기 표를 알아 봤지. 국내 아니 국적 비행기 값보다 약 3분의 1이 싼 중국비행기가 있다고 해서 예약을 해 달라고 했는데, 그것도 거의 동 나고 간신히 우리 부부가 탈 뒷좌석만 있어 간신히 예약했지. 그런데 싸구려 중국비행기라 서울에서 홍콩으로 가 그 곳의 사람을 태우고 샌프란시스코를 거쳐서 뉴욕으로 갔다가 휴스턴으로 간다는 거야. 그러니 서울에서 홍콩까지 네 시간, 그 곳에서 사람 태우는데 두 시간, 그리고 홍콩에서 샌프란시스코까지 열두세 시간, 샌프란시스코에서 내려 미국 입국수속을 하는데 적어도 두 세 시간, 그리고 뉴욕까지 적어도 다섯 시간 그리고 휴스턴까지 네 시간 걸리는 비행기를 예약했어. 30시간 이상 걸리는 정말 지루한 여행계획이었다. 한 푼이라도 아껴서 아들 집에 가 며느리 눈치 적게 보려고 한 푼 두 푼 따지고 따진 여정으로 짰었다. 실제로 가지는 않고 이렇게 말을 하고 있다만 갔으면 녹초가 될 번한 길이었어."

듣고 있던 영필이 물었다.

"아니, 그래 놓고, 왜 안 간 거야?"

용구는 무슨 말을 어떻게 꺼내야 할지 망설이다가 맥주를 한 목음 마시고 작심한 듯 말을 다시 시작했다.

"8월 4일 휴스턴시간 오후 3시 휴스턴국제공항에 도착할 예정이라는 연락을 미리 해 놓고, 그리고 가서 약 일주일 가족 여행을 하도록 휴가를 내고 각종 예약도 해 놓으라고 했었어. 우리는 아들과 며느리한테 줄 선물을 사려 마트에 드나들며 싸고 좋은 것을 고르느라 갖은 애를 다 썼다. 옷, 양말, 화장품, 모자, 그릇, 장갑, 식품 등 보이는 대로 싸고 좋다싶으면 부지런히 사 모으며, 물건을 살 때마다 이것을 받으며 좋아 할 아들과 며느리의 웃는 얼굴을 떠올리며 돈이 아까운 줄 모르고 사고 또 샀다. 둘이서 사 모은 선물이 가방에 가득했다. 가방을 들어 올려 보며 둘이서 얼굴을 마주 보고 웃고 또 웃었다."

용구의 말에 빠져 있던 영필이 성급하게 물었다.

"야 이 친구야, 그래 놓고 아들한테 가지 않고 어떻게 지금 이 자리에서 나 하고 말을 하고 있단 말인가? 이 사람아! 사람 참!"

영필이 이 말을 하고 용구의 얼굴을 쳐다보니 용구의 눈에서는 눈물이 뚝뚝 떨어지고 있었다. 입술은 슬픔을 이기려는 안간 힘으로 떨고 있었고 얼굴은 발갛게 달아올라 있었다. 떠는 손으로 맥주잔을 간신히 들어 올려 한 모금 마시려고 하는데 떨리는 손은 맥주잔을 입에 갖다대지 못 하고 맥주가 쏟아지기 직전이 되었다. '이 사람의 아들이 어떻게 되기라도 했나' 싶어 영필은 잔득 긴장하기 시작했다. '아니 아들한테 무슨 일이 있으면 오히려 빨리 달려갔을 테고, 며느리하고 싸웠나? 무슨 일인가?' 하고 용구의 말이 이어지기를 기다리고 있었다.

용구는 두 손으로 맥주잔을 감싸 쥐고 맥주를 한 목음 마시고 난 다음, 한숨을 쉬며 다시 말을 시작했다.

"출발하기 3일 전 그러니까 8월 1일 아침 즉 휴스턴 시간 저녁에 아들한테 전화를 했다. '우리가 준비를 다 해 놓고 3일 후 떠나려 하니 휴가를 내고 예약을 해 놓았느냐'고 확인하는 의미로 물어 보았다. 그랬더니 아들이 엉뚱한 대답을 했다."

듣고 있던 영필이 물었다.

"엉뚱한 대답이라니?"

용구는 더욱더 북받치는 울음을 참기가 어려워 연속 휴지로 눈물을 닦으며 한숨을 한 번 더 쉰 다음 간신히 말을 이었다.

"아들이 '이번에 우리가 가면 집을 보고 계약을 하려 하는데 집 살 돈을 얼마나 갖고 오느냐'는 것이다. 아들의 연봉이 높지 않으니 그래도 괜찮은 집을 사려면 다운 페이먼트를 좀 많이 해야 하는데 우리가 얼마를 갖고 가느냐에 따라 어떤 집을 어떻게 사느냐가 결정된다는 것이야. 그러면서 우리가 가서 같이 지낼 휴가라든지 어디서 어떻게 할 것인지는 말 하지 않았어. 말을 꺼냈을 때는 가볍게 듣고, 우리가 '집 살 돈에 대해서는 아직 생각하지 않았다'고 하면서 그 문제는 간단하지 않으니 다음에 잘 생각해서 의논하자고 했었지."

생각지도 못 한 말을 들은 영필은 벌린 입을 다물지 못 하고 용구를 쳐다보기만 했다. 손으로 얼굴을 한 번 쓰다듬은 영필은 눈을 깜박이고 맥주를 한 모금 들이키며 용구에게 바싹 다가앉아 물었다.

"아니! 하나 뿐인 아들을 그토록 힘들여 애절하게 보러 간다는 아버지에게 아들이, 그래, 기껏 한다는 말이, '집 살 돈 얼마 갖고 오느냐'는 말이란 말이냐?"

영필은 약간 흥분하며 따지듯 용구에게 다그쳐 물었다.

용구는 말을 하는 동안에 눈물을 거두고 좀 생생한 표정으로, 아니 좀 담담한 어투로 말을 이어갔다.

"대뜸 집 살 돈 이야기 할 때는 아버지니까 그냥 한 번 해 본 소리로 들었다."

"그렇지, 뜬금없는 소리기도 하지만, 그냥 지나치는 소리로 들을 수밖에 없지."

"그런데, 그게 아니야."

영필은 용구를 쳐다보며 다그치듯 물었다.

"아니! 그럼 어떻다는 거야?"

"'집 살 돈 갖고 오지 않으면 뭐 하러 오느냐'는 항의 겸 비하의 말이었어."

"정무가 그렇게 말해? 아니 어떻게, 그렇게 변할 수가 있니? 그 애 결혼한 지 얼마나 되지?"

"한 5년 되지!"

영필은 하도 기가 막혀 말을 하지 못 했다.

"용구야, 내가 너의 친구 맞지? 솔직히 이야기 해 봐. 그래서 진짜 오지 말라 고 한 거냐? 그래서 안 간 거야?"

"응"

"세상에! 그래서 어떻게 된 거야?"

"여기의 1일 오전은 휴스턴의 하루 전 날 저녁이지."

"응, 그렇지."

"1일 오전에 말을 하다가 자고 출근해야 하니까 자고 출근하라고 하고 다음 날 그리고 그 다음 날 해서 3일 동안 내리 싸우기만 했어. 전화로 싸울 수 있니? 말이 나올 수 있어야지? 그래서 이메일로 주고받았는데 수십 통, 아니 백통 넘게 주고받았는데"

"뭐야? 그래서?"

"뭐가 그래서야, 계속 집 살 돈 가지고 싸우다가, 갈 수 없다고 판단하여 여행사의 김 부장에게 전화하여 내가 예약한 비행기 표를 취소 해 달라고 했지."

"며느리는 아무 말이 없고?"

"며느리는 아무 말이 없었어. 며느리가 직접 나서겠니? 우리한테 집 이야기를 꺼냈을 때 이미 지들이 며칠을 두고 싸웠겠지! 우리가 간다고 하니까 그 때부터 집 이야기 가지고 계속 싸웠으리라 짐작하고 있네. 아들한테 집도 안 사 주는 부모가 무슨 부모냐고 윽박지르며 티격태격 했겠지."

듣고 있던 영필은 너무 기가 막혀 무슨 말을 해야 할지 몰랐다.

"3일 동안 전화로 메일로 싸웠으면 너도 무척 열불 났겠다."

"말, 말아. 말이 그렇지 상상을 해 봐. 혈압이 올라 몇 번 쓰러질 번했고 집 사람은 아예 앓아 누워 버렸어."

"집을 사준다고 하지 그랬어."

"사 준다고 했지. 돈을 마련하면 송금해 준다고 했어."

"그런데, 왜 야단이야?"

"나의 형편은 나의 사정이고, 지금 당장 집이 필요하니, 지금 바로 사 달라는 거야."

"너의 형편과 한국의 여러 가지 사정을 잘 알 것 아닌가?"

"며느리한테 시달리니까 쪽팔려서 막무가내로 나오는 것 같았어."

"그래, 아들하고 무슨 말이 오고 갔어?"

"막말 정도가 아니야. 입에 담을 수가 없어. 생각하면 할수록 미칠 것 같아. 너 하고 아무리 친구지만 다 털어 놓을 수가 없다. 입에 담으면 정신이 돌 것 같으니 말이다."

영필은 들으면 들을수록 기가 막혀, 무어라 말을 해야 할지 몰라 했다.

"하나밖에 없는 무녀 독남 아들인데, 그 아들을 보러 미국까지 가려고 하는데 집 안 사준다고 오지 말라, 이거 너무 기가 막히고 황당하다. 이럴 수가, 네가 어떻게 얻어 키운 아들인데, 참 세상이 무섭다."

영필은 위로 할 겸 울분을 삭히는 말을 하고 있으나 용구의 심정을 달래기에는 역부족이었다. 아무래도 술 밖에 없었다.

"자, 술이나 마시자. 용구야 운명이라고 생각 해, 우리들 세상이 아니야. 새로운 세상이야. 우리가 감당할 수 없는, 아니 이해할 수 없는 얄궂은 세상이야, 어쩌니 그러려니 하고 살아야지! 우리 취하자."

"그래. 취하자. 너 하고 취해 버리려고 왔다. 집에서는 도저히 견딜 수가 없었어. 내가 뻗거든 두고 가라. 너는 내일 사무실에 가야 하지만 나는 이제 아무것도 없다. 할매, 술 더 주세요."

술을 계속 마시던 두 사람은 결국 취해서 눕고 말았다.

다음 날 새벽, 권 영필은 정신을 차리고 집으로 가 출근준비를 했으나 한 용구는 해가 뜰 때까지 정신을 차리지 못 했다. 영천 할매가 끓여 주는 해장국을 먹고 간신히 정신을 차려 집으로 향했다. 골목을 나와 택시를 잡으려 길을 쳐다보니 학생들의 등교 길이라 아들과 같은 또래의 젊은 사람들이 길에 가득했다. 모두가 건장해 보이고 잘생겼다. '내 아들만 불효인가? 아니면, 겉으로는 다 착해 보이지만 막상 내막을 보면 다 비슷한가? 영필이가 지금은 우리 세상이 아니라고 했던가! 새로운 세상이라고 했지! 우리가 감당할 수 없는 세상? 얄궂은 세상? 나만 모르고 있었나?' 정신이 오락가락 하는데 빈 택시가 오고 있었다. 용구는 택시를 타고 집에 왔다. 집에 오니 초상집 같기도 하고, 병원 병실 같기도 하고, 사람이 살지도 않는 텅 빈 집 같기도 하고, 으스스 하기만 했다. 집 사람은 내가 와도 꿈쩍을 하지 않고 죽은 듯 누워 있었다. 어제부터 물 한 목음 마시지 않고 계속 누워 있기만 한 것 같았다. 아들과 전화로 싸우고 메일을 보고 나서 지금까지 정신을 잃고 실성한 사람이 되어 버렸다. 용구는 섬뜩한 생각이 들어 무섭기도 하고 소름이 끼치며 불길한 생각이 들기도 했다.

"여보, 나 왔어. 정신 차려. 아무 것도 안 먹었어? 일어나 봐."

집 사람은 간신히 몸을 틀며 일어나려 안간 힘을 썼다. 눈은 퉁퉁 부어 있었고 얼굴은 핏기 없이 일그러졌으며 심신이 말이 아니었다. 애지중지 키운 아들을 보러 멀리 미국까지 가려고 벼르고 벼렸는데, 집 안 사 준다고 오지 말라고 했으니 병이 나도 단단히 날 수 밖에 없었다. 어제 나갔다가 지금 들어왔는데도 어디서 무엇을 하고 왔는지 아무런 생각도 없는 모양이었다. 밤새 울기만 한 것 같았다.

"여보, 뭐 좀 먹어야지."

"당신은 뭐 좀 잡수셨어요?"

"나는 영천 할매 집에서 해장국 한 그릇 먹었어."

정신을 차리지 못 하는 아내는 너무나 황당한 표정으로 간신히 용구에게 물었다.

"여보, 우리 어떻게 하지요?"

"정신 좀 차리고 이야기 해 봅시다."

"당신은 정신 차릴 여력이 있소?"

"호랑이한테 물려가도 정신은 차려야 한다고 하지 않아! 아들한테 그런 소리 들었다고 정신 못 차리면 앞으로 어떻게 살아?"

"여보 나는 못 살 것 같아요."

정신이 거의 나간 아내에게 용구는 어떻게 해야 할지 몰라 했다.

"우선 뭣 좀 먹어."

용구의 애절한 부탁과 위로에도 정신 나간 사람같이 얼울한 아내는 다시 눕고 말았다.

용구는 더 이상 어떻게 할 수가 없게 되자 빈 방에 들어 가 요를 깔고 누웠다. 꼬리에 꼬리를 무는 상념에 빠졌다.

총각 시절 이런 저런 여자와 결혼하여 이런 저런 아들 딸 낳고 이렇게 저렇게 살아야지 생각하며 꿈을 꾸고 희망에 가득 차 있던 시절부터 생각에 생각이 꼬리를 물었다.

02

한 용구는 서울에서 멀지 않은 작은 농촌마을에서 2남 1녀의 둘째 아들로 태어났다. 여동생은 일찍이 병으로 죽고 집에는 형 용준과 용구 둘이었다. 용구는 초등학교 때부터 공부를 잘 하고 심성이 착해 농사를 짓는 부모님은 용구에게 기대를 걸었다.

"용구는 서울에서 좋은 대학을 나와 우리 집을 빛나게 할 거야."

용구 아버지의 흐뭇한 자랑에 용구 어머니는 한 술 더 떠서 용구 아버지를 부추겼다.

"용구가 잘 되면 우리 집안 모두의 신수가 훤해 질 것 아니요, 여보."

부모의 기대에 부응하여 용구는 서울의 좋은 고등학교에 진학하고 이어서 스카이 대학 경영학과에 합격했다. 용구 부모님은 얼른 대학입학금과 하숙비를 마련하여 용구를 대학생으로 만들었다. 집에 몰려 온 친인척과 이웃 집 사람들에게 용구가 효도노릇을 제대로 하게 되었다고 자랑하기에 바빴다. 이 방 저 방에서 들려오는 용구에 대한 칭찬과 장밋빛 인생을 장담하는 소리가 그치지 않았다. 연세가 많은 용구 아버지의 사촌 형인 용구의 당숙 아저씨는 상 어른으로서 결론적으로 한 말씀 하셨다.

"이제 용구는 장가도 잘 갈 거고 똑똑한 아들 딸 잘 낳아 길러서 대를 이어 잘 살게 될 거다. 암, 집안이 확 트이는 기라."

어른들의 칭찬과 친구들의 부러움을 한 몸에 받으며 용구는 겸손히 인사하기에 여념이 없었다. 이런 분위기에 휩싸여 용구 자신도 한껏 들떠 있게 되었고, 진짜 좋은 아내에 좋은 아들 딸 낳아 기르며 잘 살 거라고 생각했다.

부모님이 정성껏 보내주시는 학비에 보답하느라 용구는 스카이 대학을 우수한 성적으로 졸업하고 재벌기업에 입사하여 부모님께 보답하는 1단계로 들어섰다. 첫 월급을 받자마자 부모님 내의와 형님 부부 선물 그리고 조카들 학용품을 사서 집에 내려가 풀어 놓으니 온 식구가 새 세상을 만난 듯 모두 기뻐했다.

"용구야, 네 월급이 상당히 되겠지, 얼마나 되나? 백만 원은 넘을 거고."

월급이 얼마냐고 물어 보신 용구 아버지는 용구의 월급을 물어 보며 흐뭇해 하셨다.

"아버지, 제 월급이 일반 직장 보다 두 배 정도는 됩니다. 그런데 다른 사람한테는 말씀하시지 마세요. 원래 월급은 다른 사람한테 말하는 거 아닙니다. 앞으로 아껴서 아버지 고생 덜어 드릴게요."

"오냐! 말만 들어도 고맙다."

용구는 취직하고 3년 동안 월급의 반을 아버지께 송금해 드렸다. 대학교 때 아버지가 보내주신 학비를 훨씬 뛰어 넘는 큰 효자 돈이었다. 아버지께 돈을 보내드릴 때마다 자식으로서 부모님께 부담을 덜어드린다는 것이 정말 기쁘고 행복하다는 것을 실감했다. 내가 이렇게 기쁠 때 '우리 아버지께서는 얼마나 기쁘실 가' 생각 하니 송금이 형식이 아니라 나 자신의 행복발전기라도 되는 기분이었다. 부모님께 효도하는 것이 부모님을 위하는 것만이 아니라 나 자신을 위해 더 효과적이구나 생각하며 사는 맛을 새롭게 느끼게 되었다.

'공부한 보람이 있다. 나도 착한 아들 낳아 길러, 부자가 이런 행복에 함께 빠지기를 기대한다.'라는 생각을 해 보았다. 인생의 참 맛을 느끼며 월급 때가 기다려지고 부모님을 뵙는 것이 기쁨 중의 기쁨이었다. 부모님이 오래 오래 사시면 나는 오래 오래 효도의 행복을 누릴 수 있겠다고 느꼈다. 취직하여 결혼할 때까지 5년 동안 용구는 정말 행복했다.

용구는 설날 집으로 갔다. 연말 보너스가 비교적 두툼하게 나와 부모님께 용돈을 두 배로 드리려고 마음먹고 대문에 들어섰다. 집안은 제사상 차리는 가족들의 분주한 모습으로 장관이었다. 제사를 모시고 나서 부모님께 용돈을 두툼하게 드리고 2세들한테도 세배 돈을 좀 올려서 줄 생각이었다. 그래도 집에서 가장 잘 나가는 사람이 자기라는 것은 자타가 공인하는 엄연한 사실이었다. 좋은 학벌에 재벌회사의 힘 있는 부서에 정식 직원으로 자리를 잡은 사람이면 누구나 부러워 할 장래가 촉망되는 청년이었다.

"아버지 어머니, 이번에 보너스가 많이 나와 용돈을 좀 더 넣어 드립니다. 부모님 은혜에 보답하는 저의 마음을 받아 주시기 바랍니다."

용구는 부모님께 조심스레 봉투를 내 밀었다. 그런데 용구 아버님은 봉투를 용구 앞으로 내 미시며 용구의 결혼 이야기를 심각하게 꺼내셨다.

"아니다. 우리 이 돈 아니라도 용돈 충분히 있다. 농촌에서 용돈이 뭐 그리 필요하니? 이제 우리 용돈, 내 놓지 말고 장가 갈 채비를 해라. 너도 이제 자리를 잡았으니 결혼해서 살림 차려 자식 낳고 대를 이어 너 같이 2세를 길러야 하지 않겠나!"

아버지의 결혼 말씀에 약간 당황한 용구는 멋 적어 하면서 내밀었던 봉투를 다시 아버지께 밀어드리며 우정 말씀드렸다.

"아버지, 저는 아직 결혼 같은 거, 생각해 보지 않았습니다."

용구아버지는 더 강한 어조로 강조하여 말씀하셨다.

"생각해 보고 자시고 할 것 없다. 사람은 때가 되면 장가도 가고 애도 낳고 가정을 이루어야 하는 거다. 넌 초부터 신부 감 찾아서 네가 '괜찮다' 싶거든 데리고 오너라."

용구는 일단 아버지 말씀에 거역하지 않고 다시 봉투를 드렸다.

"결혼할 때 필요하면 보태달라고 말씀 드리겠습니다. 우선 이 용돈은 받아 두세요. 제가 장가간다고 아버지 용돈 안 드리면 되겠습니까! 장가는 장가고 효도는 효도입니다."

"그것은 그렇다. 네 마음이 장하다만 그래도 장가가 우선이다."

용구는 일단 아버지 말씀에 동의 했다.

"예, 아버지!"

용구 부모님은 용구의 행복을 위해 효도는 뒤로 미루어도 된다는 말씀을 하셨다. 그러나 용구는 어디까지나 부모님께 효도하는 것을 결혼의 전제조건으로 삼아야 한다고 생각했다. 효도를 모르는 아내는 가족이 될 수 없다고 생각했다. 그러나 막상 결혼을 두고 생각하면 할수록 고민이 아닐 수 없었다.

'어떤 사람을 만나 어떻게 살아가야 하는가.' 생각 할수록 어려운 문제다. 집에는 시골 고등학교를 졸업하고 아버지의 농사일을 도우며 무난히 편하게 살아가는 형님이 있었다. 근처 고등학교를 졸업하고 우리 집에 오신 형님의 세 살 아래 형수님이 아들 둘 딸 하나를 낳고 오순도순 잘 살고 있었다. 부모님께 효도하고 남편 잘 섬기며 애들 잘 보살피며 순박하게 살아가는 형수님이 부럽기도 했다. '나도 형수님과 같은 사람을 만나 형님 댁과 같이 무난하게 편한 가정을 이루어 살아가면 좋겠다.'고 생각해 보기도 했다. 그래서 아버지와 형님의 말씀을 그저 넘길 수 없었다.

"큰 애는 맏이니까 집에 있다만 용구 너는 일류대학 나오고 재벌회사에 정식직원인데 남을 봐서라도 좋은 대학 나온 신부에 그럴듯한 처갓집에 장가를 가야 한다. 알겠지?"

아버지와 형님은 우리 집의 격을 높이는 가정을 이루어 집안 자랑거리를 만들라는 명령이기도 하고 차세대는 시골을 접고 서울 집을 기반으로 하는 현대식 가문을 이루어 달라는 소망이기도 했다.

"예."

사실, 형님은 시골에서 아버지의 농사일을 같이 하면서 시골 가정을 이루고 계시지만 나의 처지는 형님과 완전히 다르다는 것을 인정하지 않을 수 없었다. 어쨌든 서울에 있는 직장에 출퇴근해야 하기 때문에 집이 서울에 있어야 하고 동창들이나 직장동료들 그리고 이웃 사람들과 교류가 없을 수 없으니 나의 처지에 맞는 배필을 만나 자식 교육도 맞추어서 시켜야 한다고 인정하지 않을 수 없었다. 결혼이란 인생의 종합설계 차원에서 보아야 한다는 말이 맞는 것 같았다. '그런데, 어디서 어떤 사람을 찾지?' 고민이 아닐 수 없었다.

'나 같이 시골 출신으로 서울에서 대학을 졸업하고 시골 정서도 갖고 부모님께 형수님 같이는 아니라도 비슷하게라도 효도하는 마음을 가지며 서울 살림을 웬만큼 꾸리어 나갈 수 있는 사람이 있으면 딱인데' 싶은 생각을 해 보았다. 에이, '그런 사람 찾다가는 세월 다 보내고 말 것 같다'는 생각이 압도하기도 했다. 서울에서 태어나 서울에서만 학교를 다닌 사람이 나 같은 처지의 사람에게 시집오겠느냐는 생각이 앞서기도 했다. 그런데 내가 다닌 학교에서 보아도 서울에서 태어나 서울에서 학교를 다닌 여학생이 대부분이었으니 결혼이 쉽지 않을 것이라는 생각도 들었다. 아무리 생각해도 가진 것이라고는 원룸 전세 보증금 밖에 없는 나의 형편이 아닌가? 싶기도 했다. 시골의 모든 부동산은 당연히 형님 것이고 무슨 일이 있으면 용구가 한 푼이라도 보태야 하는 입장이었다. 사실, 결혼을 한다 해도 결혼비용도 없는 처지였다. 원 룸에서 신혼살림 차린다고 말이나 꺼낼 수 있겠나 싶은 생각에 앞이 캄캄할 뿐이었다. 어쨌든 만나면 데이트 하며 이야기 해 보겠다는 배짱 아닌 배짱도 가져 보아야 한다고 믿었다. 나의 부족한 점을 이해하고 나의 장점에 마음이 끌려 나를 받아드리는 사람이 있으리라 믿어보고 싶기도 했다. 한 여자를 진심으로 사랑하고 좋은 남편이 되겠다는 마음을 알아 줄 사람이 어디 없을 가 생각하다가 일단 영필을 만나보고 싶은 생각이 들어 영필에게 전화를 했다.

"영필아! 나, 장가가라고 하신다. 소개 좀 시켜줘."

"영구, 너, 잠자다 돼지 꿈꾸었니? 갑자기 장가 이야기를 꺼내게."

"아버지 명령이야, 아주머니께 말씀 좀 드려 줘!"

"그럼, 집에 와서 집사람한테 직접 이야기해라."

"오케이, 언제 가? 나 아무 때나 시간 낼게."

"퇴근하고 같이 가자, 쇠뿔도 단김에 빼지 머."

용구는 퇴근하자마자 영필의 사무실로 갔다.

용구의 대학동기동창인 영필은 자기 아버지회사를 물려받은 알찬 중소기업의 사장이었다. 대학교 다닐 때부터 취직시험 같은 것은 생각도 하지 않았고 기업경영에 관심이 많았다. 서당 개 3년이면 풍월 보고 짓는다는 옛말과 같이 대학 4년 동안 기업경영에 관심을 놓지 않았던 영필은 회사경영 4-5년이 되면서 사장역할을 제대로 하고 있었다. 갓 결혼하여 신혼살림에 깨가 쏟아지는 영필의 신혼 부부생활을 본 용구는 결혼을 아버지의 명령에 마지 못 해 하는 효도쯤으로 생각했던 것이 잘못이었다고 깨닫게 되었다. 결혼을 잘 해서 잘 살면 인생의 참 맛이 따로 또 있겠다고 느꼈다. 그런데 문제는 자기에게 맞는, 아니 자기를 맞아 줄 신부 감을 어디서 어떻게 찾느냐가 문제였다. 용구는 영필의 아내에게 매달려야겠다고 느꼈다. 이런 저런 생각을 하면서 용구는 영필의 아내에게 더욱더 반가운 인사를 정중히 했다.

"아주머님! 안녕하세요. 신혼살림에 깨가 쏟아지시나 봐요! 더 예뻐지셨어요!"

여느 때와 다르게 토를 많이 다는 용구의 인사말에 영필의 부인은 약간 쑥스러워 하면서 인사를 받았다.

"어서 오세요! 재벌회사에 다니시더니 더 훤해지셨어요. 힘 있는 곳에 계실 때 우리 작은 기업, 좀 잘 봐 주세요."

"예, 그럼 요. 그런데 누가 누구를 봐 줘야할지는 좀 더 봐야겠는데요."

결혼식 때 보고 한 두 번 밖에 안 봤는데도 남편끼리 친한 친구니까 부인께서도 농담을 자연스럽게 주고받을 정도로 별 부담 없는 사이가 되었다. 순간 용구는 영필의 부인이 자기와 친한 친구 중에서 좋은 친구 한 사람을 소개시켜 주면 좋겠다는 생각을 해 보았다. 아니 좋은 친구가 아니더라도 그저 무난한 사람을 소개시켜 주어도 괜찮겠다고 느꼈다.

옆에 있는 영필도 한 마디 거들었다.

"집에서 회사 이야기는 접어 두고, 이 친구, 장가가고 싶다면서 당신한테 부탁하러 왔어. 당신 친구 중에 이 친구한테 맞는 사람 좀 찾아 봐!"

영필이 자기 부인한테 부탁하는 말을 꺼내자 용구는 신이 나서 얼른 나섰다.

"진짜, 부탁드려요. 은혜 잊지 않을게요."

영필의 부인은 딱하다는 듯이 말을 되받았다.

"그런 중차대한 말씀을 앉지도 않고 서서 그렇게 쉽게 꺼내세요? 우선 먼저 이리 앉으세요."

영필 부인의 안내를 받아 용구는 응접실의 소파에 앉았다. 영필의 아버지는 회사를 경영하며 영필에게 미리 집을 장만 해 주셨고 가구는 물론 신혼살림에 필요한 모든 것을 다 갖추어 주셨다. 집 평수나 가구 등이 신혼살림 수준을 넘어 기존 살림집 이상으로 호화 수준이었다. 뿐만 아니라 영필의 아버지는 회사를 아들에게 물려주려고 회사의 주식을 옛날부터 미리 미리 계속 넘겨주어 영필은 회사의 대주주고 경영권에 아무 문제가 없는 아버지회사 사장이 되어 있었다. 명실상부한 진짜 CEO 사장이었다.

집의 이 곳 저 곳을 살피는 용구에게 영필의 부인은 용구의 반응을 살폈다.

"마실 것 좀 드릴가요?"

"저, 시원한 맥주 한 잔 주시겠어요?"

용구는 빈속에 맥주 한 잔을 들이키면 기분도 좋아지고 용기도 더 나며 하고 싶은 이야기도 더 잘 할 수 있을 것 같았다. 옷을 갈아입고 나온 영필도 맥주 한잔을 청했다. 영필부인이 갖고 나온 맥주를 손에

든 용구와 영필은 맥주잔을 부디 치며 축하의 소리를 외쳤다.

"위하여"

식탁 옆에서 이 광경을 쳐다본 영필부인이 한 마디 했다.

"아니! 두 분이 '위하여'라고 하시는데 무엇을 위하세요?"

두 사람은 약속이나 한 듯이 이구동성으로 외치듯 힘차게 소리를 질렀다.

"좋은 사람 만나는 행운을 위하여."

저녁상에 둘러앉은 세 사람은 본격적으로 용구의 배필을 더 구체적으로 논의하였다. 저녁대접에 중매까지 부탁해야 하는 용구는 무슨 말로 영필의 부인에게 따리를 붙이고 어떻게 손을 비벼야할지 고민부터 해야 했다.

"와, 진수성찬에 중매이야기, 오늘 메뉴가 짱 이다."

용구의 불거진 얼굴을 쳐다보며 영필이 한 마디 했다.

"우리가 너한테 최고 대접을 하는 거야, 알았어?"

기분이 좋은 용구는 맥주를 들이키며 밥상에 바싹 다가앉았다. 용구 앞에 나란히 앉은 영필과 그의 아내는 용구를 치켜세우며 결혼 이야기로 비행기를 태웠다. 영필의 아내가 먼저 말을 꺼냈다.

"지금 직급이 대리지요?"

"예"

"사실, 한 대리님은 회사도 좋은데 다니시고 성격도 좋고 건강하시며 남을 먼저 생각하시는 성품이라 일등 신랑감임에는 틀림없습니다. 다만 집안 재력이 어떤지 모르겠는데 마이너스는 아니시겠고 어느 정도 플러스 되시는지요?"

영필이가 옆에서 한 마디 했다.

"누구를 찍어 보기도 전에 재산 이야기부터 먼저 하네, 여보."

영필 아내는 딱하다는 듯, 한 마디 했다.

“친구 중에 누구를 소개하면 일이 잘 풀릴 수 있을 가 생각을 해 보게 되는데, 요즘 애들이 집안 재산을 물어 보거든요.”

용구가 뭐라고 하기 전에 영필이 먼저 한 마디 던졌다.

“재산이 얼마나 있고 집은 어떻게 장만하고 애는 어떻게 할 것인지 등 등 데이트 하며 이야기 하면 되니까 소개부터 해 보시지.”

중매 이야기가 나오자 약간 흥분한 용구는 용기를 내어 끼어들었다.

“잘 아시는 바와 같이 우리 아버지는 형님과 같이 시골에서 농사 지으시고 저를 대학 공부시키며 고생하셨어요. 형편이 어떠하신지 저도 잘 모르겠는데 제가 결혼하고 서울에 살면서 시골의 아버지께 손을 벌릴 생각은 추호도 없습니다. 그러니까 마이너스도 플러스도 아닙니다. 저의 형편은 보시는 그대로입니다. 어디, 저를 잘 이해하고 믿고 오실 분 안 계실가요? 아주머님!”

대학교에서 줄곧 단짝으로 친하게 지낸 영필이 나섰다.

“아, 있다. 있지 그럼, 또 그런 사람이라야 되, 잘 생각해 봐, 여보.”

자기 부인의 얼굴을 쳐다보며 영필은 이어서 말을 계속했다.

“저기 그 사람 있잖아, 당신 친구, 신애. 이 신애. 그 사람, 여러 가지로 괜찮은데 그래, 무남독녀라 좀 그렇기는 하지만. 그렇지만 남자의 재산 같은 거 생각 안 할 걸! 그 어머니가 참 훌륭한 분이야. 당신이 잘 알잖아.”

영필의 적극적이고 구체적인 말에 용구는 눈이 번쩍 뜨였다. ‘신애? 이 신애?’ 영필의 부인을 쳐다보는 용구는 약간 수줍어하는 듯 보이면서 눈치를 살폈다. 싱긋이 웃는 영필의 아내를 보는 순간, 용구는 희망의 솟구침을 느꼈다. 영필의 아내가 무슨 말을 하나 귀를 쫑긋 세우는 용구를 향해 영필의 부인은 대단한 용기를 내는 듯 말을 했다.

"신애! 여보, 당신 생각도 신애가 좋을 것 같지? 최근에도 우리 집에 왔었잖아! 나도 당신 생각과 같아, 잘 되면 우리 넷이서 같이 어울리며, 좋지! 한 번 말을 꺼내 봐야겠네!"

영필이 아내에게 다그치듯 말했다.

"내일 당장 신애한테 연락해 보고 나한테 알려 줘. 좋다고 하면 바로 용구와 약속 잡아 만나게 하지 뭐. 효심이 남다른 용구니까 아마 뛰어 나갈 걸. 아버지 말씀이 떨어지자마자 신부 감 소개해 드리려고 안달이거든."

"예, 알았어요."

얼굴이 상기된 용구는 무슨 말을 해야 할지 몰라, 연상 맥주를 들이켰다.

"영필아, 고맙다. 아주머니, 정말로, 진짜로 고마워요. 잘 되면 요, 저 단단히 한탕 쏠게요. 아니 한 번 멋지게 대접할게요."

영필의 아내는 친구를 남편 친구에게 소개하는 기쁨도 기쁨이지만 좋은 일을 한다는 보람이 더 큰 것 같은 느낌이었다. 영필의 아내는 대학교 때 영필을 만나 자연스럽게 데이트 하며 가까워져 결혼까지 하게 되어 중매라는 것을 경험해 본 일이 없는데 친구를 남편 친구에게 중매하면 자기가 대단한 일을 하게 된다고 생각했다. '결혼이란 인간대사인데 그 일을 내가 하다니 나도 좋은 일 하는 기회가 이렇게 있다'고 느끼며 신애전화번호를 찾았다.

"여보, 당신 지금 신애한테 전화하는 거야?"

"예, 좋은 분위기는 때가 있는 법이거든 요. 보자 하니, 지금 이 분위기가 딱 잘 될 기회인 것 같아요."

"신애니? 나야, 너, 내일 시간 있니?"

"있는데 왜?"

"나, 좋은 일 좀 하려고. 내일 퇴근하고 우리 집으로 와. 누구 소개시켜 줄 사람 있으니 잘 꾸미고 와. 기다린다."

"이 애, 뜬금없이 무슨 소개니? 누군데?"

"글쎄, 오면 내가 자세히 말해 줄게. 좋은 사람이야. 남편 친구. 내일 봐."

"한 대리님, 내일 잘 차려입고 오셔서 힘내시며 잘 하세요. 여보, 당신도 내일 일찍 들어와야 되요. 내일이 누구누구에게 일진이 좋은 날이 될 거에요. 선남선녀 미팅, 내가 떨리네."

용구는 어쩐지 일이 잘 될 것 같이 느껴졌다. 아무래도 영필의 부인이 미리 자기 친구를 나에게 소개시켜 주려고 생각 해 두었던 것 같았다.

다음 날 퇴근 시간에 용구는 설레는 마음으로 영필의 사무실로 갔다. 용구를 본 영필은 놀리듯 한 마디 했다.

"와! 용구가 데이트 하려고 빼고 나왔네. 좋았어, 일등 실랑 감이야. 좋은 날 되겠다. 행운을 빈다."

용구는 약간 수줍은 듯이 긴장되어 나지막하게 말했다.

"있다가 말 잘 해 줘. 여자한테 어떻게 보여야 하는지 경험이 없잖아. 여자와 심각하게 만나 본 적이 없거든, 내가 시골 촌사람 아니니! 딱지 맞으면 어떻게 하지?"

"이 애 봐라, 별 소리 다 한다. 방정맞게 무슨 소리야. 잘 해 봐."

"알았어. 잘 해 볼게"

이상야릇한 기분에 약간 흥분한 용구는 말은 그렇게 했지만 막상 영필이 집에 들어서니 왠지 긴장되고 약간 떨리기까지 했다. 아무렇지도 않은, 아니 나를 치켜세우며 의기양양까지 한 영필은 친구한테 무슨 좋은 일을 한다고 신이 나는 듯했다.

"여보, 우리 왔어요."

결혼하여 가장이 된 것이 대단한 신분격상이라도 된 듯이 영필은 큰 소리로 자기 와이프를 불러댔다. 아파트 현관문이 열리고 영필의 부인이 반갑게 맞았다.

"어서 오세요."

응접실에는 이 신애가 미리 와서 두 사람이 오기를 기다리고 있었다. 영필부인이 신애를 미리 오라고 하여 용구에 대해 사전 브리핑, 일종의 선제공작을 하고 있었다. 특히 용구의 숨은 장점을 부각시켜 선입관을 좋게 갖도록 하는 준비 작업을 해 놓고 있었다.

용구와 영필이 현관에서 응접실로 들어서자마자 영필와이프가 신애를 용구에게 소개했다.

"서로 인사하세요. 여기는 내 친구 이 신애, 이 분은 남편친구 한 용구 대리."

"안녕하세요, 한 용구입니다."

"안녕하세요, 이 신애입니다."

두 사람의 어렵고 서투른 인사를 보고 있던 영필이 분위기를 띄웠다.

"자, 앉으세요. 너도 앉아라. 이제부터 두 사람은 서로 아는 사이다, 스스로 대화하고 앞으로 둘이서 알아서 약속하고 만나고 가까워지고 그리고 잘 해 봐요. 우리 임무는 이제 90퍼센트 끝났어요."

영필 부인도 한 마디 했다.

"나머지 십 퍼센트는 나중에 축하하는 일."

신애와 용구는 약속약이나 한 듯이 동시에 말을 꺼내다 동시에 그쳤다.

"십 퍼센트 축하?"

"말씀하세요."

"아니에요, 먼저 하세요."

옆에서 듣고 있던 영필이 한마디 했다.

"이 사람들 봐, 단 둘이 만나기도 전에 서로 양보하고, 벌써 서로 좋아하는 눈치야. 보자 하니 궁이 잘 맞는 것 같은데, 응!"

영필은 우정 바람을 넣는 소리를 했다. '싸움은 말리고 중매는 부추기라'는 말이 있다더니 특별히 부추기고 자시고 할 것이 없는 것 같이 보였다. 영필부인은 두 사람을 데이트 하도록 내보내기 위해 저녁준비를 서둘렀다.

"두 사람의 눈치를 보니 얼른 나가 단 둘이 이야기 하고 싶은 모양인데, 얼른 먹여서 내보내야겠어. 얼른 와서 식탁에 앉아라."

수줍기도 하고 멋 적기도 한 신애는 속으로 고마워하면서도 겉으로는 내숭을 떨었다.

"이 애는! 너무 그러지 마, 그러지 않아도 떨리는데."

용구와 신애는 저녁을 먹자마자 영필의 집을 나와 둘이서 천천히 걷기 시작했다. 늦봄이라 걷기에 알맞은 기온이었다. 아파트지역이라 지나가는 차도 많지 않고 트럭이나 버스가 안 다녀 조용한 편이었다. 두 사람은 적당한 거리를 두고 걸으며 주고받는 말에 정신이 팔렸다. 어디를 향해 걷는지 정하지도 않고 그저 발길 닿는 데로 걸었다. 목적지를 가기 위해 걷는 것이 아니라 이야기하기 위해 걷는 것이었다. 두 사람은 이야기에 열중하다 보니 얼마나 걸었는지 어디로 걸었는지 알 수도 없고 알려고 하지도 않았다. 사실 용구는 시골에서 자랐기 때문에 걷는데 이력이 난 사람이지만 신애는 도시에만 있었고 무남독녀라 귀천을 모르고 보호만 받으며 자라 걷는데 익숙하지 않았다. 그러나 용구와의 심각한 이야기에 정신이 팔리다 보니 생각보다 쉽게 많이 걸었다. 두 사람 다 인생을 두고 심각하게 대화를 하는 중이라 시간 가는 줄도 몰랐다.

용구가 내심 자기의 빈털터리 처지와 시골출신에 대해 신애가 어떻게 생각할지 조심스럽게 생각하고 있는데, 신애는 자기의 무남독녀 조건을 용구가 어떻게 받아드릴지 조바심하고 있었다. 영필과 영필의 아내가 결혼을 조건으로 두 사람의 신상에 대해 자세하게 설명을 해 놓은 상태라 용구와 신애는 이미 상대에 대해 내용을 다 알고 있는 상황이기도 했다. 그래서 두 사람 다 우정 우회적인 대화를 나누었다. 그래도 처음 만난 터라 조심에 조심을 하고 또 했다. 두 사람 다 어느 정도 잘 해 보려는 의사를 갖고 대화를 이어 가고 있었다. 탐색이면서도 결혼의 가능성을 전재로 하고 대화를 이어 갔었다. 첫 날의 만남 치고는 상당히 진전이 된 셈이었다. 시간은 이미 열시가 되었다. 용구가 먼저 신애한테 물어 보았다.

"시간이 많이 지났어요. 우리 언제 또 만나지요?"

신애는 기다렸다는 듯이 얼른 대답했다.

"저는 토요일이 좋아요, 용구 씨는요?"

"저도 토요일이 좋아요."

두 사람은 매주 토요일 만나 진지하게 대화하고 더 구체적으로 의사타진을 했다. 서로 처지를 솔직히 털어 놓았고 신애는 그 때마다 집에서는 어머니와 대화 내용을 보고하고 의사타진을 했다. 신애 어머니도 용구의 순진하고 성실하며 머리가 좋고 독립성이 강하다는데 호감을 가졌다. 서울 부잣집 아들의 오만과 의존성 그리고 시가집 식구의 텃세 보다 순진하고 성실한 시골출신 머리 좋은 신랑감이 더 믿음직하고 정이 갈 수 있다고 생각했다. 신애는 자기 어머니가 용구를 좋게 보고 있다고 알려주었다. 이 말을 들을 때마다 용구는 용기가 나고 희망적이며 마치 결혼이 눈앞에 다가오고 있는 것 같이 느껴졌다. 용구도 시골집에 내려가면 부모님과 형에게 사귀는 사람이 있는데 결혼 이야기를 하고 있다고 보고 했다. 시골에 좋은 신부 감이 있다고 말씀들 하시기 전에 용구가 선수를 쳐 놓았다.

두 사람은 자기 자신들의 결혼에 대한 생각을 나누었고 양가 부모님의 의사도 타진했다. 이제 구체적으로 털어 놓고 이야기를 해야 했다. 용구는 자기의 빈털터리 신세와 시골가족 그리고 무남독녀에 대한 이해 등을 솔직히 이야기 했다. 가진 것은 월세 방 보증금밖에 없고 시골집에 손 벌릴 처지가 아니며 결혼비용도 없다고 했다. 자세하게 털어놓고 난 다음 신애의 눈치를 살폈다. 용구의 이야기를 다 듣고 난 신애는 용구의 손을 잡으며 심각한 표정으로 말했다.

"저는 용구 씨와 같은 사람이 좋아요. 용구 씨를 얼마나 오랫동안 찾았는지 아세요? 왜 이제 나타나셨어요? 진작 만났으면 데이트를 더 오래 하며 더 즐거운 시간을 더 많이 가질 수 있었는데요. 결혼비용 요? 그 건 못난 사람들이나 따지는 낭비 중의 낭비에요. 결혼해서 살면서 필요한 것 그때마다 사면되지 왜 쓰지도 않으면서 미리 비싸게 사 놓고 낭비해요. 용구 씨, 왜 집 걱정을 하세요? 용구 씨 살고 있는데 제가 들어 가 살면 되지요. 우리가 합심해서 일구는 것이 진짜 값지고 좋은 것이에요. 부모가 해 주는 것 갔고 많다 적다 왈가왈부하는 것, 그거 다 못난이들이 하는 바보짓거리에요. 우리는 이다음에 애들한테 그런 것 하지 맙시다, 용구 씨. 저들이 살 집 저들이 사라고 해야 해요. 집이란 살면서 사는 것이지 살기 전부터 또는 살림을 시작하면서 사는 것이 아닙니다. 안 그래요? 요 다음에 애가 결혼하자마자 집 사 달라고 하면 제가 혼내 줄 겁니다."

신애의 솔직하고 단호한 말에 용구는 눈물이 날 정도로 감정에 북받치고 행복에 젖어들었다. 특히 제일 걱정했던 집 문제에 대해 단호하게 이야기 해 줘서 너무나 후련하고 속이 시원해졌다. 용구는 두말 하지 않고 아니 못 하고 신애의 손을 꼭 잡으며 또렷하게 말했다.

"신애 씨, 저 신애 씨를 사랑합니다. 우리 결혼합시다. 나 신애 씨를 행복하게 해 드릴게요."

신애도 눈물을 글썽이며 용구의 얼굴을 바로 쳐다보며 단호하게 말했다.

"예, 용구 씨, 우리 결혼해요. 사랑해요. 저 행복하게 잘 살도록 최선을 다 할게요. 우리 잘 살 수 있어요."

두 사람은 결혼에 대해 구체적으로 의사를 나누고 계획을 세우며 준비를 하기 시작했다. 두 사람의 결정을 영필과 그의 아내에게 전하자 영필부부는 자기들이 일등공신이라며 생색을 내었다. 그리고 결혼준비에 많은 도움을 주기도 했다. 시골출신 신랑과 외로운 무남독녀 신부에게 영필부부의 도움은 큰 힘이 되었다. 예식장 예약과 신부에게 기본적으로 필요한 것 등을 직접 챙겨 주었다. 용구와 신애의 검소하고 실용적인 결혼방식은 양가부모에게 최대의 효도였고 주위 사람들에게 칭찬의 대상이었다. 뿐만 아니라 본인들에게도 물심양면으로 최소의 비용으로 최대의 효과를 보는 결혼방식이었다. 어쩌면 장안의 화제가 되고도 남을 일이었다. 전체적으로 낭비 없고, 부모에게 부담 없고, 본인들에게 보람과 칭찬이 쏟아지는 그야말로 일거삼득의 결혼이었다. 결혼식은 정상적으로 치러졌다. 아담한 예식장에 검소한 치장으로 간단한 식사가 제공되어 손님들도 다 만족하였고 주위의 칭찬이 잦았다. 결혼식에 참석하신 부모님과 대소가 가족 그리고 일가친척 및 고향 사람들 모두 용구의 결혼을 축하하며 칭찬의 끈을 늦추지 않았다. 시골사람들에게 둘러싸여 즐거움을 감추지 못하는 용구 아버지는 주위를 돌아보며 한 말씀 하셨다.

"용구가 시골출신이지만 서울에서 대학 나오고 재벌회사에 다니고 있으니 장가는 서울 색시한테 가는 것이 순리인기라. 그러고 며느리가 시골출신 용구한테 시집오겠다고 했고 이런 평범한 결혼식을 좋아 한다고 하니 이것도 우리 집안의 복인기라. 안 그래? 내 말이 맞지!"

"그래, 용구 아버지 말이 백번 맞다. 용구가 아들 딸 낳고 잘 살 거야."

용구 당숙 아저씨의 거드는 말씀에 용구 아버지는 앞서가는 말씀을 서슴지 않았다.

"다음에 용구가 아들 낳으면, 그러니까 나의 손자도 용구처럼 틀림없이 효도 잘 할 거야. 두고 봐라."

이 말씀에 아니라고 생각하는 사람은 아무도 없었다. 훗날 먼 이야기이기도 하지만 너무나 당연한 말씀이기에 모두들 지당한 말씀이라고 여겼다. 부전자전의 이치를 아니라고 할 사람은 있을 수 없었다.

결혼식을 마치고 모범가정이 탄생한 것이었다. 아들 딸 잘 낳아 길러 행복한 가정을 이루는 것이 과제라면 과제였다.

03

신혼부부 용구와 신애는 일단 용구의 원룸에서 신혼살림을 시작했다. 신애가 우선 몸만 오고 나중에 차차 방을 구하면서 짐을 갖고 오기로 했다. 총각 용구가 살던 집에 처녀 신애가 들어 와 같이 꿈만 같던 신혼살림에 빠져드니 모두가 신기하고 즐겁고 장난 같고 연애하는 기분이었다. 그야말로 알쏭달쏭한 둘 만의 소꿉장난 끼가 서린 신 살림이었다.

"용구 씨는 이런 침대를 좋아 했나 봐요. 평균해서 하루에 한 번 라면을 끓여 드셨나 봐요. 빨래를 손으로 일일이 빨았나 봐요. 물 컵은 물에 한 번만 행구셨나 봐요."

끼어 들 말을 찾다 얼른 생각한 듯, 용구는 목소리를 우정 낮추며 대꾸하다시피 했다.

"둘이 한꺼번에 앉으면 침대가 내려앉을 수 있으니 한 사람씩 차례로 앉아야 되요. 한 줌 넘는 빨래는 나에게 맡기세요. 이래도 빨래 하나는 제대로 합니다. 이제부터 라면 끓이기 졸업입니다. 그리고 침대가 좁다고 밀어내어 떨어뜨리지 마십시오. 침대에서 떨어져 다치면 약도 없데요."

신애는 보란 듯이 용구를 안고 침대에 덜컥 누어버렸다. 용구는 비명을 지르는 척 하면서 외치듯 말을 했다.

"아니! 약도 없다고 했는데."

뒤질세라 신애도 한 마디 했다.

"이것이 약이 거~ 던~ 요."

신혼살림 다음다음 날 시골의 부모님이 오셨다. 당황한 신애는 부모님을 어떻게 모셔야 할지 몰라 우선 저녁식사를 시켜서 먹을까 생각했다. 그런데 부모님이 밑반찬과 국 그리고 나물반찬 등을 준비해 오셨다.

"이 애야, 밥만 하고 우리가 가지고 온 음식으로 저녁을 먹도록 하자. 직장에서 퇴근하여 저녁 차릴 시간이 없을 걸로 생각하고 미리 준비 해 왔다."

시어머님의 말씀에 신애는 눈물이 날 정도로 가족의 사랑을 느꼈다. '시어머님도 친어머님과 다를 바 없구나.' 하며 속으로 무한히 행복해 했다. 무남독녀로 자라면서 주위 사람들이란 그저 덤덤하기만 하였었는데, 알뜰히 살뜰히 장만해 오신 시부모님의 정성에 가족의 정을 듬뿍 느낄 수 있었다.

저녁식사를 마치고 아버님이 말씀을 꺼내셨다.

"너희들 신혼살림에 부모로서 보태 줄 것이 없어 미안하다. 시골에서 농사짓는 형편을 이해해라."

말씀이 끝나기도 전에 용구가 부모님께 바로 말씀드렸다.

"아버지, 무슨 말씀입니까? 저를 길러서 공부시키시고 이렇게 찾아주시기까지 하셨는데 더 이상 무슨 말씀이 십니까? 우리가 아직까지 부모님께 해 드리는 것이 없어 미안하기만 합니다. 알뜰히 잘 살며 만분의 일이라도 효도를 하도록 노력하겠습니다."

옆에 있던 신애가 한 마디 거들었다.

"살림을 알뜰하게 살아서 부모님께 성의 표시를 해 드리겠습니다. 지켜 봐 주세요."

말을 끊다시피 하시며 아버님이 말씀을 계속 하셨다.

"네가 직장을 다니며 나에게 매달 보내준 용돈을 적금에 넣었다. 네가 장가를 가면 집이 있어야 한다고 생각해서 그렇게 했다. 자, 이 적금통장에서 찾아 방을 얻는데 보태도록 해라. 우리는 이 돈 없어도 살 수 있다. 우리는 이제 내려가야겠다."

말씀이 끝나시기 무섭게 일어서시더니 두 분은 얼른 방을 나가셨다. 영구는 따라가며 외치듯 말했다.

"아버지, 안 됩니다. 드린 것 다시 받으면 제가 불효자식이 됩니다. 저를 불효자식으로 만들지 마세요, 아버지."

부모님은 뒤돌아보지 않으시고 계속 걸어가셨다. 길거리에서 소동 아닌 소동을 부릴 수도 없고 해서 용구는 일단 통장을 주머니에 넣고 부모님을 마중하고 돌아 왔다.

신애가 용구한테 물었다.

"그 돈, 드렸어요? 받으면 안 되는 거 아시지요."

"그냥 가셨어, 돌려 드릴 방법을 강구해 보자."

"용구 씨가 책임지세요."

신애의 단호한 호통 겸 부탁 말에 용구가 고마워했다.

"예, 알겠습니다. 훌륭하신 며느님. 분부 받잡겠습니다."

용구는 그 돈을 찾아서 그대로 다시 아버님 앞으로 통장을 만들어 통장을 형수님께 맡겼다. 형수님이 완강히 반대하셨으나 용구의 간곡한 부탁에 형수님도 더 이상 거절 할 수가 없었다. 용구는 형수님에게 간곡히 부탁했다.

"형수님, 이 통장에 대해 아버님께 절대로 말씀 하셔서는 안 됩니다. 꼭 요."

"예, 우리 효자 도련님, 분부 받잡겠나이다. 꽁꽁 숨겨 놓고 있겠습니다. 삼촌."

"고맙습니다, 형수님. 우리 형수님 최고. 존경합니다."

'아버지의 자식에 대한 깊은 애정이 바로 이런 것이 구나' 생각하니 아들 된 용구는 한 없이 기쁘고 흐뭇해하지 않을 수 없으며 찐한 살맛을 느끼게 되었다. 우리 집 식구에 대해 호감을 갖는 신애의 마음씨에 행복을 느끼기도 했다. 용구는 아버지에게 전화를 걸었다.

"아, 형수님이세요? 아버님 계세요? 그냥 인사드리려고요."

"잠깐 기다리세요. 바꿔드리겠습니다."

"아버지, 용구입니다. 아버지 건강하세요. 어머니도요."

"응, 알았다. 너희도 잘 있지?"

"아버지, 우리 잘 살게요."

"오냐, 고맙다."

아버지의 차랑차랑한 목소리를 한 번이라도 더 듣는 것이 용구에게는 더 없는 기쁨이었다. 아들의 전화에 아무 생각 없이 답을 하면서 아버지는 그저 '아들이 아버지 생각을 해 주니 고맙다'는 생각에 기쁨을 감출 수 없었다. 통장을 만들어 형수님에게 맡겼다는 것은 물론 말씀드리지 않았다. 그러나 아버지의 자식 사랑 그리고 아버지에게 효도를 하고 싶어 하는 용구의 마음이 전화통화 한 마디에 배어 있었다. 용구와 신애는 자주 시골의 부모님에게 전화로 문안을 여쭙고 집으로 모시고 서울 구경도 시켜드리고 맛있는 식당에서 식사대접도 했다. 부모님은 둘째 아들이 서울에서 시골의 부모를 잊지 않고 정성을 다 하는 효자마음씨와 며느리에게 고마운 마음을 금할 수 없었고 동네에 자랑하기에 여념이 없었다.

"아들이야 핏줄이니까 그렇다 치고 며느리가 참 훌륭한 기라. 요사이 사람 같지 않아."

용구 아버지의 신나는 아들자랑에 동네 사람이 한 마디 거들었다.

"요사이 서울의 아들딸들은 부모에게 돈 안 준다고 행패를 부리고, 며느리는 밥도 안 차려준다는데 이 집 아들은 역시 이 동네출신이라 다르기는 달라. 그런데 서울며느리가 참 대단한 사람이야. 한노인 집 며느리는 어쩌면 한결같아. 이거 짜고 치는 고스톱 아닌가?"

"그래, 우리 집 며느리들은 짜고 치는 효도를 한다. 복 중의 복이지. 내가 오래 살아야지."

듣고 있던 이웃 집 노인이 한마디 거든다.

"이거 다 자업자득이고 '윗물이 맑아야 아랫물이 맑다'는 옛말 그대로야. 말이야 바른 말이지, 한 노인이 부모님에게 얼마나 잘 했어. 뿌린 대로 거두는 거야. 그 자식이 부모를 닮았어. 그 부모에 그 아들이야. 그래서 자기와 맞는 아내를 구한거야. 용구가 아들을 두면 그 아들도 다음에 보나마나 효도 하나는 잘 할 거야. 내 장담하지."

동네 어른들은 용구의 효도를 두고 침이 마르도록 앞 다투어 말을 이었다. 들으면 들을수록 기분이 좋아지는 용구 아버지는 시간 가는 줄 모르고 동네 어른들의 칭찬에 엔돌핀이 절로 솟구치는 기분이었다.

용구가 신혼살림을 차리고 차츰 자리를 잡아가기 시작할 때 뜻밖의 행운이 찾아 왔다. 회사에서 방계회사를 통해 직원 중 무주택자들에게 특별금융을 해 준다는 통보가 왔다. 낮은 이자에 상환조건도 좋았다. 용구에게 내 집 마련의 꿈이 이루어지는 절호의 기회였다. 일반 사람에게는 은행과 같은 금융기관의 대출 자체가 거의 불가능한데 이 특별융자는 이자도 일반 시중 은행이자 보다 낮고 장기라서 상환조건도 유리했다. 20내지 30평 아파트를 살 수 있는 특별융자라니 집을 살 수 있는 절호의 기회였다. 융자신청을 하라는 총무부 인사과의 전화를 받자마자 용구는 먼저 신애한테 전화부터 걸었다.

"신애야, 좋은 소식이야. 너무 좋아서 빨리 알려 주려고 전화했어."

"뭐에요, 빨리 말해 봐요. 어서요."

"우리 회사에서 무주택자에게 특별융자를 해 준데. 우리 이제 집 살 수 있게 되었어."

"정말? 잘 되었다. 우리 실랑 '고~고'다."

용구와 신애는 퇴근하자마자 얼른 저녁을 먹고 아파트촌을 돌아다니기 시작했다. 이왕이면 강남의 인기 있는 새 아파트를 보기로 하고 서둘러 다녀 보았다. 압구정동, 도곡동, 대치동, 역삼동, 논현동, 청담동 등 입주한 아파트뿐만 아니라 짓고 있는 아파트 그림도 열심히 보았다. 대충 감을 잡고 주말에는 찍어 놓은 몇 군데를 다니며 복덕방에도 들려 자세히 물어 보기로 했다. 토요일과 일요일에는 아침부터 저녁까지 종일 돌아다니며 보고 또 보고 발길 닿는 데로 복덕방에 들려 물어 보고 의논하고 바쁘게 찾아보았다. 마음에 드는 좋은 아파트가 많았다. 돈이 문제지 아파트가 문제되지 않았다. 복덕방에서는 '지금 사서 몇 년 있으면 바로 값이 오를 것'이라고 바람을 넣었다. 용구와 신애는 행복한 고민을 하면서 날이 가는 줄 몰랐다. 신혼 때 월세 방으로 전전하며 집 때문에 고생한다고 하는데 용구와 신애는 행운아였다. 신애는 용구에게 한 마디 했다.

"역시 재벌회사가 다르기는 달라. 우리 남편 최고야. 브라보."

"이거 다 당신 복이야. 이 신애, 만세"

"아, 이제 '당신'이라고 했어! 나도 이제 남편님을 '당신'이라고 부를 가요 오 오!"

"여보"

"여보"

두 사람은 서로 '여보'라고 부르며 한 바탕 웃었다. 부부의 행복한 웃음이었다.

용구는 회사에서 알선하는 특별융자를 신청했고 신애는 친정어머니께 어느 동 어느 아파트가 좋은지 알아 봐 달라고 신신 당부했다. 신애 어머니도 너무나 좋아 이모들을 동원하며 열심히 알아보기로 했다. 큰 이모가 신애어머니를 비행기 태우며 한 마디 했다.

"역시 재벌회사가 다르기는 다르구나! 벌써 좋은 아파트에 들어가 살게 되면 주위에 단단한 자랑거리가 되고도 남겠네. 언니는 사위 하나, 정말 잘 봤어."

작은 이모도 한 마디 했다.

"정말이야, 언니. 신애는 시집 잘 갔어."

신애 어머니는 동생들과 함께 이웃 사람들과 지인 그리고 아는 복덕방에 열심히 알아보았다. 많은 사람들이 '이왕이면 강남의 인기지역 아파트가 좋지 않겠느냐'는 의견이었다. 신애 어머니는 아파트를 알아 봐 주면서 사위 자랑도 자연히 하게 되고 신애가 시집을 잘 갔다는 것을 자랑도 하게 되니 일거양득의 신바람이 저절로 불어오고 있다는 기분이 들었다.

용구의 융자신청이 처리되고 집 살 돈이 용구의 구좌로 입금되었다. 통장에 들어 온 거금을 보고 또 보고, 영이 몇 개인지 세고 또 세며 웃음을 감추지 못 하는 용구는 상기된 표정으로 통장을 신애에게 내밀었다.

"여보, 신애 씨, 내 통장에 돈이 입금되었어. 잘 보시라 요"

'여보'라는 호칭을 쓰기에 익숙지 않던 용구가 너무나 기뻐 흥분한 나머지 자기도 모르는 사이에 '여보'라는 호칭이 저절로 나와 버렸다.

"여보면 여보지 '신애 씨'는 또 뭐요, 이봐요, 진짜 거금이네, 와! 우리, 진짜 부자 되었네!"

"장모님께서, 아파트 좀 알아보시고 계시니?"

"열심히 알아보시고 계셔요. 이번 주말에 같이 가자고 하셨어요. 기대 하시라요."

신애어머니가 알아 본 아파트를 용구와 신애는 다 둘러보고 복덕방의 설명을 들으며 하나하나 검토하여 그 중 하나를 찍었다. 대치동의 30평 새 아파트, 7층 705호 방 셋 화장실 두개 정남향, 앞에 길이 있어 전망도 좋았다. 2개월 후 입주라니 준비 기간도 알맞았다. 아파트를 결정하고 나니 용구와 신애는 잠이 안 올 정도로 흥분하게 되고 기뻤다.

대치동의 30평 새 아파트에 이사를 한 용구와 신애는 부자가 된 기분이고, 아버님의 적금을 받지 않은 것이 복을 불러다 준 것이라고 생각했다. 이제 어린애만 가지면 남부러울 것이 없었다. '살다 보니 살림살이가 이렇게 이루어지게 되는 것이 구나'를 느끼며 용구와 신애는 이제 어린애를 가지려 애를 썼다. 아들 딸 하나씩 낳아 잘 기르면 좋겠다는 생각이었다.

"여보, 나 행복해."

"나도. 앞으로 계속 지금과 같아라."

두 사람은 더욱더 다정하게 포옹하며 행복한 표정으로 서로 얼굴을 쳐다보았다. 용구에게는 신애가 더 예뻐 보였고 신애에게는 용구가 너무나 대견스럽게 보였다.

04

용구와 신애는 아이를 가지려고 계속 노력했다.

신애가 용구를 끌어안으며 말 했다.

"여보, 용구 씨. 나는 용구 씨와 같은 아들 하나 갖고 싶어요. 시골 깡 촌에서 서울에 올라와 공부 잘 해 좋은 대학 다녔고 좋은 직장 얻어 일 잘 하며 시골 부모님께 효도 잘 하고, 나 신애를 사랑 잘 하고, 모두가 짱 이라서, 진짜."

용구도 신애를 마주 안으며 맞장구 쳤다.

"고마워. 아들도 좋고 나는 당신과 같은 어여쁜 딸 하나도 있으면 좋겠다. 아들 다음 딸? 아니 딸 다음에 아들? 이더 웨이, 네버 마인, 에니 웨이, 다 좋아."

용구와 신애는 새 아파트에 신 살림을 꾸미기에 여념이 없었고, 시골 부모님이 오셔서 아파트를 보시고 좋아 하셨다.

"말만 들은 서울의 아파트네. 참 좋다. 집 안에 다 있네. 겨울밤에 화장실 갈 때 춥지 않고, 부엌에서 음식 갖다 먹을 때 바로 돌아서서 앉아서 먹을 수 있겠네. 세상 참 좋아졌다. 이거 다 네가 잘난 덕이다."

"아닙니다, 이거 다 아버지 어머니가 저를 잘 길러 주신 덕분입니다. 부모님 은덕 없이 잘 되는 자식 없습니다."

용구 어머니가 나서며 한 마디 하셨다.

"아니다, 우리가 해 준 게 뭐가 있는데, 네가 잘 났고 며느리가 복이 많은 기라."

신애가 한 마디 했다.

"아참 어머님도, 부모님 은덕에 용구 씨가 승승장구하는데 제가 그저 얻어 탄 겁니다."

"그래, 우리 모두 만세다."

신애가 정성들여 차린 저녁상을 놓고 온 가족이 양보와 칭찬의 정다운 대화를 나누었다. 부모와 아들내외가 서로 치켜세우는 그야말로 가족애의 대화를 나누는 동안 시간은 늦은 밤으로 치닫고 있었다. 결론은 이제 아들 딸 낳고 잘 길러 용구부부와 같은 가정이 계속 이어지기를 바라는 희망이었다. 그 희망! 용구 부부를 들뜨게 하는 바람이었다.

용구와 신애는 아이를 가지려고 노력했다. 용구가 일찍 퇴근하여 시간여유가 있는 날에는 둘이 같이 소원을 빌며 좋은 아이를 갖자고 다짐하였다. '이런 아이면 좋겠다.' '저런 아이면 좋겠다.' 이상적인 아이를 갖겠다고 많은 샘플을 떠 올리며 상상을 해 보기에 여념이 없었다. 두 사람의 생각을 합치니 좋은 아이가 저절로 생길 것만 같았다. 달이 가고 월이 가고 두 사람은 소식을 기다리고 기다리며 상상의 상상을 이어 가고 있었다.

몇 개월이 지난 어느 날 야근을 하고 있는 용구에게 집으로 빨리 와 달라는 신애의 급한 연락이었다. 무슨 일로 어떻게 연락을 했는지 확인하고 알아 볼 겨를도 없이 무조건 집으로 달려가야 했다. 아파트에 도착하여 현관문의 벨을 누르고 있는데 문을 간신히 열어 준 신애가 그 자리에서 그대로 쓰러지고 말았다. 인사불성이었다. 용구가 신애를 힘껏 불렀다.

"여보, 여보, 신애야, 왜 이래? 뭐야? 말 좀 해 봐. 신애야!"

신애는 축 늘어지고 말이 없었다. 용구는 화급히 119로 구급차를 불렀다. 용구는 신애를 업고 아파트 앞에 나와 119구급차를 기다렸다. 10분도 안 되어 구급차가 왔다.

"집 사람이 쓰러졌어요. 병원 응급실로 가 주세요."

20분 정도 걸려 병원 응급실에 도착하자 응급실 요원들이 들 것을 들고 나와 신애를 싣고 응급실로 들어가 침대에 눕혔다. 인턴 또는 레지던트 같아 보이는 의사와 간호사가 달려 와 산소마스크를 입에 대고 응급처치를 했다. 신애의 눈을 들 쳐 본 담당의사가 안심시키는 말을 해 줬다.

"잠깐 기절을 했습니다. 곧 깨어 날 것입니다. 걱정 안 하셔도 됩니다. 안심하십시오."

이 말을 듣는 순간 용구는 '이제 살았다' 싶은 생각과 함께 숨을 몰아쉬며 한 숨 돌렸다. 그 순간 신애가 눈을 떴다.

"여보, 나 어떻게 된 거야."

"괜찮아. 의사 선생님이 괜찮데. 안심하고 있어."

병원의료진은 바로 신애에 대한 검사에 들어갔다. 몇 가지 간단한 검사를 해 보고 나이가 가장 많은 레지던트 같아 보이는 여의사가 신애에게 몇 마디 물어 보았다.

"몸에 이상이 언제부터 어떻게 있었습니까?"

"그저께, 약간의 하혈이 있었습니다. 단순한 월경문제라고만 생각하고 대수롭지 않게 생각하고 무시했습니다. 어제는 하혈이 좀 더 있었는데 특별한 느낌이 없어 좀 더 지켜보려했습니다. 병원에 올 가 하다가 조금 더 지켜보자고 하였는데 오늘 오후 사무실에서 퇴근을 할 때쯤 되어서 배가 아프기 시작했어요. 집에 오니 배가 너무 아파 구르다시피 했습니다. 남편에게 걱정을 끼치기 싫어 혼자 어떻게 해 보려는데 도저히 안 되겠어서 어쩔 수 없이 연락을 하게 되었습니다. 무슨 일이지요. 전에는 이런 일이 없었는데요. 왜 이렇게 배가 아프지요."

"임신 한 적이 있습니까? 결혼하신지 얼마나 되십니까?"

"결혼 한지 이 년여 되었고요, 집을 장만하기 전에는 아이를 가질 형편이 안 되어서 피임을 했는데 최근 집을 사고부터는 아이를 가지려고 계속 시도해 왔습니다."

"임신을 하시겠다고 마음을 잡수시면 임신에 대한 의학상식을 익히셔야 했는데 두 분 다 너무 모르셨군요. 초임에는 특히 조심하셔야 합니다."

옆에 서 있던 용구가 심각한 표정으로 여의사에게 물어 보았다.

"집 사람이 뭐 잘 못 되었습니까? 어떻게 되었습니까?"

여의사는 두 사람이 들으라는 식으로 약간 큰 소리로 경고성 말을 했다.

"유산입니다."

용구와 신애는 임신만 하라고 소원을 빌며 기도하고 있었는데 뜻밖에 유산이라는 말에 기절할 심정이 되고 말았다. 너무 황당해하지 않을 수 없었다. 임신이란 어떻게 해서 되니까 무엇을 어떻게 해야 하는 것인지 제대로 교육을 받아 본 일도 없고 누가 가르쳐 준 사람도 없었다. 임신이 되고 안 되고의 인식도 모르고 있었다. 그저 배가 불러 오면 임신이 된 것이구나 정도로 알고 있을 뿐이었다. 구체적으로는 거의 모르고 있었다. 멘스가 없자마자 바로 병원에 달려와 검사를 받고 대비를 했어야 하는 것도 모르고 있었다. 생각해 보면 미리 알고 대비 해 있어야 했는데 너무 잘못했다. 앞이 캄캄하고 막막하였다. 여의사가 다가와 일러 주고 갔다.

"응급처치를 해드릴 테니 집에 가셔서 안정을 취하시고 몇 일후 다시 오세요. 그 때 자세한 안내 말씀을 해드리겠습니다. 오늘은 이만 돌아가시기 바랍니다. 고생하셨습니다. 절대 안정이 필요합니다."

신애가 치료를 받는 동안 용구의 머리 안에서는 만감이 교차하고 있었다. 무지로 인한 운명의 장난을 감내하며 시계만 연속 쳐다보고 있었다. '첫 아이를 유산하다니 내 인생에 불길한 징조가 아닌가?' 싶은 생각이 들 때는 그대로 앉아 있을 수가 없었다. '첫 유산이 습관적 자연유산으로 되면 안 된다는데, 아니겠지? 설마' 등 이 생각 저 생각에 안절부절 못하고 있었다.

"여보, 기다렸지?"

신애의 부르는 소리에 소스라칠 번 하면서도 태연한 척하려고 목소리를 낮췄다.

"아니! 힘들었지?"

"괜찮아!"

병원응급실을 나와 택시를 타고 집에 오니 이미 저녁때가 되었다. 용구가 신애를 침대에 눕히니 신애가 흘러내리는 눈물을 감추지 못했다. 용구도 나오는 눈물을 참지 못 하고 돌아서서 손으로 훔쳤다.

"여보, 나 어떻게 해?"

신애의 울음 섞인 말을 가로 막으며 용구가 위로를 했다.

"괜찮아. 우리는 젊어, 앞으로 얼마든지 임신할 수 있어. 걱정하지

마. 내, 앞으로 더 잘 해 줄게."

용구의 사랑 플러스 위로에 신애는 안심이 되는 듯 눈물을 감추고 잠에 빠졌다.

신애가 유산을 한 것은 임신을 생각지 못 하고 몸을 무리하게 쓴 이유가 있었다. 집에 이사를 와서 집에 대한 애착이 강하여 너무 무리해서 집에 힘을 쏟았다. 무거운 가구를 이리저리 옮기며 안간 힘을 썼고 사무실에서도 전과 같이 아무 일이나 닥치는 대로 몸을 돌보지 않고 할 일 안 할 일 가리지 않고 거침없이 했다. 주말에는 기분전환 한다고 1박 2일 동해로 드라이브도 하고 등산도 했다. 결혼하여 집을 장만하고 살맛이 나 신바람 나게 일도 하고 놀러 다니며 기분도 냈다. 그저 '아들을 낳으면 잘 키워, 용구 같이 효도하고 아주버님 같이 성실하며 K대학 K교수 같이 스마트한 사람 만들어 우리 가족 오순도순 행복하게 살아야지' 연상하는 희망에 듬뿍 젖어 있었다. 아들 딸 함께 행복한 삶을 살아 보겠다는 인생설계로 앞서가는 꿈에 도취되어 있었다.

그러다가 뜻밖의 유산에 부디 치고 보니 행복의 꿈이 불길의 징조로 바뀌는 것 같아 기분이 '영 아니다'로 돌변했다. 용구와 신애는 첫 유산을 극복하려고 안간 힘을 다 썼다. 병원 산부인과에 가서 강의에 가까운 주의를 듣기도 하고, 유명하다는 산부인과 의사를 소개받아 따리를 부치며 가까이 하려고 각방으로 애를 쓰기도 했다. '어떻게든 유산은 하지 말아야지'라며 최선의 노력을 멈추지 않았다. 신애는 어머니로부터 임신에 대한 자세한 설명을 들으며 궁금한 것을 다 물어보았다. 책을 사서 읽어 보기도 하고 인터넷에서 찾아보기도 하며 메모도 많이 했다. 몸을 회복하고 안정을 찾으며 다음을 계획하기로 했다. 밤에는 용구를 안고 시시콜콜 가르쳐 주고 이해를 시켰다. 용구도 신애의 노력을 고맙게 생각하고 순순히 따르며 사랑한다고 속삭였다. 아들 딸 낳아 잘 키우며 행복하게 살겠다는 꿈은 두 사람에게서 떠나지 않는 인생설계였다. 꿈을 실현하기 위해 용기를 내려고 안간 힘을 쓰는 두 사람은 의견이 척척 맞아 떨어졌다. 두 사람의 두터워지는 사랑은 아이를 갖고도 남았다. 몇 달이 지나면서 몸이 완전히 회복되고 자신이 생기기 시작하자 신애는 임신에 대한 계획을 용구에게 구체화 해보기로 했다.

용구가 한창 기분이 좋을 때 신애가 살짝 떠 보았다.

"여보, 기분이 어때?"

"왜? 내 기분? 이상 없어! 내가 뭘 잘 못 했나? 나 기분 상한 일 없는데, 아니 아주 좋은데. 유는?"

"마이 기분? 아주 좋아, 아주 짱 이야!"

용구와 신애는 활짝 웃으며 서로 쳐다보고 또 보고 이구동성으로 외치듯 말했다.

"그럼, 우리 트라이 해 볼가?"

용구가 무어라 말 하려는데 신애가 먼저 외쳤다.

"와이 낫"

용구는 힘주어 응답했다.

"오케이, 렛스 고. 맴!"

두 사람은 힘껏 껴 앉았다.

다시 몇 달이 지나고 조용한 어느 날 용구가 퇴근하자 신애가 조용히 말 했다.

"여보, 오늘 기분 어때?"

"좋아. 별 일 없어. 당신은? 별로인 것 같은데. 무슨 일 있어?"

"있어."

"뭐야."

"나 임신 했어."

"정말이야."

"농담, 아니야."

"가만, 가만 가만, 확인했어?"

"응, 오늘 병원에 갔었어. 임신 2개 월"

말을 끝내기도 전에 용구는 다급히 물었다.

"의사가 뭐래?"

"괜찮데. 절대 안정하래."

"그럼 어떻게 해야지? 내가 무엇을 어떻게 해야 하나? 의사가 뭐래?"

"당신은 가만있으면 되. 내가 알아서 할게."

"그런 게 어디 있어, 내가 힘이 되어줄게. 걱정 마."

흥분한 용구는 말도 제대로 안 나오고 무어라 할지 몰라 하며 생각나는 대로 속마음을 털어 놓았다. 한 번 유산을 했기 때문에 두 사람 다 정신 차리기에 여념이 없었다. 신애는 조심에 조심을 하고 또 하며 매사에 신중했다. 직장에도 다 알리고 양해를 구했다. 회사의 모든 구성원들도 한 번 유산한 것을 알고 있기 때문에 최대한으로 이해하고 도와주려 애썼다. 집에서는 용구가 거의 모든 것을 다 했다. 신애를 상전 모시듯 하며 음식을 해다 바치는 것은 기본이고 청소는 말할 것도 없고 신애가 말 하지 않아도 미리미리 알아서 모든 것을 다 했다. 민망해 하는 신애를 달래는 것도 중요한 항목의 하나였다. 그러면서 '떡두꺼비 같은 아들만 낳아 다고'라 중얼거리며 신나게 무엇이든지 해냈다. '아들 얻는 일이라면 무엇이든지, 못 할 것 없다. 다 좋다'라며 신나게 집안일을 도맡아 했다.

임신 3개월이 지나고 4개월이 가까워질 때 어느 날 퇴근한 신애가 눕고 싶다고 했다. 이상한 기분이 드는 용구는 '설마, 피곤해서 그러겠지' 생각하며 하던 일을 계속 했다. 저녁을 먹으라는 용구의 권유에 마지못해 일어난 신애가 음식이 댕기지 않고 힘이 없으며 배가 약간 아프다고 했다. 병원에 데리고 가야하나 어쩌나 망설이다가 안정을 취하면 괜찮겠지 생각하고 나아지기를 기다리고 있었다. 밤 11시가 지나자 식은땀을 흘리고 앓는 소리를 하던 신애가 아파 못 견디겠다고 하면서 병원에 가자고 했다. 엠블런스 구급차로 병원응급실에 도착한 신애는 하혈을 하며 계속 아프다고 했다. 응급실의 의사와 간호사들이 상황을 보고 어느 정도 감을 잡았는지 바로 검사에 들어갔다. 검사도 금방 끝났다. 여의사가 용구에게 닥아 와 억장이 무너지는 말을 했다.

"유산입니다. 조심하셨어야지요."

옆에 있던 용구는 '조심 했는데요'라고 말 할 겨를도 없이 신애에게 달려 가 손부터 잡았다. 울고만 있는 신애에게 무슨 말을 해야 할지 생각이 나지 않았다. 그저 같이 울 수밖에 없는 기분뿐이었다.

"어찌 이런 일이? 어떻게?"

모기소리 보다 가냘픈 신애의 울음 섞인 신음의 소리에 용구는 정신을 차릴 수가 없었다. 무어라 할 말이 없었다.

"괜찮아, 다 운명이야. 신애야! 울지 마, 울면 더 안 좋아! 운다고 달라지는 것 없어."

"여보, 나 죽고 싶어. 내가 왜 이렇지? 생전에 무슨 죄를 지었나?"

"공연한 소리. 우선 안정부터 해야 되. 별 생각 말고 가만히 있어. 내손 잡아."

용구의 손을 꽉 잡은 신애는 울음을 감추려고 갖은 애를 다 썼다.

애를 쓴 다기 보다 울 기운이 없는 그로기 상태라 저절로 울 수가 없게 되고 만 것이었다. 두 번째 유산이라는 비극은 신애를 너무나 힘들고 슬프게 하였다. 이렇게 되리라는 생각을 하지 못 했기 때문에 슬픔은 더 크고 더 충격적이었다. 아이에 대한 열망이 신애 못지않았던 용구에게도 충격과 슬픔은 신애보다 적지 않았다. 그러나 직접 애를 갖고 유산을 두 번이나 계속하는 신애의 육체적 고통에 비하면 용구의 슬픔은 비교가 안 되었다. 당사자인 신애는 자기를 텃하기에 여념이 없었고 남편인 용구는 아내인 신애를 위로해야 했다. 하여간 신애의 두 번째 유산은 용구에게도 비극 중의 비극이 아닐 수 없었다.

슬픈 가슴을 안고 조심하며 집으로 돌아 온 용구와 신애는 우선 신애어머니에게 도움을 부탁드리기로 했다. 사위의 연락을 받고 달려온 신애어머니는 집에 들어서자마자 대성통곡을 하며 딸을 끌어안고 놓지를 않았다.

"아 이구 불쌍해라, 내 새끼. 이 일을 어찌하나? 아 이구 하느님, 왜 이런 일이 또? 이 일을 어쩌면 좋나? 하느님도 너무 하셔, 천주님도 무심 하시네."

신애어머니는 슬픔에 젖어 있는 딸의 얼굴을 어루만지며 울음을 그치지 않았다. 어머니의 울음에 슬픔이 북받친 신애는 그쳤던 울음을 다시 터뜨리고 말았다.

"엄마, 나 어떻게 해? 엄마도 나 낳기 전에 이렇게 했나? 유산 때문에 나 하나만 낳은 거야, 응?"

"나는 너를 낳기 전에 유산한 것이 아니고 너를 낳고 난 다음에 유산 때문에 더 낳을 수가 없었다. 그런데 너는 하나도 낳기 전에 왜 이러지? 내가 미안 해."

"아니야. 엄마."

신애와 신애 어머니는 눈이 붓도록 울고 또 울었다. 옆에서 보고만 있던 용구도 흐르는 눈물을 감추지 못 했다. 두 번째 유산을 하는 신애부부의 집은 초상집과 같았다. 사실 유산이란 생명이 존재했다가 자라서 세상에 태어나기 전에 생명의 완성과정에서 자리를 잡지 못하고 중단되고 마는 일종의 사고였다. 실체를 직접 눈으로 보지 못했지만 부부의 결합으로 일단 생명을 탄생시켜 놓은 것이기 때문에 자식을 잃었다는 점에서는 유산도 엄청난 사건이고 충격이었다. 그것도 두 번씩이나 당하니 부모로서는 자식을 잃는 아픔과 같은 것이었다. 조심하고 또 조심했는데도 이렇게 되고 보니 당장의 슬픔도 슬픔이지만 앞으로가 더 걱정이었다. 신애는 어머니의 무릎에 얼굴을 파묻고 계속 울기만 했다. 신애 어머니는 딸을 달래기도 벅찬데 사위 눈치까지 봐야 하니 이중으로 고통스러웠다. 사위를 무슨 말로 위로하고 달래야 할지 몰라 했다. 용구사무실로 전화를 걸어 근황을 살피려던 영필은 뜻밖의 유산 소식을 듣고 집으로 용구에게 전화를 했다.

"사무실에 전화했다가 들었다. 어떻게 이런 일이 있니? 두 번 씩이나. 상심이 크겠다."

"전화 해 줘서 고맙다. 운명으로 생각해야지 어떻게 하겠니?"

"당사자인 신애 씨, 잘 좀 위로해 드려라. 내가 도와 줄 일 있으면 연락 해 줘. 한 일주일 후에 집사람하고 찾아갈게. 너무 상심마라, 아직 젊으니 잘 될 수 있을 것이다."

"고맙다. 나중에 연락할게."

영필의 전화를 받은 용구는 숨 한번 크게 쉬고 방으로 들어갔다. 머리가 엉클어질 대로 엉클어진 채 장모의 무릎에 그대로 쓰러져 있는 신애가 너무나 불상해 보였다. '애 하나 갖기가 이렇게도 힘들고 어려운가?' 생각하니 마치 자기가 얄궂은 운명의 장난에 걸려들어 인생이 망가지는 것 같은 느낌이 들었다. 애를 갖는 것이 이렇게도 힘들고 운명의 장난이 우리를 이토록 슬프게 한다면 차라리 애를 포기하고 자식 없이 부부금실이나 더욱더 돈독히 하며 무자식상팔자로 살고 말아 버릴 가 싶기도 했다. 기업을 대성공시킨 천하의 이 병철 삼성그룹회장도 자식만은 마음대로 안 된다고 한탄하지 않았던가 싶은 생각이 들기도 했다. 우리 그룹의 회장님도 아들문제로 골머리를 썩이고 계신다는데, 장래가 보장되지 못 한 나 같은 사람이 뭘 이렇게 애 때문에 고생을 해야 하나 싶기도 했다. 두 번이나 유산을 하며 너무나 심한 슬픔과 고통을 겪는 신애를 생각하니 별 생각이 다 들었다. 이렇게 고생하고 슬픔을 머금으며 애써 낳아 노심초사해서 길러 놓은 애가 잘 되라는 보장도 없지 않은가 싶은 생각도 없지 않았다. 자식에 대한 환상을 버리라는 선배의 말이 기억나기도 하고 주위의 불미스러운 문제를 본 것이 생각나기도 했다. 그러나 신애가 고집하면 못 이기는 척 해야지 어떻게 하나 싶은 생각이 들자 '에이 신애한테 맡기자' 싶은 생각이 들었다. 다음 날 용구는 정상 출근을 했고 신애는 어머니와 같이 몸보신 하러 삼청동 곰보 집 식당으로 갔다. 곰보 아저씨가 해말쑥해진 신애를 보고 한마디 했다.

"결혼했다고 들었는데 출산을 했나 보구나. 신애 어머니는 좋겠어요. 벌써 외손자를 보시구요. 너무 귀여워하지 마세요. 외할머니가 너무 안아주면 손 타서 키우기 힘든 대요. 그래 아들이요 딸이요?"

혼자서 주고받는 곰보아저씨의 말에 대꾸할 생각을 할 수 없는 신애와 신애 어머니는 무슨 말로 이 모멘트를 지나치게 할 가 고민하며 얼른 음식을 시키려 했다.

"신애가 요사이 직장 일이 고되 몸보신을 좀 해야 하는데 무엇을 먹으면 좋을까요?"

"아, 나는 또, 그러시면 새끼 되지 고아 놓은 것이 있는데 푸짐하게 드릴가요? 양념장 하고 드시면 몸에 좋아요."

그 동안 잘 먹지 못 한 신애에게는 소화 잘 되는 단백질을 섭취하는 것이 필요했다. 진정 아이를 낳고 와서 몸보신을 했으면 금상첨화이겠거늘 아이를 배 속에 담아 길러 보기도 전에 흘려보내고 만 신애는 다시 한 번 울컥 하는 슬픔과 앞날에 대한 불안으로 입맛이 달아나려 했다. 그러나 기를 쓰고 애를 낳고야 말겠다는 생각이 스쳐오자 이를 악물고 몸보신해서 또 아이를 가져야지 생각하며 곰탕을 먹기로 결심했다.

"아저씨, 곰탕을 꾹꾹 눌러서 큰 그릇으로 푸지게 담아서 주세요. 다 먹을게요. 일도 잘 하고 애도 잘 낳고 어머니께 효도도 할게요."

"아, 그럼요. 저렇게 훌륭한 시위와 효녀 딸 몸에서 얼마나 훌륭한 외손자가 나올지 기대하셔도 되겠어요. 출산하거든 오세요. 훌륭한 외손자를 잘 키우도록 진짜 맛있는 곰탕을 정성껏 끓여 드릴게요."

곰보 아저씨가 내준 특식 곰탕을 먹고 몸이 홀가분해진 신애는 힘이 나는 기분을 느끼며 집으로 와서 편안히 누웠다. '시골에서 서울에 올라와 자수성가 하다시피 노력하여 그래도 성공이라면 성공을 한 용구 씨나 서울에서 무남독녀로 착하게 자란 내가 아닌가. 우리가 낳는 아이는 곰보 아저씨 말처럼 훌륭한 아들로 잘 길러, 보라는 듯이 잘 살 거다'라는 생각을 하며 잠을 청했다.

다시 아이를 트라이 하겠다는 신애를 용구는 말릴 생각이 없었다. 마음을 단단히 먹은 신애는 직장을 그만두고 매일 산보와 요가 그리고 체육시설 운동을 열심히 했다. 근육이 단단하면 자궁도 단단해지고 태반도 튼튼해져 아이를 착상시키는데 도움이 되리라 믿고 열심히 체력단련을 했다. 신애가 체력단련을 하고 마음을 단단히 먹으며 용구에게 신력을 과시했다. 신애와의 잠자리가 달라지자 용구는 황홀감까지 느끼게 되었다. 유산을 하지 않겠다는 노력이 부부금실을 더 좋게 하였고 신애의 결심과 목표가 부부의 사랑을 단단하게 하는 부산효과가 더 크다는 느낌을 갖게 되었다. 임신은 한 순간이지만 금실은 연속상영이고 상영이 지속되는 만큼 더 찐해지고 잦아지니까 신애의 체력단련이 용구에게는 횡재가 아닐 수 없었다. '슬픔은 그대 가슴에'가 아니라 '슬픔은 그대를 행복하게'를 되 뇌일 정도로 사정이 달라졌다. 전화위복은 아니지만 임신을 포기할 수 없게 된 운명, 즉 새로운 운명이 찾아오게 되었다. '운명이란 왔다 갔다 한다더니 유산이 하나의 운명이라면 유산을 극복하는 것도 하나의 운명이구나'라는 생각을 하게 되었다. 이렇게 해서 아이를 낳아 길러 그 애가 어떻게 되겠는 지도 또 하나의 운명이 되겠구나 하는 생각이 들었다. 그 애의 운명과 그 운명에 따른 우리의 운명은 상상만 해도 가슴이 찢어질 것만 같았다.

신애가 운동을 열심히 하는 동안 용구는 시간만 나면 산부인과와 아이를 가진 지인들 그리고 용하다는 도사 약사 등을 찾아다니며 임신에 대한 지식과 유산방지 방법 그리고 임산부의 주의점 등을 열심히 익히고 있었다. 이번에는 꼭 성공해야 한다는 각오로 최선을 다했다. 이렇게 열심히 하면서 애만 낳으면 최고로 길러 최고로 효도하고 사회에 공헌하는 역사에 남을 인재를 만들어 보겠다는 소박한 꿈도 가져 보았다. 지성이면 감천이라는 속담을 믿고 싶었다.

신애가 열심히 운동을 하고 용구가 열심히 맞장구를 치자 임신을 하는데 기간이 오래 걸리지 않았다. 임신 소식이 있자 신애는 아무것도 안 하고 가만히 누워 있으면서 어머니를 여러 대학병원 및 큰 산부인과에 보내 유산을 하지 않으려면 어떻게 해야 하는지를 알아보게 했다. 신애 어머니는 아침부터 저녁까지 서울의 웬만한 종합병원과 유명하다는 산부인과를 찾아다니며 유산을 하지 않는 방법과 유산을 안 시킬 수 있는 의사를 찾기에 전력을 다 했다. 신애 친정 집 식구와 주위사람들의 의견을 종합해 본 결과 S병원 산부인과과장이 제일 잘 본다는 결론이었다. 신애 어머니가 S병원 산부인과과장을 찾아가 자초지정을 말씀드리고 무엇이든지 하겠으니 책임지고 아이를 건져 출산하게 해 달라고 매달렸다. 신애 어머니의 말씀을 다 듣고 난 과장은 바로 임산부를 병원에 입원시키라고 했다. 구급차를 타고 오고 병원에 입원해 있는 동안 한 사람이 옆에 있어야 한다고 했다. 그리고 언제까지 입원해야 할지는 사정을 봐가며 결정하겠다고 했다. 남은 9개월 동안 계속 입원해 있어야 할지 모른다고도 했다. 임신하고 가만히 있다가 아이가 저절로 태어나게 하는 것이 아니라 임신하고 아이를 인위적으로 유리그릇에 보관하듯 하여 24시간 매분 매초 최대한으로 안정하며 온 신경을 곤두세우고 있어야 한다는 말이었다. 아이를 최고의 상전으로 모시고 있어야 한다는 것이었다. 비용도 비용이고 임산부가 9개월 동안 완전히 수도승 보다 더 심한 어려움을 감수해야 한다는 것이었다. 이 아이는 특별한 아이가 아닐 수 없었다. 아버지는 어마어마한 병원비를 대야 하고 어머니는 아홉 달 동안 꼼짝 못하고 누워만 있어야 했으니 금덩어리 아이를 낳는 샘이었다. 이렇게까지 해서 아이를 낳아야 하나 싶지만 유산을 안 하기 위해 무엇이라도 해야 했고, 어떤 아이가 되고 얼마나 부담이 될지 모르지만 우선은 아이를 낳고 봐야 하니까 무엇이든지 감수하지 않을 수 없는 형편이 되고 알았다.

어머니가 결정해 놓은 대로 할 수밖에 없는 신애는 산부인과과장의 지시를 그대로 따르기로 하고 구급차에 몸을 실었다. 스스로 몸을 실은 것이 아니라 용구한테 업혀 실려 가 쥐죽은 듯 가만히 있기만 한 셈이었다. 오로지 유산하지 않고 출산을 해야겠다는 일념으로 병원침대에 살금살금 기어가서 살며시 누웠다. 이렇게 누워서 9개월을 지내야한다고 생각하니 몸이 침대 속으로 빠져들어 가는 것 같았다. 그래도 아이를 낳아야 한다는 생각에 딴 생각은 안 하기로 했다. 어머니가 다방면으로 소문 해서 구해 온 간병인은 40대 아주머니였다. 두 아이를 낳아 길렀고 이 병원에서 산병 일을 몇 년 한 경험이 있는 분이라 일을 잘 할 것 같았다. 산부인과 인턴과 레지던트들이 와서 여러 가지 검사를 하고 주의를 주며 특별대우를 해 주니 어느 정도 안심이 되는 기분이었다. 병원에 오면 병을 나아서 건강한 몸으로 퇴원을 하는 것인데, 신애는 애 하나를 안고 나가기 위해 아홉 달 동안 징역 아닌 징역을 살러 온 것이었다. 주의할 것이 너무 많고 안 해야 하는 것이 너무 많아 안내장을 계속 봐야 했다. 용구는 퇴근과 동시에 병원으로 출근했고 매일 매일 신애의 표정을 살피며 의사의 의견에 귀를 기울였다. 어떤 아이를 낳으려고 이 짓을 해야 하나 생각하니 불운한 생각이 들기도 하고 슬프기도 하며 팔자소관이라고 치부하기에는 운이 너무 없다는 생각도 들었다. 출산에 이토록 운이 없었으니 그 대가로 이 애가 커서 신애에게 효도를 하는 행운이 있어야 할 텐데 싶은 생각이 없지 않았다.

신애가 5개월을 버티고 6개월을 넘기자 산부인과과장이 고비를 넘겼다고 했다. 완전히 마음을 놓을 수는 없고 그대로 계속해서 있으면 출산이 가능하겠다는 과장의 설명에 한 시름 놓으며 용구는 신애의 손을 꼭 잡아 주었다. 희망을 잃지 않고 하루하루 무사히 넘긴 신애는 용구에게 고맙다고 했다. 용구도 신애에게 고맙다고 했다.

"여보, 당신 고생이 많았어. 내가 몸이 약해 두 번이나 유산하고 이렇게 6개월 가까이 입원하여 엄청난 돈을 쓰게 해서. 시골 형님 같이 순산했으면 당신은 편하게 기다렸다가 애만 안으면 되었을 텐데. 아기 이름은 생각 해 뒀어요?"

"아니, 당신 지금 무슨 소리 하는 거야. 고생한 사람은 당신이야. 6개월을 꼬박 누워서 지낸 당신에 비하면 나는 왔다 갔다 한 것 밖에 없어. 아이를 낳을 수 있을지 어떨지 몰라 아이 이름을 말하지 않았는데, 아들이면 '정무' 어때요?"

"딸이면?"

"딸 이름은 생각해 두지 않았는데! 농담이고, 딸이면 '정희' 어때?"

"좋아요"

"정무도 좋고 정희도 좋고, 아이만 무사히 낳으세요, 신애 씨!"

"고마워요, 용구 씨"

"잘 버티어 준 당신이 고맙지"

고맙다는 표현으로 서로를 위로하고 있는데 간호보조원이 용구에게 갈 때 원무과에 들렀다 가라고 했다. 병원비 중간 정산을 하라는 통지를 예상하고 원무과로 갔다. 안이나 다를 가 원무과 직원이 내미는 청구서를 보는 순간 용구는 핑 돌았다. 금액의 영을 세고 또 세어도 영 하나가 더 있었다. '오 마이 갓' '이럴 수가'를 반복하며 한 숨을 쉬고 또 쉬었다. 병원비의 중간 정산이 자그마치 10개월 치 월급이었다. 지금 있는 돈 없는 돈 다 글 거 모아 내고 퇴원 때 또 그 금액을 내야하게 되었으니 앞이 캄캄할 수밖에 없었다. 간병인 수당과 기타 비용은 별도였다. 퇴원 때는 빚을 내서 병원비를 내야 할 형편이었다. 돈 문제가 뇌를 짓누르고 있는 가운데 아이 울음소리가 나는 것 같아지자 눈앞이 캄캄하던 머리에서 귀가 번쩍 뜨이는 느낌이 왔다. '그래, 세상에 공짜가 없다' '이렇게 어렵게 애를 얻으면 이 녀석이 나중에 효도 하나 크게 할 것이다 신애야 힘내자'를 외치며 병원 문을 나섰다.

나머지 3개월을 버티고 드디어 출산일이 왔다. 손꼽아 기다리던 새 생명의 탄생일이 온 것이었다. 곧 아기가 탄생할 것이라는 산부인과 과장의 말이 믿어지지 않을 정도로 용구는 흥분했고 신애는 숨을 크게 쉬며 들떠 있었다. 분만이 있을 터이니 와서 기다리라는 과장의 말을 듣고 용구가 아침부터 기다리고 있었으나 밤이 깊을 때까지 아이는 나오지 않았다. 용구는 밤새 기다릴 가 하다가 늦어질 수도 있다는 말을 듣고 신애가 잠든 것을 보며 밤 12시경 집에 와서 잠을 청했다. '아들일가' '딸 일가' '에이 상관없어' '사지가 멀쩡한 건강한 아이만 낳아라.' '이렇게 공을 들였으니 효도 하나는 확실히 하겠지' '하여간 잘 키워야지' '누구를 더 닮을 가' 생각에 생각을 거듭하다가 새벽 두시를 넘겨서 잠이 들었다. 전화 벨 소리에 잠이 깬 용구는 얼른 달려 가 전화를 받았다.

"아기가 태어났어요. 아들입니다. 축하드립니다."

간호사가 해 주는 말이 분명 천사의 목소리, 아니 신이 들려주는 축복처럼 들렸다. 그리고 아들이라는 말에 용구는 자기도 모르게 '앗 싸'하며 주먹을 불끈 쥐었다. '인류를 구해 주는 구세주가 예수였다'면 '우리 집을 구해 주는 구세주가 바로 이 아이임에 틀림없다'고 외치듯 말했다. 바로 병원으로 달려갔다. 간신히 눈을 뜨는 신애를 보는 순간 눈물부터 나왔다.

"여보, 고생했어. 몸은 괜찮아? 이제 우리 살았어."

"여보, 축하 해. 아들이야. 당신 닮았어."

들릴락 말락 애써 말을 하는 신애를 처다 보며 용구는 무슨 위로의 말을 해야 할지 몰라 그저 얼굴만 쳐다보고 있었다.

"영아 실에 가서 당신 아들을 보세요. 얼마나 기다리던 아들이요."

용구는 영아 실에 가서 간호사가 들어 주는 아들을 보았다. 자기를 닮았는지 확인하기보다 사지가 멀쩡하고 머리모양새가 제대로인지 울기를 하는지 등을 확인하고 싶었다. 시간을 끌면 아기가 울 것 같아 얼른 나오고 말았다. 다음 날부터 신애가 퇴원하는 날까지 힘들게 낳은 아기를 보고자 오는 사람들이 그치지 않았다. 친가, 외가, 친구, 동료, 동창 줄줄이 와서 축하하고 격려해 주었다. 아기를 집에 데리고 오는 날에는 시골의 형수님이 오셔서 아기 목욕도 시켜 주시고 옷도 입혀 주시며 여러 가지 경험을 말씀해 주셨다. 갓 난 아기에 대해 모르고 있는 우리에게 형수님의 가르침은 중요하고 필요했다.

"형수님, 고맙습니다. 우리도 아이를 형수님 같이 씩씩하고 착하며 부모 말 잘 듣는 아이로 기를게요."

"이 아이도 삼촌 닮아 착하고 똑똑하며 효도하고 큰일을 할거예요. 축하드려요, 삼촌."

옆에서 형수님의 손놀림을 유심히 보고 있던 신애가 형수님에게 한마디 했다.

"형님, 고마워요. 조금 크면 큰 집에 놀러 보낼게요. 사촌들과 어울리고 많은 것을 배우게 해 주세요."

"그래, 동서. 서울에만 있기보다 시골에 와서 우리 애들과 어울리게 하면 좋지. 동서, 그동안 고생이 많았어. 몸 조리 잘 하게."

"예, 형님, 고맙습니다."

형수님이 가시고 용구와 신애는 아기를 어떻게 해야 할지 망설이며 서로 미루고 서로 붙들고 서로 안겨주며 신기해 했다.

신애가 먼저 애를 불렀다.

"정무야!"

용구도 한 소리 하지 않을 수 없었다.

"정무, 이 놈, 너 엄마를 9개월이나 병원에 누워 있게 한 것 알아야 해"

신애는 불편한 몸을 바로 세우며 한마디 했다.

"정무야, 네가 아빠의 2년 치 가까운 봉급을 이미 먹어 치웠다. 알아?"

"여보, 애 듣겠어."

"두고두고 말 할 건데요."

"나도 엄마를 얼마나 고생시켰는지 다음에 또 말 할게요."

그러나 신애는 엄마답게 말 했다.

"우리 정무는 말 안 해도 잘 알고 효도할거에요."

용구는 활짝 웃음을 멈추지 못 하며 맞장구 쳤다.

"알았습니다. 정무 어머니. 누가 정무 엄마 아니랬어요."

두 사람은 마주보며 활짝 웃었다.

05

용구와 신애는 아이를 놓고 신기해하면서도 무엇을 어떻게 해야 할지 몰라 당황해 했다. 신애는 엄마가 아무리 감기가 들어 있어도 결국 어머니한테 매 달리는 것이 상책이라 생각했다.

"엄마, 양치질 하고 약 먹고 마스크 쓰고 기침 미리 해 놓고 좀 와 줄 수 없어? 애를 어떻게 해야 할지 모르겠단 말이야."

그러지 않아도 어떻게 해야 하나 하고 망설이고 있던 신애어머니는 조심스럽게 반응했다.

"내 감기가 어린애한테 옮기면 안 되잖아?"

"그럼 와 가지고 멀리서 지시만 해 줘. 아이를 직접 해 주는 것은 나와 용구 씨가 할게."

"알았다. 준비 해 가지고 갈게."

신애의 마음은 한결 가벼워졌다.

"여보, 엄마 오신데요."

"장모님이? 감기 드셨다고 못 오신다고 하셨잖아?"

"오셔서, 멀리서 감독하시라고 했어. 무엇을 어떻게 해야 할지 도

무지 모르겠는 걸 어떻게. 그러다 감기가 나아지시면 본격적으로 도와주실 거고. 당신도 바라는 것 아니야?"

"하기야, 장모님께는 무남독녀의 첫 외손자인데, 즐거워하시겠지! 우리도 다음에 그럴 것 아닌가? 무남독녀 대신 아들이지만."

"당신, 너무 앞서 간다."

"알았어. 나 더 이상 말 안 할게."

신애 어머니가 오셔서 그동안 챙겨놓았던 정무의 옷, 귀저기 바구니, 목욕그릇, 우유병, 아기 기록 노트 등 일상생활에 필요한 용품을 정리하셨다. 그리고 신애더러 아기 귀저기 채워주는 것, 갈아 채우는 것, 우유 통 소독, 아기 기록 노트에 지금까지의 병원 기록 기재 및 예방주사 기록 등을 철저히 하도록 일러 주셨다. 신애는 건강하고 튼튼한 아기가 되도록 하기 위해 모유를 먹이겠다고 결심했다. '정무를 위해 가슴 모양 따위는 돈 캐어'라고 자위하기도 했다. '우리 아들 최고로 만들어야지'라며 할 수 있는 것, 뭐든지 다 하겠다는 각오였다. 저녁때가 되어 용구가 퇴근하자 신애는 기다렸다는 듯이 용구를 붙들고 자기의 각오를 털어 놓았다.

"나, 정무를 위해 할 수 있는 것 다 할 거야. 모유를 먹이고 책을 사서 육아법 공부도 하고 아줌마 도우미도 구하고 필요한 약도 사고 또오~ 또 오~"

용구는 신애를 쳐다보며 자기가 할 수 있는 것을 말 했다.

"회사에서 특별 보너스가 나오는데 몽땅 정무 이름으로 적금 넣을 거야. 밤 귀저기는 내가 낮 귀저기는 당신이 책임진다. 도우미 아줌마도 월급을 좀 더 주더라도 애 잘 볼 아줌마를 구해 봐. 그리고 그러고"

"여보, 그런데 왜 그리고 그러고야? 생각 안 나."

"알았어, 차차 생각 해 보자."

용구와 신애는 애를 위해 무엇을 할가 생각하기에 골몰했다.

배 속의 아이를 보호하기에 정성을 쏟던 생각이 이어져 배 밖의 아이에 대해서도 온 정성을 쏟으려 했다. 배 속 아이는 9개월 노심초사했지만 품 안의 아이는 19년 노심초사해야 하게 생겼다. 19년 키우고 나면 인생 끝자락에서 19년 이상 보람을 찾을 수 있을는지 자문 해 보기도 했다. 어쨌든 갓 난 아이라 모습이 어떤지 잘 모르겠지만 귀염둥이로 보이기만 했다.

아이는 잘 먹고 잘 놀고 잘 자고 잘 자랐다. 용구와 신애는 아이 크는 모습에 심취되어 날짜 가는 줄 모르고 지냈다. 한 달이 얼른 지나고 두 달이 지나면서 아이는 많은 변화를 보였다. 특히 눈망울이 달라지고 나부대는 모습이 하루가 다르게 변했다. 신애, 장모님, 도우미 아주머니 등이 아이를 지극정성으로 키웠다. 출생 1년이 되어 돌잔치를 하게 되었다. 특별히 내세울 것이 없는데 유산을 두 번이나 하고 병원에 9개월이나 입원해서 낳았다는 사실 때문에 귀한 아들이라고 소문이 나고 사람들이 아이가 잘 자라고 있는지 궁금해 하였다. 특히 시골 할아버지 내외와 외가 이모들이 돌잔치를 벼르고 있었다. 30평 아파트에서 돌잔치를 해야 하기 때문에 잔치를 나누어서 하기로 했다. 진짜 돌날에는 시골 식구, 둘째 날에는 외가 집 식구, 3일째는 회사 사람들, 4일째는 동창 및 친구들 해서 네 그룹으로 나누어서 초청해기로 했다. 장모님이 총 감독을 하시고 신애와 도우미 아주머니 그리고 신애 이종 사촌이 와서 도와주었다. 손님들 모두가 귀한 아들이라고 치켜세웠고 귀한 만큼 이다음에 효도를 잘 할 것이라는 인사를 빠뜨리지 않았다. 돌잔치가 끝나자 돌 반지, 현금, 선물 등이 어느 정도 되었다. 들어 온 돌 반지 금을 팔고 돈을 보태 이미 들어 놓은 적금에 추가 입금했다. 학비까지는 내가 해결해주고 장가가서 집 살 때 이 돈을 내 놓겠다는 생각이었다. 한 삼십년 복리로 불어나면 어느 정도 도움이 될 수 있을 것으로 기대가 되었다.

용구와 신애는 아들 키우는 재미를 느끼며 딸을 그리워하지 않을 수 없었다. 정무가 돌을 지났으니 이제 딸을 가지려 계획해 볼 수 있었다. 그런데 정무를 두 번이나 유산을 하고 얻은 아들이라 또 아이를 갖는 것이 쉬운 일이 아니었다. 아무래도 망설이지 않을 수 없었다. 신애가 조심스럽게 말을 꺼냈다.

"여보, 용구 씨, 저기 있잖아, 우리 딸 하나 있으면 좋지 않겠어?"

어렵게 말을 건네며 용구의 눈치를 살폈다. 그런데 용구는 단호히 거절했다.

"그것만은 아니 되오. 신애 씨. 그 끔직한 고생을 또 시킬 수 없어요. 그런 생각 접어요."

용구의 단호한 거절에 신애도 더 이상 조를 수가 없었다.

정무가 세 살이 되어 혼자서 어느 정도 놀게 되고 또래 중에 계집애가 귀염 떠는 것을 보면서 신애는 마음이 들떴다. '무슨 고생을 해서라도 딸 하나 낳을 것이다' 각오를 하고 용기를 내어 용구에게 접근했다.

배란기 날을 잘 맞추어 놓고 기분이 좋아 보이는 용구에게 살며시 옆구리를 찌르며 신애가 아양을 떨었다.

"용구 씨 오늘 기분이 짱 이네. 나 당신 사랑해."

영문도 모르고 용구도 기분을 발휘했다.

"내가 꼭 사랑한다고 말해야 하나?"

한 달이 지나고 신애가 조심스럽게 용구에게 말을 했다.

"여보, 그런데, 에 에, 이 있잖아, 나 그거 거든!"

"뭐야. 당신, 설마."

"나중에 혹시라도 딸이 없으면 후회할지 몰라서, 내가 당신 몰래 그렇게 했어. 화내지 마."

"그럼, 어떻게 된 거야?"

"나 임신했어."

용구는 진짜로 놀라며 다그쳤다.

"진짜야? 당신 진짜 임신했어?"

"그래, 딸 하나 꼭 갖고 싶어. 당신을 위해서도. 사람들이 그러는데 나중에 모른데. 둘은 있어야 된데. 하나 가지고 안 된데."

신애의 말에 일리가 있었다. 그러나 신애를 그 지옥 같은 병원생활을 또 시킬 수가 없어서 거절했는데 일방적으로 임신을 하고 말았으니 이제 어쩔 수 없게 되었다.

"당신 일이니, 당신이 알아서 할 수 밖에 없다만 너무 딱해서 그래!"

신애는 여유 있는 척 하면서 용구를 달래려 했다.

"여보, 나 각오하고 있어. 하나 낳았으니 성공할 수 있겠지. 당신도 후회 안 할 거야."

"오케이, 우리 최선을 다 하자!"

"우리 남편 최고! 사랑해."

신애는 정무를 도우미 아줌마에게 맡기고 일거수일투족 조심했다. 상황 봐서 바로 병원에 입원하여 그 산부인과 과장의 지시를 받으며 산월까지 있으려 했다. 혹시라도 정무가 나중에 우리를 버리기라도 하면 우리를 거두어 줄 사람은 다음 아이 밖에 없지 않겠느냐는 생각에 둘째 아이가 꼭 있어야 한다는 생각을 하지 않을 수 없었다. 하나에게 너무 기대면 그 하나가 무슨 생각을 할지 모른다는 주위 사람들의 말을 안 들을 수가 없었다. 실제로 무녀 독남 집의 사건을 신문에서 보기도 했다.

한 달을 별 탈 없이 넘기고 세 달째 접어 들 때 신애는 몸에 이상한 징조가 감지되었다. 기분이 영 안 좋아진 신애는 서둘러 병원으로 향했다. 입원을 하여 조용히 지내려 하는데 몸이 계속 이상해지기 시작했다. 산부인과과장이 오고 응급처치를 취하였으나 이미 유산은 진행되고 있었다. 오히려 전 보다 더 급하게 하혈이 되고 몸이 더 이상해지기 시작했다. 남편에게 연락을 했으나 연락이 되지 않았다. 회사에서는 부인이 위독하니 빨리 병원으로 가라는 사내방송이 연거푸 나갔다. 집, 회사, 병원, 처가 등에 한바탕 소동이 벌어졌다. 결국 유산이 되고 말았고 신애의 슬픔은 극에 달했다. 딸을 가져야겠다는 집념과 그 동안 가졌던 기대 그리고 더 빨리 진행 된 유산 등으로 인해 신애는 초죽음이 되어 있었다. 늦게 연락이 되어 늦게 도착한 용구는 무엇 보다 신애를 어떻게 달래야 하나 고심부터 해야 했다.

"여보, 우리, 딸을 가질 팔자가 못 되나봐, 어쩌니, 운명이라 생각해야지. 슬퍼하지 말고 단념하자. 정무 있잖아. 당신 몸부터 챙겨."

"여보, 용구 씨. 미안 해. 당신이 반대할 때 당신 말을 따를 걸. 나, 더 이상 고집 부리지 않을게. 그렇지만 정무 하나 가지고는 안 되는데! 너무 슬퍼."

용구는 신애의 울음을 그치도록 달래는데 안간 힘을 다 썼다.

다음 날 회사에 나갔더니 사람들이 용구가 홀아비 되었다고 소문이 다 났다는 말을 들었다. 어제 긴급방송을 들은 사람들이 신애가 사망한 줄로 알았었다. 아이 때문에 헛소문까지 나니 영 기분이 아니었다. '나는 왜 아이 때문에 이래야 하나?' 생각하며 용구는 자기의 불행을 예감하는 듯 기분이 안 좋았다. 무엇 보다 회사에 불행한 사람으로 비치는 것이 너무 싫었다.

06

정무는 커서 유치원에 다니고 신애는 낮에 파타임으로 생활에 보탬을 주며 육아에 정성을 쏟고 있었다. 둘째를 포기하고 정무 하나를 잘 기르기 위해 온 정성을 쏟았다. 주말이면 정무를 데리고 야외에 나가 자연을 보여주며 자연의 순리를 깨우쳐 주기도 하고 시골의 향수를 느끼게 하려고도 했다. 어느 토요일 정무를 데리고 야외로 나가면서 무심코 '너 공부 잘해서 아빠엄마께 효도하고 너도 잘 살아야 한다.'고 일러 주었다. 그런데 정무의 대답은 너무나 뜻밖이었다.

"아빠, 나 공부 안 해도 되. 아빠가 죽으면 그거 다 내 것 되는데 뭐."

유치원 다니는 애가 이런 말을 하다니 너무 어이가 없어 용구가 물었다.

"너, 그런 말 어디서 들었니? 누가 그러데?"

정무는 아무렇지도 않은 듯 거침없이 대답했다.

"애들이 다 그래. 강남의 애들은 다 걱정 없데."

용구는 정색을 하고 타일렀다.

"정무야. 그런 말 하면 안 되는 거야. 부모가 가진 것 생각 하지 말고 사람은 공부를 해야 하는 거야. 그래야 이다음에 훌륭한 사람 되는 거야. 우리 정무, 훌륭한 사람 되고 싶지? 응?"

"예"

"우리 정무, 착하다."

집에 돌아 와 용구와 신애는 아이의 교육을 위해 무엇을 어떻게 해야 하는지 심각하게 의논 했다. 논의하며 용구가 말했다.

"애들이 하는 말의 원천은 어른들이 무심코 하는 말이야, 애들이 무엇을 얼마나 알겠어, 다 어른들이 하는 말을 애들이 주어 담아 마음에 넣고 있다가 애들 수준에서 내뱉는 표현이지. 근거 없는 이야기가 아니잖아, 안 그래? 당신은 어떻게 생각 해?"

신애도 용구의 말에 동의했다.

"당신 말이 맞아요. 요즘 애들은 애들이 아니에요."

용구 부부는 정무의 인성교육부터 잘 시키자고 다짐했다. 어른들께 공손하고 예의 바르며 부모님께 감사하는 마음을 갖도록 늘 타이르고 가르쳐 주기로 했다. 어렵게 낳은 자식이라고 일부러 강조할 필요는 없지만 부모님이 정성을 쏟는다는 것을 일깨워 주고 이에 고마워 할 줄 알아야 한다는 것을 알려 줄 필요는 있다고 의견을 모았다. 자기 부모에게 효도할 줄 알아야 남에게도 좋은 마음을 가질 수 있고, 그런 바탕 위에서 국가를 위해 또 사회를 위해 좋은 그리고 큰일을 할 수 있다고 교육하기로 하고, 집안에서부터 세 식구가 서로 좋은 마음을 가지도록 해야 한다는 것을 정무에게 교육하자고 했다. 학교성적 같은 것을 가지고 남의 아이와 비교하는 것은 절대 금물이고, 부모에게 감사할 줄 아는 아이를 예로 들며 가정교육부터 잘 하는 것이 좋겠다는 생각도 했다. 용구는 멀리 볼 것 없이 시골 큰 집의 조카들을 보면 좋은 교육 사례가 된다고 했고 신애도 큰집 조카를 닮으면 좋겠다고 했다. 큰집 조카들은 시골에서 자라면서 부모님의 말씀에 순종하고 시골에서 학교 다니며 농사일을 거들고 있는 것을 당연하다고 생각하고 있었다. 신애와 용구는 정무를 '큰집 조카들과 비슷하게라도 자라 달라'고 희망했다.

큰집에는 형 용준과 형수님이 부모님을 모시고 큰 아들 정구 둘째 정호 그리고 딸 정애를 기르고 있었다. 고등학교를 졸업하고 부모님 모시고 농사일에 열중하는 형님은 마음씨 좋은 형수님 만나 2남 1녀를 두고 욕심 없이 행복하게 잘 살고 있는 부모님의 효자 아들이었다. 형님네는 첫째와 둘째가 2년 터울이라 거의 같이 키우고 있었는데 정호 보다 3년 아래 딸 정애는 정무 보다 한 살 많은 고명딸로 온 가족의 사랑을 독차지 하는 재롱덩이였다. 형님 내외의 효심이 지극하여 부모님이 항상 '세상에서 우리가 제일 행복한 가정이다'라는 말씀을 하시고 계셨고, 세 아이들도 효도와 심성이 좋은 부모를 닮아 순박하고 착하여 어른들의 칭찬을 온 몸에 다 받고 있었다. 읍내 초등학교를 다니는 용구조카 아이들은 그야말로 공부 보다 인성이 뛰어나고 부모 속을 썩이지 않는 효자제목들이었다. 형님네는 이래저래 복에 복이 중첩되어 있었다. 용구와 신애는 비록 서울에서 살고는 있지만 가정 분위기만은 큰집을 닮아 화목하고 서로 아끼고 감싸며 마음에 마음이 하나가 되는 가정이 되기를 간절히 바랬다. 그래서 정무를 시골에 보내 사촌들과 어울리며 배우고 닮고 좋은 습관을 가지도록 하고 싶었던 것이었다. 그런데 서울의 아이들과 놀고 있는 정무가 시골의 사촌들과는 잘 어울리지 않았다. 오히려 사촌들을 촌뜨기라고 무시하고 핀잔을 주며 자기과시나 하려고 했다. 사촌들은 그러려니 하고 의기소침해 하는 척 하지만 실은 좋은 것을 배우려 하지 않는 정무가 문제였다. 그러나 용구도 어쩔 도리가 없었다. 벌써 자식 마음대로 안 되는 쓰라림을 겪을 수밖에 없다고 느껴 예감이 좋지 않았다.

용구 부부는 일단 정무를 학원에는 보내지 않기로 하고 공부 보다는 인성교육에 더 열중하도록 했다. 특히 남을 먼저 생각하는 착한 사람이 되어야 한다는 것과 가족에 대한 애정 그리고 나라와 사회에 건전한 시민이 되도록 타일렀다. 그림책이나 만화를 사서 보여 주며 이야기를 재미있게 하려고 하나 교육용 그림책이나 만화는 찾을 수가 없었다. 말로 이야기 하면서 시골집에 데리고 가 좀 더 자란 사촌들을 비교하면서 구체적으로 일깨워주기도 했다. 신애는 낮에 정무를 데리고 나가면 시장이나 음식점 또는 놀이터 등에서 사람들의 움직임과 아이들의 모습을 놓고 일일이 예를 들며 설명을 해 주었다. 정무는 텔레비전 광고를 즐겨 보았다. 빨리 움직이는 화면에 내용이 다양하고 색상이 화려하여 어린 눈에는 재미있어 보이는 모양이었다. 그런데 광고가 재미있기도 하지만 광고에 나오는 것들을 갖고 싶어 하는 욕심도 많이 생길 것 같았다.

정무가 유치원에 갔다 오면 유치원에서 아이들과 놀았던 것들을 집에 와서 신애에게 말해 주었다. 또 신애도 정무가 친구들과 어떻게 놀다 왔는지 알고 싶어 했다. 그런데 유치원에서 아이들끼리 하는 말을 들어 보면 집에서 교육한 것들은 별로 이야기 하지 않고 엉뚱한 것들이 많았다. 누구누구네 집에는 무엇 무엇이 있다든지 주말에 어디어디를 갔다 왔다든지 누구네 차는 어떤 차라든지 등 어른들이 하는 말 이상으로 사치와 재력 그리고 돈에 관심이 많은 이야기인 것 같았다. 신애는 애들이니까 호기심이 많아서 그렇겠지 생각하고 대수롭지 않아 했다. 좀 특이한 것은 가르치지도 않았고 경험한 것도 거의 없는데 정무가 자기보호, 자기 것 챙기기, 갖가지 탐욕, 물질에 대한 욕심 등이 많다고 느꼈다. 시장이나 놀이터에서 잠깐만 떨어져 있으라고 하면 극히 불안 해 하고 마음에 드는 것이 있으면 제한 없이 사 달라고 하는 성질이 점점 더 강해진다는 것을 느꼈다. '가르치지도 않았고 보여주지도 않았으며 용심을 부리면 안 된다고 집에서 타일렀는데도 어떻게 이럴 수 있나?' 싶어 이야기를 해 보면 깜짝 놀랄 정도로 도가 지나쳤다. 이러한 경향은 초등학교에 들어가서 점점 더 심했다.

한 번은 이런 일이 있었다. 용구의 회사에서 명절에 옷 사 입으라고 특정 제품에 대한 상품권을 직원에게 주었다. 명절이 지나고 용구와 신애는 정무를 데리고 그 제품매장에 갔다. 용구는 남자 옷을 보고 신애는 여자 옷을 보고 있었다. 용구가 신애한테 말했다.

"여보, 상품권 생각하지 말고 마음에 드는 것 있으면 사. 추가되는 돈은 내면 되니까."

"알았어요. 마음에 드는 것 고를게요."

그런데 정무가 엄마를 따라다니며 엄마가 옷을 볼 때마다 가격표를 보고 비사다고 사지 말라고 했다. 이상하게 여긴 점원이 정무한테 물었다.

"학생은 왜 엄마께 비산 옷은 사면 안 된다고 해요?"

정무는 얼른 대답했다.

"우리 엄마가 비산 옷을 사면 그 옷값을 아빠가 내야하고 아빠가 엄마의 비산 옷을 사면 아빠 돈이 없어져요."

"학생, 아빠, 돈 많으세요. 걱정 말고 엄마께 좋은 옷 사시라고 하세요."

"아니요. 엄마가 비산 옷을 사면 아빠가 돈을 내야하고 나중에 나에게 남는 돈이 그 만큼 적어져요."

점원이 기가 막히는 표정으로 다시 말했다.

"이다음에 아빠 돈 가지고 무엇을 하려고요?"

정무는 거침없이 말했다.

"이다음에 집도 사고 차도 사고 가구도 사고 여행도 하고 할 일이 많아요."

옆에서 듣고 있던 신애는 기가 막혔다. '정무가 어떻게 저런 생각을 할 수 있나.' 싶었지만 '아직 어리니까 그렇겠지' 하고 넘기고 말았다.

정무는 초등학교를 특별한 일이 없이 다녔다. 성적이 좋은 편이었고 다른 아이들과도 잘 지냈다. 부모에게 특별히 속 썩이거나 말썽 부리는 일도 없었다. 그저 평범한 아이로 자라고 있었다. 학원을 다니거나 개인교사를 두지 않았고 필요한 것이 있으면 용구와 신애가 조금 봐 주기만 했다. 다만 언어는 어릴 때 연습해 두는 것이 좋다고 생각하여 원어민영어교사를 일주일에 세 번 2-3시간씩 집에 와서 정무와 같이 시간을 보내게 했다. 수소문하여 집에서 특별한 할 일이 없이 지내는 대사관 직원 부인을 찾았다. 마침 좋은 사람이 있어 수당을 제대로 주기로 하고 정무의 영어연습을 해 주도록 부탁했다. 정무도 재미있어 하고 교사(대사관직원 부인)도 열심히 잘 해 주어서 정무가 초등학교를 졸업할 때는 영어실력이 대단했다. 초등학교를 졸업하고 중학교 진학 할 때 대학수능시험의 영어문제를 불러 주고 답을 고르라고 하니까 거의 90%를 맞출 정도로 히어링이 좋았다. 물론 말도 곧잘 했다.

중학교를 가는데 학교선정 뺑뺑이를 돌렸다. 집에서 좀 떨어진 학교기는 하나 걸린 곳으로 가야했다. 말만 듣던 평준화 교육을 직접 부닥쳤다. 그런데 반 배치부터 황당했다. 전체 학생들의 시험성적을 놓고 일등과 꼴지를 같은 반으로 묶어 배치하는 것이었다. 평준화라는 괴상한 방법이었다. 집에서 아이의 말을 들으니 교실은 싸움판이고 점심도시락은 먼저 집어가는 놈이 임자라는 것이었다. 실제로 싸워서 입술이 터지고 이가 부러지며 옷이 찢어지는 것이 다반사였다. 초등학교 때 싸움이라는 것을 모르던 아이가 중학교 가더니 공부는 뒷전이고 치고 박는 난장판의 연속에서 바람 잘날 없었다. 용구는 '이래서는 도저히 안 되겠다' 싶어 학기를 마치고 교장, 교감, 담임선생 등을 모시고 저녁을 대접하며 술도 좀 기울이고 말씀을 나누었다. 이 분 들의 말씀은 한결같았다. '평준화니까 어쩔 수 없다'는 것이었다. 이 분들의 말 속에는 '안 되겠으면 유학을 보내든지 학원에 보내거나 사교육을 시키고 학교는 형식적으로 다니게 하라'는 것이었다. 애들끼리 싸우는 것을 피하려면 교실에서 잠자는 것이 상책일거라고 귀띔해 주었다. 강남지역의 학교에서 꽤 많은 아이들이 조기유학을 간다고 말 해 주었다.

저녁을 마치고 집에 돌아와 용구는 신애에게 심각하게 말했다.

"여보, 오늘 교장, 교감, 담임선생과 저녁을 했는데, 정무를 제대로 교육시키려면 유학 보내는 길 밖에 없데."

신애도 비슷한 애기를 했다.

"강남의 엄마들 이야기 들어 보니까 애 장래를 위해서는 한국에서 중학교 보내면 안 된데. 많이들 유학 보낸데. 당신 회사에도 유학한 직원이 늘어난다면서요."

용구는 기다렸다는 듯이 한 마디 했다.

"그래, 영어 잘 하지 좋은 교육 받았지 진취적이지 인맥 좋지 이 애들이 뜨고 있어."

신애는 귀가 쫑긋하여 응대했다.

"우리, 정무교육에 대해 심각하게 생각해야겠어요."

용구가 심각하게 듣고 있자 신애는 사람들로부터 들어 온 이야기를 계속했다.

"그런데 강남에서 학원에 제대로 보내려면 유학비 못지않게 돈이 들것이라는 말도 있고, 그 보다도 돈을 많이 들여도 애는 애 데로 잡고 심신을 황폐화 시키며 대학에 잘 들어간다는 보장도 없다는 것이 사람들의 이야기요. 그래서 많이들 외국에 보낸데요."

"참 걱정이야. 이래도 걱정 저래도 걱정. 학원도 유학도 등골 빠지기는 마찬가지라니까. 우리나라 교육이 어쩌다 이렇게 되었지? 이래 가지고 어떻게 애를 낳아서 키우지?"

07

용구와 신애는 하나 밖에 없는 아들을 적어도 용구와 같이 덩그런 직장에서 잘 나가도록 해야겠다고 생각하지 않을 수 없는데, 그러기 위해서는 유학을 보내도록 해야 한다는 생각을 하지 않을 수 없었다. 그러나 말이 유학이지 돈이 한두 푼 드는 것이 아닌데 쉽게 결정할 수 있는 것이 아니었다. 재벌회사의 과장이라 우선 당장은 학비를 댈 수 있겠지만 애 학비만 대고 말 것이 아니기에 신중히 고려해야 할 문제였다. 그런데 또 한편으로는 남들이 보낸다고 무턱대고 보내는 것이 아니라 선진국에 가서 학교다운 학교를 잘 다니게 하면, 그야말로 지덕체 교육을 제대로 받아 심신을 잘 닦아 장래에 잘 살 수 있는 길을 터주는 것이 부모의 도리라고 생각하기도 했다. 그렇게 생각하니 유학을 쉽게 포기할 수도 없다는 생각이 들었다. 애가 싸워서 얼굴이 터져 들어오는 광경을 볼 때의 심정과 들 푸른 교정에서 애들이 신나게 뛰 놀고 몇 안 되는 교실에서 손을 번적 번쩍 들며 토론하는 광경을 비교해 보니 유학 쪽으로 마음이 기울게 되는 것은 어쩔 수 없는 아비의 심정이었다. '유학? 내가 상상도 못 했던 인생 최고의 행복, 더구나 지옥 같은 평준화 교실에 비교하면 꿈같은 행운이 아닌가?' 이렇게 생각하니 내가 못 한 것을 자식에게는 할 수 있게 해 주는 것이 애비의 도리고 의무라 생각하며 용구는 신애의 의사를 타진했다. 신애도 거의 같은 생각이었다.

"여보, 내가 살림을 좀 더 알뜰히 살게. 내가 어떻게 해서 낳은 아들인데! 하나 밖에 없는 귀한 아들인데, 남부럽지 않게 교육시켜 장래에 훌륭한 사람 되도록 해야 하지 않겠어요? 그래야 나중에 우리도 자식 덕 보며 행복하게 잘 살 거 아니요."

신애가 자기가 고생해서라도 정무를 위해 최선을 다 하겠다는 말에 용구는 감동을 받으며 맞장구를 쳤다.

"그래, 나도 비슷한 생각이야. 우리가 고생해도 정무를 위해 유학을 보내자. 나도 용돈 아껴 쓸게. 진짜, 당신이 어떻게 해서 낳은 아들인데! 그런데 당신이 정무를 유학 보내 놓고 안 보고 지낼 수 있겠어?"

용구가 신애를 쳐다보자 신애는 벌써 눈물을 글썽이며 애써 괜찮다고 했다.

"참아야지, 아니야, 안 되면, 그러니까 보고 싶으면 따라 가야지! 왜? 안 됩니까? 한 용구과장님."

"아이구, 아들이 저렇게도 좋을 가! 남편은 뒷전이구?"

"아니요, 앞전이니까 말이요. 당신이야 내 몸 속에 있으니 신경 안 써요."

"잘 둘러 대십니다. 좋아요, 정무 어머님!"

결국 신애와 용구는 정무를 유학보내기로 결정했다. 중학교 1학년 마친 정무를 대학까지 보내려면 적지 않은 돈이 들겠지만 그래도 용구 부부는 어느 정도 희생을 각오하고 정무의 장래를 위해 무리해서라도 유학을 보내기로 하였다. 이제부터 용구는 돈 먹는 하마 입에 돈을 쏟아 붓는 정무의 뒷바라지에 자기희생을 강요당하는 처지에 놓이고 말았다.

미국의 싸고 좋은 곳으로 그리고 한국 학생이 거의 없는 한적한 곳으로 보내는 것이 좋다는 말에 무게를 두고 자세히 알아보기로 했다. 회사의 유학파 사원들, 신애의 친구들 중 유학에 정보가 빠른 사람들, 강남의 유학원상담사, 주위의 유학 출신들 등 도움이 될 만한 사람들에게서 유학에 대한 정보를 수집했다. 다양한 곳에서 많은 사람들이 유학을 했고 아는 것도 많았다. 정보가 너무 많아 헷갈리기도 했다. 알아 본 것을 대충 종합해 보니 미국의 중부나 남부의 사립기숙학교가 비교적 싼 편이고 뉴욕 등 동부지역과 로스앤젤레스 등 서부지역 같은 대도시의 좋은 사립기숙학교는 학비가 상당히 높다고들 했다. 50대 명문사립기숙학교는 연간 등록금만도 4만 달러에 육박해 엄두도 못 낼 것 같았다. 용구와 신애는 인터넷에 들어가 남부의 큰 도시 근교에 있는 비교적 학비가 낮은 사립기숙학교를 찾아보기로 했다. 텍사스의 휴스턴과 덜레스, 조지아 주 아트란트, 플로리다 마이애미, 테네시 내슈빌 등 잡히는 대로 찾아보았다. 그런데 막상 어느 한 학교를 찍어서 정하려 하니 그 곳이 생소하기도 하고 비행기를 타기도 막막하며 비상시에 어디 부탁하기도 쉽지 않았다.

고민하고 있는데 회사의 어느 직원이 용구가 아들을 유학 보내려 한다는 말을 전해 듣고 찾아 와 이야기를 해 준 것이 마음에 와 닿았다. 휴스턴에서 공부를 했는데 근처에 괜찮은 사립기숙학교를 알고 있다고 했다. 한국 학생이 많지 않아 끼리 어울려 공부를 소홀히 할 염려가 거의 없고 학비가 비교적 저렴하며 진학률도 괜찮은 편이라고 하였다. 남부라 백인의 득세가 없지 않으나 흑인이나 멕시코 계 히스패닉에 비해 한국 사람에 대해서는 상당히 호의적이라고 하였다. 이 학교를 졸업하면 텍사스 주립대학교에 들어가는 것은 어렵지 않을 것이고 텍사스가 돈이 많아 텍사스의 주립대학교가 질이 괜찮으면서 등록금이 싼 편이라고 설명했다. 등록금과 기숙사비 합쳐서 일 년에 3만 달러 정도면 될 것이라 했다. 휴스턴에 한국 사람들이 꽤 있는데 자기가 아는 사람을 소개해 줄 테니 필요할 때 도움을 받을 수 있다고도 했다. 미국에 있는 한국 사람들이 조국에 대한 향수 때문에 유학생에 대한 배려가 깊다고 하면서 좋은 사람을 소개해 줄 수 있다고 했다. 비행기도 한 번만 갈아타면 휴스턴까지 바로 갈 수 있다고 했다. 그리고 앞으로 서울에서 휴스턴까지 대한항공, 아시아나 등이 직항을 띄울지도 모른다고 했다.

이 직원이 한 말을 용구는 유심히 잘 들었다가 집에 와서 신애한테 자세히 설명했다. 심각하게 듣고 있던 신애는 용구를 다그쳤다.

"여보, 우리 그 분을 집으로 초청해서 더 자세히 잘 들어 봅시다. 우리한테는 대단히 중요한 이야기잖아요!"

"그래 당신이 좋다면 내일 가서 미스터 김한테 부탁할게. 같이 이야기 잘 들어 봅시다."

용구는 다음 날 그 사원을 집으로 초대하여 포도주를 권하며 아주 자세하게 휴스턴의 그 학교 이야기를 신애와 같이 들었다. 더 자세히 듣고 보니 더 구미가 당겼다. 용구는 더 적극적으로 그리고 더 구체적으로 물어 보았다.

"미스터 김, 죄송하지만 좀 더 구체적으로 말씀 해 주세요. 그러니까 휴스턴 근처에 있는 그 L학교가 우리 정무한테 가장 잘 맞는다는 말씀이지요."

"예, 그 학교가 알맞은 것 같아요. 기숙학교고 학생 수도 적당하고 비교적 괜찮은 집 아이들이 다니고 있으며 교사진도 좋고 캠퍼스가 넓고 아름다운 학교입니다. 정무가 가면 잘 할 수 있을 거예요. 등록금이 기숙사비 합쳐서 년 간 약 3만 달러 정도 되니까 동부나 로스앤젤레스 근처 학교 보다 낮은 편이지요. 그 학교로 보내시면 제가 휴스턴의 교포 한 분을 소개해 드리겠습니다. 여러 가지로 도움이 되실 거 에요."

귀가 솔깃해진 신애는 더 적극적으로 미스터 김의 말을 더 듣고 싶어 했다.

"아이고, 감사드립니다. 그런데 우리 정무가 따라 갈 수 있을 가요?"

"예, 문제없습니다. 그런데요, 무엇 보다 정무한테 좋을 것입니다. 여기서 학원 다니며 수능 준비하는 것, 정말 지옥 중의 지옥입니다. 제가 미국에서 고등학교 다녀 보니까, 여기의 고등학교 학생의 그 지긋지긋한 입시준비에 비하면 미국에서 고등학교 다니는 것은 천국의 신선놀음입니다. 그러면서 공부 할 것은 다 하고 즐길 것 즐기며 신체단련도 아주 잘 하고요. 사실 따지고 보면 여기서 특히 강남에서 학원 다니면 유학비 못지않게 돈이 듭니다. 그럴 바엔 차라리 유학 가는 게 백배 낫지요. 정무 장래를 위해 보내세요."

미스터 김의 말에 귀가 더 쫑긋해진 사람은 정무엄마였다. 그토록 어렵게 낳은 아들이라 아들한테 좋다는 말에 정신이 번쩍 들었다.

"김 선생님, 진짜 우리 정무를 위해 유학 보내는 것이 더 좋다는 말씀이지요."

"예, 정무어머님! 정무를 위해 결단을 내리십시오. 후회 안 하실 것입니다."

미스터 김이 가고 난 후 신애가 말했다.

"여보, 정무한테 좋다니까, 주저 말고 그냥 보냅시다. 당신 좀 힘들겠지만. 나중에 정무가 당신의 희생을 알아 줄 거예요. 하나 뿐인 아들인데 설마 우리가 아들 하나 유학 뒷바라지 못 하겠어요!"

신애의 단호한 의사에 용구는 더 이상 할 말이 없었다. 자식을 위해 할 수 있는 한, 다 하자는데 아버지로서 달리 무어라 할 수가 없었다.

"당신이 이토록 적극적으로 나오니 나야 할 말이 없지. 나도 당신 생각과 같아. 오케이 그렇게 합시다."

용구는 미스터 김의 도움을 받으며 휴스턴의 L학교 홈페이지에 들어 가 그 학교에 대해 샅샅이 검토하고 필요한 것을 프린트 하여 파일로 만들며 준비를 했다. 바로 편지를 보내 여기서 7학년을 마쳤기 때문에 8학년에 들어가기로 하고 이에 맞는 입학원서를 요청했고 여기서 여권과 비자 받는데 필요한 서류를 준비해 나갔다. 정무의 중학교에 가서 성적표를 신청하니 담임선생이 기다렸다는 듯이 작성 해 주었다. 그동안 정무한테 영어를 가르쳤던 원어민 선생에게 추천서를 부탁했고 미스터 김한테도 여러 가지 부탁을 했다. L학교에서 온 입학원서를 작성하고 그 원서에 첨부되어야 하는 각종 서류를 만들어 동봉해 보냈다. L학교에서 입학원서를 접수하였다면서 몇 날 몇 시에 학교의 입학담당자가 정무한테 전화를 하겠다는 통보를 받고 정무가 기다리고 있었다. 정무는 그 시간에 전화를 받아서 기본적인 질문에 대답하였고 입학에 문제가 없다는 언질을 받아 무사히 통과한 것 같았다. 정무가 그동안 원어민 선생한테서 영어를 연습했기 때문에 인터뷰를 무사히 마칠 수 있었다. L학교에서 입학허가서(I-20폼)가 도착했고 이것을 갖고 미국대사관 영사 과에 비자 신청을 했다. 학생비자 인터뷰 일자를 통보받고 정무는 그 시간에 출두하여 간단한 인터뷰를 무사히 마쳐 학생 비자를 받았다. 영사과 앞에서 기다리고 있던 신애는 정무가 비자를 받고 나오자 눈물을 글썽이며 기뻐했다. 아들이 미국에 유학 간다고 생각하니 아들이 대견해 보였다. 그런데 한편으로는 아들 덕에 미국에 자주가게 되었지만 돈 들어 갈 것을 생각하니 걱정도 되었다. 집에 와서 용구에게 전화를 했다.

"여보, 정무하고 같이 집에 들어왔어요. 비자 받았어요. 우리 정무 잘 하지? 오늘 일찍 들어와요, 응, 알았지."

"알았어."

용구도 정무가 이제 유학을 가게 된다고 생각하니 우선은 기뻤다. 그러나 기쁘기만 한 것은 아니었다. 돈이 얼마나 들지 모르기도 하고 인성교육이 잘 되기만 할 것인지 잘 모르겠기에 마음 한 구석에 불안이 도사리고 있는 것도 사실이었다. 착잡한 느낌이 없지 않았다.

용구가 집에 들어서자 신애는 밝은 표정으로 용구를 바라보며 말했다.

"오늘 정무가 인터뷰 잘 해서 미국 비자 받았어요. 여보. 정무 칭찬 좀 해 주세요."

"알았어. 정무야, 아빠 왔다."

"아버지 오셨어요."

"너 인터뷰 잘 하고 비자 받았다며, 잘 했어. 축하한다."

"아이, 아빠도. 무슨 축하에요. 그냥 사실대로 말 하고, 주니까 그냥 받았어요."

"이애, 사실대로 말 하고 문제없이 받게 된 것이 잘 한 거야."

"아빠, 고마워요."

"너는 미국 가서도 잘 할 거야. 나는 너를 믿는다. 우리 아들 최고!"

"우리 아빠 최고에요."

옆에서 지켜보던 신애도 한 마디 안 할 수 없었다.

"부자간에 잘~들. 그 기분 영원히 간직하세요. 용구 씨, 정무 군."

"오늘, 우리엄마 기분도 짱!"

"슈~어, 우리 모두 브라보!"

저녁 식사를 마친 후 정무가 자기 방에 들어가자 용구와 신애는 정무의 유학에 대해 이야기를 나누었다. 신애는 아무래도 한 발 덜 들여 놓은 입장이고 직접 책임지고 뒷바라지를 전적으로 책임져야 할 용구는 직접 일일이 모든 비용을 다 따져 봐야 할 입장이 아닐 수 없었다. 물론 신애도 직접 돈을 들고 뒷바라지를 해야 하지만 돈을 마련해야 하는 사람은 용구였다. 그래서 신애는 용구의 눈치를 보지 않을 수 없었고 조심스럽게 이야기해야 했다.

"여보, 당신, 자신 있어? 정무의 유학 뒷바라지가 쉽지 않을 텐데!"

신애 얼굴을 빤히 쳐다보며 결연한 의지를 나타내는 용구의 말은 거침이 없었다.

"하나 밖에 없는 아들인데 지 좋다는 것, 무엇이든지 다 해 줘야지! 어떻게 하겠어, 아버지 된 도리로 최선을 다 해야지!"

용구와 신애는 밤늦도록 많은 것을 생각해 보았다. 우선 L학교에 매년 내야 하는 학비가 3만 달러나 되니 용구 월급의 반이나 되는 적지 않은 금액이었다. 미국의 사립학교에 다니면 운동이나 동아리 그리고 각종 활동비도 상당히 든다고 봐야 하고, 1년에 적어도 두 번 타는 한국과 미국의 왕복 비행기 표도 상당한 금액이었다. 지금 원화 대 달러의 환율이 낮으니까 이 정도지 앞으로 만약 환율이 요동쳐서 오르기라도 하면 속절없이 오르는 만큼 비용이 더 들어간다고 봐야 했다. 그런데 아무리 생각해도 환율이 이대로 오래 갈 것 같지 않았다. 많은 경제전문가들이 지금의 환율은 비정상이라고 평가하고 앞으로 급격한 변화가 즉 환율이 크게 오를 것이라는 전망을 하고 있었다. 여러 가지 경제사정으로 보아 이율이 오래 갈 것 같지 않을 것이라는 것은 누구나 짐작할 수 있는 상황이었다. 그러니까 생각 보다 돈이 더 들어 갈 가능성이 높다고 보아야 했다. 그런데 지금 시작하면 고등학교까지 다녀야 하고 대학도 미국에서 다니지 않을 수 없을 것이고, 그렇게 되면 적어도 앞으로 중학교 2년 고등학교 3년 대학교 4년 도합 9년 즉 근 10년을 대 주어야 하는 셈이었다. 이대로 그냥 따져 보아도 빠듯한데 여기에 무슨 변화라도 생기게 되면 무슨 고생을 해야 할지 알 수 없는 일이었다. 하기야 여기 있어도 강남의 비싼 학원 보내랴, 학교 여러 가지 비용 들어가, 각종 참고서 사다 대기 등, 비용이 만만치 않을 것이니 그게 그 것인 것 같기도 했다. 그러나 여기서 대야 하는 비용은 사정에 따라 조정하면 되지만 미국에 유학 보내면 우리 사정에 따라 조정을 할 수 있는 것이 아니라는데 문제가 있었다. 그러니까 사정이 달라지면 속수무책이라는데 문제가 있었다. 문제를 생각하니 앞이 캄캄하였다. 그래서 문제가 발생하기 전에는 문제를 생각하지 말아야지 미리 문제를 생각하면 아무 일도 못 할 것 같았다. 뒷골이 뻐근해진 용구는 신애더러 물 한잔을 청했다.

"여보, 나 물 한잔 갔다 줘. 시작도 하기 전에 골치가 뻐근해 온다."

"자 한잔 드시고, 숨을 돌려요. 너무 어렵게 생각하지 마세요. 지성이면 감천이라는데 힘들면 그만큼 결과도 있겠지요."

"대기업의 과장이 애 하나 공부시키는데 이렇게 어려워해야 하니, 우리나라 교육에 진짜 문제가 있는 것 아니요? 여보."

"말 말아요. 집집마다 야단이에요. 우리는 애가 하나니 말이지 둘이나 셋 되 보세요. 그래서 애 교육 때문에 빗 지는 사람 많아요. 특히 강남의 부모들이 더 심해요."

"아니, 무슨 세상이 이래? 내가 옛날에 고등학교 가고 대학 갈 때는 그냥 그저 열심히 하고 자연스럽게 진학 했는데. 왜 이런 다냐? 사람들 다 미쳤어! 대통령 장관 국회의원 언론 뭐라고 하는 자들, 다 뭐 하는 거야? 나라를 이 모양으로 만들어 놓고 무슨 정치가 어쩌고저쩌고, 국가백년대계니 뭐니, 한심하다 못해, 에이 말을 말아야지. 모르겠다."

"여보, 당신도 회사에 있지만, 기업은 경쟁을 하면 제품을 개발하고 질을 높여 경영개선을 통해 경쟁력을 높이고 발전의 발전을 거듭하는데, 우리나라 교육에서는 부모와 학생이 경쟁을 하면 할수록 비용은 비용대로 높아지고 교육의 질은 떨어지며 학원이나 해외로 나가게 되니 완전히 거꾸로 가는 세상이 되고 있어요. 교육이 순리대로 되면 잊어버리고 당신이 한 것처럼 지가 알아서 하도록 내버려 두고 지켜보며 애를 귀여워하면 될 것을, 왜 우리가 이렇게 골머리를 짜야 하는지 알 수 없네요. 우리뿐만이 아니고 강남의 집집마다 야단이에요. 세상이 무서워요. 국내에서 자연스럽게 교육다운 교육을 제대로 하면 애도 좋고 부모도 좋고 비용도 특별히 더 들일 것 없고 다 좋을 텐데 왜 이렇게 야단법석을 떨어야 하는 건지 너무 속상해요. 그렇다고 남들 다 어떻게 하는데 가만히 앉아만 있을 수도 없고. 귀신방망이나 있으면 나가서 모조리 한 대 씩 때려눕혀 정신 똑 바로 차리게 하고 싶어요. 정말 열불나요. 엄마들 모이면 다들 한 마디씩 해요. 그런데 나서면 아무 말 안 해요. 자기 아이 어떻게 될 가봐. 유태인 어머니들은 안 그렇다고 하던데."

"누가 아니래! 시골의 우리 형님 댁이 등 따시고 배부르겠네. 욕심이 문제야. 우리도 반성해야 해."

"그렇다고 이왕 이렇게 된 것, 무를 수도 없는 것 아니요?"

"우리도 당신 고생할 때 생각을 안 해본 게 아니지만, 그래서 애들을 안 낳는데. 이러다 나라가 어떻게 되는 거 아닌지? 큰일이야."

용구와 신애는 저녁 늦도록 정무의 유학에 대해 이야기를 나누었다. 비용이 들지만 정무를 위해 어쩔 수 없는 것으로 결론을 내렸다. 고생을 하드래도 자식을 위해 희생하는 각오로 최선을 다하기로 했다.

늦은 밤, 잠자리에 들려고 하면서 앞의 아파트를 내다보니 아직도 불이 꺼지지 않은 집이 꽤 많이 있었다. '저 집들이 다 수험생이 있는 집들이겠지! 밤이 늦도록 이렇게 공부에 찌들대로 찌들려야 하는 수험생이 얼마나 힘들가' 생각하니 정무를 유학 보내기로 하는 것이 잘하는 것이라고 생각되기도 했다. 한창 혈기 왕성하여 머리가 발달하고 창의력이 길러지며 심신이 잘 잡혀야 할 고등학교 시절에 대학입시를 위해 반복만 하는 공부에 찌들어 지고 지쳐야 하니 너무나 불쌍한 우리나라 중 · 고등학교 학생들이고, 이런 지옥을 면하게 해 주는 것이 부모로서 할 수 있는 자식에 대한 성의라고 생각되기도 했다. 흔히들 한국의 고등학교는 지옥이고 미국의 고등학교는 낙원이라고 하니 더욱 그러했다. 그래서 유학을 갈 수 있도록 해 주는 것이 부모로서 자식에 대해 보다 성의 있는 역할이고 유학을 갈 수 있는 아이도 그 만큼 잘 하고자 하는 의지가 있는 우수한 학생이라 생각하니 마음이 좀 후련해졌다. 앞에서 유학하고 돌아와 잘하고 있는 유학파들처럼 고생하지 않게 해 주는 것이 우선은 좋은 것 같아 용구의 마음이 한결 가벼워진 느낌이었다.

유학을 가기로 하여 미국의 사립학교로부터 입학허가서를 받아놓은 정무는 중학교 2학년 1학기부터 학교에 가지 않고 8월 중순까지 영어공부와 읽고 싶은 책을 읽으며 유학준비에 열중했다. 미국의 중 · 고등학교에서는 운동도 잘해야 한다고들 하니 미국에 갈때까지 운동도 열심히 해야겠다고 생각하여 여러 가지 운동도 했다. 축구, 농구, 테니스, 태권도 등 여러 가지 운동을 골고루 하고 싶은데 유학 가지 않을 학생들은 학원 다니고 공부하느라 운동을 할 시간이 없고 유학갈 학생을 찾기는 쉽지 않았다. 테니스는 강습을 받기로 하고 태권도는 태권도장에 나가기로 했다. 영어공부는 지금까지 하던 외국인과의 연습을 계속하고 영어만화, 영어로 말 하는 비디오, 쉬운 각종 영어 책 등을 사서 보며 실력 향상을 위해 노력했다. 학교공부, 학원공부, 시험 등에 시달리지 않으니 시간이 빨리 갔다. 어느덧 여름이 가고 8월이 닥쳤다. 8월 중순에는 미국으로 떠나야 했다.

만고풍상을 겪으며 간신히 얻은 무녀 독남을, 그것도 중학교 1학년 마치고 이역 멀리 미국에 보내 놓고 있을 것을 생각하니 용구와 신애에게는 만감의 교차가 반복되었다. 입맛을 한 번 다지며 용구가 신애에게 조심스럽게 한 마디 했다.

"여보, 어떻게 얻은 아들인데 이 애를 미국에 보내 놓고, 당신, 무사히 지낼 수 있겠어? 정무 보내 놓고 병나는 것 아니야?"

마음이 심상해 하고 있던 신애는 용구의 떠 보는 한 마디에 눈물을 글썽이며 대답했다.

"여보, 우리 힘들겠지? 막상 보내고 생각나면 어떻게 하지? 처음에는 얼마 동안 나도 가서 같이 당분간 있어 줄 가?"

한 술 더 떠 보는 신애의 한 마디에 용구는 소스라쳐 놀라며 언성을 높였다.

"그건 아니, 아니 되, 못 보내면 못 보냈지 당신하고는 못 떨어져 있어. 절대로 안 되니까 아예 그런 소리 꺼내지도 말아."

신애는 눈물을 훔치고 약간 웃음 띤 얼굴로 용구를 쳐다보며 한 마디 했다.

"당신을 떼놓고 정무 데리고 가 버릴 가봐, 당신 진짜 놀랬어? 그래도 아들 보다 마누라가 더 우선이네! 나도 당신 없인 못 살아, 걱정

말아요, 용구 씨."

"나를 더 이상 들었다 놓았다 하지 마. 나도 화나면 무서운 사람이야."

"알았어요. 마누라와 아들한테 순해 빠진 당신이 화는 무슨 화를. 당신한테는 농담도 못 하겠다."

"농담에도 뼈가 있을 수 있으니 가려서 하세요. 신애 씨."

어린 아들을 멀리 유학 보내는 용구와 신애는 태연하면서도 신경이 쓰이고 결정을 해 놓고도 불안을 감추지 못 하는 야릇한 심정을 금 할 수 없었다. 이 시절 이 상황에서 이런 일을 겪어야 하는 가정이 한 둘이 아니었다. 경제발전은 기적과 같이 대성공이면서 교육은 망국현상으로 치닫는 기이한 현상에 많은 학부모가 이런 고민을 하게 되어 있는 것이 현실이었다. 현재의 성공이 미래의 실패로 둔갑하고 말 것 같은 모순의 표본 같았다. 현재의 경제발전에 도취되어 미래의 발전을 기약하는 국가백년대계 교육이 망가지는 기현상에 학부모들이 갈팡질팡하는 모습이 아닐 수 없었다.

정무가 떠날 날짜가 닥아 오자, 용구와 신애는 이런 저런 이야기를 심심찮게 주고받았다. 그러나 8월 중순이 다가오자 농담도 함부로 할 수 없게 되었다. 이야기가 잘못 흐르면 진담이 되는 것 같아 두 사람 다 정무 유학 이야기를 하기가 두려워지게 되었다. 어쨌든 열다섯도 안 된 외동아들을 혼자 미국에 보내기로 해놓고 용구부부는 신경을 곤두세우며 준비에 골몰했다. 10년이면 20세기에서 21세기로 세기가 바뀌게 된다고 야단들인데 아들이 새로운 세기에 새로운 세상에서 새로운 글로벌 인재가 되어 새로운 차원의 효도를 할 수 있게 될 가 생각도 해 보기도 했다. 정무가 미국에서 대학을 졸업할 때는 새로운 세기가 시작되는 때이기도 했기 때문에 새로운 의미가 있다고 생각할 수도 있었다. 어려운 결정을 하고 보니 별의 별 기대도 다 해 보게 되었다.

그동안 정무가 미국 휴스턴에 도착하면 용구 사무실의 미스터 김이 소개한 교포 정 효용 씨가 공항에 나와 만나서 자기 집에 하루 이틀 묵게 한 다음 L학교에 데려다 주기로 이야기가 되었고 세기여행사에 비행기 표도 예약을 해 놓았다. 용구는 직장 때문에 같이 가지 못하고 신애가 아들을 데리고 가기로 하여 신애의 비행기 표도 같이 예약해 놓았다. 같이 가지 않는 아버지는 비행기 값만 지불하면 되지만 막상 떠나는 정무와 같이 가는 어머니는 짐을 챙기기에 여념이 없었다. 안방과 정무 방에는 거짓 말 약간 보태면 짐이 산더미 같이 쌓였다.

"여보, 이 많은 짐을 어떻게 트렁크에 다 넣으려고 해. 이거 너무 무리 하는 거 아니야?"

"그래요, 너무 많이 챙겼어요."

떠나기 3일 전부터 네 개의 가방에 이리 넣어 보고 저리 넣어 보고 안간 힘을 다 쓰고 있었다.

08

정무가 미국으로 유학을 떠나는 8월 날씨라 무덥고 바람도 거의 없었다. 아침부터 짐을 챙기고 집안을 돌아 본 신애는 결혼하고 처음으로 외국으로 떠나는 심정이 착잡했다. 정무를 낳기 위해 병원에 입원한 이래, 남편 용구를 몇 날 며칠 한 번도 혼자 집에 있게 한 일이 없었다. 막상 떠나려 하니 남편 용구가 자꾸 마음에 걸리고 이 길이 남편에게 부담되는 것이 아닌지 또는 부자지간을 얼마나 어떻게 단단하게 하는지 느슨하게 하는지 감도 잡히지 않았다. 그저 덤덤하면서 비행기 탈 일만 생각났다. 사실 이 길이 무슨 길이 될 것인지 심각하게 생각하고 싶지 않았다. 그저 데려다 주고 돌아온다는 생각만 했다. 김포공항 국제선에는 많은 사람들이 외국으로 떠나느라 북적이고 있었다. 인천에 새 국제공항을 짓는다고 하는데 다음에 데려다 줄 때는 인천까지 가야 할 것 같기도 했다. 부인과 아들을 멀리 미국으로 떠나보내는 용구는 아침부터 심란한 심정을 지울 수 없는 듯 시무룩해 하면서 말이 없었다. 출국수속을 마친 신애와 정무는 출국장으로 들어가기 전에 용구를 끌어안으며 작별인사를 했다.

"여보, 나, 다녀올게. 밥 잘 챙겨 먹고 그리고."

신애는 말을 하다가 눈물을 글썽이며 더 이상 말을 하지 않았다. 마치 영원한 이별이라도 하는 것 같이 심란한 마음을 감출 수 없었다. 왜 이리 용구가 불쌍해 보이는지 신애 자신도 모르겠다. 분명 이별이 아니고 잠간 떨어지는 것인데 왜 이렇게 마음 한 구석이 이상한지 알 수가 없었다. 정무는 비행기 타는 기분에 들떠 있는지 별 다른 표정 없이 용구를 향해 한 마디로 인사를 했다.

"아빠, 안녕히 계셔요. 가서 편지 드릴게요."

용구도 신애의 눈물 글썽이는 표정에 담담하려 애쓰며 정무에게 아버지의 당당함을 잃지 않으려 상심을 감추고 별 다른 감정 없이 인사를 받았다.

"가서 공부 잘 하고 운동도 열심히 하고 외국 아이들과 잘 어울려라. 너는 잘 할 거야. 나는 너를 믿는다. 아빠 힘들 것 생각하지 말고 너나 편하게 잘 지내라. 필요한 것 있으면 전화하고 흠씩 있으면 엄마한테 전화 해."

신애와 정무가 출국장에서 보이지 않을 때까지 용구는 뒷모습을 바라보고 있었다. 정무 또래의 남녀 학생들이 계속 들어가고 있었다. 마치 학교 가는 버스를 학생들이 타려고 입구로 들어가는 모습 같기도 했다. 아들을 외국으로 유학 보내는 것이 당연한 일로 생각하게 하는 현상을 목격하고 있었다.

정무와 신애가 탄 비행기는 10시간 만에 미국 서부항구도시 샌프란시스코에 도착했다. 입국수속을 하려는 사람들이 긴 대기 줄에 지친채 서 있었다. 거의 한 시간을 기다려서 차례가 오자 정무와 신애는 이민국직원 앞에 다가가 섰다. 입학서류를 보여 주며 정무가 설명을 했다. 여권에 입국도장을 받고 나와 환승 게이트로 가는데 신애가 한마디 했다.

"너, 당황하지 않고 이민국직원한테 영어로 말 잘 하더라. 학교 가서도 미국 아이들과 잘 어울리겠어. 우리 아들 장하다."

"나, 우리 아빠, 우리 엄마 아들이잖아. 나중에 공부 마치고 취직해서 엄마 아빠 미국에 잘 모실게."

샌프란시스코에서 휴스턴으로 가는 비행기는 약 세 시간 후 출발이었다. 국제선에서 내려 입국수속을 하고 국내선 게이트로 가 휴스턴 행 탑승게이트를 찾아 기다리다가 타야 하는데 샌프란시스코 공항이 손가락 모양으로 윙이 이리저리 뻗어 있어 복잡하고 많이 걸어야 했다. 정무는 영어로 된 이정표를 보면서 열심히 찾고 있었다. 그런데 막상 게이트에 와서 보니 시간이 많이 남았다. 공항 안에만 있으니 미국이라는 감은 들지 않았다. 그래도 국제도시 공항냄새는 충분했다. 휴스턴 행 비행기는 비교적 작은 비행기였다. 비행기를 타고 창밖을 내다보니 미국서부의 로키산맥과 콜로라도 주 그리고 텍사스 벌판이 속속 눈에 들어왔다. 정무는 앞으로 자기는 볼 기회가 많이 있을 수 있으니 신애더러 창가에 앉아서 보라고 했다. 멀리 보이는 그랜드 캐년 대협곡과 콜로라도 강은 그야말로 장관이었다.

휴스턴은 큰 도시라 공항도 큰 규모였다. 짐을 찾아 카트에 싣고 공항의 도착 문을 나오자 정 효용 씨가 기다리고 있었다. 머리가 약간 벗겨지고 살이 좀 찐 50대의 정 씨는 호인으로 보였고 그 아내는 우리를 웃음으로 맞아주었다. 정씨의 집에서 이틀을 쉬고 정씨의 차로 L학교에 갔다. 편지로 알려 준 기숙사를 찾아 갔다. 아담한 3층 붉은 벽돌 건물인 기숙사는 우선 겉으로 보기에 좋아 보였다. 기숙사 앞의 잔디밭도 좋아 보였고 창문도 깨끗했다. 기숙사 사무실에서 키를 받아 방에 들어 가 보니 침대가 양쪽으로 벽에 붙어 있고 머리 쪽에 책상이 있었다. 같이 기거할 룸메이트는 방에 없었다. 방에 짐을 내려놓으니 이로서 정무의 미국유학은 바로 시작되었다. 정 효용 씨는 학교에 대해 상당히 알고 있었다. 이 학교에 와본 것이 이번이 처음이 아니었다.

신애와 정무는 정 효용 씨 부부와 같이 학교 캠퍼스 투어를 했다. 약 50만평 되는 광활하다면 광활한 부지에 여유 있게 늘어 선 수십 개의 교사와 남여기숙사 건물들, 그리고 넓은 운동장과 건물 사이사이의 잔디밭 등이 낙원 같았다. 학교가 아니라 유원지의 놀이터 같았고 고등학교가 아니라 큰 대학교 같았다. 교실은 대부분 10-20명이 둘러 앉아 토론식으로 수업을 하도록 되어 있었고 교실에 교사의 책상이 서재처럼 되어 있었으며 도서관에는 학생들이 책을 마음대로 꺼내 볼 수 있도록 되어 있었다. 도서실 구석구석에 학생들이 공부하면서 토론을 하고 토론하며 공부하도록 책상과 의자가 배치되어 있었다. 도서실 서가에는 많은 책이 즐비해 있었다. 과학실험실은 연구소의 실험실 같았고 화학실험실에는 각종 화학물질이 마구 쌓여 있었다. 정말 산교육을 하도록 모든 것이 제대로 갖추어져 있었다. 이런 학교에서는 저절로 산 공부가 되고도 남겠다는 생각을 하지 않을 수 없었다. 실내체육시설을 보고 신애는 깜짝 놀랐다. 마룻바닥이 반질반질한 실내 농구장이 세 개나 있었다. 칸막이로 되어 있어 필요하면 칸막이를 없애고 실내 운동장처럼 넓게 쓸 수 있도록 되어 있었다. 실내 축구장 같이 보였다. 이 실내 운동장의 각종 첨단 시설이 상상을 초월했다. 실내 수영장이 깨끗하게 정돈되어 있었고 학생들이 혼자서 몸을 마음껏 풀 수 있도록 스쿼시 룸을 여러 개 만들어 놓았다. 500명 이상 수용할 수 있는 대강당도 첨단이었다. 음악수업을 할 수 있도록 여러 가지 시설을 해 놓았고 미술수업을 위해서는 각종 재료들이 선반에 가득가득 진열되어 있었다. 야외운동장으로는 넓은 미식축구장과 일반 축구장 그리고 여러 개의 테니스장이 있었다. 학생 식당은 카페테리아로 되어 있었다. 학생들이 음식을 골라서 계산대를 거치면 바로 테이블에 앉아 먹으면 되는 식이었다. 음식의 선택이 다양하여 한창 나이에 마음대로 골라 먹을 수 있다는 것이 정말 다행이었다. 정무가 다닐 L학교의 캠퍼스를 투어 한 신애는 정말 선진국의 교육시설에 놀라지 않을 수 없었다. '공부를 하려면 이런데서 해야 하는 것 같다'는 생각을 금할 수 없었다.

"애, 정무야, 이런 학교를 다닌다는 것은 정말 신선놀음이다. 너는 부모 잘 만난 덕에 진짜 천국 같은 중 고등학교에서 호강하게 되었다. 한국의 중 · 고등학교와는 비교도 안되고 천지차이다. 골방 같은 학원 교실에서 일방적인 강의에 몸을 비틀며 지옥 같은 지루함과 고통에 몸부림치며 주말도 없이 밤늦도록 시달려야 하는 것을 생각하면 너는 행운아 중 행운아다. 너 아빠께 진심으로 감사드려야 한다. 알았니? 이게 다 돈 아니니. 앞으로 아빠는 너를 뒤 바라지하기 위해 얼마나 고생을 하셔야할지 모르지 않니."

"나도 그렇게 생각해, 엄마. 나를 이 학교에 부내주신 거 감사하게 생각할게."

아들을 기숙학교 기숙사 방에다 두고 한국으로 돌아오면서 신애는 비행기 안에서 흐르는 눈물을 감추지 못했다. '가족 떨어져 혼자 기숙생활을 하게 되는데 음식은 입에 맞을는지, 룸메이트와 잘 지낼 수 있을런지, 학교공부는 따라 갈 수 있을런지, 아프면 어떻게 할 것인지, 빨래는 제대로 해 입을건지' 신경 쓰이는 게 한두 가지가 아니었다. 아들 생각하느라 휴스턴에서 오는 비행기는 언제 왔는지 모르겠고 샌프란시스코에서 태평양을 지나는 시간도 시간 가는 줄 몰랐다. 김포국제공항에 도착하여 도심리무진을 타고 강남터미널에 오니 저녁때가 되었다.

신애가 강남 공항터미널에 도착하니 용구가 마중 나와 있었다. 며칠 못 봤는데 몇 년 못 본 것 같았다. 너무나 먼 여정이었기 때문이기도 하겠지만 어마어마한 큰일을 하고 왔기 때문이었다. 사실 아이 하나 미국에 유학 보낸다는 것이 보통일이 아니라는 것을 신애는 직접 가서 보고 왔기 때문에 실감이 났다. 앞으로 학비를 댈 일이 여간 어려운 일이 아니니 문제는 용구가 너무 힘들것이라는 생각에 용구를 보는 순간 용구가 불쌍해 보였다. 학교가 좋은 만큼 돈이 그 만큼 든다는 사실을 신애는 잘 알고 있었다.

"여보, 잘 있었어. 며칠 사이에 얼굴이 핼쑥해졌어. 밥은 제때 먹었어. 나 없으니까 힘들지?"

"괜찮아! 당신, 힘들지 않았어? 그 먼 길을 짧은 기간에 갔다 왔으니. 아픈 데는 없어?"

두 사람은 인사를 주고받은 다음, 별 말이 없이 집으로 향했다. 신애는 장거리 여행에 지쳤고 용구는 기다리느라 지쳤다. 집에 도착하여 짐을 내려놓은 신애는 피곤하면서도 우선 용구의 궁금증을 풀어주어야겠다는 생각에 갔다 온 여정과 학교에 대해 설명을 했다.

"여보, 샌프란시스코 공항의 입국수속에서 정무가 이민국직원한테 영어를 유창하게 하여 쉽게 통과하였고 복잡한 샌프란시스코 공항을 이정표를 보고 잘 찾아 다녔어. 당신 아들이 국제화가 상당히 되어 있었어. 축하해요, 용구 씨."

마음이 가벼워진 용구는 한편 우쭐하며 학교에 대해 더 궁금했다.

"그래? 정무가 다닐 학교는 어때? 좋아?"

"말 말아요. 상상을 못 할 정도로 지상천국 같아요."

용구는 눈을 번쩍 뜨며 다그치듯 물었고 신애는 지친 기색이 없이 신이 나서 설명을 했다.

"여보, 글쎄. 우리나라에 대학교건 무엇이건 그렇게 넓은 터를 잡은 학교가 없을 거요. 아마 학교 땅이 거의 100만평 가까이 되는 것 같아요. 교사와 기숙사 건물이 수 십 개가 되고 운동장이 몇 개나 되는데, 어쩌면 그렇게 넓고 여유가 있게 해 놓을 수 있는지, 아무튼 이거는 학교가 아니라 애들 왕국 같아요. 체육시설을 보고 놀라지 않을 수 없었어요. 당신, 실내 농구장이 몇 개인지 아세요?"

"안 봤는데 어떻게 알아? 큰 것 하나겠지 뭐."

신애는 용구의 얼굴을 빤히 쳐다보며 힘주어 말했다.

"실내농구장이 세 개인데 붙어 있어 가지고 트면 큰 운당장이 되요. 거기서 무엇이든지 할 수 있어요. 그리고 실내 수영장, 실내 스쿼시 룸이 대여섯 개, 강당은 최첨단으로 500석이 넘어요."

"교실은?"

"학생들이 공부할 교실은 10-20명이 토론수업을 할 수 있도록 라운드 테이블로 되어 있고 담당교사가 자기 사무실로 쓰고 있어서 학생들이 언제나 찾아 와 상담을 할 수 있게 되어 있었어요. 학생식당은 아주 큰 카페테리어에요."

"그러면 마음대로 갔다 먹겠네."

"그럼요. 마음대로 골라 먹을 수 있어요."

"정무, 녀석, 좋겠다."

시골 깡촌에서 자라 호화판 시설이나 제도를 상상도 못 해 본 용구는 자식에게나마 국제수준 그것도 미국의 사립학교 시설에서 공부할 수 있게 해 준 것에 보람을 느끼며 정무에 대한 기대를 늦추지 않았다. 힘들게 낳아 애지중지 기르는 아들이라 신애도 흐뭇해했다.

"여보, 힘들겠지만, 하나뿐인 아들을 그렇게 좋은 학교에서 공부 잘하게 하여 보람을 얻읍시다. 정무도 나중에 설마 부모의 사랑을 알고 효도할 것 아니오!"

용구와 신애는 일단 정무를 미국의 L학교에 보낸 것을 잘 한 것이라 생각하고 나름대로 행복에 젖었다.

09

정무를 유학 보내고 열심히 저축하며 알뜰하게 살림을 꾸려야겠다고 마음을 단단히 먹고 있는데 용구에게 희소식이 있었다. 부장으로 진급한 것이었다. 90년대 중반에 들어와 문민정부도 들어서고 우리나라 경제가 잘 풀리며 상승경기를 타고 회사가 계속 커 갔다. 업무가 늘고 사원이 늘면서 기존의 인원이 업무를 더 하게 되면서 진급도 잇따랐다. 재벌회사의 부장이 되니까 그야말로 높은 자리가 되어 월급도 올랐고 주위의 대우도 한결 달랐다. 용구로서는 정무를 유학 보내고 진급을 하게 되니 얼마나 다행인지 모르게 되었다. 용구는 이래저래 운이 트인다고 생각했다. 집에 오자마자 신애에게 큰 소리쳤다.

"여보, 나 진급했어. 정무 유학 보내도 여유가 있게 되었어."

"정말? 여보, 잘 되었다. 우리 부장님, 축하해요."

"애 유학에 맞춰 진급이 되니 일이 잘 풀리는 것 같아. 이거 당신 복이야."

"우리 훌륭하신 부장님의 은덕을 어찌 잊겠습니까? 알아서 모시겠습니다."

"부장 진급하니까 당신부터 달라지네. 진급은 하고 볼 일이야."

"그럼, 나 남편 덕에 호강 좀 해도 되는 거지? 여~보~"

"그래서 말인데, 우리 더 큰 아파트로 이사 가자."

"진짜! 아파트 좀 알아 볼가?"

"정말이야. 한 40평으로 알아 봐. 이 아파트 융자도 끝났고 이사 갈 때가 되었잖아. 새로 사면 새로 융자를 받아도 되고. 요사이 강남의 아파트는 융자가 잘 된데. 은행이자가 싸니까 나중에 아파트 값이 오르면 융자금 다 빼고도 많이 남는데. 이제 부장 되었으니 은행융자 내는데 신용이나 담보 등은 문제가 없을 거야. 장모님과 당신 이모님께 여쭈어 보고 좋은 아파트 하나 찾아 봐. 융자는 나의 대학동창들이 은행에 있는데 지점장급도 있으니 도움이 될 거야. 강남의 아파트는 담보가 좋으니까 은행도 구미가 당기는 융자지. 그리고 내가 재벌회사의 부장이니 이자와 상환에 문제가 없다고 볼 수 있을 것이고. 당신도 큰 아파트에서 한 번 살아 봐야지."

용구의 이 말이 신애에게는 꿈꾸는 것 같이 들렸다. 강남의 40평 아파트에서 산다는 것이 꿈만 같았기 때문이었다. 신애는 자기도 모르게 용구를 철썩 끌어안으며 감사의 키스를 했다. 용구는 신애의 돌출행동에 놀라면서도 싫지 않았다. 오히려 달콤했다. 일이 잘 되어 와이프가 좋아 날뛰는 것은 자연스럽고 당연했다. 사실 이런 날이 오도록 기다리기도 했고 이렇게 해야 한다고 농담 아닌 진담도 하지 않았던 것이 아니었다. 현실로 다가올 수 있는지 항상 의문이었는데 이제 막상 현실로 나타나고 있으니 꿈만 같으면서도 실제로 기쁘기 한량 없는 것은 당연했다. 그 날 밤 용구와 신애는 밤늦도록 정무유학, 진급, 40평 아파트, 정무 보러 미국 갈 생각 등으로 이야기꽃을 피우며 잠을 설쳤다.

부장으로 진급한 용구는 일에 더 신이 났고 40평 아파트를 보러 다니는 신애는 친정어머니와 이모들 그리고 친구들과 신나고 재미가 넘치는 아파트 이야기를 하고 또 하며 시간 가는 줄 몰랐다. 신애가 강남의 40평 아파트로 이사를 가려한다고 하니까 너도나도 많은 사람들이 별의 별 의견을 다 쏟아 놓았다. 들뜬 분위기에 공주병이 들 정도였다. 아파트에 대한 이야기로 한창 대화를 하고 있는 용구부부에게 미국에 있는 정무한테서 전화가 왔다.

"엄마, 잘 갔어? 아빠도 잘 계셔? 나 룸메이트도 만나고 학교에 등록도 하고 사감선생님과도 이야기 잘했어. 사감선생님이 참 좋은 분이야. 공부는 다음 주에 시작하는데 한국과 너무나 달라 어떻게 준비를 해야 할지 어리벙벙해. 시간표대로 잘 찾아서 하면 되겠지. 토론수업이 많아 익숙해지려면 시간이 좀 걸릴 거라는 귀띔이다. 엄마, 나 은행에 가서 구좌를 열었다. 지금 불러 줄게. 뱅크오브텍사스 789-123-4567. 집 근처 은행지점에 유학서류를 갖고 가 등록을 해 놓으면 정기적으로 송금을 할 수 있다. 지금은 가지고 온 돈이 있어 송금 안 해도 되. 나중에 필요하면 연락할게. 엄마 사랑해."

잘 듣고 있던 신애는 얼른 이어 말을 했다.

"정무야. 잘 있다니 다행이다. 엄마 잘 와서 잘 있다. 그런데 정무야, 아빠가 진급하셨다. 이제 부장 되셨어. 월급도 오르고 보너스도 많아 졌으며 부하도 많아 졌어. 그래서 우리 40평 아파트로 이사 할가하고 알아보고 있는 중이다. 네가 방학에 집에 오면 더 큰 방에 있을 수 있어. 아빠께 축하 인사드려."

신애는 수화기를 용구에게 넘겼다.

"정무야, 아빠다. 우리 아들 장하다. 미국 학교에 가서 잘 하고 있으니 이 아빠는 보람을 느낀다. 내가 이제 진급도 하고 했으니 네가 필요한 것 다 해 줄 수 있어, 너는 공부만 잘 하면 되. 열심히 해라. 운동도 열심히 하고 친구도 잘 사귀어라. 밥은 먹을 만하니? 뭐든지 골고루 잘 먹어야 한다."

"예, 아빠. 음식은 전부 양식이고 다 먹을 만해요. 다 좋아요. 실컷 먹어요. 아참, 아빠 축하드려요. 그런데 아빠, 아빠를 '한 부장님' 하면 한 사람의 부장님으로 잘 못 들릴 수 있으니 아빠는 '한 용구부장님' 이라고 해야겠네요. 저는 '한 부장님' 하지 않고 '한 용구부장님' 할게요. 아빠 안녕히 계셔요. 사랑해요."

"그러고 보니 네 말이 일리가 있다. 오냐, 나도 사랑한다. 안녕."

신애와 용구는 아들의 전화를 받고 아주 기뻐했다. 이제 중학교 일학년 마치고 미국에 혼자 있는데 주눅 들리지 않고 기숙사에 자리 잘 잡고 잘 있다고 하니 대견하다고 생각하면서 한 시름 덜었다. 이 날 저녁에는 정무 이야기로 밤늦도록 이야기를 했다.

추석에 용구와 신애는 시골의 아버지 어머니께 인사드리며 제사 지내러 갔다. 서울에서 멀지 않아 교통체증이 별로 문제되지 않아서 다행이었다. 용구부모님은 원래 건강하셔서 성인병이 없으시고 기력이 왕성하셔서 자식들에게 부담을 주시지 않아 형 내외가 편한 편이었다. 형인 큰 아들 용준이 농사일을 거의 다 하고 아버지는 옆에서 도와주시는 정도만 하시며 소일 겸 건강관리를 위한 일만 하셨다. 어머니도 형수님을 도와주시는 정도만 하시고 살림살이 원만한 것은 모두 형수님께 맡겨 놓으셨다. 조카들 그러니까 정무 보다 6년 위인 큰조카 정구는 고등학교 졸업하고 형님을 도와 농사일에 전념하고 있고 정무 보다 4년 위인 둘째 조카 정호는 시골의 고등학교에 입학했다. 정무 보다 1년 위인 질녀 그러니까 정무의 사촌 누나 정애는 중학교 3학년이었다. 정무의 사촌들은 시골의 대가족에서 자라며 모든 것을 스스로 하고 집안의 화목과 순박한 시골집안의 분위기에서 자라서인지 공부도 잘 하고 인성이 나무랄 데 없는 착한 아이들이었다. 학원을 다니고 과외를 하며 시험 준비를 애써서 하는 스타일이 아니어서 성적이 뛰어나지 않은 것이지 기본적으로 머리는 좋고 자기가 알아서 하며 심성이 좋다는 점에서는 우수한 아이들이 아니라고 할 수 없었다. 특히 맏아들 정구는 고등학교 졸업하고 자기 아버지를 도와 농사일에 전념하면서 만족하고 있었다. 세상 복잡한 일에 신경 쓰지 않고 모든 일을 긍정적으로 받아드리고 할아버지와 할미니 그리고 자기 아버지와 어머니에게 항상 같이 사는데 대한 고마움과 현재 생활의 만족감을 잃지 않고 있었다. 서울의 삼촌이 무엇을 하고 있는지 어떻게 살고 있는지 사촌 정무가 어디서 무엇을 하고 있는지 별로 관심이 없었다. 시골에서 집안 식구들과 잘 지내고 농사 잘 되는데 대한 만족으로 마음의 평화가 가득한 모범 청년이었다. 삼촌이 한 마디 했다.

"이애, 정구야."

"예. 삼촌."

"시골에서 농사 일 하기가 어떠니?"

"괜찮습니다. 할 만 합니다. 특별한 일 없으면 걱정 없습니다."

"힘들거나 어려운 일 없니?"

"어려울 거가 있겠습니까? 요사이는 농사도 웬만한 것은 다 기계로 합니다. 일일이 손으로 다 하려면 농사 못 짓지 예. 기계도 조합에서 빌려 주고 전문가가 와서 다 봐 주기 때문에 필요한 것 아무거나 갖다 쓰면 됩니다. 농산물 판매도 조합을 통해 웬만한 것은 제때 바로바로 내다 팔 수 있기 때문에 별로 신경 안 씁니다. 농촌에도 있을 것 다 있습니다. 알뜰히 하면 차도 한 대 굴릴 수 있고 여행도 갈 수 있습니다. 다음에 돈 모아서 정무한테 한 번 갈게 예. 정무 덕에 미국

구경한 번 해 보게 예. 아이 구 참, 대학에 안 가고 농사짓기로 하니까 그리 편하고 좋습니다. 고등학교 때 대학시험 준비 안 해도 되니까 공부할 것도 별로 없고 신경 쓸 일도 없었으며 부모님께 부담 안 드려서 좋았어요. 제가 고등학교 졸업하고 집에서 농사지을 수 있도록 부모님이 허락해 주신 것을 감사하게 생각합니다. 제가 토지를 안사도 되고 월사금 안 내고 아버지한테서 농사 일 거저 배우고 집 안 사고 부모님 집에 그냥 살면 되고 할머니와 어머니께서 항상 맛있는 밥 거저 차려 주시고 이다음에 장가도 거저 보내 주시면 만고 땡이겠습니다. 아참, 이다음에 장가가려고 색시 찾을 때는 삼촌이 좀 도와주세요. 삼촌이 좋다고 하면 저는 마, 무조건 오케이 할게 예. 그 때 잘 부탁합니다. 아 참, 숙모님께도 잘 보여 나야겠는데 예. 제가 이래도 마음 하나만은 에이스입니다. 부모님에게 효도가 넘치면 삼촌에게도 좀 안 가겠습니다까. 물론 정무가 있기는 합니다만. 제 것도 조금이라도 보태면 삼촌 마음이 그래도 좀 낫지 않겠습니까. 제가 큰 조카인데 예."

정구의 순박한 마음씨에 용구는 무슨 말로 극찬을 해야 할지 몰라 할 수밖에 없었다. '아들 하나, 그것도 미국에 유학 보내 놓고 언제 어떻게 볼지 모를 뿐만 아니라 정무가 무슨 생각을 하게 될지 모르지 않느냐'라는 생각을 하다 보니 적당한 말을 찾지 못 하였다. 그저 생각 없이 인사치레로 한마디 했다.

"우리 큰 조카, 참 장하다. 네가 그렇게까지 만족하고 건전한 생각을 하고 있는 줄 몰랐다. 이 삼촌이 너를 다시 보아야겠다. 우리 형님, 참 행복한 분이시다. 이렇게 훌륭한 아들을 두고 계시니 말이다. 너의 말을 들으니 우리 큰집의 '가화만사성'을 외치는 만세라도 불러야겠다. 정말 고맙다. 우리 형님이 부럽다. 진짜."

용구의 칭찬에 정구는 머쓱해 하며 한 마디 했다.

"아 참, 삼촌께서도, 삼촌에게는 정무가 있잖아요. 그 애도 이다음에 효도 잘 할 겁니다."

"어디, 너만 하겠니. 우리 형님이 복이 많으셔."

용구 아버지께서 용구를 부르셨다.

"둘째 내외, 거기 있나?"

"예, 아버지. 부르셨습니까?"

"오냐, 너의 아이, 정무는 서양학교에 갔다면서, 그래, 잘 다니고 있나?"

"예, 미국에 가서 곧 시작하려 합니다."

"그런데, 돈이 많이 들어간다면서? 너희 형편에 괜찮겠나? 웬만하면 여기서 시켜도 될 텐데. 왜, 여기 가지고는 안 되나? 서양학교는, 나는 잘 모르겠다만, 꼬부랑 글만 가르치고 예의범절은 안 가르친다고 하데. 그래가지고 이 다음에 부모도 몰라보고 지만 잘났다고 해싸면 그거 나무아미타불 되는 거 아니가? 우리나라 사람은 우리나라 예의범절을 잘 지켜야 하는데. 우리나라에서 요즘 보면 서양공부를 해서 그런지 집집마다 부모 자식 형제 할 것 없이 모두 재산 가지고 싸움질 하느라 정신없는 모양이데. 우리 여기 동네 사람들 만나면 서울의 어느 집 누가 돈과 재산 가지고 무슨 싸움을 어떻게 하고 있는지 이야기 꺼리가 많다. 나야 그런 거 모르고 지내니 다행이다만, 어디 사람 사는 게 그래가지고 속이 뒤집혀서 어떻게 사노? 너희들 애 교육 잘 시켜야 한다. 집안이 편하려면 글만 가지고 안되는 기라. 글은 글이고 심성은 따로 있는 기라. 우리집 봐라. 큰 놈 용준이 저 놈, 동네에서 칭찬이 자자하다. 그리고 큰 손자 정구, 이애도 애비를 닮아 심성이 그리 곱다. 참 잘한다. 우리 삼대를 모두가 부러워한다. 무슨 뭐, 재산 가지고 싸우고 할 거 뭐 있나? 있는 것도 별로 없지만 손바닥 만 한 땅 하나라도 일절 아무도 말을 안 한다. 우리가 그야말로 가화만사성이다. 이제 정구가 열심히 하면 우리 집도 차차 형편이 더 나아 질 거다. 너는 우리 집 걱정은 아예 안 해도 된다. 알겠지?"

"예, 아버지. 정구가 방학에 한국에 오면 데리고 와서 아버지께 인사드리게 하겠습니다."

"그래, 알았다. 나가 보거라."

용구는 아버지의 말씀에 착잡한 심정을 떨칠 수가 없었다. 맞는 말씀이지만 정무가 아직 대학교를 졸업도 안했고 시골의 집 재산에는 추호도 바라는 것이 없는데 미리 쐐기를 박으시려는 것 같지도 않고, 그저 지나치시는 말씀으로 듣기에는 뼈가 있는 말씀 같기도 하고, 미래를 예상하시며 미리 경고를 하시는 것 같기도 하고, 정무가 유학을 갔으니까 그냥 하시는 말씀 같기도 하고, 동네 사람들이 뭐라 하니까 무심코 한 말씀 하시는 것 같기도 하고, 뭔지 모르겠지만 그냥 해보시는 말씀으로 듣고 지나치기로 했다. 시골에 계시면서 서울의 세태에 염증을 느끼시며 집 떠난 자식이래야 나 하나 밖에 없으니 그저 단순히 한 말씀하시기로 하셨나보다 생각하기로 했다. 그러나 아버지 말씀을 귀담아 들을 필요는 있었다.

추석날 아침, 제사상이 차려지고 남자들은 제사상 앞에 모였다. 아버지의 슬하에 아들 둘 손자 셋 다섯인데 정무가 빠지니 손자가 둘이 되어 남자는 아버지까지 다섯이 되었다. 금년부터 한 사람이 빠지게 되었다. 차례를 지내고 모든 식구가 둘러 앉아 음식을 먹으며 담소하고 있는데 용구는 정무가 빠진데 대해 서운한 마음을 감출 수 없었다. 이것이 한 두 해가 아니고 어쩌면 영원히 하나는 빠지게 되나 생각하니 어쩐지 마음 한 구석에 맺힌 부분이 있는 것 같았다. 국제화 시대에 외국에 공부하러 가기도 하고 직장을 구해서 가기도 하며 때에 따라서는 출장을 가기도 하니 있을 수 있다고 생각할 수 있지만 지금까지 이런 일은 처음이기 때문에 심정이 이상야릇했다. '내가 아이를 유학 보냈으니 이런 것을 내가 감수해야지' 하는 심정으로 마음을 돌리려 하지만 형네 식구들을 보면서 어딘지 쓸쓸하고 이상한 느낌이 드는 것은 어쩔 수 없었다. 부모님과 형님 내외 가족이 순박하게 모여 살고 있는 시골모습이 어쩐지 부러웠다. '내가 이릴 때에도 저러했는데 지금 나는 왜 이렇지'하는 생각이 들자 어딘가 한 구석이 허전하고 불길한 수렁에 발을 들여 넣는 것 같은 느낌이 마음 한구석에 스며들고 있었다.

돌아오는 길에 아무 생각 없이 옆 좌석에 앉아 있는 신애가 의식하지 않도록 조심하면서도 '과연 나는 행복한 우리 아버지 아들인가'싶은 생각이 지워지지 않았다. 이런 생각을 떨쳐 버리기 위해 집에 도착하자마자 용구는 독한 술을 사정없이 들이켰다. 술에 취한 용구를 보고 신애는 별 생각 없이 한 마디 했다.

"당신, 취했어? 웬 일이야! 당신이 술을 다 마시고. 시골에 갔다 오니 기분이 좋은가 보다. 너무 취하지 말아요. 조금 있다가 엄마한테 가야 해요."

못 마시는 술을 갑자기 마신 용구는 기분이 한결 부드러워 지는 것을 느꼈다. 우울한 기분을 감추려 애를 쓰면서 신애를 보고 횡설수설했다.

"여보, 당신은 괜찮아? 명절인데 정무가 없잖아! 우리 그 놈 다시 데리고 올까? 아니야 괜한 소리. 이제 막 간 놈을 왜 데리고 와. 말도 안 되지! 여보, 장모님께 지금 갑시다. 어서."

"공연한 소리 하고 있어요. 어서 엄마한테 가요. 엄마 기다리신다."

자상한 장모의 사위사랑을 느끼며 용구는 즐겁게 저녁을 먹었다.

"장모님, 고맙습니다. 우리 장모님 최고. 저 이 맛에 살잖아요. 여보, 오늘 장모님 방에서 같이 자자. 장모님 혼자 두고 가기 싫단 말이야. 나 안방에 가서 누울 레!"

신애는 은근 슬적 못이기는 척 하면서 용구 옆에 가서 누웠다.

10

아침 해장을 마친 용구는 맑은 정신으로 장모께 인사를 드리고 진급도 하고 했으니 아파트를 늘려야겠다고 말씀드렸다.

"장모님, 제가 진급을 했습니다. 이제 월급도 올랐고 보너스도 더 많이 나오고 해서 조금 여유가 있게 되었습니다. 앞으로 강남의 아파트 값은 계속 오를 가능성이 있고 나중에 팔아 정무한테 집 한 채 물려주려면 무리해서라도 큰 아파트를 갔고 있다가 팔아야 가능 할 것 같아서 한 40평 아파트로 옮겼으면 합니다. 은행융자를 내면 별 부담 없을 것 같습니다. 집 사람하고 적당한 아파트 잘 좀 봐 주세요. 이모님들께서 좋은 아이디어가 많으신 것 같은데요."

사위가 진급하고 외손자를 유학 보내서 주위 사람들한테 사위 자랑을 하고 있던 차에 큰 아파트로 이사까지 하려고 한다니까 신애 어머니는 너무나 반갑고 신이 났었다.

"자네, 정말 장하네. 아들도 없는 내가 사위가 이렇게 잘 되는 것 보니 열 자식 부럽지 않네. 아파트를 늘려서 가고말고. 내 동생들과 의논해서 적당한 것 찾아보고 있었네. 사람들이 형편이 안돼 못해서 그렇지 강남에서 아파트 늘려서 가면 앞으로 여러 가지로 일이 잘 풀리게 될 거야. 잘 생각했네. 참, 내 생전에 이런 좋은 일 어디 있나. 고맙네, 우리 부장님! 신애와 같이 열심히 더 찾아볼게. 자네는 열심히 일에 열중하게."

"장모님, 감사합니다. 이 사위, 정식으로 큰 절을 올리겠습니다."

추석에 친가와 처가에 인사를 다 마치고 집에 돌아 온 용구는 신애와 둘이만 있는 집이 어쩐지 쓸쓸하게 느껴졌다. 친가에는 부모님과 형 식구가 어울려 명절 분위기를 맞보게 했고 처가의 장모님은 이모네와 명절프로그램을 다 갖고 계셨다. 그런데 막상 집에는 신애와 둘이서 아무 것도 없이 서로 얼굴만 쳐다보고 있었다. 부모님과 형님은 시골에서 옛날부터 살아 온 방식대로 살고 있는데 용구는 서울에 와 다른 길을 걸어 다른 생활방식을 택하고 있으니 지금쯤 다른 분위기에서 살고 있음이 당연하기도 했다. 비교 자체가 안 되는 것이었다. 그나마 하나밖에 없는 아들을 미국에 유학 보내고 나니 마치 애들을 시집장가 다 보내고 단 둘이만 있는 것 같았다. 벌써 단 둘이 사는 노인네형 가정 분위기가 시작된 셈이 되었다. '둘이 단출하게 되었으니 나름대로 재미있게 잘 살아 보자' 생각하며 아파트 사는 것을 본격적으로 의논해 보기로 했다.

처음 아파트를 살 때는 직장에서 편리를 제공해 주니까 별 생각 없이 유리한 조건 때문에 당시 인기가 있는 강남의 아파트를 쉽게 샀지만 사실 따지고 보면 구태여 강남의 비싼 아파트를 사야 할 이유가 없는 것 아닌가 생각되기도 했다. 그래서 신애의 의견을 들어 보고자 했다.

"여보, 신애 씨, 우리 아파트를 꼭 강남에서 사야 하나?"

용구는 좀 아쉬운 소리를 하거나, 특별한 의미를 두고자 할 때는 아내의 이름을 부르는 버릇이 있었다. 이런 용구의 버릇에 시비 아닌

시비를 거는 척 하면서 신애는 예사로 받아 넘겼다.

"아니, 또 여보면 여보지 왜 이름을 부르고 그래요. 나의 의사를 떠 보려는 거요 아니면 나의 의사를 무시할 작정이요?"

"아니! 아니! 오해하지 말아요, 여보 씨. 그게 아니야. 아~이, 그냥 이름 좀 불렀어. 당신 의사 존중 해. 하구말구."

신애는 아파트에 대해 심각하게 말했다.

"여보, 잘 생각해야 되요. 비싼 아파트에서 싼 아파트로 가기는 쉬워도 싼 아파트에서 비싼 아파트로 오기는 힘들어요. 아니 일반 사람들에게는 대부분 거의 불가능해요. 비싼 것 팔아서 싼 것 사서 갈 수는 있어도 싼 것 팔아서 비싼 것 사서 갈 수는 없어요. 일반사람이 아파트를 돈을 재 놓고 사는 것이 아니고 돈이 남으면 그것을 다른 방법으로 활용하지만 돈이 모자라면 방법이 없는 것이 부동산 사고파는 것이에요. 이미 들어 온 강남, 그대로 살아야 해요. 앞으로 강남의 집값이 많이 오를 가능성이 높데요. 강남의 아파트가격이 오르는 것은 차원이 다르다고들 해요. 이참에 우리도 큰 아파트로 이사 가요."

아파트에 단 둘이 있는 것이 어색한 느낌이 들어서 한 번 해 본 소리인데 신애는 심각하게 받아드리고 아예 딱 부러지게 못을 박는 눈치였다. 신애를 한 번 떠본 것이 오히려 신애를 딱 잡아 맨 격이 되었다. 하기야 용구도 이미 계획을 해 놓았고 장모님께 운을 띠었던 것이니 최근의 부동산 분위기를 잘 대변이라도 하는 신애의 말이 줄줄이 옳았다. 재산이란 인기 없는 지역 보다 인기 높은 지역에 갖고 있는 것이 여러 모로 유리하다는 것은 용구도 잘 알고 있었다. 이럴 때는 지는 척 하는 것이 이기는 길이라 생각하고 선심 쓰듯 신애를 치켜세웠다.

"당신 말이 다 옳아. 백퍼센트 동의합니다. 신애 씨. 나, 이제 딴 생각 안 할게. 그럼 40평 아파트를 찾아보는 거다. 아파트를 알아보는 것은 당신 몫이고 담보대출을 알아보는 것은 내 몫이야. 우리 각자 임무완수를 위해 최선을 다하자! 브라보!"

용구는 일단 강남에서 40평대 아파트를 사기로 마음을 굳혔다. 처음 아파트를 살 때는 회사의 배려로 쉽게 살 수 있었는데 이제 40평대 아파트를 사려면 상당히 많은 돈을 보태야 했다. 30평에서 40평으로 늘리는데 평수는 삼분의 일로 늘어난다고 하지만 값으로는 거의 두 배를 각오해야 했다. 강남에서는 30평 아파트와 40평 아파트는 격이 다르다는 분위기였다. 30평대에 사는 것은 궁색한 살림을 꾸린다는 인상이고 벌써 40평 아파트를 넘어 서면 큰 아파트에서 여유 있게 산다는 의미가 있었다. 40평 아파트로 넘어 가는 것은 여러 면에서 고비를 넘는 것이었다. 그런데 여유 있는 집안으로 올라서는 것은 좋으나 지금 당장 모아 놓은 돈이 있는 것도 아니고 누가 아파트 사라고 돈을 내주는 것도 아니고 자수성가 한 용구 형편에 결국 빚지고 고급아파트에 사는 격이 되는 것이니 쉽게 생각 할 처지는 사실 아니었다. 고민이 전혀 없을 수 없는 형편이기도 했다. 그러나 나중에 아파트 가격이 오르게 되면 문제는 확 달라질 수도 있었다. 일단 오르면 작은 아파트가 오르는 것과 큰 아파트가 오르는 것은 비교가 안 될 정도로 크게 차이가 날 수 있었다. 오르는 금액이 두 배 또는 그 이상이 될 수도 있는 것이 강남의 아파트 값의 변동이었다. 이런 저런 생각을 하면서 결국 강남의 큰 아파트를 갖고 있다가 하나뿐인 아들 정무가 한국에 와 집이 필요할 때 이 아파트를 내 주고 시골집에 가서 살든지 아니면 변두리에 전세를 얻어 살아도 된다고 생각하니 용기가 나고 내린 결정에 만족하고 싶어 졌다. 아들이 유학하고 돌아와 강남에 산다고 하면 체면도 서고 누가 며느리 될지 모르지만 시부모인 우리에게 더 잘 할 것이란 생각도 들었다. 우리만을 생각해서 아파트를 늘리기보다 아들을 생각해서도 강남의 큰 아파트를 사는 것은 여러 모로 잘 하는 것이라 여겨졌다. 아직 고등학교도 안간 아들을 벌써 이렇게 생각해야 하나 싶어 멋쩍기도 하지만 그래도 미리 생각하는 것이 부모의 마음인가 했다. 이렇게 생각한 것을 신애에게 털어 놓으니 신애는 한술 더 떠서 같이 강남에서 살자고 하였다. 하기야 용구는 자기 형편을 생각하며 이것저것 여러모로 재고하는 이야기지만 신애는 무남독녀로 자라며 스스로 집을 장만하거나 살림을 어렵게 꾸려 본 일이 없기 때문에 생각이 단순하고 일을 쉽게 생각할 수밖에 없었다. 이런 신애를 용구는 이해할 수 있다고 생각했다.

양력설이 지나고 음력설을 지나 3월이 가까워지면 3월 개학이 다가오게 되고 개학이 가까워지면 이사철이 시작되는 한국의 세태였다. 특히 강남으로 이사 와 아이를 강남의 좋은 학교에 배정받게 하려고 비싼 아파트 전세도 불티나게 나가는 추세였다. 이렇게 아파트 매매가 활발할 때 나서야 매물도 많고 조건이 좋은 것을 골라잡을 수도 있는 것이었다. 또 사는 아파트를 잡는 것도 중요하지만 살고 있는 아파트를 파는 것도 중요했다. 그래서 때를 놓치면 안 되는 것이 강남에서 아파트를 사고파는 일이었다.

신애는 친정어머니와 이모 그리고 친구들을 찾아다니며 정보수집에 열을 올렸다. 모두 적극적으로 말해 주었다. 강남에서 40평 이상 되는 아파트를 산다니까 모두들 축하부터 해주었다. 아직 아파트를 사지 않았는데 사려고 한다는 의지와 알아보고 있다는 것만으로도 축하 받을 일이었다. 많은 사람들을 만나 이야기를 해 보니 사람들이 아는 것도 많았고 내용도 다양했다. 같은 아파트를 놓고 사람마다 해석이 다르고 전망도 다르며 심지어 어느 아파트를 사면 살림이 어떻게 불어난다는 등 전망을 점치기라도 하는 듯 의견들이 각양각색이었다. 아파트는 40평부터 48평까지 많은데 평수도 평수지만 그 보다 위치와 시공회사 그리고 분위기가 가격을 좌지우지 하는 시장상황이었다. 가격은 대체로 지금 살고 있는 아파트 가격의 약 50-70%를 더 내야 되는 것이 시세였다. 신애는 며칠 동안 수집한 아파트 이름과 위치 그리고 가격을 정리하여 몇 개 대표적인 것을 놓고 고민을 하다가 용구와 의논하기로 했다. 금요일 저녁상을 물리자마자 신애는 용구를 향해 심각한 표정을 지으며 연설조로 말을 하기 시작했다.

"에~ 본인으로 말 할 것 같으면, 으~ 강남의 아파트에 관한 한 전문가를 뺨 칠 정도로 조사 연구를 거듭하여 정보라는 정보는 다 분석하고 심사숙고 할 만큼 다 수행하였는바, 문제의 심각성을 고려하여 남편 씨에게 보고 드리니 잘 들어 주시기 바라며, 요즘 강남의 아파트는"

신애의 장난기 말을 끊으며 용구는 정색을 하고 말했다.

"이 봐, 당신 장난하는 거야 뭐야. 신애 씨 우리 심각하게 의논 좀 합시다. 이거 우리 인생에 관한 심각한 문제야. 여보, 내 인생이 여기에 달릴 수 있어."

신애는 그제야 용구 옆에 바싹 닦아 앉아 팔짱을 끼며 자세히 설명했다. 지금까지 본 아파트 이름을 좌측에 하나하나 쓰고 위치, 이름, 평수, 층수, 동수, 주위상가, 교통사정, 학교 및 학원 거리 등을 수록한 표를 제시하며 자세히 설명했다. 용구도 심각한 표정과 예리한 눈으로 샅샅이 살피며 연필로 표시까지 하고 의심스러운 것은 신애에게 물어 보며 마음에 드는 것을 고르느라 애를 쓰는 눈치였다. 그리고 신애를 쳐다보며 심각한 표정으로 말했다.

"우리만 생각할 것이 아니라 이다음에 정무가 와서 살것을 우선적으로 생각해야 해. 아파트를 한 번 사면 쉽게 팔 수 있는 게 아니니까 먼 훗날 정무와 같이 살 것도 생각하자는 거지."

"당신은 그저 아들 생각에서 잠시도 떠날 줄 몰라요. 이제 중학교 2학년인데 언제 대학 마치고 와서 우리와 같이 살거라고 아파트 볼 때부터 정무 이야기부터 먼저 꺼내요. 우선 우리 나름대로 사놓고 정무는 나중에 생각합시다. 정무가 무얼 알아요? 우리가 살다가 물려주면 되지. 안 그래요?"

"당신이 그 고생을 하며 그렇게 힘들게 낳은 아들인데, 당신은 아들에 대해 나보다 대범 해. 당신 말이 맞아. 정무는 다음에 생각하기로 합시다. 내가 좀 지나치다는 것을 당신이 실감하는 것 같아. 일단 정무는 정무고 우리는 우리야. 오케이 땅땅."

다음 날과 다음다음 날 그러니까 토요일과 일요일 용구와 신애는 그동안 신애가 봐 놓았던 아파트를 보는데 시간을 다 소비했다. 용구는 별 생각 없이 신애가 설명하는 데로 따라 다녔고 신애는 열심히 설명하며 자기 의견을 말했다. 이틀 간 아파트 보느라 발이 부르트고 다리가 뻐근하며 온몸이 벅적 지근 했다. 그래도 40평 넘는 아파트를 산다는 기분에 신애는 들뜬 기분이었고 용구는 한편으로는 큰 아파트를 산다는 우쭐한 기분이면서 다른 한편으로는 감당해야 할 자금 때문에 어깨가 무거웠다. '손에 돈을 쥐고서 냉큼 사버리면 얼마나 좋을까'싶은 생각이 굴뚝같았다. 아파트를 늘려서 사는데 대한 부담을 생각하니 즐겁기만 하지 않다는 생각을 하다가도 이 아파트가 나중에 정무한테 큰 재산이 된다는 생각을 하게 되면 저절로 힘이 솟는 것 같은 느낌을 갖게 되는 것은 아마 아버지만이 갖는 특권 아닌 특권일거라 생각하며 한편으로는 흐뭇하기도 했다. 아들을 생각하는 아버지의 마음이 이런 것이라 생각하며 큰 아파트를 사는데 용기를 내고 있었다. 용구가 이런 생각에 잠겨 있는데 신애가 용구를 부르며 한 마디 했다.

"아파트 보러 온 사람이 아파트는 제쳐 놓고 무슨 생각에 그렇게 빠져 있어요? 당신 또 정무 생각해요? 아파트 사놓고 정무 생각하세요, 용구 씨. 당신은 유리한 아파트를 사려고 애쓰는 아내는 생각 안 하고 멀리 있는 정무 생각에 정신을 팔아요. 필요 이상으로 아들아들 하면 나중에 실망이 클 수가 있어요. 조심할 줄도 아세요, 용구 씨."

"여보, 미안 해. 내가 정신을 잠깐. 그런데 아파트야 당신이 하루 종일 집에 있으면서 이리 맞추어 보고 저리 맞추고 쓸고 닦고 또 닦고 하는 것 아니요. 나는 다 오케이요. 다 괜찮아 보이는데."

용구는 사실 아는 것도 별로 없고 특별한 기호도 없으며 신애가 하자는 데로 하면 되니까 별로 할 말도 없었다. 그저 본 것 중에서 적당한 것 찍으면 될 것 같았다. 시장 시세가 다 말해 줄 것만 같기도 했다. 그러나 신애의 입장은 남편이 돈을 내서 남편 이름으로 사는 아파트인데 남편이 보고 좋다고 해야 신애 자신이 편한 느낌을 가질 수 있었다. 그런데 눈치를 보니 용구가 어느 아파트가 좋다고 찍어서 말할 것 같지 않고 아들 정무가 좋다는 것을 고르고 싶은데 여기에 없으니 무어라 말하기 싫은 것 같기도 했다. 그래서 신애가 고르고 나중에 정무가 오면 엄마가 설명하면 될 것 같았다. 신애는 결심을 하고 용구에게 결연하게 말했다.

"아파트에 관한 한 당신은 별 다른 의견이 없는 것 같으니 내 마음에 드는 것으로 정해도 되요?"

용구는 자기가 하려는 말을 신애가 하고 있다고 느끼며 얼른 답했다.

"응, 그래. 나야 봐도 잘 모르겠고 당신이 잘 생각하고 정하면 문제

없을 것 같아. 당신이 정해."

"알았어요. 당신도 정무도 나도 다 좋아 할 대치동 S아파트 105동 905호. 땅 땅 땅. 내일 가서 계약할게요."

"잘 했어. 오케이. 좋았어."

용구와 신애는 집에 돌아와 소파에 앉으며 서로 얼굴을 쳐다보았다. 강남 부자가 된 기분과 아들을 유학 보낸 엘리트 의식 그리고 재벌회사 부장이라는 사회적 지위 등 웬만한 사람이 넘볼 수 없는 성공의 만족감이 교차하는 눈치였다. 용구가 신애에게 물었다.

"당신, 기분이 어때?"

"음, 억~수~로 좋다. 다 당신 덕분이요."

"아니야, 당신이 운을 타고 나서 당신 운으로 이룬 거야. 모두 당신 것. 축하 해."

"무슨 말씀, 우리 부장님, 너무 겸손하시면, 실례에요."

두 사람은 서로 쳐다보며 다시 한 번 웃었다.

11

용구는 살던 아파트를 팔고 새로 사는 아파트를 은행에 담보로 넣고 45평 아파트 대금의 50%를 은행 담보대출로 충당했다. 용구의 우수한 신용기록, 회사의 금융 관련 거래, 정무 유학송금 지정, 은행의 학연 등 소위 학교 동창빽 등이 작용하여 이자 등 유리한 조건으로 대출을 받을 수 있었다. 일반 사람이면 대단히 어려운 아파트담보 은행대출이었다. 아파트담보 은행대출이지만 매월 내야하는 이자가 만만치 않았다. 정무 유학송금, 은행이자, 집안 생활비, 부부용돈 등 지출이 벅찼다. 특히 매학기가 시작되면 보내야 하는 정무의 등록금은 몇개월 치의 월급을 잡아먹는 액수였다. 매월 받는 월급이 빠듯할 정도로 부담이 컸다. 무엇 보다 아버지 어머니께 얼마라도 용돈을 드려야 하는데 여의치 못할까봐 걱정이었다. 쪼들리다 보면 그냥 지나칠 수가 있기 때문에 신경을 써야했다. 형님과 형수님은 온 몸으로 부모님을 모시고 있는데 용구 자기는 연락도 제대로 못 드리고 용돈도 드문드문 드리니 자식 잘 키웠다고 자랑 해 봐야 말짱 헛것이라는 생각을 용구 스스로 하게 되었다. '내가 과연 우리부모님께 올바른 자식인가'생각하니 죄를 짓고 있는 것 같이 느껴졌다. '나만 잘 살겠다고 강남의 고급아파트를 사면서 시골의 형님 댁에는 그 잘난 세탁기 하나 사드리지 못 하는 자기의 소행이 말이 아닌 것 같아 씁쓸한 감을 안 가질 수 없었다. 그래서 주말에 최고급 밥통이라도 하나 사고 엘에이 갈비와 삼겹살을 한 묶음씩 사들고 시골 형님 댁에 간다고 연락을 드렸다.

시골 형님 댁에 들어서니 모두 기다리고 있었다.

"아버님, 어머님, 잘 계셨습니까? 그동안 자주 찾아뵙지 못해 죄송합니다."

신애의 인사말씀에 부모님은 반가워하시며 두 사람 얼굴을 보는 순간 한 마디 하셨다.

"오냐! 잘 있었나? 그런데 너희들 얼굴이 좀 안된것 같다. 어디 아픈것 아니지? 아픈데 없나? 별일 없지?"

"예, 별일 없습니다."

"느그들, 집을 새로 샀다면서. 그래, 고생이 심하제. 그게 보통일이 아닌데. 서울에서 집 한번사서 이사한다는 게 얼마나 힘들겠니? 그래, 이사는 잘 했고? 집값이 여간치 않을 텐데, 집값은 잘 치렀나? 우리가 좀 보태주어야 하는데, 못 보태줘서 미안하다. 시골에서 살다보면 여유가 별로 없다. 용준이 식구도 이제 쓰임세가 만만치 않네. 그래도 너무 쨰이거든 이야기해라."

"아닙니다. 이사, 잘했습니다. 우리가 아버지 용돈 못드려 죄송합니다."

"우리 걱정은 안 해도 된다. 느그들 잘 살아라."

"예"

용구와 신애는 부모님방에서 나와 형님과 형수님 방에서 정담을 나누었다. 신애는 무남독녀로 자라 시집식구에 대해 항상 가족애를 느끼고 있었다. 특히 손위 동서 형님에게 정이 갔다. 자기를 친 동생처럼 대해 주는 형님에게 늘 감사한 마음이었다. 신애가 먼저 말을 했다.

"형님, 그동안 뵙지 못해 죄송해요. 형님이 부모님 모시고 고생하시는데 제가 와서 도와 드리지 못해 죄송해요. 형님, 제가 형님께 갚아야 할 은혜, 차곡차곡 잘 쌓아 두었다가 용기내서 한꺼번에 싹 갚아 드릴게요. 용구씨 잘들어요. 이다음에 정무 장가 보내놓고 우리도 형님 근처에 와서 살면 어때요?"

용구는 듣던 중 반가운 소리였다.

"진짜야. 나중에 딴소리하면 안되는 것 알지!"

용준과 용준 아내가 이구동성으로 외치듯 말을 받았다.

"진짜지? 약속이다. 우리야 좋고말고. 형제가 같이 살면 얼마나 좋겠어. 우리도 애들 보내고 나면 너네와 같이 사는거 대환영이지. 그런데 너희, 집 샀다며? 강남에 집값이 굉장할 텐데. 힘들지 않겠나? 우리가 보태주지 못해서 미안하다. 시골형편이 여의치 않다. 이해해라."

용준의 위로 겸 축하의 우애 어린 말에 용구는 오히려 당황하며 얼른 대답했다.

"아니, 형님도, 제가 형님 도와드리지 못해 미안해요. 조카들 학비도 좀 보태지 못하구요. 저만 애 유학도 보내고 집도 새로 사고, 제 할 것 다하면서 형님께는 해드리는 게 아무 것도 없고 죄송해요. 형수님, 죄송합니다. 부모님 모시는데 자주 와 뵙고 힘을 보태지도 못하고 미안한 것 밖에 없네요."

"서울 생활이 다 그렇다고 하더라. 너희 형편 내가 잘 안다, 나는 괜찮다. 나중에 늙어서 서울생활 힘들거든 그만 우리 근처에 오너라.

같이 살자. 나이 많아지면 서울보다 시골이 더 좋다는 사람 많다더라. 너는 우리가 있으니까 걱정할 것 없다. 안그래요? 정애 엄마. 부모님은 우리가 잘 모시고 있으니까 신경 쓰지 마라. 자주 인사만 하면 된다. 너야 늘 바쁘지 않나. 우리가 안 있나. 전화라도 자주 해라. 느그 잘 있으면 된다."

형 용준의 우정 어린 말에 용구는 눈물이 날 정도로 고마웠다.

"형님 형수님! 정말 고맙습니다. 이 은혜, 절대로 안 잊을게요."

신애는 살림살이에 경험이 많은 형수님과 할 이야기가 많았다. 연세 많으신 부모님 건강을 챙겨 드리는 것이 중요하고 애들 뒷바라지도 잘하셨다. 삼대의 대식구인데도 다 잘 처리하시고 계셨다. 신애가 형수님과 같이 있는 사이 용구는 정애 방에 가보고 싶었다.

"정애야, 네 방 구경 좀 하자."

"예, 삼촌. 들어오세요. 제 방 예쁘지요? 삼촌이 제 방을 구경하실 줄 알았으면 더 잘 꾸며 놓을 것을. 삼촌, 있는 그대로 보세요. 저는 그냥 편하게 지내요."

중학교 3학년인 정애는 볼수록 달라지는 것 같았다. 키도 많이 컸고 어른 티가 나며 언행이 더 어른스러워졌다. 아직 학생이라 화장을 한다거나 요란한 성인 옷을 입는다거나 남자에 관심을 갖는다거나 하는 일이 없어 보였다. 원래 착한 아이고 집안 분위기가 건전하며 조부모님과 부모님이 집안분위기를 잘 맞추고 계시니 보고 따라하는 정애는 다른 아이들과 다르게 모든 것이 건전하고 착하며 언행이 모범일 수밖에 없었다. 정애 방에 들어가 이것저것 유심히 보면서 애틋한 정을 느끼고 정애와 이야기를 나누고 싶어 하는 용구는 정애를 딸로 두고 있는 형님이 너무 부러워서 질투를 하고 싶은 심정이기도 했다. 딸이 없는 용구는 정이 많고 귀염을 내뿜는 정애 같은 여아가 천사같이 보였다. '딸 가진 사람은 얼마나 좋을까'라는 생각에 정애를 보고 싶어 정애 방에 들어와 본 것이었다. 정애도 서울에 있는 삼촌이 좋다고 느꼈고 숙모도 좋아했다. 삼촌이 자기 방에 들어와 이야기를 하는 동안, 정애는 삼촌이 자기를 삼촌 집에 오라고 하여 같이 이야기를 하면 좋겠다는 생각을 했다.

"삼촌, 저 방학하면 삼촌 집에 놀러 가도 되요? 집구경도 하고 서울구경도 하고 숙모님하고 재미있는 데도 가보고 지하철도 타보고 63빌딩도 올라 가보고 또 삼촌 회사빌딩도 보고, 다 볼 수 있지요? 삼촌."

"그럼, 네가 이야기 한 것 말고 또 있어."

"뭔데요?"

"그거 지금 말하기 어려운데! 에~ 에~, 글쎄!"

"삼촌! 정말 이럴꺼예요? 저 화낼까요?"

"으~, 에~, 남자친구."

"삼촌, 이 숙녀를 막 놀리시네요! 좋아요. 그럼 제가 고등학교 졸업하거든 진짜 한 사람 소개시켜 주세요. 제가 시골 맛을 단단히 보여 주게요!"

"알았어. 내가 단단히 준비해 놓을게."

정애의 귀여운 모습에 용구는 딸 없는 서러움을 더 강하게 느꼈다. 나중에 내가 외로울때 딸 없는 서러움은 더할 것이 아닌가 생각하니 불행한 느낌이 강하게 들었다.

큰집에서 집으로 오는 동안 큰 집의 대 가족이 더 없이 부러웠고 귀여운 정애 생각이 더 간절했다. 시가 집 식구와 정담을 많이 나누고 오는 신애도 기분이 좋아 보였다. 무녀 독남으로 자라 가족의 정을 못 느끼고 자란 신애가 우리 집 대 가족의 풍요로움을 부러워하는 듯이 보여 용구로서는 묘한 감정이 오갔다. 어쨌든 다행이라 아니 할 수 없기도 했다.

용구가 아파트를 새로 사고 힘에 겨워하는데 비해 시골의 용준은 그야말로 편하게 살고 있었다. 욕심이 없는 것이라기보다 시골에서 사는 집 이상으로 넘겨 볼 생각 자체가 없었다. 그만큼 만족하고 사는 형님이 부러웠다. 갚아야 할 빚도 없고 내야 할 이자도 없고 송금해야 할 부담도 없고 해고당할 일도 없고 누구와 비교해서 스트레스 받을 일도 없고 애 공부 때문에 신경 쓸 일도 없고 아파트관리비 등 크게 나갈 지출도 없고 만고의 땡인 형님이 부럽기도 했다. '같은 시골집에서 같은 부모님한테서 태어나 어릴 때 같이 자랐는데 공부 더 한 죄로 나는 이렇게 어렵게 살아야 하나'싶은 생각이 들자 '인생이 무엇인지'의문이 들기도 했다. 오늘따라 마음 편한 형님네가 왜 이리 부러워 보였는지 나도 잘 모르겠다는 느낌이었다. '빛 좋은 개살구'라더니 도시생활은 빛 좋은 개살구 같고 시골생활은 자연스럽게 잘 익은 참 복숭아 같다는 생각이 들었다.

집에 돌아 와 부모님 용돈을 얼마나 드릴 수 있을까 생각하며 수입과 지출을 다시 따져 보았다. 아파트 융자금 이자, 아파트 관리비, 정무 등록금, 정무 용돈과 미국 왕복여비, 집 생활비, 신애와 용구 자신의 용돈 등을 합해 보니 남는 돈이 거의 없었다. '그렇게 많은 월급을 받으면서 부모님 용돈이 이게 뭐냐'라고 형님이 말씀하시면 할 말이 없었다. 자괴지심이 드는 만큼 형님 내외에 대한 죄송한 마음과 자책감이 들면서 한 편으로는 고마운 마음을 금할 수 없었다. 많은 사람들이 부모님 모시는 문제, 부모님 재산, 상속 등으로 싸운다는데 용구는 하나부터 열까지 형 용준에게 미안한 생각뿐이었다.

12

정무는 텍사스의 휴스턴 근처 L기숙학교에서 잘 지내고 있었다. 한국에서 영어를 꾸준히 연습한 덕택에 의사소통이 잘되어 적응하는데 어려움이 없었고 사립학교라 교사들의 보살핌이 좋았으며 수준 높은 집안의 학생들이라 정무와 잘 어울려 주어서 다행이었다. 공부는 미국식 토론수업과 과제물 준비 그리고 몇몇 학생이 공동으로 준비하는 팀 프로젝트 등에서 곧잘 따라 가고 있으나 글쓰기는 많이 딸리는 편이었다. 시간이 지날수록 점점 나아진다는 교사들의 격려와 평가에 용구부부는 대체로 만족하였다. 아파트를 새로 사고 특별히 전화를 걸었다.

"헬로, 정무 플리스. 정무니? 응 아빠다. 잘 있지? 여기도 다 잘 있다. 학교는 어떠니? 힘들지 않니? 기숙사는 여전해? 음식은 아직 질리지 않았니? 먹을 만하니? 룸메이트와 잘 지내지? 운동 많이 해? 그래. 잘 해. 아빠는 잘 있다. 엄마 바꿔 줄께."

신애는 옆에서 전화통화를 듣고만 있으면서도 눈물이 글썽거렸다.

"정무야! 엄마다. 잘있지? 우리는 다 잘있다. 아픈 데는 없니? 밥은 잘먹고? 힘들지 않니? 얼마 안 있으면 방학이지? 비행기표 미리 예약해 놓아라. 학교에 바빠서 이메일 보낼 시간이 없지? 네가 보내는 메일 열심히 본다. 엄마가 메일로 보낸 것과 같이 아파트 사는 것, 이제 완전히 마무리 했다. 네가 오면 꽤 큰 방에서 네 마음대로 꾸밀 수 있다. 아빠 서재에서 물론 컴퓨터도 네 마음대로 할 수 있고. 큰 아파트로 이사 오니까 좋은 점이 많다. 아빠가 융자금 이자 내기에 힘이 드시겠지만. 네가 어떤 상태에 있는지 잘 모르니까 시간 나면 네가 전화해라. 그런데 여기 시간으로 새벽에는 특별한 일 없으면 전화하지마라. 밤에 전화 오면 무슨 일인가 걱정된다. 정무야! 사랑해. 잘있어."

정무는 전화통화에서 주로 '예' '괜찮아요'로 응답만 하고 별 다른 말을 하지 않았다. 특별한 것이 아니면 설명하거나 살살이 설명하려 하지 않았다. 학교생활을 시시콜콜 말하기도 쉽지 않고 국제전화인데 잔소리 같은 말을 늘어놓을 수도 없었다. 한국의 부모님도 특별한 일이 없는지 확인하는 것이 주목적이고 학교 일에 일일이 설명을 다 들으려 하는 것은 아니었다. 방학이 되어 집에 오면 그 때 많이 듣기로 했다. 정무의 미국학교 생활은 무난했다. 그래도 용구와 신애는 정무가 어떤지 궁금하여 서로 물어 보았다. 용구가 먼저 신애에게 물어 보았다.

"여보, 정무가 뭐래? 잘있다는 거지? 별말 없어? 내 얘기는 안 해?"

"아빠라는 사람이, 뭐가 그리 궁금해요. 당신 욕 합디다. 하여튼! 아들이라면 사족을 못써요. 잘있데요. 당신한테도 그렇게 말했다는데요. 어린 여석이, 그래도 잘견뎌 내내요. 우리 아들이지만 대단해요. 당신 닮아서 잘할거예요. 걱정 말아요. 부자가 잘나가네! 좋아요. 나도 신난다. 힘내자! 지화자!"

"당신이 '정무가 잘한다'고 하니까, 기분이 짱이네. 축하해요."

지난 크리스마스에 전화했을 때는 힘들다고 별 소리 다하더니 고비를 넘긴 정무는 한결 나아졌는지 잘있다고 했다. 잘있다는 말을 들은 용구와 신애는 다행이라고 생각하면서 내면 기뻐했다. 이제 두 달이면 여름방학이 시작되고 정무가 집에 오게 될 날도 머지않았으니 곧 보게 된다는 생각에 기분이 들뜨게 되었다. 정무에 대한 용구와 신애의 애정은 남달랐다. 어렵게 얻은 무녀 독남이라 그럴 수밖에 없기도 했다.

주위의 대부분 집들은 애 공부 때문에 비상사태인데 신애네 집은 아무 문제없는 평온한 집이었다. 평온하다 못해 절간 같기도 했다. 아침 등교에 법석을 떨어야 할 일이 없고 저녁에 학원 데려다 주고 데리고 올 일이 없으니 용구퇴근만 하면 모든 것이 끝나는 조용하다 못해 적막한 가정이었다. 이것이 정상이고 사람 사는 맛인데 우리나라의 가정은 애 교육이 집안을 전쟁터로 만드는 흉측한 삶의 현장이 되어 버렸다. 하루 이틀도 아니고 중1부터 고3까지 애가 하나면 5-6년 동안, 둘이면 적어도 7-8년 동안, 만약 셋이면 거의 십년 이상 이 짓을 해야 하니 집안 꼴이 말이 아닌 것은 물론 온 나라가 끝없는 몸살을 앓고 있는 형국이 현실이었다. 이렇게 물리적으로 어려움을 겪는 가운데 돈은 돈대로 생활비의 가장 큰 항목을 차지하는 것이 사교육비고, 문제는 이 비용이 마이너스 교육의 대가라는데 문제의 심각성이 있었다. 독서와 쓰기 및 토론과 프로젝트 같은 실질적이고 창의적인 교육이 아니라 암기와 주입식 역효과 교육에 거금을 낭비해야 하는 사교육이 주범인 한국의 교육병폐는 가정을 지옥 아닌 지옥으로 몰아넣고 있는 것이 실상이었다. 이러니 돈이 많이 들더라도 유학을 보내려 하고 우리나라의 선진화에 맞는 교육을 하려면 유학이 필수라고 생각하는 사람들이 많아질 수밖에 없었다. 이런 점을 고려하면 정무가 유학생활을 어느 정도 잘 소화해 내고 있는 것은 용구와 신애에게는 행운이라면 행운이기도 했다. 선진국에 유학을 제대로 하면 영어도 잘하게 될 뿐만 아니라 스스로 하는 창의력과 의지 그리고 현실에 대한 적응력도 높아진다는 연구 결과가 있었다. 우리나라의 많은 젊은이들이 대학을 졸업하고 특정한 평생직장 없이 알바로 용돈이나 벌거나 부모의 용돈으로 하루하루 흐느적거리고 지내는 소위 캥거루족이 많다는 것은 심각한 문제가 아닐 수 없다는 걱정을 하고 있는 것을 보면 더욱더 위로가 되기도 했다. 미국에서는 대학을 졸업하면 어디서 무엇이든 풀타임으로 일하는 것을 당연시 하고, 부모든 누구든 도움을 받으며 산다는 자체가 있을 수 없다는 인식이 강한 사회라고 하는 것을 많이 들었다. 용구가 사무실에서 사람들이 하는 말을 들으며, 또 신애가 동네 사람들이 하는 이야기들을 들으며 정무의 유학을 후회 없는 결정이라고 결론 내리게 되었다.

13

4월이 다 갈 무렵에 용구와 신애는 이사를 마무리 하고 집에 필요한 것들을 대충 다들어 놓게 되었다. 이렇게 힘든 이사는 처음이었다. 이제 이사를 마무리 했으니 가족들, 일가친척, 직장동료들, 친구들 등 여러 사람에게 집 구경, 소위 집들이를 해야겠다고 생각하여 계획을 세워보았다. 5월에 접어들자 날씨가 포근해지고 정원에는 꽃이 만발하며 남향유리에는 아지랑이가 일것 같은 햇살이 사뭇 강열했다. 새로 꾸민 아파트에서는 새집냄새가 품기고 새로 들여 놓은 가구에서는 유난히 광택이 빛났다. 부지런한 파출부 아줌마와 며칠 동안 쓸고 닦은 터라 어느 누구집 보다 정리가 잘되어 있었고 깨끗해 보였다.

제일 먼저 초대한 그룹이 친가 식구들이었다. 아버지 어머니 형 형수 조카들 정구 정호 정애 일곱 식구를 주말에 집으로 초대했다. 신애는 도우미 아주머니 한분과 열심히 준비를 했다. 시집와서 시가집 식구를 제대로 한번 모실 기회가 없었는데 이번 기회에 한껏 대접하고 싶은 생각에 신애는 마음먹고 정성껏 준비했다. 시골에서 평소에 잘 먹어보지 못한 음식들을 정성껏 차렸다. 특히 시골에 갈 때마다 미안하다고 사과하기에 여념이 없었던 신애는 이번 기회에 조금이나마 성의를 보일수 있어서 다행이라고 생각했다. 저녁때가 약간 이른 시간에 도착한 용구 큰집 일행은 서울의 강남 아파트에 초대받는 일이 처음이었다. 용구의 아파트에 도착하기는 했으나 어디가 어딘지 알 수 없었다. 막상 아파트 단지에 들어와 보니 시골 동네와 달리 아파트 천지고 그집이 그집 같고 마치 개미들이 집단을 이루고 사는 것만 같았다. 개미가 집단생활에 익숙한 동물이라 했는데 인간도 이렇게 집단생활을 하게 되는가 싶었다. 시골에서는 동네에 누가 사는지 다알고 지내는데 여기서는 아무리 보아도 서로 알고 지낼 것 같지 않았다. 용구아버지와 어머니는 용구의 생활방식을 도무지 이해할 수가 없었다. 제대로 이해하는 사람은 아무도 없었다. 정애가 좀 들어서 어느 정도 아는 눈치였다.

응접실에 둘러앉으며 용구 아버지가 한 말씀 하셨다.

"나는 뭐가 뭔지 도무지 모르겠다. 이래가지고 답답해서 어떻게 사노? 참 서울 사람들 알수 없는 기라. 그 비싼 돈 가지고 왜 이렇게 사노? 나야 그저 주겠다고 해도 안 살겠다." 용구 어머니도 한 말씀 하셨다.

"여기는 시장이고 뭐고 아무 것도 안 보이는데 어디 가서 무엇을 어떻게 사가지고 밥은 어떻게 해먹고 사노? 작은 며느리 너 고생이 많다. 힘들때는 고마 시골 우리집에 오너라."

서울생활을 이해 못하시는 시부모님에게 솔직히 말씀 드려야겠다고 작심한 큰 며느리가 나섰다.

"어머님, 서울생활에 익숙하면 더 편리하고 다사는 방법이 있습니다. 시골 보다 가지 수도 많고 집으로 배달해 주는 것도 많습니다. 동서는 서울에만 살아서 서울생활에 익숙합니다. 걱정 안하셔도 됩니다."

"오냐, 다행이다. 그런데 편리하고 방법이 많으면 돈이 많이 들겠지! 안 그러나? 둘째야."

"예, 돈이 많이 들어요. 어머님."

"돈 걱정이 많겠다. 집값도 있지, 애 유학송금도 있지, 살림도 살아야지."

"예, 어머님. 이제부터 더 걱정입니다."

"알뜰하게 살림 잘 살아라."

"예, 잘 하겠습니다."

옆에서 듣고 있던 큰 며느리가 부모님을 안심시켰다.

"삼촌이 재벌회사의 부장인데 이 정도에선 살아야 합니다. 어머님. 걱정마세요. 동서가 잘할겁니다. 서울의 유명회사에서 일하면 거기에 맞추어서 살아야합니다. 삼촌은 똑똑하니까 잘할겁니다."

큰 며느리의 말에 모든 식구가 고개를 끄덕이고 안심하며 만족하는 분위기였다. 더 말을 잇지 못하는 사이 정애가 분위기 전환으로 한마디 했다.

"아! 여러분! 나 다음에 삼촌 회사 사람한테 시집가면 이런 아파트에서 살수 있겠다. 안 그래? 숙모!"

"그럼, 그렇게 하고도 남아, 정애야!"

온 식구가 크게 웃는 가운데 용준이도 한마디 했다.

"정애, 이애 바라. 너 크게 논다. 엄마 아빠가 두고 볼거야!"

용구가 정애를 쳐다보고 웃으며 상어른 어투로 말했다.

"나, 내일부터 큰 일거리 하나가 생겼다. 진짜 똑똑한 놈 하나 찾아 딱잡고 미리 찍어 놓았다가 확실하게 정애한테 갖다 안기겠다. 그 다음에는 너 책임이다. 알았지?"

정구와 정호도 한마디씩 했다.

"정애, 너, 와! 꿈도 야무지다. 너, 진짜 정신 차리겠네! 두고 보자."

"너의 목표가 교사였는데, 삼촌 집에 오더니 마음 바꿨네? 숙모한테 자주 와야겠다."

신애는 정애 옆으로 다가앉으며 정색을 하고 말했다.

"정애야, 너도 알다시피 우리는 딸도 없고 정무는 유학 가 있어 집이 허전하다. 네가 자주 오너라. 방 하나 비어 놓을 테니 언제든 와서 자고 가라. 내가 잘해 줄게."

"숙모, 고마워요, 자주 올게요. 와서 삼촌 숙모 기쁘게 해 드릴게요. 엄마 아빠 그렇게 해도 되지요?"

"그럼, 너는 양가의 딸이다."

용구는 감격에 눈물을 쏟으려 했고 할아버지와 할머니는 자녀들의 우애와 그 애들의 마음 씀씀이에 만족한 표정이었다. 용준 부부도 애들이 대견하다고 생각했고 식구들의 애틋한 마음씨와 형제우애를 새롭게 느끼며 가족분위기에 만족했다.

이 날의 가족 모임은 용구에게 큰 의미가 있었다. 시골의 온 식구가 자기 부부와 한마음이 되었다는 기분이었고 서울과 시골의 생활이 양식이 달라도 가족의 마음은 모두 한마음이라는 것을 느끼며 만족했다. 서울에 살면서 시골의 가족에 대해 가졌던 부담이 크게 없어졌고 마음 편하게 왕래할 수 있다고 생각했다. 특히 고명 딸 정애가 우리 집에 자주 오겠다는 말에 마음이 한결 가벼워지고 마음의 보약을 손에 쥔 느낌이었다. 부모의 재산을 놓고 미리 신경을 곤두세우며 말 한마디에 조심해야 하는 집안에 비하면 너무나 행복하고 만족스러웠다. 정무가 방학에 귀국하면 시골에 데리고 가 사촌들과 어울리게 해야겠다고 미리 생각해 두었다.

친가식구에게 집들이를 한 다음다음 날 처가식구를 초대했다. 처가는 장모와 이모 두 분으로 여 삼형제고 외삼촌은 일찍이 돌아가셨다. 장모와 외삼촌 가족들과는 별로 사이가 좋은 편이 아니었다. 외숙모와 장모가 시누이올케 사이로 외조부모님 재산문제와 집안 여러 가지 일로 상당히 껄끄러운 사이가 되어 왕래가 별로 없었다. 더구나 용구가 재벌회사에 다니며 강남에 고급아파트를 사고 아들을 미국의 명문사립학교에 유학까지 보냈으니 외숙모가 배 아파하는 터라 외삼촌식구를 초대하는 것은 배 아픈데 매운탕 대접하는 꼴이 될 수 있었다. 그래서 외삼촌댁에는 모르는 척하고 장모와 이모 세 분만 초대했다. 이모들의 자녀가 있으나 신애와 별로 가까이 지낸 사이가 아니었다. 시가집 식구들에 비해 단출했기 때문에 신경을 덜 쓰고 파출부 아줌마도 반나절만 불렀다. 그런데 이모들의 신애부부에 대한 칭찬과 장모에 대한 따리는 친가식구들 보다 더 심했다.

큰 이모가 먼저 말을 꺼냈다.

“한 서방, 축하한다. 시골사람이 이 정도까지 하고 살게 되니, 정말 대단하다. 이제 시작이다. 앞으로 승승장구하여 임원도 되고 사장도 되어 더 큰 집에 외제 고급차에 기사도 데리고 다녀야지. 언니, 사위 하나는 정말 잘 봤다. 무남독녀 잘 키워 이렇게 잘살게 되었으니, 언니 이제, 소원 성취했다. 신애야, 어머니께 효도한다. 참 장하다. 이 이모도 대단히 기쁘다.”

큰 이모가 할 말을 다하니 작은 이모는 더 할 말이 별로 없었다.

“나도, 둘째 언니 말에 100퍼센트 동감이다. 우리 큰 언니, 외동 딸 애틋하게 잘 길러 보람 있네. 언니 참 좋겠다. 신애야 엄마 자주 모셔라. 외롭지 않게. 한 서방, 축하한다.”

용구는 멋 적어 하면서 간단히 인사를 했다.

“그동안 바쁘고 자리를 제대로 잡지 못해 이모님들 제대로 한번 모시지 못해 죄송합니다. 오늘 많이 드시고 앞으로 자주 놀러 오세요. 정무가 미국에 있어서 신애가 시간이 많습니다. 장모님 이모님들과 같이 오세요. 우리는 언제나 대환영입니다."

신애는 친정식구라 마음 놓고 정답게 아양을 떨었다.

"엄마, 이모들과 자주와, 응. 나, 잘할께. 한서방이 서울에서 혼자 공부하고 지냈기 때문에 여러 사람 같이 있는 것 좋아한다. 엄마 삼형제가 마음대로 떠들고 담소하는 것, 나도 듣기 좋거든. 나, 아직도 엄마 이모께 응석부리고 싶어. 세 사모님, 대환영입니다. 하하하"

양가 가족 초대가 끝나고 이어서 용구의 절친한 친구이자 신애를 소개시켜 준 영필내외를 초대했다. 대학교 다닐 때 영필은 서울에 대궐 같은 집이 있어 집에 대한 별다른 생각이 없었지만 용구는 서울에서 덩그런집 한 채 가지고 사는 사람이 너무나 부럽고 강남에 아파트 하나 갖는 것이 진짜 꿈만 같았다. '내 평생에 언제 큰 아파트를 사 갖고 살 수 있지'라는 생각만 하다가 말았던 촌놈 시골뜨기 용구였다. '살다보면 이렇게 꿈이 이루어질 때가 있는 거구나'생각하니 영필에게 그동안 내심으로 쪽팔렸던 심정이 어느 정도 해소되는 느낌을 갖게 되었다. '사람팔자 시간문제다'라는 말이 실제로 있을 수 있는 거구나 느끼며 영필을 기다렸다. 시간이 되자 벨이 울리고 영필 부부가 들어섰다.

"야! 아파트 좋네. 용구 너 시골 촌놈이 출세했다. 강남에 아파트를 그 짧은 기간에 장만하고, 응. 여보, 아파트가 아주 편리하게 되어 있다. 우리도 나중에 이런 새 아파트로 이사 올까. 여러 가지가 아주 편리하게 되어 있네. 용구 너 자주 초대해라. 우리가 너 부부를 맺는데 결정적인 역할을 한 일등공신 아니니. 오늘도 특식을 많이 차렸겠지. 야, 내가 대학에 갓 입학 했을때 너를 보고 무슨 생각을 했는지 아니?

언젠가는 서울 사람 빰칠 촌뜨기 같은데 여러 모로 장점이 많은 좋은 친구같다, 친구하면 좋겠다고 생각했지. 서울에서 태어나 자란 애들보다 순진하고 끈질기고 깊은 정이 있는 것을 바로 알아 봤거든. 야, 축하한다. 어쨌든."

"당신, 권 부장님을 처음 만난 것처럼, 왜 이래요. 대학 입학부터 지금까지 몇 년인데 새삼 그런 소리해요."

"아니야, 이 친구, 이제 차원이 달라졌어. 아무리 이런 강남 호화 아파트에 살아도 옛날 시골 순수한 사람에서 벗어나면 안된단 말이야. 나중에는 다 자연으로 돌아갈 거니까 이 아파트는 용구의 영원한 안식처가 아니야. 내 말 잘들어, 이 아파트는 지나가는 시한 숙소야. 네가 마지막으로 정착해서 살아야 할 거처는 이 보다 더 좋은 곳, 더 좋은 환경, 더 만족할 시설, 더 좋은 이웃이야. 이 아파트 갖고 딴 생각하지마라. 부탁이다."

용구는 영필에게 포도주를 건네며 가볍게 받아 넘겼다.

"이제 막 이사 왔는데 무얼 그런 이야기를. 앞으로 자주 놀러 올 거 아니냐. 두고두고 이야기 하자. 이리 와 앉아 우리 축배의 잔을 들자."

"축하한다."

"고맙다."

"신애 씨, 축하해요."

"이 애, 내가 중매 하나는 잘 했지? 이렇게 잘 살게 되어 얼마나 좋으니. 축하해, 신애야."

"고맙다. 중매 잘한 것 나도 인정 해. 앞으로 자주 놀러 와. 그 때 쏘지 못한 중매턱 지금 쏠게."

영필은 이런 저런 이야기를 하다가 다시 아까 하던 말을 했다.

"요즘, 아파트 특히 강남의 아파트가 요동치고 있고 사람들이 아파트를 갖고 장난치다가 일을 그르치는 사람들이 있거든. 빨리 원리금 갚고 조용히 살기를 바라서 하는 말이야. 사람이 큰 변화가 있을 때일수록 신중해야 한단 말이야. 용구, 이 친구, 내가 잘 알지. 틀림없는 친구니까. 앞으로 더욱더 행복하고 행운이 있기를 빈다. 강남친구 용구를 그리고 신애 씨의 행복을 위하여! 짱, 짱, 짱."

네 사람은 포도주 잔을 부딪치며 다시 한 번 축배의 잔을 들고 축하를 외쳤다.

영필 부부가 가고 난 후 용구와 신애는 친구의 방문에 기분이 좋았다. 용구가 잘 되는 것을 바라고 진심으로 축하해 주는 영필의 우정에 뿌듯함을 느꼈다. 한편 친구로서 당부의 말을 새겨들어야 한다는 생각도 들었다. 나를 진심으로 위하는 친구니까 나에게 좋은 충고가 될 수 있을 것이라고 느꼈다.

직장동료들과 대학동창 그리고 중 · 고등학교 동창 등 해서 연이어 집들이를 했다. 이번달 월급의 상당 부분이 날라 가고 신애는 들어 누울 정도로 지쳤다. 그래도 사람들로부터 칭찬받고 우리의 행복한 복음자리를 알아주니 기분은 좋았다. 앞으로 승진하여 더 큰 아파트로 이사 가서 다시 초청하여 더 크게 집들이를 했으면 좋겠다고 느꼈다.

지쳐 있는 신애한테 용구는 위로를 했다.

"여보, 수고했어. 자주 있는게 아니고 일생일대에 한두 번 치르는 일이니 그러려니 하고 이제 푹 쉬어. 나, 보답으로 당신한테 선물 하나 근사한 것 할게. 특별히 원하는 것 있어? 아니 여행 한 번? 아, 가을에 정무한테 한 번 다녀오는 거 어때? 나야 사무실 때문에 못 가고, 당신 혼자. 생각해 봐."

"고마워요. 정무 오면 의논해 볼게."

"아, 11월 추수감사절 방학 때 갔다 오면 되겠다. 휴스턴 시내에 데리고 가서 한국음식도 좀 사 먹이고, 어때. 엄마와 같이 있으면 좀 더 잘 쉴 거 아닌가?"

"참 좋은 생각이요. 정무 아빠. 고마워요."

14

6월이 되자 용구와 신애는 정무가 방학이 되어 집에 올 날만 기다리게 되었다. 미국유학 첫 방학이고 유학하고 온 정무가 얼마나 어떻게 변했는지 궁금하면서 달라진 모습에 기대가 크기도 했다. 애타게 기다리며 신애가 용구에게 물어 보았다.

"여보, 정무 아빠, 미국의 여름방학은 언제부터요? 5, 6월이라던데 어느 날인가? 정무가 기말시험을 치자마자 온다고 했는데. 시험 때라 전화를 할 수도 없고. 비행기예약은 해 놓았겠지요? 방학이 시작되면 유학생들이 귀국하느라 예약이 어려울텐데. 사무실에서 미국 중학교 방학이 언제부터인지 좀 알아봐요."

"5월말 아니면 6월 초인 것 같은데 시험 끝나자 전화하겠지. 기다려 봐. 비행기표는 미리 사 놓는다고 하지 않았나? 오게 되면 오겠지, 왜그리 안달이람!"

"오래 만에 아들 보고 싶은 것은 당연해요. 당신은 안보고 싶어요? 어떤 아들인데."

"빨리 보고 싶지만 참고 기다리는 거야. 올때 되면 오는 거지, 안달한다고 더 빨리 오나, 신애 씨, 정무 엄마, 기다려요."

6월 초 정무는 여름방학을 맞아 한국으로 왔다. 첫 유학 학기를 무사히 마치고 온 것이었다. 김포공항 국제선 도착장을 메운 많은 사람들이 귀국하는 유학생을 한 시라도 일찍 만나기 위해 애타게 기다리는 유학생 부모들이었다. 입국장 문이 열릴 때마다 나오는 사람을 열심히 눈여겨보고 있는 신애도 정무의 얼굴을 연상하며 확인하느라 단 일초도 쉬지 않고 살피고 있었다. 휴스턴에서 출발한 비행기가 도착했다는 안내방송이 있고 30여분이 지나자 정무의 모습이 나타났다. 정무를 보는 순간 신애의 눈에서는 무의식중에 눈물이 쏟아졌다. 어린 중학생이 장시간의 비행기에 시달린 지친 몸으로 트렁크를 끌고 나오는 모습에 눈시울이 뜨거웠다. 문을 나오자마자 신애는 정무에게 달려가 얼굴을 쓰다듬으며 위로부터 했다.

"정무야! 장시간 비행기 타기에 힘들지 않았니? 피곤하지? 배고프지 않니? 장하다 우리 아들! 화장실 안가도 되니? 내가 버스 표 사 갖고 왔다. 나가자."

"엄마, 잘 있었어? 아빠는? 집에 별일 없어?"

"별일 있지, 네가 있던 아파트 보다 훨씬 큰 아파트로 이사 갔다. 어서 가자. 네 방이 궁금하지? 짐이 왜 이리 무겁니? 엄마 아빠 선물 사 왔니?"

"안에 책이 들었어."

"와! 우리 아들 대단하다. 방학인데도 책을 읽으려고 이 무거운 책을 싸가지고 왔니? 역시 미국 학교는 다르다. 방학에도 독서를 해야 하고. 이거 전부 원서지! 이제 너의 영어실력은 대단하겠다."

"엄마, 이제 영어로 책 읽는 것이 재미있어. 방학에는 내가 읽고 싶은 책을 읽을 수 있어서 좋아."

신애는 정무의 컴퓨터 가방을 받아 메고 앞장서서 공항버스 타는 정류장으로 갔다. 버스에 앉자마자 정무는 잠에 빠졌다.

집에 도착하여 신애는 정무를 자기 방에 데리고가 침대에 누워보게 했다.

"침대가 편하니? 책상은 어때? 더 필요한 것 있으면 말해. 더 장만해줄게. 컴퓨터는 렌선을 연결하여 쓸수 있다."

"엄마, 고마워. 방이 참좋다. 우리집 이제 부자네. 우리 아빠 대단하셔. 친구들 만나 자랑해야지."

"강남에 사는 친구한테는 괜찮은데 강북에 사는 친구한테는 말조심해라. 오해 받지 않게."

"시골의 정구 정호 형들과 정애누나도 왔다갔어?"

"응, 왔다갔어. 할아버지 할머니 그리고 큰아버지와 큰어머니도 오셨어. 집들이 잘하고 가셨어. 너도 시골에 할아버지와 할머니께 가서 인사드려야 한다."

"알았어. 정애누나 보고 싶다."

"그러지 않아도 정애가 너를 보고 싶어 하더라."

"정애한테 선물 줘야지."

저녁 때 용구는 서둘러 집에 왔다. 아파트 문에 들어서자마자 용구는 큰소리로 정무를 불렀다.

"정무야, 아빠 왔다."

한숨 자고 난 정무는 방에서 뛰어 나오며 외치듯 인사했다.

"아빠, 저에요. 아빠 반가워요. 아빠 저 때문에 고생이 많으시죠?"

"야! 우리 정무 많이 컸네. 더 씩씩해졌다. 미국 학교에서는 운동도 많이 한다더니 운동 많이 했나보다. 몸이 좋아졌어. 좋아. 우리 아들 좋았어!"

"미국 학교 그것도 명문 사립학교에서는 진짜 지덕체 교육을 합니다. 저는 친구들과 운동할 때 잘 어울려요."

"무슨 운동을 하니? 주로."

"여러 가지 해요. 학교 체육시간에는 팀을 만들어서 축구, 농구, 야구 여러 가지 하고 학교 끝나고 친구들과 테니스, 배드민턴, 스쿼시 여러 가지 해요."

"공부는 공부대로 하고?"

"물론이죠."

"공부는 주로 발표, 토론, 글쓰기, 프로젝트하기 등이라고 하던데, 그러니?"

"예, 한 클래스에 주로 열 내지 열다섯 명이 라운드 테이블에 앉아 서로 쳐다보며 하니까 질문과 대답, 발표, 의견을 말하기 등 재미있게 해요."

"영어가 딸리지 않았니? 잘 했어?"

"처음에는 좀 힘들었는데, 이제 많이 익숙해 졌어요. 내용이 중요하지 영어는 단순한 도구에요. 수학 같은 경우에는 적당히 이야기해도 다 알아듣고 그냥 지나가요. 영어는 사실 몇 마디만 하면 되니까요. 진짜 어려운 것은 쓰기에요. 미국 애들은 빨리 빨리 막 쓰는데 저는 처음에는 망설이고 쓰다가 짓고 써 놓고 자신이 없고 선생이 빨간 줄로 지적하고 해서 당황하기도 하고 했어요. 지금은 많이 나아졌어요. 이제 저도 잘써요. 중학교 수준이니까 금방 따라하게 되지요. 계속 영어로만 말하고 쓰고 지내니까 저도 모르는 사이에 영어가 금방 익숙해졌어요."

용구와 신애는 정무의 거침없는 말에 고개를 끄덕이며 만족하고 다행으로 생각했다.

저녁에 용구의 세 식구는 오랜만에 저녁상을 놓고 즐거운 담소를 하며 즐거운 시간을 갖고 있었다. 오랜만에 아들과 마주 앉은 용구와 신애는 신이 났다. 즐거움과 행복이 넘치는 저녁시간이었다. 저녁상을 물리고 과일을 먹으며 용구와 신애는 정무의 유학생활을 듣기에 정신이 팔렸다. 정무의 한마디 한마디가 금쪽같은 아들의 성공담 같은 보배로 들렸다. 용구와 신애는 시간 가는 줄 모르고 열심히 듣고 있으며 행복이 따로 없다고 느꼈다. 미국 학생들과 어울려 제 할 일 다하고 제대로 공부하고 왔다는 정무의 설명에 유학송금이 아깝지 않았다. 성적이 어떠냐고 물어 볼가말가 망설이다가 신애가 조심스럽게 운을 떠 모았다.

"정무야, 미국도 성적 같은 거 있니?"

"그럼, 있지. 그런데 애들이 별로 신경 안써. 아빠가 이메일 주소를 학교에 보내시면 학교에서 저의 성적을 아빠께 보내드릴 겁니다."

정무는 방에 들어 가 짐 속에서 1학기 성적표를 꺼내 갖고 나왔다. 용구와 신애는 긴장하며 성적표를 보았다. A, B, C가 골고루 섞여 있는데 수학, 과학, 체육 등은 A고 사회 등은 B인데 역시 영어가 C였다. 신애가 성적표를 보며 조심스럽게 물었다.

"2학기는 어떠니? 나아졌니?"

"나아 졌어. 특히 영어가 많이 나아졌어. 앞으로는 영어도 A를 받을 수 있을 거야."

"하기는 고등학교 성적이 중요하지. 대학교를 잘가야 하니까. 중학교는 사실 고등학교 가기 위한 준비지. 여기서도 중학교 때부터 학원에 보내며 돈을 잔뜩 들이는 이유가 고등학교 잘가서 대학 잘가기 위해서지."

용구와 신애는 자신 있어 하는 정무를 보며 만족했다. 생각보다 공부를 잘 따라가고 있는 것 같아 다행이라고 생각했다. 신애가 용구에게 한 마디 했다.

"여보, 우리 정무, 유학 보내기 잘 했지요? 당신이 유학비 대느라 고생을 많이 하는데 그만한 가치가 있는 것 같지 않아요. 여보."

"돈이야 여기서도 학원비다, 뒷바라지다 거의 그 만큼 드는 것 아니요. 교육효과가 문제지. 잘 보낸 것 같아. 잘해서 미국의 좋은 대학에 가면 그 보람있지. 나 힘 드는 것 아니야. 네가 공부만 잘 하면 되. 우리 귀한 아들을 위해 유학비쯤은 대야지."

15

며칠이 지나면서 정무가 하는 것을 보니 유학전과 다르고 다른 또래들과 다른점이 많았다. 우선 컴퓨터에서 게임하는 것을 볼 수 없었다. 기껏 여가로 한다는 것이 영화를 다운받아 보거나 미국의 미식축구를 보고 미국 친구들과 메일을 주고받는 것이 고작이었다. 외출을 잘하지 않고 나가서 친구들과 만나도 잠깐 할일만 하고 집에 들어왔다. 낭비라고 할만한 시간을 보내지 않았다. 집에서도 주로 책읽기와 글쓰기 그리고 무엇인가 구상하여 꾸려 보려는 작업에 열중하는 것 같았다. 방학숙제가 없다고 하는데도 공부와 관련 있는 것을 주로 했다. 집에서 주로 시간을 보내고 있는 정무를 보고 신애가 말을 건넸다.

"정무야, 방학인데 좀 쉬지 않니? 너는 컴퓨터게임 같은 것은 안 하네. 다른 애들은 시간만 있으면 컴퓨터 가지고 게임들 하던데. 친구들과 놀러가지는 않니?"

"엄마, 나는 미국에서 여러 가지를 하는데 익숙했어. 여러 가지를 다양하게 하다보면 저절로 할일이 생기고 할일을 하다 보면 시간이 저절로 가게 되니까 아무것도 안 하기에는 시간이 아까워. 구태여 공부에서 벗어나려고 하지 않아. 하고 싶은 게 공부고 공부를 하다 보면 공부에 빠져. 그런데 엄마, 한국에서는 시험보기 위해 암기하고 외우고 반복하고 시험을 위한 공부를 하니까 해도 해도 끝이 없고 보고 또 보고 그러니까 진력이 나고 공부에서 해방되고 싶어 하는 거잖아. 여기서는 암기를 위해 반복만 계속하다 보니 공부에 진력이 나고 보링해서 공부에서 벗어나려 게임도 하고 무료하게 시간을 보내려는 것 같은데 미국은 아니야. 미국에서는 이해하고 이해를 확인하고 이해한 것을 갖고 토론하고 새로운 것을 생각하고 생각한 것을 발표하고 질문하고 또 다른 것을 생각하고 토론하고 그러다가 여럿이 모여 팀워크하고 튼튼이 운동하고 탐험하고 전부다 자연스럽게 해. 억지로 하지 않아. 점수 따려고 버둥거리지 않아. 버둥거린다고 잘 하는 것 아니니까. 선생이건 학생이건 딱 보면 알아. 억지로 한 것인지 자연스럽게 한 것인지. 한국에서 억지로 한 공부는 시험지나면 다 없어져. 그리고 쓸데없는 것을 반복만해. 그런데 시험을 위한 공부는 형식이고 자기 것으로 남는 것이 별로 없어. 공부란 사실 지식을 습득하는 것이라기보다 머리를 발달시키고 창의력을 기르며 문제를 풀기 위해 토론하고 팀워크하며 새로운 것을 추구하는 것이거든. 미국에 가서 절실히 깨달은 것이 공부는 자연스럽게 하는 것이라는 사실이야. 엄마, 엄마가 나보고 공부하라고 안 해도 되. 내가 알아서 하니까. 우리 엄마. 편하게 계시옵소서. 이 아들 다 알아서 합니다. 마님!"

"이 녀석, 미국학교에 가서 일 년 있더니 완전히 딴 사람이 되었어. 그래, 너의 공부 걱정 안해서 좋다. 아니 공부가 뭔지 몰라서 편하고 안심이다. 여기서 사람들이 아이 공부 때문에 속 썩이는 것 보니 너무한다 싶더라. 아이들 성적 때문에 사생결단들 하거든. 그럼 너는 이다음에 대학도 자연스럽게 가게 되겠네."

"다 아시네. 우리 엄마, 그레잇! 물론이지. 대학을 억지로 가나. 진학이란 모든 것을 종합하여 분수에 맞게 가는 것이거든. 학교에서 모든 것을 종합하여 분수에 맞게 보내 줘. 걱정 안 해도 되. 실력대로, 노력한대로, 소질대로, 순리로, 사정에 맞춰서 가게 되니까 걱정 안 해도 되."

"이제 겨우 일 년 있었는데, 너, 너무 자신한다. 엄마가 믿어도 되니?"

"믿으시는 것이 편하시잖아. 사실이야 엄마. 엄마 편하라고 하는 소리 아니야. 세상 이치를 따져 보면 뻔한데. 미국은 모든 것을 이치대로 해. 그래서 엉뚱한 것들이 없는 것 같아. 한국 같이 억지로 무리해서 하다 보니 쓸데없이 학원에 돈을 쏟아 붓고 사람을 짓이기게 하며 마치 죽고 사는 것 같이 사생결단을 하고, 할 짓이 아니잖아. 엄마, 미국사람들은 도무지 이해를 못해. 이상한 나라의 이상한 짓들로 봐. '경제는 그토록 잘 발달했는데 교육은 왜 그 모양이야'라며 고개를 저어."

"미국 애들이 한국의 교육에 대해 어떻게 알아? 오바마 대통령이 한국의 교육을 칭찬했다는데 미국 학생들은 그렇게 생각하지 않는 모양이지."

"내가 왜 미국에 일찍이 유학을 왔는지, 한국에서는 어떻게 공부를 하는지, 유학 온 보람이 무엇인지, 한국과 미국의 학교 공부가 뭐가 다른지 등을 놓고 토론을 많이 했거든. 미국대통령이 뭐라고 했는지 아는 학생이 없었는데. 미국에서는 학교도 더 좋은 교육을 하려고 부단히 많이 노력해. 다른 나라의 교육에 대해 관심이 많아. 미국 학교는 완전히 자율이고 치열한 경쟁이니까 계속해서 경쟁하고 노력해. 그 대신 정부나 누구 눈치 보지 않고 스스로 모든 것을 결정하고 노력하고 경쟁해. 그러니까 잘 하지."

"이야, 우리 아들 박사 다 되었네. 어떻게 그렇게 잘 알아."

"학교에서 토론을 많이해. 미국 학생들이 질문을 많이해. 나도 토론 준비를 위해 연구를 많이 했지."

"우리도 토론 많이 해야겠다. 저녁에 아빠가 오시면 같이 토론하자."

"토론이라면 자신 있어. 아빠와 토론 하고 싶어."

"좋아! 우리 아들!"

신애는 달라진 정무의 모습을 보고 들으며 너무 기뻐했다. 한국에서는 아이들이 맹목적으로 암기하느라 몹쓸 수렁에 빠져 허우적거리는 모습이 지옥 같은데 정무는 여유 있게 학교를 즐기는 식으로 이야기 하니 정말 다행이었다. 교육후진국 한국과 교육선진국 미국의 차이가 이렇게 클 수가 있나 생각하니 어쩐지 개인적으로는 행복을 느끼는데, 국가차원에서는 불행하게 느끼지 않을 수 없었다.

신애는 저녁에 용구가 오면 정무로부터 들은 것을 하나도 빼놓지 않고 다 말해야겠다고 벼르고 있다가 저녁에 용구가 물어 보자 다 말했다. 신애의 말을 다 듣고 난 용구는 흐뭇해하면서 한마디 했다.

"정무가 미국에서 그런 교육을 받고 있으니 우리 집은 한단계 선진화 되어가고 있네. 다행이야, 여보."

정무가 귀국하고 하루가 지나자 신애는 정무방에 들어가 보았다. 정무가 방에서 책을 읽고 있었다.

"정무야, 시골 할아버지 댁에 인사하러 가야지. 언제 갈래?"

"언제든 괜찮아. 정구, 정호 형과 정애누나가 학교에서 돌아 왔을 때 가야지."

"그래, 그렇게 하자."

큰집은 3대가 같이 사는 대가족이었다. 할아버지, 할머니, 큰아버지, 큰어머니, 큰형 정구, 작은 형 정호, 그리고 누나 정애, 모두 일곱 식구가 시골에서 다같이 한집에 살고 있었다. 큰아버지는 고등학교 졸업하고 농사일에 열중하고 계셨고, 큰 어머니는 전형적인 시골 전업가정주부였다. 정무가 미국에서 중학교 2학년을 마치고 9월에 3학년 올라가게 되는데, 큰형 정구는 시골집 근처 전문대학이라도 졸업하고 아버지 농사일을 도우며 농협일을 좀 보면 좋겠다고 생각하고 있었으나 농협일을 보면서 농사를 하면 이것도 저것도 안될 것 같아 농사일에 열중하기로 했다. 둘째형 정호는 시골의 고등학교 2학년이었는데 공부를 잘 하여 성적이 뛰어나 장학금을 받으며 대학을 졸업하고 농협이나 근처에 직장을 구하려는 계획을 하고 있었다. 정애누나도 공부를 뛰어나게 잘하여 교육대학을 나와 초등학교 교사를 하겠다고 벼르고 있었다. 시골에서 학원도 안다니고 스스로 공부해서 자기의 길을 가겠다고 벼르고 있는 사촌들은 불평 한마디 없이 자기의 꿈을 향해 매진하고 있으니 효자 효녀면서 집안의 모범 중 모범 가족이었다. 사촌 간이지만 막대한 비용으로 미국에 유학하고 있는 정무에 비하면 극히 소박하고 구체적인 삶을 향해 매진하는 갸륵한 가족이었다. 정무가 세계최고급 사립학교에서 초호화 교육을 받으며 세계수준의 꿈을 향해 전력투구하고 있는데 비해 사촌인 정구, 정호, 정애 삼남매는 한국의 시골 학교에서 스스로의 힘으로 소박한 꿈을 향해 매진하고 있었다. 지금 겉으로 보면 게임이 안 되는 것 같이 보였다. 그러나 삶의 결과는 살고 난 후에 다시 평가 해 보아야 하는 것이 아닌지 인생철학의 차원에서 보아야 하기도 했다. 막대한 돈으로 정무를 유학 보내고 있지만 큰집 아이들이 자기 앞 가름을 잘 하고 있는 것을 보면서 용구와 신애는 마음 한 구석에 약간의 혼란 같은 느낌을 갖기도 했다. '기본 생활비를 빼고 몽땅 아들에게 갖다 바치는 것이 과연 옳은 처사인가' 되씹으며, 우리가 시골에 살면서 큰집과 같이 지내면 더 편할 것 같은 생각을 해보면서 불안과 착잡한 감정에서 완전히 자유롭지 않았다. 그러나 현실을 직시하지 않을 수 없는 사실에 묶이고 말았다.

용구가 일찍 퇴근하여 집에 오자마자 신애와 정무는 기다렸다는 듯이 준비한 꾸러미를 안고 시골집으로 서둘러 출발했다. 미리 전화를 해놓았기 때문에 용구의 차가 시골마을 입구에 들어서자마자 큰집의 온 식구가 집앞에 나와 용구네 가족을 맞이했다. 이 날의 주빈은 단연 정무였다. 할아버지 할머니 큰아버지 큰어머니께 큰 절을 한 정무는 곧 바로 사촌들과 어울렸다. 사촌들은 정무의 유학생활을 털어 놓으라고 다그쳤고 정무는 재미있게 말해 주려고 노력했다.

큰형 정구가 먼저 말을 건넸다.

"정무야, 너 대단하다. 중학교 1학년 마치고 미국 가서 중학교 2학년을 바로 따라가고, 힘들지 않았니? 기숙사 생활 어렵지 않데? 하긴 미국애들과 뛰어 놀면 재미있기도 했겠고. 그런데 너 부모님께 자주 전화하고 편지 드렸니? 집에 너 혼자인데 자주 연락드려라, 정무야!"

"예, 형 충고해 줘서 고마워. 그렇게 할께."

정호는 더 구체적인 것을 물어 보았다.

"어떤 과목이 제일 쉽고 어느 과목이 제일 힘들었니? 미국 아이들도 잘 하는 애 있고 잘 못 하는 애 있지? 그치? 애들한테 따돌림 받지 않았니? 한국아이라고 깔보지 않았니? 미국에도 왕따 같은 거 있니? 너는 잘 했겠지!"

"수학, 과학이 제일 쉬웠고 영어가 제일 힘들었어. 영어로 쓰는 것이 숙달되지 않았는데 쓰는 것을 많이 시켜. 빨리빨리 써지지 않아서 힘들었어."

정애는 정무 얼굴을 빤히 쳐다보고 생긋이 웃으며 약간 놀리듯이 한마디 했다.

"너, 여자 친구 있어? 금발 소녀에 빠진 것 아니야? 너, 얼굴이 왜 이래? 있는가 보다. 공부는 안하고 연애한 것 아니야? 삼촌 숙모께 안 이를 테니 이실직고해라."

"그래, 여자친구 있다. 너한테 남자친구 하나 소개시켜 줄가? 우리 집에 오면 사진 보여 줄테니 그냥 골라잡아라, 잘생긴 애 많아."

"진짜?"

"누나, 왜 이렇게 순진해. 남녀공학인데 누구나 친구야. 미국애들은 내숭 떨고 그러지 않아. 다 가까이 지내고 허물없이 털어 놓고 이야기 하고 그래. 누나 대학 가거든 미국에 한번 와라 내가 누나 원하는 대로 소개 시켜줄게. 오케이 정애누나?"

"너, 누나를 놀린다."

"누나가 먼저 놀렸잖아."

정애는 정무의 뺨을 쥐고 한번 흔들었다.

큰방에서는 할아버지, 할머니, 용준 내외, 용구 내외가 이야기하고 있었다. 할아버지가 용구한테 한 말씀하셨다.

"용구 네가 알아서 하겠지만, 유학비도 비싸지만 하나 밖에 없는 아들을 이역 멀리 떨어뜨려 놓고 너희 내외가 보고 싶어서 어떻게 하니? 그참 하루 이틀도 아니고 여사일이 아니다."

용구 어머니는 한술 더 떠서 말씀하셨다.

"고마 안 보내면 안 되나? 고등학교라도 졸업시켜서 보내면 안 되나? 그 어린 것을 이역만리에 보내놓고 어찌 지내 노. 참말로 하루 이틀 아니고 여사일이 아니다."

요즘 세상이 얼마나 경쟁이 치열하고 앞으로 젊은이들이 살아가기가 얼마나 힘드는지 모르시는 시골 부모님께 무어라 설명을 드려야할지 용구는 당황했다. 그저 속으로 서울에서 살아가려면 어쩔 수 없다는 생각을 하면서 간단히 말씀드렸다.

"아버지 어머니, 세상이 하도 크게 변해서 정무 장래를 위해 어쩔 수 없이 유학보내고 감수할 수 밖에 없습니다. '세상이 그러니'하고 살 수 밖에 없습니다. 다들 그렇게 하는데 우리만 그렇게 안할수 없고요."

용준이 한 마디 거들었다.

"아버지, 용구가 재벌회사에 다니고 있고 서울에서 사니 자기 분수에 맞춰야 하니 어떻게 합니까? 남들처럼 살아야지요. 용구가 살고 있는 강남은 다 그렇게 하고 있답니다. 용구만 아이를 끼고 있을 수는 없어요. 알아서 할 테니 잠자코 계셔요."

"나중에 정무애비가 고생할까봐 염려가 돼서 하는 소리다. 너희들이 알아서 해라."

용구는 아버지의 말씀이 옳다고 생각하면서도 지금 당장은 어찌할 수 없다고 말씀드리려다가 말이 길어지는 것 같아 그냥 말을 마쳤다.

"예, 아버지, 명심하겠습니다."

젊을 때 돈을 저축하는 여유가 없으면 나중에 무슨 일이 닥칠지 모른다고 염려하시는 아버지의 심정을 이해하면서도 용구로서는 딱히 무어라 말씀드리기 어려웠다. 아버지의 말씀이 옳은 것은 사실이었다. 훗날 아버지의 말씀에 따르지 않은 것을 후회하지 않을까 염려되기도 했다.

그날 시골에 다녀 온 후 정무는 방학 동안 한 번도 시골에 가지 않았다. 하루종일 집에 같이 있으며 신애는 정무를 세심히 관찰하였다.

사촌들과 어울리는 것 자체를 좋아 하는 것 같지 않았다. 자기가 계획하고 해야 할 것을 그대로 실천하며 시간을 아끼고 있었다. '손해 볼 일을 왜 해야 하나'라는 생각인 듯 했다. 모범학생이라는 장점이 있기도 하지만 너무 여유가 없어 보이고 인정이 말라 있는 것 같았다. 유익한 가 아닌 가를 너무 엄격히 구분하는 것 같았다. 장점이라면 장점이겠지만 가족끼리 그러면 인정이 매말을 수밖에 없다는 것을 생각하니 서운한 면도 없지 않았다. 나중에 부모한테도 그러면 어쩌나 하는 개운치 않은 감정과 인정이 매마르면 가족 간의 인정이 매마를 것이라는 불안감도 없지 않았다. 미국이라는 나라에서는 가족 간의 인정이 매말라 있다는 말을 듣기는 했으나 그래도 한국 사람인 이상 미국사람 같이 하지는 않을 것이라는 생각을 하며 스스로 위로했다. 신애는 저녁에 용구와 대화를 해보았다. 용구도 신애와 비슷한 감정을 가졌다. 그러나 지래 짐작하여 염려할 필요는 없다고 생각했다. 용구 부부는 대범하게 생각하기로 했다.

16

방학이 끝나고 정무는 학교로 돌아갔다. 정무를 보낸 용구와 신애는 심란한 감정을 억누를 수 없었다. 다음 방학까지 열 달이나 남았으니 쓸쓸한 감정이 북받쳐 올라왔다. 그러나 한편 정무의 장래를 위해 감수하자는 생각이 들었다. 평생 끼고 살 것도 아닌데 정무가 세계를 무대로 자기 인생을 마음대로 펼치며 보람되게 행복하게 잘 살 수 있도록 해주자는 선각적 생각에서 참고 두고 보자고 했다. 입맛을 다지며 용구는 신애를 빤히 쳐다보고 위로 겸 분위기전환을 위해 한마디 했다.

"나는 당신만 있으면 되. 정무는 어차피 나중에 결혼해서 제 갈길 찾아 갈 거고, 가정을 이루면 미국이든 한국이든 지가 결정할 일이니, 어쩌면 우리는 방관자가 될 것 아닌가! 어차피 따로 살 건데. 지금부터 마음을 단단히 먹자구요, 신애씨."

"예, 그래요. 나도 당신만 있으면 되요! 정무는 한시적으로 같이 있는 거고, 당신과 나야 검은 머리 파뿌리 되도록 같이 살아야 하니 우리를 중심으로 생각합시다. 나중에 장가가서 살림차리고 살면 지 색씨가 어떻게 하여 사성이 어떻게 될지 모르기도 하구요. 그런데 시골의 큰 집이 대가족으로 모여 살며 모두가 만족하고 가족 간 사랑이 듬뿍 배어 있는 것을 보니 부럽기도 하고 선망의 대상이기도 해요. 애가 하나라도 더 있었으면 한 놈은 한국에 붙들어 놓고 큰집의 반이라도 가족 간 사랑을 나눌 수 있을 텐데, 여보, 미안해요."

"아, 또, 그 소리. 여보, 잘 나가다가 왜그래. 어차피 쏟아진 물 주어 담을 수 없듯이 어차피 이렇게 된 것, 어쩌겠어. 이제 더이상 아이타령 하지 말지어다. 부탁이야. 하나면 하나로 그러려니 해야지. 왜 자기 스스로 언짢아하려 해. 우리에게 주어진 우리의 운명은 우리 스스로 극복해야 해. 우리, 마음 단단히 먹자구나 응. 다시 그런 생각 안하기, 오케이?"

"미안해요. 다시는 그런 생각 안할게요. 옛 서, 당신만 보고 살게요."

"어차피 앞으로 열 달 동안 나만 볼 수밖에 없는데."

"예, 그래요. 그런데 우리 남편 얼굴 닮으면 어떻게 하지."

"나도."

용구와 신애는 두 사람의 애정을 누구 보다 두터이 해야겠다는 생각을 다시 한번 다짐하면서 서로 껴안고 사랑을 나누었다. 그래서 러브 메이킹을 더 즐겼다.

용구는 더 단단히 자리를 잡아가고 있었다. 부장 일에 더 익숙해 졌고 회사에 공헌도 더 크게 하게 되자 회사에서도 그 대가로 보너스도 올려주고 월급도 오르며 부하 직원들의 성원도 더 높아졌다. 집안 살림 꾸려 나가기도 더 수월해 졌고 신애가 직장에 나가지 않아도 되게 되었다. 오히려 이자를 내고 살림을 살고도 약간의 여유가 있어 시골의 부모님께 용돈도 올려 드렸다. 부모님이 연로해 지시니 용돈을 드리는 것도 자꾸 한시적이 되리라고 생각하게 되고 돈을 쓰시는 일도 점점 줄어들고 있었다. 돈 보다도 마음으로 더 편하시게 해 드리는 것이 더 중요할 수 있다는 생각도 들었다. 그러나 형님 가족이 있으니 용구 자신이 할 수 있는 것은 별로 없었다. 용돈을 드리는 것 외에 무엇으로 효도를 할 수 있나 고민하며 더 자주 찾아뵙겠다는 생각을 하게 되었다. 그래서 자주 시골에 가기로 했다. 그리고 신애한테도 낮에 더 자주 찾아뵈라고 부탁했다. 그런데 용구와 신애는 부모님을 찾아뵐 때 고민할 것이 있었다. '무엇을 사다드릴까'가 고민이었다. 용구가 퇴근하여 집에 오면 부모님 찾아 뵌 이야기와 무엇을 사다 드릴까 의논하는 것이 일상처럼 되었다. 효도할 기간이 짧아질수록 더 노력해야한다는 생각에 고민은 더 깊어졌다. 용구와 신애는 시골의 큰집에 비해 효심이 부족하다는 부담을 항상 안고 있었기 때문이었다.

"우리가 아무리 애를 써도 형님 형수님 반의반도 못따라 간다. 아버지 어머니께 마음 쓰는 것도 해야 할 일이지만 형님 부부께도 감사드려야 한다. 그런점에서 조카들에 대한 우리의 마음 씀씀이가 많이 부족하다. 우리 좀 더 노력하자."

"당신말이 맞아요. 사실 형님이 시부모님 모시는 정성과 노고에 비하면 나는 아무리 노력해도 반의반도 못따라 가요. 직접 모시는 것과 간접으로 모시는 것과는 비교가 안되지요, 애들만 해도 그래요. 큰집 애들은 한 집에 살면서 할아버지 할머니 곁에서 항상 즐겁게 해 드리는데 정무는 방학 동안에 딱 한번 다녀오고는 생각도 안하는 것 같아요. 같이 살지 않으니까 어느 정도는 그렇다 치고 귀국할 때 인사드리고는 방학 동안에 한 번도 안 찾아뵈었어요. 큰집 애들에 비하면 너무해요. 큰집 애들이 정무를 어떻게 보겠어요. 우리야 이렇게 반성하고 이야기 하지만 정무를 어떻게 설득하고 타일러야 할지 걱정이에요."

용구와 신애는 큰집 조카들을 부러워하면서 정무에 대한 걱정이 컸다. 아무리 선진국에 가서 공부 잘하고 제 할일 잘한다 하지만 가족에 대한 정이 부족하면 무슨 소용 있느냐는 서운함을 감추지 못했다. 큰집 분위기와 신애네 분위기는 너무나 대조적이었다.

17

용구의 회사 사람들도 저녁에 회식을 할때면 자연스럽게 자식들 이야기가 나오기 마련이었다. 아이를 일찍 둔 사람은 이미 고등학교에 다니는 아이가 있고 중학교 학생도 있으며 초등학교 학생을 둔 직원도 있었다. 아이교육 이야기가 나오자 고등학교 학생을 둔 직원이 가장 말을 많이 하고 다음이 중학생 그리고 초등학생을 둔 직원은 좀 덜한 편이었다. 빈속에 맥주를 한 두 컵 들이키자 말들이 쏟아졌다. 고3 아들의 아버지 김영호과장이 말을 꺼냈다.

"부장님은 좋겠소. 아들을 미국에 보내 놓고 형수님과 편안히 지내시고. 가끔 아들 보러 가시기도 하시고, 정무가 고등학교에 곧 들어가지요? 신경 쓰시지 않으셔도 되잖아요. 우리는 지옥 중 지옥입니다. 비상이지요. 돈은 돈대로 들어가고 저 엄마 뒷바라지는 뒷바라지대로 초비상이고, 아이는 짜증만 내고. 사는 게 아닙니다. 부장님은 모르실거에요. 그렇다고 대학을 원하는 대학에 가느냐하면 그거 보장도 없어요. 이놈의 세상 지옥입니다. 아마 고등학교 학생을 가진 부모는 다 마찬가지일거에요. 부장님만 아니에요."

부장이 애를 미국에 유학 보냈다는데 대한 항의인지 격려인지 아니면 한국 현실을 비판하며 응석을 부리는 것인지 분간이 안가지만 술이 이렇게 용감하게 만든 것 같았다. 용구는 자세를 가다듬고 조심스럽게 말했다.

"우리도 신경이 쓰이지. 돈도 만만치 않고 멀리 있으니 답답하기도 하고. 그래도 한국에서 애 쓰는 거에 비하면 나은 편이지."

"부장님, 나은 편 정도가 아니에요. 우리는 지옥이라니까요. 애가 하나만도 아니고 언제까지 이 지옥생활을 해야 할지 모르겠어요."

맥주를 몇 잔 들이키며 듣고 있던 고1 아들의 아버지 박진호과장이 끼어들었다.

"우리는 고1인데도 초비상이에요. 돈도 고3 못지않게 들어가요. 고3은 한시적이잖아요. 고1은 장장 3년을 이지랄 해야 해요. 사는 게 아니에요. 대한민국, 정말 망할 놈의 나라에요, 사설학원만 돈벌이 시키는 놈의 나라, 이 망할 놈의 나라, 확 뒤집어버려야 해요. 교실붕괴, 학원, 과외, 수능, 입시, 성적, 순위, 암기, 주입, 찍기 이 모두가 개지랄들이에요. 개자식들이 만들고 또 만들고 평균 2년에 한 번 씩 입시 제도를 바꾸었으니 악화일로를 걸어 온 요지경이 우리나라 교육현실이란 말이에요. 개 같은 놈들의 개지랄이지 뭐에요. 갈수록 더 나빠만 지니 울화통이 터져 죽겠어요. 집에만 가면 울화통이 치밀어 견딜 수가 없어요. 정치한다는 놈들은 정치놀음인가 지랄인가 하느라 이 지경을 방치하고 있고 정부 놈들은 지들 마음대로 지랄하면서 부모만 골탕먹게 하는 꼬락서니가 딱 모리배들 세상이에요. 입시를 저들의 노리개로 생각하는 놈들이 이리 바꾸고 저리 바꾸고 지랄들 하느라 학원만 배를 불리고 있어요. 사람의 격을 높이고 좋은 사람 만드는 인성교육은 온데간데없고, 점수 따기 놀음만 아니 사오지 선다형 수능에서 찍기만을 연습하게 하는 이런 망할 놈의 짓을 막대한 비용으로 감당해야하니 이놈의 나라 안 망하고 배기겠어요. 부장님은 유학비 걱정하시지만 그래도 정무는 미국에서 학교생활을 즐기고 있잖아요. 부장님은 느긋하게 계시잖아요. 우리는 돈도 유학비 못지않게 들어가고 아이는 지옥 같은 생활을 하고 부모는 그 뒷바라지에 또 지옥생활을 하고, 세상 이렇게 불공평합니다."

술들이 거나한 분위기에서 말이 험해지고 있었다. 술기운을 빌어 마음에 담고 있던 불평 아닌 울분을 토하고 있었다. 사실 이런 자리가 아니면 어디에다 하소연 할 곳도 기회도 없었다. 말이 나오자 평소에 내키지 않던 말들을 마구 쏟아내고 있었다. 아마 이 자리에 교육부 장관이나 교육감 또는 국회의원이 있었으면 거나한 학부모들의 맥주가 이들의 얼굴에 퍼부어지고 말았을 것이었다. 더 취한 상태가 되면 놈들의 아귀 통도 돌아갈 수 있었을 상황이었다. 매일 지옥 같은 집안 분위기를 생각하면 이들을 십분 이해하고도 남음이 있었다. 비교육적이고 비인간적이며 낭비만 천정부지로 부담하게 하는 암기식 주입식 수능준비, 여기에 목을 매다 시피한 가정은 지옥이 되고 학생은 생지옥생활을 해야 하며 학교는 붕괴되고 사회는 망조로 가고 있는 가운데 부모는 무모한 낭비에 허리가 휘는 한국의 입시제도, 이에 대한 정부와 정치계의 책임을 지우게 할 방법이 없는 것이 문제 중 문제였다.

중학교 2학년에 재학중인 아들을 둔 이인영 대리는 옆에서 유심히 듣고 있더니 한용구 부장 앞으로 닦아 앉으며 심각한 표정으로 말을 건넸다.

"과장님들 이야기를 들으니 너무나 겁이 나네요. 애가 중2인데 이러다가는 집안이 쑥대 밭 되겠어요. 부장님, 정무의 유학비가 년간 얼마나 됩니까? 저도 감당할 수 있습니까? 애도 지옥, 부모도 지옥,

이래가지고 어떻게 살아요? 차라리 유학 보내서 부장님 같이 여유를 갖는 것이 상책일 것 같네요. 집의 아버지께서 손자 학비를 어느 정도 부담을 해주실 것 같거든요. 제가 따로 한번 남편과 같이 부장님 내외 모시고 말씀 좀 들을게요. 약속 한번 해 주세요."

"그러지."

김 과장과 박 과장이 이구동성으로 이대리를 향해 외치듯 말 했다.

"이대리, 생각 잘 했어. 할아버지께 유학비를 미리 받아 놓아. 그리고 휴가 때마다 아들 보러 가. 우리 눈치 보지 말고. 우리는 어차피 이 지경이지만 이대리는 사람 사는 방법 제대로 찾아. 정치하는 놈들, 누가 우리를 알아주기나 하나? 지 놈들 정치하느라 정신이 팔려 우리 같은 국민의 지옥생활을 거들떠보기나 하나. 아예 이 지옥에서 탈출할 준비를 해. 이대리, 고 고! 잘해봐."

주위의 이런 말에 약간 상기된 이대리는 더 진지하게 말을 이었다.

"여러분의 말씀을 진짜 심각하게 받아들여 집에 가자마자 바로 남편과 아버님께 여쭈겠습니다."

술도 별로 안마시고 이사람 저사람 얼굴만 쳐다보며 듣고만 있던 연지인 대리가 끼어들었다.

"저는 요? 우리 아이가 이제 겨우 초등학교 4학년과 1학년인데. 말씀들 들으니 걱정이 되네요. 어떻게 하면 좋지요? 애를 위해서 이민 가야 하나요? 실제로 이민 가서 애 잘길러 잘된 사람들이 많다던데. 미국에는 잘된 한국 사람들이 거의 다 이민가서 교육 잘시킨 결과라고 하던데. 앞으로 10년 15년 앞을 내다보면 정말 걱정이 되요."

고3 아버지 김영호 과장이 나섰다.

"연대리, 남편과 잘 의논 해 봐요. 무조건 다른 방법을 강구해야 해요. 우리 같은 지옥 생활 정말이지, 하지 마세요. 직접해 보면 절대로 다시 할일 아닙니다. 시아버지 붙들고 남편 설득하여 미리 대비하세요. 안 그러면 나중에 후회해요. 연대리는 지금 좋은 때야. 미리 결정해요. 빠를수록 좋아요."

연대리는 심각하게 받아들였다.

"부장님, 남편과 같이 댁에 한번 찾아뵐게요. 아, 정무 학생이 방학하여 집에 와 있을 때가 좋겠네요. 미국은 학생들의 천국이라고 하던데. 우리나라는 지옥이라고들 하시니 불안하고 황당하네요. 하긴 우리 엄마들 만나면 비슷한 이야기들을 해요. 그래서 형편이 되면 조기유학들을 많이 보내요. 우리도 둘 중 하나만이라도 보냈으면 해요."

"잘 생각해요. 연대리. 이제 미국에 잘된 한국 사람들이 알게 모르게 많데요. 한국에서 직장 구하기 힘들고 직장에 다녀도 불안하고 조기 퇴직해야 하고 집사서 살기도 쉽지 않고 애들 공부시키기가 지금과 같으면 더욱 살기 힘들 것 같기만 하구요. 이래저래 생각해야 할 것이 많네요. 남편과 의논 잘해 보세요."

"부장님 감사합니다."

술이 거나한 김과장이 다시 말을 이었다.

"부장님! 요즘요, 강남의 학부모들, 있잖아요. 이름난 학원에 비싸게 보내느라 경쟁인 것 같아요. 빌어먹을, 젠장. 애를 바보 만드는데 돈을 막 퍼붓고 있어요. 학원에 가서 가만히 앉아 듣고만 있으면 그거 바보되는 거 아니요? 쓰기를 하나, 질문을 하나, 풀어 보기를 하나, 토론은 근처도 못 가고, 듣다가 몸을 비틀고 눈을 껌뻑이고 멍하니 시간을 보내는 이 지랄, 정말 낭비 중 낭비인데 이 짓을 너도나도 경쟁적으로 해야 하니 이거 한심한 노릇 아니요? 그렇다고 대학입시 때 유리하냐 하면 그렇지도 않은 것 같아요. 우리는 고3이라 집이 완전히 비상 중 비상입니다. 에이 이놈의 세상, 한번 뒤집어져라."

"김과장, 고생이 심하겠다. 어려울때 내가 맥주 사줄게 언제든 이야기 해. 조금만 참아 이제 곧 수능시험이니 고비만 넘기면 되니까."

"아이고, 부장님 그놈의 수능, 사람 살리는 게 아니라 사람 죽이는 것이기도 합니다. 수능점수 잘못 나와 대학에 떨어지기라도 해보세요, 그때는 완전히 초상집입니다. 에이 그놈의 수능, 미사일 끝에 매달아 우주로 쏘아 보내버려야 하는 천하에 못쓸 망할놈의 악마 중 악마입니다. 나한테 총알 잔뜩 들어 있는 기관총 한 자루 주면 수능 보이는 놈들 모조리 다쏘아 죽여 버리겠어요. 도대체 애를 불상해서 볼 수가 없어요."

"아이, 김과장님은 1년이지요, 저는 3년입니다. 갈길이 멀어요. 정말 걱정이에요."

아이가 어린 대리와 젊은 직원 그리고 결혼하고 아이가 없는 젊은 직원들은 실감이 나지 않으면서도 남의 일 같지 않아 착잡한 심정을 감추지 못했다. 얼굴 표정이 어딘가 어두운 면이 역력했다. 말은 못하고 있었으나 앞으로 아이를 어떻게 해야 할지 크게 당황하는 모습이었다. 교육 때문에 아이를 갖지 않으려는 젊은이가 늘고 있는 현실이 눈앞에 보였다.

용구는 집에 와서 신애한테 회식 때 오고 간 이야기들을 대충 털어놓았다. 신애는 별로 안색이 변하지 않고 담담하게 들으며 고개를 끄덕였다. 용구는 약간 의외라고 생각되어 한마디 했다.

"아니, 우리는 심각하게 이야기 했었는데, 당신은 별거 아니라는 듯 시큰둥하게 듣는 둥 마는 둥 하는 것 같아. 아이 유학 보냈다고 우리나라 아이들이 얼마나 고통 속에서 해매고 있는지 생각도 안해 보았어? 지금 고등학생 가진 집안은 비상이야. 아니 비상이라기보다 거의 초죽음 상태라고 야단들이야. 당신은 아무렇지도 않아?"

"여보, 내가 왜 아무렇지도 않겠어요. 주위 엄마들한테서 하도 많이 들어서 이제 이력이 났소이다. 남자들 저녁에 회식하며 몇시간 이야기 한것 가지고 뭐 그리 야단들이에요? 우리 엄마들은 허구 한날 모이면 애 입시 이야기, 만났다하면 애 공부 이야기, 시간만 있으면 애 공부에 대한 정보 얻으려 사생결단, 그래서 입시철에는 아예 만나기가 무서워요. 매일 학원에 실어다 주고 실어 오고 집에서 달달 볶고 학교에 들락거리고 정보 얻으려 동분서주하고 정말 못봐요. 일일이 맞장구치고 일일이 같이 심각하게 대응하다가는 나도 병날것 같아요. 어쨌든 남의 일이니 조용히 듣고 좋은 말로 위로나 하세요. 우리는 정무를 유학 보내 놓고 여유가 있어 남 이야기 하고 있지만 고등학생 둔 엄마들은 하루하루가 전쟁이에요. 정말 눈 뜨고 못 보겠어요. 특히 우리가 사는 강남이 더 심해요. 말도 못해요 얼마나 심한지. 그러다가 나중에 입시에서 떨어지기라도 하면 그 때는 난리에요."

"어떤 난리?"

"난리가 따로 있어요? 재수할까, 시골대학에는 어떤 학교가 있나. 시골대학에 가면 하숙을 하나 자취를 하나 통학을 하나 누구하고 어떻게 하게 해야 하나 등 골치가 말이 아니래요. 말이 그렇지 당해 보면 죽기보다 더 어렵데요."

"당신 말이 너무 심하다. 설마. 그렇게까지 하려고. 적당히 아무 대학에나 보내면 되지. 우리 회사에도 지방대학출신들이 꽤 있어. 지하기에 달렸어. 졸업 후 나중에 어떻게 하느냐가 더 중요 해. 우리나라 엄마들은 세상물정을 잘 모른 것 같기도 하고 너무 잘 아는 것 같기도 해. 당신은 초연하게 쳐다 만 보고 가만히 있어. 공연히 같이 신경 쓸 필요 없어."

"나중에 취직하고 취직해서 잘하고 같은 것은 안중에 없어요, 여보. 지금 당장 애가 떨어졌다고 하면 우선 창피해서 낯을 들수 없고 어느 대학에 누가 어떻게 갔느냐 못 갔느냐를 가지고 일년 내내 입방아들을 찧고 또 찧고 야단들이거든요. 다들 정신이 없어요. 붙으면 붙어서 입방아 떨어지면 떨어져서 입방아 난리에요."

"대학에 있는 친구한테 이야기 들으니 엄마들이 애를 다 벌어놓았대. 엄마 때문에 애가 아무 것도 못하고 엄마가 애를 잡고 있어서 애가 치마폭에서 벗어날 줄 모른데. 조선시대에 왕들이 대왕대비와 중전의 치마폭에서 벗어나지 못해 정치를 엉망진창으로 만들었는데 그 유전자 디엔에이가 그대로 내려 온 거야. 아예 여자 대통령이 나와서 여자들을 몰아내고 남자세상으로 만들어야지 안되겠어. 강남엄마들을 동해바다에 목욕시켜서 내 놓아야 하는 것 아니야."

"여보! 당신 몰매 맞을 소리 그만 하시지요. 이곳이 어디라고 큰 소리요."

"아, 아, 오케이, 나 더이상 말 안할게. 미안"

용구는 정색을 하고 신애의 손을 잡으며 애원하듯 부탁의 말을 했다.

"그건 그렇고, 아이가 중학교 2학년인 이인영 대리와 초등학교 4학년인 연지연 대리가 부부동반으로 우리집에 찾아와 당신과 이야기 나누고 싶데. 정무 유학 보내고 있으니 의논 겸 여러 가지 이야기 좀 들어 보고 싶어 하는 것 같아. 정무가 미국에서 학교생활을 잘하고 있다고 소문이 나 사람들이 당신의 이야기를 듣고 싶어 하고 있어. 오면 잘 말해줘."

"그러지 않아도 강남의 많은 엄마들이 정무에 대해 물어 보려고 점심도 초대하고 차도 마시자고 하고 친구를 통해서도 연락이 오고 심지어 엄마한테도 부탁하는 사람이 있어요. 그분들 오면 이야기 잘

해 주지요. 그래야 당신도 부장으로서 낯이 설것 아니요. 이럴때는 정말 유학 잘 보냈다고 느껴져요. 당신도 그래요?"

"그럼, 나도 그래. 힘들어도 이런것을 생각하면 송금하는 것이 어렵지 않아."

"그래요. 나도 다른 엄마에 비해 복 받았다고 생각해요. 사람들이 부러워해요."

그래서 용구와 신애는 상대적으로 아이문제에서 여유가 있고 행복한 편이었다.

18

정무는 중학교를 졸업하고 고등학교로 진학했다. 사실 미국에서는 많은 학교 특히 사립학교에서는 1학년부터 12학년까지 그러니까 초등학교 1학년부터 고등학교 3학년까지 같은 학교에서 계속하여 다니고 있기 때문에 중학교에서 고등학교로 진학한다는 것이 단순히 학년을 올라가는 것이지 우리나라 학교와 같은 진학이라고 할수 있는 것이 아니었다. 정무가 9학년을 마치고 10학년으로 올라가는 것은 졸업과 입학을 거치는 것이 아니라 그냥 그대로 학년을 올라가는 것에 불과한 것이었다. 다만 10학년이 되면 대학교 진학과 관계가 깊어지므로 좀더 잘할 필요가 있었다. 미국에서는 대학교 입학하는데 고등학교의 추천서가 대단히 중요하므로 10, 11, 12 학년에서 특히 학교생활을 잘해 놓을 필요가 있었다.

우리나라의 고등학교에 해당하는 10학년이 되어서도 정무는 여름방학에는 집에 와서 지냈고 집에 와있는 동안 전과 같이 자기 할일에 열중하였다. 강남의 고1학생들이 학원과 과외 그리고 학교의 방과후 학교 등에 찌 들리고 잠도 제대로 못자고 우왕좌왕 하는데 비하면 정무의 자기 공부는 누워 떡 먹기였다. 잘것 다자고 자기가 하고 싶은 것을 하며 누워서 소설책을 읽기도 하고 글을 쓰기도 하며 인터넷에 들어가 찾고 메모하고 밖에 나가 탐험한다고 돌아다니기도 했다. 아마 한국에서 수능을 봤으면 따라 하지도 못하고 대학도 떨어지고 말 여유있는 시간을 보내고 있었다. 그러면서 동네 스포츠센터에 등록하고 매일 정해진 시간에 나가 각종 운동을 하기도 했다. 아예 여유있게 스케줄을 짜놓고 그대로 실천하고 있었다. 이것은 미국의 학교생활에 바탕을 둔 건전하고 정상적인 생활이며 심신을 발달시키고 인생을 자연스럽게 즐기며 학창생활을 즐기는 것이었다. 말하자면 가장 바람직한 고등학교 생활이었다. 이것이 정상이고 이렇지 않은 것이 비정상이었다. 우리나라의 고등학생 입장에서 보면 미국의 고등학생들 생활이 낭비고 태만이며 실패할 수밖에 없는 비정상으로 보이지만 미국의 고등학생 입장에서 보면 한국의 고등학생이 쓸데없는 헛고생으로 지옥 같은 바보짓을 하고 있다고 볼 것이었다. 한마디로 한국의 입시제도는 위정자들이 인위적으로 만들어 놓은 비인간적이고 낭비이며 형식적인 편의주의의 가식이고 미국의 입시는 자연적이고 인간다우며 효율적이고 합리적인 참인간의 삶의 과정이라는 의미였다. 그럼 한국은 왜 이러는가? 이기심의 악순환 때문이었다. 한국의 공부는 비효율적인 아니 역효과의 바보짓이고 미국의 공부는 효율적이고 현명한 자기관리 및 값있는 삶이라는 자연적인 인간사였다.

강남의 엄마들과 이야기를 많이 나누고 있는 신애는 어느 것이 어떤지 정확히 알 수가 없었다. 다만 한국의 학생들이 너무 힘들어 하는 것과 정무가 여유있게 부담 없이 방학을 즐기고 있는 것과는 너무 대조적이라는 것은 느꼈다. 강남의 학생들이 저렇게 힘들게 고생하고도 대학에 떨어지면 너무 황당해 하는 것을 보면서 정무의 경우 대학입학이 어떻게 되는 것인지 물어보았다.

"정무야, 한국에서는 수능공부로 학생들이 밤낮주야로 저 고생을 하는데 너는 방학을 여유있게 즐기고 있네. 너는 대학갈 때 한국의 고등학교 학생들처럼 저렇게 안해도 되니? 미국에서는 대학을 어떻게 가니? 너는 잘 갈수 있겠지?"

"엄마, 미국에서 대학가는 것은 한국과 완전히 달라. 미국에도 SAT라는 수능 같은 것이 있는데 그것 하나에 목매고 저러지 않아. 수능은 단지 참고하는 자료일 뿐이야. 고등학교를 정상적으로 다니면 진학지도 선생님이 어느 대학에 원서를 내보라고 의견을 말씀해 주셔. 한 열개 대학에 원서를 내면 대학에서 심사를 하고 합격여부를 통보해 줘. 그것이 주로 12월부터 4월 사이에 이루어지는 일이야. 원서를 낸 열개 대학 중에서 떨어지는 대학도 있고 붙는 대학도 있게 되는데 붙은 대학 중에서 골라 가면 되. 떨어졌더라도 대기하라는 대학도 있어 그런 대학도 대체로 붙을 수 있어. 그냥 하던대로 공부하고 있다가 때가 돼서 원서 내고 기다렸다가 결정해서 가면 되. 시험 하나에 목매고 떨어지면 재수하고 그런 것 안해. 미국에서는 자기가 한 만큼 인정받아 자기를 받아주는 학교에 가면 되. 하버드에 목매고 안 되면 죽을상이 되고 재수하여 또 매달리고 그런 짓 안해. 그렇게 하면 진짜 대학 못가. 대학이 인생의 전부도 아니고 대학이 인생을 보장해 주는 것도 아니거든. 최선을 다하고 되는대로 하면 되. SKY대학 나왔다고 인생이 보장되는 것이 아니잖아. 그런데 왜 SKY대학 못 가면 인생이 끝나는 것처럼 야단인지 알 수가 없어. 엄마, 엄마 아들 정무는 속 안 썩이니 걱정마세요. 나, 이대로 하면 대학 잘 갈수있어. 나는 나대로 잘하고 있거든."

가만히 듣고 있던 신애는 저절로 웃음이 나왔다. 듣고 보니 정무 말이 백번 옳았다.

"그런데 우리나라는 왜 이러지. 모두들 난리야, 난리."

신애는 혀를 차며 안타까운 심정을 참지 못하고 내뱉었다.

"엄마, 내가 방학동안 집에 와 있으며 아빠 엄마 눈치도 보고 주위 사람들을 유심히 보며 무슨 생각을 했는지 알아. 내가 지금 하고 있는 것이 아빠 엄마께 효도하는 거구나 생각하고 조용히 내 할일 하고 있는 거야. 엄마 아빠는 그냥 믿고 가만히 계셔 주시면 되."

정무의 말에 고개를 끄덕이던 신애는 흐뭇한 기분을 감추지 않았다.

"우리 아들 진짜 효도하네. 우리야 편하고 좋지, 뭐. 강남의 엄마들은 난리야. 떨어지면 초상이고. 세상이 말세인 것 같아. 그런데 우리나라도 미국 제도를 받아들이면 될 텐데 왜 안하지. 선거 때면 별 소리 다 하는데 국민을 속이는 것인가. 아니면 바보들인가."

"엄마, 내가 보기에는 둘다 인것 같아. 내 초등학교 동창들 보니까 너무 안타까워. 아니, 너무 불쌍해. 이건 사는게 아니야. 지옥 생활이야. 시험의 채찍에 견디다 못해 의식을 잃고 억지로 끌려가는 비참한 노예생활 보다 더 못한것 같아. 거기다 부모들의 윽박지름이 말도 못하게 심하대. 죽고 싶다고들 해. 나는 이 지경이 되면 도망치고 말 것 같아. 다들 나를 부러워 해."

정무는 여름방학이 끝나고 학교로 돌아갔다. 신애는 용구와 정무 이야기를 하며 행복해 했다.

19

용구는 직장의 안정과 집안의 안락한 복음자리를 인생의 단맛으로 느끼며 신애와 행복한 날을 보냈다. 골프를 배워 주말이면 친구들 또는 업무관계 사람들과 라운드를 즐겼고 시골의 큰집 가족들과 외식을 하며 효도와 우정을 돈독히 하기도 했다.

"여보, 우리 이 정도면 살맛 나는거 아냐. 당신도 즐거운 시간 갖도록 해. 장모님 모시고 맛있는 것 사드리고 이모님들과 극장도 가고 가벼운 여행도 하고 효도 좀해. 당신 어머니 당신 기르느라 고생 많이 하셨잖아. 사시면 얼마나 사신다고. 즐거운 시간 많이 갖도록 해드려. 당신이 해드리지 않으면 누가 해드려."

"여보 고마워요. 우리 어머니 그러지 않아도 사위 잘 봤다고 늘 기뻐하시고 자랑도 하셔. 내가 어릴때는 이모님들을 부러워하시며 나를 붙들고 눈물도 흘리셨는데 이제는 이모님들 붙들고 웃으시며 옛날이야기 하신데. '오래 살고 볼것이야'하시며 인생의 단맛을 느끼신다고 하신데. 나도 덩달아 행복해 지는거 있지. 다 당신 덕분이야."

"가진 거라고는 거시기 두 쪽밖에 없는 나 같은 가난한 촌뜨기한테 시집온 당신이나 시집보내주신 장모님이 다 나에게는 평생 다 못

갚을 은인이고 가장 소중한 가족이지. 이 정도는 해드려야지. 당신한테도 해줄 수 있는 데까지 베풀어야지. 아 그리고 당신도 골프 배워. 나중에 늙으면 부부 같이 골프하면 좋데. 지금부터 슬슬 배워놓아야 같이 라운드 하기 좋지. 서울전시장인가 아니면 코엑스인가 어딘가 골프전시회가 있다는데, 가서 시타도 해보고 설명을 잘들어 적당한 채를 한세트 사. 그리고 근처 연습장에 등록을 해. 나도 시간 날 때 같이 공을 날려볼게. 당신도 이제 인생을 즐길 방도를 찾아 봐."

"여보, 고마워요. 나 행복해. 당신보다 더 편하고 좋아. 당신이 더 행복하기 위해 노력 해."

"예스 멤, 마이 달링."

"옛 서, 하니."

주말에 용구와 신애는 부모님, 형님내외, 조카들 선물과 저녁에 마당에서 구어 먹을 삼겹살 등을 사가지고 시골집에 갔다. 용구의 차가 동네 입구에 들어서자 들에 갔다가 집에 오고 있던 동네노인들이 용구차를 알아보고 먼저 소리를 쳤다.

"저거, 용구 차 아이가. 응, 오랜만이다. 그래 잘있지? 아버지는 집에 계실끼다. 어서 가자. 용준이 아버지, 반가워하시겠다. 그러지 않아도 가끔 작은 아들 얘기하시던데."

"이따가 저녁에 형님 집에 오세요. 삼겹살과 소주 사왔습니다. 꼭 오세요."

"응, 그래. 내 가마. 고맙다. 응, 그래야지."

집에 들어서자 용구와 신애는 부모님께 인사드리고 형수님께 선물과 삼겹살을 풀어 놓았다. 형수님은 신애의 손을 잡고 반가워하는 표정으로 인사를 하시고 만남의 기쁨을 눈짓으로 표현하셨다. 그리고 용구에게 외줘서 고맙다는 인사도 빠뜨리지 않았다.

"형님, 부모님 모시고 맏며느리 역할 하시느라 고생이 많으신데 자주 와서 도와드리지 못해 죄송합니다. 오늘은 저도 형님 좀 도와드릴께요. 말씀해 주세요."

"동서, 고마워. 정애가 학교갔다 올테니 같이 하면 되. 다해 가지고 왔는데 별로 할 것이 없네. 야채는 우리 것을 따다 놓으면 되고, 반찬은 우리가 평소 먹는 데로 꺼내 놓으면 되. 불은 남자들이 피워 줄 테니 과일이나 내놓고 소주잔이나 꺼내놓으면 되겠네. 별로 힘들것 없어."

"형님은 참 잘하시네요. 저는 이런 경험이 없어서, 죄송해요."

"아니야, 동서. 서울 아파트에서는 다 그렇지. 여기서는 그저 쉽게 차려 먹어. 우리 집도 이제 대가족에 속해, 모두들 도우며 지내지."

학교에서 돌아온 정애는 숙모를 보자마자 반갑게 맞아 웃으며 신애의 허리를 감싸 않았다.

"반가워, 숙모. 작은 엄마, 더 예뻐졌네. 좋은 일 많더니 인물이 더 훤해졌네. 숙모, 사랑해."

"사랑은 내가 더 진하게 해야 하는데. 나는 딸이 없거든. 그래서 너를 딸보다 더 아끼고 싶어. 정애도 더 예뻐졌어. 이제 제법 숙녀티가 나는데."

"숙모, 내가 작은 아버지 작은 어머니께 부탁드려 놓은 것, 절대 잊으면 안 되는 것 아시죠. 삼촌회사의 똑똑한 놈 하나. 하하. 우리 어머니한테도 못하는 말을 막하네."

"알고 있지, 그럼. 너 지금 고2니? 한창 바쁘겠다. 대학은 어디로 가니?

"숙모, 저는 교육대학에 가서 학교 선생할래요. 꼭 할꺼에요. 두고 봐 주세요."

"요사이 여교사가 인기라는데, 일등 신랑감 고르고도 남겠네. 오케이 좋았어. 우리도 큰집 양념 딸 덕좀 보자."

"그러면 내가 큰집 작은집 다리역할? 좋아요. 숙모."

옆에 있던 정애엄마가 한마디 거들었다.

"제가 누구 닮았는지, 성격이 활달하고 적극적이며 덤비는 스타일이네. 집안을 마구 휘 젓고 다니고 마구 설쳐."

"좋지요, 형님. 공부를 잘하나 봐요. 반에서 몇등 해요?"

"전교에서 몇등 해. 저래 떠들어도 지 방에 들어 앉아 팔 때는 무섭게 파. 교육대학 가는데 문제가 없을 거라고 장담하네. 대학가면 작은 집에 자주 가도록 할께. 귀여워 해줘. 동서."

"예, 그럼요. 너무 귀엽고 좋아요."

"이 애한테는 고모도 이모도 없고 나 외에는 숙모뿐이야. 응석 좀 받아줘. 이 애가 숙모를 무척 좋아해. 동서도 딸이 없으니 딸처럼 귀여워 해줘."

"그럼요. 우리도 딸 못지않게 귀여워할께요. 우리 용구씨는 정애하면 깜빡해요."

"고마워, 동서"

저녁에 집안 식구와 동네 사람 몇몇이 와 마루에 모여 앉았다. 삼겹살을 구워 안주를 하고 소주 맥주를 나누며 담소를 했다. 너나 할 것 없이 한 가족 같이 마음 터놓고 먹고 마시며 담소하는 분위기가 시골이 아니면 볼수 없는 흐뭇한 인심이고 인간미며 사람 사는것 같았다. '더도 아니고 덜도 아니고 이와 같은 분위기가 사람 사는 진맛이다'라고 생각하며 용구는 어른들의 이야기에 귀를 기울었다. 큰집의 옆집 이웃 어른이 자주 만나신다는 어느집 이야기를 하셨다.

"우리 옆집 그 박씨 영감 있잖아, 그 집도 큰일났어. 서울에 있는 둘째 아들 놈이 사업을 한답시고 있는 돈 없는 돈 다 끌어다 쳐박더니 글쎄 여기 박씨 영감한테 손을 내밀었다는 거야. 그 돈이 한두 푼이 아니었데. 박 씨 영감 돈이 어디 있어, 그 밭 때기며 논이며 다 갖다 잡히고 농협에서 돈을 꾸었데. 그런데 그 놈의 돈도 홀딱 다 말아먹은 거래. 그래 온 가족이 다 거지가 된 거야. 그 박씨 마누라가 그래서 화병으로 일찍 죽은거래. 박씨도 영 아니야. 저 영감 오래 못 살 것 같네. 참 남의 일이 아니야. 이거 어쩌면 좋지. 그러니까 자식들이 돈 달라고 한다고 덥석 함부로 내줄게 아니야. 그 영감 이제 오갈데 없어졌어. 농협에 넘어간 논밭 소작이나 가능할지. 뼈 빠지게 농사지어서 지주한테 주고 나면 얼마나 남겠어? 아이고 참, 사람팔자 알다가도 모르겠어. 그집이 그렇게 될 줄 누가 알았어."

용구 아버지가 맞받아 한 말씀하셨다.

"그 박씨 영감이 요사이 도통 잘 안보이더니 그런 일이 있었구나. 아이고 저일을 어떻게 해. 그러니까 그 사업인가 뭔가 그거 아무나 함부로 하는거 아니야. 그집 둘째가 좀 설친다고는 해도 재주도 있고 똑똑했는데 어쩌다 그렇게 되었나? 그참 딱하게 되었네. 내일 내가 좀 찾아가 봐야겠다. 밥이라도 같이 좀 먹어야겠네."

용구가 조심스럽게 한 마디 했다.

"아버지, 지금 박씨 아저씨한테는 아무 말씀도 도움이 안 됩니다. 다른 말씀 마시고 그저 동네 일반 이야기나 하시고 모르는척 하세요. 박씨 아저씨가 말을 꺼내면 그냥 '응' '그래'

'마음 편하게 먹게' 정도로 하세요. 사업에 빠지면 정신을 잃습니다. 눈에 보이는게 없어집니다. 부모도 못말리고 형제도 소용없습니다. 갈때까지 갔다가 되돌아오는 수밖에 없습니다. 동네 어른들께서 자주 뵙고 위로 해드리세요"

용구가 아버지께 당부의 말씀을 드렸지만 사실 박씨 영감님의 경우가 남의 일이라고만 해야할 사람이 많지 않다고도 생각했다. 꼭 사업을 해서가 아니라 형편이 어려우면 그나마 시골에서 빚없이 지내는 부모에게 손 벌리는 사람이 많다고 들었기 때문이었다. '사람일 누구도 장담 못 한다'는 말이 주위에 흔한게 사실이었다. 지금이야 박씨 영감네와 비교가 안되지만 어쩐지 남의 일 같지 않다는 생각도 없지 않았다. 도시에 사는 사람들 중에 밥술이나 먹는 부모를 둔 사람이면 어려울때 한번 쯤은 부모에게 손 벌릴 생각 안해 본 사람 거의 없을 것이기에 어쩐지 찜찜한 감정을 억누를 수 없기도 했다. 오죽하면 요사이 유행어로 애 학원 보내는데 할아버지 재력, 엄마 정보력, 아빠 무관심이 필수고 진학에 조건이라고 하는 것 아닌가 싶기도 했다. '위험에 빠지면 지푸라기라도 잡는다'는 말이 공연한 말이 아니라는 세상이 지금이 아닌가 싶기도 했다.

박노인 이야기가 끝나자 아래 쪽 마을 입구에 사는 정노인도 끼어들며 돈 이야기가 아닌 인심 이야기를 했다.

"우리 옆 집 최노인네 있잖아, 이 영감 말인데 며느리가 그렇게 독하데."

"아니, 독하다니, 뭐가 그래 독하기까지 하단 말인가?"

"듣고 보니 참 독하구나 싶었어. 그집 삼형제가 있잖아, 둘째가 교수고 둘째 며느리가 학교선생이래. 그런데 시집오고 20년이 되었는데도 시부모한테 한번도 안왔다는 거야. 어떻게 이럴수가 있어. 명절이나 제사날에도 코끝도 안내민다는 거야. 전화로라도 안부말 한마디 한일이 없고 인편으로도 말 한마디 없었데. 둘째 아들은 항상 혼자 잠깐 왔다가 얼른 가고 부모 용돈 한푼 내놓은 적이 없다네. 교수고 선생이면 형편도 괜찮지 않겠나만 교육하는 사람들이 어찌 그리

매몰 맞는가? 정씨 노인, '자식 놈 아무 소용없다'는 말을 입에 달고 지내고 있네."

"서울 아들네 집에 한 번도 간 적이 없는가?"

"한번도 연락도 없는 집에 어찌 가겠어. 괜히 갔다가 무슨 험한 꼴을 보려고. 이런 유행어가 있다면서, 서울 여의도에 아들이 고급아파트에 사는데 시아버지가 일주일 있다가 오면서 아들한테 쪽지 하나를 두고 왔데."

"쪽지라니, 그게 뭔데?"

"3번아 잘 있어라 6번은 간다."

"그게 뭐야."

"시아버지가 아들 집에 갔더니 며느리가 집안에 순서를 다 정해 놓고 있더래. 자기아들 1번, 자기 2번, 남편 3번, 도우미 아줌마 4번, 강아지 5번, 시아버지 6번. 그래서 쪽지에 3번과 6번으로 쓴 거래."

"세상 참 말세야, 말세."

"거 참, 너무 하구먼. 아니 부모 없이 하늘에서 거저 떨어졌나? 배운 놈이 더 하다니까. 도시라는 게, 이거 사람 못 쓰게 만드는 거야. 인정 없이 살면 짐승이지. 우리 시골에서 보면 도시가 사막같고, 사막에 사는 사람들은 피도 눈물도 없는 냉혈동물 같기만 해. 저들끼리도 으르렁거리기 일 수니 그게 어디 사람 사는 곳인가? 그렇게 보면 우리 시골이 사람 살기 좋은 곳이야. 안 그래? 용구야."

"예, 맞는 말씀입니다. 저도 그렇게 생각합니다. 어르신."

"이런 점에서 보면 한 노인 집안은 참 복받은 집안인기라. 용구만 해도 그렇지, 용구와 용구댁이 이상 더 잘 할 수가 없어. 안그래요, 용구 아버지."

"응, 나야 만족하고 남지, 다 사람 나름이지."

"그 다 집안 내력이지. 한 노인이 인심 좋고 동네일에 발 벗고 나서며 어려운 사람 도우는데 이력이 났으니 자식들이 다 부모 핏줄 타고 난거야. 용구야 그렇지? 너도 잘 알거다."

"예, 고맙습니다."

"그렇지만 용구댁이 참 이상한 거야. 서울에서 무남독녀로 공주 같이 자랐을텐데 어찌 시부모님께 그렇게 잘할수가 있어. 이거 다 한 노인 복인기라. 집안이 잘 되려고 하니까 며느리도 그에 맞춰서 들어오는 기라. 용구야, 장하다."

"용구가 장하나? 용구댁이 장하지."

"암, 둘다 장하다."

칭찬을 듣는 용구는 송구스러운 마음이기도 하고 부모님이 기분 좋아 하시니 기쁘기도 하다만 부담도 느꼈다. 내가 끝까지 부모님께 얼마나 잘해드릴 수 있을지 생각하니 더 잘해야겠다는 압박감을 떨칠 수가 없었다.

집에 돌아와 조용히 회상해 보니 지금까지 한일 보다 앞으로 얼마나 더 잘할수 있을지 자신이 없기도 했다. 정무를 계속 뒷바라지해야 하고 다음에 며느리를 봐야 하는데 어떨지, 그리고 노후생활을 생각 안 할수도 없고, 무엇보다 나라사정 특히 경제가 지금 같이 잘 돌아가라는 보장도 없는거 아닌가 싶어 은근히 걱정이 되기도 했다. 모든 일이 항상 좋기만 하라는 법만 있는 것도 아니지 않은가 싶기도 했다. 세상일 마음대로 안되는 것이 정상인지도 모르지 않은가 생각하니 편한것이 편하기만 하지 않았다. 피곤했던지 곤한 잠에 녹아떨어진 신애를 보면서 앞으로의 계획을 더 잘세워 보아야겠다는 생각을 다시하게 되었다.

현재의 용구는 아무 문제가 없었다. 그러나 사람 일을 알수 없는 것이 인생이 아니던가! 불확실한 세상이라고 보면 현재가 계속 그대로 있으라는 법이 없을 수 있었다. 그런 면에서 보면 용구에게 그리 크게 여유가 있는 것도 아니었다. 월급 받아 정무 학비보내고 아파트 융자금 이자내고 집안 살림하고 약간의 여유가 있으면 저축을 하는데 저축이 될 만하면 무슨 일이 생겨 저축이 중단되거나 저축한 돈을 일부 까먹는 경우가 종종 생겼다. 집에 큰돈이 들어 갈일이 생기던지 큰집에 일이 생겨 가만히 있을 수 없게 된다던지 하여 저축이 차곡차곡 쌓이기만 하는 것은 아니었다. 어쩌면 이런 것이 일상생활의 보편적인 패턴이기도 했다. 부모님이 편찮으실때 병원비나 약값을 외면할수 없고 조카들이 대학을 가면 삼촌으로서 가만히 있을수가 없으며 명절이나 부모님 생일때 그냥 있을수 없었다. 아이 하나만 뒷바라지 한다고 일이 다 끝나고 돈이 저절로 모이는 것이 아니었다. 생각하지 못한 일들이 심심찮게 일어나 돈을 쓰게 만들었다. 한해가 가도 모이는 돈은 생각보다 적었다. 이러다간 어느 순간에 빈털터리가 될 수 있다는 생각도 들었다. 그렇지만 우선은 직장에 아무일 없고 정무도 공부 잘하고 있는 것 같으며 시골의 부모님도 건강하시니 하루하루 별 생각 없이 그냥 지내고 있었다.

20

정무는 휴스턴의 사립 기숙고등학교를 졸업하고 오스틴에 있는 텍사스 주립대학교 경영대학에 입학했다. 미국에서는 대학들이 9월부터 입학원서를 받기 시작하고 이듬해 4월에 거의다 합격자를 발표하는데 정무는 1월초에 발표하는 초기단계 전형 합격통지를 받아 놓았었다. 그만큼 여유가 있고 마음이 느긋했다. 학교도 원하는 학교였고 큰학교이기 때문에 사립고등학교를 졸업한 정무로서는 대학교를 부담없이 다닐수 있었다. 사실 미국에서는 입학만이 능사가 아니다. 모든 대학이 대학 1, 2학년 학생을 대량 탈락시키는데 이렇게 함으로서 공부를 하지 않으면 안되게 압박을 가하는 미국 고등교육 정책의 일환이다. 입학하고도 탈락하여 전전긍긍 하는 학생이 적지 않기 때문에 입학만 한다고 대학졸업장을 저절로 받는 것이 아니다. 입학이 곧 졸업이라는 한국의 대학과는 근본적으로 다른 대학교육 졸업정원 시스템이다.

정무를 텍사스 주립대학에 보내는 용구의 심정은 덤덤하면서 착잡하기도 했다. 자연스럽게 저절로 대학에 들어가게 되니 합격의 짜릿한 맛이 없는 면도 있고, 앞으로 4년 간 등록금을 대야 하는 부담을 느끼지 않을 수 없는 압박감도 없지 않았다. 텍사스가 부자주라 주립대학의 등록금이 싸기 때문에 학비 부담이 좀 덜어질까 생각했는데 기숙사와 기타 비용을 합하니 차이가 별로 크지 않았다. 년간 약 3-4만 불 들어가야 하니 이것저것 해서 학비가 조금 줄었다. 월급쟁이로서는 적은 돈이 아니었다. 대학이란 가도 걱정 안가도 걱정이라더니 막상 가고나니 이제 학비부담이 장난이 아니었다. 그런데 별 어려움 없이 대학을 갔는데 돈걱정을 하는 것은 어쩌면 행복한 고민이고 사치스러운 투정이 아닌가 싶기도 했다.

한국에서는 미국의 고등학교 학비 못지않은 사교육비를 쓰며 갖은 고생을 다하고도 대학입학에 실패한 학생들이 너무 많은 것이 현실이었다. 특히 강남의 학부모들은 그 비싼 학원비를 물쓰듯 하면서 갖은 고생 다하고도 서울대 고대 연대 소위 스카이대학은커녕 서울소재 대학도 못들어가 지방대학에 가서 가까우면 버스로 통학이라도 하지만 멀면 생활비가 별도로 들어가고 애가 어떻게 지내는지 알기조차 못 할 수도 있는 처지가 되는 경우가 허다한 것이 이곳 강남의 사정이었다. 사실 강남의 학원이 좋아 아파트 값이 천정부지로 올라 있다고 하지만 대학입학 비율이 그에 비례해서 높은 것은 아니었다. 사람들이 소문에 도취되어 기대를 안고 돈을 잔뜩 드렸지만 돈을 드린 만큼 효과가 있는 것은 아니었다. 이치상 그럴 수가 없는 것이 엄연한 사실이었는데도 사람들은 눈뜨고 속는 것이 강남의 유행이고 분위기며 삶의 현장이었다. 용구는 강남에 살면서 강남의 모순 즉 자기 스스로 수렁에 빠져드는 학원병 환자들을 보면서 정무 생각을 하고 위로를 느끼게 되었다. 정무는 지가 원하는 대학에 힘 안들이고 자연스럽게 들어가 다행이지만 강남에서 돈을 잔뜩 들이고 그 고생을 했는데도 떨어진 학생의 부모 심정을 상상해 보며 안타까움을 금할 수가 없었다.

집에 들어오는 용구를 붙들고 신애는 별 생각없어 하면서도 다그치듯 물었다.

"여보, 김영호과장 아들 어떻게 되었데요? 어디 합격했데요? 스카이 대학에 합격했어요? 그집, 아이를 대학 보내려 과장월급 몽땅 다 털어 넣다시피 하고 갖은 고생 다했는데, 잘되야 할 텐데. 뭐 들은 것 없어요? 하기는 요사이 대학 가기가 너무 힘들어서 서울시내에 있는 대학에만 들어가도 서울대학 가는 거나 다름없데요. 왜, 당신 표정이 시큰둥해요. 뭐가 잘 안되었데요?"

"웬만한 대학에라도 붙었으면 벌써 소문나고 자랑하고 축하하고 한턱 쏘라고 야단들 하고 왁자지껄 했을 텐데, 아무말 없는 것 보니까 다 떨어졌나봐. 그렇다고 물어볼 수도 없고, 모두 쉬쉬하며 눈치만 살폈는데 당사자가 아무말 않고 있으니 누가 뭐랠수 없잖아. 모두 짐작만 하고 말없이 퇴근들 하고 말았어. 조심스러워 얼른 집에 오고 말았어. 너무나 딱해. 돈은 얼마나 들이고 애는 얼마나 썼는데 다 안 되나봐 얼마나 속상하겠어."

"여보, 정무가 대학 들어갔을 때 그 분들이 축하해 주고 했는데, 당신이 윗사람으로서 위로의 말이라도 해줘야 하는 것 아니요. 가만있기도 그렇지 않아요. 당신이 알아서 해요."

"내일 가서 눈치보고 어떻게 생각을 해봐야지."

용구와 신애는 저녁을 먹으며 이야기를 계속했다. 신애는 낮에 동네에서 주어들은 몇 가지 사례를 말하며 은근히 용구에게 뽐내려는 눈치로 말했다. '애 대학 걱정 안해서 얼마나 좋아요'라고 기분을 돋우려 해보았다. 용구도 애가 고3이 되면 엄마가 더 고생이라는데 거저 먹은 신애에게 약이라도 올릴가 생각하며 동네 분위기를 열심히 듣고 있었다. 신애가 이집 저집 떨어지고 붙고를 주어 섬기는 동안 용구는 입맛만 다지며 벼르듯 듣고 있었다. 붙은 애들도 있지만 대부분이 떨어졌다고 들었다는 것이었다. 비싼 사설학원에 보낼때는 떨어지리라고 생각한 사람은 한사람도 없었고 다 붙는다고 믿고 학원비를 아끼지 않으며 매일 출근하다시피 하며 열심히 보냈는데 막상 뚜껑을 열고 보니 붙은 사람은 몇 안되고 떨어진 사람이 대부분이었다. 그럴수밖에 없는 것이 아무리 돈을 들여도 어느 특정지역 학생이 대량으로 붙을 수는 없는 것이 당연한 것이었다. 그러니까 비싼 학원 다니면 대학에 붙는다고 선전하는 학원에 강남사람들이 속은 것이었다. 바로 눈뜨고 속은 것이었다. 사실 따져보면 봉이 김선달이 따로 없는 것이었다. 강남학원이 현대판 봉이 김선달인 셈이었다. 강남의 분위기를 듣고 있던 용구가 한 마디 했다.

"당신, 처신 잘해야 해, 사람들한테 오해 받지 않게. 가까운 이웃집들에 말조심해야 해. 애를 유학 보내놓고 의기양양 해 한다는 소리 듣지 않게 말조심해야 해. 정무 엄마."

"대학 입시가 시작되기 전에 이미 동네 사람들이 나를 부러워하며 놀리고 '참 좋겠다'라고 부러워 들 했었어요. 그렇지만 눈치껏 처신해야지요."

살아가는데 있어서 애를 낳고 기르는 것이 큰일이기는 하나 대학 보내는 것이 이렇게도 어렵고 복잡해서야 어디 애 길러 뒷바라지할 수 있겠나 싶은 생각에 용구와 신애는 씁쓸한 감정을 누를 수 없었다. 정무를 힘들게 낳았고 유학보내고 있으니 남보다 훨씬 금전적 부담을 느끼며 힘들게 키우고 있지만, 그래도 대학에 들어가는 일에서는 용구와 신애는 남들이 부러워하는 처지가 된데 대해 덤덤하면서도 흐뭇해하지 않을 수 없는 행복한 가정이라는 것을 느끼며 인생의 참 맛을 보고 있었다.

21

정무가 대학을 들어 갈 때는 한국경제가 승승장구하는 고도성장기라 용구의 회사도 잘나가고 용구의 자리도 탄탄하였다. 월급도 꾸준히 오르고 보너스도 두둑하게 나오며 각종 수당도 괜찮은 편이어서 돈에 별로 궁하지 않아서 다행이었다. 그리고 정무 학비를 대는데 효자노릇을 하는 것은 환율이었다. 정무를 유학 보내고부터 환율이 계속 떨어져 같은 금액의 달러를 사는데 우리나라 돈을 적게 내게 되는 추세였다. 환율저하로 보다 적은 돈을 내도 되니까 마치 학비가 내리는 기분이었다. 환율이란 장사하는 사람들은 매일 거래하며 한 푼 두 푼 따지지만 유학 송금하는 부모는 학비 낼 때와 생활비 낼 때 은행에 가서 분기에 한번 또는 한 달에 한번 내는 돈이니 송금하는 날 환율로 계산하기 때문에 그날 환율이 조금이라도 낮으면 우선 기분이 좋았다. 다행히 정무를 유학 보내고부터 환율이 내리는 추세였다. 1달러에 900원일 때는 800원이 까마득했는데 800원이 되고 보니 700원이 까마득해 보였다. 그런데 정무가 대학에 들어가고 환율이 700원대로 떨어지니 마치 공돈이 생기는 기분이었다. 우리나라 경제가 잘 나간다고 느끼며 나라가 잘 되면 개인도 좋게 된다는 생각에 기분이 한결 부드러웠다. 기업하는 사람들 특히 수출하는 사람들이 환율걱정을 하는데 왜 걱정하는지 전에는 실감이 나지 않았다. 하기야 개인은 달러를 사는 입장이니까 같은 달러를 적은 돈으로 사니까 기분이 좋겠지만 달러를 벌어서 파는 입장에서는 달러 팔은 돈이 적으니 기분이 안 좋을 수밖에 없다는 생각도 들었다. 그런데 수출하는 사람들이 애써 수출해서 벌은 돈이 환율 때문에 손에 쥐는 돈이 줄어들면 그것도 큰일일 수 있다는 생각에 안타까운 생각도 들었다. 수출이 어려워지면 우리나라 경제가 어려워지고 경제가 어려워지면 환율이 반등할 수도 있기 때문에 낮은 환율이 좋기만 한 것은 아니었다. 어쩌면 이것이 화근이 되지 않을까 생각하니 불안하기도 했다. 나라를 생각하고 보면 환율이 내리지도 오르지도 하지 말고 그대로 있으면 좋겠다는 생각이 들기도 했다.

어쨌든 지금의 용구는 편하고 안정된 생활이었다. '더도 말고 덜도 말고 지금과 같아라.'라며 속으로 쾌재를 부르고 싶은 나날이었다. 그런데 한 달 한 달 지내기에는 아무 문제가 없으나 1년이 가고 2년이 가도 돈이 쌓이지는 않았다. 매월 쓸 돈은 충분하나 큰돈을 저축할만한 뭉치 돈이 만들어지는 것은 아니었다. 뭉치 돈을 만들겠다고 적금을 들고 보험을 들고 아파트청약 통장을 만들고 하는 것은 애만 쓰고 쪼들리기만 했지 몇 년이 지나도 큰돈이 쉽게 만들어지는 것이 아니었다. 단기일에 쉽게 뭉치 돈이 만들어지려면 아파트나 땅을 사고팔고 해야 한다는데 지금 지내기가 편하니까 그냥 지내며 세월만 까먹고 있었다. '집 없는 사람들이 집장만 하겠다고 버둥거리고 학비 없는 사람들이 학비장만하려고 몸부림치는 거지, 나 같은 사람이 왜 버둥거려야 하나'싶어 그냥 편하게 지내고 싶은 생각도 없지 않았다.

사실 신애나 용구는 소위 재테크라는데 소질이 없는 위인들이었다. 신애는 홀어머니 밑에서 무남독녀로 자랐는데 그의 어머니는 남편이 남겨준 재산을 쓸 줄만 알았지 불리거나 보탤 생각을 하지 못한 고지식한 양반집 마님이었다. 재테크를 하기 위해 쏘다니며 끼웃거리는 사람들을 옳지 못한 사람들이라고 비판하는 것을 신애가 늘 들어왔었다. 그러니 신애가 재테크에 문외한이고 관심이 없는 것은 모전여전이었다. 남편이 벌어다 주는 돈을 어떻게 쓰느냐에 관심을 갖고 그저 알뜰히 살림 사는 것 외는 생각을 하지 않는 얌전한 주부일 뿐이었다. 집안 아녀자가 복덕방에 들려 좋은 물건 없느냐고 물어 보며 끼웃거리는 것은 저질 인간들이 반 사기성으로 벼락부자가 되 보려고 안달을 하는 일종의 투기꾼이라고 비하하고 있었다. 벼락부자를 노리는 재테크는 점잖은 사람들이 할 짓이 아니라고 생각했다.

용구도 시골 부모님이 농사일을 천직으로 삼고 콩 심은데 콩 나고 팥 심은데 팥 나는 원칙만 알고 지내온 가정에서 자란지라 원칙 외에는 생각이 미치지 않는 시골뜨기 근성의 천진난만한 사람이었다. 더욱이 형이 부모님 밑에서 부모님의 농사일을 물려받아 알뜰하게 살아가고 있는데 동생인 자기가 서울에서 재테크나 하여 돈을 벌었다고 하면 집안 식구들이 자기를 무엇으로 볼 것인가라는 생각도 들었다. 만약 재테크 하다가 일이 잘못되어 빚이라도 지면 동네 박노인의 둘째아들 꼴이 되지 말라는 법도 없지 않은가라는 생각을 하니 재테크가 어쩌면 운명의 장난이 될 수도 있다고 보았다. 재테크란 사실 일종의 투기인데 투기란 잘되면 돈을 남기는 것이고 잘못되면 돈을 날리는 것이니 어설프게 잘못 덤볐다가 원금을 날리면 오도가도 못하고 박씨네 둘째 아들과 같은 신세가 되는 거라고 생각하니 재테크 근처에도 갈 생각이 없었다. '그 재테크 아무나 하는 것 아니야'라고 못을 박고 아예 생각하지 않기로 했다.

그러나 강남의 부자들 상당수가 재테크로 돈을 벌어 비싼 아파트에 여유 돈이 있어 이렇게 떵떵거리고 잘살고 있다는 사람들의 입방아에 한편 아니 꼽기도 하고 다른 한편으로는 부럽기도 했다. 부러운 생각에는 곧 유혹이라는 올가미의 독소가 도사리고 있는 법이었다. 여차하면 신애에게도 이 유혹이라는 독소의 올가미가 찾아올 수 있었다. 부부가 의기투합하여 같이 유혹에 빠지면 집안이 흥하던지 망하던지 둘 중 하나가 될 수 있었다. 그런데 어설프게 잘못 덤볐다가는 쪽박신세가 될 수 있는 것이 이 세상 이치이기도 했다.

편안한 마음으로 퇴근하는 용구한테 신애가 뜬금없이 질문을 던졌다.

"여보, 우리도 좀더 여유있게 살수 있는 방법이 없을까? 동네 부인들이 왜 가만히 있느냐고 야단들이야. 재테크 한번 잘하면 당신 월급의 수십 배 아니 수백 배까지도 가능하다는데. 우리는 당신 월급 외는 아무 것도 없잖아."

"이봐요, 우리집 집사람, 신애씨, 재테크 아무나 하는 것 아니에요. 당신이나 나나 출신이 재테크와 거리가 먼사람이에요. 그 사람들은 자나 깨나 돈에 눈이 멀어 재테크라면 자다가도 벌떡 일어나는 돈에 미친 사람들인데 당신은 죽었다가 깨나도 그 사람들 못 따라가요. 같이 어울리다가 무슨 험한 꼴을 보려고 그래? 정신 차리세요, 주부님. 아니 정무 엄마님. 동네사람들 이야기, 귀담아 듣지 마시라요. 사람이 분수를 알아야지 분수를 모르고 잘못 덤비면 낭패를 봐요. 진짜, 당신, 편하게 지내. 당신은 재테크 할 위인이 못되."

"나도 그렇게 생각해요. 여보. 재테크 이야기 나오니까 겁부터 나요. 그거 아무나 하는 것 아니라는 생각에 정신이 번쩍 나요."

"그러면 되었어, 우리 편한데로 살자. 오케이?"

"예, 나는 당신만 믿고 살꺼니까. 오케이 또 오케이."

용구와 신애는 지금의 생활에 만족하고 편하게 살기로 하니까 마음이 가벼웠다. 시골 집, 정무, 회사, 해서 삼박자로 생활을 단순화시켜서 무난하게 살기로 하니까 '역시 나는 촌놈 틀에서 벗어날 수 없다 아니 벗어날 수 있어도 안 벗어날 거야'라며 마음 편하게 먹기로 했다. '신애가 나와 같은 생각에 잘 따라주니 다행이다'라는 생각에 행복감도 느꼈다.

22

하루하루의 영업을 붙들고 씨름하는 영필에게는 동정이라도 하고 싶은 생각이 들었다.

"저 용구인데요, 권영필사장 있습니까?"

"사장님 계십니다. 바꿔드리겠습니다. 잠깐만 기다려 주세요."

"용구야, 어쩐 일이야?"

"아, 갑자기 네 생각이 나서, 시간 좀 낼 수 있니?"

"왜 무슨 일이 있니?"

"아니야, 무슨 일이 있어야 만나니. 그냥 갑자기 네 생각이 나서."

"일이 있기는 한데, 그래, 너하고 만나 한잔하며 기분 전환이나 하자. 어디로 가?

아니, 네가 우리 사무실로 와라. 네가 오는 동안에 일을 처리하고 있을께."

"좋았어. 사장 방으로 바로 직행한다."

용구는 퇴근을 하면서 바로 영필의 사무실로 갔다. 영필의 사무실은 여전히 북적거리는 폼이 잘 나가는 회사 같았다. 직원들이 열심히 왔다 갔다하고 영필은 부하 직원들한테 무언가 열심히 지시하고 있었다. 중소기업의 고유한 분위기가 느껴졌다. 재벌회사의 부장 자리가 좋기는 좋다는 생각을 하며 비서의 안내로 사장실에 들어갔다. 하던 일을 잠간 멈추고 돌아 선 영필은 용구를 보자 한마디만 하고 이야기를 계속했다.

"잠깐만 앉아 있어. 하던 이야기 곧 끝낼께."

"괜찮아. 기다릴께. 내 신경 쓰지 말고 끝내고 와."

영필은 직원들과 회의를 계속했다. 회사를 책임지고 끌고 가려면 있는 정력 없는 정력 다 받쳐 젊음을 불태워야 하는 것이 우리의 현실이라는 것을 보여주는 영필의 모습이었다. 존경하고 싶기도 하고 안타까우면서 부럽기도 했다. 아마 영필은 회사 꾸리는 맛에 지칠 줄을 모르고 일에 열중하는 것 같았다. '나에게도 이런 기회가 오면 어떻게 해야 하지'생각해 보며 영필의 회의가 끝나기를 기다리고 있었다. 회의가 끝나자 직원들이 상기된 표정으로 자기 자리로 돌아가고 있는데 영필은 아직 몇 사람과 이야기를 심각하게 나누고 있었다. 나쁜 이야기는 아닌 것 같아 친구로서 일단은 기분이 좋았다. 직원들과 대화를 마치고 사장실로 들어서는 영필이 약간 신바람이 나는 눈치인 것 같아 오늘 저녁 술맛은 괜찮을 것 같았다.

"회사사정이 날로 좋아지는 것 같아 다행이다. 축하한다. 열심히 일한 보람이 있다. 오늘 저녁에 한탕 단단히 내라."

"내가 너한테 한탕 내는 것, 어디 회사사정하고 관계가 있니, 우리 사이에 이런들 어떻고 저런들 어떠니 어디 가서 한잔 하자. 어디로 가지? 학교 근방 할매집 어때?"

"좋지, 오랜만에 할매가 잘 있는지, 볼겸. 조용하게 이야기 할 수 있어서 딱 이기도 하고."

"오케이, 랫스 고, 댄."

"옛 써."

아무리 옛날부터 친한 친구고 동창이지만 한창 일할 나이이니 자연스럽게 비지니스 이야기를 많이 하게 되었다. 재벌기업의 부장인 용구와 중소기업 사장인 영필은 친한 친구이기도 하면서 업무상 보완적인 관계가 될수 있어 대화가 잘 되었다. 먼저 용구가 영필에게 물었다.

"요즘 비지니스가 어떠니? 회의하는 것 보니까 잘 되는 것 같더라. 아니니?"

"그저 그래. 그런데 지금 당장은 그런대로 끌고 가는데 아무래도 좀 불안해. 머지않아 무슨 큰일이 터질 것 같은 느낌이야. 사실 우리나라가 지금 빚으로 버티는 것 아니니. 큰것 하나 터지면 줄줄이 거들 날수 있어. 너도 잘 알잖아. 큰것 하나에 문제가 생기면 우리 같은 중소기업이야 완전히 그냥 나가는 거지. 아니야, 머지않아 뭐가 터질 것 같아."

영필의 대답은 신바람 보다 걱정이 앞서는 실망 섞인 푸념 비슷했다.

"어디에 뭐가 어떻게 될 것 같은데?"

"막상 터져야 알지 지금은 모르지. 내가 알 정도면 이미 터졌지. 너희 회사는 원체 단단한 재벌회사니 염려 안해도 되겠지만, 말이야. 너는 신경 안써도 되는 것 아닌가."

용구도 희망보다 재벌에 대해 염려가 앞서는 전망을 말했다.

"그래, 어떤 재벌은 좀 어렵다고들 해. 글쎄, 그 그룹 회장이 이런 말을 한데. 자전거는 계속 굴러 가야지 서면 넘어져. 무조건 굴러 가게 해야 한다는거야. 억지로 굴러가게 한다는 것은 빚에 빚으로 연명해야 한다는 것인데 한번 넘어졌다 하면 못 일어나는거지. 그런데 자전거 같은 재벌이 한둘이 아니야. 이게 문제야. 그냥 문제가 아니라 잘못하다가는 줄초상이 나는 상황이 온다는 거야. 그런데 정치한다는 작자들, 특히 국회의원들은 막무가내야. 나라 걱정은 안하고 지들 정치놀음만 하고 있어. 세상에 믿을 놈 아무도 없어. 나중에 무슨 일 생기면 기업인들만 죽어나게 될거야. 그리고 아무 생각없는 근로자들만 불쌍하게 될꺼고. 진짜 나라 일이 걱정이야."

"그럼, 큰일이잖아."

"아직 무슨 일이 일어난 것은 아니니까. 두고 봐야지. 넘어지는 자전거가 아직은 없으니."

"넘어지는 날에는 우리 같은 회사는 바로 끝장이겠네."

"기업만 끝장이니, 빚있는 월급쟁이 나같은 개인도 끝장이 되겠지."

월급쟁이 용구는 그래도 해고만 안되면 약간 여유가 있는 입장이고, 사업의 성패에 따라 운명이 오고 갈수 있는 영필의 입장은 사태에 민감할 수밖에 없었다. 그러나 사태를 예의 주시해야 한다는 데에는 두 사람 다 의견이 같았다.

"에라, 모르겠다. 술이나 마시자."

물주로 이력이 난 영필이가 기분을 돋우려고 경상도 말을 썩으며 큰 소리로 주문을 했다.

"할매! 술상 잘차려 주소. 우리 오늘 저녁에 코가 삐뚤어지게 마셔 볼 참이니까 예. 맛있는 거 많이 내주소."

"이 사람들아! 미리 이야기 좀 해 줬으면 장을 제대로 봐 와서 더 맛있는 것을 내놓을 건데. 있는 것 가지고 정성껏 차려 올께"

할매가 차려 준 술상을 앞에 놓고 두 사람은 마주 앉아 맥주로 시작해서 소주를 마시다가 소맥을 들이키기 시작하면서 얼큰해졌고, 얼큰해지자 골치 아픈 비지니스 이야기는 때려치우고 집안 이야기로 기분전환을 모색했다.

"어이, 영필아, 너희 딸 영희가 아주 귀염둥이라면서, 집안의 보배 중 보배라는데, 너는 좋겠다. 귀여운 딸이 있고, 그 딸이 효녀 노릇까지 하고. 말이야!"

"응 그래, 이 애가 지금 대학교 2학년인데 아주 귀엽게 놀아. 지가 알바해서 용돈도 벌고 심심치 않게 엄마 아빠 선물도 사갔고와 재롱을 떨어. 마음 씀씀이가 아주 건전하고 인정이 넘치며 친구들 사이에서도 인기래. 내가 딸 농사 하나는 잘 지었나봐. 신애씨도 그때 유산하지 않고 딸 하나 놓았어야 했는데, 미안해, 용구야."

"어쩌니, 그게 다 운명인데. 아들 놈 하나, 이 놈이라도 잘하면 좋겠는데, 시골의 사촌들에 비하면 영 아닌 것 같아. 지만 알고 영 인정머리가 없어."

"크면 나아지겠지. 기다려 봐."

"글쎄."

두 사람은 비지니스 이야기로 시작했다가 자식 이야기로 술자리를 끝냈다. 영필은 비지니스에 불안을 느끼지 않을 수 없기는 하지만 그 가운데 그럭저럭 굴러가니까 그런대로 지내면서 유복한 가정 분위기에 위로를 받으며 잘지내고 있었다. 이에 비해 용구는 회사는 잘 나가는 재벌이라 아직까지는 크게 걱정 안하는데 집안의 분위기는 영 아니었다. 써늘하기만 했다. 하루 종일 회사에 나가 있는 용구는 일에 즐기며 정상적으로 지내지만 신애는 하루 종일 집에 혼자 있으며 말 한마디 붙일 사람 없이 허구한 날 외롭게 지내야 하니 너무 안타까웠다. 멀리 있는 정무를 생각만 하고 지내야 하는 신애에게는 그저 조용한 가운데 쓸쓸하고 적막한 절간 같았다. 시끌벅적한 가운데 모든 가족이 제할일 잘하고 있으면서 인정이 넘치는 시골의 큰집에 비해 사람 사는 맛이 반의반도 안되는 너무나 단출한 가정이었다. 신애가 원래 무남독녀로 자랐고 장모님이 조용하게 지내신 분이라 신애가 잘지내고 있는 것이 다행이라면 다행이었다. 늦게 들어오는 용구를 맞으며 신애가 말을 건넸다.

"당신, 오늘 한잔 하셨네요, 재미있었어? 그런데 어찌 기분은 좀 그런 거 같아요. 왜 무슨 일 있었어? 회사에 무슨 일 있어요?"

"아니야, 영필이랑 한잔 했어. 우리가 만나면 비지니스 이야기부터 꺼내지. 그런데 나라 경제가 영 심상치 않은거 같아, 걱정반 위로반 이러쿵저러쿵 이야기 했어. 당신은 그저 남편만 믿고 걱정 같은 거 붙들어 매고 계셔요. 내가 그래도 재벌회사 부장 아닌가."

"나야 원래 당신만 믿는 사람 아니요. 그런데 왜 새삼스럽게 그런 이야기는? 내가 언제 당신 안 믿었어."

"영필이네는 참 다복한 가정이야. 우리와 비교가 많이 되. 그래서 영필이가 당신이 그때, 아 아니야. 당신 잘 있느냐고 안부 물었어. 아무 것도 아니야."

"당신, 왜, 이야기를 하다가 말아. 권영필사장이 뭐라고 했는데? 무슨 말을 했는데요?"

"아니야, 우리 비지니스 이야기 했어. 당신은 몰라도 되니까 염려 붙들어 매."

신애는 고개를 갸우뚱 하면서도 더 이상 말을 하지 않았다. 그러나 용구는 신애가 유산했다는 영필의 말을 하마터면 입 밖에 낼 번했다. 그리고 두 집의 분위기가 다르다는 이야기도 참았다. 신애의 다소 담담한 표정에 안심이 된 용구는 내색을 하지 않고 앞으로 신애를 위로

하며 부부관계를 더 돈독히 하고 편하게 지내야겠다고 다시한번 다짐했다. '나에게는 신애가 전부야'라는 심정으로 신애를 다시한번 힘껏 안았다. 실랑이 안아주는 돌출행동에 으아하게 느낀 신애는 영문도 모르고 그저 술 한잔하니까 기분이 좋은가 보다 했다. 그런데 용구가 안방에 들어와 옷을 벋다말고 정무의 사진을 보더니 사진을 덮으며 신애한테 한마디 했다.

"당신, 정무 생각 너무 하지 마. 좀 잊어버리기도 해. 사진만 보면 뭐하나. 이놈이 결혼하여 손자라도 안기면 그때 다시 생각해, 응."

"여보, 오늘따라 이상한 소리해요. 뭐가 있었어요? 당신 왜 그래? 무슨 소리 들었어?"

"아니야, 당신이 집에서 심심해 할까봐. 잡시다."

"내 걱정 말고, 당신회사 걱정이나 해요. 나라 사정이 안 좋다며."

"우리 회사 괜찮아. 나만 믿으라니까."

두 사람은 서로 다른 생각을 하면서도 침대에 누워 서로 껴안는 순간에는 같은 생각을 했다. '서로 사랑하며 살겠다. 그리고 스스로 행복하게 살자'는 다짐을 하고 또 했다.

23

정무가 다니는 미국의 대학들은 5월이면 여름방학에 들어간다. 그런데 미국의 대학은 졸업정원제이기 때문에 대학 1, 2학년 때 신입생의 15-20% 내외를 낙제시켜 내쫓는 것이 제도로 되어 있었다. 그래서 정무가 2학년 기말시험을 치르면 한고비 넘기게 되는 것이었다. 정무를 유학 보내고 신애는 미국에 한번 다녀왔지만 용구는 한번도 다녀오지 않았다. 그래서 이번 방학에는 정무가 한국에 오는 대신 용구부부가 미국에 다녀오기로 했다. 그러지 않아도 정무도 이번 여름에는 인턴을 알아보겠다면서 한국에는 못오겠다고 했다. 용구부부가 5월에 미국에 다녀오는 계획을 세우고 있는데 한보사건이 본격적으로 터지고 있었다. 소문만 무성하던 한보철강이 부도로 가고 있었고 한보그룹이 위태로워지는 것은 물론 한보와 연계된 많은 중소기업이 부도위기로 내물리고 있었다. 1월에 퍼지든 위기설이 3월에 가시화되고 4월에는 구체화되었다. 시중에는 흉흉한 소문이 판을 치고 한보와 직간접으로 관련되는 크고 작은 기업들이 전전긍긍 하게 되면서 흉측한 소문이 난무했다. 나라의 빚이 천오백 억 달러가 넘는다고 하는데 상당 부분이 부실 종합금융사들이 들여온 부실 채무라 잘못

되면 줄줄이 부도로 이어지고 나라가 거들날 수 있다는 믿을만한 소문이 무성했다. 그렇게 되면 달러 환율이 올라가게 될 것이고 유학송금 비용이 거침없이 올라 갈 것이 뻔 했다. 정무가 대학을 마치려면 2년이 남았고 대학원까지 마치려면 4년이나 남았는데 환율이 뛰면 가만히 앉아서 생돈이 더 들어가게 되었다. 한보사건이 잘 마무리 되어 더 이상 일이 벌어지지 않아 환율이 이 정도에서 멈추면 좋겠다는 생각을 했다. 나라가 뒤숭숭하고 환율이 불안해도 여름에 정무를 만나러 가는 용구부부의 계획은 그대로 시행하기로 했다. 우선 정무한테 전화로 방미를 말하려했다. 신애가 정무한테 전화를 하니까 정무는 무슨 일인지 듣는 둥 마는 둥 하는 것 같았다.

"정무니? 엄마다. 전화 괜찮니?"

"엄마, 괜찮아, 무슨일 있어? 요즘 한국이 부도난다고 야단이던데, 우리는 괜찮아? 무슨일 없지?"

"응, 우리 아무일 없어. 괜찮아. 우리가 이번 여름에 너를 보러 가려고 하는데 너는 어떠니? 괜찮니?"

"엄마, 괜찮아. 나는 엄마 오면 좋지. 맛있는 한식도 해주고."

"그런데 너는 왜 아빠에 대한 소식은 안 물어보니?"

"아이참, 엄마도. 전화 바꾸면 아빠께 직접 여쭈어 보려는데."

"아빠 옆에 안 계시면?"

"지금 이시간이면 아빠가 옆에 계실텐데,"

"역시 우리 아들, 머리가 좋아, 똑똑해!, 아빠 바꿔줄게."

"정무니? 아빠다. 공부 잘되니? 우리는 잘있다. 아빠 회사도 무사하고."

"아빠, 회사 괜찮아요? 여기서는 한국이 부도날 가능성이 높다고 하는데."

"한보 때문에 어렵다고 하는데, 잘 마무리 되겠지. 아빠 회사는 괜찮다. 걱정마라."

"아빠, 우리나라가 외국에서 분별없이 마구잡이로 너무 많이 빚을 들여와 어려울 거라는데, 특히 무더기로 허가해 준 부실종합금융사들이 마구잡이로 들여온 외자가 문제라는데, 괜찮겠어요? 여기 사람들은 아니라는데. 괜찮아야 할텐데요."

"너 이제 대학에서 경영학 공부하더니 보는 눈이 달라졌다. 하긴 우리나라는 좋은 쪽으로만 보려고 하지만 미국 같은 선진국의 전문가들은 사태를 제대로 보려고 하겠지. 그쪽 사람들의 예상이 더 정확할 수도 있을꺼야. 우리는 사실 아전인수격으로 아무일 없이 넘어 가기를 바라서 좋게만 보려 하겠지. 사실은 이러나저러나 걱정이다."

"아빠 회사는 괜찮으세요?"

"지금 괜찮다. 하기야 괜찮다가도 바람에 휩쓸리면 안당할 수가 없는게 요즘 세상이다. 설마 우리 회사가 어떻게 되려고? 괜찮을 거야. 그건 그렇고 우리가 여름에 네가 방학할 때 쯤해서 너한테 가려고 한다. 별로 신경 쓸 것은 없고 네가 안 오겠다니 우리가 가는거다. 가서 맛있는 것 사주고 학교 구경하고 너의 대견한 모습보고, 그런 거다."

"예, 알겠습니다. 아빠, 회사에 아무일 없기 바래요."

"걱정마라, 잘 있어라."

"아빠 안녕히 계셔요."

전화를 끊고 용구와 신애는 미국 가서 아들 본다는 생각에 약간은 흥분했다. 용구는 신애한테 일자를 잡고 챙길 것을 챙기고 선물도 잘 골라 보라고 했다. 용구는 회사에서 다방면으로 값싼 미국행 비행기표를 알아보았다. 애살스러운 여직원한테 싸고 좋은 것을 알아봐 달라고 부탁했다. 며칠 후 그 애살스러운 미스 김이 몇가지 옵션을 가지고 왔다. 국적기는 너무 비싸고 후진국 비행기는 좀 그렇고 서울을 거쳐서 가는 미국이나 일본 비행기 또는 일본을 잠깐 스톱했다가 가는 비행기표가 비교적 싸다는 말을 했다. 그래서 미스김 더러 가장 좋은것을 찍어서 갖고 오라고 했다. 미스김이 다시 조사하고 비교하여 가장 유리한 표를 골라 갖고 왔다.

"부장님, 이 여정이 가장 좋을 것 같습니다." 하며 메모를 건네주었다.

"미스김, 고마워요. 수고 했어요. 이왕이면 미스김이 예약까지 해줘요."

"부장님, 제가 예약해 놓고 메모해 드리겠습니다."

"미스김, 고마워요."

용구는 다시 한번 인사를 했다. 인물도 좋고 일도 딱 떨어지게 잘하며 예의도 바르고 야무진 미스김이었다. '저런 딸 하나 있으면, 세상에 원이 없겠다' 생각하며 '이 다음에 며느리라도 저런 재원을 골라야지'하며 희망을 가지려 애를 써 보았다.

정부는 결국 한보를 부도처리하기로 했다. 후유증은 너무나 컸다. 직접 관계가 없는 웬만한 사람이야 그런가보다 하고 지나가겠지만 직접관계가 있는 사람들은 보통 심각한 사태가 아니었다. 그 후유증은 이제 시작이었다. 이 사건을 시작으로 얼마나 많은 기업이 부도를 맞을지 모를 상황이 다가오고 있었다. '기업더러 구조조정 하라고 하지만 구조조정이 그렇게 쉬우면 왜 여태까지 안하고 있었겠는가?' 싶기도 했다. 구조조정도 때가 있는 법, 지금의 구조조정은 기업을 그만두라는 것이나 다름없었다. 이미 빚덩어리가 커질대로 커졌는데 지금 와서 사람을 줄인다고 바로 빚이 줄어드는 것도 아니고 기업을 팔려고 해도 살 사람이 없는 상황이 되어 버렸다. '오호통재, 한국경제는 어디로 가게 될것인가' 생각만 해도 끔찍한 상황이 시작되고 있었다. 이제 얼마나 많은 기업이 줄줄이 부도를 맞게 될지 걱정이기도 하고 해외에 송금을 해야 하는 사람들도 직간접으로 피해를 보지 않을 수 없는 심각한 사태가 아닐 수 없었다. 용구네에도 환율변동을 예의 주시하는 가운데 집안 자금계획에 차질이 생기게 되었다. 그래도 계획한 여행은 그대로 가기로 했다.

5월 중순 날씨는 벌써 여름 같이 더운 기색이 완연했다. 정무가 기말시험이 5월 10일 전후에 끝난다고 하여 용구는 이에 맞춰 5월 중순 미국에 가기로 날짜를 잡았다. 이미 환율이 올라 미국가는 비행기표 가격이 5%나 올랐다. 두 사람의 왕복비행기 표가 꽤 되는지라 5%도 큰돈이 아닐수 없었다. 그래도 '하나밖에 없는 아들 보러 가는데 이 정도는 감수해야지' 하며 여행사에 표값을 기꺼이 보냈다. 사무실로 배달된 비행기표를 들고 집으로 향한 용구는 신애를 놀라게 하면서 생색을 낼 궁리를 하고 집에 들어섰다.

"여보, 신애 씨, 우리 어떻게 하지? 달러가 바닥이 나 비행기 표를 살수가 없어. 미국에 못갈지도 몰라. 정무 못보겠네. 젠장! 오 마이 갓."

"어머, 여보, 어떻게? 정무가 기다리고 있을텐데. 나라가 이렇게 되었나? 그럼 큰일났네. 우리 앞으로 송금은 어떻게 하지? 유학 괜히 보낸거 아닌가. 하긴 여기에서 대학 보내는 엄마들은 우리를 부러워하며 보낼래야 보낼수 없어 못 보낸다고 하기는 하지만. 여기서는 고생만하고 대학에 제대로 들어가지도 못하고 죽도록한 고생이 나무아무타불이 되는 것을 보면, 또 잘했다는 생각이 들기도 했는데, 왜 나라가 갑자기 이렇게 되었지? 여보 우리 어떻게 해?"

신애의 안타까워하는 모습을 놀리기라도 하는듯 넌지시 웃음을 띠며 용구는 생색을 냈다.

"여보, 그래서 내가 방법을 강구해 놓았지."

"아니, 나라가 이 꼴이 되었는데, 당신이 무슨 재주? 무슨 방법을? 말좀해봐."

"아~ 내가, 아~ 내가."

"뭐야, 당신 나를 놀리지? 말해봐."

"당신 까무러칠까봐 말을 바로 하지 못하는데, 에~ 에~ 내가, 내가"

눈이 동그래진 신애는 웃을수도 없고 울수도 없고 용구의 입만 쳐다보고 있었다.

이런 신애를 놀리기라도 하듯 말을 할까 말까 하면서 뜸을 드리다가 용구는 말을 꺼냈다.

"그래서 내가, 이럴때 딱인 미국 걸프렌드를 숨겨 두었지. 이름이 '진'인가? 이 애가 달러를 빌려 주겠다는 거야."

"응~, 뭐야? 뭐~라~고? 당신 누구 놀리나?"

"진이 비행기표를 사주고 미리 미국에 가있어. 우리 가서 만날거야. 가면 당신도 인사 해."

"에이, 농담 하지마. 당신이 그런 위인이 되면 내가 존경할게."

"미국에 가서 진을 보고 놀라지마. 진짜야."

"내가 집에만 있다고 당신이 나를 놀리고 있어, 나 그거 모를 줄 알아? 당신이 미국 걸프렌드를 숨기고 있으면 내가 내 손에 장을 지질게. 무슨 미국 걸프렌드야, 프렌드는? 당신이 나를 놀리는 수단이 화이트벨트도 못되. 내가 속을 줄 알고!"

"이 사람이! 나를 어떻게 보고. 자 여기 비행기표 있어. 진이 사준

거야."

"그런데, 진인가 뭔가가 사주었다는 표시가 어디 있어?"

"여기 비행기표에 달러로 얼마라고 되어 있잖아."

"진짜~? 어디 봐! 정말~?"

"미국에 가서 진을 만나거든 가만히 있어. 머리채 쥐고 흔들지 말고. 정무까지 있는데서 말이야."

"미국에 가서 그런 여자 없으면, 당신, 나한테 죽어. 정무하고 둘이서 당신 팔을 비틀어 태기칠거야. 그래도 말 못하는 거지?"

"그대신, 미국에 가서 진짜 진을 만나면 당신이 어떻게 할건데? 말해봐."

"당신 그런 재주 있으면 내가 당신을 미국여자한테 장가 보내줄게."

"이 사람, 참! 나를 완전히 무시하네."

"말이 되는 소리를 해야지. 이 비행기표 어떻게 된거야?"

"미국에 가보면 알아. 일단 미국에는 차질 없이 모래 가는거다. 준비나 잘해."

"준비 완료니, 걱정 마시라요. 당신은 몸만 움직이면 되요. 그리고 이 비행기표 내가 보관할거야. 내일 사무실의 미스김한테 물어 봐야지!"

"아니야, 미스김한테 물어 보지 마. 안~ 안~."

"그 봐, 금방 들통날거 왜 나를 놀려! 이리와 기합 좀 받아."

"안넘어 가네! 기합 대신 내가 당신 안아줄게."

"안되겠네요. 아니, 안아 주는게 뭐 대단하다고? 그것 가지고 안되겠네요."

"아~ 아~ 미안, 미안 또 미안."

"밥이나 먹어요. 미국가면 진짜 진을 만나게 해줄게."

"아니야, 진 없어. 없어! 진."

신애와 용구는 정무에게 줄 선물을 다시 챙기고 가방에 넣으며 아들 생각에 들떠 있었다. '아들이 뭐 길래, 미국까지 가서 만나며 이렇게 흥분하지 않을 수 없는 것일 가'생각하니 이상야릇하기도 하고 이런것이 사는 재미 같기도 했다.

다음다음 날 용구와 신애는 큰 트렁크 두 개를 힘겹게 끌고 김포공항 국제선 출발장으로 갔다. 한보사건으로 여행객이 줄었다고 하나 그래도 국제공항은 사람들로 가득했다. 카운터에서 미국행 비행기의 좌석표를 받고 검색대를 거쳐 게이트에 가니 이미 사람들이 많이 와있었다. 방학을 맞아 유학 보낸 아이들을 보러 가는 학부모가 많은 듯 했다. 뭐 눈에는 뭐만 보인다고 맨 유학 보낸 사람들 같이 보여서 인지 학부모 또래의 사람들이 많아 보였다. '사실 우리도 그 중 하나가 아닌가' 하면서 좌중을 두리번거렸다. 일부는 부인만 보내고 홀로 있다가 부인도 보고 아이도 보려고 벼르고 나온 기러기남자들도 있는것 같았다. 용구와 신애만큼 다른 사람들도 흥분하고 있는 것 같았다. 애를 보러 멀리 이역만리 미국까지 가는 세상이 좋은 것인지 잘못된 것인지 정확히 알수 없으나 세상이 달라진 것만은 확실한데, 문제는 이렇게까지 해서 공부시켜 놓고 그 보람을 얼마나 찾을 수 있을 것인지 모르겠다는 생각이 드는 것은 우리만의 느낌이 아니리라는 생각도 들었다. 애를 학교에서는 잠자게 하고 학원에서는 되풀이되는 강의에 찌들이게 하고 대입시험 고르기에서 실수하지 않기 위해 억지공부를 하게하고, 또 하게하고, 또 하게하며 지옥같은 시간을 한 없이 갖게 하는 국내 공부 보다는 그래도 유학이 더낫다는 생각에 여기까지 온 것인데, 앞으로 경제가 어렵고 환율이 오르면 우리도 큰

일이 아닐 수 없다는 생각이 들어 어쩐지 불안에서 벗어나지 못하고 있는 가운데 비행기는 미국 땅을 향해 열심히 나르고 있었다. 내색들은 안하지만 여기의 많은 사람들이 용구와 유사한 느낌을 갖고 여기에 앉아 있을 것이라는 생각이 들었다. 착잡한 심정에 젖어 있는 동안 비행기는 열 한 시간 만에 밤낮을 가라치우고 미국 땅 로스앤젤레스 국제공항에 도착했다. 줄이 긴 입국장의 외국인 전용 입국심사대에서는 이민국직원이 까다로운 질문을 퍼붓고 있는 듯 했다. 우리는 애를 유학 보내고 만나러 오는 처지라 문제될 것이 없어 느긋하겠지만 목적이 애매한 입국이라고 눈치가 보이면 집요하게 따져 묻는다고 들었다. 그러고 어떤 사람은 이민국직원 앞에서 쩔쩔매는 듯 했다. 기다리는 동안 미국이 큰 나라인지 인기가 충천하는 나라인지 실감을 감추지 못했다. 입국수속을 마치고 텍사스 오스틴 행, 연결편을 찾아 비행기에 오르니 몸은 지치고 정신은 몽롱해지지만 아들을 만난다는 생각으로 피로를 달랠수 있었다. 지난번에는 신애가 창가에 앉아 미국 명승지 그랜드 캐년, 콜로라도 강 등을 구경했는데 이번에는 용구더러 창가에 앉아 구경하라고 했다. 창밖을 내다본 용구도 감탄사를 내뱉었다.

"와~우, 장관이네. 미국은 이래저래 대단한 나라야. 저런데를 직접 가 보고싶다. 다음에 정무가 취직해서 잘살게 되면 저기에 가족여행 해보면 좋겠다."

"당신! 꿈도 야무지다. 정무한테 미리 말하지 말아요."

"알았어. 샷 업 하고 있을께. 정무 엄마 씨."

오스틴 공항에 접근하는 비행기는 용구부부의 눈을 번적 뜨게 했다. 비행기 창으로 내려다보이는 텍사스의 수도 오스틴은 텍사스의 넓은 땅과 그 넓은 땅밑의 석유를 품고 경제력을 과시하는 어느 왕국의 수도 같이 보였다. 부유하고 활기 찬 남부 경제를 대변하는 부자 주, 텍사스를 뽐내는 대표 도시같이 보였다. 벨트에서 짐을 찾아 출구로 나오자 정무가 소리치며 손을 흔들었다.

"엄마, 아빠, 여기요! 여기!"

정무가 뛰어와 엄마와 허~그를 하고 아빠와 악수를 한다음 엄마의 짐을 받아 앞장섰다. 처음 유학왔을 때 도와주셨던 정효용선생님이 차를 갖고 오셔서 그 차를 타고 정무가 다니는 텍사스주립대학교 근처 모텔로 갔다. 모텔에 도착하자 정선생님은 짐을 내려 주시고 바로 떠나셨다. 휴스턴에서 세 시간 운전해 오셨다는데 대접도 못하고 너무나 미안했다. 나중에 휴스턴 들릴때 단단히 대접을 해야겠다고 다짐했다. 모텔 방에 가방을 내려놓으니 잠이 쏟아졌다. 정무가 다가서며 말씀드렸다.

"엄마 아빠! 비행기에서 못주무셨지요? 너무 졸리시지요? 그래도 지금 주무시면 밤중에 일어나셔서 그 때부터 못 주무셔요. 조금만 참으세요. 제가 학교 캠퍼스 구경시켜드릴께요. 배고프시면 근처 한식당에서 뭐좀 잡수시구요."

용구와 신애는 아들이 하자는대로 하기로 하고 정무를 따라 나섰다. 텍사스주립대학이 걸어서 갈수 있는 위치에 있었다.

"아버지! 학교의 정식 명칭이 유니버시티 오브 텍사스 엣 오스틴이에요. 텍사스의 여러 도시에 여러 개의 주립대학교가 있는데 그 중 하나가 오스틴에 있는 이 학교에요. 이 학교가 규모로는 제일 커요. 오스틴이 텍사스의 주 수도이고 여러 가지로 중심 도시니까 우리 학교를 주립대학의 메인 캠퍼스라 할 수 있어요. 그런데 텍사스 주 수도는 오스틴이지만 도시로는 휴스턴이 제일 크고 경제의 중심지입니다. 내일은 휴스턴 시내를 구경시켜드릴께요."

학교에 도착하자 정무는 용구부부를 열심히 안내했다.

"엄마, 아빠, 여기가 우리학교예요. 1883년에 설립되었으니까 110년도 더된 대학이지요. 한국의 대학교에 비해 엄청 커요. 아마 땅 넓이가 수십 배 되고 건물도 웬만한 큰 학교 보다 몇 배가 될 것 같아요. 학생도 4만 몇 천 명이나 되고 교수가 2,000명이 넘는다는데 학생 수가 계속 늘고 있어요. 건물들이 예쁘지요?"

"응, 그래, 오기 전에 아빠가 인터넷에서 한번 훑터 보았다. 우리나라 대학교에 비할 바가 아니더구나. 미국전체에서 한 오십 번째 되고 또 네가 다니는 경영대학은 미국에서도 알아 준다고 하더라."

옆에서 듣고만 있던 신애가 벌린 입을 닫지 못하고 중얼거리듯 한마디 했다.

"어머, 학교가 어쩌면 이렇게 커! 한 강의 듣고 다른 강의 들으러 가려면 시간이 많이 걸리겠다. 멀면 뛰어 가야겠네. 정무 너는 어떻게 하니? 급해도 조심해서 다녀라. 뛰다가 넘어지면 어떻게."

"엄마, 시간표 짤때 다 생각해서 짜니까, 걱정 안해도 되. 거의 다 우리 경영대학에서 머지않은데서 들으니까, 우리 어머니 걱정 안하셔도 되요!"

"당신도 별 걱정을 다해. 정무가 어련히 알아서 할까봐."

"그런데 정무야, 흑인들이 많지 않니? 위험하지 않니? 너 이상한 애 있으면 피해라. 괜히 잘못 건드려 그 애가 행패부리면 큰일난다. 조심해라."

"아빠, 괜찮아요. 그런애들 없어요. 학교에서 다들 지 공부에 바빠 곁눈질도 못해요. 다 잘 지내요. 흑인이 많지도 않지만 그 애들 괜찮아요. 여기에서 공부할 정도면 양호한 애들이예요."

"학생들 구성이 대충 어떻게 되니?"

"흑인이 거의 10%, 동양계가 아마 7%, 히스패닉 계가 한 15% 구요, 나머지는 백인이에요."

"여기서 유명한 사람들이 많이 나왔겠다. 존슨 대통령도 여기 나왔니?"

"그런가 봐요. 그분 이름으로 도서관 박물관 등이 있어요."

신애는 구경 보다 쉬고 싶었다.

"정무야, 엄마 너무 피곤해 좀 쉬자."

"엄마 조금만 더가면 카페테리아가 있어. 금방이야. 앉아서 마실 것 마시고 좀 쉬자, 엄마."

신애는 아들 학교가 크고 좋다는 말에 지칠줄 모르고 따라 다녔다. 동네 엄마들 만나면 아들 학교 자랑을 할만도 한데 신애는 자랑 같은 것 별로 해본 일이 없어 그저 건성으로 따라만 다녔다. 카페테리아에서 한숨 돌리면서도 용구는 정무에게 물어 볼것이 많았다.

"이 학교에 한국학생은 얼마나 있니? 많지?"

"학교가 커서 정확히는 모르겠는데요, 아마 40-50명 되는 것 같아요."

"어떤 애들이 있니?"

"다양해요. 한국에서 고등학교 졸업하고 대학 1학년 유학 온 학생도 있고 저 같이 미국에서 고등학교 나온 애들도 있고 한국에서 대학 마치고 대학원에 온 사람도 있고 아예 미국에서 태어나 미국 애나 다름없는 2세들도 있어요."

"서로 만나니? 만나면 무슨 이야기들을 하니?"

"다 달라요. 여기서 태어난 2세 애들은 말이 안 통하고 사고방식이 완전히 달라요. 미국 애들 하고 거의 같아요. 그냥 '하이'나 해요. 대학원 형들은 만나기 힘들어요. 되게 바쁜가 봐요. 유학 온 애들끼리 많이 만나요. 이야기도 잘 통하고 서로 도움 되는 이야기도 많이 해요. 친한 애도 있어요."

"여학생은 없니? 너하고 친한 아이도 있겠네."

옆에서 듣고만 있던 신애가 한 마디 했다.

"여보, 이제 2학년 마친 애보고 별소리 다하네. 벌써 여학생을 사귀면 안되지요. 공부해야지요."

"사람, 참, 그냥 아는 애 있느냐 물었지. 그래 남학생 말이야, 주로 어떤 애들이니?"

"아빠, 여기 유학 온 애들은 거의다 무척 부자집 애들이에요. 게들은 돈에 대해 별로 신경 안써요. 오자마자 고급차를 산 애들도 많아요. 한국에 갈때 비행기도 비지니스 타고 가요. 저는 쪽팔려서 말을 피해요."

"이애, 쪽팔리지 말어. 네가 어때서! 내가 돈 안보내줬니? 그런데 자기 사업하는 집 애들 하고 돈얘기 하지 말어, 그 애들은 돈 귀한 줄 모른다. 그런데 그게 좋은 것 아니야. 공돈이 결코 좋은 것 아니야. 돈은 자기가 벌어봐야 돈 가치를 알아. 너는 제들 닮지 말아라."

"돈얘기 안 해요. 공부에 바빠 잘 못만나요. 미국은 누가 내고 안 내고 그런 것 없어요. 그저 자연스럽게 자기가 먹는 것 자기가 내고 남이 무엇을 어떻게 먹느냐 같은 거 신경 안써요. 학생인데 부자 가난뱅이 있나요!"

"그래, 학생은 학생이야, 다 배우는 입장이니 다 똑같지. 그래야지!"

정무는 엄마와 아빠를 모시고 경영대학 건물로 갔다.

"아빠, 강의실 보세요. 많은 강의실이 세미나실로 되어 있어요. 수업을 일방적인 강의만 하는 것이 아니라 토론하고 발표하고 질문하고 때로는 수업 시간에 옆 사람과 의논하고 다양하게 해요. 창의적으로 해요. 암기만 해서 시험만 보려는 우리나라 대학공부와 달라요. 페이퍼를 많이 써야 하고 독서를 많이 시켜요. 학기중에는 무척 바빠요. 놀새가 없어요. 교수가 '너희는 먹고 자고 공부만 해라. 딴짓은 못한다. 딴짓 하려면 대학 그만 둬라'라는 식으로 깐깐하게 압력을 가해요. 낙제를 많이 시키고 낙제하면 학교 그만 둬야 해요. 교수가 무척 무서워요. 인정사정없어요. 많이들 쫓겨나고 특히 유학생들은 진짜 어려워해요."

"그래! 공부 하나는 확실히 시키는구나! 응, 돈 아깝지 않다. 너도 이제 2학년 마쳤으니 4학년 졸업 하게 되겠다. 좋다. 우리 정무 최고."

신애는 정무의 뺨에 흐르는 땀을 씻어주며 엄마 마음을 내보였다.

"우리 정무, 잘한다. 졸업하고 한국에 오면 내가 가족잔치 해줄께."

그런데 캠퍼스 투어를 끝내고 모텔에 와서 쉴 때까지 정무는 큰 집 이야기는 한마디도 하지 않았다. 할아버지, 할머니, 큰아버지, 큰어머니 등 어른들에 대해서 잘 계시는지 안부 말 한마디 없었다. 큰집 어른들은 만날 때마다 정무 안부를 물어 보시는데 이 애는 한마디도 하지 않았다. 사촌들 어느 누구에 대해서도 한마디 안부를 입에 올리지 않았다. 사촌들은 우리가 올때 정무 안부를 묻고 또 물었는데 너무나 차이가 났다. 돌아가서 큰 집 식구들 만나면 둘러 대는 수밖에 없게 되었다. '유학 보내 공부는 잘 하게 한다만 인간성 교육은 제로 아닌가'생각하니 어딘가 씁쓸하고 석연치 않은 생각이 들었다. '이놈이, 아예 미국놈 다 되버렸나!'라고 생각하니 서운하기 그지없었다. 다른 한편 생각하면 내가 미리 큰집 이야기를 해주지 않았으니 스스로 생각하기 쉽지 않을 것이고 외동으로 자란 애들이 다 그런거 아닌가 싶기도 했다. 반은 내 책임이기도 했다. 책임이라기보다 나의 불찰일수도 있을 수 있었다. 그래서 용구가 먼저 큰집 이야기를 꺼냈다.

"이애 정무야, 큰집 할아버지 할머니 큰아버지 큰어머니 사촌들 정구 정호 정애 모두 다 잘있다. 보고 싶지? 우리가 오니까 다들 너한테 안부 전하더라. 너도 기회 되는대로 안부 전하고 해라. 다들 보고 싶어 하더라."

"예, 알았어요."

정무의 대답은 너무나 간단하고 형식적이었다. 사촌의 이름 하나 부르지 않았다. 용구는 섭섭한 심정을 달랠 수 없었으나 그냥 참고 넘겼다. '이 녀석이 저 밖에 모르는 구나'싶은 생각이 굴뚝같았다. 다음에 이야기하기로 하고 이번에는 그냥 넘겼다.

다음날 휴스턴에 가서 정효영 선생을 만나 식사대접을 하며 고마움을 전했고 그의 수고로 휴스턴 시내를 구경했다. 용구는 정선생에게 다시 한번 정중하게 인사를 했다.

"정무를 올때부터 돌봐주시고, 이 은혜 잊지 않겠습니다. 한국에 오시는 길이 있으시면 꼭 연락주세요. 우리가 모시겠습니다."

"예, 연락드리겠습니다. 정무가 잘하고 있습니다. 모범생입니다. 착한 아들 두셨어요. 축하드립니다."

"아~아, 예, 고맙습니다."

용구와 신애는 모텔 방에서 며칠 지내며 정무와 같이 구경도 다니고 했으나 불편하고 잠을 재대로 못잔 후유증도 있고 해서 별로 편하지 못했다. 정무를 보고 이야기 할 만큼 했으니 이제 가야겠다는 생각이 들었다. 용구가 신애에게 물었다.

"여보, 당신은 며칠 더 있다 오겠어? 나는 가야겠는데."

"아니요, 정무 아빠, 나도 당신과 같이 갈래요. 여기 모텔 방에 혼자 있는 것 싫어요. 그렇다고 공부하는 애를 마냥 붙들고 있을 수도 없고. 정무도 꼭 더 있으라는 눈치가 아닌 것 같아요."

이렇게 말하는 신애의 마음속에는 정무에 대해 애틋한 심정이 특별한 것 같지 않고 남편에 대한 애정이 더 강한 것 같았다.

미국에서 적응도 제대로 못하고 한국에 돌아오는 비행기에 시달리고 나니 지칠대로 지친 용구부부는 귀국하여 며칠동안 앓다 시피 했다.

24

용구부부는 미국에서 돌아와 회사에 나가기 전날 시골집에 들렀다. 미국에서 사갖고 온 선물을 풀어 놓으며 정무 안부를 부모님과 형님내외께 말씀드렸다. 다들 반가워하시며 정무가 공부 잘하고 있다는 소식에 격려와 축하를 아끼지 않으셨다. 정무의 사촌들은 정무와는 완전히 다르게 진짜 정다운 말로 기뻐하고 만족했다. '이 애들은 이렇게 인정 많고 순박하며 가족에 대한 애정이 깊은데 내 자식은 왜 그렇지'싶은 생각에 용구는 서운함을 감출 수 없었다. '서양 사람들이 원래 개인주의라더니 애가 벌써 개인주의에 빠져버렸나? 그럼 헛농사란 말인가'라는 생각이 들자 서운한 감정이 뒤통수를 치는 것 같았다.

"아버지, 편찮으신 데는 없으세요? 약 드시는 것 없으세요? 기침을 언제부터 하셨어요?"

"아~ 내가 요즘 몸이 좀 안좋은 편이다. 이제 나이 탓인지, 밤에 잠도 잘 안오고 가래가 심한데 약이 잘 안 듣는 것 같다. 병원에 가도 딱히 이거다 하고 말해 주는 것도 없는데 몸이 영 편치않네! 내 나이 팔십이 다 되어 가니 옛날 같으면 벌써 간 나이 아이가! 이만 하면 오래 살았지 뭐. 너의 형이 집안일 다보고 있고 애들 다 잘하고 있으니 이만 하면 내가 잘 살았다. 뭐 지금 죽어도 한이 없다. 암, 그럼, 편한 세상 안보고 가나! 조금만 더 살아도 되지만 뭐 인명재천 아이가! 손자들 다 잘하고 있고 손녀 대학 들어가는 것도 봤으니 많이 안 살았나! 이만 하면 괜찮은 기라. 둘째 너희도 잘살고 있고 정무도 잘하고 있다니 더이상 바랄 것이 없는 것 아이가! 안그래 할멈아?"

"느그~ 아버지 괜찮다. 엄살이 좀 심하다. 맨날 저런다. 의사가 괜찮다고 하면 괜찮은 거 아이가. 나이들면 다 이것저것 조금씩 아픈 거지, 사실 안 아프다고 하면 거짓말이지, 조금 아파도 그냥 지내야지 어쩌겠나, 치매라 카더나 그거 안 걸린거 같아 그래도 다행이다. 그 병에 걸리면 사람 죽인다 카데. 우리는 둘다 괜찮다. 정신이 멀쩡하다. 정신 멀쩡한게 제일 좋은거 아이가. 우리 여기 시골에 노인들도 많고 모여서 재미있는 이야기도 하고 자식자랑도 하고 한 푼 생기면 맛있는거 사먹고 다 잘지낸다. 시골에서 사람들이 모여 재미있게 잘지내면 치매 같은 거 안 걸릴 끼라 카데. 이애 둘째야 너도 나중에 한가하거든 여기 시골 와서 살아라. 인심 좋고 생활비 싸고 우리 집안이야 우애 좋고 애들 다 잘돼서 모두 부러워한다. 느그 형수가 너희들과 같이 살면 좋겠다고 자주 이야기 한다. 지금이야 회사에 바쁘니까 서울에 살아야 하지만 나중에는 시골로 오너라. 여기가 좋다. 아이구 서울 그거 뭐가 좋나? 우리야 하루도 못 살겠더라."

잠자코 듣고 있던 할아버지가 한마디 했다.

"아~참, 젊은 애들 데리고 뭐 그리 말이 많나? 용구가 우리 하고 같나? 이 애는 일류대학 나와 가지고 재벌회사에서 일하며 떵떵 거리고 잘사는 기라. 그거 아무나 그렇게 할수 있는 거 아닌기라. 이 애는 시대가 내준 인재인기라. 이 사람아 우리나라 재벌은 세계에서 다 알아주는 거다, 다른 나라 못사는 사람들한테는 영웅인기라. 인제, 정무까지 미국에 가서 공부해 가지고 오면 보통집안이 아닌기라. 그래도 특출한 뭐가 있어서 이렇게 잘하고 있는기라. 느그일은 느그가 알아서 해라. 그저 심심할 때 집에 가끔 와서 놀다 가거라. 서울에서 답답하거든 여기 와서 바람 쏘이고 가거라. 아들 하나 미국에 보내 놓고 집에 둘이만 있기 심심하거든 집에 와서 놀다 가거라."

용구는 부모님의 건강이 옛날 같지 않은것 같아 마음에 걸렸다. 그래도 치매 걱정 안해도 되니 만 번 다행이었다. 아버지는 동네 노인정에 가시고 어머니는 동네 할머니 댁에 동네 사람들이 모여 화투놀이 하신다고 가셨다. 이제 형님 형수님과 이야기할 기회가 되었다. 형수님이 먼저 말씀을 하셨다.

"동서, 미국 갔다 오느라 피곤하지! 하나밖에 없는 아들, 멀리 보내 놓고 수고가 많네. 비행기 시간이 길어서 힘들지? 몇 시간이나 걸렸나?"

"형님, 무척 힘들었어요. 서울에서 미국서부까지 열 시간 잘 걸리고, 거기서 또 비행기로 네 시간 걸려요. 미국이 큰 나라라 비행기로 가도 몇 시간 씩 걸려요. 돈 많은 사람들은 2등 비시니스 타고 편하게 간다는데 우리는 3등 이코노믹 좌석으로 갔더니 정말 지루하고 온 몸이 쑤시고 힘들었어요. 갈때는 밤이 훌떡 지나버려 잠잘 시간이 없었고 올때는 낮만 계속되고 금방 하루를 그냥 넘겨버렸어요. 하루가 없어졌어요. 가서도 잠 때문에 고생하고 와서도 잠 때문에 고생해요."

"왜? 잠이 왜?"

"미국하고 한국은 시간 차이가 열 시간, 열 두 세 시간 되요. 한국에서 잘 시간이 미국에서는 한낮 시간이고 미국의 한밤 시간이 한국에는 한낮 시간이 돼서 낮과 밤이 뒤바뀌니까 잠 조정이 어려웠어요. 아직도 얼얼해요. 그래도 정무 보고 오니까 좋아요."

"서방님은 회사에 출근하셔야 되니까 오늘 가시지만 동서는 여기서 잠좀 자고 푹 쉬었다가 가. 내가 맛있는 것 해줄께."

용구형 용준이가 한마디 거들었다.

"재수씨 그렇게 해요. 혼자 밥 차려 먹기가 쉽지 않을 텐데, 쉬었다가 가세요. 용구야! 재수씨 여기 계시다가 가시라고 해라."

"여보, 나 그렇게 할가?"

"당신 마음이야, 업 투 유, 당신은 시가집이 더 편한가봐."

"조카들 하고 이야기 좀 해야지! 정애하고 같이 자면서 재미있는 이야기 많이 해야지."

"여기 있다가 언제든지 오고 싶을 때 와, 나는 먼저 갈 테니."

"정무 아빠 미안해요."

"아니, 미안할거 없어, 당신 미국 갔다 오느라 수고 했으니까, 쉬었다가 와. 형수님과 정애와 하고 싶은 이야기도 많을 텐데. 정애하고 밤새 이야기해도 끝이 없다면서."

신애가 정애 방으로 가고 난 후 용준과 용구는 세상 돌아가는 이야기를 많이 했다.

"용구야! 요사이 경제가 어렵다면서. 우리나라 큰 재벌 중 하나인 한보가 부도나고 다른 재벌들도 어렵다고 하던데 너희 회사는 괜찮니? 또 다른 재벌이 부도나면 큰일 아니니?"

"예, 큰일이지요. 위태위태해요. 재벌도 재벌이지만 재벌에 등 대고 있는 많은 중소기업도 큰일입니다. 이제 시작인데 앞으로 뭐가 어떻게 될지 장담할 수가 없네요. 형님은 시골에서 편하게 잘 계시지만 도시에서 직장 생활하는 우리들은 경제가 어려워지면 잘릴까봐 항상 노심초사해요."

"아니, 너는 잘 있는 거 아니냐?"

"전들 뾰족한 수가 있나요! 잘리면 잘리는 거지요. 일단 괜찮기는 한데 우리도 비상입니다. 언제 구조조정 한다고 사람을 줄일지 모르잖아요! 구조조정하면 아래도 위험하지만 위도 위험해요."

"이애 용구야 그게 무슨 말이니?"

"회사가 어려우면 가장 늦게 들어 온 신출내기들을 먼저 내보내지만 위에 있는 사람도 비용 아끼려고 내보내기도 해요. 이사도 부장도 안전하지 않아요."

"설마 너야 괜찮겠지!"

"전들 보장된게 있나요. 나가라면 나가야지요."

"용구야, 물론 아무일 없겠지만, 혹시라도 말이야, 응, 혹시라도 무슨일 있으면 걱정마라. 내가 있잖아. 내가 너를 바쁘게 해줄게. 마음 푸근하게 먹고 너무 안달하지마라. 응!"

"형님, 고맙습니다. 저도 항상 형님이 계셔서 마음 든든해요."

"용구야, 잘해라. 이를테면 그렇다는 이야기지, 설마 네가 회사 그만두고 여기 오겠나! 나는 너를 믿는다. 너는 남다르게 똑똑하잖아. 너는 아무 일 없을꺼다. 걱정마라."

말을 마치려는데 정애엄마가 불렀다.

"여보, 정애 아빠, 도련님과 아참 정무 아빠랑 과일 드시러 오세요. 동서가 과일을 아주 예쁘게 깎았어요."

"알았어. 재수씨가 과일을 예쁘게 깎으셨네요. 과일 예쁘게 깎으면 예쁜 딸을 낳는다는데 지금이라도 딸 하나 낳으세요."

수줍어하여 말을 못하는 신애 대신 용구가 한마디 했다.

"아참 형님도, 지금 무슨 딸은요. 정무도 간신히 낳았는데요. 그러고 하나 공부시키는 것도 너무 힘드는데 또 하나는 정말 아니에요. 더구나 요즘 경제도 안좋고 환율도 천정부지로 마구 뛰고 과외비는 장난이 아니구요. 우리 형편에 아이는 꿈도 못꿔요. 사실상 저 사람이 아이 갖는 것 불가능하기도 하지만요."

눈치 빠른 정애가 재롱을 발휘했다.

"아빠, 삼촌, 그만하시고 과일드세요. 숙모도 오세요. 우리 숙모 더 예뻐지셨네. 정무가 특별한 화장품 사드렸나? 어디 좀 얻어 발라 볼가! 나도 더 예뻐져야 더 좋은데 시집가지! 숙모, 화장품 좀봐."

정애의 재롱에 얼었던 마음이 풀린 신애는 기다렸다는 듯이 정애의 말을 받았다.

"내가 형님과 정애를 생각해서 특별한 화장품을 사왔지! 요거는 형님 주름살 없애는 것이고 요거는 정애 피부 더 부드럽게 하는 신제품이지. 정애 너, 더 예뻐지면 남자 애들이 줄을 더 길게 서는 거 아니냐? 이 화장품 나중에 줘야겠다."

정애는 신애 옆으로 바싹 다가앉으며 정답게 말을 했다.

"내가 우리 숙모, 이래서 좋아한다니까! 이 다음에 결혼하면 신랑한테 우리 숙모 자랑해야지!"

용구는 저녁을 먹자마자 서울 집으로 돌아왔다. 혼자 오면서 묘한 감정을 느꼈다. 언젠가는 정말 시골로 돌아가는 것 아닌가, 회사에서 나가라고 하면 오갈 데 없는 것보다 그래도 시골이라도 있으니 다른 사람 보다 나은 것 아닌가 싶기도 하고, 여태 서울에서 잘 산다고 알려져 있는데 어찌 시골에 가느냐 싶기도 하고, 형님 말씀이 고맙기는 하지만 내가 여의치 않아 어렵다고 어떻게 시골로 가서 형님 신세를 지느냐, 가면 동네 사람들이 별 추측을 다 늘어놓을 텐데 이를 어떻게 감수하느냐 등 만감이 교차하는 가운데 혼란이 느껴졌다. '아니 야 지금에 충실하고 무슨 일이 생기면 그때 가서 생각하자, 닥치면 닥치는 대로 해야지'라고 생각을 가다듬으며 길을 재촉하여 집에 왔다. 아파트 문을 여는 순간 어둠의 적막만이 용구를 기다리고 있었다. '나도 언젠가는 이런 것을 피할 수 없게 될 수도 있게 되나'싶은 생각이 스치는 순간 어쩐지 쓸쓸함이 어떤 것인지 느껴지려 했다. 시골의 부모님은 연세가 많으셔도 아들 며느리 손자 손녀 모두와 어울리며 외로움이란 모르시고 편안하게 계시는데 도시에 사는 사람들은 언제 어떻게 혼자가 되어 얼마나 쓸쓸하게 살게 될지 모르니 과연 어디가 살기 좋은 곳인지 새삼 새롭게 느껴졌다. '시골을 떠난다고 무조건 좋은 것일까, 도시에 살면 무조건 좋은 것일까, 아니면 도시에 있다가 시골로 가서 사는 것이 바람직 한 것인가, 서울의 아파트와 시골의 집을 오가며 사는 것도 괜찮을가' 이런 저런 생각에 혼란스럽기만 했다.

자고나서 출근하면 회사에서 그동안 세상이 어떠했는지 특히 한보 이후 무슨 일이 없었는지 좀 들을수 있겠지만, 지금 당장 궁금증을 달래지 않고는 잠을 잘 수 없을 것 같은 용구는 영필이한테 전화를 했다.

"안녕하세요. 용구입니다. 밤늦게 전화를 드려 죄송합니다. 예, 미국에는 잘 다녀왔습니다. 영필이 있습니까?"

영필의 목소리는 톤이 한 단계 낮은 차분한 음성이었다.

"응, 미국에 잘 다녀왔어? 정무는 잘있지? 피곤하겠네."

"좀 피곤해, 그런데 나보다 나라경제가 얼마나 피곤한지 궁금해, 때가 때인 만큼 걱정도 되고, 전화했어."

영필은 목소리를 가다듬으며 작심한 듯 말을 이었다.

"네가 미국 갔다온게 며칠 안되니, 그새 별 변화야 어디 있었겠니?

그런데 경제가 계속 나빠지고 있어. 뉴스에는 나오지 않지만 많은 중소기업이 부도나고 있어. 유월 위기설 칠월 위기설 K 그룹 부도설 D 그룹 위기설 등 어수선 해. 해결의 실마리가 안 보이나봐. 정부도 갈팡질팡 하고 있고 외국자금이 더 이상 안 들어온다고 하니 이게 바로 위기를 말해 주는 것 같아. 너도 알다시피 외국자본이 더이상 안 들어오면 외화부족으로 환율이 뛸 거고 수입대금이며 이자지급 등 큰일일 텐데 걱정이야. 한국은행의 외화보유도 바닥이 난다는 것 같아. 외국 돈 갔다가 잔뜩 벌려 놓은 그룹들, 큰일일거야 아마. 우리나라에 돈 빌려 준 외국 자본가들이 이자라도 올리면 그렇지 않아도 어려운데 우리나라 기업이 아마 감당 못할거야. 매일 안좋은 뉴스만 나오네."

"너희 회사는 괜찮니?"

"아직 괜찮아. 계속 긴장하고 있어. 거래 줄이고 외상 안주고 수금독촉하고 만일에 대비하여 자금 확보하고 종업원 늘리지 않고 보너스 안주고, 할수 있는 비상수단 다 동원하지."

"그래, 다행이다. 고생이 많다. 힘내라 영필아."

"고맙다 잘자라."

용구는 손을 씻고 텔레비전을 틀어 뉴스에 채널을 맞췄다. 뉴스의 반이 경제에 관한 것들이었다. 뉴스에 이어진 코멘트, 인터뷰, 관련외신, 현장르포 등이 대체로 비관적이었다. 뉴스시간이 끝나고 경제대담이 특별방송으로 이어졌다. 대담에서 한쪽이 위로를 목적으로 애써 희망적인 이야기를 늘어놓으려 하는데 설득력이 부족했고 다른 한쪽은 솔직하게 현실을 직시하는 경고와 부분적인 대안을 내놓고 있었다. 정작 나와서 솔직히 털어 놓고 알려야 할 정부관계자는 나오지 않았다. 이 나라에 대통령이 있는지 없는지 알 수가 없었다. 나라가 거들나게 생겼는데 나라를 책임지고 있는 대통령이 숨어 있으니 일은 더 악화로 치달을 수밖에 없는 것 아닌가 싶기도 했다. 미국은 아무일 없이 잘되고 있던데 우리나라는 왜 이 모양인가 싶어 터져 나오는 울분을 참아야 했다.

용구는 다음 날 회사에 나가 두루 인사를 하고 부원 전체 회의를 했다. 미국에서 느낀 것, 뉴스에 나오는 경제사정 등을 서두로 말하고 부원들의 보고를 들었다. 겉으로는 여느 때와 다름없었으나 모두들 긴장하고 조심하는 눈치였다. 사실 모든 재벌이 다 그렇듯 부서 하나만의 문제가 아니라 그룹 전체가 문제니까 모든 상황을 예의 주시해야 한다는 견해가 많았다. 회의를 끝내면서 용구는 부장으로서 부원들에게 경고성 코멘트를 했다.

"여러분도 다 아시다시피 우리나라 경제사정이 말이 아닙니다. 한보사건 하나만으로 끝날 문제가 아니기에 문제의 심각성이 예측불허입니다. 선진국은 다 괜찮은 것 같고 이웃 일본과 대만도 우리 같지 않은데, 유독 우리나라만이 외환위기에 직면하고 있으니 정말 큰일이 아닐 수 없습니다. 남의 돈, 그것도 냉혈동물의 피와 같은 외자를 마구 끌어다 마구잡이로 벌려 놓고 뒷감당을 못하고 있으니, 이것 예사 일이 아닙니다. 국제자본시장의 메커니즘 상 앞으로 언제 어디서 무슨 일이 어떻게 터질지 모르니 불안하기만 합니다. 그래서 우리 모두 정신 바짝 차리고 업무에 차질이 없도록 함은 물론 사태를 예의 주시하며 미리 위기에 대비하도록 합시다. 앞으로 자주 업무보고를 하고 회의를 통해 의견교환을 적극적으로 할테니 더욱 열심히 해 주시기 바랍니다."

용구가 말을 마치자 한 직원이 질문을 했다.

"부장님! 미국에 다녀오셨는데 미국에는 위기 같은 것 없습니까?

미국이 우리나라를 좀 도와주지 않습니까? 동맹국인데 군사만 아니라 경제도 동맹 같은 것 안됩니까?"

"여러분도 아시지만 현재의 경제위기는 국가가 저질렀고 국가가 책임지고 해결해야 할 문제입니다. 그래서 정부에서 미국에 도움을 청하고 협조를 구하겠지요. 그런데 미국이 선진국이고 민주주의에 입각한 시장경제에 철두철미한 나라라 민간이 금융 활동하는데 정부가 개입하거나 어떤 직접적인 역할을 담당하기에는 제한이 있을 것입니다. 아니 정부가 직접 할 수 있는 것이 거의 없을 것입니다. 우리나라가 외자도입을 할때 민간차원에서 투자가로부터 했기 때문에 미국도 우리나라를 돕는데 한계가 있을 수밖에 없을 것입니다. 국제금융시장의 메커니즘상 미국정부가 할수 있는데 한계가 있을 것입니다. 국제금융에 관한 한 우리문제를 우리가 해결해야 하는 것이 지금의 상황인 것 같습니다. 그런데 정부가 우리나라 경제의 펀더멘털이 괜찮다는 말만 되풀이 하고 있는데, 외국투자가들은 우리나라 기업의 빚이 과도한데다 노사분규 등 사회분위기와 기업수지가 위험수위에 와 있다고 평가하고 있습니다. 외국 투자가가 꾀 뚫고 있는 우리 기업의 위험도를 누가 이렇다 할 수 있겠습니까? 해결에 뾰족한 수가 없다는게 문제네요."

또 한 직원이 한마디 했다.

"부장님! 각종 위기설이 난무하는데 울 회사는"

용구는 말을 가로 막으며 말했다.

"여러분 부탁인데, 우리 회사는 우리만의 회사가 아니라 그룹의 일원이라는 것을 잊지 마세요. 우리 회사에 관한한, 위에서 다 알아서 할것으로 믿고 우리는 맡은바 소임을 다합시다. 더이상 이야기 하면 우리 스스로 딜레마에 빠집니다. 내일 봅시다."

용구는 퇴근을 하면서 어디서 뭐가 두통수를 치는 것 같아 손을 뒷목에 자주 갔다 대고 있었다.

25

용구가 아파트 문을 열고 들어서도 아무 기척이 없었다. 여느때 같으면 신애가 뛰어 나와

"여보, 안녕! 수고했어요"

하며 끌어안으려 할텐데 아무 기척이 없었다.

"여보, 나왔어 어디 있어?"

하며 응접실과 부엌을 둘러봐도 기척이 없었다. 안방문을 열자 신애가 침대에 누워서 울고 있었다. 베개를 얼굴에 파묻고 꼼짝을 하지 않는다. 한번도 이런일이 없었기에 용구는 이상한 기분을 느끼며 신애의 베개를 들쳐 보았다. 신애의 얼굴은 눈물로 범벅이 되어있었다. 용구가 신애의 베개를 뺐으며 억지도 일으켰다.

"여보, 왜 이래! 뭐야? 일어나봐."

신애는 용구의 목을 감싸 않으며 엉엉 울기 시작했다.

"뭔데 왜 그래?"

신애는 울음을 멈추지 못하면서 간신히 말을 꺼냈다.

"엄마가 가진것 다 날리고 집도 넘어가고 집에도 안계셔. 여보, 우리 엄마 큰일났어, 나 어떻게 하면 좋아? 나 몰라. 우리 엄마 불쌍해.

여보, 우리 엄마 살려 줘."

이 말을 들은 용구는 아주 불길한 느낌이 들면서 스치는 감이 있었다. 비명처럼 저절로 말이 나왔다.

"아! 빚! 빚!"

신애가 용구의 귀를 붙들고 얼굴을 마주쳐 붐비며 말했다.

"당신 지금 뭐라고 했어. 우리 엄마 어떻게 된건지 알고 있었어? 말해봐!"

"아니야, 나 몰라, 진짜 난 몰라. 요즘, 세상이 하도 어수선하여, 아니 빚 때문에 모두들 야단이라서 그냥 나온 말이야. 장모님 어떻게 되셨어? 말해봐."

"그동안 집에 가도 안계시고, 전화도 안되고, 연락이 없어서 이모한테 연락해도 이모도 연락이 안되고, 그럭저럭 지나다가 그냥 미국 갔다 왔는데, 계속 엄마한테 연락도 없고 전화도 안되고 이모한테도 연락이 안되고, 불안한 생각이 들어 몇일째 찾아다니다가 옆집 할머니께 여쭈어 보았더니 누가 와서 그러는데 모두 다 차압당하고 엄마가 행방불명 엉 엉, 나 몰라, 엉 엉"

신애는 두서없이 말을 하다가 엉엉 울기 시작했다. 남편한테 말을 하려고 하니까 스스로의 서러운 감정에 북받쳐 말을 제대로 하지 못하고 울음부터 터뜨렸다.

용구는 신애를 달래기 위해 손을 잡고 자기 뺨에 갖다 대며 위로의 말을 하려 애썼다.

"여보, 무슨 일이야. 운다고 해결되는거 아니잖아. 우리 같이 문제를 해결하자. 응! 장모님께서 어떻게 되셨다고? 당신이 아는데 까지 이야기 해 봐."

신애는 울음을 그치고 용구의 손을 꽉 잡은 채 말을 하려 애를 썼다.

"이모부가 비지니스 하시는 것, 당신도 알잖아."

"무슨 비지니스 하시는지 구체적으로는 모르지만 뭘 하시는 것은 알고 있었지. 그런데?"

"전에 잠깐 말씀하셨는데 그때는 그냥 건성으로 들었는데, 이모부님이 그만그만한 작은 기업을 하고 계셨는데 기업을 좀 키워 대박을 터트려 보시겠다고 재벌에 공을 들이셨는데 하필이면 이모부께 걸려든게 한보래. 그래 한보철강에 한 몫을 잡으셨다고 들뜨셔서 잠도 잘 못주무시며 밤낮 주야로 일을 하셨대. 기업을 한번 크게 일으켜 보시겠다고 꿈에 부풀러 정신없이 뛰어 다니셨대. 정신없이 다니신게 결국 돈구하러 다니신 거래. 이번 납품에 성공하면 큰돈 손에 쥐게 된다고 기대를 잔뜩 하셨대."

고지식한 용구에게 스치는 감이 있었다. '아차 큰일이구나' 생각하며 신애를 안정시키기 위해 한마디 끼어들었다.

"장모님은 이모부님 회사하고 아무 관계가 없잖아. 장모님께서는 사업 같은것 생각도 안하셨잖아. 평소에 장모님께서는 돈 같은 것 신경 안쓰시던데? 그래서?"

신애는 용구의 말에 대꾸하려 들지 않고 자기 말만 이어 갔다.

"그런데 이모부님회사가 감당할 수 있는 납품규모가 아니라 몇 배가 되었데. 그러니까 성공하면 이모부님께는 대박이 되는 거였데. 욕심이 과해도 보통이 아니었나 봐. 납품에 맞추려고 회사의 있는 돈 없는 돈 다 끌어넣고 이모님이 있는 돈 없는 돈 다쓸어 넣고 그래도 모자라서 엄마의 돈도 다갔다 넣었다는 것 같아"

신애는 말하다 말고 다시 또 울기 시작했다. 용구는 당황하여 무슨 말을 해야 할지 몰라 하면서 신애를 달래느라 위로의 말을 했다.

"여보, 큰맘 먹어. 장모님 돈 없으셔도 우리가 모시면 되지 뭘 그래."

신애는 용구의 말에 고마워할 겨를도 없이 울며 말을 이었다.

"아니야 그게 아니야. 돈도 집도 다 없어진 것 같아. 글쎄, 그래도 돈이 모자라 우리 엄마 집도 잡혔나봐. 이모가 '우리 한번 부자로 살아 보자'고 하니까 엄마가 홀딱 넘어 간거지. 재벌에는 근처만 가도 돈이 쏟아진다면서 우리 엄마를 부추긴 것 같아. 사위 보니까 재벌에 있으니 금방 집도 사고 애 유학도 보내고 부자가 된다고 하면서 우리 엄마를 움직인거 같아. 이모가 나쁜 마음을 먹고 그런 것은 아니겠지만 결과적으로 이모가 우리 엄마를 빈털털이로 만든거 같아. 우리 엄마도 딸 시집보내고 외롭게 혼자 지내며 이모말을 안 들을 수 없었겠지. 한보가 강남에 아파트 지어가지고 대박을 터트리고 벌리는 사업마다 잘되고 있었으니 많은 사람들이 속을 수밖에. 여보."

용구는 재벌회사에 있으면서 재벌에 대해 잘알기 때문에 신애의 말에 혀부터 차게 되었다. '재벌한테 걸리면 크게 걸리는 건데.' '재벌일수록 더 조심해야 하는데.' 생각하며 우선은 신애를 달래는데 온 신경을 다써야 했다.

"여보, 다 운명이야. 그런데 장모님은 어디 계셔? 찾아서 모시고 오지 그랬어?"

용구의 말에 신애는 고맙기도 하고 창피하기도 하고 서럽기도 하고 마음이 좀 놓이기도 하고 울음을 그치고 차분히 말했다.

"우리 엄마 찾으면 당신이 좀 달래주실래요? 우리집에는 안오신다고 하시겠지. 사위한테 면목이 없어 하시겠지. 그런데 우리 엄마 갈데가 없잖아. 우리 엄마 불쌍해. 가진돈 가지고 평생 그냥 쓰시면 되고 집에도 부담이 없으셔서 나중에 나한테 주신다고 하셨는데 이제 아무 것도 없어졌어. 없어지는 것은 고사하고 살아가실 일이 막막해. 어쩌다 이렇게 되었지. 생각할수록 어이없고 너무 속상해. 우리 엄마 알뜰히 살림 살았고 매사에 야무진데 어쩌다 이렇게 되었지?"

신애는 다시 울기 시작했다. 울면서 더 서러워하고 서러워하면서 울음을 그치지 않았다.

"여보 그런데, 우리 엄마를 우리가 모시는 것, 내가 너무 염치없어."

용구는 신애의 마음을 달래기에 온 힘을 쏟았다.

"이 사람아, 아니 여보, 지금 염치 따지게 되었어? 사위도 자식이야. 아니 딸집에 어머니가 와 있는데 뭐가 염치야. 그런 소리 하면 내가 섭섭해."

용구의 가슴에 얼굴을 파묻으며 신애는 가느다란 목소리로 속삭이듯 말했다.

"내가 그동안, 서울에서는 사흘이 멀다 하고 친정어머니한테 오고 가고했는데 시골 아버님 어머님께는 한 달에 한 번도 못가뵙고 그저 기껏 전화나 하고 어쩌다 뵈면서 명절 때나 뭐하나 들고가 뵙고 시골 형님께도 염치가 없어요. 같은 자식인데 친정에는 뻰질나게 다니고 시부모님께는 자식 노릇 제대로 못 하다가 우리 엄마가 갈 데 없다고 내가 모신다니 내가 너무 염치없는 사람이에요. 내가 무슨 면목으로 시골에 가… 부모님 형님 아주버님 그리고 애들을 봐요. 시골 식구들이 나를 뭐로 보겠어요."

미안해 어쩔 줄 몰라 하는 신애의 마음을 이해할 수 있겠지만 사정이 사정인 만큼 시골 부모님께는 사정을 말씀드리기로 하고, 우선 장모님 모셔야 하게 되었으니 용구입장에서는 신애를 달래야 했다.

"여보, 당신 내 아내 맞아? 어느 부모님이든 부모님 두고 누가 어쩌고 하는 것 아니야. 다 부모고 다 자식이고 그저 형편 따라 하는 것이 자식의 도리야. 시골부모님이 장모님처럼 되셨으면 시골부모님을 당신이 모셔야 하는 거야. 그렇지? 당신은 시골부모님 모시고도 남을 사람이야. 이런 것 저런 것 따지지 말고 우선 어느 부모님이든 어려울 때 도와드리고 모시자. 응! 우선 내일 장모님부터 찾아. 무슨 수를 써서라도 무조건 장모님 찾아 모시고 와야 해. 장모님 찾자마자 나한테 연락해 내가 냉큼 달려가 모시고 올께. 무조건 모시고 와야 해. 알았어?"

"알았어요."

"왜 대답이 시원찮아? 여보, 신애씨! 이것은 남편의 명령이야. 내일 무조건 장모님 모시고 오는 임무를 차질 없이 완수해야 함. 내일 장모님 찾자마자 나한테 연락해 줘, 기다리고 있을게."

신애는 울음을 그쳤고 용구는 신애를 데리고 나가 외식을 했다. 집에 들어와서도 시무룩해 있는 신애를 용구는 여러 가지 말을 하며 달랬다.

다음날 신애는 엄마를 찾아 나섰다. 엄마는 집에 없었다. 집에는 이미 복덕방 사람들인지 누가 기웃거렸고 이웃들도 눈치가 다른 것 같았다. 누구한테 물어 볼수도 없고 난감했다. 그래도 어머니와 가장 가까이 지낸 옆집 할머니한테 또 다시 여쭈어 보기로 하고 할머니 집 문을 두들겼다. 할머니가 나오시며 안되었다는 표정으로 신애를 집으로 데리고 들어가 앉자마자 할머니가 말을 하셨다.

"신애야! 너희 엄마가 어쩌다 이렇게 되셨니? 편하게 잘 계시던 엄마가 하루아침에 아무것도 없이 다 날리셨으니 이 일을 어찌한담. 네가 엄마 모시고 가라. 누가 있니, 너 밖에 없으니. 너희 엄마 이러다가 병나면 안된다. 아이고, 딸 시집 잘보내고 편하게 잘산다고 자랑하시더니 이게 무슨 꼴이람. 너희 엄마 절대로 돈거래 같은 것 안하는데 어쩌다 이렇게 되었니? 너무 딱해 말을 할 수가 없구나. 네가 어떻게든 모시고 가거라. 너 아니면 누가 있니? 너희 남편, 사람 좋아 보이데. 네가 잘 해서 모시도록 해라, 신애야."

신애는 할머니가 말씀을 하시는 동안 눈물이 나려는 것을 억지로 참고 듣고 있었다. 위로겸 부탁의 말씀에 고맙기도 하고 엄마와의 우정에 감사드리고 싶었다.

"할머니 고맙습니다. 우리 엄마 어디 계시는지 아세요? 연락이 안돼서요. 이모집에도 안계시고 다른데 가실만한 곳을 모르겠어요. 집은 이미 은행과 사채업자가 경매에 넘길 준비를 하고 있는 것 같아요. 짐은 어떻게 하셨는지 모르겠어요. 우선 계시는 데를 알아야 모시러 가겠는데, 너무 속상해요. 할머니."

"너의 엄마가 짐을 옮기는 것 같지 않더라. 아마 짐은 그대로 있을거야. 집이 경매에 넘어가도 그리 쉽게 넘어 가겠니. 몇 달 걸린다고 하던데. 우선 너의 엄마를 찾아라. 아이구 딱해라. 나이 많아 이 지경이 되었으니, 이일을 어쩐 담! 너라도 괜찮게 잘있으니 만 분 다행이다. 신애야 너무 걱정말고 계실만한 데를 잘 살펴봐라. 다른 친척 집 없니? 시골에 고모가 한 분 있다고 하지 않았니?"

"할머니, 최근까지 고모하고 연락이 없었어요. 어쩌다 아버지 산소에서 만나기는 해도, 같이 어디를 가거나 하루 밤을 같이 지내거나 하시지 않으셨어요. 그나저나 저는 시골의 고모 집에 가본적도 없고 어딘지 정확히 잘 몰라요."

"신애야, 지금 네가 그런 것 생각할 때가 아니다. 어디든 엄마가 있을만한 곳이면 무조건 찾아나서야 한다. 너의 엄마가, 그럴 리가 없겠지만, 너무 황당하셔서 혹시라도 딴 마음 먹기라도 하시면 안 된다. 사람마음 한순간이다. 지금이라도 고모 집에 연락해 봐라."

"할머니, 고맙습니다. 어머니 찾고 나면 연락드릴게요. 건강하세요."

신애는 우선 고모집을 찾아 가기로 했다. 고모집에 가본 일도 없고 주소도 모르며 연락할 방법도 막연했다. 고모집 애들도 말만 들었지 어디에 있는지 모르겠고 얼굴도 간신히 기억에 가물가물하기만 했다. 아버지가 계셨으면 잘 아시겠지만 이러지도 저러지도 못하고 난감할 따름이었다. 집에 와서 곰곰이 생각해 보니 지나가는 듯 들은 어머니 말씀이 어렴풋이 기억에 떠올랐다. 고모 아들 운호, 김운호가 수원의 어느 회사에 취직해 있다고 들은 기억이 났다. 고향이 용인군 양지면 양지리로 양지초등학교, 용인중학교, 용인고등학교, 수원의 어느 대학교 경영학과를 나와 수원의 어느 회사에 있다고 들었다. 신애는 용구에게 전화를 걸어 주위 사람을 총 동원하여 김운호를 찾아내라고 다그쳤다.

재벌회사는 다른 기업과 달리 정보에 밝았다. 용구가 하루 종일 애쓴 덕분에 운호를 찾을 수 있었다. 용구가 직접 운호와 전화통화를 했다. 용구는 너무나 반가워 직급이 어떻게 되는지 알 수 없는데도 무조건 부장이라고 해야겠다고 생각하며 통화를 시도했다.

"여보세요. 김운호부장님 계십니까?"

"아, 예 우리 과장님, 계십니다. 잠깐 기다리세요."

"과장님, 전화 왔습니다."

"예, 전화 바꿨습니다. 저 김운호입니다."

"아 예, 저는 이신애 남편입니다. 한용구라고 합니다."

"아 예, 누나 남편, 한선생님! 저 결혼식 때 잠깐 뵈었습니다. 안녕하세요."

"아, 김과장님, 반갑습니다. 그동안 뵙지 못해 죄송합니다."

"아닙니다. 저도 뵙지 못했습니다. 재벌회사에 잘 계시다고 들었습니다. 누나는 잘있지요?"

"예, 잘있습니다. 과장님! 혹시 신애 어머니, 우리 장모님, 어디 계시는지 아십니까? 혹시 과장님 어머님 댁에 안계십니까? 장모님이 최근 집에 안계셔서 혹시 그댁에 계시나 해서요."

"제가 최근 바빠, 어머니 집에 못갔습니다. 외숙모님이 오셨다는 이야기를 듣지 못했습니다만, 제가 여쭈어 보고 연락드리겠습니다. 아, 외숙모님께 무슨 일이 있으세요?"

"아닙니다. 장모님이 최근 어디를 가셨는데 혹시 신애고모님 댁에 가셨나 해서요. 신애가 전화를 드려야 하는데 제가 회사에서 전화 드리는 것이 편리해서 무턱대고 전화를 걸었습니다. 언제 한번 뵙지요. 제가 수원 가는 길이 있을 때 뵙고 인사드리겠습니다."

"아 예! 곧 연락드리겠습니다."

잠시후 운호한테서 연락이 왔는데 신애어머니가 양지 고모 집에 계신다고 했다. 그리고 양지 고모집 주소를 불러 주었다. 용구는 신애를 안심시키기 위해 얼른 신애한테 전화를 했다.

"여보, 장모님이 양지의 고모님 댁에 계신데. 운호한테서 전화가 왔어. 고모님 집주소를 알아 놓았어."

"여보, 알았어. 나 안심이야. 여보. 그럼 어떻게 하지? 내가 가야 하는데."

"차도 없이 지금 어떻게 가. 그러지 말고 주말에 나하고 정식으로 고모님께 인사도 드릴겸 같이 가자. 장모님이 작심하시고 가셨는데 바로 오시겠어. 모시고 오는 것이 그리 쉽지 않을 수도 있어. 우선 안심하고 기다리고 있어. 내가 퇴근하여 의논하고 결정하자. 응."

"알았어요. 기다리고 있을게요. 퇴근하고 바로 오세요."

주말에 용구와 신애는 양지 고모집으로 갔다. 양지로 가는 용구와 신애의 심정은 착잡하기만 했다. 강남 아파트 근처에 계시면서 자주 들르시던 장모님이 저 시골 양지의 촌집, 고모집에 계신다니 갑자기 밀어 닥친 날벼락이 아닐수 없었다. 강남에 잘계시면서 좋은 일로 고모집에 가 계시고 좋은 일에 더 보태는 기분으로 용구와 신애가 기쁜 마음으로 가게 되었으면 얼마나 좋겠는가 싶은 생각이 굴뚝같은데, 사정이 그렇지 않고 피난 가듯한 어머니를 어떻게 모시고 오느냐의 걱정이 태산 같았다. 신애와 용구는 피난 아닌 피난으로 가 계시는 어머니를 설득하여 모시고 와야 하는 부담으로 마음이 한없이 무거웠다. 양지는 용인에서 약 10분 거리고 양지인터체인지가 있어 쉽게 양지에 도착했다. 조물조물한 동네 가게들이 옹기종기 모여 있는 한적한 시골 마을의 변두리에 이모 집이 있었는데 거리로 따지면 바로 코앞인데 착잡한 심정과 망 서림이 다리를 붙들어 발이 떨어지지 않아 한참만에 고모 집 대문에 당도했다. 있으나마나 한 대문에 들어서니 한옥을 양옥으로 개조한 자그마한 집에 인기척이 없었다. 온다는 기별도 하지 않았으니 아무 기척이 없을 수밖에 없었다. 고모부님은 오래 전부터 안계시고 자식들은 다 출가했고 고모님 혼자 계시는 집이니 인기척이 있을리 없었다. 마당에서 서성거리기를 한참이 되어도 인기척이 없었다. 신애가 안방 문을 두드려 보아도 대답이 없어 방문을 열어 보았다. 방을 훑어 본 신애는 깜짝 놀랐다. 방에는 아무 것도 없고 이불 한 채와 어머니 가방 하나만 달랑 있었다. 마루에도 거의 아무 것도 없었다. 사람이 앉을 의자 하나도 없었다. 건너 방에는 사람이 거처를 하는 것 같지 않았다. '두 노인이 이불 하나만 덥고 잠만 자나 보다'라고 생각하며 부엌을 보았다. 재래식 부엌에다 몇 가지 필요한 물건들만 있었다. 전기밥솥, 작은 냉장고, 화로가 두 개인 가스레인지, 냄비 몇 개, 그릇 몇 개, 수저 몇 벌이 전부였다. 냉장고 문을 열어보니 야채 몇 포기와 양파 몇 개 그리고 된장과 고추장 몇 병이 전부였다. '냉장고에 아무 것도 없으니 무엇을 사러 가셨나보다' 생각하고 부엌을 나오는데 용구가 방문을 열어 보기에 신애는 얼른 눈을 감싸고 돌아섰다. 그리고 신애가 용구에게 말했다.

"여보, 우리 엄마가 여기에 계신다. 어떻게, 나 못보겠어. 우리 엄마가 이렇게 되시다니. 나 몰라. 우리 빨리 엄마 모시고 가자. 응?"

용구도 난감하기는 마찬가지였다.

"여보, 마음 가라앉혀, 모시고 가면 되잖아. 설마 여기 계속 계시려고 오신 것은 아니겠지. 잠깐 마음을 달래러 오신 거겠지. 오실때까지 기다려 보자. 응!"

두 사람이 이야기를 나누고 있는데 고모님과 신애엄마가 오셨다.

"이 사람들아, 소식도 없이 웬일이냐?"

고모님의 놀라는 표정과 동시에 신애엄마도 놀랐다.

"신애야, 소식도 없이 어떻게 여기를 왔니? 한 서방 자네한테 면목이 없네."

"엄마! 집에 가자, 응"

"장모님!"

어떨결에 나온 신애와 용구의 말에 고모가 나섰다.

"이 사람들아, 우선 방에 좀 들어가 앉아서 이야기하자."

"아, 예, 죄송합니다."

네 사람은 방에 들어와 앉았다. 용구는 원래 집이 시골이라 시골 방에 앉는 것에 익숙하지만 신애는 엉거주춤 하며 앉는 둥 마는 둥 눈물을 흘리려고만 했다. 방에 들어오자마자 신애는 애원하듯 엄마한테 조르듯 말했다.

"엄마, 집에 가자. 우리 집에 가자. 응?"

고모가 앉지 않고 주인으로서 가만히 있을 수 없어 다그치듯 말했다.

"무엇 좀 마실래? 숨 좀 돌리고 이야기해라. 왜이리 급하니."

신애는 아무데도 관심이 없어 보였다. 엄마를 얼른 데리고 가지 못해 안달이었다.

용구도 거들었다.

"장모님, 오시면 오신다고 말씀 좀 하시지요. 장모님 찾는다고 얼마나 고생했는지 아십니까? 이 사람은 까무러칠 번했습니다. 얼른 집으로 가세요. 예?"

신애엄마는 담담한 심정으로 작심한 듯 말을 시작하기 전에 물부터 한모금 마셨다.

"너희들한테 미안하다. 정말 미안하다. 면목이 없다. 그런데 결론부터 말할께. 나 너희 집에 못간다. 어미가 딸의 집에 못가고 멀리 떨어진 고모집에 있겠다는데는 그만한 이유가 있다. 너희가 이해해라."

신애엄마가 말을 잇기도 전에 신애가 참지 못하고 말을 막으며 울면서 애원하듯 말했다.

"엄마 집에 가서 이야기 해, 응! 어서 가자, 엄마. 어서."

신애엄마는 표정이 굳어지며 목청을 약간 높여 말을 이었다.

"글쎄, 내 말 좀 들어 봐, 신애야. 너희들한테 이야기 할 기회가 없었다. 너희도 알아 놓아야 한다. 신애 너도 알다시피 이모부가 평생 기업하느라 애썼지만 소기업에서 벗어나지 못하고 고생 많이 하시지 않았니. 그래도 착실하게 한 덕에 큰돈은 못 벌어도 남의 돈 안 쓰고 먹고 살만은 했다. 그런데 오래 하다보니까 기업을 키워보려 안

간 힘을 다 써보았는데 아무리 해도 안되더라는 것이다. 마음대로 안되니까 어떤 계기가 있기를 호시탐탐 노렸다는 것이다. 새로 시작하는 대기업이 있으면 어디 끼어들어 볼가 항상 눈을 부릅뜨고 있었다는 것이다. 그런데 마침 한보철강이 설립된다기에 여러 모로 알아보니까 줄이 닿을 수 있더라는 것이다. 그래서 주위의 있는 사람 없는 사람 다 동원하여 선을 넣었더니 닿을 수 있었다는 것이다. 특히 대학동창 중에 선이 닿는 사람 다 동원해 봤는데 마침 청와대에 부탁할 사람이 있다고도 하고 재무부, 기획원 같은 권력 있는 경제부처 사람이 힘을 써준다고 했데. 배경이 단단한 사람들이 선을 넣어 납품을 할 수 있게 해준다니까 틀림없는 줄 알지 누가 의심했겠니."

조르기만 하던 신애가 엄마의 말을 들으며 귀가 솔깃하여 바삭 다가앉으며 물었다.

"그럼 문제될게 없었겠는데, 왜?"

신애엄마는 딸의 말을 막으며 말을 계속했다.

"그게 아니라, 더 들어봐 이것아! 사실은 줄을 대고 잘된다고 믿고 무리를 한것이 문제였어. 미심적어 물러섰거나 욕심을 부리지 않았으면 문제가 없거나 이렇게까지 되지는 않을 수 있었겠지. 이 빽 저 빽 다 동원하여 어렵게 딴 납품이라 대박을 만났다 싶었겠지. 처음 준비한다고 있는 돈 다 넣었고 준비가 되자 본격적으로 돈이 들어가기 시작하니까 은행에서 담보잡고 빌리고 그래도 모자라니까 사채도 끌어오고 그러고도 모자라니까 주위에 닥치는 대로 마구 끌어다 넣었데."

성급한 신애가 다시 끼어들었다.

"그런데 얼마나 끌어다댔데?"

"액수는 이모도 잘 몰라. 너무 많아서 세어 볼 수도 없었데."

"그런데 엄마는 왜?"

"내가 언제 돈거래 했니! 빌려 줄 돈도 없었지만 있어도 빌려 줄 수가 없었지. 내 생활하기도 빠듯한데. 은행에 넣어 놓고 이자 가지고 생활하는데 거기서 빌려주고 자시고 할게 어디 있니? 나한테도 돈 이야기하기에 돈 없다고 했지. 그리고 조심하라고도 했고. 한참 있더니 와서 돈이 거의 다 되었는데 조금만 더 있으면 된다고 빌릴 데를 이야기 해 놓았다는 거야. 그러면서 빌려 주는 사람이 보증을 요구한다고 나더러 보증을 서 달라고 왔었다. 보증이라는 것을 서 본 일도 없고 서면 어떻게 되는 줄도 몰랐으며 보증이 나중에 무엇을 어떻게 하게 되는지 나는 전혀 감도 못잡았어. 그저 돈 빌려 주는 사람이 보증이 있어야 한다니까 보증 섰다가 돈 갚으면 보증이 없어지고 만다고만 생각했지. 왜 너도 입사할 때 보증인가 뭔가 필요하다고 해서 이모부가 보증선 적이 있잖아. 사람들이 취직할 때 보증이 필요하다고 하면서 주고 그러잖아. 나는 보증이라는 것은 그저 사무적으로 서류만 갖추는 것이라고 생각했지."

신애엄마의 말을 듣다가 용구는 한숨을 쉬며 새파랗게 질려 버렸고 신애는 소리를 버럭 질렀다.

"엄마~아, 엄마, 엄마~아."

신애엄마는 여기서 말을 못 잇고 잠시 눈시울을 붉히며 한 숨을 크게 쉬었다. 사위도 있고 하여 눈물을 안 보이려고 안간힘을 쓰며 다시 말을 이었다.

"이모가 종이 몇 장 가지고 와서 그저 보증만 서는 것이니까 괜찮다고 도장 찍어 달라고 해서 찍어 주었지. 내가 내용을 봐야 아나. 괜찮다고 하니까 그런가보다 했지. 일이 잘되어 잘풀리면 보증턱을 단단히 할거라며 얼른 갖고 갔었다. 무엇에 대한 무슨 보증이었는지 그

때는 몰랐다. 한보가 부도난다고 하니까 이모부가 집에 안들어오고 어디있는지 모른다고 했고 뭐가 어떻게 되느냐고 물어봤더니 이모도 모르겠다고 했다. 그래도 나는 상관없을것이라 생각했지. 나는 보증만 섰으니 일을 안하면 보증이 필요 없을 것이고 아무 탈이 없으리라 생각했지. 그런데 이모부가 부도가 났다고 집에 이제 못들어온다고 하고 이모네가 빈털털이가 되었다고 해도 나는 괜찮으리라 생각했다. 이모도 연락이 안되고 무슨 일인가 하고 집에 있는데 몇 사람이 오더니 나의 집에 차압이 들어온다고 하며 이사준비를 하라고."

신애엄마는 참았던 눈물을 감추지 못하고 저절로 흐르는 눈물을 휴지로 닦으며 억지로 말을 이었다.

"그래서 그 사람들한테 어떻게 되었느냐고 물었더니 집이 넘어가니까 이사를 가야 한다는 거야."

"집이 넘어가면 어디서 사느냐?" 했더니

"아이 참 딱 하시네요 하며 이모부 보증선 것 때문에 내가 가진 것 모두다 그들이 갖고 간다는 거야. 집에 돈 될 만한 것은 물론이고 은행에 예금해 놓은 것까지 다갖고 간다는 거야. 보증이 무엇이기에 내가 가진 것 다 갖고 가느냐? 했더니 이 사람들도 딱하다는 듯 쏘아보듯 말하더구나. 여러장의 보증서에 도장을 찍었기 때문에 이모부가 못 갚는 돈을 나한테서 최대한으로 회수한다는 거야. 나는 보증만 섰지 돈거래는 안 했다고 하니까 보증이 돈을 갚아 준다는 보증이기 때문에 빌린 사람이 못 갚으면 보증선 사람이 갚아야 한다는 거야."

여기서 신애엄마는 말을 더이상 하지 못하고 울음을 터트리고 말았다.

"내 무덤 내가 팠다. 누구를 탓 하니? 나는 이제 내가 파 놓은 내 무덤에 들어가는 길 밖에 없다. 내가 갈데가 어디 있니? 다 끝났다. 나에게는 무덤 밖에 없다."

용구는 작심을 한 듯 벽만 쳐다보고 있고 신애는 엄마를 달래느라 정신이 없었다. 고모가 클리넥스 휴지를 신애엄마에게 건네며 말했다.

"올케, 이제 그만해. 앞으로 어떻게 할 것인지나 신애한테 말해."

신애엄마는 방바닥만 쳐다보며 안 나오는 말을 억지로 이었다.

"내가 몰라서 저지른 일 어떻게 하니, 내가 당해야지. 이제 아무것도 없으니 어디로 가니! 이렇게 해 놓고 무슨 염치로 너희들한테 가니. 또 언제 그 사람들이 나더러 돈 내놓으라고 다그칠지 누가 아니. 차라리 여기 고모 집에 고모와 같이 있으며 다 잊어버리고 지내는 데까지 지내다가 죽어야지. 내가 이래가지고 너희들 집에 어떻게 가니. 사돈 보기에 이게 무슨 꼴이니? 그리고 서울이라는 대는 쳐다보기도 싫고 그 쪽으로는 침도 안 뱉겠다. 니들이 한번씩 오너라. 나는 서울에 가기 싫다. 아니 서울 쪽으로는 절대로 발걸음 안하겠다. 그, 저기, 사람 잡는 데를 왜 가니! 안간다. 좀 쉬었다가 저녁 먹고 가거라. 나를 데려 갈 생각은 아예 말아라. 다 소용 없다."

장모의 말을 듣고만 있던 용구가 간절히 애원하듯 말했다.

"장모님, 사람은 형편 따라 살아야 하는 것 아닙니까? 어차피 장모님 연세 많으시면 우리가 모시려 했습니다. 자식이 뭡니까? 사정 따라 부모님 모시기도 하고 따로 살기도 하고 어차피 연세 많으시면 오실 건데 조금 일찍 오시는 것 아닙니까? 가세요, 집으로 가세요. 자식 놔두시고 왜 여기 계십니까? 가세요. 네? 우선 나가서 고모님과 저녁 식사하시고, 장모님 우리가 모시고 갈게요. 일어나세요."

신애엄마는 사위의 말에 울면서 대꾸했다.

"자네 말은 고맙네. 사실은 내가 미리 말을 안했는데 어느 정도 나이가 차면 내가 가진 것을 모두 팔아 자네한테 주고 들어가 살려고 했네. 강남의 아파트 한 채면 그래도 체면 치례는 된다고 생각하고 있었는데, 내가 바보지, 천치지, 죽어도 싸다. 나 이래가지고 못간다. 벼룩이도 낯 짝이 있지, 내가 무슨 염치로. 안갈테니 너희들 저녁 먹고 가거라. 나는 여기가 좋다. 와 있어 보니 서울 보다 낫다. 고모가 왜 여기 사는지 알겠다. 인심 좋고 눈치 안 보이고 생활비 싸고 고모와 이야기 많이 하고 공기 좋고 교통도 편하다. 천원이면 어디든지 간다. 봐서 나중에 무슨 일 있으면 버스타고 너희 집에 한번 갈게. 너희가 아무리 졸라도 나는 절대로 안간다. 단념해라. 자 저녁 먹으러 가자. 오늘 저녁은 한서방이 사라. 고모한테 저녁 사는 것 처음이다."

용구와 신애는 눈물을 머금고 저녁을 사드린 다음 서울로 돌아 왔다. 오는 길에 신애는 계속 울기만 했다. 혼자말로 '부도, 보증, 어떻게' 등을 되뇌며 정신을 못 차리고 있었다. 서울로 가는 고속도로에는 불경기라 놀러 온 사람도 별로 없었고 시골에서 서울로 오는 사람이 많지 않다는 것은 서울의 불경기가 심하다는 것을 간접적으로 나타내는 것 같았다.

26

용구의 시골집 보다 더 촌스럽고 빈촌인 양지, 여기의 고모집에 엄마를 두고 온 신애는 아파트에 들어서자마자 서러움에 북받쳐 이내 흐느껴 울기 시작했다. 눈물이 뚝뚝 떨어져 옷이 젖어도 아랑곳 하지 않고 엄마 잃은 초등생 같이 서럽게 울기만 했다. 혼자말로 중얼거리기도 하고 머리를 집어 뜯으려는 시늉도 하며 스스로를 원망하는 것 같기도 했다. 용구가 달래도 그치지 않았다. 용구의 시골집에 다녀올 때는 아무렇지도 않았는데 시골고모 집에 엄마가 가 있다는 데는 서러워하고 있었다. 용구부모님과 큰댁 식구들은 거기서 태어나 자라며 그 생활에 익숙했고 거기에 사는 것이 운명이고 편하며 당연시되는 삶의 패턴이었으니까 별생각이 없었다. 그러나 신애엄마의 시골고모집 신세는 죽지못해 간 것이고 예상도 기대도 하지 않은 피난 겸 생존의 마지막 방법이기에 더 슬프고 안타까웠다. 아무리 울어도 속 태워도 어쩔 수가 없었다. 무남독녀로 키워 재벌회사직원 사위한테 시집보내고, 그동안 해준것도 없어 나중에 살던 아파트 하나만이라도 남겨주려 했는데, 아파트는커녕 생활비도 없어 고모 집에 얹혀 살아야 하게 되었으니 신애엄마도 신애도 용구한테 낯이 서지 않았다. 한보가 살아 돌아오지 않는 한 아무런 방법이 없었다. '사람의 신세가 한순간에 이렇게 철저히 망가질 수도 있단 말이냐' 싶은 생각이 들면서 더 슬프기도 했다.

울다가 아무리 생각해도 어이없었는지 신애가 용구를 쳐다보며 바보 같은 말인 줄 알면서 한마디 했다.

"여보, 당신은 어떻게 생각해? 우리 엄마가 눈 깜짝할 사이에 어떻게 그렇게 자기무덤을 쉽게 팔수 있었을가? 무덤이란 삶의 마지막인데 그러니까 엄마한테는 살고 있는 그 아파트가 가진 것의 마지막 단 하나인데, 어떻게 그것을 담보로 잡게 했는지, 도무지 이해가 안가. 귀신한테 씌면 자기 무덤을 그렇게 쉽게 파게 되는 것인가? 여보 당신이 말 좀 해봐. 나는 정신을 못차리겠고 당신이 말을 좀해봐. 나 오늘밤 잠도 못자겠어."

용구는 무엇보다 신애를 안심시키고 잠부터 들게 해야겠다는 생각이 앞섰다.

"여보, 진정해. 지금 그런것 따져서, 아니 생각해 봐야 아무 소용없어. 당신은 우선 잠부터 좀 자야해. 잠자는 것이 더 중요해. 모래 속에 들어가 이미 없어진 물, 아무리 따져 봐야 애만 태우지 아무 소용없어. 이럴때일수록 정신 똑바로 차리고 자기 건강을 챙기고 마음 크게 잡수셔야 나중에라도 장모님 모실 수 있어. 쓸데없는 생각 말고 잠부터 잡시다."

"여보~오, 지금 잠이 와? 내 심정, 당신이 이해 좀 해주면 안 되는가요~오? 나 지금 미치기 일보 직전이란 말이요."

무슨 말을 어떻게 해야 할지 몰라 주저하면서 용구도 갈피를 못 잡고, 우선 신애를 달랠 수 있는 말을 찾기에 정신이 쏠렸다.

"내가 왜 당신 심정 몰라. 알지 알고말고. 그런데 에~ 그게 말이야에~"

신애가 울음을 좀 누그러뜨리며 한 마디 했다.

"여보, 미안해 다 우리엄마 잘못인데, 괜히 당신한테. 내가 당신한테 화풀이 하는 것 아니야."

용구도 약간 여유를 가지며 말을 돌렸다.

"사실, 여보, 그게 말이야, 장모님이 장모님 무덤을 직접 파신 게 아니야. 장모님이 자기 무덤을 어떻게 파시겠어? 장모님이 장모님 무덤 파셨다고 하지마. 장모님께서는 무덤 자체를 모르셨어. 내가 생각하기에 다른 사람들이 자기네 무덤들을 팠어. 장모님은 다른 사람들이 판 다른 사람들의 무덤에 무덤인 줄 모르시고 결과적으로 들어가시게 된거야. 장모님은 무덤을 무덤이라고 아시지 못하신 것 밖에 없어. 지금 결과적으로 장모님이 다른 사람의 무덤에 들어가 계시는 게 되 버렸어. 모르셨으니 어쩌겠어. 우리가 모시도록 해야지. 걱정말고 잠이나 잡시다."

"아니 도대체 누가 왜 자기무덤들을 파요?"

"당신은 집에서 살림만 하시는 주부시니까 모르셔. 세상이 얼마나 각박한지 당신은 모르시고 계셔요. 제일 큰 무덤은 한보철강이지. 거대 철강공장 시도하지 않고 하던 사업에 열중하며 빚을 줄이고 알뜰히 했으면 부도 안나고 멀쩡할 수 있을 한보가 괜히 빚 잔득 얻어다 무리해서 하다가 부도 맞았으니 이게 바로 지 무덤 지가 파서 지가 들어가게 된것이지. 혼자 들어간 게 아니었지. 많은 중소기업이 결과적으로 그 무덤에 들어가게 된거지. 그 중에는 당신의 이모부도 계시고. 욕심에 눈이 멀면 결과적으로 무덤이 될 것이라는 것을 생각 못하지, 그게 문제야. 무덤이라는게 따로 있나 자기가 저질러 놓고 그기에 들어가 폭삭하는 것이 무덤이지. 이모부님도 있는 돈 없는 돈

다 끌어다 넣고 한 푼 못 건지시게 되셨으니 무덤에서 못나오시는게 되셨지. 그런 사람 많아. 그래서 지금 나라 자체가 문제야. 무덤 아닌 무덤이 이제 시작인거 같아 진짜 문제야."

"그럼, 여보, 우리는 괜찮아? 그래서 요사이 여기 대치동에서도 어떤 집은 깜깜 소식이래. 아이 학원도 안오고 학교에서도 모두 쉬쉬한데. 이곳 학원도 비상이래. 어떤 집은 어려워 애를 학원에 안 보냈더니 애가 글쎄 춤을 추며 날듯이 좋아 하드래. 학원 안가면 성적 안 올라도 되고 대학 떨어져도 되고 친구들과 어울려 알아서 하게 되고 그렇게 좋아 하드래. 이 경우는 무덤인가 덤이 되는 건가? 어쨌든 요즘 동네 분위기가 아주 썰렁해졌어. 우리만의 문제가 아닌가봐. 무슨 일이 있긴 있나봐."

신애의 말이 우리 집에서 좀 벗어나는 것 같아 용구는 다행스럽게 생각했다. 장모님생각에서 벗어나는 것이 다행이었다.

"우리는 정무를 유학 보냈으니까 사정이 다르지만 사실 여기서 비싼 학원에 보내는 것이 공부면이나 애 처지에서 보면 완전히 낭비인데, 돈이 없어 학원 안보내는 것은 내가 보기에는 돈 때문에 무덤을 파는 경우와 정 반대인 것 같은데. 돈 안들어 가 좋고 애가 스스로 공부해서 좋고, 무덤이라는 것에 근처도 아닌데. 누구 집인지 모르지만 그 집은 돈에서는 무덤을 스스로 팠고 애 문제에서는 결과적으로 스스로 무덤에서 벗어나게 되었네. 그래서 세상이 참 묘한거야."

말이 돌고 도는 사이 신애의 기분은 좀 풀렸고 표정이 달라졌으며 엄마생각에서 어느 정도 벗어나고 있었다. 엄마문제가 세상문제 속으로 들어가며 완화되고 희석되었다. 말을 돌리고 돌리며 신애를 달래기에 안간힘을 쓰던 용구는 얼른 씻고 침대에 누웠다. 눕자마자 코고는 척하며 신애의 태도를 살폈다. 평소에 남편이 침대에 들어가면 못 참는 신애인지라 서둘러 잠자리로 갔다. 용구 옆에 눕자마자 기다렸다는 듯이 용구가 신애를 덥석 안으며 꼼작 못하게 했다.

"내가 잠에 녹아떨어진 줄 알았지?"

"뭐야! 왜 이래. 당신이 나를 위로하려고 그러는 줄 알아. 당신이 우리 엄마문제를 덮으려 애쓰는데 그 해결책으로 엄마를 모시겠다고 하는 것이지. 진심이라는 것 알아. 우리 엄마가 무덤에서 나올 수 있는 길을 당신이 터 준다고 믿었어."

"돈은 있다가도 있고 없다가도 없고 마음은 없다가도 있고 있다가도 없고"

"아니, 아니, 아니, 여보, 말이 틀렸어, 돈은 있다가도 없고 없다가도 있고, 마음은 있다가도 없고 없다가도 있는 게 아니라 마음은 있으면 있고 없으면 없는 게지. 여보."

"응 맞아, 돈은 당신 말이 맞아, 그리고 마음은 있어야지 없으면 아니되. 그러니까 돈은 필요 없고 마음만 있으면 되. 내 말 맞아?"

"맞아요. 백퍼센트 맞아요."

"그럼 오케이."

"오케이, 유 아, 라 잇, 써"

다음 날 일요일 용구와 신애는 기분 전환으로 시골 큰집으로 갔다. 시골 고향 동네는 예나 다름없었다. 한보부도, 이모부파산, 신애엄마의 고모집 기거, 많은 중소기업의 부도, 대치동의 분위기 등과 아무런 관계가 없는 별천지 같았다. 오가는 사람들의 표정이나 일 하는 사람들의 손놀림 혹은 동네 노인정의 오가는 이야기 주고받는 인사 등 어디에도 사태의 심각성은 고사하고 티끌만큼도 변화의 느낌이 없어 보였다. 실제로 사람들은 심상치 않은 나라경제의 사정에 관심도 염려도 신경 쓰는 눈치도 없어 보였다. 몰라서 그런지 알아도 관계가 없어서인지 알수 없으나 조용하고 태평해서 좋았다.

집에 들어서서 분위기를 살펴보아도 예와 다른 면은 찾아볼 수 없었다. 가족들이 전과 다름없이 반기는 모습은 변함없는 시골의 인심 그 자체였다. 가족에 대한 인간애의 진심뿐이었다. 신애엄마의 처지를 손톱만큼도 눈치 채지 못한 분위기가 용구와 신애를 너무나 기쁘게 했다. 시골 집안분위기가 용구와 신애의 마음을 확 풀어주기에 충분했다. '잘 왔다'라는 생각을 하면서 두 사람은 전에 없이 머리를 땅에 닿도록 꾸부리며 큰 소리로 인사했다. 두 사람의 기분을 알리 없는 식구들은 눈치 채지 못하고 예와 다름없이 반갑게 맞았다.

"아버지 어머니 안녕하셨어요. 형님 형수님 안녕하시지요. 이야~ 너희들도 그동안이나마 잘있었지? 자꾸 어른으로 변해 가네. 이제 함부로 못대하겠다. 정애 너는 더 예뻐졌어, 이 귀염둥이 그냥 쳐다보기 아까운 이 깜찍이!"

용구가 인사말을 미쳐 끝나기가 무섭게 신애가 바로 인사를 했다.

"아버님 어머님 안녕하세요. 형님 아주버님 안녕하셨어요. 조카님들 너무 의젓해 지셨네. 좋아요. 고 고 고다."

자식을 보는 부모마음은 한결 같았다.

"오냐, 어서 오느라, 정무도 잘있제. 어서 들어오느라."

용구아버지의 인사말이 끝나기가 무섭게 용구어머니도 인사를 놓치지 않았다.

"애들아, 어서 오너라. 길은 안 막혔니? 왜 잠을 설쳤나 얼굴이 까칠 한것 같네. 정무엄마야, 오냐 그래, 아픈 거 아니지. 잠 잘자니? 집에 있을수록 건강해야 한다. 들어가자."

형 용준과 그의 아내 용구 형수도 항상 반갑게 맞는다.

"어서 들어가자. 잘왔다. 올 때가 되었다 싶었는데 반갑다."

용구 형의 지극한 우애는 한결 같았다.

"동서, 무슨일 없지? 뭐 고민거리라도 있니? 정무가 마음 쓰이게 하는 것은 아니지? 동서가 어제 잠을 좀 설쳤나보다. 몸은 괜찮지? 건강 조심해라. 주부의 건강이 온 식구의 기분을 좌지우지한다. 집안 분위기는 주부한테 달렸어. 혼자 있으나 둘이 있으나 주부는 주부다."

가족의 인사에 의미가 따로 있는 것은 아니고 그저 의례로 하는 소리일 수도 있고 보이는 데로 친근하게 하는 말일 뿐이었다. 시골 가족은 아무 생각 없이 그냥 보이는 데로 단순한 인사로 하는 말인데, 신애에 대해 별 의미 없는 의례의 인사라도 듣는 신애와 용구는 가슴이 뜨끔했다. '어제 신애가 울고불고 한 것을 어떻게 아시기라도' 생각하다가 일단 모르는 척 해놓고 아무 말 없으시면 철저히 비밀에 붙이기로 하고 시치미를 떼기로 했다.

용구 아버지는 지나가는 말로 가볍게 물어 보셨다.

"사람들 이야기가, 서울의 회사들이 부도라고 하던가 뭐 그런 거 난다는데 나는 뭔지 잘 모르지만 많이들 어렵다는데 정말 그러니? 그 조무래기 회사들이야 하기는 항상 그러지, 성한 날이 어디 있나. 그렇지만 큰 회사가 어려우면 그거는 큰일 아이가. 그 큰회사 하나 삐딱하면 많은 조무래기 회사들이 큰일 난다고 하던데. 어떠니 대부분 괜찮지? 우리 시골에서는 그런 거 아무 상관없다. 그래서 여기가 살기 좋다는 거다. 지 만 잘하면 뭐 아무일 없다."

용구 아버지의 말씀이 신애의 가슴을 짓눌렀다. 시아버님은 이렇게 태평하시고 집안이 평온한데 우리 어머니는 어쩌다 상상도 못 할 일을 저질러 아니 저지른 게 아니라 저질러지게 되어 쪽박신세가 되어 있단 말인가 생각하니 억장이 무너지는 느낌이었다. 어제 토요일 양지의 고모집에서 엄마를 만나고 왔을 때 기분과 너무나 대조적이었다. '사람 사는데 어쩌면 이렇게도 대조적이고 다를 수 있단 말인가' 생각하니 눈물이 나오려 하여 그대로 앉아 있을 수가 없었다.

"저 화장실 좀"

뭔가 이상하다고 낌새를 알아차린 동서 정애엄마가 앞장서서 방을 나왔다.

"동서, 얼른 다녀와. 그리고 나하고 이야기 좀 해"

화장실에서 신애는 물로 눈을 씻고 머리를 가다듬은 다음 얼굴을 손으로 쓰다듬으며 크게 숨을 쉬었다. 그리고 눈을 몇 번 깜았다 떴다 하면서 얼굴표정을 가다듬은 다음 숨을 고르고 동서의 방으로 갔다.

"형님, 무슨 말씀 있으세요?"

기다리고 있던 정애엄마는 빙그레 웃으며 신애의 손을 잡았다.

"동서, 이것은 그냥 내가 그냥 물어 보기만 하는 건데, 혹시 집안에 그러니까 동서 친척 중에 이번 한보사건에 연루되거나 영향을 받는 이가 있니? 없겠지! 아까 아버님께서 말씀하실 때 동서 표정이 좀 다르게 보여서, 혹시 하고서 그냥 물어 보는 거다. 아무일 없지? 없어야지."

속으로 가슴이 뜨끔해진 신애는 참느라 안간 힘을 쓰며 담담하게 말했다.

"형님, 그런 거 없어요. 염려해 주셔서 고마워요. 괜찮아요."

"그럼, 다행이다. 아무일 없어야지. 하도 세상이 어수선해서. 요전에 그 박노인네도, 아들 때문에 야단이더니, 결국 파산하고 아들이 어디로 잠적하고 소식도 없다나봐. 주위 사람 이사람 저사람 다 손해 보이고 결국 자기도 파산하고, 저 지경이 되고 말았어. 참 세상이 어떻게 되려고. 아무튼 아무일 없어야지. 마음 편한게 제일이다. 동서!"

신애는 애써 태연한 척하고 정애 방으로 갔다. 정애는 혼자서 흥얼거리며 무엇엔가 열중하고 있다가 신애를 보고 뛰며 말했다.

"숙모, 숙모는 아무리 봐도 그대로야. 예쁘고 편안하고 복스럽고 행복해 보여. 숙모는 좋겠다. 남편 돈 잘벌지, 누가 속 썩이는 사람 없지, 주위에 다들 다 잘 되어있지. 정무 공부 잘하지. 세상에 거침이 없는 우리 숙모, 부러워. 나도 다음에 숙모처럼 편안한 가정에서 이렇게 잘 지내야지! 숙모 여기 앉아. 뭐 갔다 드릴까? 아이스크림? 말씀만 하시라 구요~오."

정애의 천진난만한 재잘거림에 신애는 더욱더 속이 아렸다. 그래도 정애의 말에 동의하고 새침을 떨 수밖에 다른 도리가 없었다. 아니 그렇게 하고 싶었다. 그러면서 속으로 '옛날에 나도 정애 같은 시절이 있었던 가' 생각하며 무어라 맞장구 칠가 고민했다.

"정애야, 너 그런데 언제 졸업하니? 졸업하면 바로 교사가 되니?"

"곧 졸업해. 졸업하면 뭐 몇 달, 아니면 일 년 이내에 발령 받거나 어디서 오라고 할 걸, 아참 공립학교 가려면 임용고사가 있다. 교수님들이 나는 임용고사 별 문제가 안된데. 서울 같은 대도시 지역이 아니니까 경쟁이 심하지 않데. 사립학교도 좋고. 어디든 갈 데 있을 걸. 숙모, 나 학교 가는 것 걱정 안 해. 이런 점에서 시골에 있는 것이 더좋아. 학교 가면 애들도 더 순진하고 학부모도 더 부드럽고. 서울 같은 데는 선생들이 학부모한테 무척 시달린데. 여기 시골은 그런 거 별로 없어. 다 괜찮데. 우리 숙모님도 우리 같은 시골에서 선생님 하시면 잘 하실텐데. 숙모, 나중에 내가 선생으로 자리 잡고 결혼해서 잘살면 이곳에 와, 응. 내가 숙모님 잘 모실게."

정애의 말에 고마움을 감출 수 없는 신애는 무슨 말을 해야 하나

고민하며 한마디 했다.

"정애야, 네 말 들으니 편안한 세상이 따로 없다. 참 좋겠다. 우리도 언젠가는 이런데서 살기 바란다. 이런 데는 지 무덤 지가 파는 일도 없을 것 같고, 참 좋겠다."

"숙모, 무슨 말씀? 무슨 무덤? 장사지낼 때 무덤?"

"정애야, 아니야, 그 무덤 아니고, 왜 사람들이 그러잖아, '결혼은 연애의 무덤'이라고. 사람이 살다 보면 무덤 같은 경우를 생각할 때가 있잖아. 가다가 낭떠러지가 있을 때, 있잖아, 그럴 때 사람들은 무덤에 들어간다고 하기도 하잖아, 그냥 비유해서 하는 말들이라는 거지. 아~니~야 무덤 같은 거 그런 거 없어. 내가 공연한 소리하고 있네. 정애야 졸업하고 시간 내어 미국 한번 갔다 와라. 정무가 안내도 해 줄거고, 졸업 기념으로. 내가 정무한테 잘 이야기 해 놓을게."

"숙모, 좋아요, 계획 잘 세워서 실행에 옮기게 될 때 숙모한테 단단히 부탁할게. 아참, 정무는 어떻게 하고 있데? 잘하고 있겠지. 걸프렌드 있데? 우리후배 중에 진짜 좋은 후배 있는데. 예쁘고 순박하고 상양하고 예의 바르고 집안 좋고 공부 잘하고 진짜 나무랄데 없는 후배인데. 아까워, 진짜 아까워. 내가 정무한테 한번 운을 띄워 봐야지. 정말 좋은 아이인데."

정애는 숙모인 신애한테 마치 어린애가 엄마한테 마음 놓고 예대없이 내키는 대로 말하듯 막 이야기 하고 있었다. 응석을 마음껏 부릴 정도로 숙모가 만만하고 친했다. 어떤면에서는 친엄마 보다 더 부담없고 친했다. 웬만해서 야단맞지 않을테니까. 신애는 정애의 천진난만한 행동과 말투가 마치 친딸 같아서 기분이 좋았다. 아니 너무 고마웠다. 정애의 얼굴을 두 손으로 싸잡고 마구 흔들며 자기 얼굴에 한껏 비비고 싶었다.

"그래, 알았다. 나도 잘 생각해 보겠다."

정애 방에서 나오지 않고 있는 신애에 대해 궁금한 용구가 정애 방으로 들어 왔다.

"여보, 정애 데리고 무슨 이야기를 그리 많이 하고 있어. 당신 정애를 우리집 딸쯤으로 생각해서 계속 붙들고 있는 것 아니야? 정애야! 숙모하고 나 흉 봤지?"

"흉 봤지요. 삼촌에게는 흉이 많으니까요. 그래서 안보고 넘길 수가 없어서."

"아니! 정애야, 내가 흉이 많다고? 무슨 흉?"

"삼촌, 삼촌이 흉이 많은 사람들 속에 묻히어 있다는 것 아세요? 그 속에 있으시면 잘 모르시고 지나치시지만 밖에서 보면 흉 덩어리 속에 계시거든요. 대기업일수록 재벌일수록 빚 속에 쌓여 있잖아요. 제가 볼 때는 피투성이 속에서요. 우리집에는 빚이 없으니 할아버지도 아버지도 마음 편하시고 누구한테 부담 안 주시고 사시고 계셔요. 자연스럽게 욕심 없이 편하게 사시고 계셔요. 그런데 자연을 넘어 제도권에서 사시는 분, 특히 그 속에서 일하시는 분들, 제도를 이용하여 큰돈을 벌려고 안간 힘을 다 쓰시고 계셔요. 욕심이 지나쳐서 무사할지 모르겠어요. 삼촌에게 흉이 있다는게 아니구요 다른게 아니라 삼촌이 흉 투성이 속에 계신다는 말씀입니다. 남의 돈 갖고 장사하는 것, 그러니까 은행 돈과 남의 돈 즉 빚 얻어 사업하려는 사람들 다 흉으로 보이고 있다는 말씀입니다. 저는 학교선생이 되어 흉 없는 사람을 길러내겠어요. 그렇다고 제가 삼촌 험담하는 것 아닙니다. 오해 마세요."

"정애야!"

"예! 삼촌!"

"네 말이 백번 옳다. 나도 그렇게 생각한다. 자연현상을 넘어 금융, 시장, 무역, 투자, 종합상사, 재벌 등 제도를 이용하여 닥치는 대로 마구 벌려 놓는 업체들이 흉으로 가득 차 있다는 것을 나도 잘 안다. 언젠가 나도 흉투성이가 되어 허우적거리게 될지 몰라. 한보사건을 보며 네가 말한것처럼 내가 흉투성이 속에 들어와 있다고 생각 안한것 아니다. 그러나 어쩌니, 이미 그 속에 발을 들여 놓아 뺄 수 없게 되고 말았어. 이런 경우를 두고 진퇴양난 즉 딜렘마에 빠졌다고 하는 것이다. 그래도 정애야! 이 삼촌 좀 봐줘라. 응."

"제가 삼촌을 봐 드리는게 아니구요, 삼촌이 스스로 조심하셔서 아무일 없기를 바라는 마음에서 드리는 말씀이에요. 아참 삼촌은 공부도 잘 하셨고 잘 나가시니까 무사하시겠지요. 제가 시골에서 자라 교육대학 나와 선생 되겠다는 것 너무 다행이고 좋아요, 삼촌."

"우리 정애가 이런 생각을 하고 있는지 몰랐네. 대단하다. 네 말이 백번 옳다. 너의 말을 진심으로 새겨듣겠다. 고맙다, 정애야."

옆에서 듣고 있던 신애가 말을 돌려 분위기를 바꿨다.

"여보, 정애가 자기 후배, 좋은 후배가 있데, 아주 좋데."

"그래서?"

"삼촌, 내 후배 진짜 좋아, 며느리 감으로 진짜 좋아. 진짜~아."

"그래! 구미가 당기는데. 정애가 좋다면 틀림없겠지. 잘 붙들어놓아, 우리 언제 기회 만들어 정무 여석 갔다 붙여 보게. 그런데 미국에만 있어서 순 한국아이 좋아하려나? 어쨌든 봐야지. 오케이 잘부탁한다, 정애야."

용구와 신애는 시골집을 나서며 야릇한 감정을 감출 수 없었다. 한보부도 사건으로 온 나라가 요동치고 있는데 시골은 어쩌면 그렇게도 아무일 없이 조용하고 태평일 수 있는지 세상사 거짓말 같았다.

'시골집 식구들이 어쩌면 그렇게도 무사태평일가' 싶기도 했다. 자연이 주는 결과를 갖고 그대로 살고 있는 시골, 이것이 원래의 인간의 삶이 아닌가 싶기도 했다. '시골에서 중학교 졸업하고 고등학교와 대학교를 서울에서 나와 재벌회사에 취직하여 우쭐대는 내가 과연 인간다운 삶을 살고 있는 것인가' 싶기도 했다. 서울은 욕심으로 가득하고 시골은 편안으로 가득하다는 느낌이었다. 서울은 인위적인 허울로 가득하고 시골은 자연 속에서 있는 그대로에 만족하며 편안한 게 너무 대조적이라는 생각도 들었다. 서울의 많은 사람들이 자기 무덤 자기가 파고들어가 허우적거린다고 한다면 시골 사람들은 그런 무덤을 구경하며 안타까워하는 것 같았다. 어느 세상이 좋은 세상인지 생각할수록 묘한 감정이 머리 속을 후벼 파고 있었다. 이런 생각을 하며 정구를 유학 보내, 반 미국아이 만들고 첨단을 달리고 있는 미국사회에서 그야말로 제도 속의 제도에 노예가 되도록 하는 것이 잘한 것인지 생각을 하게 하는 순간이었다.

27

용구와 신애는 저녁 늦게 서울로 돌아왔다. 시골의 한적한 마을을 떠나 한참을 달려 서울 근처에 오니 서울 냄새가 푹푹 났다. 주말에 나갔다가 들어오는 차들로 길은 막혀 차들이 서행하고 있고 아파트의 불빛은 휘황찬란하기만 하였다. 전기 불빛이 밝은 만큼 경제사정인 경기가 밝은 것은 아닐텐데 겉과 속이 이토록 다를 수 있나 느끼며 동네에 들어왔다. 대치동 아파트 문을 열고 들어서니 캄캄한 방에 사람냄새라고는 어느 구석에도 없고 가구만이 주인을 기다리고 있었다. 잘 정돈된 아파트 안이란 편리하고 깨끗하기만 할 뿐 사람들이 북적대며 말소리가 끝이지 않고 인정이 넘치는 곳이 아니라는 것을 강하게 느끼게 했다. 신애는 아파트에 들어서자마자 소파에 주저앉으며 눈시울을 붉혔다. 정애방에서 정애와 나눈 이야기가 생각나자 눈물부터 나오려고 했다.

"여보, 우리는 왜 이리 쓸쓸하고 적막해요. 아무일 없는 아니 거침없는 큰집 분위기 하고 너무 달라요. 나는 우리 어머니 한분 밑에서 아무 생각 없이 독녀로 살다가 시집은 와도 엄마의 그늘에서 벗어나지 않고 그러려니 하고 지냈는데 이제 엄마가 저렇게 되니 마음 둘

데가 없네요. 우리 다 집어치우고 큰집 옆에 가서 살면 안되나요. 나는 큰집 식구가 부럽고 같이 살고 싶어. 정애가 '작은 엄마' 하고 부를 때 나도 모르게 가슴이 뭉클했어요. 하루에도 몇 번이나 보고 또 봐도 계속 보고 싶을 것 같아. 아이 몰라, 사람 사는게 무엇인지 모르겠어요. 당신은 어때?"

용구는 장모님에게 180도 변화가 생기고 나서 신애의 심정이 180도는 아니더라도 크게 변할거라는 것을 짐작하고 있었다. 평소에도 시골의 순박하고 욕심없는 천진한 난만한 식구들을 부러워했는데 자기 엄마가 그렇게 되고 나니 진짜 심경에 변화가 생겼나보다 싶었다. 그렇다고 다 그만두고 시골로 갈 수 있는 것은 아니었다. 정년퇴직이라도 하고 돈보따리를 들고 금의환향이라도 하면 몰라도 지금 어정쩡하게 느닷없이 시골로 간다는 것은 상상도 못할 일이었다. 우선 당장은 신애를 달래어 안정시키고 시간을 두고 차차 옛날로 돌아가게 하는 것이 필요했다.

"여보, 우리 으~, 그렇게 아니라 우리 스스로 재미있는 날을 같이 보낼 수 있는 프로그램 좀 찾아보자. 당신한테는 기분전환이 필요해. 어쨌든 지금 자고 내일 다시 이야기하자. 안 좋은 것은 잊고 좋은 것은 아끼고 우리 스스로 평정을 찾자. 우선 자고 내일 또 이야기 하자. 응?"

신애는 용구의 목덜미를 잡으며 속삭였다.

"여보, 미안해. 나한테는 당신 밖에 없어. 당신의 위로하는 마음 알아. 그렇게 할게. 당신한테 부담 안주도록 노력할게. 그런데 우리 엄마 너무 불상해."

"장모님도 시골에 적응하시고 마음을 편하게 잡수시면 시골 우리집 식구들 같이 편하실 거야. 너무 신경 쓰지마. 잡시다. 늦었어."

다음 날 용구는 퇴근하면서 신애와 같이 외식을 하고 극장에 갔다. 영화에 몰입되어 기분전환을 하고 있는 신애를 보며 용구는 조금 안심하였다. 극장에도 불경기 바람이 불어서인지 사람이 많지 않았다. 극장을 나와 상가들을 거치며 분위기를 보았는데 장사가 잘되는 것 같지 않았다. 한보 충격이 일반 상가에도 영향을 안 미칠 수 없구나 생각하니 착잡한 심경을 어찌할 수가 없었다. 한보 때문에 자기 무덤 자기가 판 사람이 한두 사람이 아닐 것이고 그 여파가 줄줄이 미치게 될 거라 생각하니 기분이 좋지 않았다.

다음 날 용구는 영필에게 전화를 했다.

"권 영필 사장 계십니까?"

"예, 부장님, 계십니다. 말씀드리겠습니다."

회사 일에 골몰하고 있던 영필은 용구의 전화에 한숨 돌리는 기분으로 반갑게 받았다.

"응, 용구야, 잘 있었니?"

"저녁에 시간 좀 낼수 있니? 만날까? 퇴근하고 어때?"

"좋지, 나도 골치 아픈일이 많아 너와 한잔하며 돌아가는 이야기 좀 하고 싶다."

"오케이, 그럼 할매 집에서 여섯시에 만나자."

"얍, 나 시간 맞춰서 갈께. 그때 봐."

영필이 할매집에 들어서니 용구가 먼저 와 있었다. 영필은 우정 큰 소리로 용구를 찾았다.

"할매~ 용구 어디 있어요?"

"어디긴 어디? 안방에 있지! 얼른 들어가 봐, 조금 전에 와서 기다리고 있다. 그런데 권사장, 자네 얼굴이 왜 그래? 좀 수척해진 것 같아. 요즘 사람들이 어렵다고들 하던데 자네 회사는 별일 없겠지! 자네야 원체 착실하니까, 잘 되겠지! 그래도 방심은 금물이야."

"고마~압~습니다. 우리 할매. 저 잘 있어요. 괜찮아요."

"암~, 그래야지, 어서 들어가 봐."

영필이 문을 열었을 때 용구는 무언가 착잡한 심경에 잠겨 있는 듯했다.

"용구야! 일찍 왔네!"

"응, 어서와, 오다보니 일찍 도착했어."

여느 때와 같이 영필은 미리 양해를 구한다기 보다 편하게 하려고 먼저 말을 했다.

"오늘은 무엇으로 할까? 막걸리와 할매가 알아서 차려주시는 안주로 하면 어때?"

"좋아! 오늘은 내가 쏘면 어때?"

"왜, 이래! 우리 사이에 누가 쏘고 자시고가 어디 있어. 오늘 쏠 것 가지고 신애씨 더러 어머니 모시고 맛있는 것 사드리도록 해. 무남독녀 딸 시집보내시고 얼마나 쓸쓸하시겠니. 너 사위 노릇 잘해라. 잘해도 모자라기 마련이야. 살아 계실때 하루라도 잘 해드려야지."

영필의 말이 이어지는 동안 용구는 가슴이 뜨끔했다. '이 친구가 장모님이 어떻게 되셨는지 알리가 없을 텐데 어떻게 이런 이야기를 하지. 신애가 영필이 처와 무슨 이야기를 했나. 신애는 그런것을 누구한테 이야기 할 사람이 아닌데. 이상하네.' 여러가지로 생각하며 영필의 눈치를 살폈다. 눈치를 보니 무엇인가 알고 하는 이야기가 아니라 그저 지나가는 무심코 하는 말이라는 것을 알아차렸다.

"네가 우리 장모 신경 써줘서 고맙다."

"고맙긴 항상 하는 말인데. 오늘 네가 쏜다고 하니까 하는 말이다. 할매가 내 돈 아니면 안 받으셔. 너도 알잖아. 자 우리 술이나 한 잔

하자."

두 사람은 빈속에 막걸리 한 잔 씩 들이키니 얼큰해지기 시작했다. 얼큰해지니 말이 술술 저절로 나왔다. 얼큰한 기분을 빌려 용구가 먼저 말을 꺼냈다.

"너 신애 어머니 장모님 모시고, 뭐 잘 해드리라고 했지. 그런데 말이야, 사실은 장모님이 완전히 아예 깡그리 빈털터리 되셨어."

영필이가 무심코 던진 말을 용구가 받아 하는 말이 너무나 충격적이어서 영필은 말을 못하고 눈만 똥그랗게 뜨고 쳐다보기만 하고 있다가 말을 더듬으며 한마디 했다.

"아니, 아니, 뭐야~아. 무슨 소리야. 너 다시 말해봐."

"장모님, 지금 서울에 안계셔. 가지신 것 다 차입당하시고 시골에 피신해 계셔. 신애의 고모 집에 가 계셔. 신애는 지금 초죽음이 되어 있고. 집안이 말이 아니야."

"아니, 뭐가 어떻게?"

"신애 이모부님이 한보에 납품하시는데 보증서셨다가 다 날리셨어. 더이상은 나도 몰라. 아이, 술이나 마시자. 영필아 지금 세상 돌아가는 것 이야기 좀 해봐, 나라경제가 어떻게 되어 가는 거니?"

영필도 친구의 처가 집안 사정에 더이상 알려고 하지 않았다. 주위에 그런 사람이 한 둘이 아니라는 것을 잘 아는 영필은 짐작하고도 남았다. 화제를 바꾸는 것이 좋겠다고 느끼며 자기 사정을 이야기하기 시작했다.

"살 어름을 걷는 기분이야. 우리 회사가 한보에 직접관계 있는 것은 아닌데 경제란 직간접으로 다 연결되는 것 아니니. 우리가 거래하는 기업중에 곤욕을 치르는 회사가 있거든. 그래서 우리는 미리 알고 조심하여 거래를 자제했지. 제일 중요한게 외상거래를 안하는 거야.

괜히 욕심 부렸다가 몽땅 다 잃을 수가 있거든. 그래서 미리 대비하고 있어. 사업을 줄일 수밖에 없지. 그러려니 시달리기도 하고 오해도 받고 감원도 해야 하고 자금도 이리 짜고 저리 짜서 이리 맞추고 저리 맞추고 이렇게 갖다 붙이고 저렇게 갖다 붙이고, 말이 아니야. 에이 골치 아파. 요즘 같아서는 못해 먹겠어. 그래도 어쩌니, 아버지로부터 물려받은 사업이니 최선을 다해서 버티어 나가야지. 이제 시작인 것 같아서 더 힘들다. 용구야. 너는 좋겠다. 재벌회사니 부도 날리 없고 원채 크니 잘 버티어 나갈거 아니니."

영필의 말을 듣고 있으니 한 편으로는 위로가 되기도 하고 또 한편으로는 이러쿵저러쿵 해도 자기 사업이니 고생한거 다 보람이 있고 결과는 다 자기것이 될 것이라는 생각에 즐거운 비명으로 들리기도 했다. 친구지만 위기에 대처하는 영필의 능력에 감탄도 했다.

"한보 보니까 재벌도 삐끗하면 다 소용 없는 모양이더라. 우리 회사도 잘 나가기는 하는데 빚이 너무 많아. 회장이 원체 유능하니까 알아서 하겠지만 그래도 한번 삐끗하면, 어느 한구석이라도 잘못되면 끝이 날수 있지 않겠니? 지금은 멀쩡한데, 두고 봐야지. 그래서 나라 경제가 어떻게 돌아가는지 항상 안테나를 곤두세우고 있지."

이런 와중에 중소기업하는 영필과 재벌회사에 부장으로 있는 용구 중 누가 어떤지는 누구도 장담할 수 없었다. 신이나 알가, 경제학자도 장관도 가름하기 힘든 세태였다. 그런데 진짜 속이 타는 사람은 영필이었다. 잘못되면 모든 것을 잃고 빈손이 될 수 있었다. 이에 비해 용구는 뭐가 잘못 되어도 그 자리에서 정지 상태가 되므로 빈손으로 돌아가지는 않는 형국이었다. 이런점에서 용구가 조금은 여유가 있었다. 용구가 기업하는 사람들에게 일러주고 싶은 경고성 의견을 간접으로 텔레비전 토론을 빌려 한마디 했다.

"영필아! 그런데, 텔레비전에 나와서 토론하는 것을 보니 K대학 경제학과 K교수가 계속 '우리나라 경제가 위기로 가고 있다'고 주장하면서 구조조정을 하지 않으면 결국 거들난다고 경고하는 거야. '기업은 빚을 미리 해결하고 정부는 외채를 줄여서 국가신용에 문제가 발생하지 않도록 특단의 조치를 취해야 한다고 경고하는'거야. '정관민 모두 위기의식을 갖고 미리 대비하라'고 강하게 주장하고 있는데, 귀담아 듣는 사람이 별로 없는 것 같다고 하면서 이러다가 진짜 위기가 오면 나라가 완전히 거들난다고 몰아 부치고 있었어. 사람들은 설마하며 누구도 진짜 구조조정에 나서려 하지 않는 분위기라면서 이러면 위기가 온다고 아주 쓴 소리 하는 거야. 그런데 그 교수의 말이 일리가 있는 것 같은데, 정치계도 정부도 기업도 금융계도 다 한결같이 그 교수의 주장을 탁상공론이라고 무시하는 것 같아."

용구의 의미심장한 말에 영필은 업계의 분위기를 대변하듯 한마디 했다.

"그런데 사람은 누구나 입장에 따라 자기 처지를 먼저 생각하게 되는 것 같아. 사실 앞을 내다보고 미리 대비하면 당연히 유비무환으로 필요한 조치라 하겠지만 막상 기업하는 사람입장에서는 그렇게 하다가 다른 기업에게 밀려 자기만 물러서고 기회를 놓지 지나 않나 불안해 하는거야. 기업하는 사람은 대동소이해. 그래서 미리 대비하라는 말이 귀에 안 들어오는 거야. 그래서 정부도 뾰족한 수가 없어 하는 것 같아."

신나는 이야기가 아니라서 두 사람은 말을 이어가면서 계속 술을 마셨다. 막걸리 병을 비우고 또 비우며 안주그릇을 쌓아가며 저녁이 깊어지는 줄도 모르고 말에 말을 이어 나갔다. 재벌회사에서 나라 경제를 체계적으로 살펴본 용구는 K교수의 토론을 되씹으며 영필에게 하고 싶은 말을 계속 털어 놓았다.

"그 교수님 말씀이 최근 우리나라가 위기에 다가서고 있지 물러나지 않는다는 거야. 작년의 경제지표를 보면 확실히 안좋은 결과라는 거야. 경기순환상 불경기가 눈에 보이고 우리나라 제품의 가격경쟁력 즉 우리나라 수출의 주 종목인 반도체 철강 석유화학 등의 가격이 계속 떨어지고 있다는 거야. 거기다 오이시디 가입과 동시에 개방압력을 받아 수입이 늘면서 경상수지 즉 대외적으로 적자가 계속 쌓이는데다 갑자기 종합금융과 같은 제2금융권의 무차별 외자 도입으로 외국으로부터 빚을 엄청 많이 들여 온 거래. 거기다 내부적으로는 6.29 민주화 이후 노동조합이 강해질데로 강해져 기업이야 어떻게 되건 무조건 임금을 올려야 했기 때문에 기업의 빚은 쌓여만 간거래. 빚더미에 앉아 있는 기업이 실바람만 불어도 넘어지게 되어 있다는 거야. 문제는 이런 위기상황을 외국금융사와 투자가들이 샅샅이 분석하여 호시탐탐노리고 있다는 거야. 그러니 진짜 위기가 오고 있다는 분석이야."

영필의 얼굴은 펴지기 보다 더 일그러지듯 했다.

"그럼 큰일 아니야."

"큰일 정도가 아니야. 나라가 거들 날 수 있다는 거야."

"그런데 사람들은 어떻게 가만히 있지! 어떻게 해야 하는 거 아니야?"

"그러게 말이야."

용구는 한 술 더 떴다.

"지금 유비통신에 의하면 상당수의 대기업이 거들날 수 있데. 대표적인 것만 몇 개 보아도 깜작 놀랄 수 있어. 삼미는 이미 부도났고 부도로 가고 있는 것 몇 개를 보면 진로, 삼립식품, 대농, 한신공영 등이 있고 기아마저도 부도 막기에 안간힘을 쏟고 있대. 막겠다고 해도 시간 문제일수 있는 거지. 그뿐만 아니야. 한보부도 때문에 금융권이 흔들거려. 거기에 크게 물린 제일은행 등 문제가 심각할 수 있지. 그래서 앞을 내다 볼 수가 없어."

영필은 인상을 찌푸리면서 한마디 했다.

"아니 그럼 그 교수님 말씀이 맞네. 그런데 왜 사람들은 그 교수님 말씀을 안 듣니?"

"안 듣는게 아니라 안 들으려 하는 거지."

"아니, 말이 안되지. 듣기 싫다고 안 들을게 아니라 들어야 하는 것은 들어야지. 무슨 소리야."

"우리는 그렇게 생각하지, 그러나 자기 일에 닥치면 안 믿으려 한데. 그게 인간인가봐."

"아! 진짜, 큰일이네. 이거 어떻게 하지?"

"그러게 말이야. 그래서 알면서도 자기 무덤 자기가 계속 파고 있는 거야. 앞으로 자기 무덤 자기가 팔 사람이나 기업이 얼마나 될지, 큰일이야 큰 일. 앞으로의 사태가 어떻게 될지 불안 해."

"에이 몰라, 이 놈의 세상 어떻게 되려고 이러나! 우리 술이나 마시자."

영필과 헤어지고 집에 늦게 들어온 용구는 신애에게 미안해서 아파트 문을 살그머니 열었다. 자지 않고 기다리고 있던 신애는 용구의 술 냄새에 아랑곳 하지 않고 친절하게 용구 곁에 다가섰다.

"당신, 술 마셨어? 술이 참 좋은 거야. 울적할 때 달래줄 수 있으니. 나도 술 좀 배워 볼가?"

용구는 신애의 말이 뼈가 있다고 느끼며 그냥 넘기려 하다가 한마디 했다.

"아니야. 술을 악용하면 큰일나. 허전하거나 속상할 때 술로 달래면 술기운으로 자기 무덤 자기가 파는게 되. 그러면 술이 독이 될 수 있어. 여보, 영필이 대단한 친구야. 나 그 친구 존경해."

"왜? 무슨 일 있었어. 그 집은 아무 일 없지?"

"잘 하고 있어. 그 친구 잘헤어 나갈 거야. 요즘 같은 위기에 그 친구 무사해야 할 텐데."

"당신이 힘이 되어줘. 우리한테 은인이고 잘 하잖아."

"그럼, 잘 해 줘야지, 그런데 내가 힘이 되어 줄 게 없어."

"오늘 잘 지냈어? 장모님 소식 들은 것 있어?"

"무소식이 희소식이라는 옛말을 철석 같이 믿기로 했어. 당신도 그렇게 믿어."

"오~케이~, 잘 생각했어. 우리 잡시다."

28

시중에는 6월 위기, 7월 위기, 8월 위기, ㅇㅇ기업 위기, ㅇㅇ기업 자금 압박, ㅇㅇ재벌 어려움 등 뜬소문, 헛소문, 소위 유비통신 등이 난무하고 있었다. 그러나 한보부도의 충격이 많은 기업과 노조에 경고를 준 탓인지 경제가 생각보다 나쁘지 않았다. 위기가 약간의 소강상태에 접어든 것 같았다. 많은 기업과 사람들이 한 숨 돌리는 듯 했다. 미 달러 대 원화 환율상승도 주춤하여 정무유학비 보내는데 대한 부담이 더는 커지지 않았다. '이제 이대로만 견디어 더이상 위기가 안 왔으면 좋겠다'라고 생각하는 사람들이 많았다. 용구는 아침에 출근하자마자 담당상무실로 불려갔다. 영어도 잘하고 외국경험도 많은 김상무는 기분이 좋아졌는지 한용구부장더러 꽤 희망적인 견해를 늘어놓으며 새로운 사업을 구상해 보라는 말을 했다.

"한부장, 한보가 부도나면서 말이야, 사람들이 경각심을 많이 가졌던 것 같아. 조심을 너무 한단 말이야. 사람들이 조심하느라 한 눈 팔 때 우리가 치고 들어가 우리의 사업을 한단계 업그레이드 시키면 어때? 기회는 항상 있는게 아니거든. 김 부장은 어떻게 생각해?"

용구는 의견을 달리했다. 문제의 심각성을 생각하여 '나의 의견을 딱 잘라 말해야지, 이 시점에 우물쭈물하면 나도 위태롭다'는 생각에 평소와는 달리 굳은 표정으로 또박또박 의견을 말했다.

"상무님, 저는 상무님 말씀에 동의하지 않습니다. 지금 부도가 약간 주춤하는 것은 단순한 소강상태이고 근본적인 문제는 아직 해결되지 않았습니다. 기업의 빚은 그대로 있고 노조가 임금을 언제 또 올려달라고 할지 모르며 외국에 대한 우리나라의 빚이 줄지 않았습니다. 특히 기업이 본격적인 구조조정을 하지 않았습니다. 할 의사도 없는 것 같습니다. 엊그제 텔레비전 토론에서 K대학 K교수님의 토론을 유심히 보았습니다. 우리나라 기업과 정부가 확실한 구조조정을 하지 않으면 위기는 가시지 않는다고 하셨습니다. 기업이 빚을 줄이고 비용절감을 확실히 해야 하며 정부도 외채를 줄이며 환율을 안정시키고 국가신용등급을 올려야 한다고 하시면서 위기의식을 갖고 본격적인 구조조정을 해야 한다고 하셨습니다. 상무님 말씀은 그 교수님과 상반된 의견이신데 저는 그 교수님 말씀이 옳다고 생각합니다."

저명한 경제학교수의 주장을 들이대며 단호하게 의견을 말하는 한부장을 김상무는 다시 보게 되었다.

"한부장, 우리가 승진하고 히트를 치려면 모험을 감수해야 하네. 내가 사장을 넘보고 한부장이 내자리를 넘보려면 우리가 그냥 있어가지고 안되네. 기회를 포착하고 모험을 해야 하네. 우리 회장님 봐, 일개 직원으로 있다가 기회를 딱 포착하자 바로 치고 올라와 회사를 내고 승승장구하여 대재벌을 이루었잖아. 무역, 금융, 정부지원, 기업의 인수합병 등에 주저하지 않아 대성공한 것 아닌가. 그렇게 할 때 다들 말렸지. 누가 성공한다고 예측했나. 내말을 새겨듣고 잘 생각해보기 바라네. 우리가 한 말 대외비로 해주기 바란다. 위기에 대처하는 척하면서 말이야."

"상무님, 앞으로의 사태를 예의주시하고 다시 말씀드리겠습니다."

부장실로 돌아온 한용구는 한참동안 생각에 잠겼었다. 김상무의 말도 일리가 있고 자기의 말도 일리가 있었다. 문제는 진정 사태가 어떻게 전개될지 그것이 문제였다. 그런데 아무리 생각해도 그 교수님의 말씀이 맞는 것 같았다. 이 생각 저 생각을 골몰히 하고 있는데 이인영대리가 한부장을 불렀다.

"부장님, 오늘 저녁에 제가 한탕 쏩니다."

"아니, 이대리가 무슨 일이야?"

이대리 옆에 있던 연지연 사원이 큰소리 쳤다.

"부장님, 이대리 아들이 외고에 입학한 축하랍니다."

"응, 그렇게 되었나? 그런데 개학했잖아?"

"외고에 가서 적응하는 것까지 보고 확인한 다음 한탕 낸대요. 이대리가 원래 그런 사람이잖아요. 미루었다가 내니까 이차 노래방까지 갈 겁니다. 부장님 노래 생각해 두세요."

"좋은 일인데 그거에 걸맞는 근사한 것을 생각해 놓을게요."

퇴근하며 부원들 모두가 바로 고기 집으로 향했다. 한 사람도 빠짐없이 다모인 자리에서 한용구는 의례적인 인사를 했다. 이대리 아들의 입학을 축하하는 말, 열심히 일해줘서 고맙다는 말, 세상이 어수선하지만 우리는 흔들리지 않고 열심히 하자는 말로 마치려 할때 장모생각이 나서 슬픈 이야기를 할까봐 정신을 똑바로 차렸다. 그리고 술을 마시고 한창 기분이 들떠 있을 때 말조심해야지 다짐하고 또 했다.

분위기가 무르익고 술기운이 거나할때 사원 한 사람이 한보사건에 친척이 연루되어 집안이 폭삭했다면서 우리 회사는 무사하니 다행이라는 말을 했다. 우리가 한보 보다 한수 위니 S, L, H 등의 그룹이 어떻게 되지 않는 한 우리는 괜찮다는 말로 위로를 했다. 주위에서 한보에 물린 사람이 나 외에 또 있구나 생각하며 한부장은 입을 다물고 소주만 마셨다. 장모 케이스가 또 있구나 생각하니 기분이 착잡했다.

4월의 부도사태 이후 3, 4개월의 소강상태에 있던 경제가 태국사태를 계기로 다시 술렁이기 시작했다. 국제금융시장이 금융위기의 도미노현상을 점치게 되자 한국에 대한 채권 국가들이 한국의 신용등급에 신경을 곤두세웠다. 만약 채권 국가들이 한국에 빚을 갚으라고 하면 한국은 위기에 직면하지 않을 수 없게 되어 있었다. 태국의 외환위기는 다른 동남아국가를 위기로 몰아넣었고 한국의 신용등급은 추락하기 시작했으며 한국은행의 외화보유고는 이미 위기를 감당할 수 없을 정도로 낮아졌다. 이 와 중에 기아자동차회사가 부도위기에 몰렸다. 돌아오는 수표를 막지 못 하였다. 사태는 급속히 악화되었다. 외국의 채권자들이 한국의 신용등급을 낮추었고 한국이 해외에서 빌려온 빚에 대한 대외이자율은 급속히 올라갔다. 이렇게 되자 정부는 갈팡질팡하기 시작했다. 이래도 안 되겠고 저래도 안 되겠고 뾰족한 수가 없었다. '기아를 살리느냐 죽이느냐 참 그야말로 이것이 문제로다' 코미디 같은 상황이 벌어지고 있었다. 한국이 급하게 대처해야 할 한국은행 외화보유고가 이미 바닥이 났다. 보통 3개월 수입액의 외화를 보유하고 있어야 하는데 반개월 수입액도 안 되는 돈이 한국은행에 있었다. 이마저도 언제 바닥을 드러낼지 모르는 상황이었다. 국가부도위기가 눈앞에 다가와 있는 상황이 되어버렸다. 저녁 텔레비전 토론에 나온 그 교수는 수개월 전 자기의 말이 어떠했는지 보라는 듯이 사태를 설명했다. 문제는 위기가 이제 시작이라는 것이었다. 정부도 기업도 국민도 위기의식이 없었으니 위기에 대처하지 못했고 동남아국가들이 위기에 도미노 현상으로 번지는데 어떻게 할 것인지 반문하였다. 홍콩증권시장의 위기상황, 대만, 일본 등이 위기관리로 대외채권에 빡빡하게 구는데 우리는 속수무책이라는 것이었다. 기아만의 문제가 아니라는 것이었다. 얼마나 많은 기업이 부도에 직면할지, 어떤 기업이 부도를 맞을지 심지어 재벌도 안전하지 않다는 말을 거침없이 털어 놓고 있었다. 용구는 한편으로 불안하고 고생을 해야 할 거라고 생각하면서도 한편으로는 김상무에게 한 자기의 말이 틀리지 않았다는 자부심에 뿌듯하기도 했다. 문제는 기아만이 아니었다. 얼마나 많은 기업이 부도를 낼지 모르는 상황이 전개되고 있었다. 기아문제를 놓고 갈팡질팡하고 있는 사이 외환시장은 계속 위기로 치닫고 있었다. 환율은 계속 오르고 있고 우리가 빌린 돈에 대한 이자는 천정부지로 오르고 있으며 이 기업 저 기업 여기지기서 넘어지는 기업이 부지기수로 나타났다. 무디스, 에스엔피 등 국제 신용평가 기관들이 한국의 신용등급을 계속 내리고 있었다. 11월에 들어서자 이제는 시중은행이 위태롭게 되었다. 은행이 위태롭다는 것은 극심한 혼란이 온다는 것을 예고하는 것이었다. 만약 은행이 위기라고 하면 은행에서 돈을 빌려 간 사람은 돈을 안 갚으려 할 것이고 은행에 돈을 맡긴 사람들은 바로 은행에 가서 돈 내놓으라고 윽박지를 텐데 난리가 따로 없게 되었다. 제일은행을 비롯하여 상업은행, 한일은행, 서울은행, 조흥은행 등 굴지의 은행들이 좌불안석으로 되어 가고 있었다. 위기는 소나기가 몰려와 쏟아지듯이 나라 전체를 송두리째 난리로 몰아가고 있었다.

우선 영필이가 걱정이었다. 용구는 오후에 사무실에서 영필에게 전화를 했다.

"여보세요, 한용구인데요, 권사장, 좀 부탁합니다."

"사장님, 지금 자리에 안 계십니다."

"어디 멀리 가셨습니까? 언제 들어오십니까?"

"말씀 안 하시고 나가셨습니다. 사장님 요즘 너무 바쁘십니다. 우리도 뵙기가 쉽지 않습니다."

"무슨 일로 바쁘신지 아십니까? 주로 어디를 가십니까?"

"우리로서는 알 수가 없습니다."

"회사는 여전합니까?"

"예, 별 다른 일 없습니다. 여전합니다."

"알겠습니다. 들어오시는 데로, 연락 부탁드리겠습니다."

"예, 알겠습니다. 들어오시는 데로 말씀드리겠습니다. 안녕히 계세요."

용구는 전화를 끊고 한참 동안 멍하니 벽만 쳐다보고 있었다. 얼마나 힘들면 사무실에도 안붙어 있고 매일 이리저리 뛰어다닐가 생각하니 친구로서 도와주지 못해 미안한 마음 금할길 없었다. 용구가 퇴근하여 집에 도착할 쯤에 영필이 집으로 전화를 했다. 집에 도착하자 신애가 전화가 왔었다고 했다. 용구가 영필의 사무실에 전화를 했다. 영필이 직접 전화를 받았다.

"용구니, 낮에 전화 했었다며?"

"전화했었지. 궁금해서 전화했어. 괜찮니? 무슨일 없지?"

"아직은, 야, 그런데 죽겠다. 바늘방석이다. 이거 언제까지 이래야 하니? 네가 답을 갖고 있을 것 같은데 좀 털어 놓아봐."

"내가 지금 갈까? 바쁘니? 네 사정이 어떠니?"

"나야 항상이래. 그래, 와라, 네 이야기라도 좀 듣자. 그 할매집으로 와 나도 곧 거기로 갈게."

할매집 근처 한길에는 대학근처라 불경기와 관계가 없어 보였다.

학생들은 여전히 오가고 있었고 가게의 불빛은 환하게 켜져 있었다. 할매집으로 향하는 용구의 발길은 천근만근 같았다. '영필을 무슨 말로 달래주고 위로해 주나' 생각하면서 할매집에 들어섰다.

"할매, 용구가 왔어요."

"어서 오게. 영필이도 오는 거지?"

"예, 영필이 요즘 힘들어요. 맛있는 것 좀 해 주세요."

용구가 방에 들어오자마자 바로 뒤따라 영필이 집안에 들어섰다.

"어서 와라, 용구가 이제 막 왔다."

"할매, 오늘 좀 늦게 있어도 되지요?"

"그럼, 괜찮지. 실컷 이야기 하고 얼마든지 있어라. 나는 괜찮다."

용구와 영필은 우선 맥주부터 한잔 들이켰다. 잔을 놓으며 용구가 먼저 말을 꺼냈다.

"너, 오늘 하루종일 사무실 비웠다더라, 괜찮니?"

"괜찮다면 거짓말이고, 죽겠다 죽겠어. 바늘방석이 아니라 공중에 떠있다."

"그런데 위기가 이제 시작이라는데, 어쩌지. 너 마음 단단히 먹어라."

"아이고, 먹고 자시고 할 것도 없다 이제 자포자기다. 그렇게 밖에 말할 수 없다."

"그렇게 어렵니?"

"현상유지를 위해 하루 종일 전쟁이다. 어쩌니, 발로 뛰어 한 푼이라도 건져야지. 그런데 말이야, 위기라니까 사람들이 이상해져. 마구 변해. 안면 몰수야. 진짜 전쟁 난 것 같아."

"그럼, 지금 경제 전쟁이지. 전쟁이 따로 있나? 이게 전쟁이지."

"우리 회사는 그렇고, 너는 재벌회사에 있으니 잘 알것 아니니, 어떻게 돌아가는지 이야기 좀 해봐."

"그래, 내가 아는 대로 이야기 할게. 이거 진짜 위기다. 지금 제일 심각한 문제가 은행이다. 은행이 너무 많이 물렸어. 한국은행이 특별 자금 풀지 않으면 제일은행은 오늘 내일 하게 되었어. 제일만이 아니야. 줄 줄이야. 은행만이 아니야 투자회사, 종합금융, 보험, 제2금융권 모두야. 웬만한 기업 다 부도 직전이야. 재벌도 안전하지 않아. 오죽하면 두산이 그 알토란 같은 기업을 미리 팔았겠니. 버티면 다 잃는다는 계산이었지. 내 이야기는 지금 성한 기업이 없다는 거야. 그러니 너도 최악의 경우를 생각해. 눈 딱감고 일체 외상 주지 말고 무조건 외상값 회수하고 사업을 안되면 접을 각오까지 해. 이럴때는 미련 없이 접을 때면 접어야 해. 그만 두는 것이 돈을 안 잃는 길이야."

"그래? 얼마나 갈 것 같니?"

"그 교수 있잖아, 그 분 말씀이 국제금융 등 종합적으로 볼 때 우리나라가 결국 부도난다는 거야. 미국을 비롯한 선진국이 도와주지 않으면 파산해야 된데. 그런데 하나 희망은 국제통화기금 아이엠에프라는 게 있데. 거기서 돈을 빌리면 최악의 위기 같은 것은 면할 수 있데. 그것도 미국이 좌지우지 하는 국제기구인데 결국 미국이 도와주어야지. 미국을 향해 할로 핼프 미 해야 한데."

"그것 어디 있지, 내가 달려가 도와달라고 할게. 열 번이고 백번이고 도와달라고 하지, 도움 받을 수 있다면. 우리 기업하는 사람들이 얼마나 고초를 겪고 있는지 다른 사람은 몰라. 정말 절이라도 해야 할 처지야. 너는 월급쟁이니까 몰라. 사업이 얼마나 어려운지 해보지 않은 사람은 몰라, 정말 몰라. 정말 죽겠어."

"내가 안다. 그런데 너에 비교는 안 되지만 나도 힘들다. 환율이 올라 정무학비 보내는데 하루가 다르게 부담이 무거워 진다. 아파트 융자 이자도 계속 오르고 있어 매달 내는 이자부담이 장난이 아니다. 이러다가 나도 어떻게 될지 모르겠다. 우선은 사무실에 나가고 있으니까 월급이야 나오지만, 세상이 하도 우수선하니 어디 편한 사람 있겠니. 정부가 간이 부어 마구 벌리다가 뒷감당을 못하여 이 지경으로 만들어 놓게 된 거야. 갑자기 투자를 마구 늘리려니 막대한 돈이 필요하고 그 많은 돈을 갑자기 빌리자니 국내에서는 한계가 있고 외국에서 빌리려고 종합금융사를 분별도 없이 수십 개를 한꺼번에 허가해 준거야. 이 놈의 종합금융사들이 너도나도 마구잡이로 외국 돈을 막 들여 온거야. 그러니 부도 안나고 배겨! 하는 꼬락서니 참! 너무 한심해서 말이 안나와. 이거 뭐 대학도 한꺼번에 배를 허가해 늘려버렸으니 앞으로 대학 나와도 취직하기 힘들 거야. 앞으로 구조조정을 본격적으로 해야 할 텐데 그렇게 되면 청년실업은 불을 보듯 뻔해. 참 암담하다. 영필아 어려운 것 너만이 아니다. 다 한 배를 탄 거다. 어쨌든 끝까지 버티어야 한다. 이번에 살아남으면 햇빛이 들 수도 있을 거야."

"아, 나는 내일도 생각하기 싫고 하루하루 무사하기만을 바란다. 우리 술이나 마시자. 자 내잔 받아라. 그런데 정무가 졸업할 때 되지 않았나? 졸업하면 학비 안 보내도 되잖아."

"아니야, 대학졸업이 아직 일년 반 남았고 졸업 후 어떻게 할지 모르겠는데, 대학원 간다나 어쩐다나. 집안 사정은 생각도 안하고 지 마음대로야."

"그래도 미국에서 살면 이런 위기 같은 것은 안볼거 아니야. 정무는 잘했다."

"두고 봐야지. 그런데 나라가 잘못하여 경제위기가 밀려오는데 나는 내 스스로 잘못한 것도 없는데 이렇게 곤욕을 치러야 하나."

"무슨 이야기야."

"요즘, 미 달러 환율이 장난이 아니다. 하루가 다르게 마구 오르는데, 오르는데서 오는 부담이 나한테 고스란히 쏟아진다. 제작년 이때 달러 당 800원도 안하던 것이 지금 천원을 넘으려 하니 거의 반이 오르게 된 셈이다. 아이 학비가 고스란히 50% 뛰고 있다. 하기야 기업하는 너에 비하면 약과 중 약과지만 그래도 나라 빚 때문에 개인이 느닷없이 뒤집어 써야하니 억울하기도 하고 도둑맞는 기분이야. 이럴줄 알았으면 유학 안보낼걸 그랬어. 나중에 어떻게 될지 모르겠으나 우선 당장은 힘들다. 에이, 유학비 몇 푼 가지고 너한테 무슨 말을 하는지 모르겠다. 아니야, 자 술이나 마시자. 자! 영필아, 힘내라. 헤이 나가자!"

영필과 용구는 밤 한시가 넘어서 할매 집을 나왔다. 늦은 밤인데도 젊은 대학생들은 뭐가 그리 즐겁고 바쁜지 삼삼오오 줄지어 지나가며 재미있게 이야기하고 있었다. 제들한테는 불경기도 위기도 관심 없어 보였다. '하기야 대학생때 공부만 하면 되는 거지 나라의 경제사정에 대해 신경 쓸 필요가 있겠나,' 싶기도 했다. 기업은 사람들을 먹여 살리기도 하면서 돈도 벌지만 돈 못벌고 지금과 같은 위기에 부딪히면 어디 하소연 할데도 없었다. 지옥이나 다름없는 신세로 추락하고 마는 신세가 될 수밖에 없다는 생각을 하면 영필이가 불쌍하기도 하고 아직 버티는 것이 대견하기도 했다. 저 대학생들도 졸업을 하면 주로 기업에 취직을 하려 할텐데 지금의 이 현실을 아는지 모르는지 천진난만하기도 하고 측은하기도 했다. '두고 봐라 너희도 사회에 나오면 우리 같이 골머리 아픈 세상을 원망도 하고 절망도 할테다, 지금이 좋을 때다. 마음껏 즐겨라.'라는 생각을 두 사람이 같이 하고 있었다. 위기에 직면하는 사람이 따로 있는가 싶기도 했다.

영필이 2시가 다 되어서 집에 들어오는데도 아내가 안자고 기다리고 있었다. 경제가 위기로 치닫고 회사들이 부도를 내고 있는 이 험한 시기에 회사일로 골머리를 앓고 있는 남편이 늦게 까지 안들어오니까 무슨 일이라도 생길까봐 마음을 놓지 못하는 터라 늦은 밤까지 안자고 기다리고 있지 않을 수 없었다.

"여보, 늦었어요. 무슨일 없는 거지요? 꿀물 타 드릴까요?"

"아니야, 나 아무일 없어. 그냥 용구와 이야기 좀 나누었어. 이야기가 길어져서 늦었어. 친구하고 이야기라도 해야 속이 좀 풀리거든! 나 바로 잘게. 내일 또 일찍 나가야 하니까. 여보, 미안해. 나좀 봐줘. 요즘 같은 때는 그냥 그저 내버려두는 것이 나를 돕는 것이라오."

용구도 밤 두시 가까이 되어서 집에 들어왔다. 신애도 자지 않고 기다리고 있었다.

"여보, 늦었네요. 아무일 없는 거지요? 회사일로 늦은 것이 아니지요? 당신 회사는 괜찮으니까 나는 걱정 안해요."

"여보, 늦어 미안해. 영필이와 이야기 하다가 늦었어. 우리 회사는 지금 당장은 별일 없는 것 같은데 영필이가 고생이 심해. 아무래도 많은 회사가 부도나고 위기니까 보통 어려운 게 아닌것 같아. 안쓰러워 못보겠어. 이 고비를 잘 넘겨야 할텐데. 걱정이야."

"여보, 저녁 아홉시 뉴스를 봤는데, 경제위기에 대한 뉴스가 대부분이었어요. 전부 안 좋은 뉴스뿐이라 아주 섬뜩해요. 이래가지고 어떻게 하지? 환율이 이렇게 뛰어 가지고 우리 정무 유학 제대로 시키겠어요? 글쎄 저녁 뉴스를 보니까 벌써 몇 번이나 아침부터 은행의 환율변동으로 외환거래가 중단되는 경우가 있었어요. 하루에도 몇 번씩 환율이 천정부지로 요동치니까 당국이 외환거래를 중단시킨 거래요. 이러다가 나중에 달러를 아예 못바꾸는 것 아니요? 돈 못보내면 어떻게, 정무를 불러들여야 하나? 여보 우리 어떻게 해요? 당신은 걱정 안되나요?"

"걱정이 왜 안되겠어. 그런데 재벌이 통째로 넘어 가고 수많은 기업이 부도가 나는데 유학송금 가지고 뭐라 하기가 좀 그래. 영필이 하고 이야기 할때 한마디 하기는 했지만 영필이 회사 일에 비하면 우리의 송금 정도는 입에 담기 좀 그래. 당신도 동네에 나가 유학송금이 부담이 된다는 식의 이야기는 꺼내지 말아요. 진짜 위기에 처해 있는 사람이 들으면 얼마나 서운해 하겠어. 사실 우리도 무사한게 아니지. 장모님이 저렇게 계시는데 우리가 이렇게 있는 것이 정상이 아니지. 어떻게든 모시고 와야 하는데. 당신이 내일이라도 좀 내려 가 봐."

"오지 말라고 펄펄 뛰시는데, 어떻게. 만약 가면 다른 데로 가시겠다고 어름장을 놓으시는데 어떻게. 나도 자나 깨나 엄마 생각이지. 나도 어떻게 해야 할지 모르겠어요. 여보. 내일 출근해야 될텐데 어서 자요."

"당신도 빨리자, 공연히 장모님 생각하면서 잠 못잔다 하지 말고."

막상 잠자리에 누우니 잠이 바로 오지 않았다. 용구는 나라경제 생각에 눈이 더 말똥말똥 해지고 신애는 엄마 생각에 잠을 설치고 뒤적거리기만 했다.

29

기아자동차가 빈껍데기만 남은 것이 아니라 돈을 갖다 붙여도 사갈 사람이 없는 마이너스 회사가 되어 버렸다. 전문경영인 회장 그룹과 노조가 경쟁적으로 빼 먹었으니 껍데기만 남아 빚덩어리가 되어 있었다. 갈팡질팡하는 정부는 은행 사정도 아랑곳 하지 않고 부도유예협약이라는 괴상망측한 해결안을 내놓았으나 결국 사실상 부도가 된 것이었다. 기아사태를 계기로 한국경제는 가속적으로 악화일로를 걸었다. 결국 한국은행의 외화보유고가 40억 달러 이하로 떨어지고 국가신용도는 내려 갈데로 내려가고 은행들이 부도에 직면하게 되자 기업들은 급기야 문을 닫기 시작했다. 수표나 어음이 돌아 와서 어쩔 수 없어 부도를 맞는 것이 아니라 지래 보따리를 싼것이었다. 위기가 오면 빚진 사람은 빚 안갚고 도망가려 하고 빚준 사람과 은행에 돈 맡긴 사람은 빚 받으려 또 내돈 내놓으라고 사생결단하게 되는 것이 인심이 아니던가, 그래서 위기는 위기를 낳고 해결책이 없어지는 속수무책이 되는 악순환이 꼬리를 무는 상황이 되었다. 한국경제가 딱 여기에 부닥쳤다. 11월이 되자 한국은 자력으로 문제를 해결할 수 없다는 결론을 내리고 국제통화기금 아이엠에프에 도움을 청하기로 했다. 아이엠에프 깡드쉬 총재가 다녀갔고 세계금융계가 기대하는 금융지원의 공식화만 남아 있었다. 대통령은 국제통화기금을 국제전화통화요금으로 알고 있다는 유머까지 난무하는 가운데 경제부총리와 경제수석이 바뀌고 덜커덩한 사람이 책임자로 와서 자기 딴에 어떻게 해보겠다고 법석을 떨었지만 결국 부도를 공식화하고 아이엠에프의 도움을 받아들이기로 했다. 1997년 12월 1일 한국정부는 아이엠에프에 도움을 받는데 대해 동의하는 조인을 하게 되었다. 말이 동의지 사실상 매달리는 꼴이 되었다. 아이엠에프가 돈을 빌려주는 것은 한국이 국제경제에서 부도(거래 거부)를 모면하는 것이기도 하지만 자력으로 문제를 해결할 수 없다는 사실상의 부도를 공식화 하는 것이었다. 그런데 여기에 조건이 있었다. 한국이 아이엠에프가 하라는 대로 경제를 개조해야 한다는 조건이었다. 무엇을 어떻게 하라는 것인가? 필요한 모든 개체의 대대적 구조조정, 이자율현실화, 환율현실화, 부실한 것들(기업, 은행, 여타 경제 주체)처리, 대통령당선자 동의, 이를 실현하기 위한 아이엠에프 사무소설치 등이었다. 이제는 기업이건 금융기관이건 정부건 버티어서 될일이 아니었다. 아이엠에프가 하라는 대로 할 수밖에 없게 되었다. 어려움은 여기서 시작이었다. 무엇이 어떻게 될지 전문가나 짐작할 수 있을가, 일반 사람들은 상상도 할 수 없는 상황이 되었다. 신문과 텔레비전에 갖가지 해설과 토론이 줄을 이었지만 마음에 와닿는 딱 잡히는 말은 찾기 힘들었다. 위기가 온다고 주장하던 그 교수의 말이 어느 정도 와닿았다. '나가고 들어오는 정리가 본격화 된다. 그리고 정상화를 위해 이자율이 높아지고 환율이 오르며 살릴것 살리고 죽일 것 죽이는 작업이 본격화 될 것이다'라는 말은 어렴풋이 알아들을 수 있을 것 같았다. 위기의 절정인 12월이 지나고 1998년 1월이 되자 아이엠에프의 요구조건 작업이 본격화되기 시작했다. 이자는 뛰고 환율이 높아지며 구조조정이 본격화되기 시작했다. 수출기업은 때(높은 환율)를 만나 호황을 누리고 있는 가운데 국내기업은 죽을 지경이었다.

용구는 영필이가 어떻게 하고 있는지 궁금하여 전화를 했다.

"저, 용구인데요, 권사장 좀 부탁합니다."

"예, 잠시만 기다려 주세요."

"나 용구야, 궁금해서 전화했다. 어떠니?"

"임원들과 이야기 중인데, 조금후 내가 전화하겠다."

"알았어."

전화를 끊고 용구는 영필의 말투가 그리 심각하지 않다고 느끼며 희망적인 생각을 하려고 했다. 잠시후 영필이가 전화를 했다.

"용구야, 그러지 않아도 세상이 하도 급변하고 있어서 너와 이야기 좀하고 싶었다. 저녁에 시간 좀 낼래? 그 할매 집에서 6시에 만날가?"

"괜찮아. 시간 맞춰서 갈께. 거기서 보자."

얼마전 회사를 키우기 위해 새로운 기회를 만들어 보라고 하던 김상무는 어디 갔는지 사무실에 나타나지 않았다. 아니 상무가 문제가 아니라 회장이 어떤 생각을 하고 있는지 궁금했다. '우리 그룹의 회장님이 아직도 돈만 끌어 오면 아무 문제가 없다는 자전거 이론(빚을 내서라도 계속 굴러가게 해야지 정지하면 넘어지고 만다는 자전거 원리에 비유)을 내세워 빚을 갚으려 하기보다 빚을 쓰려는 생각을 하고 있는가!' 생각하며 용구는 착잡한 심경을 금할 수 없었다. 그러나 본부에서 별 다른 지시나 언질 또는 암시가 없으니 하던 일만 그대로 하고 있어야지 딴생각을 미리 지래할 필요는 없겠다 싶어 마음 편하게 먹기로 했다. 용구는 퇴근하여 할매집으로 향하는 길에 주위를 살폈다. 얼른 보기에는 여느때나 다름없어 보였다. 그러나 높은 이자와 구조조정 그리고 높은 환율에 따라 오를 물가를 생각하면 내일이 다르고 모래가 또 다를 것이리라 생각해 보았다. 겨울 날씨도 경제만큼이나 춥고 으스스 했다. 기분이 영 아니었다. 할매집 주위의 대학생들이나 천진난만해 보이는 것 같을 뿐 일반 사람들은 속으로 겁에 질려 불안한 모습을 감추지 못하는 것 같았다.

할매 집에 도착하니 영필이가 이미 와있었다. 용구와 이야기를 하고 싶어 안달이 난 영필은 조급하여 서둘러 와있었다.

"할매, 저 왔어요. 영필이 왔어요?"

"응, 와있다. 오늘은 영필이가 먼저 왔네. 어서 들어가봐."

용구가 방문을 여니 영필이 무언가 생각하며 인기척도 못알아 차렸다.

"사장님, 안녕하신가?"

"아, 용구냐, 오늘은 내가 먼저 왔지. 오다보니 빨리 왔네. 별일 없지? 앉아."

"나야 아직 별일 있을 것 있니? 네가 걱정이지. 어떠니? 이제 아이엠에프가 사무실까지 차리고 본격적으로 우리 경제를 옥죄려 드는데 앞으로 어떤 기업이 어떻게 될지 참 불안하네. 너의 사정, 말좀해 봐."

말은 이렇게 하면서도 영필의 입에서 무슨 말이 어떻게 나올가 궁금해 하면서 약간은 긴장되었다. 할매가 차려주는 술상을 사이에 놓고 용구와 영필은 자못 심각한 이야기를 이어갔다. 하루하루 회사 일에 파묻혀 세상물정을 모르고 지내는 영필이 용구로부터 말을 들으려 하는 입장이었다.

"지금 당장 눈앞의 상황 보다 앞으로 어떻게 될지 그게 궁금해. 너는 재벌회사에 있으니 거시적으로 볼수 있을 거고 나보다 나라경제에 대해 더 잘알잖아. 아이엠에프가 와서 사무실까지 차려놓고 무엇을 어떻게 하려는 건가?"

"아이엠에프가 대통령당선자 동의까지 받아 놓았으니 아마 독하게 구조조정을 하라고 할거야. 그러면 우선 먼저 기업을 많이 거느리고 있는 재벌과 대기업들이 기업을 팔아서 그러니까 넘겨주어서 빚을 갚도록 할것이고 구제불능 기업은 퇴출시키거나 통폐합을 본격적으로 하라고 할것 같아. 그렇게 해서 정리를 하고나면 시장을 활성화하고 기업이 제대로 생산을 할 수 있도록 하기 위해 구제금융을 대대적으로 시행할 것으로 본다. 공적자금이 대대적으로 투입이 되기도 하겠지만 기업을 팔려고 내 놓으면 누가 사도 사야 하는데 국내기업이 살 여력이 없으니 외국기업이 사야지 어떻게 하겠어. 아마 기업이 싸게 나오면 국제 해지 펀드가 벌떼 같이 몰려 들 수도 있을 것 같아. 우선 많은 은행과 부동산 그리고 재벌과 대기업의 주식이 대대적으로 팔려 나갈 거야."

영필은 심각해지면서 다그쳐 물었다.

"그러면 우리나라는 어떻게 되는 거야?"

용구는 객관적 입장에서 말하려는 눈치를 잃지 않고 차분히 말하려 노력했다.

"어차피 이렇게 되었으니 이참에 완전히 개방되는 거지뭐."

영필은 심각한 표정을 지으며 다그쳐 물었다.

"그럼 S, L, H, D 등 재벌의 주식도 외국투자가들이 마구잡이로 사들이는 거냐?"

"할수 없지. 이렇게라도 해야 살아남을 수 있으니. 어쨌든 아이엠에프가 그렇게 하라고 하니까 그렇게 해야지, 할수 없지."

"그러면 우리나라 경제가 외국투자가의 손에 완전히 넘어가게 되겠네. 그 다음은 어떻게 되는 거야?"

용구는 영필의 심각한 표정에 약간은 당황하면서 차분히 말했다.

"어쩔수 없지. 우리가 저질은 일인데. 그러니까 외국에서 분별없이 빚을 마구 들여왔으니 이제 토해 내야지. 어느 정도 수습이 되고 정상화 되면 우리나라 기업이 다시 사들이고 외국기업이 나가게 될거야. 크게 걱정 안 해도 되. 그 대신 외국투자가들이 이익은 남기겠지. 이익 없이 누가 투자하려고 하겠나?"

"그거야 어느 정도 감수해야지, 어쩌니!"

"그러니까 너도 감수하고 눈 딱감고 1, 2년만 버티어라. 버티면 산다."

"나는 그동안 안면몰수하고 독하게 했지. 외상 안주고 주었던 것 거두어들이고 사업 줄이고 직원 월급도 동결하고 나도 월급 반으로 줄이고 회사의 웬만한 비용 일체 다 줄였어. 그렇게 해서 지금 빚이 거의 없어. 이자가 올라도 나는 부담이 거의 없어. 간접수출이 있으니 환율 때문에 일부이기는 하지만 대금이 잘 들어오기도 해. 이 고비를 넘길 각오가 되어 있어. 한 2년은 버틸 것 같아."

"참 잘했다. 2년만 버티면 좋은 세상 올지 몰라. 이 통에 살아남으면 대박이지. 요사이 환율이 천오백을 넘는 것 같던데 정무 송금 때문에 부담이 크겠네."

"말마라, 월급쟁이 신세에, 정말 부담이 크다. 이러다가는 애를 불러들일지 모르겠어. 버티어 봐야지."

"회사만 괜찮으면 나름대로 버티면 되지, 그런데 너희그룹 회장 말이야, 요즘 같이 이 어려운 시기에 옛날 같은 고루한 자전거 이론 가지고 어떻게 버티려나? 불안하지 않니? 글쎄 너희 그룹회사 중에서 반이상 팔아야 되는 거 아니냐? 너의 사무실에서는 어떻게 하고 있지? 괜찮니?"

"모르지 뭐, 나야 위에서 시키는 대로 해야지. 아직 별다른 이야기 없어. 그런데 말이야, 작년에 새로운 사업을 구상해 보라고 했던 우리 담당 상무 말이야, 몇일전부터 안보여. 회장한테 잘못 보였는지 아니면 요즘의 상황을 눈치 채고 미리 토꼈는지 소식이 없어. 여느 때 같으면 나를 번질나게 불러 이것저것 물어 보고 의논도 하고 했을 텐데, 말이야. 약삭빠른 사람은 미리 낌새를 알아차리고 안되겠다 싶으면 그러니까 지금과 같은 위기에 어떻게 할까 미리 생각해 두었다가 귀신 몰래 살짝 빠져나가거든. 회사가 부도 나버리면 퇴직금도 못 받고 잘 못 되기라도 하면 오히려 뒤집어 쓸 수도 있거든. 임원은 처지가 우리 보다 다르니까. 이 사람 약삭빠르게 미리 알아서 기는 것 같아. 자기 재주 피우는데 소문 같은거 안내거든. 요즘 몇일째 안 보여. 도망간게 틀림없어. 나 같은 놈은 그런 재주도 없어. 그저 회사가 어떻게 될 때까지 위에서 하라는 대로나 하니 말이다. 나는 부장 이상은 안되나봐."

용구의 말을 귀를 쫑긋 세워 듣고 있던 영필은 작심한 듯, 한마디 했다.

"내가 생각해도 그 상무라는 사람, 알아서 긴것 같다. 요사이 같은 시기에 약은 생각하고 자기 앞길 알아서 미리 삼십육께 놓을 수도 있지. 상무까지 되었으니 이 처지에 사장을 바라볼 수는 없고 미리 보따리 싼거지. 요즘 그런 사람이 한 둘이겠어? 재벌이라고 별수 있나? 더구나 너희 그룹은 빚이 너무 많아 불안하거든. 아이엠에프가 본격적으로 우리나라 경제를 조이기 시작하면 재벌도 별수 없게 될지 몰라. 더구나 너희 그룹은 다른 그룹에 비해 뿌리가 얕고 부실기업을 많이 인수합병하여 키운 재벌 아니니, 그러니 이런때는 더 취약할 수 있지. 그 상무라는 사람, 약삭빠르게 미리 토낀거야. 모르긴 해도 아마 다시 안나타날 걸. 너도 내색하지 말고 네 앞길 네가 잘 알아서 미리 생각해둬라. 사람일 모른다. 그리고 너희 회장 믿지 말고 만약을 대비해 놓아. 문제가 되면 사람이 돌변할 수 있다. 어떻게 되고 나면 이미 때는 늦다. 한보 봐, 피해자가 얼마나 많이 속출했니? 나는 요즘 사는게 곡예 같다. 시한부라고 생각하고 버티는 거지, 끝이 없다 싶으면 당장 보따리 싸고 싶기만 하다. 에이 내가 너무 앞서 갔나. 미안. 자 내술 한잔 받아라."

영필의 현실적이고 솔직한 말에 용구는 동감하면서도 어쩐지 가슴이 철렁 내려앉으며 찔려 오고 있었다. 그렇다고 당장 사무실에 나가 그만 둔다고 할 수도 없었다. 그만두면 더 길이 막막할 뿐이었다. 불확실한 일에 휩싸이는 것도 고통 중 고통이었다. 그러나 월급쟁이 신세는 회사의 운명에 목맬 수밖에 없으니 이러지도 저러지도 못 하고 벙어리 냉가슴이나 앓을 수밖에 별 도리가 없는 형편이었다. 이런 때를 생각하면 시골의 아버지와 형님이 등 따시고 배부르기로 딱이었다.

"세상에 네 술 같이 맛있는 술도 없다. 자, 잔뜩 부어라. 세상이 어수선하니 그래도 너와 술상 놓고 이야기 하는 것이 제일이다. 그런데 말이야, 우리 상무, 나도 너와 비슷한 생각인데 그만 두고 가면 어디로 갔을까? 이 통에 갈데가 어디 있을까, 아무리 생각해도 미스터리야. 나는 왜 그런 제주가 없지!"

"아마 회사에 무슨 일이 생기면 임원으로 뒤집어 쓰게 될까봐, 미리 토낀 거 같아. 회사 부도나면 어차피 퇴직금은 못받을 거고. 다 생각이 있었겠지."

영필의 이 말에 용구는 가슴이 찡해 오고 있었다. '만약 그렇게 되면 나는 어떻게 되는 거야, 뭐야 세상 뒤집히는 것 아니야' 생각하니 앞이 캄캄했다.

"이봐 영필아, 진짜 세상이 어떻게 되려나? 우리 회사 같은 재벌회사도 넘어가게 되려나? 어떻게 되려나? 기분이 영 아니네."

"아이, 괜찮겠지. 뭐 뾰족한 방법이 없잖아. 좀더 두고 보자. 자, 잔 들어라. 그런데 이것만은 생각해야 한다. 너도 알다시피 아이엠에프가 아마 진짜 세게 나올 거야. 재벌이고 뭐고 가릴 것 없이 그냥 그대로 후려칠 거야."

"후려친다는게 뭐야? 부도라도 낸다는 거냐?"

"오~오, 와이 낫. 무조건 빚 갚으라고 하고, 아니면 나가라고 할 것 같아. 그대로는 안된다고 하면서 단호하게 나올 것 같아."

"너, 진짜 잠 못자게 만드네."

"여보세요, 한부장, 내가 그러는게 아니라 아이엠에프가 그렇게 한다니까. 지금 이 시점에 누가 말려? 지 맘대로 하겠다는데. 우리나라 정부는 아마 숨죽이고 가만있기만 할걸. 그렇다는 말이야. 자, 술이나 마시자. 에이 나도 이제는 케이 세라 세라다."

"너 나를 더 잠 못자게 만든다."

"너, 다시 말하는데, 내가 너를 잠 못자게 만드는게 아니라, 아이엠에프가 그렇게 한다니까."

"알았다. 알았어. 그 놈의 아이엠에프 언제 끝나려나. 그 금 모으기인가 뭔가 그거 도움 안될까? 사람들은 그걸로 잘될걸로 믿는 것 같은데. 하기야 우리나라 해외 빚에 비하면 새발의 피도 안 되는 거지. 천오백억 빚에 일 이억 금값이 얼마나 도움이 되겠어?"

"이 사람, 무슨 뚱딴지같은 소리야. 아마 상당히 많은 회사가 부도처리 되고 난 후에 아이엠에프가 철수할 걸."

"그래? 우리 그때까지 버티기로 하자. 자, 브라보!"

"버티는 게 아니라 눈 딱감고 죽은 척 하는거다. 죽지 못해 살고 살지 못해 죽은 척 하는 거다. 우리가 대학교 다닐 때는 희망에 부풀러 온 세상이 다 내것 같았는데, 어쩌다 이렇게 신세타령하게 되었지? 참 사람 팔자 시간문제라더니 누가 이럴 줄 알았어."

용구와 영필은 쉴 새 없이 술을 마셨으나 취하지 않았다. 약한 술이기도 하지만 이야기에 긴장되고 말이 심각하다 보니 정신이 번쩍 나기만 해서 술발이 먹히지 않았다. 취한 척하며 어깨동무라도 껴보려 했으나 이제 나이가 있어서 인지 쑥스럽고 주위 사람들한테 눈치가 보여 엄두가 나지 않았다. 애매하게 지나가는 학생들한테 한마디 해주고 싶은 생각이 들었으나 아무도 우리 사정을 알아주지 않을 것만 같았다. 그저 얼큰한 기분만 내고 헤어졌다.

영필의 아내는 오늘도 자지 않고 기다리고 있었다.

"당신, 오늘도 술 마셨어? 이 어려운 시절에 몸생각 해야지. 취하지 않았지? 별일 없지? 누구와 한잔 하셨나? 회사일이야? 너무 무리하는 거 아니야?"

아내를 보자 나약해진 영필은 나지막한 목소리로 귀 근처에다 대고 살며시 말했다.

"당신의 친구 남편, 아 우리가 존경하는 나의 친구, 용구와 한잔 했어. 그 친구 아직은 아무일 없으나 그 그룹이 빚이 많아 좀 불안하거든. 그 친구 회사의 상무는 이미 토낀 것 같아."

눈을 똥그랗게 뜬 영필부인은 목청을 높여 다그치듯 말했다.

"아니, 그 회사에 무슨 일이 있는 거요?"

"아니야, 아무일 없어. 용구는 괜찮아. 그 약삭빠른 상무란 자가, 미리 토낀 것 같아. 그야 사람마다 생각이 다르니까 그럴 수 있지. 그런데 아직은 아무 일 없어."

"그럼 앞으로 무슨 일이 있다는 거요?"

"그야 모르지, 요즘 같은 세상에 무사하다고 장담하는 사람 없잖아. 자 우리 잡시다. 그 친구, 잠이 안오면 어떻게 하지."

"누가 무슨 잠? 누가?"

"아니야, 어떤 사람. 자, 잡시다."

용구가 집에 들어 왔을때 신애는 텔레비전을 보고 있었다. 별의 별 채널을 다 바꿔가며 경제해설이나 아이엠에프 사태에 대해 무엇이든 들으려고 애를 쓰고 있었다. 한보사건에서 이모네가 쫄딱 망하고 보증서준 엄마가 빈털터리가 되자 신애는 신경이 곤두세워질 데로 세워져 조그마한 말이나 변화 또는 사태에도 귀를 기울이고 있었다.

"여보, 오늘은 누구와 한 잔 하셨어? 당신 회사는 괜찮아? 텔레비전 보니까 야단이네. 아이엠에프가 우리나라를 쥐 잡듯이 잡는다고 하네. 웬만큼 빚 있는 기업은 다 잡힌데. 빚을 갚던지 문을 닫던지 하라면서 이도저도 안되면 보따리 싸라고 하는 것 같아. 쌓아 놓은 보따리는 국내 사람이나 기업이 사지 못하면 외국기업이나 투자가가 와서 사갈 수밖에 없다고 하네. 맞아? 여보."

"응, 그런 것 같아. 어쩔수 없지. 빚진 사람이 빚 감당 못 하면 가진 것 내 놓아야지. 그런데 그 통에 애매한 사람들이 억울하게 당할 수 있어, 그게 문제야. 당신 어머니도 그 케이스잖아. 그러니 한번 위기가 오면 무서운 거야. 많은 사람이 피를 보니까. 회사가 부도나면 애매하게 직원들이 퇴직금도 못 받게 되니까 심각하지. 경우에 따라서는 밀린 임금도 못 받을 수 있어. 그러니까 위기가 오면 사태를 주시해야 하는데..."

"당신, 왜 말을 하다가 말아. 설마, 당신회사가 어떻게 된다는 것은 아니지? 설마 당신 회사처럼 재벌그룹이 어떻게 되려고? 재벌이 망하면 우리나라가 망하는 것 아니요?"

신애의 얼굴에는 애수가 끼여 있으면서도 설마의 안도도 끼어 있는 것 같았다. 용구는 더이상 말하기가 겁이 나서 얼른 씻고 자야겠다는 생각을 했다.

"여보, 늦었으니 자자. 응. 그런 이야기는 끝이 없어. 우리 회사 괜찮아. 걱정마."

"알았어요. 나는 당신만 믿어. 당신은 스카이 대학 나오고 알아서 잘할거요."

막상 침대에 누워 등을 마주대고 자려했으나 아무도 먼저 잠을 이루지 못했다. 겉으로는 괜찮은 척 하면서 속으로는 걱정이 없을 수 없었다. 용구는 영필의 말이 귀에서 완전히 떠나지 않고 있었다. '상무가 떠날 때는 분명 이유가 있을 텐데, 무엇을 알고 떠난 게 아닌가? 무엇인가 있을텐데' 이리저리 생각하니 잠이 더 오지 않았다.

30

회사에서 용구는 회사 일 보다도 아이엠에프가 한국에 대해 얼마나 압박을 가하여 기업을 부도나게 하는가에 안테나를 곤두세우고 있었다. 직원들은 회사의 일상 일에서 벗어나지 못 하는 것 같고 S그룹에 있는 친구들이 그래도 가장 나은 것 같았다. 대학동창으로 S그룹 비서실에 있는 이 창배한테 전화를 했다. S그룹의 머리 역할을 하는 기구가 비서실이니 무엇인가 정보가 있을 것이라 믿었다.

"여보세요, 이창배부장 좀 부탁합니다."

"부장님, 지금 임원회의에 들어가시고 안 계십니다. 어디세요?"

"저 대학 동창 한용구입니다. 전화 좀 부탁드리겠습니다."

"아, D그룹기획조정실 한부장님이시군요. 그러지 않아도 부장님께서 통화 한번 하시고 싶다고 하셨습니다. 오시면 바로 연결해 드리겠습니다."

한 시간이 지나서 이 창배부장한테서 전화가 왔다.

"한 부장, 오랜만이야. 전화왔었다는데 나도 전화 좀 하려고 했었지. 너희 그룹은 어떠니? 빚이 많아 걱정이겠어. 별일 없니?"

"우리 기획조정실은 자금 관계 일을 보는 데가 아니라서 잘 모르겠어. 하기는 회장이 혼자서 다 하는 스타일이라 누구도 잘 몰라. 너희는 비서실에서 웬만한 것 다 하니까, 세상 돌아가는 것 어느 정도, 아니 잘 알겠네."

"그렇기는 한데 우리도 정확한 것은 잘 모르겠어. 내 짐작인데 우리 그룹은 원래 보수적으로 운영하고 빚은 잘 안 지는 경영스타일 아니니, 그러나 너희 그룹은 빚에 의존하는 스타일이라 요즘 같은 시기에 어려울 것 같아. 아이엠에프가 아주 쎄~게 나오는 것 같다는데. 자기들이 빌려 준돈 받으려면 모든 것을 정상화 하려고 할 것이고, 그러기 위해서는 이자율 올려서 빚 갚게 할 것이고, 환율 올려서 국제수지 개선하여 외채 갚게 할 것 아니니, 그러니 기업들 보고 무조건 빚 갚으라고 다그칠 거야, 아마. 내가 방금 임원회의에 갔다 왔는데 다들 그런 의견이야. 너희 회사는 특히 단단히 각오를 해야 할 거야. 그런데 무엇 보다 네가 걱정이다."

"왜 내가 걱정이라고 하니?"

"글쎄, 네가 알아서 잘 생각하겠지만, 기획조정실이란 당장 회사수익사업 자체가 아닌데다 요즘 같은 시기에 조정이라는게 얼마나 어렵겠니. 전 같이 기업을 인수하는 것 도 못 할 거고. 아마 너희 회사는 웬만한 조정으로 끝날 처지가 아닐 거다. 네가 걱정이 되서 하는 얘기다. 우리도 비상이야, 상상못할 일을 상상해 내라는 지시가 매일 같이 떨어지고 있어. 그 놈의 아이엠에프, 무엇을 어떻게 하려고 하는 건지, 매일 공부하느라 정신없다."

"이에, 너 말, 들으니 소름이 끼친다. 그런데 우리는 변화가 거의 없어. 회장의 특별지시 사항도 없고, 상무는 몇 일째 출근을 안하고 있는데 어디다 무어라 하기도 어렵다. 그런데, 영 불안하거든. 그래서 너한테 전화 한거야. 아이엠에프가 무엇을 어떻게 할 것인지 뭐 좀 알 수 있을까, 해서."

친구 회사이기는 하지만 그래도 남의 그룹 이야기라 창배도 조심스럽게 이야기 했다.

"내 생각에는 아이엠에프가 가이드를 주고 정부가 그 가이드를 갖고 다 준비했다가 나중에 후려칠 것 같아. 대응책을 마련해야 할거야."

창배의 이 말에 용구는 섬뜩한 생각이 들었다.

"우리 회장님은 그런 것 아랑곳 하시지 않는지, 여전히 일상적인 일로 동분서주하시는 것 같아. 알았다. 한 번 만나서 이야기 좀 듣자. 내가 점심 살게."

"용구야, 조심해라."

용구는 창배의 조심하라는 말에 신경이 쓰였다. 그러나 뾰족한 수가 없었다. '나와 같은 처지의 사람이 한 둘이 아닐 것'이라는 생각과 함께 불안하지만 어쩔수 없다는 생각에 초조하기도 했다. 사무실직원들 한테는 아무런 내색을 하지 않고 경제가 어떻게 돌아가고 있는지 예의 주시하고 있었다.

아이엠에프의 압력은 상상 외로 거셌고 기업들은 난리였다. 시중에 돈은 마를 대로 말랐고 전천후의 부도처리가 전국을 휩쓸었다. 살인적인 이자율에 기업의 도산이 난리나 다름없었고 불경기와 물가상승이 기승을 부리고 있는 가운데 은행과 금융사들이 전전긍긍 했다. 텔레비전뉴스나 신문에 부도와 파산이 줄을 이었고 사람들은 위기의식으로 움츠릴 데로 움츠리고 있었다. 용구는 불안하면서도 근무는 계속하고 있었고 월급은 꼬박꼬박 나왔기 때문에 하루하루 모르는 척 하고 지냈다. 그러나 정무 유학 송금과 아파트담보 대출이자 부담이 계속 무거워지니 불안하기만 했다. 이러다가 월급으로 감당하지 못 할 가봐 염려되기도 했다.

용구 부부는 주말에 시골집으로 갔다. 동네에 들어섰는데 너무 조용하고 사람들의 표정이 천진난만하다고 할까 아무일도 없었다는 듯 태평천하였다. 사실 시골 농촌에 무슨일이 있는 것은 아니었다. 빚없는 사람들이야 아이엠에프 하고 상관있을 일이 없는게 당연했다. 농사에 열중하는 사람들이야 사실 아이엠에프가 무엇인지 왜 문제가 되는지 알 길도 없고 알 필요도 없었다. 역시 자연과 더불어 사는 사람들은 자연이 괜찮으면 괜찮고 자연변화가 문제지 금융과 같은 제도에 의한 변화나 문제에는 상관이 없었다. 제도 속에서 살아가거나 제도에 의해 생사가 좌우되는 사람들이 아니기에 제도의 소용들이와는 관계가 없었다. 집에 들어서니 가족들이 다 있었다. 방에 모여 이런 저런 이야기를 하면서도 용구의 직장에 대해 물어 보거나 걱정하는 사람은 아무도 없었다. 다만 형 용준이 호기심에서 한마디 물어보았다.

"용구야."

"예, 형님."

용구는 용준이 무엇을 좀 알고 걱정하는가 싶어 긴장하면서 용준의 입을 주시했다.

"요즘, 텔레비전을 보면 아이엠에프인가 뭔가가 난리라고 하는데 아이엠에프가 뭐고 왜 난리들이냐? 그거, 우리 농촌에는 상관없는 거지?"

"예, 아무 상관없습니다. 우리 집에서 농협에 돈 빌린 것 없지요?"

"없지는 않지. 그런데 영농자금이기 때문에 이자가 싸고 상환기간도 길다. 농협에서 아무 말 않던데. 이자가 오른다는 말 못 들었다."

"예, 농협은 국가가 운영하는 금융기관이고 자금운영을 농사에 주로 도움주기 위한 것이기 때문에 아이엠에프 하고 관계없을 겁니다. 걱정 안 하셔도 됩니다."

"그런데 기업들이 많이 넘어진다고 하던데 너희회사야 재벌이니 아무일 없을 테고, 이 조무래기 회사들이 망하는 모양인데. 큰 회사야 안 괜찮겠나? 대마불사라는 말이 안있나?"

용구는 자기 그룹이 빚더미에 묻혀 있다는 것을 일반사람들은 잘 모르는 것 같아 다행이라는 생각이 들면서도 벙어리냉가슴 기분은 어쩔 수가 없었다. 서울에서는 난리통에 사람들이 울상을 하고 있는데 시골집은 예나 다름없이 편하고 여유가 있어 보여, 사람 사는 것이 어떤 것이 좋은 것인지를 다시 생각하게 했다. 서울에 와서 스카이 대학 가려고 찌들었고, 재벌회사에 다니며 지금과 같은 위기에서 노심초사하고 있고, 애 유학 보내느라 힘들어 하고, 제도권 안에 갇히어 하루하루 이렇게 힘들어 하고, 한 평생 사는 것, 이렇게 살아야 하나 싶기도 했다. 시골 친부모님과 양지 고모댁에 계시는 장모님을 같은 선상에 놓고 생각해 보니 사람사는 방법이 일반 상식과 확연히 다른 것만 같았다. 나부터 그런 것이 아닌가 싶었다. 용구와 신애는 집에서 직접 기른 친환경 야채와 방목하여 기른 닭을 잡아 푸짐하게 차려주시는 형수님의 인정에 감동하며 가족들과 담소하는 행복에 젖었다. '이것이 인생이다'를 되뇌이며 시골에 집이 있다는 것에 행복해 했다.

형 용준의 큰아들 정구는 고등학교를 졸업하고 아버지를 도우며 농사를 전업으로 하려하고, 둘째 정호는 전문대학을 졸업하고 농협에 취직하여 시골에서 편하게 살겠다고 다짐하고 있었고, 정애는 교육대학을 졸업하고 시골 학교에서 선생을 막 시작했는데, 시골에서 소박하게 살면서 애들을 가르치는데 열중하는 보람으로 편하게 그리고 안정되게 살겠다는 야무진 꿈을 이루어 나가고 있었다. 형 용준에게는 부담이 없으면서 다 잘 되고 있어 진짜 만족과 행복의 도가니 속에서 인생을 즐길 수 있다고 느끼고 있었다. 용구가 스카이대학에 들어갔을때 그리고 재벌회사에 취직했을때는 개천에서 용 났다고 동네가 떠들썩 했는데, 지금은 개천으로 돌아와 개천인생으로 사는 것이 더 좋을 것만 같았다. 시골 큰집 가족이 행복해 보였고 부러웠다. 정애와 정무를 비교해 보니 두 아이가 부모에게 주는 행복이라는 선물이 너무나 달라 보였다. 신애 눈치를 보니 용구 자기 보다 더한것 같았다. 그러나 이미 때는 늦었다. 되돌릴 수 없는 인생, 어쩔 수 없었다. 어느 노래 가사의 한구절 처럼 '이래도 한세상, 저래도 한세상, 복지 복대로 살아야지 어떻게 하나'싶기만 했다.

31

용구와 신애가 무심코 아파트에 들어서는데 전화벨이 요란하게 울렸다. 용구가 급하게 뛰어가 전화를 받으니 수원의 고모 아들 김 운호가 다급한 목소리로 인사말도 없이 신애를 찾았다.

"한 부장님, 신애 누나 바꿔주세요."

"오! 김 운호과장, 오래만이네요. 안녕하세요. 잠깐만 기다리세요."

"여보, 수원의 고종 사촌 운호, 김 과장이 다급하게 당신을 찾는데 어서 받아봐."

"여보세요, 운호니?"

"신애 누나! 아이 어떻게 이렇게 전화가 안되었지? 낮에부터 계속 걸었는데, 영 안받아서, 어쨌든, 누나! 빨리 양지 엄마한테 가봐. 외숙모님이, 아이, 누나가 빨리 가야 해"

용구와 신애가 용구의 친가 시골에 가 있는 동안 운호가 낮에 아파트로 계속 전화를 걸었다고 하니까 무슨 특별한 일이 있는지 궁금하기도하고 약간 이상한 느낌도 들었다. 운호가 빨리 가 보라는 말에 신경이 곤두 세워진 신애는 다급히 물었다.

"운호야, 왜? 우리 엄마한테 무슨 문제가 있니? 뭐니? 빨리 말해

봐."

"누나, 지금은 버스가 없으니, 매형차 없어? 없으면 누구한테 부탁해서라도 차로 빨리 양지로 가봐. 급히. 비상이야. 빨리, 누나."

"운호야, 무슨 일이니, 뭐야? 왜? 뭐니? 말좀 해봐, 운호야."

"누나, 나 말하기 싫어, 아니 말 할 수 없어. 나도 잘 몰라, 엄마가 급히 찾으라고 하셨어. 그러고 있을 때가 아니야, 누나. 그러지 말고 빨리 내려 가봐. 어서. 나 전화 끊는다."

운호는 더 이상 말을 하려고 하지 않고 전화를 일방적으로 끊어 버렸다. 운호의 말이 갈팡질팡 한데다 다급하다는 말을 강조했고 무조건 내려가라고 하는 것으로 봐서 신애엄마한테 무슨 일이 있는 것이 틀림없는것 같았다. 운호의 다급하고 갈팡질팡한 전화연락을 받은 신애는 멍하니 정신없이 서있었다. 아무래도 무슨 일이 있는 것만 같아 정신이 아찔했다. 용구도 무슨 예감이 들었는지 아무말 않고 정신없이 서있기만 했다. 그렇다고 가만히 있을 수도 없었다. 이럴 때 남자가 나서야 한다는 생각으로 용구가 조심스럽게 신애를 달래듯 조용히 기어들어가는 목소리로 천천히 말했다.

"여보, 당황하지 말고 생각을 잘 가다듬으며 정신 잘차리고 액션을, 그러니까 무엇을 어떻게 할지 잘생각하여 내려가도록 하자. 응."

"여보, 나 몰라, 엄마가 어떻게~ 어떻게~, 나 몰라. 나 쓰러질 것 같아. 당신이 앞장서 내가 따라 갈게. 어서 가요, 여보."

용구는 차를 급히 몰았다.

"나 그냥 바로 갈게요. 당신이 앞장서요."

선걸음에 나서는 신애는 아무생각 없어 보였다. 용구가 신애의 말을 가로채며 말 했다.

"여보, 너무 앞서 가지마. 장모님한테 아무일 없을 거야. 마음 편하게 먹어. 조금 편찮으신지 모르잖아. 시골에 계시니 환경이 안좋아 고생이 심하시겠지. 감기 드셨는지도 몰라. 그냥 평상시대로 생각하고 가자. 응."

"알았어요, 여보. 미안해요."

장모님이 잘 계셔서 얼른 보고 싶어 하는 신애면 얼마나 좋을까 생각하니 눈물이 핑돌았다. 필경 안 좋은 일이 있어 가는 것인데 빨리 가는 것이 좋은지 늦게 가는 것이 좋은지 슬프고 안타까운 감정이 솟구쳐 어찌할 바를 몰라 했다. 신애가 장모님을 한시라도 빨리 보고 싶어 조바심을 하는데 진짜 조바심을 해야 하는지 아닌지 생각할수록 슬프기도 하고 안타깝기도 했다. 만약 장모님한테 무슨 일이 있으면, 빨리 가면 그만큼 까무러침이 앞당겨지는 것이 되니, 차를 재촉하는 것이 슬퍼해야 할 순간을 재촉하는 것이라고 생각하니 정신을 차릴 수가 없었다. 그렇다고 신애한테 내색을 할 수도 없었다. 착잡한 심경이 교차하는 동안 양지에 거의 도착하고 있었다. 신애는 엄마를 본다는 생각에 흐뭇해하는 것 같았으나 신애를 보는 용구는 겁부터 났다. 만에 하나 장모님이 어떻게 되셨으면 정신없이 울부짖게 될 신애를 어떻게 보나 생각하니 미리부터 억장이 무너져 내리려 했다. '오~ 신이여, 왜 사람이 자기 무덤을 파도록 했나! 제도 탓인가 인정 탓인가, 아니면 나라 탓인가? 장모님은 분명 욕심을 부린 분이 아닌데, 왜?' 이런 생각을 하며 용구는 차를 천천히 몰며 여유를 갖고 싶어 했다.

그런데 밤이 깊어지니 고모님 집이 어디쯤인지 알 수가 없었다. 일단 차에서 내려 이집 저집 살펴보기로 했다. 몇 집을 살피다가 마당에 종이 등이 켜져 있는 집을 보았다. 가까이 가 보니 고모집이었다. 대문에 들어서며 신애가 '엄마' 하고 방을 향해 뛰었다. 신애의 엄마

소리를 들은 고모가 방문을 박차고 뛰어 나와 신애의 손을 잡고 방으로 들어가며 원망하듯 말했다.

"신애야! 신애야! 왜 이제 오니?"

신애는 고모한테 인사를 하는 둥 마는 둥 연속 엄마만 불러 댔다.

"엄마, 엄마, 엄마, 고모 우리 엄마는, 어디 계셔요. 왜 엄마가 방에 안 계셔?"

이미 눈물을 펑펑 쏟으며 신애의 손을 꼭 잡은 고모는 말을 하려고 하는데 말이 나오지 않았다. 모기목소리 같이 가는 목소리로 신애의 얼굴을 쳐다보며 말을 하려다 못 하고 망설이기를 몇 번 하는데 신애는 울부짖듯 엄마를 계속 불러댔다.

"엄마, 엄마, 엄마"

"아이고, 신애야, 엄마가, 엄마가."

"엄마가, 고모, 엄마가 뭐에요? 어디 갔어요?"

"하루 종일 연락을 해도 연락이 안되었어. 신애야. 엄마가."

"고모, 엄마 어디 있어요?"

"엄마가 그만"

"고모, 엄마가 뭐?"

"엄마가 약을 마셨어. 엉 엉."

이 말을 듣는 순간 신애는 소리를 질렀다.

"고모, 엄마가 무슨 약? 고모."

옆에서 물끄러미 바라만 보고 있던 용구는 불길한 느낌을 가졌다. '장모님이 농약을…' 생각하니 너무 끔직했다. 시골에서 자란 용구는 농촌에서 흔히 농약을 먹고 자살한다는 이야기를 들어 보았기에 장모님이 농약을 마시지 않았을까 의심이 들었다.

"고모님, 장모님이 무슨약을 어떻게 드셨는데요? 그런데 어디 계셔요?"

고모는 말을 못하고 울기만 했다. 너무 황당하고 무서워서 말을 못했다. 더구나 마구 울부짖는 신애를 보니 더구나 말을 할 수가 없었다. 용구가 고모님을 부추기며 물어보자 그제야 한마디 하셨다.

"한서방, 이 일을 어떻게. 장모가 농약을 마셨어. 병원에 가볼 겨를도 없이 돌아가셨어. 너무 많이 마시셨어. 원호를 시켜 아무리 연락을 해도 연락이 안되었어. 어디 갔었니? 저녁때 돌아 가셨어. 한 서방이 신애를 좀 부추기어 진정시키게. 이 애가 불상해. 무남독녀 인데."

옆에서 이 말을 듣고 있던 신애는 옆으로 슬그머니 누우며 눈에 흰자질만 보였다. 숨이 멈추었고 팔다리가 오징어 같이 늘어지며 입을 벌리고 침을 흘렸다. 숨소리가 전혀 들리지 않았다. 용구가 미친 듯이 신애를 불렀다.

"여보, 여보, 신애야, 신애야. 여보, 정무 엄마."

흔들어도 소용이 없었다. 고모도 당황하여 일어섰다 앉았다 어쩔 줄을 몰라 했다. 그러다가 얼른 부엌에 가서 물 한그릇을 떠 왔다. 용구가 물을 한 모금 품고 신애의 입에 넣었다. 그리고 빰을 때리며 불렀다.

"여보, 여보, 여보."

고모도 미친 듯이 신애를 불렀다.

"신애야, 신애야, 정신 차려라. 정신."

용구가 정신없이 흔들고 물을 계속 품어 넣으며 큰 소리로 불러대자 신애의 눈이 스르르 감기며 큰숨을 몰아 쳤다. 용구는 더욱더 신애를 불렀다.

"여보, 여보, 정신 차려, 정신."

신애의 손이 용구 손목을 잡으며 가느다란 목소리로 용구를 불렀다.

"여보, 정무아빠. 나 안 죽었어. 나 좀 일으켜 세워줘. 나 우리 엄마한테 가게."

혼줄이 난 용구는 눈물을 글썽이며 신애를 끌어안고 안심시키는 말을 계속했다.

"여보, 정무엄마! 정신 차려, 당신이 이러면 나는 어떻게. 산사람은 살아야지. 정신 차려, 여보. 호랑이한테 물려가도 정신은 차리라고 하잖아. 이럴수록 당신이 정신을 차려야 해, 당신은 나의 아내고 정무엄마야. 당신이 까무러치면 우리 가족은 어떻게, 여보, 정신 차리고 다음 일을 생각하자. 응?"

밤은 깊어 너무나 조용하고 적막했다. 신애를 달래느라 용구도 고모도 아무 말도 못했다. 한참 동안 멍하니 정신없이 앉아 있던 신애가 입을 열었다.

"고모, 미안해, 고모한테 너무 미안해, 우리 엄마 어디 계셔요? 병원에 모셨어요?"

"너희가 오면 병원에 모시려고 우선 건너방에 모셨다. 가자."

고모가 건너 방으로 가는데 용구와 신애가 뒤따라갔다. 문을 열고 불을 켜자 흰 이불에 덮여 있는 뭐가 보였다. 신애엄마가 이불안에 누워 있었다. 고모가 이불을 들치자 신애가 '엄마'를 외치며 신애엄마얼굴을 비비며 소리 내어 울기 시작했다. 고모와 용구는 우는 신애를 달래기에 온힘을 다 쏟았다. 정신 나간 사람처럼 울부짖는 신애를 말리는 것은 역부족이었다. 용구와 고모는 정신없이 우는 신애를 한동안 그대로 두기로 하고 옆으로 물러 나앉아 기다리기로 했다. 너무 울어 기진맥진해진 신애를 용구가 부추겨서 데리고 나오기로 했다.

"여보, 그만 울어, 운다고 장모님이 오시는거 아니잖아. 정신 차려,

여보. 우리 저 방으로 가서 다음 일을 의논하자. 응."

"여보, 정무 아빠, 나 못살것 같아. 어떻게 하면 좋아? 우리 엄마 너무 불상해. 갑자기 험한 꼴 보시고 갑자기 돌아가시다니. 엄마, 우리 엄마, 엄마 왜 이렇게 갔어, 엄마. 나는 어떻게 하라고. 나 엄마 없이 못 살아. 아이고, 엄마, 엄마."

"여보, 정무 엄마, 나를 붙들고 실컷 울어. 우선 저 방으로 가자. 응."

다음날 신애엄마 시신을 용인의 병원장례실로 옮겼다. 서울로 올라와 사진을 갖고 오는 동안 신애와 용구는 울음반 한숨반, 시간이 어떻게 흐르는지 느낌도 없었다. 사진을 걸고 사람을 맞이하려 하니 이미 날은 오후가 되었다. 빈소에 앉아 있으니 문상 오는 사람이라고는 고모집 애들 몇 명뿐 이었다. 저녁 때 빈소에 아무도 없기에 고모는 용구와 신애한테 신애엄마가 어떻게 돌아가셨는지 말해 주었다.

"올케가 양지로 온 다음 계속 '내 무덤 내가 팠다'고 하면서 한숨만 쉬었다. 그러면서 '살아서 무엇 하나'하기에 '나도 살잖나 사는 데까지 살자'하면서 달랬지. 서울 강남에 살다가 시골에 와서 아무 것도 없이 살자니 너무나 적막하고 불편했겠지. 그래도 나와 이야기도 하고 앞날을 기다리며 살자고 달랬지, 한 동안 그런가 했다. 그런데 틈만 나면 이웃집으로 살금살금 무엇을 찾아다니고 있었어. 나는 농촌 구경하러 다니는 줄로만 알았는데 그게 농약을 찾고 다닌 거였어. 나는 눈치를 못챘다. 이웃 집 김노인네 집 마구 간에 둔 농약을 갖고와 숨겨 놓은 것을 나는 모르고 있었어. 올케가 그런 생각을 한다는 것을 까맣게 몰랐다. 내가 시장에 갈 때 같이 가자고 하니까 속이 안 좋다고 혼자 갔다 오라고 해서 그런 줄 알고 시장 갔다 왔지. 마당에 들어서는데도 인기척이 없고 올케가 안보여 불렀는데도 대답이 없었다. 부르다가 건너 방에 문을 열어 보니 올케가 누워 있었어. 옆에 농약병이 놓여 있었는데 한모금만 마셔도 큰일 나는데 한병을 다 마셨어. 나 혼자 어떻게 할 수가 없어 운호한테 연락하여 너희를 빨리 찾으라고 했는데 연락이 안되었어. 나도 너무 갑작스러운 일이라 정신이 없었다. 내가 집에 왔을 때는 숨을 거두신지 아래 되셨고 너희한테 연락하는 것이 우선이라 생각했지. 내가 올케를 혼자 있게 두지 않았어야 했는데 면목이 없다. 신애야."

"고모, 이게 우리 엄마 팔자인가 봐요. 이모 보증 서신거가 엄마의 팔자인가 봐요. 엄마가 스스로 팔자소관이라 생각하신거 같아요. 자식인 저도 어쩔 도리가 없었어요. 세상은 왜 선량한 사람이 팔자에 없는 일로 팔자를 이렇게 만들게 하나요. 누구를 탓할 일도 아니에요. 고모."

빈소에는 다음날도 문상객이 거의 없었다. 용구의 시골집에 알리기도 뭐 하고, 이모댁은 소식도 없고, 고모집 사람들이래야 몇 사람 안되고 빈소는 그저 시간만 보내는 안방 같았다. 사실 이렇게 돌아가시니 누구에게 알릴 처지가 못되었다. 막상 알릴만한 사람도 거의 없었다. 용구는 얼른 장례를 지내고 아무 일 없었던 걸로 하고 싶었다. 그래서 영필한테도 알리지 않았다. 삼일장 하기로 하여 다음 날 신애 아버지 산소 옆으로 모시니 모든 것이 다 끝났다. 신애의 아버지와 어머니가 나란히 누워계시게 되었으니 부부가 다시 회로를 하신게 되었다. 며칠 사이에 어머니의 흔적이 없어져 버리니 신애는 아무리 생각해도 믿어지지 않았다. 한보 사건 전을 생각하면 천지가 하루아침에 개벽이 되어 버린 느낌이었다. 일년전에 죽었다 깨어나도 상상도 못했던 일이 이토록 순식간에 벌어질 수 있나 생각하니 어안이 벙벙할 뿐이었다. 산소에서 고모 집으로 오면서 신애는 줄곧 울기만 했다. 아무리 생각해도 믿어지지 않았다. 고모집에 와서 신애가 엄마의 짐을 챙기니 엄마의 주머니 속에 두툼한 봉투가 있었다. 봉투를 열어 보니 돈 50만원과 편지가 있었다. 50만원은 고모께 드리고 서울에 와서 신애는 엄마의 편지를 꺼내 들었다. 며칠에 걸쳐 쓴 것 같은 편지는 깨알같이 촘촘한 글씨였다.

'신애야, 네가 이 편지를 보게 될 때는 내가 이 세상 사람이 아닐 것이다. 내가 왜 이 편지를 너에게 남기고 이 세상 사람으로 사는 것을 버리고 다음 세상으로 가서 너의 아버지와 살기로 마음먹었느냐는 너무나 간단하다. 사람이 살려면 집도 있고 돈도 있고 벌어먹고 살 최소한의 기력이라도 있으면서 적어도 부끄럽지 않은 쥐꼬리만큼의 체면이라도 있어야 하는데 나에게는 집도 돈도 기력도 체면도 아무것도 없다. 애초부터 아무것도 없었으면 그에 맞춰 살아보겠다고 발버둥치기라도 해 보았겠지만 나에게는 꿈도 있었고 계획도 있었으며 욕심도 있었다. 강남의 아파트 한 채면 내가 기력이 다 되었을 때 이것을 너에게 주면 그래도 들어가 같이 살 체면은 세울 수 있었다. 내가 이자를 꼬박꼬박 받던 예금이 그대로 있었으면 용돈은 너희에게 손 안벌려도 될 체면유지는 가능했다. 너의 아버지가 물려 준 재산을 고이 간직하여 무남독녀인 너에게 고스란히 물려주는 것이 나의 삶이고 희망이었으며 체면이었다. 사람이 하는 일이 마음대로 될 수가 없을 수도 있지 차질이 없으라는 법이 있느냐. 차질이 생기는 거야 신이 아닌 이상 있을 수도 있지 않겠니. 그러나 바보짓을 해 가지고 모든 것을 몽땅 다 잃어버리면 이 세상에서 살 자격을 잃은 것이 아니겠니? 삶의 자격이 없는 사람이 남의 집, 너는 남의 집이 아니라 딸의 집이라고 할지 모르지만 이 어미입장에서는 남의 집, 사위집인데, 어찌 자격 없는 사람이 하루 이틀도 아니고 체면 다 죽이고 멀

거니 죽치고 앉아 있겠니. 이모가 뭐라 했을 때 아무생각 말고 체면 불구하고 두 말 할 것 없이 무조건 '나의 모든 것은 신애 것이니 어느 것 하나 손톱만큼도 절대로 손못댄다'했으면 지금 쯤 너희 집에서 떳떳하게 거침없이 살 수 있지 않았겠니. 사람이 살고 죽는 것 죽고 사는 것은 다 운명인가 보다. 나의 운명은 지금으로 생을 끝내는 것이 아닌가 한다. 그러니까 내가 내 스스로 내 무덤을 파 버렸으니 그 무덤에 내가 스스로 들어가야 하는 것이 내 운명이 아닌가 한다. 내 운명을 내가 쓸데없이 바꿀 생각 없다. 바꾸면 너는 물론이고 한 서방 그리고 정무 모두에게 이유 없는 짐이고 사돈댁에 체면이 말이 아니다. 사람은 운명이 결정지어 주는 대로 살다가 가는 거라 생각하고, 나는 나의 운명대로 살다 간다. 이 편지를 보는 순간, 슬프고 아쉽고 안타깝겠지만 슬픔은 일시적이고 이 순간을 지내고 나면 조용할 수 있다. 그러나 운명을 거슬리면 오랫동안 슬프고 안타까우며 체면이 말이 아니다. 하루 이틀도 아니고 그 오랜 세월동안 그렇게 살 필요 없다. 어떤 사람은 운명을 거슬러서 살아보려고 버둥거리고 하는데, 버둥대는 만큼 불행한 거야. 그만 살아야 할 운명이면 그만 살고 더 살아야 할 운명이면 더 살고 순리대로 살아야 하지 않겠니. 너에게는 한 서방이 있고 정무가 있다. 내가 너희와 오순도순 재미있게 살려고 했으나 내 스스로 내 무덤을 파버렸으니, 어쩌니 모든 것을 단념하고 그만 살아야지. 이것이 나의 운명이다. 너는 나 같은 운명을 만들지 말고 좋은 운명을 만들어서 잘 살아라. 한서방한테 미안하다. 정무에게 사랑을 나누지 못한거 안타깝다. 너희 세 식구, 행운의 운명을 살려 잘살아라. 행복해라. 엄마가 너희들의 악운을 다 갖고 떠난다. 한서방은 절대로 자기 무덤을 자기가 파는 일이 없기를 간절히 바란다. 내 딸 신애야 미안하다. 이 어미를 용서해 다고.'

자기 어머니가 두고 간 편지를 읽고 난 신애는 정신 나간 사람처럼 멍하니 벽만 쳐다보고 앉아 있었다. 그러다 정신을 차리려는데, 생각해 보니 더이상 엄마의 목소리를 들을 수 없고 얼굴을 볼 수 없으며 희노애락을 나눌 기회가 없어져 버렸다. 엄마를 볼 수 없다는 생각이 들자 엄마를 보고 싶으면서 눈물이 저절로 쏟아졌다. 엄마가 불쌍한지 내가 불쌍한지 모르겠다는 생각도 들었다. 돌아가신 엄마는 아무 생각도 느낌도 없이 고이 잠들어 있겠지만, 아니 내가 얼마나 슬퍼하는지 알지 못하고 있겠지만, 살아 있는 나는 엄마 생각이 날 때마다 슬프고 안타깝고 운명을 탓하며 살아야 하는 신세가 되어버렸다. 엄마 생각이 들때면 항상 언제나 두고두고 슬프고 안타깝고 불행하게 되었다. 신애는 불행한 마음을 버리지 못하고 살아야 했다. 시간이 지나며 엄마에 대한 불행을 줄여 나가야 하는데 나라의 경제사정이 다른 불행을 가져다 줄수 있는 것 같아서 편할 수 없는 운명인가 싶기도 했다.

신애는 '진정 얄궂은 운명은 얄궂게 오가는 것인가' 되물어 보며 시골 용구네 집으로 갔다. 시댁 시골집은 이런 운명 저런 운명 그런 것 저런 것 없고 아니 모르고 다 잘지내는 천국 같다는 생각이 들었다. 시골집에 가니 소식도 없이 혼자 온 신애를 모든 가족이 더 반가워하고 환대했다. 용구가 가자고 해서 따라 올 때보다 내발로 스스로 찾아와 보니 더 반기는 눈치였다. 신애가 자기엄마 이야기를 안하니까 아무도 눈치를 못채고 유난히 적극적으로 안부를 물었다. 잘계신다고 하자니 거짓말이 되고 사실대로 말하자니 용기가 안나고 진퇴양난이었다. '남편이 자기네 식구한테 알아서 해야지 나는 모르겠다'는 생각이 들면서 편하게 지내려 모르는체 했다. 정애와 이야기를 많이 하며 마음을 많이 가라앉혔다. 시골에 오니 순박한 사람들과 정담을 나눌 수 있어서 좋았다. 기분전환이 잘되어 신애는 시댁을 더 좋아 하게 되었다. 가신 분을 잊기 위해서는 살아 계시는 분들과 좋은 시간을 갖는 것이 하나의 방법이라고 느꼈다. 앞으로 더 자주 혼자라도 와야겠다는 생각이 들었다. '시댁 식구가 참 좋다'는 생각을 하며 다른 한편으로 행복을 찾을 길이 있어서 다행이기도 했다. 행복도 스스로 찾아야 한다고 느끼며 시댁 식구가 참 좋았다. 오늘따라 더 좋았다.

32

아이엠에프가 한국정부에 구조조정 압력을 높이는 가운데 많은 기업이 문을 닫고 합병을 하며 대대적인 감원을 했다. 재벌기업은 대마불사라 하여 건재한 것 같았다. 그러나 용구가 있는 재벌은 원채빚이 많아 자주 언론에 오르내렸다. 그런데도 회장은 구조조정은 커녕 돈을 더 빌릴 생각만하고 있는 것 같았다. 돈 빌려서 재벌로 키웠으니 돈만 빌리면 된다는 생각과 재벌이 망하면 나라경제도 망하니 누구도 자기에게 꼼짝 못한다는 배짱인 것 같기도 했다. 그런데 재벌이 아이엠에프를 이길수 있을지는 의문이 아닐 수 없었다. 용구는 날이 갈수록 불안해지기 시작했다. '내가 배운 경제학은 그게 아닌데'라는 생각과 K대학 그 경제학교수의 말에 의하면 무사하지 않을거라는 생각이 들었다. 그렇다고 부장인 내가 회장을 만나서 구조조정을 해야 한다고 말하기도 어려웠다. 상무가 있으면 상무한테 이야기 하겠는데 상무도 없고 벙어리 냉가슴만 앓아야 했다. 벙어리냉가슴이 불안으로 압박해 오는 것 같았다.

그런데 날이 갈수록 사태는 나빠지기만 했다. 정부가 우정 국민을 안심시키려고 비교적 좋은쪽으로 발표하고 있으나 외국 기관이 발표하는 경제상황은 위기를 피부로 느껴야 할 만큼 비관적이었다. 실제로 경제성장은 마이너스 5%를 넘었고 소비가 10% 이상 감소했으며 투자는 50%가까이 떨어졌다. 우리나라가 외환위기를 맞게 되기 2, 3년 전부터 한국경제의 위기를 예측했던 미국의 증권전문가 스티브 마빈 씨는 우리나라 경제를 당분간 '죽음의 고통에 빠질 것'이라고 하였다. 금방 회복 될 것이라고 믿고 버티고 있는 우리 그룹의 회장님은 대체 어떤 생각을 하고 있는지 의심만 심해졌다. 이제 기획조정실이 할 일도 딱히 없는 것 같고 구조조정을 하면 기획조정실이 먼저 없어질 것만 같은 생각도 들었다. 정부는 은행과 금융사들을 손보고 있는데 어느 정도 진행되면 재벌을 본격적으로 손본다는 소문도 자자했다. '재벌을 손보기 시작하면 우리가 영순위일 텐데'생각하니 아찔해 졌다. 정부는 재벌의 업종별 통폐합을 유도하고 자금 확보 및 안정화를 강요하며 부실을 털어 내라고 요구했다. 용구가 있는 기획조정실에서 대충 준비한 계획안만해도 우리 그룹이 해야할 일은 어마어마하였다. 그런데 회장의 전략은 아직도 밀어내기 수출에 치중하다보니 외상 수출이 늘어나고 액수로는 많으나 실질적인 자금 확보는 악화일로였다. 시중에는 우리 그룹이 어떻게 될 것인지 말이 많고 루머도 난무했다. 용구는 답답하여 견딜 수가 없어 S그룹의 이창배부장한테 전화를 걸었다.

"여보세요, 이창배부장 계십니까? 저 D그룹의 한용구입니다."

"예, 부장님, 계십니다. 바꿔드리겠습니다."

여직원의 말투가 우리네 그룹의 직원들과 다른 것 같았다. 명랑하고 활기가 넘치며 당당하게 들렸다.

"아, 한부장, 나야, 잘 있니? 무슨일 없지?"

"별일은 없는데, 불안 해. 우리 회장님이 거꾸로 가는 것 같아. 무엇보다 우리 사무실 기획조정 업무를 깡그리 무시하는 것 같아. 지금은 실적보다 자금 확보가 급선무인데 먹혀들지 않아. 상무는 영영 소식도 없고, 나도 어떻게 해야 할지 모르겠어."

"한부장, 아니 용구야, 우리 전화로 이럴게 아니라 만나서 이야기하자. 내가 저녁 살 테니 이따 우리 사무실 근처로 와. 기다리고 있을게."

"알았어. 이따 봐."

용구는 창배한테 가기 전에 사무실에서 직원들과 이야기를 했다. 직원들도 용구 의견과 같았다. 하기야 신문을 보고 방송을 들으면 웬만하면 다아는 사실인데 회장만 엉뚱한 생각을 하고 있는 것 같다는 의견이었다. '모두 다 난리인데 우리는 어떻게 하려고 저러나 큰일이다'라는 의견이었다. 용구는 퇴근하면서 창배 사무실 근처 커피숍으로 갔다. 커피숍에는 손님이 거의 없었다. '커피숍에도 불경기인가' 생각하며 자리에 앉으려는데 창배가 들어섰다.

"용구야, 커피는 저녁 먹고 와서 마시고 바로 식당으로 가자. 근처에 예약해 놓았다."

"응, 그러자."

용구는 친구를 만나 오케이 렛스 고 슈어 등 평소에 유쾌하거나 신나서 쓰는 영어단어를 내뱉을 기분이 아니었다. 그저 창배로부터 무슨 소식을 들을 가 불안하기도 하고 중요하기도 하여 소식 아닌 소식이 궁금했다. S그룹은 미리부터 반도체 등 투자를 잘 하고 자금 관리를 잘 하여 탄탄한 그룹이니 이번 위기도 잘 해쳐나가리라 믿는다. 그래서 좋은 소식을 좀 들을까 기대도 했다. 조용한 일식집의 골방에 앉아 창배와 용구는 늦게까지 이야기를 했다. 용구가 먼저 하소연하듯 말했다.

"지금 정부가 재벌에 대해 구조조정하고 자금 확보하라고 다그치고 있는데 우리 회장님은 배짱인가 봐. 지금 배짱부릴 때가 아닌데 말이야. 우리말도 안 듣고 그냥 옛날식으로 밀어붙이고 있어. 수출만 하면 된다는 식으로 말이야. 그런데 외상 수출해 봐야 지금의 위기를 극복하는데 도움이 안 되는데, 이러다 당하는 것 아닌가 싶기만 한데. 정부는 계열사 40개에서 10개 정도로 줄이라는 지침 같은데. 정부가 이렇게 할 때는 이유가 있는 것 아닌가? 큰일이야. 우선 내가 불안해."

어두운 표정으로 맥주를 마시며 심각하게 듣고 있던 창배는 조심스럽게 물어 보았다.

"너희 회장님, 지금 어디 계시니?"

"폴란드에 출장 가셨어."

"지금 폴란드 공장 보고 계실 때가 아닌데"

"그러게 말이야. 큰 일 났어."

" 우리 그룹, 이야기할게. 그토록 애써서 지었던 자동차공장 팔기로 했어. 그리고 웬만한 것 다 넘긴데. 궁극적으로는 전자, 보험 등 몇개만 갖고 다 팔 각오를 하고 있데. 자금 확보에 자신이 있는데도 말이야. 아직 우리그룹 회사채는 상당히 유리한 조건으로 소화가 가능한데도. 내가 보니까 오히려 지금 자금 확보에 여유를 가졌다가 나중에 회복이 되면 그냥 치고 나가려는 것 같아. 나중에 보라고, 한 번 빅푸~쉬가 있을지 몰라. 역시 너희 그룹하고 차원이나 전략이 다른 것 같아."

"그러게 말이야. 지금 차라리 돈 될 만한 것 팔아서 자금 확보했다가 나중에 회복될 때 주워 모으면 더 커 질수도 있을 텐데, 말이야. 회장이 눈이 멀었어. 옛날 스타일에서 못 벗어나고 있어. 이거 어떻게 하면 좋지? 이러다 크게 당하는 것 아닌지, 불안해."

창배는 아주 조심스럽게 운을 띄었다.

"이건 내 생각인데, 으~ 으~ 돌아가는 여러 가지 정황을 보니, 안 되겠어. 이래가지고는 당할 수 있어. 너희 그룹 말이야, 한 번 삐끗하면 것 잡을 수 없을 거야. 조금 더 있으면 웬만해서 사고자 하는 사람도 없을 것이고 내다 버려야 할지 몰라. 지금도 너희 그룹의 회사채가 바닥인데 조금 더 있어 더 어렵다고 소문나면 아무도 쳐다보지 않을 수 있어. 그러면 회사채 안 먹히면 무엇으로 이자 내고 자금 충당해서 기업 살려? 그렇게 되면 방법이 진짜 없어져. 아무리 재벌이라도 자구능력 없으면 그러니까 회사채가 시장에서 안 먹히면 누가 부도를 막아 주겠어? 지금 은행이나 금융사들은 자기 코가 석자 아니 열자도 더 빠져 있어. 여차 하면 바로 부도처리 하려고 할 거야. 전에는 내가 죽으면 너도 죽는다 하고 협박이 통했지만 지금은 아니야. 지금은 협박 이전에 '너 죽어'하고 당장 부도처리하고자 할거야. 이러나저러나 나는 네가 걱정이다. 좀 생각해 봤니?"

창배의 말을 심각하게 듣고 있던 용구는 일그러진 표정을 지으며 하소연하듯 말했다.

"사실 내가 진퇴양난이야. 힘든다는 말이 저절로 나올 지경이 되어 있어. 지금 이 처지에 그만 둔다고 하기도 그렇고, 한창 구조조정하느라 야단들인데 어디 가서 끼겠다고 나설 수도 없고, 그렇다고 내가 어디 가서 무엇을 벌릴 수도 없고. 정말 나도 어떻게 해야 할지 모르겠어. 회사 걱정 내 걱정 집안 걱정, 영 갈피를 못 잡겠어. 내가 어쩌다 이렇게 되었는지 나도 모르겠어. 팔자소관인가 운명인가 아찔하기만 해."

"그런데, 집안이라니? 집안에 왜? 무슨 일 있어? 너 네 집은 시골이잖아, 요즘 시골이 제일 편하고 좋다고들 하던데. 제도권에 위기가 오면 제도권 밖의 사람들이 살판났다고들 한다는데. 무슨 일 있어?"

"아니야, 그냥. 이것저것 다 그렇다고 하다보니까 그렇다는 거지."

용구는 장모문제를 잠재의식으로 갖고 있어 실수로 튀어 나올 번하기가 일수였다. 용구와 창배는 식당 문을 닫을 때까지 이런 저런 이야기를 계속하다가 희비가 엇갈리는 기분으로 헤어졌다. 대학졸업하고 그룹에 취업할 때는 별 생각 없이 차이를 못 느끼고 들어갔는데 위기가 닥치고 보니 큰 차이가 나고 말았다. 이것도 운명이라는 것인가 싶기도 하고 어쨌든 세상이 원망스러웠다. 용구는 씁쓸한 기분을 감추지 못하며 집으로 향했다. 그런데 집에서 신애가 어떻게 하고 있을 가 생각하니 아찔한 기분이 들었다. 긴장되기도 하고 어떻게 달래나 고민되기도 했다.

"여보, 나 왔어. 여보."

"정무 아빠, 잘 다녀오셨어요? 힘들었지? 내가 당신 주려고 맛있는거 해 놓았어요."

신애가 계속 울고만 있을 줄로 알고 긴장했던 용구는 정상이나 다름없는 신애의 언행과 기분에 놀라지 않을 수 없었다.

"당신, 괜찮아? 오늘 어디 갔다 왔어? 집에만 있지 말고 어디 좀 다녀오지 그랬어."

"여보, 오늘 나 좋은데 다녀왔어. 돌아가신 우리 엄마께 감사도 드리고 축복도 해 드리며 보답도 하려고 좋은데 다녀왔어요. 어디 다녀왔는지 알아 마쳐봐요."

"으~, 절? 교회? 친구 집? 저기 영필이네? 계속 고개를 흔드네, 어디? 고모 집은 아닐 테고, 어딜 갔다 왔어? 좋은 데라니, 당신이 좋은데 라면 글쎄 어딜 가?"

"나 오늘 당신 집에 갔다 왔어요."

"시골 우리 집? 아버지 어머니 계신데?"

"응, 나 재미있게 있다 왔어. 나 엄마 돌아가신 슬픔을 많이 풀었어요. 엄마한테 갖고 있던 애정을 당신 부모님께 다 드렸어요. 너무 좋았어. 당신 부모님이 계신다는 게 너무 다행이야. 당신 시골집 식구들이 나를 너무 좋아 해. 우리 엄마가 나를 좋아 하신 것을 오늘 당신 식구들한테서 다 받았어요. 다. 나 행복해. 당신! 내가 죽도록 사랑할게."

신애의 능청스럽기까지 한 말에 용구는 깜짝 놀랐다. 상상도 못했던 천지개벽이었다. 자기 어머니가 돌아 가셨는데 우리 집에 가서 효도를 하고 우리 집 식구와 잘 지내고 왔다니 어찌 되었단 말인가? 장모님이 돌아가신 것을 위로 받아서 그랬나? 뭔가? 무슨 말을 했기에 저러나 의심도 들었다.

"여보, 내가 집에서 가만히 생각해 보니 혼자서 슬퍼해 봐야 나만 더 슬퍼지고 정신적으로 더 어려워지기만 할 것 같고, 그래서 시골 부모님 뵙고 식구들 하고 정을 나누러 갔었어요. 그런데 내가 아무 말도 안 했는데 온 가족이 나를 그렇게 반가워하시며 나를 추겨 세우시고 위로하고 진짜 가족으로서 나를 행복하게 해 주신 거 있지! 진짜 나를 반가워하셨어. 내가 혈혈단신 혼자인데 어쩌면 온 가족이 나를 여왕 모시듯 하는데 내가 너무 감동 받았어. 당신 가족이 나를 무조건 사랑하고 있다는데 내가 스스로 놀랐어요. 만약 내가 결혼을 안 하고 혼자 있다가 엄마를 잃고 슬퍼하고 있다고 해 봐, 누가 나를 쳐다나 보겠어. 어디 가서 이런 기분을 가질 수 있겠어. 누구하고 무슨 말을 할 수 있겠어요. 나 당신과 결혼하여 당신 가족과 가족의 정을 나눌 수 있다는게 너무 행복했어요. 정애하고 이야기를 많이 했는데 어쩌면 정애가 나를 그렇게 좋아할까 감탄했어요. 친딸 보다 나았어. 내 감정이 말이요. 우리 엄마 말을 꺼내면 온 가족을 슬프게 할 것 같아 말을 안 꺼냈어. 우리엄마 문제는 내 혼자로 끝내요, 여보. 나중에 다른 사람을 통해 들으시면 그때 당신이 변명해요. 나는 시골 가족과 아무렇지도 않게 모르는 척하고 가족 관계를 유지하며 행복을 찾을게요. 찾을 필요 없이 그냥 행복해요. 당신이 허락한다면."

"사람, 참, 무슨 내 허락이야. 농담도 말이 되게 하시지. 신애 씨."

"당신 가족이 참 좋아, 나한테는 천하에 둘도 없는 친 가족이야. 나 자주 갈게. 당신이 바쁘면 나 혼자 갈 테니 말리지 말아요."

"아주, 점점 더, 내가 왜 말려? 그런데 하나 걱정이 있어. 당신, 나 버리고 아예 시골로 가버리는 거 아니야? 그럼 나는 혼자 살아? 약속해 나를 버리지 않는다고."

"당신이 시골 집 식구들 하고 어쩌기만 해 봐라 내가 앞장서서 당신을 혼내 줄 거야, 아니 버릴 거야. 조심하시라고요."

말이 끝나기도 전에 신애와 용구는 서로 부등켜 안고 떨어질 줄 몰랐다. 용구의 머릿속에는 이상야릇한 감정이 흐르고 있었다. 아무도 없는 무남독녀 신애가 마지막 피붙이인 자기 어머니를 여이고 그 슬픔을 우리 가족에 대한 가족애로 풀었다니 이는 분명히 천지신명 아니 삼신할머니의 뜻이 작용했다고 느꼈다. 이럴 수가 있나 몇 번이고 되 새겼다. 창배와 이야기를 나누며 천근만근으로 가라앉았던 우울한 감정이 말끔히 사라지고 신애에게서 찐한 행복감을 맛보았다. 신애를 더욱더 찐하게 사랑하고 아껴야겠다는 생각을 하면서 무엇으로 어떻게 한번 놀라게 할까 고민하고 계획했다. 신애가 우리 집에 가서 그렇게 슬픔을 이겨 내고 이렇게 변할 수도 있구나 생각하니 너무나 짜릿한 행복을 느낄 수 있었다. 사람에게는 늘 예기치 못 한 일들이 다양하게 벌어지고 있구나 생각하니 슬픔도 기쁨도 생각하기에 달렸다고 느꼈다.

33

재벌에 대한 구조조정 압력은 날이 갈수록 강해지고 있었다. 재벌 중에서도 D그룹에 대한 압력이 더 심했다. 그도 그럴 것이 이 그룹의 회장이 빚을 겁내지 않는 경영스타일이기 때문이기도 했다. 기업의 부채를 줄이라는 것이 아이엠에프의 방침인데 조무래기 기업들의 부채는 줄이면서 그룹의 부채는 그냥 두겠다면 전체적인 구조조정이나 외환위기를 극복하는데 차질이 생길 수밖에 없는 상황이 될 수 있었다. 이렇게 되면 어쩌면 D그룹은 독 안의 쥐가 될 수도 있었다. 은행대출이 어렵게 되자 D그룹은 돈 빌리는 방법을 회사채와 CD를 이용했다. 그런데 사실 은행에서 돈을 빌리기 어려워 회사채를 발행하면 회사채금리가 천정부지로 올라 갈 뿐만 아니라 나중에는 회사채이자 때문에 회사채가 소화되지 않는 사태가 벌어지게 될 수 있었다. 게다가 정부는 금융기관에 회사채와 CD 보유를 제한까지 하게 되었다. 시중에는 각종 루머가 난무했고 D그룹에 물린 금융기관은 안절부절 못하게 되었다. 그런데도 기획조정실에는 아무런 지시나 방침이 내려오지 않았다. 용구는 이런 사태의 진전을 어느 정도 짐작하고 있기 때문에 진퇴양난에 처해 있게 된다는 것을 직감하고 있었다. 그렇다고 이 시점에서 어떻게 해 볼 방법도 없었다. 벙어리냉가슴으로 속만 태우고 있어야 했다.

용구는 너무나 답답하여 창배한테 전화를 걸었다.

"여보세요, 이창배부장 계셔요? 저 한용구입니다."

"예, 한부장님, 부장님 바꿔드리겠습니다."

S그룹 사람들은 목소리 톤부터 달랐다. 당당하고 활기차고 친절하며 마치 건재함을 뽐내는 것 같았다. 창배의 목소리도 활기차고 당당했다.

"어, 한부장! 반갑다. 별 일 없지? 잘 있니?"

잘 있느냐는 창배의 인사에 용구는 움칫하며 약간 당황했다.

"으~응, 그래 잘 있다. 너도 잘 있지?"

"그럼 나야 잘 있지. 언제 만나자."

"그런데 말이야, 사실은 요즘 돌아가는 상황을 보니 우리 그룹이 무사할 것 같지 않아. 그 많은 빚을 회사채와 CD로 연명해나간다는 게 말이 안 되는 것 같지 않니? 그런데 회사가 너무 조용해. 그래서 더 불안 해."

"용구야, 말이 나와서 말인데, 시중에 너희 그룹에 대해서 별 소문이 다 돌아. 나는 네가 걱정이다. 여느 때 같으면 다른 데로 옮기면 되지만 지금은 비상사태라 있는 사람도 나가야 할 판이니 걱정이야."

"고맙다. 너희 그룹은 괜찮지?"

"응, 괜찮아. 별 일 없이 넘어 갈 것 같아."

"좋겠다. 우리 그룹에 대해 특별한 소식 들으면 연락 좀 해 줘. 다시 전화할게. 잘 있어."

"그럼, 연락할게, 잘 알아보고 잘 알아서 해라."

창배가 '잘 알아서 하라'는 말의 의미를 되새겨 보니 회사를 정리하라는 뜻인 것 같았다. 용구는 어떻게 해야 할지 막막하기만 했다.

해가 바뀌어 중순이 되자 D그룹의 회사채와 CD를 갖고 있는 금융기관들이 만기연장을 거부하게 되었다. 자사 금융사를 통해 조달하던 자금도 끊어지게 되었다. 사실상 부도가 난 것이었다. 회사는 담보도 마련해 보고 계열사를 정리도 해 보았으나 하나도 제대로 먹혀들지 않았다. 결국 다 넘어가고 하나도 남는 것이 없었다. 끝까지 자동차 하나라도 살려 보려고 공장에 가 앉아서 버티어 보던 회장도 한 달도 못 버티고 손들고 나왔다. 잘못되면 감옥가게 생기기도 했다. 아주 쫄딱 망해 버렸다.

회장이 욕심 부리느라 끝까지 버티는 바람에 후유증이 예상 보다 컸다. 완전히 바닥이 나게 되면 실제로는 마이너스가 되어 버리는 것이 위기의 특성인데 이렇게 되면 그 후유증이 엄청날 수밖에 없었다. 대책 없는 버티기는 결국 구성원들에게 피눈물의 퇴직금도 다 날려보내는 결과가 될 수밖에 없었다. D그룹은 단순한 그룹해체나 부도처리를 넘어 금융기관에 돈을 맡긴 사람, 회사채와 CD를 갖고 있는 사람, 자기 구성원 등 이루 헤아릴 수 없는 수의 사람들에게 천문학적인 피해를 입혔다. 용구도 그 중 한 사람이 되었다.

그룹이 해체되자 다른 직원과 마찬가지로 용구도 그동안 근무한 법정퇴직금마저 한 푼 못 받고 사무실을 떠나야 했다. 용구는 이렇게 될 것이라는 것을 짐작을 하면서도 손을 쓰지 못 하고 당하기만 했는데 대한 후회와 절망 그리고 분노가 남달랐다. 자살이라도 하고픈 심정이었다. '장모님은 자기가 자기 무덤을 파서 자기가 스스로 무덤에 들어가셨기에 할 말이라도 있으셨지만, 나는 내 무덤을 내가 판 것이 아니라 회장이 자기 무덤 자기가 파는데 내가 본의 아니게 아니 버티려다가 버티지 못하고 끌려 들어가게 되었다'는 생각이 들면서 분노가 하늘을 찔렀다. 스카이대학 나와 출세했다고 탄탄히 믿고 계시는 시골 부모님과 형님 댁, 그리고 나를 모델로 여기는 조카들, 남편 믿고 태평하게 마음 놓고 있는 사랑하는 신애, 기대가 부풀어 있는 아들 정무 등 해서 이들을 무슨 낯으로 대할 가 생각하니 앞이 캄캄했다. 이런 체면도 체면이지만 당장 집 담보에 대한 이자와 생활비 그리고 정무 학비 등을 생각하니 당장 쓸어 질 것만 같았다. 회사에서 짐을 정리하고 나온 용구는 그냥 집에 들어 갈수가 없어 만만한 영필을 불러냈다.

"저 용구인데요, 영필 사장 좀 부탁드려요."

"사장님 바꿔 드리겠습니다."

"으~ 용구야 웬 일이야? 퇴근길이니?"

"아니, 퇴근 아니야."

"무슨 말이야 지금이 퇴근 시간인데."

"나 퇴근이라는 거 없어졌어. 그러지 말고 오늘 술 한잔 사다고. 자세한 것은 만나서 이야기 하고. 영필아. 나 좀 봐줘라. 응."

"이 친구 왜 이래. 그래 그 할매 집으로 와, 나도 금방 갈게."

할매 집에 도착한 용구는 할매한테 내색을 하지 않고 능청스럽게 한마디 했다.

"할매, 저 승진했어요. 이제 할매 집에 못 오게 되었어요. 할매! 돈 많이 벌어서 더 편하게 사세요."

안 하던 소리를 하는 용구를 한참 바라보고 있던 할매가 한마디 했다.

"한부장, 축하는 한다만 이상한 소리하네. 승진했다고 우리 집에 안 오다니 그게 무슨 소리야? 이 사람아, 승진하면 더 자주 와야지. 그래야 내가 더 맛있는 거 차려 주지. 왜 그래, 한부장, 아니 한상무.

아 아직 상무 아닌가, 그럼 한이사, 무슨 일 있나?"

"아니에요, 할매. 그냥 해 본 소리요. 아무 것도 아니에요. 할매집에 올게요. 할매."

용구는 자기가 그만 두었다는 것을 까맣게 모르고 있는 할매가 자기를 이상하게 보는 것은 당연하다고 생각하면서 앞으로 얼마나 많은 사람이 자기를 이상하게 볼 것인가 생각하니 아찔하기만 했다. 이럴 때 솔직한 심정을 털어 놓을 수 있는 친구가 있어서 다행이었다.

"할매, 용구 왔어요?"

큰 소리로 외치며 들어오는 영필은 용구를 일초라도 빨리 만나고 싶어 하는 우정의 말투가 버릇처럼 되어 버렸다.

"나, 여기 방에 있어."

"빨리 왔구나, 회사가 안 바쁜 모양이지."

"우선 앉아서 밥이라도 먹으며 이야기하자. 할매 우리 밥 좀 주세요."

용구는 여유를 가지려고 애를 쓰는데 영필은 용구에게 무슨 일이 있는 것 같아 좀 성급하게 서두르려는 눈치였다. 할매가 밥상을 차리는 동안 영필이 먼저 말을 꺼냈다.

"아까, 전화에서 퇴근이 없어졌다고 했는데 무슨 말이야? 왜 회사가 어떻게 되었나? 너희 회사, 요즘 하도 말이 많아서 영 불안해. 그래도 너는 괜찮겠지?"

성급하게 말을 하는 영필에게 여유를 부리는데도 한계가 있겠다고 느낀 용구는 할 수 없이 털어 놓을 밖에 없었다.

"오늘 말이야, 회사에서 짐을 싸놓고 나왔어. 그래서 이제 더이상 출근이 없어졌으니 퇴근도 없어진 거지. 나 이제 백수가 되었어. 중년실업자가 된 거야. 실업자 신세 첫날 너하고 기념 술, 한잔 하자고 한거야. 그런데 회사 아니 그룹이 눈 깜짝 사이에 쫄딱 망하니까 한 푼 건질 것도 계산 할 것도 정리할 것도 없고, 고별이다 이별이다 작별이다 등 입에 담을 처지도 못 돼서 모두 다 슬그머니 쥐구멍 빠져나가듯이 조용히 없어지고 말았어. 부장으로서 뭔가 하려고 해도 할 것이 없었어. 나도 내 코가 석자나 빠져 앞이 캄캄하기만 한데 눈에 보이는 게 아무 것도 없었어. 이 놈의 세상 이렇게까지 될 줄 누가 알았나. 짐작은 했지만 망할 때는 그 자리서 그냥 폭삭해 버리네. 숨 쉴 틈도 없어져 버렸어. 에이 술이나 마시자."

용구의 말에 귀를 의심한 영필은 무슨 말을 어떻게 해야 할지 몰라 멍하니 용구의 얼굴만 쳐다보고 있었다. 꿈에 용구를 만나 이상한 소리를 듣는 것 같기도 하고, 진짜로 세상이 뒤집히나 생각되기도 하고, 말만 들은 아이엠에프가 진짜로 우리 주변에 나타나 괴력을 발휘하는 것 같기도 했다. 아이엠에프가 우리나라를 이렇게 만들었는지 우리나라가 아이엠에프를 끌어들여 우리가 우리를 이렇게 만들었는지 이상하기만 한데, 이것이 우리나라를 위기에서 구하는 과정인 것 같다는 생각이 들자 용구 일이 걱정 되었다.

"아니 그동안 잘 있다고 했잖아? 어떻게 갑자기 이러는 거야? 네가 나를 속이려고 했던 것은 아닐 테고, 결국 너희 그룹 회장이 자기 무덤 자기가 팠는데 네가 그 무덤 낭떠러지에 떨어지듯 떨어져 버리게 된 거 구나. 야, 이거 충격이다. 나는 설마 했었는데. 어쩌다 너한테까지. 그럼 어쩌지? 자 술이나 마시자!"

용구는 영필의 탄식에 가까운 말에 무슨 말을 이어야 할지 몰라 가만히 술만 마셨다. 친구의 실직에 어쩔 줄 몰라 하는 영필은 술맛이 말이 아니었다. 그래서인지 술이 더 잘 안 받았다. 빨리 취하는 기분이었다. 맥주 몇 잔에 혀가 꼬부라질 영필이 아니었는데 오늘은 이상

하게 빨리 쉽게 취해 버렸다.

"야! 용구야, 걱정마라, 내가 있잖니! 내가 너 어디든 취직시켜줄게. 걱정 마라. 아이엠에프! 지 까지 것, 지가 뭔데. 우리, 이래도 스카이 출신이야. 왜 이래! 야 아이엠에프 너, 두고 봐라, 우리 보란 듯이 떵떵 거리며 본대를 보여 줄 거야. 야, 용구야, 기죽지마라. 우리가 어디 출신이냐, 대한민국에서 스카이 대학 당할 놈 나와 보라 그래. 너희 회장은 스카이 대학출신이 뭐 그래? 왜 우리 용구를 실직하게 만들어? 용구 네가 뭐 갈 데가 없니? 우리 동창 다 동원하면 안 될게 없어. 아이엠에프도 너끈히 뚫고 만다. 자, 나가자 스카이 대 ... "

용구는 일면 속이 시원하면서도 자기 신세를 대신 타령해 주는 것 같아 씁쓸한 감정은 금할 수 없었다. 영필과 같이 취하기 위해 맥주를 병째로 들어 마셨다.

두 사람이 곤드레만드레 되었을 때 할매가 소리쳤다.

"이 사람들아! 웬 술을 그렇게 많이 마셔? 이제 정신 차리고 집에 갈 준비해라. 정신 차려, 정신."

할매의 소리에 정신이 번쩍 난 영필과 용구는 두 손으로 얼굴을 쓰다듬으며 자리에서 일어났다. 밤은 열두시를 넘기고 있었다. 술을 마실 것에 대비해 기사를 기다리라고 했다. 영필이 용구를 집에 데려다 주며 말 했다.

"용구야, 실망하지마라. 하늘이 무너져도 솟아 날 구멍이 있다고 했다. 설마, 밥 굶겠니? 우리 맑은 정신으로 잘 생각해 보자. 내일 우리 사무실에 와라. 기다리고 있을게."

"고맙다, 잘 가라."

용구가 아파트 문을 여니 신애가 눈이 말똥말똥 해 가지고 용구의 손을 잡아끌며 다그치듯 말했다.

“여보, 뉴스 보니까, 당신 회장, 감옥 갈지도 모른다고 하는데, 어찌 된 거야? 말 좀 해 봐. 당신은 어떻게 되는 거야? 우리는 어떻게 해?”

용구는 일부러 취하는 척하며 신애를 달랬다.

“여보, 나, 취했어. 무슨 소린지 모르겠는데. 나 자야겠어. 아우 졸려.”

신애도 어쩔 수 없어 용구를 더 이상 붙들고 말을 하려 하지 않았다.

용구가 아침에 일어나 아침을 먹으러 식탁에 앉으니 신애가 용구 눈치를 살피며 무슨 말을 꺼내려 하다가 안하고 인사만 했다.

“당신, 어제 술을 많이 마셨는데, 해장으로 북어국 끓였으니 속 좀 풀어요.”

“응, 어제 술 좀 마셨어. 오늘은 늦게 나갔다 일찍 올게. 의논할 거 있으니 집에 있어.”

“알았어요.”

용구는 신애가 충격을 받을까봐 아침을 피하고 나중에 말하기로 하고 출근하는 척 했다. 사무실에 나가 보니 직원 중 반만 나와 짐을 챙기는 둥 마는 둥 하며 정신없어 하고 있었다. 아무도 무슨 말을 하려 하지 않았다. 모두가 자기 일 자기가 알아서 하기로 하고 구차하게 이러쿵저러쿵 하지 않으려는 눈치였다. 그래도 부장으로서 마지막 날 점심 하나는 사야겠다고 생각하고 근처 식당으로 오라고 하고 먼저 가서 기다렸다. 점심을 다 먹고 일어설 때까지 아무도 직장에 대해 말하지 않았다. 누구 하나 뾰족한 수가 있는 것도 아니고 집안 사정이 딱하지 않은 사람도 없었다. 누가 누구한테 무슨 말을 할 수 있는 분위기도 상황도 처지도 아니었다. 모두 말이 없으니 용구로서는 다행이었다. 무슨 말을 하면 할 말이 없을 뿐만 아니라 잘못 말하면 불난데 그름 붓기라도 할 것 같았다. 용구는 인사 아닌 인사로 한마디만 했다.

"언제 기회가 되면 다시 봅시다."

직원들도 형식적인 인사 한마디로 대신했다.

"예, 부장님, 안녕히 가세요."

용구는 오후에 집에 돌아와 신애한테 이야기 하려 했다. 그런데 신애는 이미 다 알고 작심하며 오히려 용구를 위로하려 했다.

"여보, 알아요. 당신회사의 회장이 그렇게 되는데 당신인들 어떻게 하겠어? 이거 다 운명 아니겠어요. 우리 받아들이고 제2의 길을 찾아봅시다. 나는 당신이 잘 하리라 믿어요. 힘내세요."

신애의 따뜻한 위로에 용구는 저절로 힘이 솟는 것 같았다.

34

막상 실직을 하고 다시 생각해보니 세상은 완전히 전쟁 같았다. 총칼만 없다 뿐이지 전쟁보다 더 하면 더 했지 덜 하지 않았다. 빈털터리로 실직하는 사람 보다 더 한 사람이 많았다. 빚더미에 앉아 정상적인 생활을 할 수 없게 된 사람이 의외로 많았다. 금융위기다 보니까 부도로 전 재산 마이너스 되는 사람이 많았다. 평생 일군 전 재산을 부도로 하루아침에 다 잃고 피해 다녀야 하는 사람에 비하면 위로 아닌 위로가 되기도 했다. 어디 가서 무엇을 할 것인가 생각하기도 전에 세태부터 먼저 제대로 알아야 하겠다는 생각에 용구는 당분간 직장을 구하지 않고 있는 그대로 방법을 강구해 보기로 했다. 용구는 그동안 연락도 못 하고 지낸 친구와 선후배 동창들 그리고 광범위의 동료들을 찾아다니며 여러 가지 말을 들어 보기로 했다. 바쁘게 돌아다니며 많은 이야기를 들으니 또 다른 세상이 있는 것 같기도 했다. 세상은 의외로 복잡하고 어려웠으며 산다는 것이 고난의 행군 같다는 것을 실감했다.

그런데 지금 당장 눈앞에 닥친 문제는 매월 내는 이자를 안 내도록 해야 하고 정무유학비를 계속 송금해야 하며 생활비로 얼마의 돈이 있어야 했다. 그동안 현금을 모아 둔 것이 없으니 아파트를 팔아 필요한 돈을 남기고 나머지 돈으로 어디 전세를 얻어 가던지, 아니면 값이 싼 지역으로 이사를 가 싼 아파트를 사고 그 차액으로 우선 당장 필요한 돈을 써야 할 형편이었다. 그런데 아이엠에프 위기가 부동산 가격을 얼마나 떨어뜨렸는지 감을 잡기 어려웠다. 매매가 거의 없으니 감을 잡기가 어렵고 지금 내 놓으면 급매물이 되어 시세 보다 싸게 팔 수 밖에 없을 것 같았다. 이럴 줄 알았으면 미리 팔 것을 그랬다 싶었지만, 사람 일 미리 짐작할 수 있으면 누가 부자 못 되겠나 싶기도 했다. 신애더러 좀 알아보라고 했더니 말도 못 붙이게 했다. 급매물로 나온 것이 한두 채가 아닐 뿐만 아니라 매매가 거의 없어 내 놓아도 안 팔린다고 했다. 신애는 용구를 측은하게 생각하면서도 위로하고 달래주려고 애를 썼다.

"여보, 우리 보다 더한 사람 많아요. 우리는 그냥 직장에서 빈손으로 나왔지만 부도 난 사람들은 빚을 안고 나왔기 때문에 감옥에 안 가기 위해 있는 것 다 팔아도 안 된다고 울상이이에요. 우리는 유학비를 보내기 위해 돈이 필요하지만 국내에서 학원 보내는 사람들은 학생과 학원과 학교와 부모가 범벅이 돼서 전쟁이래요. 나는 망해도 애는 망칠 수 없다 하는가 하면, 부도나서 죽을 지경인데 학원이 문제야 하기도 하고, 선생이 애부모를 불러 굶어도 공부는 안 시킬 수 없다고 닦달을 하기도 하고, 심지어 자살하겠다는 아버지도 있데.

여보, 내가 당신 몰래 꿍쳐 놓은 돈이 조금 있으니 조용히 조금만 더 보고 상황판단하기로 합시다. 우선 당신, 좀 쉬어요. 내가 오늘 자장면 사줄게. 이 강남에 전쟁이 벌어지고 있으니 당신은 나의 위로를 잘 받고 좀 쉬면서 구경만 해요. 재미있는 소식은 내가 물어다 줄게. 그 대신 조용히 해야 해요."

직장을 잃으면 몸져누울 줄 알았던 신애가 의연한 태도로 대처하는 것을 보고 용구는 감격했다. 신애의 말을 따라 하면서 시키는 대로 하기로 했다.

"당신, 다시 봤어. 나를 이토록 편하게 해 주네. 나는 당신이 나를 구박하고 밀어내며 못 살게 굴까 걱정했는데 반대네. 당신한테 이런 면이 있었네. 나, 당신 존경해. 우리 집 보배, 나 한 번 안아 줄게."

"왜 이래요, 쑥스럽게. 자, 내가 당신 시간 나면 읽으라고 책 사 놓은 것 있어요. 마음의 양식, 잘 소화하세요."

"여보, 진짜, 고마워."

신애가 꿍쳐 놓은 돈이 얼마인지 알 수 없는데 그렇다고 얼마냐고 물어 볼 수도 없고 얼마나 버틸 수 있을지 불안하기도 했다.

한 두 달이 흐르고 육 개월이 지나면서 세상이 약간씩 바뀌고 있는 것을 느낄 수 있었다. 아이엠에프가 요구한 구조조정이 어느 정도 진행되었고 수출이 여전히 잘 되고 있으며 외국인이 자금을 많이 갖고 들어와 많은 물건을 사면서 우리나라 기업들 자금사정의 숨통이 어느 정도 트이기 시작하면서 경기도 풀리고 시장이 살아나며 경제가 정상으로 돌아오기 시작했다. 완전히 회복되기에는 좀더 기간이 걸리겠지만 회복 방향은 좋았다. 이런 현상이 지속되자 용구에게는 사정이 아주 유리해졌다. 그동안 버티며 상황을 보고 있는 사이 강남의 아파트 가격이 바닥을 치고 다시 오르기 시작했기 때문이었다. 조금만 더 버티면 아이엠에프 이전 가격으로 돌아갈 수 있다는 소문도 심심찮게 나돌았다.

용구가 계속 놀 수가 없어서 몸부림 쳐 보려고 영필을 만났다. 여느 때처럼 할매 집에서 만났다. 용구가 먼저 말을 꺼냈다.

"영필아, 나 이제 뭐좀 해 봐야겠어. 이제 놀만큼 놀았고 신애가 꾸리고 있는 생활비도 바닥날 때가 되어 가는 것 같고, 이러다가 고등룸펜 될 것만 같기도 하고, 이제 그만 놀까 한다. 어떻게 하면 좋을지? 좋은 수가 없겠니?"

그러지 않아도 용구를 만나 깨 놓고 이야기 해야겠다고 생각하고 있던 영필은 솔직히 말했다.

"용구야, 너, 너무 많이 쉬었다. 노는데 맛 들이면 나중에 일이 있어도 일을 못 할 수도 있어. 이제 그만 놀고 뭐 좀 해봐. 내가 거래하고 있는 중소기업에 이야기 해 볼까? 그 기업, 지금은 괜찮아, 아이엠에프도 잘 넘겼고 이제부터는 점점 더 괜찮아질 것 같아. 너무 부담 갖지 말고 사장과 발만 잘 맞추면 될 거야. 어때? 내가 한 번 운을 띄워 볼까?"

"중소기업에 대해서는 경험도 없고 생각을 별로 해 보지 않았는데, 고맙다, 한번 생각해 볼게. 어디서 무엇이든 할 수만 있다면 해 봐야지. 그런데 오래 놀다 보니 어디 가서 일하기가 쉽지 않을 것 같다. 은근히 겁이 난다. 앞으로 당분간은 대기업은 어렵겠지? 우리그룹은 완전히 갔고 다른 그룹도 어려울 거야, 아마. 대기업은 이제 뽑아도 신규나 뽑지 나 같은 경력자 뽑겠어? 괜찮은 중견기업이라도 있으면 좋겠는데."

"대기업은 물론이고 중견기업도 완전히 회복되어 옛날로 돌아 가 경력자를 충원하기는 쉽지 않을 거야. 한번 이런 일을 겪는 동안에 사람이 밀리고 쌓이는 바람에 일이 꼬인단 말이야. 아이엠에프 때 나온 사람들이 다 소화가 되려면 내가 보기에는 몇 년이 걸릴 것 같아. 거기다가 신규인력이 또 나오니 쉽게 풀리지 않을 것 같아. 잘 생각해 봐라."

"네 말 맞아. 나 같이 놀고 있는 사람이 한 두 명이 아니더라. 그동안 사람들을 만나 보았는데 경제위기라는 것이 진짜 사람 죽이는 거야. 너 나 할 것 없이 참 어렵게 되었어. 어디라도 좋으니 나가 일을 하도록 해야지. 잘 알아 봐 줘. 이제 신애한테 면목도 없어졌어."

"야, 너 행운아다. 신애씨한테 어떻게 그런 제주가 있었는지 너도 몰랐지? 나도 놀랐다. 와이프도 깜짝 놀라더라. 네가 잘해 드려라. 뽀뽀 더 자주, 그리고 잘 모셔."

"그냥 죽어 산다. 그래도 나를 엄청 위해. 아마 내가 일 하겠다고 하면 더 잘 해 줄 것 같다."

용구는 집에 돌아와 영필을 만나 한 이야기를 신애한테 다 이야기 했다. 신애는 용구에게 부담을 주지 않으려고 달래듯 말했다.

"당신이 알아서 해요. 난 괜찮아요. 아직 조금은 더 버틸 수 있어요. 그리고 요즘 아파트매매를 알아보고 있는데 많이 회복되었어요. 조금만 더 있으면 아이엠에프 이전으로 회복될 것 같데요. 우리 조금만 더 있다가 아파트 팔아서 빚 없애고 어디 가서 전세 얻고 난 다음 정무학비와 생활비를 장만 합시다. 당신이 일을 하건 안 하건 내가 어떻게 해 볼게요. 너무 신경 쓰지 말아요."

"당신은 내가 실직이 되니까 완전히 여장부가 되셨어. 역시 부부는 힘을 합쳐 살기 마련이야. 당신한테 이런 용기와 재주가 있는 줄 미쳐 알지 못 했네. 이제 든든해서 힘 좀 펴며 살겠다. 마누라 덕이 이런 것이구나! 아 좋다."

"당신 그동안 정무 유학시키느라, 마누라 먹여 살리느라 고생하셨잖아요. 당신이 어려울 때 내가 나서는 거, 당연한 거 아니요? 너무 노심초사 하지 말고 마음에 드는 일자리나 구해요. 기다릴게요."

며칠 후 영필한테서 전화가 왔다. 자기가 이야기 한 그 중소기업에서 용구를 보자고 한다는 것이었다. 용구가 결심만 하면 일할 수 있을 것이라고 하면서 만나보라고 권했다. 용구가 만나 보겠다고 하자 영필이 약속을 잡아 주었다. 영필이 안내하는 데로 용구가 나갔다. 시장이 탄탄한 제품을 생산한다고 하면서 그 중소기업의 L사장이 회사를 소개했다. 사장 말대로라면 괜찮을 것 같았다. 용구는 여기에 있다가 경제가 완전히 회복되어 모든 기업이 회복되고 재벌기업이 정상화 되어 기회가 되면 다시 재벌회사에 기회를 볼 생각을 버리지 못한 채, 일단 나가 일해 보기로 했다. 용구가 일할 의사가 있다고 하자 그 중소기업의 L사장은 환영한다고 하면서 전무나 부사장 자리를 마련해 놓을 테니 바로 회사로 나오라고 하였다. 용구는 사장의 결정에 만족하면서 희망을 갖고 나가기로 했다. 그리고 그 사장은 나올 때 서류를 몇 가지를 갖추어 가지고 나오라고 했다.

이력서, 주민등록 사본, 현재 살고 있는 아파트의 등기부등본, 임감증면서, 인감도장 등이었다. 이력서와 주민등록 사본은 알겠는데 아파트 등기부등본과 인감증명서를 갖고 오라는 것은 이해가 잘 되지 않았다. 중소기업에 취업을 해 본 경험이 없는 용구는 무슨 이유가 있겠지 하고 일단 서류를 갖추어 나가기로 했다. 서류를 다 갖추어 회사에 가서 사장을 만나 서류를 건넸다. 사장은 서류를 보고 확인한 다음 직원을 불러 회사에서 준비한 서류를 갖고 오라고 했다. 직원이 서류를 갖고 오자 사장은 그 서류를 용구에게 내밀며 서류 끝에 한용구 이름을 쓰고 인감도장을 찍어 달라는 것이었다. 이런 서류가 한 두 개가 아니었다. 수북이 쌓일 정도로 많아 보였다. 이런 일을 경험하지 못한 용구는 얼떨떨 하여 정신을 잃을 지경이었다.

"사장님, 회사에 제출하는 서류에 왜 인감도장을 찍어야 합니까?"

"아, 부장님, 대기업에 계셨기 때문에 잘 모르셨을 줄 압니다만 우리 중소기업은 은행에 융자나 당좌 등 거래를 하려면 임원의 재정보증이 있어야 합니다. 재정보증에서 아파트를 담보로 잡아야 합니다. 별것은 아니 구요, 형식만 갖추는 것입니다. 우리 회사는 빚이 과도하거나 당좌대월 같은 것을 쓰지 않고 자력으로 해 나가고 있습니다. 은행이 안전하게 하려고 기업에 이런 저런 요구를 합니다. 부장님 재산에 압류가 들어가거나 차압이 집행되는 일은 없을 것입니다. 걱정하실 필요 없습니다. 우리 회사의 모든 임원이 다하는 형식입니다."

용구는 아파트등기부를 제출하고 인감도장을 서류에 찍는 것과 사장 말에 압류와 차압이라는 단어가 들어 있어 기분이 영 아니었다. 나중에 알아보기로 하고 일단 서류작성을 다 마치고 직원들 소개를 받았다. 재벌기업에 있었다는 사장의 소개에 직원들이 환영하면서도 아쉬워하는 눈치였다. '아이엠에프 아니었으면 이런 중소기업은 쳐다보지도 않았을 스카이대학 출신이 이런 중소기업에 오려고 하다니' 싶은 생각들을 하고 있는 것 같았다. 일단 용구는 영필이 소개한 그 중소기업에 정식으로 취업을 한 것이었다. 취업을 하기는 했지만 무언가 찜찜한 기분이 드는데 우선 신애가 어떻게 나올지 걱정이 되기도 했다. 그 중소기업에서 나와 영필의 사무실에 잠간 들렀다.

"권사장, 계십니까?"

"예, 계십니다. 사장님, 한부장님 오셨습니다."

"L사장한테서 연락 받았어. 서류 제출하고 내일부터 나가기로 했다면서. 잘했다. 일단 한 번 나가 봐. 있으면서 일도 파악하고 차차 업무도 장악하고 열심히 하면 좋은 일 있을 거야."

"그런데, 이상한 서유를 제출하라고 해서 좀 찜찜해."

"무슨 서류?"

"아파트 등기부등본 제출하고 서류에 인감도장 찍으라고 하고."

"아~ 그거 많이들 하는데, 그거 안 해도 되는데, 형식을 갖추려 하나? 글쎄."

"괜찮을까? 어떻게 되는 거 아니겠지?"

"글쎄, 내가 알기로는 그 회사, 괜찮을 걸로 알고 있는데. 특별한 일 없으면 괜찮지."

"특별한 일이 라니? 그게 뭔데?"

"부도나는 것 말이야."

"부도?"

"그 기업, 부도 안 나. 그러니 이번 외환위기 때 살아남았지."

"괜찮겠지, 그런데 좀 그렇다. 일단 나가면서 볼게. 애써 줘서 고맙다."

"네가 뭘 해야 나도 마음이 편하거든. 집에 가서 잘 말씀 드려."

"그 담보라는 것, 말이야, 안 하면 안 되나?"

"그게, 아마 중소기업의 관례인가 본데. 내키지 않으면 못 하겠다고 해 봐."

"그러면 임원 자리 안 줄 것 아니냐."

"내키지 않으면서 할 필요는 없잖아. 네가 알아서 해. 나는 이래라 저래라 하기가 좀 그렇다. 나도 그 회사에 대해 정확히 알고 있지 않아.

용구는 집에 와서 신애의 눈치를 살폈다. 신애는 용구가 중소기업에 취직을 하려고 한다는 생각을 전혀하지 않고 있는 것 같았다. 아무 생각 없이 평상시대로 용구를 맞이하는 신애한테 처음으로 꺼내는 말이라 조심스러웠다.

"여보, 내가 말이야, 내가 말인데, 응~ 응~"

"당신 왜 이래? 무슨 말을 하려고 이렇게 뜸을 드려요."

"내가 말이야, 중소기업에 취업을 하려고 하는데, 당신 생각은 어때?"

"어디 좋은 자리 있어요? 당신이 알아서 할 일이 지만, 당신한테 잘 어울릴지, 글쎄요. 중소기업은 믿을 수 있을는지 모르겠어요."

"그런데 말이야, 부사장이나 전무 자리를 준다는데 조건이 있어."

"조건요? 무슨 조건요?"

"우리 아파트를 담보로 제공해야 한데. 그냥 형식적으로만, 그냥 그저."

신애는 용구의 말이 이어지는 도중에 말을 끊으며 소리를 질렀다.

"당신, 어떻게 되었어? 당신, 정신 나갔어? 당신 내 남편 한용구 씨 맞아? 지금 무슨 소리하는 거요? 뭐가 어쨌요?"

"여보, 잠깐, 잠깐, 좀 진정해요. 내 말 좀 들어 봐."

"들어 볼 필요 없어요. 아니, 우리 어머니가 담보 섰다가 삶을 포기까지 하셨는데 그 놈의 담보, 원수 같은데, 어떻게 당신이 담보 소리가 나와요. 세상에 남의 재산 탐 안 내는 놈 있어요? 사장도 은행도 당신 재산이 밥이요. 먹는 놈이 임자라구요. 틈만 보이면 못 빼앗아 먹어 환장하는 세상 아니요? 나는 우리 엄마 그렇게 되고 나서 세상 안 믿기로 했어요. 정신 차려요 용구 씨."

"당신이 안 된다면 나 안 할게. 그만 둘게."

"다른 것은 몰라도 아파트 담보만은 절대로 안 되니까, 나한테 담보라는 말 꺼내지도 마세요."

신애가 이렇게 펄펄 뛰는 것도 일리가 있었다. 그냥 말만 들었으면 몰라도 직접 당해 본 사람이니 말도 못 꺼내게 할만도 했다. 담보라는 데 얼마나 한이 맺혔을까 생각하면 이해하고도 남았다. 결국 용구는 L사장에게 핑계를 대고 그만 두기로 했다. 중소기업이 임원의 재산을 담보 잡는다는 사실을 이제야 경험하고 난 용구는 중소기업에서 일할 생각을 접어야 했다. 용구는 영필에게 전화를 했다.

"여보세요, 한용구인데요, 권사장 계셔요?"

"용구야, 어떻게 되었어. 잘돼 가니?"

"나, L사장한테 안 나가겠다고 통보했어. 신애가 펄펄 뛰면서 말도 못 꺼내게 해. 우리 처가가 보증 때문에 쫄딱 망했거든, 신애한테는 보증에 한이 맺혔어. 어쩌니 와이프 말 들어야지."

"그랬구나! 그럼 어쩔 수 없지. 내가 다시 좀 알아볼게. 보증 없이 일만 하는 곳을 알아볼게. 그런데 요즘 은행들이 어찌 까다로워졌는지 웬만한 담보 가지고는 씨도 안 먹혀. 하나 다행한 것은 지금 살아남아 있는 기업은 아이엠에프를 혹독하게 겪으며 재무구조를 튼튼하게 유지한 것들이야. 사실 담보를 잡혀도 별 문제는 없는데 너의 경우는 아무리 문제가 없다 해도 일단 잡는 것 자체가 문제네. 아무리 중소기업이라도 담보를 제공하지 않으면 임원자리는 안 줄 거야. 그냥 일만 하기로 하고 알아볼게. 그런데 경기가 빨리 회복되어야 할 텐데."

"고맙다. 그런데, 이제는 옛날같이 고도성장은 힘들 거야. 사실 우리 회사만 해도 전에는 돈을 거의 마음대로 끌어다 썼으니까 마구 벌리고 겁나게 컸는데 이제 우리 회사 같은 기업은 다 들어가고 없어지니 성장이 그렇게 되겠니? 그렇게 되면 우리 같이 갑자기 실직된 중년층은 갈 데가 없어지는 거야. 경력직에 대한 경쟁이 말이 아닐 것 같은데, 어쩌다 세상이 이렇게 바뀌었나? 아! 옛날이여. 집에 쳐 박혀 있으려니 죽을 지경이야. 나 좀 살려 줘라."

"그래 나도 그렇게 생각해. 그래도 하늘이 무너져도 솟아 날 구멍이 있다는데 기다려 보자. 마음 단단히 먹어."

영필의 '마음 단단히 먹어라'라는 말에 용구는 움칠했다. 직접 당하지는 않았지만 처가 특히 장모의 경우를 바로 목격했고 신애의 슬픈 운명을 생각하면 담보라는 괴상망측한 괴물제도에는 근처에도 갈 수 없는 처지가 아닐 수 없었다. 신애를 나무랄 수 없었다. 시골에서 천진난만하게 자라면서 세상물정을 모르고 그저 공부만 하면 되는 걸로 알다가 급변한 세상풍파에 부닥친 용구라 견디기 힘든 처지가 되었다. 시골집에서는 아무것도 모르고 그저 잘 있는 줄만 알고 있을 테고 친구 몇 명 외에는 도움이 될 만한 친인척 하나 없으니 용구로서는 혼자서 꿍꿍 알아야 하는 처지가 되었다. 중견기업을 알아봐 준다던 영필은 아직 소식이 없고 생각해 보겠다던 S그룹의 창배도 연락이 없었다. 그렇다고 무턱대고 아무데나 찾아다닐 수도 없고, 모집에 응시하여 젊은 애들과 경쟁하여 시험을 볼 수도 없고, 막노동꾼들이 벌이고 있는 막판의 노상장사를 해볼 수도 없고, 이민을 가서 뉴욕의 타임스퀘어 앞길에서 옷 조각 들고 외치는 장사 길에 들어서는 것도 쉬운 일이 아닐 것이고, 스카이대학이나 안 나왔으면 부동산중개사 시험을 봐 그것이라도 해 보겠는데 동기들은 판검사 또는 어디어디 부장이다 사장이다 하는데 아파트 하나 소개하려고 어중이떠중이 복부인 끌고 다니며 아양을 떨어야 하는 것도 못 하겠고, 맨대가리 맨땅에 쳐 박고 물고나무라도 서야하나 싶기만 했다.

35

우왕좌왕 하고 있는데 벌써 세월이 지나 정무가 졸업할 때가 되었다. 회사에 그대로 있었으면 정무의 졸업식에 참석하여 축하를 단단히 하려 했을 텐데 부부가 비행기 타고 미국까지 가서 거창한 졸업식을 보고 자시고 할 처지가 못 되었다. 생활비도 쪼개고 또 쪼개야 하는 처지에 학비도 보낼까 말까하는 상황에서 졸업식에 참가한다는 것은 꿈도 꿀 수 없었다. 졸업식에 가지는 못 하지만 전화라도 해야지 생각하여 정무와 통화를 하기로 했다. 국제전화요금을 아끼기 위해 통화할 내용을 미리 메모해 놓고 수화기를 들자마자 바로 정무를 불렀다.

“정무니? 내가 지금 바쁜 중에 전화를 했다. 너, 졸업을 축하한다. 우리가 사정이 있어 가지 못해 미안하다. 졸업식 잘해라. 엄마 바꿔줄게.”

“정무야, 엄마다. 잘 있지? 아빠가 말씀하셨지만 우리가 사정이 있어 졸업식에 못 간다. 미안하다. 졸업 잘 해라. 사랑한다. 우리 아들 장하다. 엄마 끊는다.”

“엄마, 무슨 일? 왜 못 와? 기다렸는데. 다른 애들은 다 부모님이 오신다는데. 엄마 혼자라도. 잠깐만이라도."

"정무야, 미안하다. 엄마 끊는다."

우수한 성적으로 텍사스 주립대학을 졸업하고 장학금을 받아 대학원에 진학하기로 다 되어 있는 정무는 졸업식에 부모님이 오시면 자랑도 하고 미국졸업식을 보여드리려 했는데 못 오시니 너무 섭섭했다. 생활비와 용돈만 보내면 된다고 말씀드리려 했는데 급하게 전화를 끊는 바람에 자세한 이야기를 전화로 말을 못한 정무는 자세하게 쓴 편지를 부모님께 보내 드렸다. 편지를 받아 본 용구부부는 너무나 기뻤다. '박사라도 따 가지고 와서 나 같이 떠돌이 직장 갖지 말고 대학교수 같은 것 했으면 좋겠는데'라는 생각을 하면서 한동안 감상에 젖었다. 용구는 아버지생일에 시골 가서 정무 자랑을 좀 하기로 단단히 벼르고 편지를 읽고 또 읽었다. 정무한테 답장을 써야겠는데, 집안의 진짜 사정은 다 빼놓고 잘 있다는 내용으로 채워야겠는데, 쓸 것이 변변치 않으니 고민이 아닐 수 없었다. 정무 외할머니 그러니까 신애 어머니 이야기부터 용구의 실직과 실직후의 살림살이 등 진짜 사건은 다 빼 놓고 나니 쓸 것이 없었다. 안 좋은 것을 빼 놓는다는 것이 따지고 보면 아들을 속이는 것이나 다름없었다. 그저 이유 없이 잘 있다는 단순한 인사 밖에 할 말이 없었다. 한국의 경제사정을 이야기하다 보면 결국 자기이야기로 귀착되기 쉽고 변명을 늘어놓자니 이야기를 꾸며야 했다. 신애한테 쓰라고 해 봤자 다를 것이 없었다. 편지를 쓰는 것이 이렇게 고통스러울 줄 몰랐다. 국제통화요금 때문에 전화를 하는 둥 마는 둥 해 놓고 전화 대신 보낸 아들의 편지에 아무 답장도 안 할 수가 없었다. 신애와 용구는 정무에게 보낼 편지를 쓰는데 하루를 단단히 보냈다.

시골 아버지 생일잔치에 가는 용구의 발걸음은 천근만근이었다.

'누구하고 무슨 이야기를 하든 대꾸할 때 실수하지 말아야지' 다짐을 하고 또 했다. 그리고 신애한테도 재삼 부탁했다. 그리고 세상 돌아가는 이야기 특히 경제이야기나 아이엠에프 지원 이야기도 피하고 무조건 모른다고 일관되게 이야기하기로 했다. 혹시라도 아는 사람이 있어 뭐라고 하면 아니라고 단호하게 잡아 때기로 했다. 시골에서 공부 잘해 서울에 유학 가 스카이대학 나와 재벌그룹에 잘 있어 출세했다고 부모님이 자랑을 하실 대로 하셨는데 실직했다고 하면 부모님이 얼마나 실망하시고 동네 웃음거리가 될지 모르니 무조건 거짓말로 때 붙여야 한다고 단단히 마음 먹었다. 무슨 이야기든지 무조건 피하고 정무이야기만 하기로 작심하고 마을에 들어섰다. 동네에 들어가서 지나가는 마을 사람들과 만나면 아무렇지도 않은 척 인사를 나누었다.

"어르신, 안녕하십니까?"

"아! 용구 오나, 아버님 생신에 오는구나. 암, 그래야지. 네 참 효자다. 아무 일 없지? 아들 공부 잘 하고? 응 우리 다 잘 있다. 한 노인, 복도 많은 기라. 저렇게 잘난 아들 두고. 이렇게 와 사 코."

집에는 이미 사람들이 많이 와 있었다. 동네 어른들, 옆 동네 아버지 친구들, 우리 큰집 식구들 등 왁자지껄 했다. 마당에 들어서면서 다시 한번 마음의 준비를 하고 얼른 부모님께 인사하러 들어갔다.

"아버님, 저희들 왔습니다. 건강하시고 장수하세요. 이제 좋은 일만 남았는데 좋은 세상 즐기시며 오래오래 사셔야지요."

무심결에 드린 인사말씀인데 '좋은 일만 남았는데'라는 말이 틀렸다는 생각이 들면서 망치가 골을 때리는 것 같았다. 내뱉은 말을 주워 담을 수도 없고 아찔해 하고 있는데, 아버지는 아무 일 없는 줄로만 아시고 보통 때처럼 인사를 받으셨다.

"용구 왔나. 너희 처도 같이 왔니?"

"예."

"정무는 미국에 잘 있나?"

"예, 이제 졸업하고 대학원에 진학합니다."

"응, 그래. 참 장하다. 부전자전이다. 옛날부터 왕대밭에 왕대 난다고 했다. 그래 잘할 거다. 아들은 서울유학 가고, 손자는 미국유학 가고. 내가 오래 사니까 이런 좋은 일 있다. 그제?"

"예, 아버지. 오래오래 사세요."

옆에 있는 노인들 모두 용구 아버지의 말씀에 고개를 끄덕이며 부러워하는 눈치였다.

가슴이 뜨끔해진 용구는 얼른 자리를 떴다. 이런 분위기에 자기의 실직이 알려지면 태풍이 몰아쳐 세상이 발칵 뒤집히는 일이 생길 수 있다는 생각에 그대로 앉아 있을 수가 없었다. 마당에 나와 가족과 동네 사람들 그리고 어머니와 어머니 친구들 모두 두루 인사를 하고 얼른 정애의 방으로 왔다. 용구가 정애의 방으로 들어가자 신애도 어느 정도 눈치 채고 얼른 정애의 방으로 뒤따라 들어왔다. 정애는 약간 어리둥절하면서 일단은 반가워했다.

"에~, 삼촌께서 우선적으로 부담 없이 제 방에 오신데 대해 대대적으로 환영하는 바이며, 이 정애가 삼촌의 애정을 새삼 느낄 수 있는 좋은 기회를 주신데 대해 심심한 사의를 표하는 바입니다. 한부장님, 영광이로소이다. 정식으로 인사드리옵니다."

"정애 너, 삼촌 놀린다. 너 그러면 남친 찾아 주는 것, 보류할 수도 있어."

"삼촌이 제 남친 찾아주시기 위해 회사를 발칵 뒤집어 놓으셨다는 말씀, 제가 다 알고 있으니 알단 뱉으신 말씀, 취소는 불가능합니다.

거룩하신 우리 부장님!"

"이애 너 한술 더 뜬다."

"아니요, 두술 더 뜹니다."

듣고 있던 신애가 한마디 했다.

"정애야, 삼촌이 너를 보고 싶어 며칠 전부터 잠을 설쳤다. 이 시점에서 왜 너를 그리도 보고 싶어 하는 줄 아니?"

"뭔데 숙모, 진짜 내 남친 구해 놓은 거야? 말해 봐, 숙모. 뜸 드리지 말고. 얼른."

"그게 아니고, 정무가 대학원 간다니까 이제 며느리 감을 찾아야 하는데 너 같은 아이 없나 해 가지고 잔뜩 부어 있었던 거야."

"숙모, 삼촌이 얼른 들어오신데 대해 영광이라고 했거든. 진짜 영광이네."

"그럼, 우리가 네 방에 들어온 거 영광이지. 그런데 누구한테 뭐가 영광이지?"

"아이 숙모는! 작은엄마가 내방에 들어 왔으니 작은엄마가 오신게 영광이지. 재벌부장님이 미국의 명문대학 대학원에 아들을 보내신 분이 이 촌방에 들어오신다니 이 방에 있는 제가 작은아버지 모시니 제가 영광이지. 숙모."

"아니야, 우리가 영광이야. 며느리 감으로 딱인 네 방에 들어오니 우리가 영광이지."

"오케이 다 영광입니다. 영광 만세. 우리 삼촌 만세. 만만세."

정애의 천진난만하다고 할 가 명랑한 성격에 용구와 신애는 진짜 반했다. '진짜 이런 며느리 감 없나'하면서 정애를 더 자세히 살펴보았다. 말을 하다가 눈을 살짝 옆으로 돌리는 정애의 눈길에는 전에 없던 애수의 빛이 있었다. 최근의 뉴스를 보고 D그룹이 어떻게 되었는지 알고 삼촌에게 내색하지 않으려고 영광이라는 단어를 입에 올리는 듯 했다. 그렇다고 물어 볼 수도 없고, 일단 모르는 척 하고 그냥 지나가기로 했다. 용구는 집안에 절대로 말하지 않아야겠다고 다짐하고 또 했다.

"정애야, 임용고시, 어떻게 되어가니? 언제 좋은 소식 줄거니? 삼촌은 손꼽아 기다린다."

"준비 잘 하고 있어요, 삼촌. 빨리 붙으려고 열심히 하고 있어요. 이 근처 시골학교에 발령받으면 계속 여기서 다니고 가족과 함께 살면 좋겠다 싶어서 열을 올리고 있어요."

"너무 올리지 마라. 너는 머리가 좋으니까 문제없을 거야."

"그럼요. 제가 작은아버지 머리를 닮았잖아요. 기대하세요."

아버지 생신에 모인 사람들 가운데 용구의 실직을 눈치 챈 사람은 아무도 없는 것 같았다. 물어 보는 사람도 없고 간접적으로 떠 보는 사람도 없었다. 그런데 사실을 숨기고 시치미를 때는 용구와 신애의 불안감이나 초조함이 더 문제였다. 형 용준은 농사일에 바쁘니까 모르는 게 당연하다고 할 수 있겠지만 조카 정구와 정호는 뉴스나 사람들의 입소문에서 얼핏이나마 들을 수도 있었을 텐데 일체 말이 없었다. 누가 말을 꺼내면 정무이야기로 입막음 하려 했는데 그럴 필요가 없었다. 용구아버지의 인사말 밖에 나오지 않았다.

"용구야, 정무도 인제 장가 갈 나이가 안 되어 가나? 서양며느리 얻으면 안 된데~ 미리미리 잘 봐 두고 한국 오거든 얼른 정해라. 그~ 신경 써야 한다. 자식은 멀리 보낼수록 신경이 더 쓰이는 거다."

멀리 떨어져 있을수록 신경이 더 쓰인다는 아버지 말씀에 용구와 신애는 가슴이 뜨끔했다. '나도 집에 있으면 아무 일 없이 잘 있을 텐데 서울에 떨어져 있으면서 회사에 다니다가 이렇게 실직도 되고' 생각하니 언젠가는 들통이 나면 시골집 식구한테 얼마나 염려를 끼칠가 생각하니 오금이 저려왔다. 다행히 이번은 그냥 넘긴다만 앞으로 언젠가는 홍역을 치러야 할 것을 생각하니 벌써 앞이 캄캄해 졌다. 저녁이 끝나고 어두워지자 용구아버지는 용구를 찾았다.

"용구야, 서울까지 가려면 시간이 걸릴 텐데, 너희는 먼저 가거라. 저녁 먹었으면 이제 가도 된다."

형수님이 싸주신 음식을 들고 신애는 대문 쪽으로 앞장을 섰다. 동네사람들의 인사와 가족의 따뜻한 마음 씀씀이가 서린 인사에 답하다 보니 이미 동네를 벗어나고 있었다. 저녁시간이 지나고 밤으로 접어든 때라 교통사정이 나쁘지 않았다. 집에 오는데 시간이 별로 걸리지 않았다. 서울의 아파트동네에는 인척은 간데없고 캄캄한 길가에 가로등만이 도둑을 쫓는 듯 줄지어 나란히 서 있었다. 시골의 자연이나 인간미와 너무나 거리가 먼 인위의 시설이 제도를 위한 제도에 노예가 되어 거리를 지키고 있었다. 이웃 간에 인사도 동정도 눈치도 없이 자기 일 자기가 알아서 편하다고 쫄랑대며 사는 세상이 각막하기만 하다는 생각이 오늘따라 새삼 느껴지는 내가 사는 동네, 이 동네에 사로잡혀 온지 벌써 삼십년이 되어갔다. 전세건 월세건 빚이 있건 없건 동네 이름만 가지고 부자라고 으스대는 동네 사람들의 부자행세 놀음으로 가득 찬 이 동네가 용구와 신애에게는 이제 잿빛으로 보였다. 스카이대학 나와 재벌회사에 부장자리 지키며 아이 미국유학 보내고 강남의 고급 아파트에 살 때는 내 세상인가 싶었는데, 꿈도 명예도 채면도 간 곳 없어지자 자리도 유학도 아파트도 한 줌의 거품 같이 되는 것 같아, 보따리 싸들고 시골로 갔으면 싶은 생각이 굴뚝같았다.

캄캄한 아파트의 문을 여니 주인 없이 적막하게 흘렀던 시간이 말해 주듯 떠날 때의 공기가 그대로 멈춰 있었던 것 같았다. 소파에 눌러 앉은 용구는 천장을 쳐다보며 상념에 빠졌다. '다 집어 치우고 시골로 돌아가 아버지와 형님 틈바구니에서 죽은 듯 지내고 말까, 아니면 동네 근처에서 신애와 구멍가게나 하며 작게 먹고 작게 쓰며 마음 편하게 살까, 그러면 동네 사람들이 비웃을 텐데 무엇보다 우리 집 식구가 사람들의 놀림감이 되는 것 아닐까, 정애가 창피하다고 안 된다고 하면 어쩌나' 이런저런 생각을 하다가 머리를 잡어 뜯듯 이리저리 집어 비틀고 나니 오히려 후련한 느낌이 들었다. 멍하니 앉아 있는데 세수를 마친 신애가 용구를 힘차게 불렀다.

"여보, 나~응 나~응 나~응, 으응 말이야, 시골집이 너무 좋아. 시부모님 사랑도 받고 싶지만 형님이 너무 좋아. 친구 같고 이모 같고 친 형님 같기도 하고, 정구 정호도 좋지만 정애가 내 친 딸 같아, 유학 보냈더니 지만 아는 우리 정무 놈 보다 훨씬 더 좋아. 내가 시골집에 있으면 정애하고 너무 행복하게 잘 지낼 것 같아. 여보, 내가 정애한테 살짝 물어 봤더니 정애가 막 매달리는 거야. 나더러 고모 이모 언니 역할 모두 다 해 달라는 거야. 당신, 취직하려고 애쓰는 것 보다 욕심 채면 명예 꿈 다 버리고 시골에 가서 편하게 살면 어때? 나도 장화 신고 발 벗고 나설게, 응. 여보, 우리 자연을 벗 삼아 편하게 살자."

"장화는 신고 발은 벗고?"

"아~ 내 말은"

"알았어. 당신, 무슨 말인지 알아. 그런데 지금 그 얘기 꺼내면 내가 웃음거리가 되. 나이가 더 많아서 정년이라도 하면서 귀향을 한다면 모르지만, 지금 회사에서 잘리고 갈 데 없어 시골로 도망 왔다고 사람들이 별의 별 억측을 다 늘어놓을 것 아니냐? 가도 지금은 아니야. 그런데 가서 무얼 해? 내가 농사를 지어본 적이 없는데. 무엇 보다 체면이 말이 아니야. 더구나 부모님께 불효야."

"당신이 마음먹기에 달렸지. 당신이 자진해서 그만 두었다고 하고, 뜻이 있어 온다고 하면 사람들은 장하다고 할 수 있지. 효도한다고도 할 것이고. 당신이 자격지심이 있어서 그러는 거 아니야? 사람이 사는데 뭐가 제일 중요해, 여보. 재물? 출세? 채면? 그런 것 다 소용 없어요. 인정만 있으면 되요. 인정이 제일 중요하지요. 나는 인정이 제일 중요해요. 인정만 있으면 되요. 당신도 욕심 버려요. 좋은 대학 나왔고 좋은 자리 있어 봤고 애 미국유학 보냈고 아파트에 살아 보았고, 그러면 되었지 않소? 여보. 당신도 이제 마음 편하게 먹어요."

신애의 말도 일리가 있었다. 마음먹기에 달렸다고 할 수 있는 것이었다. 그러나 지금은 아니라는 생각이 더 강했다. 신애의 입장과 용구의 입장이 달랐다. 시골에 갔을 때 신애 보고 뭐라고 할 사람 아무도 없다. 사실 신애는 용구의 아내라는 것 외는 사람들이 아무것도 모르고 있었다. 그러나 용구는 사람들이 출세하여 승승장구하고 있다고 믿고 있기 때문에 이를 되돌릴 수 없었다. 용구는 신애더러 더 이상 시골귀향 이야기는 하지 않기로 못을 박았다.

36

신애는 아파트를 팔려고 열심히 알아보고 있었는데 아직은 아이엠에프 여파가 완전히 없어진 게 아니어서 제값을 받기가 쉽지 않았다. 좀 더 거래되는 정황을 보고 내 놓기로 하고 관망을 해보기로 했다. 섣불리 내 놓으면 부도나 난 줄 알고 급매물로 후려쳐서 싸게 사려고 덤비는 자들이 있기 때문에 시침이 때고 여유를 부려야 한다고 생각했다. 위기 때 부도난 집들이 급매물로 내 놓은 것은 거의 다 빠졌다는 복덕방의 상황설명에 그런가보다 하고 듣고만 있었다. 사실은 용구 네도 이자내고 정무 학비 송금하느라 돈이 바닥이 나서 얼른 팔아야 하는 처지였다. 그러나 약간의 시세 차익이 큰돈이 될 수 있으므로 잘 판단해야 했다. 용구는 계속 직장을 알아보고 있는데 마땅한 자리가 나오지 않아 비관적인 생각이 들기도 했다. '이러다 계속 놀게 되면 폐인 되는 것 아닌가' 싶은 생각이들 때는 세상을 원망도 하게 되고 '아직 정년퇴직할 나이는 아닌데 여의치 않아 억지로 일을 못하게 되면 강제퇴직자가 되는 것 아닌가' 싶기도 했다. 참다못한 용구는 영필의 회사로 나가 몸부림을 쳐 보기로 했다.

"권사장 계십니까?"

"아, 한부장님, 사장님 외출 중이신데, 아무 연락이 없으십니다. 방에서 잠깐 기다리시겠습니까?"

"예, 언제 쯤 들어온다고 하지 않았습니까?"

"말씀 안 하셨습니다. 늦으시면 전화하실 겁니다. 아직 전화 안 하시고 계시니 아마 곧 들어오실 것 같기도 합니다. 커피 드시겠습니까?"

"예, 고맙습니다."

용구가 커피를 마시며 신문의 경제섹션을 유심히 보고 있었는데 구석에 작은 기사가 눈에 번쩍 띄었다. 회장이 재기를 노린다는 것이었다. 해외에서 자본가를 끌어들여 하던 사업을 계속하겠다는 것이었다. 국내 금융기관에 지고 있는 빚을 외국자본가의 돈으로 갚고 벌려 놓은 일을 자기가 맡아서 하여 외국자본가의 투자를 이익 나게 하면 기업을 계속 할 수 있다는 기사였다. 귀퉁이에 작게 난 기사라 더 이상은 알 수가 없었다. 그런데 누구한테 이에 대해 물어 볼 사람이 없었다. 회장은 관행적으로 중요한 일은 자기가 모든 것을 직접 결정하고 추진했기 때문에 다른 사람은 알 수가 없는 것이었는데 지금은 더구나 알 만한 사람을 찾기는 어려웠다. 그룹전체가 잘 돌아 갈 때 기획조정이라는 업무가 있었지. 지금은 그런 처지가 못 되어 기획의 '기'자도 필요할 것 같지 않겠다는 생각도 들었다. 이런저런 생각을 하고 있는데 권사장이 들어왔다.

"용구야, 미안해. 밖에 일이 좀 있어서. 많이 기다렸니?"

"아니야, 내가 연락도 없이 왔는데 뭐, 신문에 보니까 우리 회장님이 외국에서 자본가를 끌어들여 국내은행 빚을 갚고 하던 일을 계속할까 한데. 그게 가능할까? 너는 어떻게 생각해?"

"글쎄, 어느 나라인지 모르지만 쉽지 않을 걸, 그리고 회장이 일을 한다 해도 외국에서 하면 국내 사람들은 별 소용이 없을 거 아닌가? 한국에서 부도낸 사람을 누가 일을 하게 하겠니? 나는 기대 안 하는 것이 좋을 것 같네. 공연히 거기에 잘못 휘말렸다가 또 빚에 짓눌리는 것 아닌지 말이야. 미안한 말이지만 나는 이제 더 이상 그 분 안 믿기로 했어. 콩을 팥이라고 해도 말이야, 아니 콩을 콩이라고 해도."

"아니, 기사가 있기에 한번 본 것뿐이야. 나도 너와 같은 생각이야. 집에 있으니 하도 답답하여 나와 봤다."

"며칠 전, 자동차회사에 납품하는 중견기업 사장을 만났는데 너 같은 사람이 필요하냐고 했더니 예스도 아니고 노도 아니고 머뭇거리더니 누가 있느냐고 묻기에 있다고 했더니 다음에 연락해 준다고 했는데 아직 연락이 없네. 적극적이 아니고 전에 중소기업처럼 곤란한 것 아닌가 싶기도 하고 해서 생각 중이었는데 연락 한번 해 볼까?"

"뭐 하는 회사인데?"

"자동차 부품 납품한데. 사업은 괜찮은가봐. 이제 자동차가 좋아졌으니까 전망은 괜찮은 것 같기는 해."

"한 번 트라이 해 볼까?"

"이야기 해 봐서 안 되면 그만 두고 되면 다행이고. 나한테 부담 갖지 마. 나하고 직접 관계없으니까."

"알았어."

영필은 바로 비서한테 00회사 P사장한테 연락해 보라고 했다.

"사장님, 자리에 안 계신다고 하여 전화번호 남겼습니다."

"알았어요."

"용구야, P사장한테서 연락 오면 내가 연락할게. 기다려 봐. 수일 내로 만날 수 있을 거야. 아마."

"고마워. 연락 해 줘."

영필의 사무실을 나온 용구는 집에 오면서 착잡한 심정을 가눌 길 없었다. 회장이 재기를 노린다는 기사가 마음에서 완전히 사라지지도 않는 것이 마치 무당한테 한 소리 들은 것 같기도 하고 00회사의 P사장이라는 사람이 어떤 사람인지 영 궁금하기만 했다. 그저 궁금할 뿐 다른 방법이나 길이 없었다. 집에 오니 신애가 가계부를 놓고 열심히 계산을 하고 있었다. 내가 들어오자 가계부를 접으며 한 마디 했다.

"여보, 내가 몇 달은 더 버틸 수 있는데, 돈이 딱 떨어지기 전에 방법을 강구해야겠는데, 몇 달 내로 집을 내놓아 볼가 해요. 당신 생각은 어때요?"

"당신이 알아서 해. 나는 아무 생각 없어. 그리고 나는 잘 몰라. 집은 당신 집이야. 당신이 결정해. 나는 무조건 찬성하고 따라 할 테니까. 도장은 내가 찍지."

"당신은 주인, 나는 부주, 그래서 합동작전이요. 당신은 야당 나는 여당 합동작전이요."

"당신이 야당을 좀 해야 재미가 있을 텐데, 일은 잘 되겠다만 재미는 제로, 일 대 빵이 아니라 일대 일 또는 빵 대 빵일 테니."

3일 후 영필한테서 연락이 왔다. P사장과 연락이 되었으니 가서 만나라는 것이었다. 용구는 약간 흥분하며 약속장소인 회사로 나갔다. 공장에서는 사람들이 열심히 일을 하고 있었고 사무실은 공장의 한쪽 끝에 자리하고 있었다. 생각 보다 규모가 크고 부품이 많이 쌓여 있었다. 사무실에는 사장실이 있고 임원실이 따로 있었으며 직원들이 많았다. 공장과 사무실의 노동자와 직원들이 열심히 일을 하고 있었다. 얼른 보기에는 괜찮은 중견기업 같이 보였다. 사장실에서 P사장을 만났다.

"안녕하세요. 저 사장님과 만나기로 약속한 한 용구입니다."

"예, 사장님 기다리고 계십니다."

"저, 한용구입니다."

"아, 한부장님. 반갑습니다. 권영필 사장한테서 말씀 많이 들었습니다. D그룹에 계셨다구요. 아이엠에프 때문에 그룹이 문을 닫게 되어 그렇게 되셨다구요. 어려웠겠습니다. 그 큰 그룹이 그렇게 될 줄을 누가 알았겠습니까? 우리는 H자동차에 납품을 하고 있습니다. 우리도 어려움을 겪었습니다만 용케 살아남아 근근이 꾸려나가고 있습니다. 빚도 별로 없고 재고도 많이 소화되어 이제 허리 좀 펴고 있습니다. 제가 권 사장님께 바로 연락드리지 못한 것은 요사이 경쟁이 하도 심하여 앞을 내다보기가 쉽지 않아서 조금 더 두고 보려고 해서였습니다. 아직도 좀 불안합니다만 숨통은 좀 터이게 되어 한 부장님 뵙자고 했습니다."

"감사합니다. 불러 주셔서 영광입니다."

"아이 뭐 영광이랄 것 있습니까? 잘 좀 도와주십시오. 그런데 일이 하도 어려운 일이라 부탁드리기가 좀 그렇습니다. 오늘 바로 말씀 안 하셔도 며칠 생각해 보시고 연락주시면 합니다. 대우는 부사장 자리입니다. 봉급은 많지 않습니다만 그룹에 계실 때와 비슷하게 드리겠습니다. 그리고 활동비와 법인카드 한도는 좀 넉넉히 드리겠습니다. 돈 때문에 제한을 받으시는 경우는 없을 것입니다. 회사를 위해 애쓰시는데 불편을 드리면 안 되니까 그 점은 염려 안 하셔도 됩니다."

"주 업무는 어떤 것입니까?"

"저는 공장에 매달려서 생산과 재품관리를 해야 하고 대외관계는 부장님께서 좀 맡아 주시면 합니다. 주로 자동차회사에 납품하는 것과 재료구입 및 관청에 일을 보는 것입니다. 어렵지만 좀 맡아 주시기 바랍니다."

"알겠습니다. 다른 조건은 없습니까?"

"권영필 사장님이 이야기 해 주셔서 잘 알고 있습니다. 사무실에 이력서와 입사원서만 제출해 주시면 됩니다. 우리는 임원의 담보 같은 것 잡지 않습니다. 제 것으로 그냥 하고 있습니다."

"알겠습니다. 내일부터 출근하겠습니다."

"예, 잘 생각하셨습니다. 잘 부탁드립니다."

용구는 영필에게 전화하여 담보 없이 부사장 자리 준다고 하여 내일부터 출근하기로 했다고 말했다. 영필이도 잘 결정했다고 했다. 집에 와서 신애한테 전부 다 이야기 했다. 신애는 담보가 없느냐고 몇 번이나 물어 보았다.

"여보, 그런 좋은 자리 주면서 어떻게 담보도 안 잡아요? 그 회사 돈이 많아요? 당신 월급은 얼마나 된데요?"

"은행에 빚이 별로 없으니 사장 자기 것만 가지고 된데. 활동비도 주고 법인카드도 쓰게 한데. 월급은 정확히 말 안 하는데 전과 비슷하게 주려고 하나봐. 받아 봐야 알겠어."

"좋아요. 우리 실랑, 잘 할 거야. 나는 담보만 안 잡으면 오케이. 월급은 다다익선이지만 주는 대로 받아만 오세용. 그래도, 부사장 자리가 어디요. 일단 축하해요."

"왜, 일단이야? 뭐 또 찜찜한 거 있어?"

"없어요. 그럼 만사 오케이."

용구는 일단 취직이 되었다는데 흥분했다. 기대를 하면서 잠을 잘 자고 출근을 서둘렀다. 다음 날 출근하여 안내를 잘 받았고 회사 파악하는데 열중했다. 일주일 정도 되면서 회사파악도 어느 정도 되었고 생산라인과 제품파악도 했다. 다음에는 납품을 하는 자동차회사 사람들을 만나기로 했다. 만나러 가면서 사장이 사전 경고 아닌 경고의 말을 미리 해 주었다.

"이 자동차회사는 우리 회사의 상전 중 상전입니다. 이 자동차회사가 우리를 포함한 납품업체를 죽이고 살리기 때문에 바싹 엎드려야 함은 물론 명령에 절대 복종하지 않으면 그야말로 국물로 없는 것이 기본 생리입니다. 이 회사 사람들을 만나면 무조건 슬슬 기어야 하고 무엇이든지 무조건 된다고 하면서 '최선을 다하겠습니다'라고 해야지 이유를 댔다가는 우리는 바로 끝장입니다. 여기에 납품하려고 많은 부품업자들이 줄을 서고 있으니 콧대가 말이 아닙니다. 제일 중요한 것이 단가와 품질입니다. 사실 자동차회사가 수출하고 내수에서 시장을 확보하는 것이 다 납품회사를 후려쳐서 단가를 내리고 또 내려서 그 차이로 지탱하는 것입니다. 그러니까 이 사람들 앞에서는 무조건 슬슬 기어야 합니다. 사람이 할 짓이 아니지만 어떻게 합니까? 먹고 살려니 어쩔 수 없지요. 한부사장님께서도 다 좋은데 여기서 만큼은 모든 것을 접고 우리의 입장을 이해하여 주시기 바랍니다. 임원 이상은 제가 상대할 테니 그 이하 사람들을 맡아 잘 해 주시기 바랍니다. 용돈은 제가 잘 챙겨드리겠습니다."

사장의 말이 실감이 나는 솔직한 그의 심정이고 회사의 실정이며 업계의 현실이었다. 그러나 용구에게는 실감이 나지 않았다. 기획조정업무만 했기 때문에 거래에 대해서는 경험한 바가 없었다. 그러나 옛날을 날려 보내고 새 길로 들어 선 이상, 할 수 있는데 까지 해 볼 수밖에 없는 처지였다. 그래서 마음을 단단히 먹고 다지며 각오를 하고 사장을 따라 자동차 회사에 들어갔다. 납품담당 부장을 소개시켜 주었다. 예상한대로 뻣뻣하고 으스대는 꼴이 두 눈뜨고 볼 수 없었지만 '저 놈이 나의 밥줄인가 보다'생각하며 깍듯이 인사를 했다. 나의 인사를 받는 둥 마는 둥 한 그 부장은 사장과 용구를 담당상무실로 데리고 갔다. 사장은 상무실로 들어가기 전에 몇 번이나 표정을 관리하고 머리를 쓰다듬으며 헛기침도 해 보고 자세를 바로 하기에 안간힘을 다 썼다. 상무의 방에 들어서자 사장은 죽은 듯이 걸어 가 슬슬 기며 두 손을 모아 코가 땅에 닿을 것 같이 숙이고 인사를 했다. 뻣뻣이 선 채 손만 내민 상무는 마치 러시아 피터 대제 같이 눈을 깔고 내려다보며 입을 비쭉거리며 한마디 했다.

"아, P사장, 어서 오시오. 이 사람은 누구요?"

"아, 예, 이제 갓 들어 온 부사장입니다. 앞으로 상무님께 뵙고 지시를 잘 받도록 하겠습니다. 무엇이든지 하명하여 주십시오. 잘 모시도록 하겠습니다."

"그래요. 반갑소. 잘 부탁해요."

상무가 손을 내밀자 용구는 두 손으로 상무의 손을 감싸 쥐며 머리를 숙일 수 있는데 까지 숙여 인사를 했다. 마치 옛날 왕 앞에서 쩔쩔 매는 자세처럼 인사를 했다. 용구를 내려다 보는 상무의 눈에서는 '네 놈 고생 좀 해라'라는 눈초리가 역역했다. 상무 방을 나온 사장은 한숨 돌리는 듯 하며 '인사를 시켰으니 이제 알아서 하라'는 눈치로 한 마디 했다.

"한부사장님, 너무 긴장하지 마시고 편한 마음으로 업무파악을 하세요. 쉽지는 않겠지만 남들이 다 하는 일이니 차근차근 풀어나가면 될 것입니다. 관심을 갖고 그 사람들 원하는 데로 해 주면 됩니다. 납품업자가 수백 개도 넘는데 우리만 죽으라는 법은 없습니다. 그 사람들 원하는 것을 잘 파악해서 들어주면 됩니다. 잘 부탁합니다."

"예, 아직 감이 잘 안 잡힙니다만 노력하겠습니다."

사장은 한술 더 뜨는 것 같았다. 이제 자동차회사와의 관계는 책임지라는 식으로 말을 했다. 용구는 업무의 구체적 내용이 자동차회사와의 관계를 어떻게 해야 하는 것인지 정확히 파악하지 못 한 상태에서 뭐라 말하기도 힘들었다. 그저 '예'라고 일단 대답할 수밖에 없었다. 회사에 돌아와 사무실에 앉아서 꼼꼼히 생각해 보니 부사장이란 대외용으로 써먹다가 힘겨워 못 하면 갈아치우는 것이 아닌가 싶기도 했다. 갑자기 중견회사에 부사장 자리가 그저 생기는 것은 아니라는 생각이 없었던 것은 아니었지만 막상 닥치고 보니 한숨이 나오지 않을 수 없었다. '세상 쉬운 일 어디 있나 하는데 까지 해 보자 이것도 찬스다'라는 생각을 하며 공장을 돌아보았다. 근로자들은 열심히 일을 하고 있었고 공장장은 품질관리를 하느라 바쁘게 이리저리 돌아다니고 있었다. 모두가 선량해 보였고 품질관리에 신경 쓰는 것 같았다. 공장을 돌아보고 용구는 '이렇게 열심히들 잘 하고 있는데 뭐가 문제되느냐'고 스스로 반문하며 마음을 놓고 싶은 생각이 들기도 했다. 지금까지 이 회사가 납품해서 자동차가 잘 굴러다니고 있지 않느냐, 무슨 문제가 있겠느냐, 단가만 맞추면 되는 것 아니냐는 생각이 들었다. 용구는 어느 정도 안도의 숨을 쉬며 납품 품목 하나하나 자세히 살펴보고 현장에 가서 물어 보고 메모하며 구체적으로 무엇이 어떻게 쓰이고 어떤 과정을 거쳐 생산되어 납품되는지 공부하고 연구하며 나름대로 업무를 잘 하려고 노력했다. 사장과 직원들 모두 용구에 대해 좋은 인상을 갖고 기대하며 회사에 크게 도움 될 거라 생각했다. 용구도 회사 사람들과 잘 지내려 노력했고 분위기가 좋다고 느끼게 되었다. 용구도 회사도 다행이라고 다들 생각했다.

용구가 회사업무를 파악하는데 몇 주를 보내고 좀 자신을 가지며 마음에 여유를 가지려 하는데 자동차회사의 담당부장한테서 전화가 왔다. 바로 자동차회사에 들어오라는 것이었다. 용구는 처음 겪는 일이라 영문을 알 수 없어 상상을 하고 있었다. 납품 제품에 하자가 있나, 납품기일이 잘 못 되었나, 납품 개수에 문제가 생겼나 등 여러 가지 가능성을 생각하다가 사장께 여쭈어 보았다. 사장도 정확히 모르겠다고 하면서 일단 가보라고 했다. 자동차회사의 담당부장실에 가니 이미 여러 납품회사에서 담당자들이 와 있었다. 몇 명씩 그룹으로 오라고 한 것 같았다. 올 사람이 다 오자 자동차회사의 부장이 말을 꺼냈다. 자동차회사가 그동안 노조와 임금협상을 벌였는데 회사가 아무리 노력해도 임금 10% 인상을 피할 수 없게 되었다는 것이었다. 그래서 납품업체들이 납품단가를 낮춰 달라는 요구였다. 어떤 품목에 얼마를 낮춰달라는 것인지 구체적으로 말하지 않고 최선을 다해 달라는 말만 했다. 그러니까 성의껏 깎아 달라는 것이었다. 차라리 얼마를 깎으라고 하면 문제는 간단한데 스스로 알아서 하라고 하니 더 어렵게 되었다. 자동차회사의 속셈은 납품가격을 깎는데 있어서 납품업자끼리 경쟁을 시켜 자진해서 협조하게 함과 동시에 노조의 임금 인상 이상으로 납품단가를 낮추겠다는 것 같았다. 담당부장의 말투가 협조하지 않으면 무슨 일이 벌어질지 모르겠다는 암시를 내뿜는 것이었다. 납품단가를 최소한 10% 낮추는데 더 낮출 수 있는 성의를 보이라는 말투였다. 성의가 부족하면 다른 업체로 대체할 수 있다는 것을 암시하고 있었다. 경험이 없는 용구는 다른 납품업체 담당자들의 눈치를 살폈다. 그런데 눈치를 살피는 것은 피장파장이었다. 그렇다고 무어라 말을 할 수 있는 상황도 아니었다. 미처 상상도 못한 일을 처음 겪는 용구는 회사에 오자마자 바로 사장한테 달려 가 상황을 보고했다. 사장은 예상했다는 듯 가볍게 받아넘기면서도 고민이 얼굴에 가득했다.

"사장님, 자기들 노조의 임금인상을 왜 납품업자한테 떠넘깁니까?"

"한부사장, 이런 일이 한 두 번이 아닙니다. 자동차회사들이 노사관계에서 그토록 임금을 많이 올리고도 저렇게 돌아가고 있는 것이 순전히 납품업자들 우려먹은 결과입니다. 라인에서 일하는 수만 명 노동자들의 고임금을 우리 납품업체들에게 떠넘겨 왔습니다. 임금을 올릴 때마다 이렇게 납품단가를 낮춘 것입니다. 그래서 우리 회사 노동자들의 임금은 자동차회사 라인노동자의 임금에 3분의 1도 안 됩니다. 그래도 찍 소리 못하고 죽어라 하고 엎드리는 수밖에 없었습니다. 아니면 납품 못 하니까요. 그런데 이제 한계가 왔습니다. 이제 더는 안 됩니다. 그러니까 지시라고 얼른 받아가지고 오실 것이 아니라 버티는데 까지 버티어야 합니다. 우리도 살아야지요. 여기서 임금을 더 깎으면 우리 노동자들도 일 안 하려 할 거고 사람 구하기도 힘들고 외국노동자는 구할 수 없고 우리 다 죽습니다. 어떻게든 안 된다고 버티어야 합니다. 다시 들어가셔서 안 된다고 말씀해 보세요. 정 안 되면 5% 이내로 깎겠다고 해 보세요. 한 부사장님, 죄송합니다. 오셔서 얼마 안 되어 이런 어려운 일을 당하시니. 우리 같이 노력해서 같이 삽시다."

"예, 알겠습니다."

사장실을 나와 책상에 앉아 턱을 책상에 괴고 상념에 빠진 용구는 별 천지에 와 있는 느낌이었다. 예전에 상상을 못 했던 해괴한 세상이었다. 재벌그룹에서 기획조정 업무에 매달려 왔던 용구로서는 기상천외의 일을 맡아 황당한 상황에 빠진 것이었다. 생각해 보니 부사장자리가 그저 굴러 들어온 것이 아니었다는 느낌과 자동차회사의 압박과 설음을 담당하라고 들여 온 부사장자리라는 것을 실감하게 되었다. 짐작컨대 전임 부사장도 이런 업무를 하다가 지쳐서 그만

두게 되니까 땜 빵으로 자기가 들어오게 되었다는 생각이 들었다. 이런 업무에 이력이 나고 면역이 되어 능수능란하게 처리할 수 있는 사람이 있을 텐데 왜 자기를 채용하여 일을 맡겼는지 의아심도 들었다. 재벌회사 기획조정실에 있었으니까 더 잘 할 수 있다고 믿어서 채용했는지도 모르겠다는 생각도 없지 않았다. 그나저나 아무리 생각해도 그 자동차회사의 담당 부장이 말을 들어 줄 것 같지 않았다. 그런데 용구의 입장은 선택의 여지가 없었다. 진퇴양난인 용구에게는 놀던지 죽기 살기로 부딪치던지 둘 중 하나였다. 그만 두자니 영필과 신애에게 면목이 없을 뿐만 아니라 무능한 사람으로 그냥 놀아야 하고, 한번 해 보자니 전쟁을 해야 하는 상황이 되었다. '내 나이에 이토록 죽기 아니면 살기로 덤벼야 하나' 생각하니 세상이 너무 야속했다. 용구는 머리를 몇 번이나 긁고 얼굴을 쓰다듬으며 머리를 뒤로 제쳤다 앞으로 숙였다 턱을 괴였다 말았다 하며 생각에 생각을 거듭해 보지만 자신이 없었다. 결론이 나지 않은 채 다음 날 자동차회사의 담당부장을 만나러 가기로 하고 일찍 퇴근하여 집으로 왔다. 집에 오니 신애가 용구의 얼굴을 읽으며 동정어린 표정으로 말을 걸었다.

"여보, 당신, 힘들어요? 처음이라 어렵지요. 내가 당신 대신해 해줄 게 없어요? 아이구 우리 남편 처자식 먹여 살리려 노심초사가 심하시네요. 앉아 쉬어요. 내가 저녁 맛있게 해 드릴게요. 죄송해요 내가 할 수 있는 게 이것 뿐 이에요."

용구는 시치미를 때고 정색을 하며 한마디 했다.

"여보, 내가 힘들어 보여? 아닌데. 처음이라 좀 얼떨떨한 것 뿐 이야. 괜찮아."

"알아요. 우리 남편이 누군데. 내가 괜히 염려를 해서 그래요."

다음날 용구는 자동차회사의 담당부장실로 갔다. 부장은 자리에 있지 않았다. '아쉬운 사람은 나다'라고 생각하여 마냥 기다리고 있었다. 점심때가 다 되어 부장이 들어 왔다. 기다리고 있는 용구를 보며 미안해 하지도 않고 왜 왔느냐는 식으로 쳐다보며 퉁명스럽게 한마디 했다.

"연락도 없이 어떻게 오셨어요. 제가 바쁜데요."

짐작을 하면서도 말도 붙이지 말라는 식이었다.

"부장님, 점심때가 되었는데 제가 점심 좀 대접하면 안 되겠습니까?"

"저 점심 약속 있습니다. 용건만 말씀하세요."

"우리 회사 사정이 너무 어려워서 10%는 어렵구요. 5% 정도로 낮춰 주시면 안 되겠습니까?"

당황하고 정신이 몽롱한 가운데 어떨 결에 쉽게 나온 사정 투의 말을 덥석 내뱉었다. 부장의 답은 너무 간단했다.

"그 말씀이라면 안 듣겠습니다. 제가 약속이 있어서 나가 보겠습니다. 다음에는 약속을 하고 오세요."

부장은 일방적으로 사무실을 나가 버렸고 용구는 정신없이 사무실을 얼른 나와야 했다. 전쟁은 차라리 맞상대가 있고 엉켜 붙어 엎치락뒤치락이라도 하는데 이것은 일방적인 내리 눌림 뿐이었다. 스카이대학 나와 재벌그룹의 부장까지 한 사람으로서 너무나 모욕적이고 모멸적인 취급을 받는 것이었다. 앞이 캄캄해진 용구는 회사에 돌아오는 길이 패잔병 신고길 같았다. 자동차회사 부장을 만나러 가는 길은 전쟁터로 가는 전투 길이고 실패하고 회사로 돌아오는 길은 패잔병의 무능신고 길이었다. 회사로 돌아와 사장을 만나 못 하겠다고 통보하고 짐을 쌀까 생각하다가 오기 같은 것이 느껴져 모른 척하고 태연하기로 마음을 먹었다.

"사장님, 담당 부장을 못 만났습니다. 내일 다시 들어가 보겠습니다. 제가 어떻게든 해 보겠습니다. 저한테 맡겨 주십시오."

매일 출근하다시피 하여 부장을 조르고 어르고 사정하고 엄살을 부려온 노력 끝에 6%까지만 깎는데 성공했다. 용구도 더 이상은 못 깎겠다고 사장한테 최후통첩을 하고 회사에서의 경영개선을 제안했다. 외국인 근로자를 최대한으로 구할 수 있는데 까지 구하고 자동화를 계획하여 빠른 시일 내에 실천하며 사내 비용절감을 위한 캠페인을 벌이자고 했다. 그리고 빠른 시일 안에 구체적이고 실용성이 있는 제안을 서면으로 작성하여 제출하겠다고 했다. 용구는 대학교 다닐 때 산업공학과 하생들로부터 6시그마라는 품질관리 원리를 들은 적이 있었다. 그래서 퇴근을 일찍 하고 산업공학과 졸업한 친구들을 만나 품질관리에 대한 조언을 받았다. 그리고 외국인 근로자를 구하기 위해 정부, 민간소개소, 외국인력 브로커, 외국인이 모이는 안산, 부천, 이태원 등 지역탐색으로 노력한 끝에 상당수의 외국인근로자를 구했다. 그리하여 6%비용절감에 상당히 접근했다. 첫 과업을 상당히 성공리에 마치자 사장은 용구를 격려하며 신임하고 월급도 올려 주었다. 용구가 경영에 도움을 주며 일을 잘 처리하자 회사에서는 부사장으로서 자리를 잡아 가고 있었다.

37

신애는 용구가 직장에서 자리를 잡아가자 팔려고 했던 아파트를 값이 더 오를 때까지 기다리며 아파트 시세를 관망하고 있었다. 경기가 완전히 회복되고 이자율이 떨어지면 매수가 살아나 옛날 시세 보다 더 받을 수 있다고 벼르고 있었다. 값을 잘 받으면 융자금 빼고 순전히 자기 돈으로 약간 변두리에 나가 비슷한 크기의 아파트를 사면 그 지긋지긋한 융자금 이자를 매월 신경 쓰지 않아도 될 것 같았다. 그러면 정무 결혼비용도 마련할 수 있고 여기서 좀 더 낮추면 노후자금도 장만할 수 있다는 계산도 할 수 있었다. 형편이 나아지자 정무와 대화를 나누고 싶어 전화를 했다.

"정무야, 엄마다. 지금 거기는 몇 시니? 전화 받기 괜찮아?"

"괜찮아, 엄마. 아빠는 잘 계셔? 회사에 잘 계셔. 이제 위기가 지나갔으니 아빠는 옛날로 돌아가실 수 있겠네? 나의 여자 친구한테 우리 아빠 자랑을 많이 했는데. 스카이대학 나오시고 재벌회사의 중요한 부서 부장으로 계신다고. 여자 친구가 자기 부모한테 자랑 하겠데."

"이애 바라. 너 여자 친구 생겼으면 왜 엄마한테 이야기 안 했어.

어떤 애야? 괜찮아? 좋아? 누구 집 딸이야?"

"아~이 엄마는, 누구 집 딸이 중요하나 뭐. 예쁘고 나한테 잘 해줘. 대학원에서 우연히 만났어. 자기 집이 무척 부자래. 알부자. 지금 대학교 4학년인데 내가 대학원 졸업할 때 이 애도 대학 졸업해. 내가 석사학위 받고 취직하면 우리 결혼 할까 해. 그 쪽 부모님도 좋다고 하신데. 우리 부모님도 좋다고 하시겠지. 엄마."

"안~되. 아빠는 아직 모르시고, 나도 그 애가 누군지 몰라. 모르는 애를 어떻게 며느리로 삼니? 아니 된다, 이 녀석아. 갑자기 결혼까지 이야기 하고 있어. 너 엄마를 실망시킨다."

"내가 이야기 하려고 했는데 기말이고 석사학위 받느라 바빠서 이야기 못 했어. 이제 이야기 하니까 엄마는 오케이다. 엄마 며느리로서는 몰라도 나의 와이프로서는 진짜거든. 결혼은 내가 하는 거잖아, 엄마. 우리 엄마는 현대인이고 서울사람이잖아. 아빠는 시골출신이라 엄하시지만 엄마는 이해해줘야지. 엄마가 우리 아빠 설득 해 줘. 여친 더러 엄마 선물 비싼 것 하라고 할게."

"선물이 문제야. 이 녀석아. 좀 더 두고 보자. 사진이라도 좀 보내라. 어떤 애인지 보고 이야기 하자. 아빠한테는 잘 이야기 해 놓을게."

"엄마 고마워. 사진 바로 보낼게. 엄마 고마워."

"고마울지 말지, 글쎄 아직 몰라. 일단 알았다."

정무에게 여자 친구가 있다는 말을 들은 신애는 잠시 상념에 잠겼다. 용구와의 결혼, 거듭된 유산으로 고생했던 그 때 그 고초, 애지중지 키우며 가졌던 애정, 유학 보내며 서운했던 심정, 방학 때 보고 느낀 점 등 많은 회상이 주마등 지나가듯 했다. 그러면서 며느리가 어떤 아이인지 궁금하면서 앞으로 어떻게 해야 할지 염려와 기대가 교차하기도 하고 세상 사람들이 흔히 이야기 하는 말, 결혼하면 내 자식이 안 되고 남의 자식 즉 사돈의 자식이 된다는 유행어가 코앞에 현실로 닥쳐왔다는 느낌도 들었다. 이렇게 아들을 보내고 마는가 싶은 심정에 생각이 미칠 때는 허무와 실망이 겹쳐지는 한편의 인생 애환이 느껴지기도 했다. '에이, 나 혼자 상상해 봐야 무슨 소용 있나'라는 스스로의 푸념에 빠지다 다시 정신을 가다듬으며 두고 보자는 생각으로 위로를 찾으려 노력하기로 했다. 이런 생각 저런 생각을 반복하다가 귀착하는 마지막 생각은 현실적인 문제였다. 결혼에 따른 부담과 뒤처리 그리고 가족관계의 변화였다. 아들이 미국에 있으니 간단하다면 간단하지만 마음대로 할 수 없으니 더 복잡할 수도 있었다. 일단 용구가 집에 오면 이야기를 나누기로 하고 비슷한 경우를 겪은 사람들한테 이야기를 들어 보려 전화를 걸어 댔다. 불행하게도 전화를 걸어 본 사람들의 대부분이 기분이 안 좋은 말을 했다. 실망이 너무 클 테니 마음의 각오를 단단히 하고 있으라는 경고가 많았다. 자식농사 헛농사라더니 진짜 이제 그렇게 되는 건가 싶기만 했다. 신애는 자기보다 용구의 실망이 더 클 것 같아 용구에 대한 신경쓰임이 앞섰다.

"여보, 오늘 어땠어? 당신, 지금 기분 좋아?"

"사모님, 왜 이러세요? 무슨 말씀을 하시려고 뜸을 드리시나?"

"오늘, 정무한테 전화했어."

"응 그래! 잘 있데?"

"잘 있데. 그런데 여자 친구가 생겼데. 그래서 결혼한데."

"아니, 뭐가? 결혼?"

용구는 소스라쳐 놀랐다. 한 밤중 홍두깨도 푼수가 있지, 느닷없이 결혼이라고 하니 놀랄 만도 했다.

"당신, 좋아? 나빠?"

"여보세요, 사모님, 사람 놀리지 말고 바른대로 말씀하세요. 좋은 말 할 때. 농담도 유분수지, 웬."

"사실은 정무가 여자 친구가 생겼는데 아주 미인이고 집이 엄청 부자래. 사진 보내 준다고 했어. 사진 오거든 보고 이야기 해. 당신, 기분 어때? 좋아?"

"글쎄, 봐야지, 공부한다고 바쁘다고 하더니 어떻게 갑자기 생겼지?"

"유학 온 학생인데 지금 4학년이래. 없는 것 보다 낫지 않나?"

"그렇기도 해. 그런데, 집이 부자래?"

"응, 엄청 부자래."

"어디 두고 봐야지."

용구는 부자라는 말에 엇갈린 감정이 오갔다. 부자라니 가난하지 않아 좋기도 하지만 부자에 걸 맡게 할 수 있을지 자신에 대한 의구심도 없지 않았다. 그저 평범했으면 좋을 것 같은데 당사자인 아들이 자기가 결혼할 사람을 자기가 고른다고 하니 막상 뭐라 하기도 그랬다. 사람 나름이라는 생각을 하면서 사진이나 오면 보기로 하고 기다려 보기로 했다.

2주 후 정무한테서 편지와 사진이 왔다. 편지에 부모에 대한 안부나 근황에 대해 궁금해 하는 이야기는 없고 온통 자기 여자 친구에 대한 자랑 겸 소개만 늘어놓았다. 사진으로 봐서는 예쁘장하고 괜찮은 것 같았다. 정무의 말에 의하면 부잣집에서 귀천을 모르고 자라 세상물정을 모르기도 하지만 눈이 높아 우리가 그 집 형편에 맞추려면 자기도 노력해야 하지만 온 가족이 심기일전해야 한다고 했다. 그러니까 우리가 자기 여자 친구 눈에 맞춰줘야 한다는 것이었다. 마치 천사라도 만나 행운이 보장되기라도 하는 것 같이 일방적인 이야기를 늘어놓았다. 며느리로 맞아들이는 것이 아니라 상전으로 모시라는 것이었다. 편지를 읽고 난 용구는 기가 막혀 말이 나오지 않았다. 시골에서 자기 어머니와 형수를 보며 자란 용구는 청천벼락을 맞은 듯 멍하니 정신을 잃고 할 말을 잃고 있었다. 신애도 쪽팔려 하기는 마찬가지였는데 자기가 시어머니가 되는 건지 시중드는 도우미가 되는 건지 분간이 안 되었다. 시골출신 용구가 서울출신 신애 보다 더 황당해 했다. 용구가 먼저 말을 꺼냈다.

"여보, 당신은 정무편지에 대해 어떻게 생각해? 나는 어안이 벙벙하여 말이 안 나오는데! 뭐가 어떻다는 건지, 원!"

용구의 눈치를 보고 있던 신애는 짐작했다는 듯이 비슷한 이야기를 했다.

"아니, 이 애가 상전을 모시겠다는 건가 아니면 우리와 같은 집식구 며느리를 데려 온다는 건가? 요즘 항간에 떠도는 유행어가 '잘난 아들은 국가의 아들, 돈 잘 버는 아들은 사돈의 아들, 빚지는 아들은 자기 아들이라'한다더니 아예 대릴 사위라도 되겠다는 식이네. 우리를 싹 무시하고 있네요. 이 녀석이 돈 있는 아이 하나 사귀어 그 집에 완전히 빠져버렸네. 그럼 우리는 뭐야?"

신애가 섭섭한 마음을 더 노골적으로 들어 내 놓았다. 용구와 신애는 섭섭한 마음을 금할 수 없어 하면서도 어찌해야 할지 몰라 했다. 노골적으로 부자라는 이유로 안 된다고 할 수 도 없고, 좋다고 하기에는 마음이 안 내키고, 결혼 후에 어떻게 할 것인지 미리 말하기도 어렵고, 그렇다고 좋다고 할 수도 없고 안 된다고 할 수도 또한 없고, 그야말로 진퇴양난이었다. 신애는 자기 어머니와 이모가 계시면 속 시원히 털어 놓기라도 하겠는데 그러지도 못 하고 친구에게 털어 놓으면 핀잔 받을 것만 같고 답을 찾지 못 했다. 용구도 시골의 식구들 특히 조카들한테 털어 놓으면 무언의 핀잔이나 반대하면서 겉으로 찬성하는 것 치레 반응 밖에 안 나올 것 같고, 집안 혼사를 아무한테나 말할 수도 없어 벙어리 냉가슴이었다. 용구와 신애가 둘이서 아무리 이야기를 해 보아야 정답은 안 나오고 그렇다고 노라고 할 수도 없었다. 결국 품안의 자식이고 외국에서 지 잘하면 되지 죽이든 밥이든 더 이상 바라지 말고 우리나 잘 하자는 쪽으로 생각을 굳혔다. 그런데 정무한테 뭐라고 답장을 써야 할지 결론을 내기가 쉽지 않았다. 서로 미루다가 용구가 총대를 메기로 했다. 일단 좋다고 하면서 우리 집에 맞춰서 결혼생활을 해야 한다고 했다. 그 집 부모는 거침없이 뭐든지 다 해 주겠다고 하겠지만 우리는 해 줄 수 있는 게 한계가 있다는 것을 일러 주는 답장을 썼다. 사실 말이 그렇지 결혼을 앞두고 뭐라 하는 것이 얼마나 의미가 있고 소용이 있을지는 모르는 일이었다. 형식이라면 형식이라 할 수 있을 뿐이었다.

정무한테 편지를 보내고 용구와 신애는 자세한 내용은 말하지 않고 단순히 결혼상대가 있다는 이야기만 하려고 시골집에 갔다. 지난번에 왔다가고 1년도 채 되지 않았는데 오랜만에 오는 것 같았다. 부모님께 인사를 드리니 부모님이 연노 하시어 여러 군데 좀 불편하신 데가 있으신 것 같았다. 큰 병은 없으시지만 자질구레한 불편이 있으신 모양이었다. 소문을 들으셨는지 직장을 옮긴 것을 알고 계셨다.

"용구, 왔나. 응, 며느리도 같이 왔구나. 마침 잘 왔다. 우리 정구 말이다. 혼사 이야기가 있다. 느그들 이야기 좀 들어 보면 도움 좀 안 되겠나. 그라고 용구는 직장을 옮겼다면서. 부사장이가 사장이가? 회사는 작아도 사장이면 잘됐다. 아무튼 장하다."

옆에서 듣고 있던 용구어머니가 한 마디 거들었다.

"영감도 참, 이 애들은 서울에서 공부해 가지고 서울에서 일하고 서울에서 살고 있는데 이 시골에 사는 정구 색시 될 사람에 무슨 할 말이 있겠나? 처지가 너무 다른데. 괜히 옆에서 뭐라 해 가지고 혼사에 혼돈 일으키면 안 되는 기라. 뭐라 안 하는 게 나은 거라. 안 그러나 아가야. 그거 쓸데없는 소리 해 쌓지 말고 혹시 물어 보거든 한 마디만 해라. 그냥 좋다고 해라. 그게 안 좋나."

"예, 어머님. 좋은 게 좋지요. 우리도 잘 몰라요. 모르면 그저 좋다고 해 놓는 게 좋지 예. 그리고 어머님 아버님 우리 정무도 여자 친구가 있답니다. 그냥 사귀고 있는 중인데 두고 봐야지요. 미국에서 만나 사귀고 있으니 우리는 그런가 보다 합니다. 다음에 다시 말씀 드릴게요. 편하게 쉬세요. 우리는 올라 가 보겠습니다."

"응, 그래 잘 되었다. 그래야지. 다 짝을 찾아야 되는 기라. 잘 해보라고 해라."

용구와 신애는 부모님 방을 나와 형과 형수 방으로 갔다. 형 용준과 형수가 용구의 새 직장에 대해 이야기를 나눈 다음 정구 이야기를 꺼냈다. 시골에서 고등학교 졸업하고 집에서 신부수업을 잘 받은 근처 동네 이씨 집 규수라고 했다. 여러 가지 조건을 이야기 했는데 정구가 좋아 하는 것 같아 정할까 한다고 하셨다. 서울이나 대도시 사람들은 이것저것 따지는 게 많은데 시골에서는 대충 집안과 분위기를 보고 웬만하면 정하는 것이 상례가 되어 있었다. 용구 형 용준이도 그랬고 동네 사람들도 그랬다. 그래도 잘 살고 말썽이 없었다. 결혼할 때 이것저것 많이 따진 사람들이 살면서도 이것저것 많이 따지다가 안 좋은 일이 더 많은 게 일반적인 가정인 것 같아 정구배필도 잘 할 것으로 기대하고 싶었다. 이야기를 나누고 있는데 정구, 정호, 정애 모두 삼촌과 숙모한테 인사하러 들어왔다. 삼촌과 숙모한테 제일 만만하게 구는 정애가 먼저 말을 했다.

"삼촌, 아 참 작은아버지 지난번에 오셨을 때 삼촌회사가 부도 난 것 제가 다 알고 있었거든요. 그런데 삼촌 입장을 생각해서 시치미를 떼고 있었는데 나중에 모르는 척 했던 것 사과 드리려했지요. 이제 부사장 되셨으니 전화위복 되신 것 아니에요? 축하 드려요. 역시 우리삼촌이세요. 정무는 잘 있어요? 정구오빠 배필이 정해지려는 모양인데 제가 기대가 크거든요."

빙그레 웃으며 듣고 있던 용구가 한 마디 했다.

"형님, 형수님, 정애가 우리 큰 집 대변인 역할을 단단히 하네요. 정애야 우리 집 대변인 역할도 좀 해 다고. 수당 줄게. 우리 지금 대변인 필요하거든."

정애는 신나게 나섰다.

"삼촌, 진짜 대변인 필요하세요? 뭔데요? 제가 삼촌 댁에 매일 출근할게요."

신애가 간단히 한마디 했다.

"형님, 축하드려요. 정구 색시감 보셨다면서요. 그리고 정호와 정애는 언제 누구를 데리고 올래? 미리 털어 놓아, 이참에. 우리도 한 몫 끼자. 형님, 우리도 일이 있을지 모르겠어요. 정무가 여자 친구가 생겼데요. 그냥 사진만 봤어요. 나중에 다시 말씀 드릴게요."

제일 놀라는 사람은 정호와 정애였다. 자기들 보다 앞선다는 생각도 있지만 미국에서 서양여자라도 사귀나 싶어 놀라는 표정이었다. 신애가 잠재웠다.

"미국 애는 아니야. 한국유학생이래. 지금 대학교 4학년이래. 아직 좀 더 있어야 해. 정구 일 치르고 한 참 있어야 해. 기다려."

정구 혼사 이야기를 듣고 오는 용구와 신애는 여러 면에서 큰집이 부러웠다. 애들 결혼도 잘 하는 것 같고 결혼하면 다 잘 살 것 같고 결혼도 쉽게 치를 것 같았다. 반면 정무가 사귀는 아이의 집이 부자라니 결혼을 시키게 되면 돈이 많이 들어 갈 것 같아 불안 같은 것을 벌써 느끼게 되었다.

가을이 되니 시골에는 천고마비의 계절 맛이 풍겨나고 있었다. 서울에서는 계절 맛이라는 것이 있을 수 없는데 시골에서는 자연의 변화를 맛보는 것이 시골의 진가가 아닐 수 없었다. 이제는 영농조건과 기술 및 장비가 좋아 '풍년이다 흉년이다' 구분이 없어졌고 작황은 의미가 없어졌다. 작황이 좋아도 시장이 안 좋으면 헛수고고 시장이 좋으면 작황이 시원찮아도 괜찮고 시장이 좋고 작황도 좋으면 대박이 될 수 있는 옛날과 다른 새로운 농촌경제가 되었다. 큰집은 조카들이 머리를 써서 미리 짐작하고 대응을 잘 해서 항상 대박이거나 대체로 좋은 편이었다.

'가을에는 정구가 장가를 가려고 할 텐데 어찌 소식이 없지'생각하며 궁금해 했다. '가을이 가고 겨울이 오기 전에 해야 할 텐데'하고 있는데 통지가 왔다. 정구의 결혼 일자를 알리는 전화기별이었다. 전화를 하는 형수의 목소리는 신나는 음성이었고 우리도 같이 기뻐하라는 메시지가 담겨 있었다.

초겨울 정구결혼식은 서울변두리 예식장에서 성대하게 치러졌다. 형님네도 개혼이고 그 쪽도 개혼이라 하객이 많았다. 폐백에서 보니 조카며느리가 잘 생겼고 착하며 얌전해 보였다. 며느리로서 나무랄데 없는 훌륭한 신부로 보였다. 용구와 신애는 부러우면서도 불안했다. 정무가 사귄다는 아가씨는 여러 면에서 이집 신부와 대조적이라는 생각 때문이었다. 서울의 부잣집 규수라는데 우리가 얼마나 대응할 수 있을지, 우리를 무시하거나 무리한 요구를 하지 않을지, 결혼 비용에서 부담이 너무 크지 않을지, 사돈이 우리를 돈 없는 집이라고 업신여기지나 않을지 등 별 생각이 다 들었다.

결혼식장에서 예식을 마치고 시골집에 와 시골식 잔치를 했다. 많은 사람들이 모여 축하를 해 주었다. 말들이 오가는 중에 우리 집 이야기도 있었다. 많은 사람들이 결혼식을 미국에서 하지 말고 서울에서 하고 시골집에서 잔치를 하라고 했다. 우리야 그렇게 하면 좋겠는데 정무와 색시가 응할는지 미리부터 걱정이 되었다.

잔치를 마치고 늦게 집에 돌아왔다. 늦은 밤이라 미국에 전화하기 좋은 시간이었다. 신애가 정무한테 전화를 했다.

"정무니? 엄마다. 많이 바쁘지? 잘 되 가니? 내년 5월에 석사학위 받는 거지? 우리 아들 고생이 많다. 엄마가 옆에서 챙겨주지 못해 미안하다."

"엄마, 괜찮아. 엄마 어떻게 지내? 아빠는 잘 계셔? 지금 계시는 회사는 어때. 사장으로 진급은 안 하시나? 진급하시면 내 여자 친구 아버지 하고 차이가 좀 좁혀지겠는데."

"아빠 회사는 개인 기업인데 주인이 사장이라 아빠가 사장 될 가능성은 없어. 이애, 부사장이면 족하다. 뭘 더 바래. 너의 여자 친구는 잘 있니? 아직도 자주 만나니?"

"그럼 잘 있어. 가끔 봐. 서로 바쁘니까 마음대로 만나지 못해. 만나도 긴 이야기 할 시간이 없을 때도 있어. 주말에는 만나 시간 많이 보내고 있어."

"만나면 무슨 이야기 하니?"

"그냥 그저, 재미있는 이야기 해. 엄마는 몰라도 되니 신경 좀 끄시지. 우리 이야기에 왜 관심이 많아?"

"아, 됐다 됐어. 안 물어 볼게. 오늘 시골 큰집 정구 형 결혼했다. 우리도 갔다 왔다. 색시가 참하고 착하더라. 정구엄마는 좋겠더라. 며느리 잘 봐서. 부럽더라."

"엄마는~ 결혼하는 색시가 남편이 먼저지 시어머니가 먼저니? 남편한테 잘 해야지."

"물론 남편한테 잘 하겠지. 다른 식구들한테도 잘 해야지."

"나는 문제가 없겠어. 다들 한국에 있고 아들이래야 나 하나고. 신경 안 써도 되겠어."

"이애, 잘하고 못 하고는 마음 씀씀이야. 우리가 한국에 있어도 며느리도리는 다 해야 하는 거야."

"또 나온다. 알았어."

"이 녀석이! 뭘 또 나온다야. 내가 몇 번 말한 것도 아닌데. 너 지래 쐐기 박니?"

"엄마, 그만 좀 해."

"알았다. 아빠 바꿀게."

용구는 옆에서 정무와 신애가 대화하는 것을 들어 보니 말을 될 수 있는 대로 안 하는 것이 좋겠다는 생각이 들었다.

"응, 정무니? 잘 있지? 공부 잘 되고? 밥 잘 챙겨 먹고 잠 잘 자고?"

"아빠, 고마워요. 큰 집 잔치 좋았어요?"

"응, 아주 좋았다. 우리도 그런 잔치 좀 하면, 이 아빠 더 이상 소원이 없겠다. 참 잘 했다."

"아빠 죄송해요. 저는 그렇게 못 해 드려서요."

"응, 그래. 그래도 노력해."

"예."

두 사람의 대화는 간단히 끝났다.

아직 결혼이 정해진 것도 아니고 사돈 될 사람이 어떤 사람인지 알지도 못 하며 결혼을 시킨다 해도 언제 어디서 어떻게 할 것인지 생각도 않고 있는데, 아이는 지래 미안하다고 못을 박으려 하는 것을 보니 지들끼리는 말이 있었지 않나 싶기도 했다. 용구는 일그러지는 얼굴을 감추려 얼른 화장실로 갔다. 신애가 무슨 이야기냐고 물어 보기 전에 얼른 피신하였다. 큰집은 사람냄새가 풍기는 인간대사를 축복 속에서 치르는데 자기는 그렇게 하지 못 할 것만 같아서 지래 불안한 느낌이 들었다.

새로 며느리를 본 형님 댁은 깨가 쏟아지고 정호도 여자 친구를 사귀고 있어 앞으로 줄줄이 경사가 겹칠 것 같았다. 똑똑한 정애도 뒤질세라 똑똑한 남자 친구를 어떻게든 잘 찾을 것이고 정구 색시한테서 남자 아이라도 들어서면 경사가 겹치고 겹칠 것이었다. 다만 연로하신 부모님의 건강이 염려스러웠다. 인간의 운명이니 어쩔 수 없다고 생각하면서도 자식 된 도리로 편찮기라도 하시면 슬퍼하지 않을 수 없었다. 두 분의 연세가 한 살 차이밖에 안되지만 아무래도 아버님이 먼저 돌아가실 것만 같았다. 그렇게 되는 것이 식구들 특히 형수님에게는 불행 중 다행일 수 있었다. 반대 보다는 다행이라는 것이었다.

해가 바뀌고 5월이 되자 정무가 졸업식 일자를 알려 주었다. 5만명 가까운 재학생에 7,8천명 가까운 학생이 학사, 석사, 박사 학위 졸업장을 받는다니 거창한 졸업식이고 복잡하고 다채로운 행사로 북적일 것 같은 거로 예상했다. 미국에서 하는 아들 졸업식 그것도 두 번째 식이니 부부가 간다는 것이 용구 형편에 맞지도 않고 용구는 일이 바빠 여러 날을 비울 수가 없었다.

이번에도 신애가 혼자 갔다 오기로 하고 용구는 멀리서 축하하기로 했다. 신애가 인천공항에 나가니 5월 중순이라 자기처럼 졸업식에 참석하기 위해 나가는 사람들이 많은 듯 했다. 우리는 유학 보내느라 코가 석자나 빠졌는데 이 사람들은 얼마나 여유가 있어 졸업식마다 호화판 비스니스 클래스로 가고 있나 싶기도 했다. 비행기에 들어가니 이코노믹 클래스 3등석 칸에는 빈자리가 거의 없는데 비스니스 클래스 석이 있는 칸에는 여유가 많아 보였다. '아이구! 억울하면 돈을 벌어라'라고 속으로 되씹으며 비좁게 앉았다. '아들 보러 가는 길이니 감수하자'는 심정으로 편하게 하려고 애를 썼다. 인천에서 휴스턴 가는 직항이 있어 비행기를 갈아타지 않아 편했다. 휴스턴공항에 도착하니 인천 보다 한가하고 사람들이 여유가 있어 보였다. 정무가 마중을 나와 짐도 들고 차로 모시니 편하게 여정을 마칠 수 있었다. 신애는 정무의 여자 친구를 얼른 보고 싶어 안달을 했다.

"이애, 너 여자 친구 연락했니? 언제 오니? 우리가 가니? 어떤 아이니? 잘 생겼니? 그 애도 졸업식이지? 그 애 부모도 오니? 좀 볼 수 아~ 만날 수 있니? 그 집에서는 누구누구 온데?"

신애는 차안에서 연속 말을 했다. 운전대를 잡고 운전에 열중하는 정무는 다 대답하기가 어려운지 말을 하는 둥 마는 둥 애매하게 답했다. 사실 정무도 정확하게 잘 몰랐다.

미국의 대학 졸업식은 엄숙하고 거창하며 질서정연하여 탄식과 칭찬이 절로 솟아났다. 가운을 입은 8천 여 명의 졸업생이 시작부터 끝날 때까지 한 사람도 흔들림 없이 자리를 지키며 총장과 게스트 스피커의 한마디 한마디에 귀를 기울였고 스스로를 축하하고 기뻐하였다. 이 광경을 보고 신애는 힘은 들었지만 유학 보낸 보람이 있다고 느꼈다. 한국의 대학 졸업식에는 학생은 없고 총장과 교수만 있는 난장판이라는데, 미국대학 졸업식은 그야말로 축하가 충만한 졸업식다운 졸업식이라고 느꼈다. 역시 선진국의 고등교육 가치와 권위는 다르다고 감동했다.

졸업식 다음날 신애는 정무 여자 친구를 만났다. 정무가 만날 장소를 정하여 여자 친구를 불러냈다. 캠퍼스 커피숍에서 만난 정무의 여자 친구는 겉으로만 얼른 보기에는 좋은 것 같았다. 말이 없고 자주 생긋 생긋 웃으며 공손했고 신애더러 어머니라고 깍듯이 예의를 차렸다. 물론 와 있는 자기 부모가 단단히 교육을 시켜서 내 보냈겠지만 시켜서라도 잘 하면 좋은 것 아닌가 싶기도 했다. 오후에는 여자 친구의 부모님을 잠깐 만났다. 정해진 바가 아니기에 조심스럽게 형식적인 인사만 하고 모든 것을 아이들에게 맡기기로 하고 헤어졌다. 얼른 보기에도 부잣집 사람들 같아서 신애는 약간 쪽팔리는 기분이 없지 않았다.

38

신애는 서둘러 귀국했다. 석사학위를 받고 취업이 되어 준비를 하고 있는 정무에게 부담이 될 것도 같고 혼자 있는 용구에게 어서 오고 싶은 생각도 들었다. 또한 정무가 여자 친구와 결혼하겠다고 하면 준비도 미리 해 두는 것이 좋겠다고 생각했다. 용구는 인천공항까지 나와 신애를 만났다. 오는 길에 차 안에서 많은 이야기를 주고받았다. 하나 밖에 없는 아들을 미국에다 두고 결혼을 시키려고 하니 만감이 교차하는데, 이러한 조건이 두 사람을 가깝게 묶어 놓았다. 용구와 신애는 정무가 사귀고 있는 아이와 결혼한다는 것을 전제로 결혼준비에 들어갔다. 그런데 결혼식을 미국에서 하고 마느냐 한국에서 하느냐에 따라 준비가 확연히 다를 수밖에 없었다. 미국에서 하면 부부왕복 비행기 표와 많지 않은 현금을 준비하면 될 것이지만 만약 한국에서 하면 한국식 준비가 필요했다. 결혼을 어디서 하건 일단 돈을 마련하는 것은 공통된 전제라 신애와 용구는 돈 마련 계획에 골몰했다. 저축해 놓은 돈이 없기에 돈 마련이 쉽지 않았다. 사돈 될 상대가 있는데다 미국에 유학 보낸 아들, 그것도 하나뿐인 아들을 결혼시키며 일반 예식장에서 도매금으로 지나치듯 하는 결혼식으로 얼렁

뚱땅 해 치울 수가 없었다. 호텔예식장에서 하면 억대가 든다는 말이 강남에는 이미 고전으로 되어 있었다. 식만 하는데 그렇게 든다면 나머지 준비에도 그 정도는 되어야 하겠다고 생각 안 할 수가 없었다.

신애와 용구는 결국 이사를 하기로 결정했다. 대치동 아파트를 팔고 강북의 산비탈 달동네를 재개발하여 지은 비슷한 평수의 아파트를 전세 얻어 가기로 했다. 아파트를 팔은 돈에서 전세보증금을 빼고 나머지 돈으로 결혼비용을 대고 남는 돈으로 노후자금을 꾸려 볼 작정이었다. 아이엠에프 외환위기가 다 지나가고 조금만 더 있으면 강남아파트 가격이 좀 더 오를 것 같은데 애 결혼이 있으니 기다릴 수가 없어 어느 정도 금액으로 팔아야 할 형편이 되었다. 신애는 아파트를 여러 복덕방에 내 놓았다. 이제는 복덕방도 컴퓨터 인터넷을 이용하여 서로 연결하기 때문에 몇 군데만 내 놓아도 자기들 끼리 서로 연락하여 정보를 공유하고 강남 전역에 파급하여 손님을 찾게 되었다. 그래서 아파트 매매는 빠른 시일 안에 비교적 쉽게 이루어졌다.

신애는 용구한테 전화를 걸어 아파트매매를 알리고 보증금을 손에 쥐었다. 집에 돌아와 아파트를 돌아보며 아들 결혼을 위해 어쩔 수 없는 선택이기는 하나 만감이 교차하며 저절로 눈물이 나왔다. 용구가 직장의 배려로 장만한 아파트를 애써 늘려 놓았는데, 아들 장가 드린다고 애지중지 하던 아파트를 팔아야 하다니, 잘 잘못을 떠나 인생길이 이제 내리막길로 접어드는 것만 같아 슬픈 생각을 피할 수가 없었다. 어쩐지 불길한 생각이 가시지 않아 신애는 소파에 앉아 한참 동안 말이 없이 천장만 바라보고 있었다. 천장을 계속 쳐다보고 있으니 천장이 옆으로 기울어지고 있었다. '아니 천장이 기울어지다니'하고 눈을 다시 뜨고 보니 자기 몸이 옆으로 누어지고 있었다. 용구와 평생 살고 있겠다고 다짐한 아파트를 판다고 생각하니 자기 정신이 아니었다.

신애는 용기를 내어 전세 집을 보러 나섰다. 강북으로 가려고 생각하니 어디가 어딘지 잘 모르겠고 강남에서 너무 멀다는 느낌이 들었다. 몇몇 복덕방이 추천하는 비교적 가까우면서 중심지역인 서소문 일대로 발길을 돌렸다. 전철에서 내려 마을버스를 타고 동네 가운데로 가니 올라가는 길, 상가, 주차장, 다니는 사람들 모두가 낯설었다. '처음이라 이럴 수밖에 없을 것이다'라고 생각하며 복덕방을 찾았다. 용구와 함께 다시 보기로 하고 몇 개를 메모하여 집으로 왔다. 같은 평수로 이사를 가면 있는 그대로 옮기면 되겠다고 생각하고 있는데 문득 강남의 지난날들이 머리를 스치고 있었다. 지금 살고 있는 집을 정 한 것은 어머니가 근처에 계셨기 때문이고 어머니가 계셨기 때문에 이모가 계셨었다. 그런데 어머니도 이모도 다 안 계시니 이곳을 떠나는데 아쉬움이 덜 하다는 생각을 하니 한편 홀가분한 면도 없지 않았다. 다음 날 용구와 같이 아파트 몇 개를 보았다. 주차장에 비교적 가깝고 조용해 보이는 아파트 하나를 찍어 계약을 했다. 한 달 후 중도금을 치르고 두 달 후 잔금을 치러 이사를 하기로 했으니 이제 강남에서 강북으로 이사를 하게 되었다. 돈이 많아지면 비싼 강남 아파트로 이사를 온다는데 신애 네는 아들 장가보낸다고 강남에서 강북으로 이사를 하게 되니 그 놈의 장가가 무엇인지 부모 등골 빼먹는 놈 같았다.

두 달이 되어 용구 네는 강남의 집을 비워주고 강북으로 이사를 했다. 이삿짐 센터 사람들이 이삿짐을 내려놓기 시작하는데 시골집에서 급하게 연락이 왔다. 용구아버지가 위독하시다는 기별이었다. 임종을 보려면 지금 당장 시골로 와야 한다는 것이었다. 이삿짐 센터사람들 한테 이삿짐을 정리하지 말고 아파트 어디든 짐을 내려놓기만 하고 가라고 했다. 용구와 신애는 입고 있던 옷을 갈아입지도 못하고 있는 그대로 시골로 달려갔다. 이사를 하였으니 동회에 가서 전입신고를 해 두어야 하는데 용구에게는 그런 것을 생각할 정신이 없었다. 용구가 시골동네 어구에 들어서니 사람들이 웅기종기 모여 있었다. 그 중 제일 어른이 용구를 다그쳤다.

"어서 가 봐. 한 노인께서 가신 것 같은데, 임종을 못 봐서 어떻게 하나. 아이구 딱해라."

용구가 집에 들어섰을 때 용구아버지는 숨을 막 거둔 뒤였다. 용구는 방에 들어가 아버지의 손을 잡고 큰 소리로 울었다.

"아버지, 아버지, 얼마 전까지 잘 계셨는데, 왜 갑자기 돌아가세요? 왜 저한테 말 한마디 안 하시고 눈을 감으세요. 제가 불효자식이예요. 아버지께 해 드린 게 없는데. 아버지. 공부한다고, 직장에 바쁘다고, 아버지 옆에 제대로 있으며 이야기도 소상히 나누지 못한 불효자식입니다. 아버지. 아버지 미안해요"

용구아버지는 지난달부터 편찮으시다고 많이 누워 계시다가 몇 일전부터 의식이 오락가락하셨는데 오늘 오후에 갑자기 의식이 없으셨다고 했다. 하필 용구가 이사하는 날 돌아 가셔서 용구가 이사하고 정리하는 것과 동회에 전입신고 하는 것을 못 하게 되었다. 5일장을 마치고 정리도 안된 아파트에 돌아온 용구와 신애는 짐을 보며 한숨을 쉬었다. 이사하는 사람들이 어느 정도 정리를 했어야 하는데 그 사람들이 일찍 가는 바람에 용구와 신애가 짐 정리를 다하게 되었다.

12월초가 되자 정무한테서 전화가 왔다. 직장에는 잘 다니고 있고 여자 친구도 잘 있다고 하면서 12월 크리스마스 전후 쯤 한국에 올 계획이라고 했다. 그 때 와서 여자 친구 가족과 만나 결혼에 대해 의견을 나누자는 것이었다. 사실상 상견례를 하는 것인데 이제 결혼이 현실로 다가왔다. 막상 결혼이 정해진다고 생각하니 돈이 얼마나 들어갈지 걱정이 앞섰다.

크리스마스 직전에 정무는 여자 친구와 함께 귀국했다. 이번에는 귀국이 결혼을 위한 전 단계로 상견례를 위해 온 것 같았다. 집에는 인사만 하고 아침부터 저녁까지 여자 친구 네 집 식구들 인사하느라고 바빴다. 용구와 신애는 아들이 누구 집 자식인지 분간하기 어려울 정도로 보기가 힘들었고 말 할 기회도 여의치 않았다. 시골 큰댁에는 관심도 없었고 돌아가신 할아버지께 인사하는 것도 생각도 하지 않았다. 그렇다고 뭐라 할 수도 없고 용구부부는 그저 아들의 말에 따를 수밖에 없다고 단념하고 있을 수밖에 없었다.

크리스마스가 지나고 연말이 되기 전에 양가부모와 만나게 된다는 정무의 일방적 통보였다. 용구부부는 가타부타 하기보다 무슨 말을 해야 하나 생각하며 돈에 대한 부담부터 느꼈다. 혼사에 있어서 이렇게도 돈이 문제가 되는가 싶기도 했지만 뭐라고 해 봐야 본전도 못 찾을 것 같아 아예 속셈을 입 밖에 꺼낼 생각도 하지 않았다. 그저 결혼비용 좀 덜 들었으면 싶은 생각이 머릿속에 꽉 차 있었다.

한국에서 제일 비싸다는 S호텔의 20층 특실에서 만났다. 신부 측 부모와 예비신부 그리고 용구부부와 정무 이렇게 여섯 사람이 자리를 같이 했다. 서로 인사를 나눈 다음 결혼에 대해 구체적으로 의사를 교환했다. 결혼식은 이 호텔에서 하기로 하는데 하객은 양가에 반반으로 할 것인지 의사교환을 했다. 사실 용구의 직계가족은 시골에서 올 것이고 신애의 가족은 거의 없다시피 했다. 시골의 고모가 계시지만 오실지 안 오실지 확실치 않았다. 세어보면 열손가락 두세 번 펴 볼가 말가 정도였다. 지금 직장도 변변치 않아 이 호텔에 손님으로 올만한 사람이 거의 없다 시피 했다. 이 호텔의 일인당 식사비만도 십 만원이 넘을 텐데 십 만원 축의금 낼 사람이 다섯 손가락도 안 될 것 같았다. 예식장 결정부터 너무나 차이가 컸다. 용구가 한마디 했다.

"아, 저, 우리집은 시골이고 집사람도 외동딸이라 가족이 별로 없어서 우리의 하객은 별로 많지 않을 것 같습니다. 그 쪽에서 정하시고 우리는 남는 좌석 몇 개만 차지하면 되겠습니다."

정무 장인 될 사람이 기다렸다는 듯이 말했다.

"아, 그러십니까. 으, 그러시면 우리 쪽 하객으로 대부분 채우기로 하고 예식비는 거의 우리가 부담하기로 하겠습니다. 내년 여름 결혼식 전에 대충 몇 분 정도 오실지 말씀해 주시면 고맙겠습니다."

"아, 예, 그렇게 하도록 하겠습니다. 결혼식을 내년 여름이라고 하셨습니까?"

"예, 이 호텔에 예약을 지금 해도 그때라야 자리가 빌 것 같고 정무가 여름휴가를 얻겠다고 하니까 여름이면 좋겠습니다. 혹시 문제가 있으신가요?"

"아닙니다. 우리도 그 때에 맞추어 준비하도록 하겠습니다"

예식장이 결정되자 예단 등 약혼에 따른 여러 가지 준비와 결혼 후의 여러 가지 일에 대해 의견을 나누었다. 신부 측 부모는 될 수 있는 대로 말을 먼저 하지 않고 용구부부가 먼저 말을 하도록 유도하려는 눈치였고 용구부부는 한마디 한마디 신경이 쓰였다. 미국에서 계속 살 것이기 때문에 한국식으로 하기보다 미국식으로 기본적인 것만 하기로 하자고 동의를 구했다. 폐물과 결혼비용 등에서 부담을 거의 느끼지 않게 되자 용구는 신랑아버지로서 미국에 살 집에 대해 이야기를 하지 않을 수 없었다.

"미국에서 살아도 집은 있어야 할 테니까 신혼살림 하는데 불편이 없도록 집은 제가 사 주도록 하겠습니다."
"아, 예, 아버지로서 신경 많이 쓰십니다. 미국은 한국과 달리 집값이 싸니까 웬만한 것도 별 부담이 안 되실 것입니다. 처음에는 자그마한 집에 있다가 식구가 늘면 그때 우리도 보태기로 하겠습니다. 감사합니다."
"아, 부모로서 당연히 해야 하는 것입니다."
우선 당장 결혼비용은 큰 걱정 안 해도 되겠는데 미국에 집을 사준다고 하기는 했지만 구체적으로 어떤 집을 얼마에 살 수 있는지는 생각해 본 적도 없었다. 일단 집은 나중 일이고 결혼비용에 대해 크게 걱정 안 해도 되니까 용구부부는 가벼운 마음으로 상견례를 마쳤다.
상견례에 어머니를 모시지도 못하고 혼사에 대해 구체적인 말씀을 못 드린 용구는 시골로 내려가 어머님과 형님 및 형수님께 상견례를 말씀드리고 결혼 일자를 잡으면 모시겠다고 말씀 드렸다. 어머님 방에서 나와 용구가 형님과 형수님에게 말씀을 나누고 있는 사이 신애는 정애 방에서 정무의 결혼에 대해 이야기 하고 있었다. 정애는 신기한 듯 마구 캐물었다.
"정무, 개가 직장을 구하자마자 결혼을 서두르는 이유가 뭐야? 숙모. 이 애, 돈 벌기 시작하니까 마누라 먹여 살릴 궁리부터 먼저 하네. 게, 그렇게 안 봤는데 맹랑하네. 그게, 미국식인가? 작은엄마, 괜찮아? 아들 완전히 갖다 바치는 거 아니야? 내가 숙모라면 결혼 못 하게 하겠다. 돈 벌어서 부모님께 먼저 효도 좀 하고, 그 다음에 지 마누라 먹여 살릴 생각해야 하는 거 아닌가? 숙모는 아무렇지도 않아? 내년 결혼식 때 이 사촌시누이가 혼을 단단히 내 줘야겠다. 며느리 길들이는 거 나한테 용역 줘요, 내가 연구 개발해서 제대로 해 드릴게요. 작은엄마."

"어차피 멀리 떨어져 있는데 지들 잘 살면 되지 뭐. 나, 별로 신경 안 써. 멀리 있는 며느리 보다 가까이 있는 네가 있잖아. 반쪽 딸, 아니 반의 반쪽 딸이래도 딸이 나을 거 같아. 며느리가 마음에 안 들거나 멀리 있어서 모르는 척하면 너한테 올게."

"좋아요, 숙모. 그런데 내가 친모, 숙모, 시모 다 모시려면 바쁘겠는데! 거기다가 애들도 가르쳐야 하고. 나중에는 애를 낳아서 기르기도 해야 하고. 대한민국에서 제일 바쁜 교사가 되겠는데! 숙모, 걱정 마. 내가 방학 때 미국에 가서 정무와 정무마누라를 단단히 교육시켜 놓을게. 그런데, 결혼식은 언제 어디서 한데?"

"내년 여름 S호텔 볼룸에서 한데. 신부 집이 무지 부자래. 결혼식 예식장비 1억 정도는 아무 것도 아니라고 한다는 가봐. 돈이 많다는 가봐."

"작은엄마, 쪽 팔리지 마. 그래도, 우리나라 전통이 아들 집이 갑이야. 괄시했다가는 국물도 없다 그래, 숙모."

"미국에서 살 집은 우리가 사주기로 했어. 우리도 우리가 할 일은 해야지. 집 팔고 전세 얻어가며 남긴 돈 있으니 좀 때서 사줘야지."

"숙모, 그럴 필요 없어. 미국은 우리처럼 현금주고 사는 게 아니고, 모기지로 사면 돈이 조금만 필요하데. 그러니까 처음에 다운 조금, 한 20%쯤 하고 나머지는 25년 30년 이렇게 물어 나가면 된데. 그러니까 우리나라에서 현금으로 집을 살 때의 집, 그 집값의 5%도 안 된데. 그러니까 조금만 내면 되. 숙모. 걱정 안 하셔도 되."

"글쎄, 우리는 잘 모르겠어. 그래도 조금은 보태줘야지."

용구와 신애가 큰 집을 나와 동네어구를 벗어나려는데 동네 몇 사람이 인사를 했다.

"어, 한 사장, 오랜만일세. 아이엠에프 위기를 잘 넘겼다면서. 새 회사는 잘 되나? 아들 장가들이거든 동네에서 잔치 한번 하게나. 아들이 미국에서 직장까지 구했다니 잘 되었지 뭐. 한턱 쏘아도 된다. 암, 우리 기대하네. 기쁜 소식 다고. 잘 가세."

"예, 소식 드리겠습니다. 고맙습니다."

시골사람들은 S호텔에서 결혼식 할 때 비용이 얼마인지 감도 못 잡을 테고, 그저 되지 한 마리 잡으면 충분할 것 같아 별로 신경 쓰지 않고 그렇게 하기로 대답했다.

집에 돌아와 조금 있으니 정무가 들어 왔다. 상견례가 잘 되었다고 한다는 저쪽 이야기를 전해 줬다. 그리고 직장 때문에 바로 미국으로 가야 한다고 했다. 할머니께 인사는 대신 해 달라는 것이었다. 바로 떠난다는 아이를 붙잡고 부모님께 예의가 어쩌고 인사가 이렇고 시비할 계제가 못 되었다. 지금의 부모자식 간이 용구 자기의 부모자식 간과 다르다고 생각하지만 참고 견디는 것이 집안의 평화를 위해 상책이라고 생각했다. 유학 보낼 때 그 정도는 각오해야 했다는 생각을 안 한 것이 아니었다. 그래서 못 이기는 척하며 그냥 넘기기로 했다.

해가 바뀌고 6월이 되어 정무의 결혼식이 치러졌다. S호텔 볼룸에서 성대하게 거행된 결혼식에는 신부 측 하객이 거의 전부였고 용구네 하객은 손가락으로 꼽을 정도였다. 용구 어머니와 형님 내외, 정구 내외, 정호, 정애 그리고 고모네 김운호가 가족과 친인척이고 영필 내외와 대학 동창 몇 사람만 참석했다. 옛 동료들한테는 부담된다고 연락을 하지 않았다. S호텔 결혼식에 오면 적어도 일반 예식장의 두 배 세 배에 달하는 양식 스테이크 대접인데 오는 사람이 일반 예식장에서 내는 축의금으로 비싼 식사를 하기에는 낯 간지러울 수 있었다. 초 중 고등학교 동창과 동네 사람들한테도 연락하지 않았다.

신부 측 하객은 많았는데 주로 사업하는 사람과 지역유지 및 일부 권력층도 있었다. 대충 상황을 보니 축의금으로 예식비를 충당하고도 남을 정도로 많은 봉투가 묵직해 보였다. 신랑 측 혼주에게 인사하는 줄에는 가뭄에 콩 나듯 어쩌다 한 사람씩 와서 한마디 하고 가는데 반해 신부 측 혼주인사 줄에는 사람이 밀리고 밀리어 줄이 길게 늘어설 때도 있었다. 주례도 유력인사로 정했고 주례사도 신랑이 신부에게 잘 하라는 당부가 더 많았다.

예식을 다 마치고 용구는 어머니를 모시고 시골로 갔다. 시골집 가족에게 변명이라도 늘어놓아야 할 정도로 쪽팔려 있어서 변명 아닌 변명이 필요하다고 생각했다. 제일 먼저 말문을 연 사람은 정애였다.

"삼촌, 숙모, 결혼식 하나 가지고 쪽팔리지 말아요. 사람일 모르는 거예요. 정무가 하기 나름이기도 하고, 시부모 끝발을 단단히 내 보이면 정무마누라가 정신이 번쩍 날 수도 있어요. 숙모, 걱정 말아요. 내가 연구 개발해서 요령을 알려 드릴게요. 정무마누라 지가 잘못 하면 제가 본때를 보일게요. 잘 살펴보면 인터넷에 며느리 길들이기에 대한 여러 가지 방법이 뜨거든요."

정애엄마가 듣다못해 한마디 했다.

"이 기집애가, 못 할 말이 없어. 네 시집 갈 준비나 잘해. 이것아. 동서 한쪽 귀로 듣고 한쪽 귀로 흘려 보내버려. 이 애가 작은엄마한테 못하는 말이 없어."

"형님, 아니에요. 정애가 분위기 살리려고 한번 해 보는 소리에요. 귀엽기만 한데요. 형님, 저는 정애가 무슨 말을 하건 귀엽기만 하고 다 우리를 위해서 하는 말이라는 것을 잘 알아요. 저는 정애만 보면 무조건 기분이 좋아지는 걸요. 정애 때문에 큰 집에 자꾸 오고 싶어요. 형님. 재롱덩어리에요. 나무라지 마세요."

“동서가 이해해주니 다행이다만, 버릇이 없어. 자네가 오냐오냐 하니까 지 맘대로야.”

“그게 좋지요, 형님. 정애가 없으면 허전할거에요.”

형 용준이가 한마디 했다.

“오늘 결혼식 보니까 너무 기운다는 생각이 없지 않았다. 네가 대학은 스카이대학 나왔다만 시골출신이고 가진 것이 변변치 않은데 사돈집이 저러니 너희 네가 어려울 가봐 걱정이다. 힘에 부칠 일은 아예 하지 않는 게 좋을 듯하다. 이제 결혼시켰으니 저희들이 알아서 하라고 해라. 뭐, 처가 신세지면 처가로 기우는 거야 어쩔 수 없지만, 요즘 세상에 자식덕 볼 일 있겠나, 어디. 그냥 내버려 두는 게 나을 것 같다는 생각이다. 너희가 집 사 주겠다고 했다면서, 잘 생각해라. 웬만한 집 사줘서 한에 차겠나? 사 주고 좋은 소리 못 들으면 안 사 주기만 못하지 않을지? 나는 네가 살아 갈 도리나 잘 했으면 싶다. 우리야 농촌에서 고만고만 살아가면 되지만 너는 서울에서 살려면 생활비가 만만치 않을 텐데. 연금도 없고 직장에서 나오면 무엇으로 살아가나? 걱정이야. 내가 볼 때 도시 사람들이 더 가난한 것 같아. 정무 때문에 강남 집 팔고 전세 얻어 가는 것 잘한 것 같지 않다. 미국까지 보내 줬으면 되었지 뭐 그렇게까지 해줘야 하나. 아이구! 나는 오늘 호화판 결혼식을 보고 돈이 좋기도 하지만 돈이 사람을 타락시킬 수도 있다는 생각에 입맛이 썼다. 아담한 예식장에서 오붓하게 결혼식 하면 등 따시고 배부른 게 아닌가? 사람은 분수에 맞아야 마음이 편한 거 거든. 나는 네가 편하게 살면 좋겠다. 사실, 사람 사는데 두 가지 방법이 있는 것 같다. 하나는 자연과 더불어 자연스럽게 사는 거고 다른 하나는 제도권에서 제도에 묶여 사는 건데 제도에 묶여 사는 것은 자기 의지대로 되는 것 같지 않다. 제도에 잘 휘말리면 돈 많고 잘 살 수 있지만 제도에서 어긋나면 불행해지는 것 같다. 제도에서 어긋나면 너무 비참해 지는 것 같다."

용구는 풀이 죽어 머리를 숙인 채 별 말이 없고 신애가 대답했다.

"아주버님 말씀 너무 지당하십니다. 이제부터라도 다시 생각하고 잘 가다듬어서 잘 처신할게요. 말씀 고맙습니다."

"동서가 잘 살펴 드려. 의논할 일이 있으면 언제든지 와서 이야기 해. 우리가 형제뿐인데 걱정 없이 잘 살아야지. 잘 되겠지 뭐. 걱정 하지 마."

"예, 형님. 형님한테 배우러 오고 정애한테 재롱 받으러 올게요. 우리야 정말 형님 밖에 없지요."

"동서, 고마워."

아들을 결혼시키는 경사를 맞으며 기뻐하고 희망에 가득 차 있어야 할 인간대사에 용구네는 어쩐지 찜찜하기도 하고 씁쓸하기도 하여 착잡한 심정에 빠져 있었다. 경사라는 생각 보다 무엇에 홀린 것 같은 기분에다 손에 쥐고 있는 무엇을 놓치고 있는 것 같은 기분이었다. 유행하는 말로 장가보낸 아들을 자기 아들이라고 생각하면 착각이라더니 아무래도 착각에 빠져 있는 느낌이었다. 정무가 신혼여행 겸 미국으로 출발하는 날 공항에 나가기가 어설프고 찜찜하여 핑계대고 나가지 않았다. '우리가 아니라도 고급차로 잘 마중할 텐데 꼽사리 끼어서 손 흔들어 봐야 심상한 기분만 들 것 같기만' 할 것 같아 나갈 생각을 접었다. 결혼식 마치고 S호텔에 머물다 간 정무를 가는 것도 못 봤다.

용구는 벽을 뚫어져라 쳐다보며 얼굴을 쓰다듬었다. 묘한 여운 같은 것, 그런 것을 느끼는 가운데 형 용준의 말이 뇌리를 맴 돌았다. 자연 속에서 자연스럽게 사느냐 도시울타리 속에서 제도에 매달려 운에 따라 사느냐, 순리와 도박! 자연을 뿌리치고 나와 도박에 실패하면 어디로 가야 하는가? 발버둥치는 인생일수록 인생 자체가 도박이 아닌가?

39

납품회사 부사장 자리가 용구에게는 너무나 힘들었다. 다른 선택의 여지가 없어서 버티어 오기는 했지만 몇 년 사이 바싹 늙었고 건강도 안 좋아졌으며 본사에 들어가 사정하는 것도 지쳤다. 그렇다고 뾰족한 수가 있는 것도 아니어서 고민이 깊어갔다. 정무를 결혼시켰으니 신애와 둘이서 먹고살기만 하면 되는데 좀 쉽게 살 방법이 없을가 다시 생각하게 되었다. 그동안 몸 바쳐 일 해온 재벌에서 퇴직금도 못 받고 쫓겨나다시피 했고 지금 있는 회사에서 퇴직금 받아 봐야 몇 년 생활비도 안 될 것만 같았다. 그렇다고 시골에 가서 농사를 짓는 것도 체면상 말이 안 되고 생각할수록 난감했다. 젊은 시절 좋은 시기 다 놓치고 중년을 넘긴 지금 와서 나머지 인생 걱정을 해야 하니 너무 허무한 생각이 들었다. 지금 있는 회사에서 더 버티기가 어렵기도 하고 실속도 없어 달리 사는 방법을 강구해 보려는 생각에 영필과 의논해 보기로 했다.

"여보세요, 권 영필사장 계십니까? 저 한용구입니다."

"예, 한사장님. 바꿔드리겠습니다."

"어, 한사장, 나야. 잘 지내지? 오랜만이다. 한번 만나야지. 보자, 내일 어때?"

"나도 오늘 내일 봤으면 해서 전화했다. 그럼 내일 그 할매 집에서 만날까?"

"응, 그래. 나 여섯시까지 갈게. 거기서 봐."

하도 답답하여 친구에게 속사정이나 털어 놓고 싶은 심정에 친구를 보자고 한 용구는 조금 일찍 할매집에 도착했다. 대학주변이라 젊은 대학생들이 수업 끝나고 길거리로 나오기 시작했다. '나도 너희들 같은 시절이 있었다. 아무것도 거침이 없을 때 인생을 실컷 즐겨라 메뚜기도 한때다'라고 되 뇌이며 골목으로 들어섰다. 할매집은 여전했다. 주름살이 더 늘은 할매는 여전히 반갑게 용구를 맞았다.

"아, 이거 용구 아니야. 오랜만이다. 별일 없겠지. 그동안 안 보여서 어디 갔나 했는데, 반갑다. 영필이도 오는 거지? 그래, 네가 오랜만에 왔으니 한 상 잘 차려줄게. 어서 들어 가."

친할머니 같이 반겨주시는 할매가 여전히 정겨웠다. 대학생 때부터 자주 온 인정이 쌓이고 쌓여 이제는 내 집 같이 느껴졌다. 할매가 많이 늙어 언제까지 오게 될지 알 수가 없기도 했다.

"영필이 오나! 용구가 와 있다. 어서 들어가 봐. 내가 바로 술상 갖다 줄게."

영필이도 용구와 비슷한 심정으로 할매한테 정이 들어 있었다. 그런데 이제 할매도 많이 늙었고 장사도 여의치 않아 언제까지 이 집에 오게 될지 몰랐다. 그렇다고 할매한테 늙었다고 할 수는 없고 그저 연락이 되는 한 와야지 생각하며 방문을 열었다. 용구가 상념에 잠겨 밖의 소리도 못 들었는지 영필이 문을 열자 약간 놀랐다.

"아, 먼저 와 있네. 뭘 그렇게 골똘히 생각하니?"

"아, 아니야, 오니? 우리, 이 집에 오랜만이네. 근데 할머니도 많이 늙으셨다. 할머니 계시는 한 우리가 와야겠지만 언제까지 오게 될지 모르겠네. 할머니 연세가 얼마지?"

"글쎄 말이야! 나도 모르겠는데, 연세가 많으실 거야. 언제까지 하시려는지, 문 열어 놓고 계시는 한 우리가 계속 와야지."

"응, 그런데"

용구와 영필이가 마침 말을 바꾸려는 사이 할매가 술상을 들고 들어오셨다.

"할매, 고맙습니다. 할매 여전하시네요. 건강하세요."

"응, 니들 다시 보니 반갑다. 이제 힘들어서 그만 두어야겠다고 하면서 차일피일 하고 있다. 이제 나야 눈 감으면 가는 것 아니니? 갈 때까지 하나 마나 생각 중이다. 이제는 미리 연락하고 오이라. 요사이 그것 뭣고, 그거 손 전화 많이들 갖고 있대. 니들도 갖고 있겠지. 전화 안 받거든 오지마라. 안 받으면 간 거다."

"할매!"

용구와 영필은 자기도 모르는 사이 이구동성으로 할매를 불렀다. 용구가 앞서 말을 했다.

"할매! 무슨 말씀을, 오래오래 사시면서 우리 계속 보셔야지요. 사흘들이 멀다하고 할매 보러 계속 올 겁니다. 앞으로는 할매 편하신 대로 적당히 차려 주세요. 우리 여기 먹으러 오는 게 아니고 할매 보러 오는 겁니다."

"그래, 고맙다. 나 오래 살게."

할매가 문 닫고 부엌으로 가자 용구가 말문을 열었다.

"내가 처음 같아서는 한 달도 못 버틸 것 같았는데 벌써 삼년이 지났다. 내가 버틸 수 있었던 것은 지금 알고 보니 그 자동차 회사에 우리 선후배가 있었어. 회장님이 선배고 그 외동 아들이 후배인데 경영수업을 받으며 실세로 와 있었던 거야. 다른 사람 눈치 보여 내색은

하지 않았는데 음으로 양으로 많이 봐 주었어. 알고 보니 우리 회사 사장이 이것을 알고 나를 부사장으로 채용했고 회사에 로비를 했었어. 그러니까 나를 잘 써 먹은 거지. 나는 모르고 '잘 버티어 내고 있다'했어. 그런데 이제 나도 한계가 온 것 같아."

"아, 그랬어. 그러니까 너네 사장이 이미 너를 알고 있었구나."

"나의 출신대학을 보고 잘 되었다 해서 얼른 채용했던 거지."

"아, 그래, 그런데 왜 그만 두려는 거야?"

"우선, 정무집을 사 주려는데, 내가 아파트를 옮겨서 남긴 것으로는 어림도 없고, 이왕 고생하고 대학선후배 도움을 받을 바에는 내 것으로 써 먹는 게 내 실속을 차릴 수 있지. 지금은 남 좋은 일 시켜 주는 것뿐이야. 나만 힘들기만 하고. 나에게 남는 게 없잖아. 지금이라도 나오면 그만이야. 퇴직금도 몇 푼 안 될 거고."

"응, 그건 그래. 그래서 어떻게 할 생각이야? 네가 아이템을 하나 잡고 한번 해 보는 게 어때? 이왕 발을 들여 놓았으니 너도 모험 한번 해 보는 거지. 이애, 잘되면 대박이다. 뭐니 뭐니 해도 자동차가 유망 업종이다. 못 뚫어서 그렇지 하나 뚫기만 하면 진짜 대박이야."

용구는 슬그머니 이판사판으로 한번 꺼내 본 말인데 영필은 잔뜩 바람을 집어넣는 말을 막 쏟아 냈다. 평소에 용구가 재벌회사에서 나와 고생하는 것을 안타깝게 생각하며 안 되었다고 생각하는 영필은 용구에게 바람을 잔뜩 집어넣었다. 영필의 적극적인 말을 들은 용구는 영필의 말 보다 한참 앞서고 싶은 생각이 굴뚝같았다. '글쎄 말이야, 왜 내가 적극적으로 생각하지 못 했지'라고 생각하니 자기가 바보 같이 느껴지기도 했다.

"그런데, 영필아, 어디 좋은 방법이 없을까? 분명 길은 있을 텐데 말이야. 어디 어떻게 알아보지? 너도 좀 알아봐 줘."

"응, 그래, 우리 내일부터 적극적으로 나서서 한번 뒤져 보자. 분명 방법은 있을 거야. 그럼 우리 용구의 사업을 위하여."

두 사람은 마치 들판에서 황금덩어리라도 찾으려 장도에 오르는 듯 맥주잔을 번쩍 들어 '브라보'를 외쳤다.

다음날 영필은 주위의 모든 사람에게 연락하여 자동차회사에 납품하는 사람들의 동향과 사업실태를 알아보면서 동시에 사업을 접으려고 인수자를 찾고 있는 사람이 없는지 알아보았다. 많은 사람에게 적극적으로 알아보는 일에 매달리다시피 했다. 한편 용구는 사장에게 앞으로 한 달 정도 후에 회사를 그만 둘 생각이라는 것을 말했다. 사장도 용구가 어려워하는 줄 알고 오래 있지 못 할 것이라는 것을 예상하고 있었다. 그러나 용구가 자기사업을 해 보려고 한다는 것은 눈치 채지 못 했다.

"사장님, 저 좀 쉬겠습니다. 한 달 정도 더 있으면서 마무리 해드리겠습니다. 그동안 저의 후임 부사장도 찾아 보시구요. 그동안 여러가지로 감사했습니다."

"아, 한부사장님, 그동안 고생 많이 하셨습니다. 더 잘 해 드리지 못해 죄송합니다. 한부사장님이 오셔서 자동차회사와 관계도 원만했고 일을 잘 해 주셔서 납품도 잘 할 수 있었습니다. 법정 퇴직금 외에 위로금을 좀 생각해 드리겠습니다. 회사가 넉넉지 못해 많이 해 드리지 못해 죄송합니다."

"아닙니다, 제가 고맙지요. 감사합니다."

용구는 자기가 이 계통의 업을 시도해 보겠다는 말은 하지 않았다. 한 달 동안 인수인계하면서 자기가 하면 어떻게 할 것인가를 염두에 두고 일일이 메모하고 중요한 것을 복사하여 집에 갔고 갔었다. 그러면서 동시에 영필과 계속 연락하여 인수할 납품업자를 찾고 있었다.

한 달이 가고 두 달이 가도 인수할 납품회사를 찾지 못 했다. '하기야 자동차시장이 좋아지고 있고 전망도 괜찮은데 멀쩡히 잘하고 있는 업체가 팔겠다고 나올 리가 없지' 하며 선불리 회사를 그만 두고 놀면서 찾으려니 오히려 더 초조해지고 후회도 되었다. '좀더 있으면서 여유를 갖고 찾아 볼 것을'싶은 생각도 없지 않았다. 그렇지만 용구가 실장으로 있던 D재벌의 자동차회사는 미국회사에 넘어 갔는데 오라고 해도 갈 생각이 없었다. '내가 그 재벌 그룹 기획조정실에 평생 몸 받쳐 있다가 피보고 나왔는데 아무리 미국회사가 맡았다고 해도 기분 나빠 근처도 갈 생각이 없다'라고 생각하다가 '아니야 지금 이러고 있을 처지가 아니야'라는 생각이 들어 영필한테 전화를 했다.

"영필이 핸드 폰 번호 좀 주시겠습니까? 지금 얼핏 생각나는 것이 있어 급하게 통화 좀 하려고 합니다."

"예, 000 000 0000입니다. 일을 보실 때는 꺼 놓거나 안 받으실 때가 있습니다. 포기하지 마시고 통화가 되실 때까지 계속 하세요."

"감사합니다."

미국에서는 셀 폰이라고 하는 이동전화가 아직 본격적으로 보급되지 않아 용구는 마련할 형편이 못 되었다. 영필에게 여러 번 전화를 시도하여 통화가 되었다.

"영필아, 전화요금이 많이 나올 테니까 간단히 말할게. D자동차에도 좀 알아 볼까 하는데, 너는 어떻게 생각해. 곧 사람을 만나게 되어 있어서."

"그 쪽이 더 어려워. 생산량도 적고 경쟁이 더 치열해. 너는 여러모로 불리하면 했지 유리하지 않아. 기획조정실에 있었던 것이 방해가 되. 내가 이미 알아 봤지. 네가 그래도 어느 정도 선이 있었던 그 회사가 나아. 회사 들어가서 전화할게."

'이미 다하고 있는 납품에 새삼 붐비고 들어가기란 사실 힘들지, 쉬우면 누가 못 하겠어'싶은 생각이 들 때면 절망이기도 했다. 그러나 정무 집을 사주려면 꼭 해야 한다는 절박한 심정이고 자동차회사에 어느 정도 인맥이 형성되었고 경험과 패기가 있으니 꼭 하고 싶고 또 잘 할 것만 같은 강한 느낌이 용구를 들뜨게 만들고 있었다. 무엇이든 나오기만 하면 무조건 잡아야겠다는 욕심과 무조건 부딪치고 보자는 오기 같은 것이 솟구쳤다. 이제는 앞뒤 가릴 것 없이 납품하고 있는 회사 어느 것이건 유리한 조건을 제시하여 인수하는 방향으로 알아보기로 했다. '너한테는 인생에서 중요한 고비니까 너무 성급하게 초조해 하지마라'라며 충고하던 영필이 말도 생각이 잘 나지 않았다. 정무를 생각해서 꼭 해야 한다는 강박감과 그동안의 경력을 과신하다시피 한 용구는 매일 정신없이 헤매고 다녔다. 정무는 신애한테 전화를 하여 집값이 오르고 있는데 앞으로 애도 들어설 것 같고 며느리가 좋은 동네 아니면 안 가겠다고 하여 고급동네에 좀 넓고 여유가 있는 괜찮은 집을 계약해야겠다고 일방적인 통보처럼 독촉했다. 집 살 돈을 갖고 오면 집을 같이 보고 계약을 하고 싶다고 했다. 저녁에 퇴근하는 용구에게 신애는 사정도 모르고 정무가 출세라도 하여 미국 사람들과 고급으로 논다는 생각을 하면서 신나게 전화 내용을 설명했다. 미국의 고급동네에서 손자를 안고 자랑을 하며 산보를 즐길 것을 상상하며 들떠 있었다. 정무가 원하는 집을 사는데, 또 신애가 원하고 바라는 만큼 집 값 보태기 등에 맞추려면 용구는 직접 사업을 하여 큰돈을 벌어야 한다는 생각이 굴뚝같았다. 사돈도 학벌이나 경력으로 보아 용구 보다 나을 것 하나도 없는데, 아니 돈만 있으면 용구가 사돈 보다 한 수 위로 놀 수도 있는데, 다 돈이 기를 살리고 죽이는 세상이니 용구가 사업을 하여 체면도 살리고 기도 펼 수 있겠다는 생각을 하면 할수록 사업을 해야겠다고 결심을 더 강하게 하게 되었다. 그럴수록 사업을 하고자 하는 의지가 더 강해지고 조급해지며 물불을 가리지 못하게 되었다. 무엇이든 붙들고 보자는 조급한 심정이었다.

"여보, 정무가 애를 갖는데?"

"결혼하여 같이 살면 당연히 애를 가져야 되는 것 아니요? 우리가 애 때문에 그토록 고생했는데 정무는 쉽게 가지면 좋겠어요. 내가 독촉은 하지 않았지만 애 얘기가 나오니까 눈이 번쩍 띄었어요. 집 문제 이야기는 다음다음 이야기고 무조건 애를 가졌으면 싶어요. 당신은 그렇게 생각 안 해요?"

"나도 그렇게 생각하지. 그런데 애를 갖기도 전에 집부터 야단이야. 애를 위한 집이라는 건지 집을 위한 애라는 건지, 왜 집하고 애하고 같이 이야기 하지?"

"며느리가 부잣집 아이라 애를 갖는다고 가정하고 집을 아예 큰 것으로 사자고 조르나 봐요."

"알았어, 나도 생각이 없는 게 아니야. 내가 직접 사업을 하려고 인수할 업체를 찾고 있는 중이야. 찾아서 제대로 되면 그러니까 잘 만하면 정무가 원하는 대로 해 줄 수 있을 거야. 너무 조급해 하지 말고 기다리라고 해. 그런데 내가 사업한다는 이야기는 절대로 꺼내면 아니 되요. 아직 시작도 안 했으니까."

용구는 신애와 이야기를 나누고 나니 더 조급해졌다. 하루하루가 몇 달 몇 해 같았다. '경기도 괜찮고 대학 선후배가 어느 정도 봐 줄 수 있을 때 해서 자리를 잡아야 하는데'싶은 생각이 들자 매시간 조급해 졌다. 급한 일 아니면 핸드폰으로 전화하면 안 되는 줄 알면서도 영필한테 전화를 했다.

"영필아 나다. 바쁜 줄 아는데, 속이 타서 너한테 전화 안 하고 못 견디겠어서 전화했다. 어디 소식 좀 없니? 계속 시간만 가고 아무 것도 없으니 못 견디겠다. 어디 좀 알아 봤니?"

"응, 알아. 내가 왜 너 심정 모르겠니? 계속 알아보고 있는데 아직 확실한 답이 없네. 사업체를 넘기는 것이 그렇게 쉽게 되니? 다음 주쯤 좀 구체적인 이야기가 나올 만 한데, 기다려 봐야지. 연락이 오는 대로 알려 줄게. 기다려 봐."

영필의 이야기를 듣고 나니 희망이 없는 것이 아닌 것 같고 캄캄한 밤에 보일 듯 말 듯 한 가닥 촛불이라도 없지 않은 것 같아 생각할 여유를 가지며 한 주는 보낼 수 있을 것 같았다. '이 애가 사업을 오래 한 친구라 신중하게 하느라 나한테 말을 안 하고, 아마도 어느 정도 이야기를 해 놓고 나를 들뜨지 못 하게 하느라 운만 띄우는 게 아닌가?'하는 생각도 들었다. 뭐 하나 찾아놓고 이야기를 나누고 있으면서 나에게 운만 띄우는 것 같아 '나에게 희망이 있다'라는 생각을 하면서 쓴 웃음을 지어도 보았다.

40

일주일이 지나면서 영필의 전화가 기다려지는 어느 날 영필한테서 전화가 왔다. 저녁에 할매 집에서 만나자는 것이었다. 운만 띄우더니 이제 구체적으로 이야기 좀 해 주려나부다 싶어 용구는 저녁때가 되기를 눈이 빠지게 기다렸다. 저녁 6시가 되기도 훨씬 전에 용구는 할매집 근처로 갔다. 할매집 근처는 대학촌이라 학생들이 수업 끝나고 나오는 시간이었다. 희망과 꿈에 들떠 있는 남녀 학생들은 무언가 바쁘게 오가고 있었다. 어떤 학생은 졸업과 동시에 취업이 되어 희망에 부풀어 있는 것 같았고 어떤 남학생은 여자 친구를 놓칠세라 매달리며 아양이라도 떨려는 듯 바짝 붙어서 가고 있었다. '내가 이 대학 다닐 때는 여학생이 이렇게 많지 않았는데 지금은 여학생이 더 많은 것 같다'고 생각하며 '내가 옛날 사람인가'라는 생각도 들었다. '내가 옛날 사람이라면 이제 한물 갔다는 건가? 무엇을 한다는 게 때 지나 뒷북 치는 가을 수박장사와 유사하다는 건가?'라고 생각하니 슬픈 생각이 먼저 들었다. '아이, 여학생이 많아진 것은 소득수준이 높아지고 생활수준이 향상되면서 남녀구분 없이 직업전선에 모두가 다 나서려는 일종의 시대적 추세 때문이겠지'라는 생각으로 위로를 하고 있었다. 용구가 대학에 다닐 때는 경제 경영학과에 여학생이 가뭄에 콩 나듯 했는데 이제는 삼분의 일이 여학생이라는 뉴스를 본 것이 생각났다. 세상이 한쪽으로만 바뀌는 것이 아니라 전후방 풀 코트로 바뀌나보다 싶었다. '그런데 세상이 바뀐다 해도 자동차는 안 변한다 그래서 나도 안 변한다'라고 생각하며 납품회사를 인수하고자 하는 생각에는 변함이 없었다. 여학생들도 직장생활하며 차를 살 것이고 집에서 애나 보던 여자가 직장에 다니며 차를 장난감 같이 몰고 다닐 테니 자동차 산업이 더 잘 될 것이라고 생각했다. 용구는 나름대로 희망을 가지려 이리저리 생각을 꿔 맞추며 할매 집에 들어서니 할매가 반겼다.

"영필이가 전화를 했다."

하시면서 반갑게 맞이해 주셨다. 영필이가 오려면 아직도 20분은 남았는데 화투장이나 한번 들춰 볼가 하여 구석에 있는 화투를 섞지 않고 손에 잡히는 데로 한 장을 들어 보니 팔월 광자가 눈을 크게 뜨게 했다. '아, 이것 봐라, 영필이가 뭘 하나 갖고 오는 모양이네'라고 생각하며 침을 삼켰다. 그 순간 할매의 목소리가 들렸다.

"영필이 오나, 용구가 와서 기다리고 있다. 어서 들어가거라."

방에 들어서는 영필의 얼굴은 훤히 밝게 보였다.

"우리 사장님! 신수가 훤하시네. 무슨 좋은 일이 있으신가?"

"새삼 무슨 소리야. 나야 항상 그런데. 신수는 나보다도 너야. 네가 신수 펼 날을 기다리는 것 아니냐?"

"그래. 아들 집만 하나 사 주면 나도 허리 펴고 살 수 있겠는데."

"이 사람아 사업이라는 게 마음 같이 쉽게 되는 게 아니야. 허리를 펴게 될는지 허리를 부러뜨릴는지 해 보지 않고는 몰라. 빛 좋은 개살구라는 말이 있듯이 남 보기에 그럴 듯해도 속은 다 곪아터지기 일보 전에 있는 게 너무 많은 것이 업계야. 쉽게 보면 안 된다, 너."

"뭘 좀 해 보려는 사람한테 너무 가혹한 말 아니니? 이봐 권사장, 좋은 소식 좀 줘봐."

"좋은 소식인지 안 좋은 소식인지, 소식은 소식인데, 네가 잘 판단해야 한다."

"일단 이야기 좀 해봐."

영필은 사업을 해 온 사람이라 친구가 사업을 처음으로 해 보겠다는데 대해 경고부터 하고자 했다. 친구지간이고 우정을 생각하면 할수록 신중에 신중을 기해야 한다는 것을 어떤 형태로던 강조하고자 했다. 사전에 뜸을 드리면서 생각할 시간을 더 갖도록 하려 했다.

"자, 용구야 술 한 잔 하자."

"그럼, 한 잔 해야지. 오늘 술값은 내가 쏜다. 많이 마셔라."

"왜 이래! 너 사업 시작한 거 아니야. 영수증 처리하게 될 때 한턱 쏴라."

영필은 맥주를 연거푸 몇 모금 들이키고 말을 꺼냈다.

"사실은 저 지난 주에 소개가 들어 왔는데, 그동안 내가 좀 알아 봤어. 우선 겉으로 보기에는 괜찮아 보였어. 아이템도 괜찮고 무리 없이 해 온 회사야. 규모가 크지가 않아 한 사람이 하기에는 괜찮은 것 같아. 종업원이 3, 40명 된다는데 노조도 없고 경험이 있어 잘 하고 있데. 너 형편에 힘에 버거운 건 안 되잖아. 신용도 쌓았고 자동차회사도 어느 정도 인정하고 있다 그래. 단, 국내 타 업체는 문제가 안 되는데 수입업체와 경쟁을 해야 한데. 그러니까 수입품을 그때그때 사서 면밀히 분석하여 제품 질 경쟁을 끊임없이 해야 한데. 이익은 먹고 살 만큼 되나봐. 열심히 노력하면 현상유지는 될 수 있다고 소개하는 사람이 설명해 주고 있어. 일단 모든 일은 어렵다고 봐야 해. 그 어려움을 네가 얼마나 어떻게 이겨내느냐가 관건이야. 나는 네가 그동안 그 회사 부사장 하면서 어려움을 이겨냈으니까 그 정도 노력이면 되지 않을까 생각하고 이야기 하는 거야."

"그런데, 그 사람은 괜찮은 것을 왜 넘기려 한데? 어디 숨은 문제가 있는 것 아닌가?"

"그 사람도 애들이 다 미국에 있데. 좋은 대학 나와 직장에 잘 있나 봐. 회사를 넘기고 쉬면서 미국의 애들한테 왔다 갔다 하면서 지내려고 한데. 그래서 회사를 완전히 넘기는데 자기를 대외 체면상 필요하니 무보수 명예회장을 부탁한다고 하네. 그거야 뭐 문제 되는 것 아니잖아. 교통비 주고 와서 도움 되는 이야기 한마디씩 해 달라고 해도 되고. 인수금은 국세청에서 평가한 주식가격에 맞추어서 계산하면 된다고 하고 있어. 그러면 상당히 잘 해 주는 거야. 그 사람은 별 욕심이 없데. 누구든 와서 잘 맡아 해 주면 된다고 한데. 잘 생각해 봐."

"네가 어느 정도 알아보고 괜찮으니까 소개하는 것 아니냐, 나야 여부가 있니. 그냥 하는 거지. 어쨌든 고맙다. 집에 가서 잘 생각해 보고 내일 연락할게."

용구는 집에 와서 아무리 생각해 봐도 꼭 해야 할 것 같은 생각이 들기만 했다. 신애한테는 나중에 깜짝 선물로 알려 주기로 하고 당분간 비밀로 했다. 용구는 밤새 그 회사에 대해 생각하느라 잠도 거의 못 잤다. 그 쪽 사람을 만나 이야기를 나누어 본 것도 아닌데 뜬구름 잡는 혼자의 상상으로 별의 별 생각을 다 하느라 잠을 설쳤다.

다음 날 용구는 밤새 생각한 바를 영필한테 털어 놓으며 바로 그 쪽 사람들을 만나 구체적으로 이야기를 하자고 조르듯 말했다. 영필은 용구가 너무 서두른다 싶으면서도 놀고 있는 사람의 입장을 생각하여 이해하기로 하고 적극 나섰다.

"그럼 다음 주 월요일에 만나기로 약속해 달라고 할까?"

"나야 좋지, 네가 시간을 낼 수 있니?"

"이 친구 봐, 내가 여태 알아보고 다리를 놓고 다 했는데 시간이 있고 없고 문제가 아니지. 나도 만사 제쳐놓고 같이 일을 해야지. 인수가 끝날 때까지 내가 나서서 도와줄게. 다음 월요일까지 회사인수와 설립에 대해 최대한으로 공부를 해 가지고 와. 법무사는 내가 거래하는 사람한테 부탁할게. 인수할 돈, 투자금은 어느 정도 준비했니? 얼마나 내 놓을 작정이야?"

"아, 강남아파트 팔아서 전세 얻고 남은 돈인데, 정무집 사줄까 하다가 회사부터 차리고 집은 나중에 차차 벌어서 사 줄 생각이다. 그리고 은행에 담보대출을 좀 받을 가 한다. 만약 조금 모자라면 남겨 놓았다가 차차 갚는다고 하면 안될까? 너도 알다시피 내가 신용 하나는 틀림없잖니. 네가 옆에서 이야기 좀 잘해 줘."

"알았다. 내가 이야기 잘해 놓았고 물론 만나는 자리에서도 잘 이야기할게. 그 쪽에서 돈에 대해 그렇게 빡빡하게 굴지 않는 것 같더라. 중간에 이야기 하는 사람 말에 의하면 돈이 좀 남겨지면 그저 월급 받는 셈 치고 매월 얼마씩 받는 것도 생각하고 있는 것 같았다. 그 대신 계약 때 법적으로 엄격하게 조건을 요구할거야. 그거는 각오해야 한다."

"물론이지, 계약이라는 게 원래 그런 거 아니니. 나도 잘 알아."

"그런데 문제는 사업이 여의치 않을 때 복잡해진단 말이야. 이미 그 점을 강력히 요구하는 것 같아."

"넘기는 사람 입장에서야 당연하지 않겠니? 나는 그런 것을 다 감수하고 인수해야 할 거고. 그저 정당하게 관례대로 해야지."

"그쪽에서 너에게 넘기려 하는 것은 네가 자동차회사 회장과 아들의 대학선후배라는 것을 염두에 둔 것 같고 네가 그동안 부사장으로 일을 잘 했다고 높이 평가한 것 같았다. 그 쪽도 너와 같은 조건의 사람을 찾고 있었던 것 같다."

"어찌 되었던 성사가 되어 일이 잘 풀리기를 바란다. 나도 내 평생 사업이라는 것을 이 기회에 한번 해 보는 거고."

"좋았어. 축하한다."

"아직 축하 같은 거 받을 처지 아니야."

"미리 해 두는 거야. 줄 때 받아라."

"이 친구!"

약속한 월요일 쌍방이 만나 법무사 입회하에 계약을 체결하고 바로 인수인계에 들어가기로 했다. 주식인수금, 대차대조표, 구상권 여부, 체불임금 여부, 임원등기, 각종 세금, 미수금, 외상, 기타 회사의 법적 부담금 및 부채와 자산 등을 확인하고 쌍방이 계약서에 서명을 했다.

계약이 이행된 다음 날 용구는 회사에 가서 인사를 하고 바로 브리핑을 받기로 했다. 회사에 출근하자 사장은 직원을 모아 놓고 한용구 사장을 소개를 했다.

"우리 회사 가족 여러분, 이미 어느 정도 알고 계시리라 믿습니다만, 제가 나이도 있고 해서 회사를 잘 운영하실 한용구사장님께 넘기기로 결정했습니다. 한용구사장님은 스카이대학을 나오시고 재벌그룹에서 기획조정업무를 오래 하셨으며 최근까지 P회사의 부사장으로 경륜을 쌓으신 유능한 경영인이십니다. 앞으로 한사장님의 유능하신 능력으로 회사가 날로 번창하게 되리라 믿습니다. 여러분의 적극적인 협조를 부탁드립니다."

인사말을 마친 사장은 한용구부사장에게 한 말씀 해 주기를 요청

했다. 회사를 소유하여 사장이 된 용구는 미리 준비한 탓으로 지체 없이 짤막한 인사를 했다.

"안녕하시니까. 반갑습니다. 회사를 잘 경영하신 훌륭하신 사장님과 회사를 위해 애쓰시는 훌륭하신 임직원 여러분께 치하의 말씀을 드립니다. 사장님의 뜻을 이어받고 여러분의 협조와 이해를 바탕으로 회사를 더욱더 발전시키는데 미력이나마 최선을 다하겠습니다. 잘 부탁드립니다. 감사합니다."

용구는 부장으로부터 회사 전반에 대한 브리핑을 받고 이어서 인수인계에 들어갔다. 그리고 전무, 부장, 팀장 등 간부들과 정식으로 회의를 했다. 계속해서 업무파악을 위해 밤늦도록 회사에 남아서 일을 챙겼다. 그리고 전 사장과 함께 자동차회사에 들어가 인사를 하고 부탁을 했다. 대체로 환영하는 눈치였으며 좋은 인상을 받았다. 대학 선후배여서 배려가 있어서인지 호의로 환영하는 눈치였다. 회사 입장에서는 더 유능한 보다 젊은 경영인이 더 잘 하면 나쁠 것은 없었다. 오히려 더 잘 되었다고 할 수도 있었다. 자동차회사에서 인사를 마치고 나온 용구는 기분이 좋았다. 이제 힘이 솟는 것 같았다. 잘 되면 머지않아 정무 집도 근사한 것으로 사주고 장모님 때문에 기를 펴지 못하고 항상 부담을 느끼며 용구에게 미안한 마음을 접지 못한 신애한테도 번듯한 차와 옷도 사줄수 있겠다고 생각하니 신이 절로 났다. 알찬 회사를 소유하는 그야말로 오너 사장이 된 기분으로 시골집에 가서 온 가족에게 깜짝 놀랄 선물을 안겨 주고 싶기도 했다.

용구가 맡은 이래 회사는 잘 되었다. 납품도 순조로웠고 회사구성원들의 성의와 노력도 좋았다. 무엇보다 회사 직원들이 회사를 자기 집 같이 아끼고 협조하며 생산성을 높이는데 전력을 다하는 분위기가 좋았다. 용구는 새 오너 사장이 된 기분으로 전 직원에게 특별 보너스를 지불하기도 했다. 분기마다 실적이 나아졌고 일년이 되자 회사는 용구의 성공한 회사로 거듭나게 되었다. 전 오너도 만족했고 나머지 인수금도 다 갚았다. 순풍에 돛단배가 순항을 하고 있는 상황이었다. 용구는 어느 날 집에서 신애한테 기분 내키는 말을 했다.

"여보, 우리 이제 형편이 생각보다 나아 졌으니 정무집을 사 주도록 하자. 당신이 정무하고 이야기해서 돈 걱정 말고 좋은 집을 보라고 해 놓아. 좋은 집을 잘 사려면 기간이 좀 걸릴 거 아닌가. 미국은 한국과 달라서 집 보는데 기간도 만만치 않고 여러 가지로 따지는 것도 많다는데 미리미리 준비하는 게 좋을 거 같고, 미국 특히 남쪽에서는 고급주택지에서 집을 사는 사람에게 백인들이 배타적이어서 집도 마음대로 못 산데. 직업도 보고 그 사람의 신용과 인성도 조사한데. 그리고 집안도 참고한다니까 내가 자동차납품회사의 오너 사장이라는 것도 이야기 하라고 해. 마음에 드는 집을 고르고 결정을 하여 다운을 좀 넉넉히 하면 애들 부담이 많이 줄어들 수 있을 것이야. 그거 전화요금 같은 거 가지고 제발 신경 쓰지 말고 전화로 자세하게 이야기 좀 해 봐. 당신 이제 사장 사모님이야. 잔돈 가지고 쩨쩨하게 궁색 떨지 말고. 적당한 시간에 전화 좀 해 봐요."

"알았어요. 이제 당신 믿고 돈 가지고 궁색 떨지 않을 게요. 여보, 그런데 다운이라는 게 뭐요?"

"아, 미국에서는 집을 살 때 선금을 일부 내고 나머지 금액을 25년 또는 30년 할부로 부어 나가는데 집을 사서 입주하면서 내는 일종의 선금을 다운이라고 한데. 사실은 다운 페이먼트인데 이것을 줄여서 다운이라고 하는 가봐. 집값 할부금은 근로소득세 감면 대상이라니까 다운을 너무 많이 할 필요는 없다고 해. 적당히 하는 게 좋아."

"알았어요. 회사란 유동적이니까 우리가 너무 무리해서 부담할 필요는 없을 것 같은데, 내가 이야기 해 볼게요."

신애는 한국과 미국시간으로 적당한 시간에 정무한테 전화를 했다.

"정무야, 아빠가 회사에 아주 바쁘다. 너는 어떠니?"

"바쁘면 좋지, 엄마."

"아빠가 너희들 집 사는데 다운 보내드리겠다고 하시는데, 좋은 집 잘 좀 골라 봐. 회사가 잘 돼서 너한테 돈 보내는데 아무 문제없어. 집 걱정 말고 좋은 집 알아 봐. 유학생도 집값 삼십 만 불 까지 송금할 수 있다고 들었다. 보고 연락 해 줘."

"엄마, 아빠 회사가 잘 되? 얼마나 잘 되?"

"하늘 보다 낮고 땅 보다 높고 좀 잘 되는가 봐."

"알았어, 엄마. 이제 나도 처가에 체면이 선다. 연락할게, 엄마."

그 후 정무가 집을 볼 때마다 집에 전화를 걸어 이 집이 이렇고 저 집이 저렇고 시시콜콜 알려 주었다. 그때마다 신애는 돈 걱정 말고 마음에 드는 집을 고르라고 일러 주었다. 정무 처는 친정에 전화를 걸어 시가에서 돈을 많이 벌어 좋은 집을 사 주겠다고 한다면서 은근히 시집 잘 왔다고 과시하기도 했다.

용구는 항상 시골집을 생각하였다. '이번 주말에는 시골에 가서 어머님과 형님 내외 그리고 조카들을 보고 선물을 나누어 줘야지' 생각하며 신애한테 전화를 걸었다.

"여보, 이번 주말에 시골집에 가려고 하는데 당신이 선물 좀 준비해. 백화점에 가서 좀 좋은 것으로 푸짐하게 준비해. 특히 정구 처와 정애 것은 좀 특별한 것으로 찾고. 어머님 선물도 신경 좀 써 줘."

"알았어요. 지금까지 선물다운 선물을 한번도 하지 못 했는데 이번에는 좀 색 다른 것으로 골라 볼게요. 내 카드와 당신 카드로 사 볼게요."

회사를 인수하고 바쁘다는 이유로 시골에 못 들린 용구는 큰마음 먹고 주말에 시골에 갔다. 차의 뒷좌석과 트렁크에 가득 실은 선물을 꺼내기 위해 차를 집안 마당까지 끌고 들어갔다. 차가 마당에 도착하자 기다리고 있던 온 식구가 뛰어 나오며 박수를 쳤다. 용구가 집을 떠나고 처음 있는 일이었다. 용구는 조카들한테 부탁했다.

"너들 말이야, 내 차에 선물이 가득 들었으니 좀 꺼내 줘. 정애도 같이."

정애는 섬머슴아 같이 펄쩍펄쩍 뛰면서 신나게 짐을 옮겼다.

"예, 작은아버지, 뭐 이렇게 많아? 새 언니 것도 물론 있겠지? 내 것은 무엇일가?"

신애가 한 마디 했다.

"아~ 뿔~ 사~, 정애 선물은 집에 두고 안 갖고 왔다. 그런데 있다 집에 가면 다 녹아 없어져 버리고 못 쓰게 될 텐데. 어쩌지. 에이 정애 것은 다음에 사 주지 뭐."

"작은엄마, 나 안 속아. 나를 놀리려고 그러는 거지? 내가 옮기면서 내 것을 봤는데. 깨알 같은 글씨로 선물에 '정애'라고 써 놓고서. 숙모, 매롱."

정애가 입을 오므리고 혀를 내밀자 정애엄마가 야단 쳤다.

"이 애가, 숙모한테, 버릇없이 그게 뭐니. 동서가 이해 해."

"아이, 형님도, 귀엽기만 한데, 왜 그러세요. 하여간 정애는 분위기 메이커에요."

용구 어머니께 드리는 값나가는 보약, 집안 가전, 형님과 형수님께 드리는 고급 화장품, 조카 내외에 주는 고급 지갑과 핸드백, 그리고 정호와 정애에게 주는 새 휴대 전화기 등 시골에서 상상도 못 할 값비싼 선물이었다. 정애한테는 특별히 휴대전화기 외에 화장품도 한

세트 추가했다. 정애의 화장품을 보면서 정호가 숙모를 큰 소리로 불렀다.

"작은엄마, 나도 앞으로 데이트도 하고 여자를 거시기 해야 하는데 남자화장품은 왜 없어요?"

"숙모가 미처 정호 생각을 못했다. 미안하다. 다음에 진짜 비싼 걸로 골라 갖고 올게."

"아니에요. 농담이에요. 남자가 무슨 화장품을 써요. 필요하면 정애 거 살짝 훔쳐 바르면 되요."

"오빠! 화장품에 손대면 세균이 들어가 못 쓰게 된단 말이야."

"그럼 볼펜으로 찍어 바르지 뭐."

용구가 바리바리 싣고 간 선물을 늘어놓자 온 식구가 선물 이야기 꽃을 피우며 웃고 또 웃었다. 새댁은 무슨 말을 해야 할지 몰라 한마디도 끼어들지 못했다. 이를 눈치 챈 용구가 신애를 불렀다.

"여보, 질부 말 좀 들어 봐. 질부가 말할 기회가 없었잖아?"

"아, 그래요. 내가 그 생각을 못했네. 질부 이리 와 말 좀 해 봐."

"저는 감사하다는 인사 말씀 밖에 할 말이 없습니다. 이 다음에 조카 생기거든 그 때 칭찬 좀 해 주세요."

신애가 나섰다.

"질부, 자네 애 가진 거 아니야? 에이, 그런 거 같아. 이실직고 하시지."

"작은 어머님, 아니에요. 앞으로 혹시 말씀이에요."

식구들 이야기를 듣고만 있던 용구어머니가 용구를 향해 작심한 듯 몇 마디 했다.

"용구야, 사업이 잘 된다면서. 그래 다행이다. 그래도 조심해라. 세상이 언제 어떻게 변할지 모른다. 잘될 때 더 조심해라. 우리 시골이야 잘되고 못되고 별 차이 없지만 서울에서는 하루아침에 왔다 갔다

하는 세상이니 항상 조심해야 한다. 내 니들 잘되는 것 보면서 죽을 것 같아 나는 행복하다. 그래 어쨌든 고맙다."

"어머니, 오래오래 사세요."

"응, 그래, 늦기 전에 얼른 가거라."

시골에서 집에 오는 길은 유난히 가깝고 신이 났다. 언제 집에 왔는지 모를 정도로 쉽게 기분 좋게 왔다.

회사가 잘되자 용구는 일등공신 영필한테 한턱 단단히 쏠 생각으로 연락을 했다.

"안녕하세요. 권사장 좀 부탁합니다."

"예, 한사장님, 바꿔드리겠습니다."

"응, 용구야, 회사 바쁘지. 나도 만나 회사 이야기 좀 듣고 싶었는데 언제 만날까?"

"그래 만날 약속하려고 전화했어. 언제 만날까? 이번에는 할매집 말고 한턱 제대로 쏠게. 어디 좋은데 없니? 너는 손님 접대 많이 해서 잘 알거 아니냐?"

"용구야, 내가 너한테 할 말이 있다. 그냥 그 할매집에서 만나자. 응."

"이 친구! 왜 이래? 나 요즘 괜찮단 말이야. 한번 마음먹고 쏘겠다는데 왜 이래?"

"아니야, 용구야. 할매집에서 만나자. 내일 6시 어때?"

"그럼 그래, 알았어. 내일 보자."

용구가 할매집 앞에 들어서니 영필도 막 도착하는 길이었다.

"아, 우리 시간 같이 맞추었네. 어쨌든 들어가자."

"아니 이 사람들아, 어떻게 같이 오니? 누가 기사를 데리고 왔나 보다."

"할매, 요사이 용구가 사업이 잘 돼서 기사를 써요. 저도 좀 얻어 타고 왔어요."

"할머니 아니에요. 이 친구 농담해요. 저 아직 기사 없어요."

"알았다. 이 사람들 말마다 농담이네. 농담 좋지. 어서 들어가 상 차려 줄게."

"할매, 고마워요."

용구와 영필은 우선 기분이 일단 짱이다 싶어 맥주부터 마셨다. 용구는 영필이 소개해준 회사가 잘 되어 고마운 마음에 들뜬 기분으로 잔을 들었고 영필은 용구의 좋은 기분을 받아주느라 잔을 들어 소리쳤다.

"너의 성공을 축하한다, 브라보."

"너의 우정에 감격한다. 브라보."

용구는 간간히 회사사정을 영필에게 이야기 해 주긴 했지만 자세하게 이야기 할 기회는 없었다. 그래서 우정 회사 이야기를 좀 소상하게 말해 주었다. 잘 듣고 난 영필이 의외의 간접 뉴스 아닌 유비통신을 말했다.

"그런데 말이야, 용구야, 너 지금까지 우리 대학 선후배의 도움을 음으로 양으로 받으며 순항을 거듭했잖아. 그런데 항간에 이상한 소문이 떠돈다는 거야. 이건 보통 일이 아니야. 특히 너한테는."

"무슨 이야기야? 뭔데? 나 하고 관계가 있어?"

영필이 내뱉는 뜻밖의 유비통신이라는 것에 용구는 무엇인지 상상도 못하고 그냥 다그쳐 물었다.

"무슨 유비통신? 왜 또 유비통신이야?"

"중요한 뉴스인데 확인되지 않으니까 입과 입으로 떠돌아다니는 고위급 뉴스로, 긴가민가의 미확인 소식이란 말이지."

"뭐야?, 그게 왜 나한테?"

"그게 업계 소식이거든, 정치나 관계 이야기가 아니고."

"그럼, 뭐야. 나 하고 관계가 있어?"

"있어서 하는 얘기야."

"뭐? 뭔데?"

"H그룹 왕회장이 자동차를 지금 회장, 그러니까 그의 동생과 그 아들한테 주지 않고 자기의 큰 아들한테 준데. 그 큰 아들은 H대학 나왔거든. 그렇게 되면 자동차회사 판도가 확 바뀔 수 있다는 이야기야."

"그런데, 그 동생이 자동차회사를 창업해서 지금까지 맡아서 길러왔잖아? 그런데 뺏는다고? 에이 말도 안되. 어찌 그럴 수가? 그 동생이 가만있겠어?"

"이봐 오너가 왕이야. 주면 주는 거야. 주식 없는 놈은 그래서 섧다는 거야. 아직 미확인 유비통신이니까 두고 봐야겠지만 만약 그렇게 되면 납품업체들한테 뭔가 영향이 있지 않겠어? 그러니까 잘 알아봐. 이런 거 말이야 미리미리 손을 써야 한다. 세상은 눈 깜짝할 사이에 순식간에 변한다."

"그래? 입맛이 쓰네. 너 그래서 오늘 여기로 오자고 했구나. 그럼 난 어떻게 하지?"

"변화가 있으면 변화를 받아드리고 현명하게 대처해야지. 어쩌겠니? 세상이 다 그런건데."

"와! 회장이라고 지금까지 키워 온 동생회사를 뺏어서 아들한테 준다? 이야, 세상 참 냉혹하다. 그 동생이 자동차사업을 위해 평생을 바쳤는데. 어찌 그럴 수가?"

"아직 미확인이니 두고 보자. 자, 자, 술이나 마시자."

영필과 헤어지고 용구는 집에 어떻게 왔는지 정신이 없었다. 집에 들어서자마자 신애를 뚫어져라 쳐다보며 의미심장한 말을 내 뱉고 침대에 누워 버렸다.

"여보, 홀드 에브리 싱. 그러니까 올 스톱."

"여보, 무슨 말이요? 뭐요? 이 양반이 취했나. 전에는 안 이랬는데. 뭐가 있나! 여보 옷 벋고 자요."

용구는 회사에 출근하자마 영필의 말에 신경을 곤두세우고 매일, 아니 매시간 뉴스에 귀를 기우리며 H그룹 왕 회장이 무슨 말을 하나 안테나를 이리저리 돌려 세우고 있었다. 일주일도 되기 전에 빅뉴스로 왕회장의 결심이 보도되었다. 자동차를 큰아들한테 준다는 것이었다. 우려가 현실로 나타난 것이었다. 용구에게는 청천벽력 같은 뉴스였다. '그러면 우리 대학 선후배가 나가고 H대학 졸업생들이 들어와 우리 납품업체들을 몰아내고 저들이 다해 먹겠다는 건가?'라고 생각 하니 앞이 캄캄했다. '새 회장이 온다고 다 바뀌겠어? 두고 봐야지'라고 생각하며 마음의 여유를 갖고자 노력했다.

41

왕 회장 큰 아들이 취임한지 한달도 안 되어 자동차회사에서 납품업자 회의를 소집했다. 사장이 직접 와서 새 회장에게 인사도 하고 새로운 회사지침도 받아 가라는 것이었다. 회의가 소집된 날 긴장을 감추지 못하고 시간 맞추어 참석했다. 새 회장은 아주 짧게 한마디만 하고 나갔다.

"여러분 안녕하십니까? 선친이 이루어 놓은 이 중요한 자동차사업을 적당히 안이하게 끌고 갈 생각은 없습니다. 지금까지 하던 방식을 타파하고 새롭게 할 예정이니 적극 협보해 주시기 바랍니다. 잘 부탁합니다."

납품회사 사장과의 개별적인 인사는 없고 자기 할 말만 한마디하고 나가버렸다. 인사가 너무 간단하여 감을 잡기가 어려웠다. 회장이 나가고 난 다음 새로 온 담당 상무가 본격적인 업무에 대해 이야기했다. 요지는 시장을 확대하기 위해 가격경쟁력을 높이는 것이 경영방침이라고 하면서 특히 대미 수출을 획기적으로 늘리기 위해 특단의 조치가 있을 것이라고 했다. 가격경쟁력을 높인다는 이야기는 제품의 단가를 낮춘다는 것이고 자동차가격의 단가를 낮추려면 납품단가를 낮추어야 한다는 것이었다. 그러니까 지금까지 납품하던 단가를 더 낮추라는 것이었다. 그리고 수출을 늘리기 위해 납품에서도 개방은 물론, 규모의 경제를 과감히 도입하겠다는 말도 하였다. 이것은 납품회사를 합병해서 국제수준으로 단가와 품질에서 국제경쟁을 높이라는 의미도 있고 큰 회사가 조무래기 작은 회사를 인수할 수도 있다는 의미로 들렸다. 새 회장이 미국에 10년 기간 10만 마일 무상서비스 해 준다는 말을 했다고 들었는데 이 방침을 실현시키기 위해 납품회사를 조지거나 합병하라는 지시가 있었지 않았나 생각되기도 했다. 회의에 참석한 모든 납품회사 사장들이 거의 다 사색이 되어 자리를 뜨지 못하고 있었다. 몇몇 납품회사 사장들이 모여 서서 웅성거리고 있었다. 추측이기는 하지만 이야기인즉 라인 노조와 협상하다가 밀리면 그러니까 그들의 임금을 올려주게 되면 그것을 납품화사에 떠넘기겠다는 것이었다. 이제 왕회장 큰 아들이 와서 노골적으로 회사를 키우기 위해 납품회사를 쥐어짜서 이익을 내고 투자를 늘려 키우겠다는 것이었다. 금속노조에 속하는 자동차회사의 라인 노조가 보통 센게 아니니까 납품회사만 죽어날 거라는 예상들이었다. 용구는 앞이 캄캄했다. 그러나 부딪치면 최선을 다해 버티는 수밖에 없는 처지였다. 이런 것 저런 것 알았으면 인수 안 했겠지만 이미 용구가 탄 기차는 떠나고 말았다. 전 사장이 새삼스럽게 미안해하며 걱정을 해 주는 것이 나변에 있지 않았나 싶기도 했다.

새 회장이 취임해서 긴장과 쪼들림이 반복되는 가운데 용구가 사력을 다해 회사를 꾸려 나간 지 몇 년이 흘렀다. 회사의 임직원들은 아는지 모르는지 내색이 없는데 전 회장이 그 동안 지켜보고 있다가 이야기를 꺼냈다.

"한사장님, 한사장님께서는 스카이대학을 나와 자동차회사의 인맥 덕을 좀 안 보셨다고 할 수 없었는데, 왕 회장 아들이 오니까 영 달라져 납품사정이 계속 악화되고 있으니 마음에 걸리네요. 왕회장 아들이 H대학 출신이라 아무래도 그 쪽 사람들이 계속 설치고 나올 거고 낌새가 영 안 좋고 불안하네요. 그 쪽으로 최선을 다해 선을 좀 댈 수 없겠습니까? 저도 그 쪽 사람들은 아는 데가 없어서 어렵네요. 그 쪽 사람들의 결속력도 대단하다던데 정말 걱정이네요. 불행히도 우리 회사의 직원 중에는 H대학 나온 사람이 없습니다. 그러지 않아도 심심찮게 그 쪽 출신 업계사람들이 우리 회사를 넘보고 있었는데 아주 불안하네요. 저도 고생을 많이 했습니다만 납품이라는 게 파리 목숨 같아서 늘 불안하고 어려움이 많아요. 제 회사를 맡으시고 노심초사하시며 그동안 잘 버티셨는데 점점 더 어려워지시는 것 같아, 저로서도 마음이 편치 않네요. 제가 도움 되지 못 해 죄송합니다."

"아닙니다, 사장님. 하는데 까지 해 봐야지요. 좀 더 두고 보겠습니다."

새 회장이 업무를 파악하고 새로운 전략을 수립하여 회사를 새롭게 하기 위해 계속해서 밀어붙이니 자동차회사는 계속 번창하지만 납품회사는 사지의 수렁으로 끌려들어 가는 고초를 계속 겪어야 했다. 납품담당 임원은 지속적으로 단단히 준비를 하여 특단의 조치를 계속 내놓고 있으니 납품업체에 대한 압력은 날이 갈수록 더 심해 갔다. 라인노조의 압박이나 협상이 있으면 예외 없이 계속해서 단가를 낮추라는 공문이 날아들었고, 수시로 사장을 소집하여 회사의 방침에 적극 협조하라는 독촉이었다. 용구는 있는 힘을 다해 단가를 낮추는 일을 추진했다. 단가를 낮춰야 살아남을 수 있다고 하지만 낮추는 데에 분명히 한계가 있었다. 그렇다고 직원의 월급을 깎을 수는 없었다. 특히 오래 근무한 베테랑 기술자들은 여차하면 다른 회사로 빼앗

길 수도 있었다. 회사의 독촉은 심해 졌고 직원들의 사기도 옛날 같지 않았다. 이미 일부 기술자들은 어딘가 외부로부터 대우를 더 잘해 줄 테니 오라는 오퍼를 받았다는 것을 느끼기도 했다. 일은 점점 더 꼬여 갔다. 단가를 낮게 책정 받다 보니 회사의 수지가 점점 더 악화되었다. 수지 자체를 맞추기가 불가능한 상태까지 오고 말았다. 회사를 경영한지 오래되지 않아 적립금이 쌓여있는 것도 아니고 재료를 구입하는데 값을 낮출 처지도 아니었다. 버티는데 까지 버티어 보겠지만 적자가 나기 시작하니 한계가 분명히 있을 것 같아 불안하기 그지없었다. 한편 미국경기가 좋아져서 미국에 수출이 잘 되어 형편이 나아지면 납품업체에 숨통을 좀 터 줄 수도 있지 않을 가 하는 희망을 가져 보기도 했다. 평소 아무 관심 없었던 뉴욕 증권시장의 다우존스 시세 상황을 유심히 보았지만 아무리 생각해도 감도 안 잡혔고 아무런 기미도 느껴지지 않았다, 좋은 것이 무엇인지 나쁜 것이 어떤 것인지. 그러나 그것은 희망사항이고 자동차회사의 압박과 독촉 그리고 암암리에 짓누르는 무언의 압력은 여전했다. 재무담당 과장은 누적되는 적자로 자금 사정이 나빠지고 있다는 보고고, 인력 담당 과장은 이러다 사람을 못 구해 납품을 못 할 수도 있다는 것이었다. 용구가 다른 회사에서 부사장을 하고 있을 때는 오너 사장이 있어서 최종적인 책임은 사장한테 있었기 때문에 회사의 사활문제로 이렇게 절벽에 부딪쳐지는 상황에 처해지지는 않았다. 이제는 용구가 회사의 오너 사장이고 납품전담 부사장이나 임원이 따로 있는 것도 아니기에 혼자 책임지지 않을 수 없었다. 이것은 경영의 문제가 아니라 경영 외적인 문제였다. '왜 하필 내가 인수하여 좀 제대로 해 보려는데 이런 일이 벌어지나, 내가 운이 없는 놈인가'라고 느끼니 비관적인 생각이 엄습해 왔다. '이러다 어떻게 되는 거 아닌가?'라는 생각이 들자 머리를 쥐어짜며 울고 싶은 심정이었다. 생각할수록 미칠 것만 같았다. 용구는 무슨 일이 있으면 답답함을 풀 겸 영필을 찾았다. 영필에게 직접 셀 폰으로 전화를 했다.

"전화 괜찮니?"

"응, 용구야. 웬일이니?"

"야! 죽겠다. 나 좀 살려줘라."

"느닷없이 무슨 소리야. 왜 무슨 일 있니?"

"있지! 영 죽겠다. 언제 시간 있니?"

"응, 글쎄, 너는 언제 괜찮니? 네가 오라면 무조건 시간 낼게. 만사 제쳐 놓고 가야지. 누구 명령인데. 언제? 말해."

"에이 모르겠다. 내일 만나자. 6시 할매 집 어때?"

"으~ 으~ 내가 5분후에 전화할게. 이거 셀 폰 번호지."

"알았어. 기다릴게."

5분 후에 영필한테서 전화가 왔다. 영필은 일이 있기는 한데 용구가 할 얘기가 있어 하는 것 같아 시간을 내겠다고 했다. 용구는 영필한테 라도 털어 놓아야 숨을 좀 돌릴 수 있을 것 같았다. 용구는 할매집에 약간 일찍 도착했다. 학생들이 수업을 끝내고 무언가 열심히 가고 있었다. '일이 있어 바쁘고 놀기 위해 바쁘고 나처럼 만나로 가느라 바쁘고 다들 바쁘겠지'생각하면서 '내가 잘되면 제들 중에 한 놈 데려다 훈련시키고 키워서 맡기고 나는 후견인 노릇 해 볼까' 했는데, 꿈도 야무졌었다. 쪽박신세가 되는가 싶은 심정을 달래며 젊은 학생들을 보다가 문득 정무생각이 났다. '이 녀석은 이런 나의 심정을 상상이나 할 수 있을까'생각하니 비애마저 느껴졌다. 사람팔자 이렇게도 기구할 수 있는지 정신을 차릴 수가 없었다. 할매집에 들어서니 할매가 여전히 반가워 하셨다.

"할매, 또 왔어요."

"이 사람아, 그럼 또 와야지. 영필이도 오니?"

"예, 우리 오래 있을지 몰라요. 우리가 늦거든 할매는 들어가 주무세요."

"나야, 괜찮다. 그런데 너희가 내일 출근해야 하는데 괜찮겠니?"

"우리는 우리가 알아서 할게요."

"그래 알았다. 영필이 오면 상 차려 줄게. 들어가 쉬어라. 피곤하겠다."

영필은 하던 일을 서둘러 끝내고 헐레벌떡 할매 집에 도착했다.

"할매, 용구 왔어요?"

"기다리고 있다. 어서 들어가."

"영필아, 어서 와."

용구의 말은 구세주를 만나기라도 한 듯 반가워하면서도 말에 생기는 없었다.

"용구야, 그리 오랜만이 아닌데 그동안 변화가 많아서 그런지 오랜만인 것 같다."

그 동안 변화가 많았다는 영필의 말에 용구는 자기의 어려운 일을 미리 감지하고 있는 것 같아 묘한 기분을 느꼈다. 그래도 친구니까 걱정이 돼서 하는 우정 어린 인사말로 들렸다. 할매가 상을 차려주면서 한마디 했다.

"요즘 사업들이 잘 안 된다던데, 여기 두 사장님은 여전하시지? 잘되기를 바란다. 그래, 이야기들 나누며 잘 쉬어라."

용구와 영필은 술상을 앞에 놓고 우선 맥주부터 한 모금 마시고 대화를 시작했다. 최근의 경제상황 특히 자동차 수출의 상황이 안 좋아 영필이가 용구한테 먼저 위로부터 했다.

"내가 잘은 모르겠지만 요즘 다들 어려워하는데 특히 자동차 수출이 어렵다고들 하던데 너도 어렵겠다. 어떠니? 힘들지? 비 온 후 땅이 굳어진다는데 희망을 갖고 힘내라. 내가 힘이 되어 주지 못해 미안하다."

"그런데, 사업이 이렇게 힘든 줄 몰랐다. 네가 존경스럽다. 여태까지 버티어 낸 것 보면 너도 대단한 사람이다. 우리나라의 모든 사업가를 다 존경한다."

"하다가 보니까 이런 소리도 듣게 되네. 사실 사업이란 벼랑 끝 게임이지. 여차하면 낭떠러지에 떨어지고 마는 곡예와도 같아, 이맛살 펼 날이 거의 없기도 해. 웬만하면 이 짓 안 하고 살았으면 하는 심정이 굴뚝같아. 이제는 너도 내말 알아듣고도 남겠구나!"

용구는 영필이가 자기의 절박한 처지를 제대로 알지 못 하고 희망적으로 이야기 하는 것 같아 본론으로 들어가기로 하고 말을 바꾸었다.

"영필아, 사실은 오늘 내가 보자고 한 것은, 내가 지금 진짜 벼랑 끝에 서 있다. 너의 우정 어린 충고를 받아 나의 운명을 결정짓고자 한다."

"네가 어려울 줄은 짐작하고 있었다만 얼마나 심각한지는 모르고 있었다. 이야기 해 봐."

"너도 알다시피 왕회장 아들이 회장으로 오기 전까지는 그런대로 괜찮았잖아. 그런데 새 회장이 오고 나서 연속으로 압박하는데 이제 한계에 온 것 같다. 라인노조가 계속 임금협상을 빡빡하게 하고 있고 그 불똥이 고스란히 우리 납품업체에 떨어지게 되니 전망은 더 절망적이야. 그렇다고 불확실한 가운데 미리 짐작하고 하던 사업을 접는다는 것이 쉬운 일이 아니라는 것은 너도 잘 알 것 아니니. 그런데 처음부터 딱 부러지게 그만 하라고 하면 결단을 내려서 정리하고 손 털었겠지만 조금씩 압박을 가하다 보니까 내가 휘말리게 된 거야. 하다가 보면 해 뜰 날이 오겠지 하고 버틴 것이 화근인 것 같아. 계속되는 압박에 그러니까 계속 단가를 낮추라는 압박에 버티다 보니까 빚만 지고 나 앉게 될 것 같아. 지금 회복의 가능성은 없고 그동안 버티느라 쌓이기만 한 빚만 남았어. 알다시피 미국의 르만 브러더스라는 금융 사태가 심각하게 되어 가고 있으니까 자동차회사로서도 더 어려워 졌으면 어려워졌지 나아질 가능성은 없게 되어 가거든. 그러니까 우리 납품업체들 한테 더 쥐어짜는 거야. 그런데 다들 막상 그만 둘 수 없으니까 빚지더라도 버티는 거야. 나도 그중 하나고. '내가 바보다'하면서 바보대열에서 탈퇴를 못하고 있는 거야. 바보들의 무모한 행진 같아. 이거 사업이라는 게 참 묘한 거야. 하긴 아이엠에프 후 우리 그룹의 회장도 무모하게 버티다 그 많은 사업체를 하루아침에 다 놓치고 빈 털털이가 되었지만 말이다. 아니 그냥 빈 털털이가 된 게 아니라 빚에 깔려 세상 빛도 못 보고 해외로 떠돌고 있으니 말이다. 딱 한 마디로 지 무덤 지가 판 거야. 세상에! 내가 이렇게 될 줄은 그때는 상상도 못 했는데. 내가 지금 내 무덤 내가 파고 있는 것 아닌지 모르겠어. 빚만 늘어 가니 말이야."

"아니. 그렇게 심각하니? 나는 네가 어렵다고 해도 전 같지 않아 고생이 좀 된다고 생각했는데. 그럼 지금 계속 적자니?"

"그냥 적자가 아니라 지금 손 털면 나는 거지, 아니 마이너스 알거지가 되고 말아. 내가 가진 것 몽땅 다 없어지게 생겼어. 옛날 처가 집이 빚보증 섰다가 알거지 되어 자기 무덤에 자기가 들어가게 된다고 했었는데, 내가 지금 그 지경으로 가고 있어. 지금 빚잔치를 하면 나는 완전히 쪽박 차게 되어 있어. 그러니 이제 갈 데가 무덤 밖에 없게 되고 말았어. 아무리 계산을 해 봐도 방법이 없어."

"아니, 어쩌다? 잘 따져 봐. 방법이 정말 없니?"

"너 외에 누구한테 이야기 할 수도 없어. 내 처지가 알려지면 빚쟁이들이 몰려 올 텐데. 신애는 이 소리 들으면 까무러치고 말거고. 정무 놈은 이것도 모르고 집 빨리 사내라고 저희 엄마 한테 별 소리 다 하고 있고, 아이 정말 미칠 것 같아."

"사업이란 꾸리다 보면 어느 순간에 빚에 억눌리게 되고, 진퇴양난에서 헤어나기 어려워지는 경우가 다반사지. 우리 주위에 그런 사람 많이 보게 되는 거지. 야, 그런데 네가 이렇게 되다니. 이 일을 어쩌지? 정무 집은 나중 일이고 집 살 돈 얼마나 되지?"

"집 살 돈이 어디 있어. 다 썼지. 지금 한 푼도 없다니까. 너도 알다시피 종업원 월급을 미룰 수 없잖니? 재료 값 안 주면 물건 안 주는데. 요즘 어렵다고 하니까 외상도 안 주려 해. 줘도 하루가 멀다고 독촉이야. 스카이 대학 나와 재벌그룹에 있었던 내가 체면 차리느라 남한테 무슨 소리든 안 들으려고 한 푼도 나를 위해 해 놓은 게 없어. 지금 부도내면 나는 마누라 빼고 모든 것 다 압수당하고 한 푼도 못 건져."

"아니, 어떻게 그렇게 될 때까지."

"나도 몰라, 일에 열중하며 회계를 제때 챙기지 않고 있다가 챙겨보니 빚이 산더미 같이 되어 버렸어. 해결할 길이 없어졌어. 그리고 나는 빈털털이가 되어 버렸고. 회사에는 아직 이야기 안 했어. 재무담당만 눈치 채고 있어. 회사 하다가 야간도주한다는 이야기 들었어도 설마 했는데. LA에 그런 사람이 많이 와 있다는데 오죽하면 그랬을까! 나라고 그러지 말라는 법 있나 싶어."

"아이, 참 난감하네. 내가 납품을 받는 입장이라도 되었으면 너 하나 살리는 길이 있겠는데 나도 고만고만한 기업을 하고 있으니, 무어라 말해야 할지 모르겠다. 내일 내가 회사에 들릴 테니 회사 재무담당 더러 모든 서류 갖고 오라고 해봐. 내가 한번 보고 이야기 해 줄게. 하긴 최근 50대에 정년퇴직하고 나와서 뭐 좀 해 보다가 다 까먹고 빈 털털이가 되어 자살도 하고 노숙자 노릇도 하고 별일 다 생긴다고 하던데. 네가 이럴 줄은 몰랐네."

"알았어. 내일 보자."

용구는 영필을 만나 뭐 좀 풀거나 쥐구멍이라도 들어 갈 길이 있을가 기대 반 위로 반 생각했는데, 어쩌면 영필의 말이 더 옳은 것 같기도 했다. 영필이가 말하는 미국의 금융위기는 도대체 어떤 것이며 이것이 자동차수출하고 무슨 관계가 있다는 것인지 궁금하면서 불안한 느낌이 더 들었다.

용구가 늦게 집에 오니 신애는 기다리고 있다가 낮에 정무와 전화 통화 한 것을 말하려 했다.

"여보, 나 너무 지쳤어. 이야기 할 여력이 없어, 다음에 이야기 하자. 오케이? 나 씻고 잘게."

"그~ 그래요. 술 드셨어요? 꿀물 타 드릴까?"

"다음에 이야기 해."

만사 귀찮아진 용구는 늘어진 어깨를 간신히 가누며 침대에 누웠다. 아무리 잠을 청해도 잠이 오지 않았다. 영필이랑 이야기 한 것 중 기분을 조금이라도 풀 수 있는 내용은 없었고 자기의 심정을 털어 놓는 하소연 같이 되었다는 생각만 맴돌았다. 일반적으로 하소연하면 속이 좀 풀리는 법인데 지금은 풀리기는커녕 더 꼬이는 것만 같았다. 아무리 생각해도 뾰족한 수가 없을 것 같은 생각이 꼬리를 물고 있다 보니 잠은 더 도망가고 있었다. 잠 대신 쓸데없는 상상과 부질없는 가정만 난무하여 밤잠만 설치고 말았다. 아침에 일어나니 몸은 천근만근 무겁기만 했다. '신애한테 무어라 해야 하나, 정무한테는 어떻게 설득시켜야 하나' 집안 걱정이 앞섰다. 용구의 회사사정을 짐작도 못한 신애는 여느 때처럼 용구를 치켜세웠다.

"우리 사장님! 아침 든든히 드시고 오늘도 승승장구 하세요. 저녁 준비 잘 해 놓을게요."

"알았어. 나 늦을지 모르니 기다리지 말고 먼저 자."

"회사 일에 너무 무리하지 마시고, 웬만하면 일찍 들어오세요."

용구는 회사에 출근하자 재무담당 김용현과장을 불러 모든 서류를 갖고 오라고 했다. 회사의 자금 사정을 어느 정도 알고 있는 김과장은 약간 긴장된 표정으로 서류를 갖고 왔다.

"사장님, 어려우시지만 힘내세요. 과거에도 자주 겪은 일입니다. 잘 될 것입니다."

"김과장, 혹시 미국의 금융사고나 증권시장 문제 같은 것 들어 봤어요?"

"뉴스에서 금융문제가 있다는 말을 듣기는 했습니다만 하도 복잡해서 무슨 말인지 잘 모르겠습니다. 문제가 심각하다고 하는 것 같은데 왜 심각한지 모르겠습니다. 우리나라에도 영향이 있을 것이라고 하기는 하던데요."

"알았어요. 고마워요."

용구는 S그룹의 대학동창 이창배부장한테 전화를 했다.

"이부장, 오랜만이다. 지금 전화 좀 해도 괜찮나?"

"오~ 한사장, 오랜만이네. 회사 잘 되고 있다면서. 요사이 자동차 산업이 뜨고 있잖니, 미국에 수출도 잘 되고. 우리는 공연히 아이엠에프 때 자동차를 르노에 넘겨서 지금 후회해. 남 좋은 일 해주고 말았어. 너희는 어떠니? 사업 잘 되면 술 한 잔 쏴라."

"혹시, 미국의 금융 위기나 문제 같은 것 알고 있니?"

"응, 그래. 어느 정도는 알고 있지. 우리 그룹의 경제연구소에서 심층 분석하여 자료를 돌린 적 있어. 내가 대충 훑어 봤어. 그런데 왜?"

"뭐 어떻게 된 건데?"

"한마디로 요약하면 투자회사들이 장난치다가 한계가 와서 걸린 거야. 미국에서는 집을 살 때 모개지로 사잖아. 이 모개지로 여러 가지 장난을 친 거야. 아주 심하게. 모개지의 모개지 그러니까 파생상품이지, 이것이 몇 단계를 거치며 눈덩이처럼 불어나다가 목에 가시가 걸리듯 걸리니까 사고가 난 거야. 그래서 르만 브러더스 라는 미국의 굴지 투자회사가 파산선고를 하고 투자회사 보험회사 증권회사 등 많은 금융사들이 줄줄이 부도위기에 처해 진거야. 그래서 주식이 폭락하고 주택시장이 요동치고 미국경제가 흔들흔들 하게 되었지. 이거 엄청 큰 사건인데, 우리도 비상이야. 우리나라 경제도 영향을 많이 받아. 대통령이 7% 경제성장 이야기 했는데 지금 반의반도 힘들 것 같아. 나는 잘 모르겠는데 우리나라가 자동차 수출하는데 지장이 있을 거야. 미국경제 쇼크가 원체 크거든. 미국만이 아니야, 세계경제 전체가 흔들거려. 앞으로가 더 큰 문제라고들 하고 있어. 너도 영향을 받을지 모르니 조심해 놓는 게 좋을 거야. 특히 금융문제는 안전하게 그러니까 보수적으로 하는 것이 좋을 거야."

"그럼 옛날 아이엠에프 때처럼 되는 거냐? 지금 우리가 느끼기에는 그렇지 않은 것 같은데."

"아이엠에프는 우리나라와 아시아 몇 개 국가에만 위기가 왔던 것인데 이번에는 세계 거의 모든 나라가 영향을 받고 있어. 이거 세계적인 경제파탄이라면 파탄이야. 파탄은 좀 심하나. 어쨌든 엄청난 충격이야."

"그러면 경제가 내리막 길을 가게 된다고 봐야 하겠네."

"그렇다고 봐야지. 아마 회복하지 못하거나 회복하는데 기간이 많이 걸릴 걸."

"알았다. 다음에 다시 연락할게. 자세히 이야기 해 줘서 고맙다."

"응 그래, 용구야 행운을 빈다."

전화를 끊고 난 용구는 앞이 캄캄했다. 경기가 좋아지고 미국에 수출이 늘면서 자동차회사 사정이 나아지면 납품회사가 숨통을 트게 될 수도 있다는 희망을 잃지 않으려 했는데, 창배의 말을 들으니 희망이 없어져 버리게 되었다. 용구는 의자를 뒤로 제기고 천장을 바라보며 한숨을 쉬고 있는데 문을 두드리는 소리가 났다. 영필이었다.

"권사장 어서 와. 지금 S그룹의 창배와 통화해서 미국의 금융문제에 대해 이야기 들었다. 투자회사들이 부도가 나고 증권가격이 폭락하여 경제가 비상이래. 세계경제 전체가 야단이래. S그룹에서는 심층분석하여 대비를 하고 있다는데 우리 중소기업하는 사람은 영 한대에 있네. 앞으로 더 어려우면 어려웠지 좋아질 가능성은 없데. S그룹이 준비하고 있으니 틀림없는 정보겠지. 난 아무래도 희망을 접고 이 시점에서 정리를 해야 할 것 같아. 자 여기 서류가 있는데 한번 좀 봐줄래?"

"이리 보자. 내가 한번 훑어볼게."

"나 사무실에 잠깐 갔다 올게. 그동안 좀 봐줘."

용구는 사장실에서 나와 사무실과 작업현장을 돌아보고 재고물량과 재료더미를 살펴보았다. 재고와 재료를 아무리 따져 보아도 돈이 별로 될 것 같지 않았다. 작업장에서 열심히 일을 하고 있는 사람들을 보면서 내가 회사를 부도내면 저 사람들의 일자리가 없어질 것 아닌가 생각하니 가슴이 아팠다. 그런데 저 사람들이야 일만 그만두게 되지만 나는 내 인생을 그만두게 되는 것 아닌가 생각하며 얼굴을 쓰다듬었다. 사업은 아무나 하는 것이 아닌데 나 같은 촌놈이 무슨 배짱으로 사업을 한다고 이 지경이 되고 말았나 생각하며 납품하러 가는 트럭을 보며 보이지 않는 눈물을 흘렸다. 사무실에 들어서자 영필이 말했다.

"장부를 보니 어제 네가 말한 것 보다 더 심각하네. 그냥 제로로 끝나지 않을 수 있어. 만약 이 시점에서 그만두게 될 때 임금을 정리하지 못하면 네가 형사로 걸릴 수도 있어. 그리고 당좌를 못 막으면 부정수표단속이라는 형사 사건에 저촉될 수도 있고. 이거 생각 보다 심각하네. 어제 지나가는 말로 여권 들고 LA로 도망가는 사람이 많다고 했는데 남의 일이 아닐 수 있어. 사무실에서는 이쯤 해 두고 나가서 곰곰이 생각해 보고 해결방법을 찾아보자. 문제가 심각하다."

임금체불이나 부정수표단속법 같은 것은 심각하게 생각하지 않고 하루하루 나가고 들어오는 지출입금만 생각하다가 영필의 말을 듣고 용구는 사색이 되었다.

"퇴직금 적립은 회사 외부 공식 금융기관에 연결되어 있나? 이것도 중요하다."

"그것은 내가 철저하게 해 두었다. 오래 일하고 퇴직금 받아 나가는데 못 받으면 큰일이지. 그래서 그것은 철저하게 관리했다."

"역시, 우리 친구, 양심과 정직 그리고 인정은 알아 줘야. 시골출신이라 남 사정은 잘 알아."

"일이 잘 되면 좋은 일 좀 많이 하려 했는데, 아 이 참, 내 인생이 참담하게 되었네. 내가 교회라도 다녔으면 교회에 가서 눈물 나게 기도라도 할 텐데. 오~ 삼신 할매."

"어서 나가자. 누가 들어오기 전에. 우리 사무실에 가서 잘 살펴보자."

42

영필의 사무실에 온 두 사람은 밤이 늦도록 화사 처리 방안을 연구하여 결론을 내렸다. 회사를 자동차회사 방계 기업인 M사와 유사한 같은 자동차회사 관련 회사나 어느 정도 조건을 맞춰주는 개인에게 넘기기로 하고, 넘겨주는 조건은 용구가 처벌을 받지 않고 회사를 넘길 수 있도록 하는 것이었다. 마이너스 빈털털이만 면하는, 그러니까 진짜 빈털털이가 되도록 하는 것이었다. 빠른 시일에 아주 비밀리에 인수자를 찾아 신속하게 회사를 넘기고 용구가 홀가분하게 회사를 빨리 떠나려는 구상이었다. 평생 작은 회사를 꾸리며 산전수전 다 겪은 영필의 충고에 용구는 '할배'하고 받아 들여야 하는 형편이었다. 용구는 아무 일 없는 척 하며 매일 회사에 나가 일을 보고 있었고 영필이가 매일 적극적으로 용구회사를 인수할 회사나 개인을 찾아 다녔다.

일주일이 되는 날 자동차회사의 방계부품회사에서 사람이 왔다. 영필이 자초지정을 잘 말하고 용구가 법적 부담만 면하고 회사를 내줄 수 있도록 해 달라고 했다. 찾아 온 사람이 영필의 말에 어느 정도 동감하고 최종 결론을 곧 내겠다고 하고 돌아갔다. 영필의 말을 확인하는데 필요한 시간을 갖고자 한 모양이었다. 일주일 후 다시 찾아온 그 사람은 바로 계약을 하자고 했다. 사실은 자동차회사가 방계회사에 용구회사를 사도록 지시하여 방계회사가 그동안 공작 같은 것을 하고 있었다. 용구를 빈털털이로 만들어 내쫓고 납품회사를 인수하려 했던 것이었다. 아이러니하기 그지없는 상황이었다. 용구가 D그룹의 기획조정실에 있으면서 어려운 중소기업을 재벌이 인수하는 일을 수 없이 많이 했기 때문이다. 용구와 영필은 '세상에 이럴 수가'를 되풀이 하며 회사를 넘기기로 결정했다. 괘씸하고 얄밉기 까지 하지만 '세상에 재벌 앞에 당하지 않을 놈 있나, 이것도 운명이다'라며 신세타령만 했다.

회사를 정리하고 낮에 집에 있으니 신애가 눈치를 채고 물었다.

"여보, 당신 어떻게 대낮에 이렇게 한가하게 집에서 놀고 있어요? 회사에 안 나가요? 회사에 무슨 일 있어요?"

"무슨 일 있어. 회사를 넘겼어. 이제 백수가 되었어. 어제 대한민국 백수회 회원으로 가입했어. 집에서 놀 테니 당신이 나를 먹여 살려야 해. 잘 부탁해. 구박해도 다 받아 줄게. 아니 달갑게 받을 게."

"당신 농담하는 거지? 아니 어제 같이 회사에 잘 나가던 사람이 갑자기 회사를 넘겼다니. 말이 되는 소리를 해야지."

"진짜야. 이제 나 갈데없어. 집에서 책이나 볼래."

"정말이요?"

"그렇다니까."

"회사를 얼마에 넘겼어요?"

"제로."

"뭐요? 이 양반이 농담하나. 얼마에 넘겼어요?"

"나, 그동안 빚으로 연명하다가 그 빚 맡아 주겠다는 사람이 나타나 얼른 넘기고 나는 손 털고 나왔지. 그래도 다행이었어. 빚 감당 못해 감옥이라도 가면 안 되잖아. 이만하기 다행이었어."

"그럼 정무 집은 어떻게 하고, 우리 생활비는 어떻게?"

"여보, 나의 퇴직금 쪼개서 다음 달에 정무한테 한번 다녀옵시다. 이번에 안 가면 다시 갈 수 없을 것 같아. 가서 만나 자초지정을 이야기 하고 양해를 구합시다. 더 좋은 집을 사주려고 사업을 했다가 일이 이렇게 되었으니 이해하고 적당한 집을 사서 살도록 하라고 이야기 합시다. 정무도 이해할 거요. 부모자식 간인데 우리 사정을 이해 못하겠어요. 그렇게 합시다. 내가 저렴한 비행기 값 알아볼게. 요즘 미국가는 중국비행기, 싼것 있다고 들었어."

"나는 뭐가 뭔지 모르겠어요. 그렇게 하세요. 나는 당신 하자는 데로 할게요. 그나저나 우리 앞으로 어떻게 살아 갈거요?"

"글쎄, 설마, 산 입에 거미줄 치겠어. 이럭저럭 살아가면 되겠지? 그런데 정무집이 문제네. 이 녀석, 집 사준다고 잔뜩 기대하고 있을 텐데. 못사준다고 하면 뭐라 할까 걱정이네."

용구는 애써 태연하려 애쓰는데 신애는 앞이 캄캄하기만 했다. 그래도 남편을 위로하고 도와야 하겠다는 생각에 정무를 자기가 설득하겠다고 나섰다.

"일이 이렇게 되었는데 저도 이해하겠지요. 설마 아버지 팔아서 집 사달라고 하지는 않겠지요. 저 유학 보내며 들어 간 돈이 집을 몇 채 사고도 남는데. 일단 가서 만나 이야기 해야지요. 설마 우리 걱정은 안하고 지 집 살 것만 고집하겠어요? 그러니까 부모자식 간이라도 만나서 털어 놓고 허심탄회하게 이야기를 해야 해요. 우리 가서 잘 이야기하기로 합시다. 걱정 마세요 내가 이야기 잘할게요. 지금까지 엄마 말 안 들은 적이 없었으니 이번에도 잘 듣고 오히려 위로 같은 것을 하겠지요. 염려 마세요."

용구는 신애의 말을 듣고 나니 마음이 한결 가벼워졌다. 하지만 아무리 자식이라도 약속은 약속인데 약속을 못 지키니 죄를 짓는 것 같아서 마음의 부담은 태산 같았다. 일단 정무를 만나 설득하는데 최선을 다하기로 했다.

옛날 그룹에 있을 때부터 잘 알고 지내던 세기여행사의 김민재부장을 찾아 갔다.

"김부장님! 오랜만입니다. 여전하시네요. 요즘 여행업계가 어렵다고 하던데 대단하십니다. 축하드립니다."

"오~ 한사장님! 사업하신다는 소식은 들었습니다만 찾아뵙지 못해 죄송합니다. 여전하시지요?"

"역부족인 내가 사업이라고 한답시고 고생만 하다가 여러 가지 사정으로 그만 두었습니다. 이제 홀가분해 졌습니다. 시간도 많고 해서 여름에 아들한테 갔다 올가하여 들렀습니다. 집 사람과 둘이서 갈까 하는데 우리 형편에 맞는 비행기 표 좀 봐 주시겠습니까?"

"아~ 이, 그럼요. 언제 어디로 어떻게 가시는지요. 아참 아드님이 미국에 있으시지요. 두 분 미국 왕복이네요."

김부장이 자동차납품회사 사장 한용구에 걸 맞는 미국행 비행기 표를 찾아보려는 눈치여서 얼른 끼어들며 말했다.

"김부장님, 미국 왕복 이코노믹 클래스가 대충 얼마나 합니까?"

"사장님, 지금 휴가철이라 국적항공기의 이코노믹 클래스는 표가 없습니다. 많은 사람이 찾는데 동이 났습니다. 비스니스 클래스는 좌석이 있습니다만 요금이 만만치 않겠지요. 두 분 왕복 거의 칠 팔 백 정도 하니까요."

"칼이나 아시아나 말고 다른 비행기는 없습니까?"

"있기는 한데 조건이 좀 안 맞습니다. 아주 불편하실 텐데요. 그래도 알아봐 드릴가요?"

"예, 잘 부탁합니다."

"예, 알아보고 연락드리겠습니다. 알아보는데 몇 시간 걸려야 합니다."

이날 오후 늦게 김부장이 전화를 했다. 중국비행기가 있는데 루트가 아주 안 좋다는 것이었다. 그 대신 가격은 아주 싸고 바로 예약이 가능하다는 것이었다. 용구는 가격만 싸면 뭐든지 감수하겠다고 각오하고 김부장에게 예약을 부탁했다. 김부장이 보내 준 문자의 내용은 생각 보다 싸지만 조건이 열악했다. 서울에서 홍콩으로 가서 기다린 다음 샌프란시스코로 가서 입국 수속을 하고 뉴욕으로 가서 다시 비행기를 갈아타고 휴스턴으로 가는 여정이었다. 대충 따져 보아도 30 시간 이상 걸리는 장거리 여정이었다. 용구는 싼 맛에 감수하겠는데 신애가 걱정이었다.

"여보, 세기여행사 김 부장이 비행기 표를 알아 봐 주는데 아주 오래 걸리는 중국비행기래. 서울에서 출발하여 휴스턴 도착하는데 30 시간도 더 걸려. 중간에 세 번이나 갈아타고. 당신 괜찮겠어?"

"나는 당신만 따라 가면 되요. 당신이 결정하세요. 우리 형편에 오래 걸리고 갈아 타고가 문제가 아니지요. 갈수만 있다면 그나마 다행이지요. 당신이 괜찮으면 나도 괜찮아요."

신애가 나에게 이렇게 맡기고 따라 오겠다고 하니까 고맙기도 하고 아들 보러 간다고 무엇이든지 감수하겠다는 모성이 돋보였다. 용구는 바로 김부장한테 전화를 했다.

"김 부장님, 말씀하신 그 비행기 표 바로 예약해 주세요. 온라인으로 예약금 송금해 드리겠습니다."

"사장님, 괜찮겠습니까?"

"아, 뭐, 아들 보러 가는데, 그 정도 고생은 각오하고 있습니다. 한 푼이라도 아껴서 한 푼이라도 보태주고 와야지요. 하여간 부탁드립니다."

"예약해 놓겠습니다. 비행기 표의 자세한 내용은 이메일로 보내드리겠습니다."

"감사합니다."

용구는 신애한테 미국 갈 준비를 하라고 말해 줬다. 신애는 바로 노트에 적기 시작했다. 아들한테 줄 선물, 며느리한테 줄 선물, 친한 미국사람들한테 줄 선물 등 정무가 좋아 할 거라고 생각되는 것은 다 적어 보았다. 노트 몇 장에 가득했다. 오랜만에 아들과 며느리한테 생색도 내고 부모마음을 단단히 보여 줄 생각으로 신나게 적어 보았다. '그런데 이것을 다 사면 가방이 터질 텐데 이를 어쩌나'싶을 정도로 많이 적었다. 신애는 신들린 사람처럼 백화점, 마트, 시장, 심지어 슈퍼까지 들리며 몇 날 며칠을 두고 쇼핑을 했다. 신애는 신이 나서 보따리를 풀어 놓고 용구에게 설명하기 시작했다.

"여보, 이것 좀 봐요. 정무가 진짜로 좋아 할 거요. 이것은 며느리를 위해 내가 마음 단단히 먹고 여러 군데를 보고 또 보고 고른 거 에요. 며느리가 좋아 하겠지요? 그동안 당신한테는 이런 것 못 사 줘서 미안해요. 당신이야 나만 있으면 되지만 정무는 이런 것을 지 마누라한테 좀 사 줘야 고마워하지 않겠어요? 앞으로 기회도 많지 않을 텐데. 여보, 이것 좀 봐요."

용구는 신애의 신바람이 더 좋아 보였다. 고기를 먹는 것 보다 잡는 게 더 재미있다고 하더니 지가 사서 갖는 것 보다 아들 며느리한테 사 주는 게 더 신나 하는 신애가 더 없이 행복해 보였다.

"당신은 아들 생각하느라 정신이 없지만, 내가 이 짐을 지고 가려면 내 등골이 휜다는 생각은 못 하는구려. 이야~ 이 산더미 같은 짐을 미국까지 어떻게 갖고 간담. 선물도 좋지만 비행기에서 실어 줄가? 통관은 잘 되려나? 어쨌든 당신이 책임져야 되요. 나는 당신이 시키는 대로 할 테니까."

"너무 많나, 좀 줄일까? 당신 생각 못해서 미안해요."

"그런데 줄이면 이것을 어디다 어떻게 하지?"

"줄이면 큰 집 조카들 정애, 정호 주지요. 미국에 갖고 가고 남는 거라고 하지 말고."

"당신이 알아서 해요. 나는 짐만 지고 갈 테니까."

용구와 신애는 선물을 갖다 주면 좋아 할 정무와 며느리의 반기는 모습을 상상하며 떠날 날을 손꼽아 기다렸다. 떠날 날이 가까워지자 용구가 정무한테 전화를 했다. 우리가 곧 떠날 테니 휴가 날짜 미리 잡고 있다가 우리와 같이 근처 여행도 하고 여러 가지 스케줄을 잡아 놓는 등 준비를 하라고 이야기 하려 했다. 그런데 전화를 받는 정무가 반가운 눈치가 아니라 시큰둥해 하며 맥없는 태도로 형식적으로 마지못해 답만 하는 것이었다. 용구는 무슨 일이 있어 전화를 받을 기분이 아닌가 보다 하고 다음에 전화하기로 하고 전화를 끊었다.

그 곳이 저녁일 때 다시 전화를 했다. 전화에다 대고 정무는 너무나 항당한 소리를 했다. 집도 안 사주면서 뭘 하러 오느냐고. 가서 이야기 하겠다고 하니까 아예 오지 말라고 했다. 너무 기가 막혀 전화를 끊고 말았다. 다음 날 출근해야 하니까 일단 전화를 끊는 것이 좋겠다고 했지만.

용구는 다음 날 컴퓨터에서 정무의 이메일을 보고 깜짝 놀랐다. 오면 집 사준다고 한 약속을 지키기 위해 집 보러 다니는 줄 알고 집 볼

준비를 해 놓았는데 집 이야기는 없고 여행이나 놀러 다닐 이야기만 하니 어떻게 된 것이냐고 불평과 화난 심정을 그대로 써 보냈다. 용구는 너무나 황당하여 무어라 답을 써야할지 몰라 한참 동안 망설이고 있었다. 집을 사준다고 약속한 것은 사실이나, 지금 형편이 여의치 않으니 만나서 자초지정을 이야기하여 설득하고 타일러야겠다고 생각했었는데, 너무 황당했다. '집은 우리 형편에 맞춰서 보고 사야하니 가서 만나 자세한 이야기를 나누며 좀 보자'고 답을 썼다. 그리고 정무가 미안하다고 사과하며 우선 여행 잘 하라고 답장을 보내 줄 것이라 기대하고 메일을 기다렸다. 몇 시간 후 정무의 답은 용구를 질식하게 만들었다. '집 사 주지 않으면서 뭐 하러 오느냐'는 것이었다. '집 사준다는 약속을 내팽개치고 무슨 염치로 자식을 보겠다고 오느냐'는 메일이었다. '이 놈이 결혼도 하고 그동안 직장에 다닌다고 하더니 뭐가 어떻게 되었기에 이렇게 변할 수가 있나'하면서 용구는 메일을 읽고 또 읽고 여러 가지로 상상을 해 보았다. '미국에 살면서 돈에 환장을 했나' 아니면 '며느리가 달달 볶아 지 마누라 눈치 보다가 완전히 변해 버렸나' 도저히 믿어지지 않았다. 한 시간이 멀다하고 며칠 동안 수십 통의 메일을 주고받으며 부자지간은 완전히 원수지간으로 바뀌었다. 심지어 정무가 아버지를 약속을 안 지키는 거짓말쟁이라고 했다가 다음에는 돈을 주기 싫어서 핑계되는 파렴치라고 까지 했다. 그리고 다른 사람에 비해 자식을 내팽개치는 비정한 아버지라고 하다가 용구의 야단치는 말에 맞장구를 치면서 자기를 속이는 사기꾼이라고 까지 했다. 아버지를 사기꾼이라고 대드는 아들과 더 이상 메일을 주고받을 수 없어 답을 중단하고 용구는 들어 눕고 말았다. 영문을 모르는 신애는 용구에게 조르듯 어서 떠날 준비를 하자고 졸랐다. 용구는 신애에게 뭐라고 말을 해야 할 줄 몰라 끙끙 앓기만 했다. 용구가 침대에 엎드려 울고 있는 틈에 신애는 용구의 컴퓨터를 봤다. 정무의 메일, 그 중에서 용구가 빨간 줄을 쳐 놓은 구절을 보는 순간 신애는 까무러치고 말았다.

"여보, 여보, 나~"

신애는 눈이 흰자질만 보이며 숨을 끊은 채 컴퓨터의자에 축 늘어지더니 땅바닥으로 '퉁'하고 떨어지며 '으악' 소리를 질렀다. 정신없이 누워 있던 용구는 소스라쳐 놀라 '여보' '신애야' '신애야' 소리 내어 불렀다. 그러나 신애는 눈을 감은 채 숨도 안 쉬고 축 느려져 있기만 했다. 용구는 신애를 끌어 앉고 '여보' '신애'를 연속 불러 댔다. 용구는 신애를 침대에 눕혀 놓고 흔들고 소리를 지르다가 부엌에 가서 찬물을 떠와 입에 부어넣었다. 간신히 정신을 차리는 신애는 들릴락 말락 모기소리로 중얼거렸다.

"내가 그 놈을 어떻게 낳아 길렀는데 어떻게 이럴 수가?"

용구가 영필을 만나 밤새 술을 마시고 다음 날 들어올 때까지 신애는 그대로 누워 있었다. 차라리 아들이 죽었으면 하느님 탓이라도 하고 운명이라고 위로라도 하지만 아들이 부모를 배신하고 만나지도 않겠다고 하니 분노와 후회가 머리끝까지 치밀어 올라와 참을 수가 없었다. 세상이 노랗게 보이고 천지가 개벽하여 동해물속에 빠져 허우적거리며 숨도 못 쉬고 있는 느낌이었다. 슬프기만 하고 앞이 캄캄하며 천길만길 낭떠러지에 떨어지고 있는 것 같이 느껴졌다.

하루를 지내고 정신을 차린 용구와 신애는 시골집에 갔다. 용구와 신애는 어머니, 형님, 형수, 정구 내외, 정호, 정애 모두 빼 놓지 않고 손을 잡으며 인사를 했다. 전과 다르게 손을 잡으며 인사를 극진히 하는 용구와 신애를 보며 용구 어머니가 한마디 했다.

"아니, 니들 미국 간다고 하지 않았나? 벌써 갔다 왔나? 정무 잘 있더냐? 정무댁도 잘 있고?"

신애는 용구에게 눈을 깜박이며 눈치로 사인을 줬다. 적당히 알아서 답을 하라는 신호였다. 용구는 난감해 하면서 머뭇거리다가 어색한 말투로 한마디 했다. 용구의 말에 귀를 기울이는 온 식구들을 의식하며 간단히 말했다.

"엄마, 우리 미국 안 갔어. 정무한테도 일이 있고 우리도 일이 있고 해서 다음에 가려고 이번에는 안 가기로 했어. 정무 잘 있고 며느리도 잘 있다. 엄마한테 안부 가끔 전해 온다. 또 연락 오면 엄마한테 이야기 할게."

"으, 그래? 니들 많이 보고 싶었을 텐데. 다음에 가면 되지."

다른 식구들도 놀라는 눈치였다. 주위를 돌아보며 용구가 말했다.

"며느리가 애라도 생기면 그때 가면 더 좋을 것 같아서요. 미국이야 언제든 가면 되지 뭐. 별일 없어요."

별일 없다고 말할 때는 신애가 마음을 조였고, 용구는 빠져 나갈 구멍을 찾기 위해 응급조치로 얼떨결에 한 말이지만 별 일이 있다는 것을 우회적으로 둘러 댄 것이었다. 식구들과의 이야기는 지난 번 용구가 사다 준 선물이 마음에 든다는 것과 잘 쓰고 있다는 것 그리고 정호와 정애의 짝을 찾아야 하는데 둘 다 털어놓지 않고 있어서 재미가 없다는 등이었다. 대가족이 모여 왁자지껄 하며 웃고 웃는 가운데 저녁도 맛있게 먹고 말마다 정이 넘치는 분위기에 용구와 신애는 잠시나마 정무를 잊을 수 있어서 기분전환에 안성맞춤이었다. 하나뿐인 아들과 싸운 용구네 집에 비하면 시골 큰집은 천국이나 다름없었고 가족 모두가 천사같이 보였다. 특히 정애는 삼촌과 숙모에게 격의 없이 정이 넘치게 굴면서 솔솔 녹이는 아양과 친밀감으로 용구와 신애를 정신 잃게 만들었다.

"숙모, 오~ 작은 엄마, 정무 못 봤다고 실망하지마. 내가 정무 보다 더 기분 좋게 해 드릴게. 작은 엄마가 원하는 것 뭐지. 뭐든지 말씀 하세용. 숙모님은 시골 원두막에 못 가 보셨지? 원두막에 올라가실 때는 사다리 밑에 사람이 있는지 잘 보시고 가셔야 되용. 바지 입으면 상관없지만 치마 입으면 밑에서 사람들이 올려다보거든."

"이 애가! 너 숙모를 놀릴래?"

"그런데 원두막 밑에 사람이 없어 용. 시골에는 그런 사람 없어 숙모. 원두막에 가시면 수박이나 참외는 실컷 드실 수 있어. 언제 모시고 갈가용?"

"너, 이 작은엄마를 원두막에 올려놓고 사다리를 치워 못 내려오게 하려는 거지? 응! 앉은뱅이 급하면 36계 뛴다고, 나도 뛰어 내릴 수 있어. 못 할 줄 알아? 하면 한다."

"아~, 우리 작은엄마 실력을 제가 알지. 정무 배 가지고 병원에 누워계시며 버티시는 것 보고 그 실력을 제가 가늠했거든. 우리 숙모님 하신다면 하시는 분이잖아."

신애에게는 정애가 친딸 같으면서 조카 딸 같고 조카 딸 같으면서 친구 같아서 정애와 말을 나누고 있으면 천사와 신선놀음 하는 것 같아 진짜 행복이 느껴졌다. 정애도 숙모를 딱히 작은 어머니 보다 언니, 이모, 고모 등 친한 사이로 만만하게 생각했다. 정무를 잊는데 가장 효과적이고 최고의 약발이 정애와 농담하는 것이었다. '정애를 돈을 주고 사가지고 갈 수 있다면 억만금을 주고 사 가겠는데' 생각하며 정애와 일분일초라도 더 있고 싶었다. '왜 나는 이런 딸 하나 없나 형님은 복도 많다' 하면서 정애를 보러 올수 있는 것만 해도 행복하다고 스스로를 위로했다.

용구와 신애는 큰집을 나와 동네를 벗어나기도 전에 슬픔에 잠겼다. 텅빈 집에 오면 정무 생각이 날 텐데 마치 지옥으로 들어오는 것 같은 느낌이었다. 빈 아파트에 들어와 스위치를 올리니 기다리고 있는 것은 적막감 뿐이었다. 시골집과는 너무나 대조적이었다. 소파에 앉으며 얼굴을 쓰려 내리는 용구가 한숨을 쉬며 벽을 쳐다보고 멍하니 앉아 있는데, 용구를 향해 신애가 달래 듯 말했다.

"여보, 내가 많은 사람들한테서 들어서 잘 아는데 우리는 ,여보, 약과에요."

"아니, 여보, 당신 엉뚱하게 그게 무슨 소리에요?"

"그래도 우리는 멀리서 눈에 안 보이며 말과 글로만 주고받은 것 아니요. 여기 서울의 많은 집들 보면 진짜 가관이에요."

"아니 글쎄, 무슨 소리냐구?"

"정무 아빠, 들어 봐요. 당신을 위로하려고 공연히 하는 소리가 아니라 사실이에요. 서울의 많은 집이 애 좋은 학교 넣으려고 얼마나 노심초사하고 애태워요. 중학교 들어가면 벌써 집에는 비상이 걸리지요. 매일 학원에 데려다 주고 데려 오느라 야단법석을 얼마나 떨어야 해요. 고등학교 들어가면 집이 완전히 특급 초비상 상태에 들어가요. 학원 데려 가고 데려 오고는 기본이고 집에서 누구도 말도 잘 못해요. 아빠는 밖에서 늦게까지 빙빙 돌다가 고양이 같이 살금살금 기어들어와 살며시 자기 방에 들어가야 하고, 엄마는 애 공부하는데 일 분도 쉬지 않고 불침번 서고 있어야 한데요. 그렇게 해서 삼년이 되어 대학입학을 치르는데 그렇게 한 사람 중에 몇 명이나 붙겠어요. 백의 하나도 안 된데요. 안 되면 어떻게 되는지 아세요? 부모와 애 간에 완전 싸움판이 되는 거래요. 싸움이 하루 이틀 그냥 지나고 마는 것이 아니라, 끝없는 신경전과 암투 그리고 말도 않고 씩씩 거리다가 폭발하면 상상을 못하는 전투 아닌 전투가 벌어진데요. 집어 던지고 때리고 소리 지르고 막말하고 입에 담을 수 없게 되는 일이 다반사래요."

용구는 신애의 말을 막으며 약간 신경질적으로 쏘아붙이듯 했다.

"여보, 그 이야기 전에도 했잖아. 나를 위로하려고 하는데 그렇다고 위로가 되는 형국인가?"

신애는 그래도 하던 말을 계속했다. 이것만이 용구를 달랠 수 있는 방법이기 때문이었다.

"여보, 그래도 내말 좀 들어 봐요. 이런 집이 부지기수래요. 돈도 소용없고 체면도 인정도 다 소용 없대요. 지금 우리나라에는 인성교육은 없고 점수 따기만 있어서 애들이 자기만 알고 부모도 없고 막무가내래요. 이런 집에 비하면 그래도 우리는 안 보니까 참고 지낼 수 있잖아요. 이제 잊어 버려요. 지들끼리 알아서 살도록 내버려 둬요, 정무 아빠. 우리만 잊고 있으면 되잖아요. 잊고 지냅시다, 여보! 나를 보세요. 내가 웃으려 하잖아요. 우리는 그래도 큰집이 있어서 마음 풀 데가 있잖아요. 우리 정애를 데릴딸? 아니 양녀? 아니 친딸? 어쨌든 애들 있잖아요. 그 애들 만나면 되잖아요! 당신 마음 풀어요. 내가 잘 해 줄게, 정무 아빠."

신애의 간절하면서도 마음의 여유를 담은 설득 아닌 애절한 부탁에 용구는 못 이기는 척 하면서 신애에게 고마운 생각이 들었다. '나의 친 가족을 본인 친 가족 같이 여기려 하니 고맙기도 했다. 아니 남편을 위해 남편 가족을 끌어드리려는 성의에 감동하기도 했다. 내가 해야 할 소리를 자기가 한다는 생각이 들면서 고마워하지 않을 수 없었다. 이렇게 해서 넘기면 나아 질 것 같기도 했다.

"당신이 그렇게 생각해 주니 고마워해야 할 사람은 나네. 나 당신 좋아해. 안아 줄까?"

"내 말 들어 줘서 고마워요. 우리 이제 정무는 잊고 큰집과 더 가까워지며 나름대로 편안하게 삽시다. 오케이?"

"그래, 백번 오케이. 나는 당신밖에 없어."

"나도요. 미 투."

"당신이 '미 투'라고 하니까, 어디서 들은 유머가 생각나는데, 미국의 어느 섬에서 한미 대통령 회담이 있었데. 한국 대통령이 아침에 조깅을 하는데 미국대통령이 오니까 한국대통령이 인사로 '하우 아 유'해야 하는데 그만 깜박하여 '후 아 유'라고 했데. 그러니까 미국대통령이 농담하는 줄 알고 '아이 엠 허스반드 오브 힐러리'했데. 그러니까 한국대통령이 '미 투'했데."

"아이 참, 아무리 영어를 못 해도 그렇지, 설마! 그래도 대통령이!"

신애와 용구는 부부 밖에 없다는 생각이 더 강력해져 더 힘차게 껴안고 진한 색다른 잠을 청했다. 그 후 정무한테서 연락이 없는 가운데 한 주가 지나고 한 달이 가면서 용구와 신애는 정무를 잊고 지낼 수가 있었다. 그러나 추석이 되어 시골 큰 집에 식구가 다 모일 때 정무만 빠지는 것이 마음에 걸렸다. 추석 고향 길에 사람들로 붐빌 때 용구는 집이 그리 멀지 않아 걸려 봤자 금방이라고 느긋해 했다. 아침에 서두를 필요 없이 떠날 준비를 하고 있는데 신애가 보이지 않았다. 용구가 무심코 신애를 불렀다.

"여보, 떠날 준비해요. 제사에 늦지는 말아야지. 형수님 도와드리지는 못해도."

아파트의 이 구석 저 구석 다 찾아보아도 안 보이더니 화장실에서 나오는 신애는 울다가 나오는 것이 분명했다.

"여보, 당신 울었어? 아이, 왜 그래? 큰집에 가서 제사 지내야지,"

"여보, 나 큰집에 가면 울 것 같아. 정무한테 거시기 당하고 명절이 처음이잖아. 기분이 이상해. 왜 이렇지? 우리가 어쩌다 명절에 가족 없는 신세가 되었지? 내가 어떻게 낳아서 기른 놈인데. 추석인데 말 한마디도 없이 그냥 넘기나, 여보. 우리가 엉~엉~"

신애를 달래다 용구도 같이 울고 말았다. 가족이 모여 행복을 나누며 서로 반겨야 할 명절에 용구의 집에는 울음이 가득하여 슬픔이 지배하는 불행한 집이 되고 말았다.

43

용구와 신애가 안정을 되찾고 앞으로 살아 갈 방법을 구상하고 있는데 난데없는 법원의 통지서 한통이 날아들었다. 용구가 회사를 넘길 때 영필이가 아무 문제가 없도록 모든 조치를 다 완벽하게 처리했다고 했기 때문에 회사에 대해서는 완전히 잊고 있었는데 법원의 통지가 오니 당황하고 가슴이 뛰었다. 떨리는 손으로 봉투를 열어 보니 엉뚱하게도 현재 전세 들어서 살고 있는 아파트가 경매에 넘어가 법원에서 경매를 진행하고 있는 중이라는 통보였다. 전세 세입자한테 아무런 소식도 주지 않고 난데없이 경매에 붙여진다고 하니 용구로서는 평생 처음 겪어 보는 기상천외의 날벼락이었다. 집주인한테 전화를 거니 '이 전화번호는 없는 번호'라는 녹음만 들렸다. 전세계약서에 있는 주인집 주소로 찾아가 보았으나 그런 사람 모른다는 것이었다. 그 집에 사는 사람이 누구인지 전세 준 사람이 어디로 갔는지 연락처 전화번호가 무엇인지 등 아무것도 알려주지 않고 모른다고만 했다. 모르니 가라는 말만 되풀이 하고 있어 집 주인을 찾을 수가 없었다. 법원 경매 냄새를 맡은 별의 별 부동산 전문변호사 경매브로커 전문업자 등 어중이떠중이 수많은 자들이 해결해 주겠다는 소개서가 날아들었다. 이들은 하나같이 모든 문제를 깨끗이 해결해 줄 테니 연락하라는 안내서였다. 동시에 집주인에게도 같은 내용으로 안내서가 용구네 아파트로 왔다. 집주인이 잠적하니까 이 주소로 보내는 것 같았다. 업자들이 집주인을 못 찾아 용구네로 안내를 보내는 것을 보니 집주인은 쥐도 새도 모르게 잠적했다고 느끼지 않을 수 없었다. 도움을 받는 것은 나중 일이고 무엇을 도와주겠다는 것인지 안내내용을 보았다. 안내장 하나가 좀 구체적으로 경매매물의 상황을 요약해 놓았다. 용구가 살고 있는 이 아파트주인이 은행에 약 60% 저당 잡았었고 용구가 전세계약을 하는 날 아버지 상을 당해 바로 시골에 내려간 사이 이 아파트를 빚쟁이한테 넘겨 빚쟁이가 이 아파트를 차압했다. 이 차압 날자가 용구가 상을 다 치르고 와서 동회에 가 전입신고를 하여 아파트에 대한 확정한 일자를 명기한 날짜 이전으로 되어 있었다. 그러니까 용구가 아파트 계약을 하고 시골집에 내려가 아버지 상을 치르는 사이 집 주인이 아파트를 빚쟁이에게 넘겨 빚쟁이가 아파트를 용구의 확정일자 이전에 저당 잡아 놓았다. 그래서 경매가 진행되어 아파트판매 낙찰가격이 배당으로 지급 될 때 은행이 우선 먼저 60%를 갖고 저당 잡은 빚쟁이 빚 액수와 지분을 나누어 갖게 된 상황이 되어 버렸다. 그럼 용구의 배당은 얼마나 된다는 것인가? 전세금을 날리게 된 용구는 사색이 되어 안내장 중에서 어느 정도 구체적으로 안내하는 사무실에 전화를 걸었다.

"여보세요, ○○○아파트 전세 세입자입니다. 도움을 받을 수 있을가해서 전화 드렸습니다. 시간을 말씀해 주시면 찾아뵙겠습니다."

"예, 우리 사무실 주소 아시지요. 언제든지 오시면 전문가와 말씀 나누시고 도움을 받으실 수 있습니다. 언제 오시겠습니까?"

"내일 오전 10시에 가면 되겠습니까?"

"예, 성함이 한용구 씨지요?"

"예, 그렀습니다."

"그럼, 내일 뵙겠습니다. 오시면 우리가 알아서 안내해 드리겠습니다."

용구는 다음날 경매전문 변호사 사무실을 찾아 갔다. 사무실이 으리으리하고 전문변호사들이 각자 방에서 손님들을 만나고 있었다. 용구도 그중 한 변호사에게 소개되어 변호사 앞에 앉았다. 용구의 전세 내용을 살펴 본 변호사는 제일 끝 순위가 돼서 전세금을 거의 못 받게 되었다고 동정어린 말솜씨로 설명해 주었다. 은행은 무조건 대출금을 회수해 가게 되어있고 저당 잡힌 금액이 너무 커서 저당의 배당비율이 높을 것 같아 용구가 받을 수 있는 배당 액은 상당히 적을 것이라고 했다. 그러면서 집 주인과 저당 잡은 빚쟁이가 서로 짜고 용구의 전세 돈을 가로채기 위해 수작을 꾸민 것이 아닌지 의심이 간다고 했다. 만약 집주인과 빚쟁이가 사기 같은 것으로 문제가 있는 것이 드러나면 용구의 배당금은 많아질 수 있다고 했다. 이를 밝히기 위해 고소를 하고 법원의 판결을 받음과 동시에 집 주인을 상대로 고소를 해서 판결을 받아 놓으면 나중에 혹시라도 집 주인을 찾아 배상금을 청구하여 받을 수 있을지 모른다고 했다. 그래서 만약 고소를 하면 도와주겠다고 했다. 경매가 완결되려면 적어도 5개월 이상 걸리기 때문에 시간은 있다고 했다. 소송비용은 착수금 200만원+부가가치세10%고 이길 경우 이겨서 받는 이득의 20%를 주면 된다고 했다. 용구가 생각하기에도 자기가 상을 당해 가는 줄을 알고 자기가 확정 신고하기 전에 빚쟁이와 짜고 사기를 치느라 그 기간에 근저당을 했다고 생각했다. 용구는 계약금을 다음 날 주기로 하고 일단 고발을 해 달라고 했다.

계약금을 보내고 2개월이 지난 후 변호사사무실에서 연락이 왔다. 집주인과 빚쟁이가 교묘하게 사기를 쳤기 때문에 유리한 판결을 받기가 쉽지 않겠다고 하면서 일주일 후 법원에 최종판결을 받기 위해 같이 가자고 했다. 일주일 후 용구는 변호사와 함께 법원에 갔다. 좁은 법정에 사람은 가득하고 재판장의 책상에는 서류가 산더미 같이 쌓여 있었다. 판사의 판결을 준비한 서기가 분주히 왔다 갔다 하면서 무언가 마무리를 위해 서류를 정리하고 있었다. 이윽고 여자판사가 방에 들어서자 서기가 일어서라고 명령했다. 모든 사람이 섰다가 앉자 판사가 서기가 준비한 서류를 하나씩 넘기며 판결을 했다. 이 사건 ㅇㅇㅇ에게 이 금액 그리고 ㅇㅇㅇ에게 저 금액 판결합니다. 이의 없지요. 다음, 다음. 용구의 사건 차례가 왔다.

"이 사건, 확실한 근거가 없어 기각합니다."

용구가 의뢰한 변호사는 용구의 얼굴을 쳐다보며 멋쩍은 듯 한마디 했다.

"일이 여의치 않네요. 더 이상 어떻게 할 수가 없습니다. 죄송하게 되었네요."

"변호사님, 제가 법정이라는 데를 처음 와 보는데 우리의 경우 사기성이 농후하고 심증이 분명히 있는데 어떻게 자세히 보지도 않고 너무 간단하게 저렇게 판결해 버려요? 저 판사가 사건을 알기나 하고 판결합니까?"

"보시다 시피 판사 한 사람이 저렇게 많은 사건을 혼자서 처리하니 제대로 보기를 하겠습니까. 서기가 대충 봐서 그저 그렇다 싶으면 적당히 죄가 없음 하고 메모해 주면 판사는 그렇게 그대로 판결하고 마는 것이지요. 확실한 증거가 분명하게 나타나거나 상대가 포기하여 일방적인 경우가 아니면 사건을 원점으로 돌려보내려는 것이 판결입니다. 판사가 애써 정확히 밝히려 하나요. 우리나라 판결이 다 그런 것입니다."

"변호사님, 그럼 뭐 하러 고소하자고 했습니까."

"그냥 넘어가기가 너무 억울해서 확실한 사기가 아닌가 한번 밝혀 본 것입니다. 이 놈들이 완전하게 해 놓아서 우리로서도 어쩔 수가 없네요. 죄송하게 되었습니다. 우리도 이기면 수임료를 받게 되니 수지가 맞지요. 그런데 이렇게 완벽하게 사기를 쳤는지 몰랐습니다. 저는 나름대로 증거를 구해 제출했는데 판결이 이렇게 났네요."

"알겠습니다. 그런데 저는 재판이라는 것을 처음 해 봅니다. 국민이 낸 세금으로 사법부가 운영되고 법을 지킨다는 사법부 그러니까 판사가 법을 모르고 법에 희생되는 국민을 구해 주는 역할은 하지 않고 법조문만 가지고 '네가 알아서 해라 모르면 어쩔 수 없다 아는 놈이 장땡이다' 식으로 형식적인 재판만 하고 있어요. 법을 몰라 억울하게 당하는 사람을 구제하려는 의지나 판결은 아예 기대할 수 없네요. 사기 치는 놈이 법을 잘 이용하면 사기를 잘 쳐 먹게 되어 있고 양심적이고 법에 의존하지 않고 상식으로 정직하게 살아가는 놈은 판사가 나 몰라라 하는 식이네요. 분명히 돈을 내고 아파트를 빌렸으면 그 돈을 받아가게 해서 다른 아파트를 사든가 전세를 얻을 수 있게 해야 하는 것이 정의고 이를 보장해 주는 것이 정부 즉 법원이 되어야 하는 것 아니요? 도대체 집주인이 전세금 때먹으려고 사기 친 게 분명한데 그 전세금을 떼이게 만드는 게 법원이고 이를 나 몰라라 하는 것이 판사네요. 모두 한 통속 사기꾼들 같아요. 이런 법 운영을 이용하여 남의 돈 가로채는 사기꾼이나 이를 나 몰라라 하는 판사나 다 사기꾼이네요. 그 아주머니 여판사 하는 꼴이 '너희들 알아서 하지 여기 왜 왔느냐'는 식이에요. 내가 완전히 속았네. 이 놈의 세상, 사기꾼에 속고 판결에 속고 변호에 돈 날리고 정말 개판이에요."

"다 그런 거 아닙니까? 세상 원망해 봐야 자기만 손해입니다. 죄송합니다. 저는 먼저 가겠습니다."

용구는 변호사비 착수금 220만원만 날리고 아무것도 얻은 것이 없이 변호사와 헤어지고 집으로 돌아 왔다.

몇 개월이 지나고 경매일자가 정해졌다. 용구는 법원 경매법정에 갔다. 법정에 가니 경매순서가 프린트되어 벽에 붙여져 있었다. 용구의 아파트경매는 여섯 번째로 되어 있었다. 판사의 경매판결은 일사천리로 빠르게 진행되었다. 용구의 아파트경매가 판사의 손에 넘겨졌다. 은행, 근저당, 세입자 얼마, 얼마, 얼마, 말하고 넘어가 버렸다. 서기로부터 배당금서류를 받았다. 전세금의 5분의 1 밖에 되지 않았다. 법원 안에 있는 농협에서 찾아 가라고 서기가 서류를 건네주었다. 준비해 간 농협통장에 입금을 하고 법원을 나서는 용구는 통장을 열어 보며 하염없는 눈물을 쏟았다. '어째 나의 전세금이 나 몰래 은행과 사기꾼의 손에 넘어가고 나는 전세는 커녕 월세 보증금도 없게 되고 말다니'생각하니 앞이 캄캄했다. '신애가 얼마나 낙심하고 슬퍼할까'생각하니 어안이 벙벙하여 숨을 쉴 수가 없었다. '이 통장을 들고 어떻게 집에 들어가나'생각하니 발이 떨어지지 않았다. 법원 옆에 한강이 있으면 강물에 뛰어들고 말았으면 싶은 생각뿐이었다.

집에 오니 신애가 눈이 빠져라 기다리고 있었다. 아파트가 경매에 넘어간다는 것을 말한 적이 없는데 신애는 손바닥 보듯 다 알고 있었다. 용구가 법원에 간 것도 다 알고 있었다. 집에 배달되는 모든 법원 통지서와 업자들이 보낸 선전물을 다 보고 메모까지 해 놓으면서 아파트경매에 대해 확실히 다 알고 있었다. 아파트경매를 당한 사람들한테서 이야기를 들어서도 알고 있었다.

"여보, 지금 법원에서 오는 길이지요? 내가 다 알고 있었어요. 당신한테 호들갑 떨기 싫어서 말 안 했는데 법원경매 경험 한 사람들한테 물어 봐서 다 알고 있었어요. 당신이 헛수고 하고 있는 것도 알았는데 내가 당신을 실망시키기보다 법원이 당신을 실망시키는 것이 우리한테 더 좋을 것 같아서 말 안 했어요, 나는 항상 당신을 격려하고 희망을 주며 위로하고 다독거리잖아요. 내가 당신에게 행운을 가져다주는 천사는 못 될망정 실망을 주는 비운의 와이프가 되고 싶지 않았어요. 법원경매 내용 보다 실망하실 당신이 염려되어 눈이 빠지게 기다리고 있었어요. 여보, 이거 다 운명이에요. 실망 원망 다 거두세요. 안 거두면 우리만 손해에요. 다 소용 없어요. 우리의 복이 여기까지 에요. 우리 서울을 떠나 한적한 곳에 가서 삽시다. 집주인이 우리를 서울에서 시골로 내몰려고 꾸민 수작이라고 생각합시다. 전화위복이라고 생각하며 시골 가서 잘살면 고마워 할 수도 있지 않겠어요? 나 당신 와이프에요. 당신을 위해 모든 것을 바칠게요. 힘내세요."

빈 통장을 갖고 오면 펑펑 울고 불며 원망의 눈초리로 쳐다보고 다그칠 줄 알았는데 신애는 나를 걱정해 주고 나를 위해 자기를 회생할 각오가 되어 있다고 했다. 이왕지사 이렇게 된 거 좋은 쪽으로 생각하자는 현명한 판단이라고 하기에는 용구의 형편이 너무나 비참했다. 그런데 신애는 이참에 시골에 가서 편하게 살자는 생각이 미리부터 있었던 것 같았다. 자기 어머니가 그렇게 당하며 비참하게 갔고 용구가 끝없이 당해 왔고 서울의 주위 사람들이 자식문제와 불경기로 당하는 것을 보아 온 신애는 서울 보다 시골이 인간 삶의 가치에서 더 값지고 우월하다는 생각을 미리 하고 있었던 것 같았다.

"여보, 당신은 서울의 부유한 집안에서 태어나 나와 결혼할 때까지 무남독녀로 애지중지 사랑을 독차지 하며 귀천을 모르고 자랐는데 어찌 시골에 사는 것이 더 좋다고 하나? 당신, 나를 위로하려고 하는 소리 아니지? 진짜 시골이 좋아? 후회하지 않겠어?"

"여보, 내가 자랄 때의 우리 집 사정이 나를 위해 모든 것이 디자인되어 있었고 그 디자인이 나를 아무 것도 모르게 했어요. 그러나 아무것도 모르다가 얼마나 슬프게 되었소! 엄마와 이모들의 슬픔이 있었기에 내가 변할 수 있었어요. 사실 내가 결혼할 때 도시생활이 불안할 수도 있겠다는 생각이 없지 않아서 시골 출신 당신과 결혼하는데 주저하지 않았어요. 그리고 시골의 당신 가족과 만나는 순간, 그때까지 느끼지 못했던 진정한 인간미를 느낄 수 있었어요. 당신과 결혼하지 않았으면 이런 경험 할 수 없다고 생각하며 나름대로 행복했어요. 더욱이 당신의 가족들이 나에게 진심으로 가족애를 갖고 대할 때 나는 눈물 나게 고마웠고 행복감을 가졌어요. 서울에서 친구들이 결혼하여 가족을 만나 느끼는 감정과 너무 다르다고 생각했어요, 당신이 믿거나 말거나. 명언에 '눈물 젖은 빵을 먹어 보지 않은 사람은 그 빵의 진 맛을 모른다'고 하는데 사실 서울에서 서울 사람과 결혼하여 서울에서 살면 내가 느끼는 진정한 가족의 정을 몰랐을 거에요. 특히, 나는 무남독녀잖아요. 당신 가족 아니면 나한테 진짜 가족이 어디 있어요. 서울의 부잣집 딸과 비교하면 정애가 열배 백배 좋은 딸이라는 것을 느껴요. 우리의 친 딸이 아니니까 반으로 디스카운트 한다 해도 우리에게 사실 정애는 서울에서 낳은 친딸 보다 다섯 배 오십 배 정다운 아이에요. 돈 잔뜩 들여 유학까지 보낸 정무가 정애 보다 나은 게 뭐가 있어요. 마음 씀씀이나 말 한마디 표정 하나 정말 정다워요. 무엇보다 가식이 없어요. 우리에게 바라는 게 뭐가 있어요? 기대는 게 있어요? 그저 가족이라는 정 하나로 우리를 얼마나 기쁘게 해요. 그 애한테서 느끼는 것은 그저 정이라는 단순한 인간미

뿐이에요. 나는 당신의 가족과 만나 이야기 할 수 있는 것만으로 행복해요. 돈이 없어도 좋아요. 가족 정만 있으면 되요. 마음 편한 게 제일이에요. 정무 아빠, 아니 정애 삼촌, 우리 돈 없이도 행복하게 삽시다. 응. 힘내요."

"그렇다고 이 꼴을 해 가지고 시골에 갈수는 없잖아. 어디 가서 어떻게 살지?"

"내가 당신께 말하지 않은 게 딱 하나 있는데, 사실은 아버지가 옛날 옛적에 별 생각 없이 이말 무지로 땅을 하나 사 놓은 게 있는데, 그동안 찾아보지 않고 세금만 내고 있었어요. 어떻게 생겼는지 가 본 적이 없어요. 한번 가봐요."

"사실, 그동안 가볼 생각을 할 수가 없었지."

용구와 신애는 신애아버지가 사 놓은 가평군의 땅을 찾아 가 보기로 했다.

44

회사도 부도나고 집도 날라 가고 그야말로 집도 절도 없게 된 용구는 쥐꼬리만큼 남은 퇴직금을 아끼느라 차도 팔고 휴대전화도 없애고 맨손으로 생활하려 하고 있었다. 신애는 땅 주소를 찾자마자 가는 길을 연구하여 교통수단을 미리 알아 놓고 있었다. 용구와 신애는 세금고지서를 뒤져 찾아 낸 땅 주소를 들고 집을 나섰다. 집을 나서서 한 나절을 헤매어 주소의 땅을 찾았다. 생전 처음 듣는 한적한 시골 동네 변두리에 있는 잡초 밭이었다. 서울에서 용구네 시골집 보다 두 배 정도 먼 거리에 있는 전형적인 시골이었다. 신애아버지가 살 때는 동네 사람이 뭐를 갈아먹고 있었던 것 같은데 지금은 잡초만 무성했다. 약간 직사각형 모양의 펑펑한 123평 땅인데 출입길도 있고 산천이 아름다웠다. 두 필지 건너 개울이고 개울 건너에는 꽤 높은 산이 이 땅을 내려다보고 있었다. 우백호좌청룡 명당은 아니지만 오두막 하나 짓고 7-80평 갈아 먹기에는 아쉬운 대로 뭘 할 만 한 땅이었다. 동네까지는 약 300미터 가야하고 옆의 옆에 안노인 한 분이 살고 있었다. 집에 차가 들어 올 수는 있으나 차가 없으니 길만 있을 뿐이었다. 누가 갈아먹은지 오래되어 당장 뭘 갈아먹으려면 잡초를 제거하고 밭으로 만들기에는 꽤 많은 일을 해야 했다.

용구는 이 땅에 오두막이라도 지으려면 어느 정도 재료비와 목수의 품삯 돈이 있어야 하겠다고 생각하여 돈을 벌어 볼 양으로 신문광고를 뒤졌다. 신문에 대문짝만하게 나오는 기사는 퇴직자들의 취업이 하늘의 별 따기보다 어렵다는 기분 잡치는 것이었다. 지금까지 무엇을 해도 안 되었는데 지금 와서 취직을 한다는 것은 그야말로 하늘의 별따기라고 생각하여 사무직이나 간부 같은 것은 일지감치 접기로 했다. 모집광고 중에 가장 가능성이 있는 것이 아파트 경비원이었다. 나이가 문제가 안되고 기술이나 경력이 필요 없으며 꼬박꼬박 24시간 2교대 근무하면 한 달에 백 이 삼십 만원은 가능할 것 같았다. 아파트가 밀집되어 있는 곳의 근처에 월세를 얻고 도시락을 싸 갖고 다니면 한 달에 백만 원 정도는 모을 수 있을 것 같아 용기를 내 보았다.

아파트관리업체에 찾아가 자리를 알아보았더니 마침 한 자리가 있어서 비교적 쉽게 경비직을 얻게 되었다. 날짜에 맞춰 오기로 하고 서둘러 이 아파트근처의 월세를 구하기로 했다. 근처 작은 빌라의 월세는 나온 것이 많았다. 입주 날짜와 조건을 거의 골라잡을 수 있었다. 신애는 영문도 모르고 용구가 서두르는 대로 따라 했다. 이사를 마치고 출근준비를 하고나니 그래도 기분이 나쁘지 않았다. 퇴직자들의 경비를 말만 들었는데 막상 용구 자신이 하려고 하니 만감이 교차하여 하늘을 쳐다보고 소리를 질렀다. '내 무덤 내가 파서 경비를 하게 되었다.' 신애한테는 옛날 그룹에 있던 사람이 좀 도와 달라고 해서 일을 하게 될 것 같다고 귀띔 해 주었다. 아파트관리사무실에 와서 경비근무에 대한 교육을 한 나절 받고 유니폼과 모자를 받았다. 유니폼과 모자를 검은 비닐봉지에 단단히 싸서 신애 몰래 침대 밑에 감춰 놓았다. 다음 날 출근하면서 신애한테 임시직 하나를 구해 몇 달만 일하겠다고 변명하고 임시직이라 시도 때도 없이 불려 나갈 거니 늦거나 안 들어 와도 기다리지 말라고 하고 나왔다.

4-50평짜리 아파트 1,2번 출입구 경비실에서 야간 근무자와 교대를 했다. 교대자는 경비가 처음이라는 용구에게 친절히 설명을 해 주었다. 용구에게는 크게 도움이 되었다. 교대자가 가고 경비를 서고 있는데 어떤 사람이 아파트 주인이고 누가 방문자며 누가 무슨 일로 어떻게 왔는지 분간하여 인사하고 도움을 주기가 쉽지 않았다. 가장 친절한 사람은 배달하러 온 사람들이고 사람을 찾아 온 사람들한테는 누가누군지 몰라 도움을 주지 못해 핀잔도 들어야 했다. 밤에는 잘 수도 안 잘 수도 없이 꾸벅꾸벅 하는 사이 아침은 오고 날은 밝았다. 첫날을 별 탈 없이 지내고 나니 계속해도 되겠다는 생각이 들었다. 아침 6시 교대시간이 되기 조금 전에 교대당번이 왔다. 교대를 하려는데 엘리베이터에서 어느 중년 신사가 내리니까 교대당번이 얼른 나가 절을 했다. 그 중년 신사는 절을 받는 척 마는 척 하며 얼른 밖으로 나갔다. 얼굴이 정확히 마주치고 눈이 맞닿지는 않았으나 힐긋 보기는 했다. 그도 보았고 용구도 보았다. 그러나 그는 전혀 알아채지 못하고 그냥 지나쳤다. 용구는 아무리 생각해도 어디서 본 사람이었다. 용구는 교대당번한테 물어 보았다.

"으, 김씨, 지금 나간 사람, 혹시 아세요?"

"아, 그럼요. 김영호사장인데 여기 11층 2호에 살아요. 회사 사장이라고 하는데 부자인가 봐요. 우리한테 팁도 잘 주고 친절하며 겸손하고 명절이면 빼놓지 않고 봉투를 줍니다. 한씨도 인사 잘 하고 친절히 하세요. 이런 사람한테는 잘 보여 놓으면 고물이 떨어져도 괜찮게 떨어져요."

"저 분, 여기 산지 오래 되요?"

"좀 되요. 여기 오기 전에는 재벌회사에 있으면서 작은 아파트에 살다가 재벌이 부도나자, 자기 사업을 해서 돈을 잘 벌어 여기 큰 아파트로 이사 왔다고 해요. 아~, 그 정도 알아 놓으세요. 우리야 자세히 알 필요 없지요. 어쨌든 좋은 분이에요."

용구는 그제서야 기억이 생생해졌다. 그룹 기획조정실에서 대리고 있던 김영호과장이었다. 용구가 경비 유니폼 옷에 모자를 쓰고 엉거주춤 해 있었으니 김영호사장 쪽에서는 상상 할 수 없어 알아 볼리가 없었을 것이고 용구도 완전히 예상 밖이라 무심코 지나치고 말았다. 만약 알아보고 인사라도 했더라면 용구는 개망신을 당하고 말았을 것이었다. 용구는 아찔한 생각이 들어 정신을 차리지 못하고 멍하니 서 있었다. 교대담당이 용구를 큰 소리로 불렀다.

"한씨! 왜 이래요? 왜? 그 사람 알아요? 그럼 잘 되었네. 아무래도 알면 서로 도움이 되고 좋지요."

용구는 간신히 정신을 차리고 얼른 교대담당한테 인계를 하고 경비실을 떠났다. 그 길로 바로 관리사무실에 들려 사표를 제출했다.

"내가 모르고 왔는데, 아무리 생각해도 못하겠어요. 경비가 이런 것인 줄 몰랐습니다. 죄송합니다. 오늘 하루 일 한 것은 봉사한 것으로 하고 그냥 가겠습니다. 안녕히 계셔요."

관리사무실에서 나온 용구는 다시 경비실에 가서 교대담당한테 신신 당부를 했다.

"김씨, 내가 사정이 있어서 그만 두겠는데, 김영호사장한테 절대로 내가 경비했다고 하지 마세요. 과거에 내가 같이 있었던 사람인데, 아시다시피 그렇잖아요. 마주치면 사람 꼴이 말이 아니잖아요. 부탁드립니다. 꼭요."

"그래요? 알겠습니다. 보자 하니 한씨도 한 때는 한자리 했던 것 같은데, 요즘 한자리 하고도 경비하는 사람 많아요. 특별한 관계가 있었으면 할 수 없지요. 처자식 먹여 살리려면 어쩔 수 없이 경비 아니라 무엇이든지 해야 하는가 봐요. 좋은 시절 다 가고 먹고 살기가 힘들어 지니 경비하겠다는 사람도 줄을 선대요."

"나, 관리실에 사표 냈어요. 일 잘해요. 고마워요, 김씨."

"예, 안녕히 가세요."

용구는 마치 정신 나간 사람처럼 터벅터벅 걸어서 집에 왔다. 시간이 얼마나 걸렸는지 어떻게 왔는지 누가 봤는지 안 봤는지 아무 생각이 없어졌고 김과장이 뒤통수에 대고 '실장님!' 하고 부르는 것만 같았다. 정신 나간 사람처럼 걸어 들어오는 용구를 향해 신애가 물었다.

"여보, 당신 왜 그래요? 무슨 일 있어요. 어제 출장 갔다가 무슨 일이 있었던 거요? 어제 밤에 잠을 제대로 못 잔 모양이네요. 빨리 들어가 한숨 주무세요."

"응, 나, 들어가 한숨 잘게. 여보, 나 내버려 둬 줘."

"알았어요."

신애는 용구가 야근으로 지쳤나보다 했다. 한숨 자고난 용구는 신애한테 정색을 하고 말했다.

"여보, 나 이제 아무 것도 못 하겠어. 사람 꼴이 말이 아니야. 어쨌든 빨리 우리 땅에 가서 농사나 지어요. 시골 형님께 농사 일 배워 가지고 힘껏 해 볼게."

"잘 생각했어요. 요즘 퇴직자들, 경쟁도 심하고 일이 어렵다고들 하데요. 우리 시골 가서 마음 편하게 살아요. 나 무엇이든지 할게요."

용구는 시골에 가기 전에 영필과 이별주를 한잔 하고 싶었다.

"영필아! 오늘이나 내일 저녁에 맥주 한잔 할 수 있겠나? 야! 보고 싶다."

"응 좋지! 오늘 어때? 오랜만에 할매 집 어때?"

"좋아, 인사도 드릴 겸."

용구가 먼저 와서 할매를 불렀다.

"할매! 용구가 왔어요. 이따 영필이도 올 겁니다."

"이 사람 누구야! 용구야 반갑다. 그동안 잘 있었니? 이제 늙어서 못 보나 했지!"

"할매! 건강하시네요. 오래 오래 사세요. 한결같은 할매가 부럽습니다. 존경해요."

"어서 들어가."

용구와 영필은 할매가 차려 준 술상을 놓고 맥주를 들이키며 주로 세상 이야기를 했다. 용구가 먼저 말을 꺼냈다.

"영필아! 사실은 내가 생활비를 좀 벌어보겠다고 경비 잡을 얻어 하루 해 보았다. 그런데 하필이면 아침에 아파트에서 옛날 내가 데리고 있던 김과장과 마주쳤어. 그 사람은 모르고 지나쳤는데 나는 주저앉을 뻔했어. 그 사람이 알아봤더라면 아마 내가 쓰러지고 말았을 거야. 어떻게 사람이 이럴 수가 있니? 그래서 다 집어치우고 시골로 내려가기로 했다. 이제 다 접기로 했다. 그리고 세상을 하직하기로 했다. 신문도 텔레비전도 인터넷도 다 안 볼 거야. 너는 사업 잘해라. 영필아 그동안 고마웠다."

"용구야! 너를 이해한다. 어쩌면 생각 잘했는지도 모르겠다. 아니~ 야 잘했어. 그런데 말이야 내가 아무리 생각해도 희망이 없어. 이제 경제는 끝났다고 봐야 할 것 같아. 박정희대통령이 다시 와서 밀어붙이지 않는 한 희망 없어. 정치, 언론, 사회, 정부, 교육 무엇 하나 제대로 되는 게 없어. 되는 게 아무것도 없는데 어떻게 나라가 제대로 굴러 가겠니? 맨날 지들끼리 싸움질만 하고 누구든 뭐하나 해 볼라치면 물어뜯기만 하고 그래가지고 나라가 성하겠니? 미국에서 진짜 인재라고 세계가 공인하는 김종훈박사 말이야, 조국을 위해 일 한 번 해 보겠다고 마음 단단히 먹고 왔는데, 별의 별 모사꾼들이 별 소리 다 해서 결국 돌아가고 말았잖아. 그걸 보고 해외 인재들이 한국 조국에 오려고 하겠니? 진짜 개판이야. 희망 없어. 나도 너와 같이 가고 싶은 생각이 굴뚝같다."

"그래, 아무리 생각해도 희망이 없어. 희망 없는 나라에서 뭘하든 절망뿐이야."

한창 활동할 나이에 세상을 등지겠다고 이구동성으로 울부짖고 있으니 나라가 진짜 개판으로 가고 있다는 것을 말해 주고도 남았다. 울적하기만 하던 용구가 영필과 회포를 풀고 나니 기분풀이만은 한 셈이었다.

용구는 시골에 가서 형 용준에게 다 털어 놓고 솔직히 말 했다. 이제 더 이상 서울에 살지 않기로 하고 시골에 가서 본격적으로 귀농생활을 하겠다는 결심을 분명히 했다. 용준은 마치 기다렸다는 듯이 용구가 필요한 것을 다 챙겨주고 일러주며 적극적으로 도와주겠다고 다짐했다. 집에 있는 여유 농기구, 씨앗, 비료, 영농참고서, 농사에 대한 그동안 보관하고 있던 메모수첩 등 가능한 한 필요한 모든 것을 보여주며 약속했다. 그리고 시간을 내어 시범을 보여주며 일일이 다 설명을 해 주겠다고 했다. 봄에는 각종 모종을 갔고 와 심는 방법을 자세히 설명해 주겠다고 하고 여름에는 퇴비 주는 방법과 잡초 메는 것 그리고 물주는 것 등 많은 것을 지나칠 정도로 세세히 알려 주고 도와주려 했다. 용준이 용구 네에 올 때는 용구형수도 같이 와서 신애에게 많을 것을 알려주고 도와주겠다고 말했다. 용준 내외는 용구가 귀농하여 시골생활에 적응하고 행복하게 잘 살기를 진심으로 바라는 것 같았다. 용구는 형을 붙들고 속내를 드러내며 한 마디 했다.

"형, 이 못난 동생이 일찍 서울에 가서 농사와는 거리가 먼 객지생활에 찌들고 찌들어 폐인이 되다시피 하여 돌고 돌아 늦게 이렇게 농촌으로 왔는데, 형은 구박이나 천대는커녕 환영하며 진심으로 도와주려 하는데, 뭐야 동지를 만난 기분이야 나를 제자로 삼고 지도 편달하려는 거야? 무조건 고맙기만 하니 뭐든 다 좋아. 형."

"이 애! 나 사실, 네가 공부 잘 해서 서울로 가고 나니 내 팔 하나가 떨어져 나간 기분이었어. 너 하고 나 하고 단 둘이 형제 인데 우리 동네 또는 근처에서 오순도순 비슷하게 살았으면 했는데, 네가 똑똑해서 가버리니 좀 섭섭했지. 서울 생활 할 만큼 하고 시골로 귀농하니 나야 좋지. 네가 편하게 귀농생활 하라고 진심으로 도와주는 거야. 잔말 말고 내가 시키는 대로 해. 우리 같이 자란 어린 시절로 돌아간다고 생각하고 형인 나한테 기대고 배우고 응석도 부리고 필요한 것 있으면 뭐든지 다 말해. 제수씨도 필요한 것 뭐든지 집 사람한테 다 말하세요. 부담 갖지 마시구요."

"그래, 동서, 자네야 서울에만 살았지 시골생활은 익숙하지 않지. 다 말 해. 내가 힘닿는데 까지 다 도와줄게. 형제 좋다는 거 뭐야. 서로 돕고 의지하고 사는 거지. 자네도 이제 우리 집 분위기 알만큼 알았잖아. 부담 갖지 말고 다 말 해."

"형님, 고맙습니다. 아주버님 고맙습니다. 제가 복이 많은 사람입니다. 서울에서 나이 많아지면 외롭고 쓸쓸하고 방황하게 되는데 저는 이렇게 가족이 돌봐 주시니 진짜 복 많이 받았어요. 그런데 하나 특별 부탁이 있어요."

"동서, 말해 뭐든지 들어줄게."

"형님, 특별한 건데요."

"이 사람아, 우리 사이에 특별이고 뭐고 어디 있니? 뭐든지 말 해

봐. 뭔 데?"

"정애가 우리 집에 와서 자고가도 된다고 허락해 주세요. 정애가 한 번씩 찾아주면 우리는 시골생활을 훨씬 더 즐길 수 있어요. 우리에게는 정애가 활력과 용기를 북돋아주는 천사 같거든요. 가끔 정애가 먹고 자고 가도록 해 주세요."

"이 사람아, 정애는 자네 조카야. 가족이야. 친딸로 생각 해. 데리고 있어도 되고 같이 살아도 상관없어, 정애만 좋다고 하면. 우리는 며느리가 둘이나 있고 정애가 자네 집에 가도 집에 여자가 득실득실하네. 이 사람아 그게 뭐 그렇게 특별이야. 난 또 뭐라고."

"저는 서울 사람들만 봐서 속이 이 정도 밖에 안되나 봐요, 형님. 고맙습니다."

"정애를 예쁘게 봐 주니 내가 고맙지. 내가 자네한테 하나 일러 주겠네. 우리 시골의 집안사람들은 다 같은 식구고 가족이네. 누가 누구고 가릴 것 없이, 네 자식 내 자식 그런 것 없으니 다 같다고 생각해. 편하게 해."

"형님, 고마워요."

신애는 눈물을 흘리며 동서의 손을 잡고 놓지 않았다. 아들 하나 있는 거, 집 사주지 않는다고 인연을 끊는다고 하고, 연락도 없으니 정애가 자기가 배 아파 낳은 아이 보다 더 귀엽고 친딸 같았다. 정애가 숙모를 보면 진심으로 반가워하고 농담하고 응석부리고 아양도 떨고 입안의 혀 같이 하니 신애는 정애한테 홀딱 반했다. 정애를 만나 이야기하고 같이 무엇이든지 하는 순간이 가장 행복하고 즐거웠다.

용구는 장인 밭에 집을 지울 시간도 돈도 여의치 않아 우선 급한 대로 주택 컨테이너를 사다 놓고 한전에 전기연결을 신청했다. 6평 크기의 컨테이너는 나름대로 근사한 주택이었다. 관청에서 나오면 집을 짓기 위해 갖다 놓은 것이라 하고 오두막을 지울 계획을 설명하려 했다. 사실 컨테이너는 농사용으로 쓸 수도 있고 농사지으며 주택으로 사용할 수도 있기 때문에 법적으로도 문제가 없었다. 길을 정비하고 마당을 고르고 집 주위를 정리하고 보니 하나의 살림집으로 손색이 없었다. 서울에서 한 달에 5-60만 원 월세 주고 관리비 부담하며 사는 원룸이나 오피스텔 보다 나았다. 전기료와 엘피지가스 값만 부담하면 특별히 돈 들어갈 것이 없었다. 자기가 돈을 조절할 수 있다는 것이 크게 안심시켜 주는 장점이었다. 컨테이너하우스 준비가 끝나자 서울에서 이사를 갔다. 누가 물어 보면 주택을 짓기 위해 임시로 와 있는 것이라고 둘러댈 작정이었다. 그런데 둘러 댈 정도로 어려운 사람이 올 것 같지 않았다. 용구네 식구한테는 다 털어 놓았고 영필이도 이해할 것이고 다른 사람들은 올 일이 없을 것이니 신경 쓸 일이 없었다. 정무한테 집 사 주려고 강남 집을 팔고, 오랜만에 내 집에 와서 등을 붙이니 좁다는 생각보다 편하다는 생각이 더 컸다. 도연명이 '하늘을 천정 삼고 나무 잎을 이불로 삼아 잔디요에 등 붙여 사지 뻗고 누우니 사내 대장부팔자 이만 하면 족하다'는 시 한술이 이런 경우인가 싶기도 했다.

용구와 신애는 열심히 살았다. 형 용준이 도와주어 쉽게 농사를 지울 수 있었다. 밭을 갈고 밭골을 만드는 것이나 잡초뿌리를 제거하는 것 또는 울타리를 치는 것 등 모두 일당으로 사람과 기계를 불러다 쓰면 큰 돈 드리지 않고 너끈히 잘 해 낼 수 있어 어렵다고 느끼지 않았다. 무엇 보다 형 용준의 도움이 모든 것을 해결할 수 있었고 방법도 쉽게 터득할 수 있었다. 용구도 태어나기를 시골에서 태어난 탓으로 비교적 적응을 잘 하였고 배우고 터득하는 속도도 빨랐다. 신애는 오기와 흥미로 지치지 않고 자기 할 일을 잘 해 내고 있었다. 무엇 보다 모든 일이 자기 것이고 뿌린 만큼 거둔다는 이치가 용구와 신애를 지치지 않고 심적으로 행복하게 만들었다. 일이 즐거웠고 결과에 대한 기대가 심신을 달랬다. 일할 때는 별로 피곤한 줄 몰랐다가 저녁에 다리 뻗고 누울 때 피로감이 엄습했다. 그래서 눕자마자 잠에 녹아 떨어졌고 어떻게 잤는지 눈만 뜨면 아침이었다. 몸은 경마 말 같이 단단해지고 가벼워지며 마음은 한결 같아 일에 대한 집중이 만사를 능가 하고 있었다. 뿌린 씨앗이 싹을 틀 때 신기함을 느끼고 심은 작물이 자랄 때 기대가 하늘을 찌를 듯 하며 결실이 보이려 할 때 부자가 되는 기분이었다.

용구의 농사는 순조롭게 되어 자급자족이 충분할 정도로 작황이 좋았고 먹고 남는 만큼 마음의 여유가 생겼다. 용준이가 준 씨앗을 용준이가 하라는 대로 하니까 작물이 순조롭게 자라고 익어서 결실을 보는 재미가 솔솔 했다. 용구부부는 농사의 진미를 느끼며 밭일에 빠져들었다. 콩 심은 데 콩 나고 팥 심은 데 팥 나는 자연의 원리가 틀림없어 보여 지는 것이 농사라고 새삼 경험으로 알게 되었다. 제도 속에서 하루아침에 알약천금이 왔다 갔다 하는 전형적인 비지니스와 다르게 자연이치에 따라 심은 만큼 거두는 농사가 사람의 마음을 편하게 그리고 정직하게 만드는 삶의 한 방법이라는 것을 새삼 깨닫게 되었다. 용구와 신애는 열심히 일 해서 일 한 만큼 거두는 자연에 빠져들어 세상일을 잊고 지낼 수 있었다. 과거에 여러 가지 비지니스에서 실패하여 받은 마음의 상처를 농사가 치유해 주었고, 무녀 독남 하나를 유학 보내 결혼시켜 놓고 오랜만에 만나러 가려는데 집 안 사 준다고 오지 말라고 하여 극한의 슬픔에 빠진 가족파탄도 이 농사가 상당히 씻어 주고 있었다. 욕심 안 부리면 만족할 수 있고 현실에 만족하면 더 이상 바랄 것이 없는 100여 평의 농사, 이것이 용구 내외를 이토록 행복하게 해 줄 줄은 사전에 미처 몰랐다. 용구의 농사가 생각한데로 잘 되자 가장 기뻐하는 사람이 용준이고 가장 대견하다고 신애를 치켜세워주는 사람은 바로 신애 동서 용준 처였다. 형제 우의가 농사를 잘 되게 했는지 농사가 잘 되자 우의가 더 두터워졌는지 따지기 전에 결과적으로 형제의 부담은 전연 없었다. 그야말로 형제는 용감하였다. 무, 배추, 감자, 고구마, 옥수수, 고추, 가지, 쑥갓, 당근 등 마지막 작물을 다 거두어들이고 겨울 준비를 하기 전에 용준 부부와 정애가 작은 집 용구 네에 왔다. 직접 지은 농산물로 점심을 준비한 신애는 큰집 식구한테 자랑 좀 하려고 잔득 벼르고 있었다. 인사를 하고 용구가 말을 꺼내기 전에 신애가 먼저 말 했다.

"아주버님, 형님, 우리가 농사를 못 할 줄 아셨지요? 서울 사람이 무엇을 할 수 있을 가 긴가민가하셨지요? 용구씨와 저도 형님네에 모범학생이라는 것을 보여드리려고 밤낮 가리지 않고 노력했거든요. '사람이 정성 드려 노력하면 안 해 본 것도 할 수 있게 되는 구나'를 새삼 느꼈어요. 우리 정말 노력 많이 했어요. 이제 농사꾼 다 되었어요. 이제 아주버님이 우리한테 졸업장 주세요. 정애야 박수 없니?"

정애가 일초도 지체하지 않고 두 팔을 위로 뻗어 올리며 소리 쳤다.

"숙모, 삼촌 만세"

용준 내외가 더 잘 찾을 수 없는 극찬의 단어를 총 동원하여 칭찬을 하고 있는데 정애가 끼어들었다.

"이 정애가 숙모 삼촌, 삼촌 숙모의 성공적인 귀향 스토리를 우리나라 모든 언론매체에 알려, 귀향희망자들에게 인터뷰를 알선하려 하는데 준비에 만전을 기하실 것을 부탁드립니다."

신애가 맞장구를 쳤다.

"한정애 선생님, 아니 정애 기자님, 잘 부탁드립니다."

용구의 성공적인 농사일을 가장 좋아하는 사람은 용준이었다. 동생이 객지에서 고생하는 것을 늘 안쓰러워 한 용준은 항상 동생이 다 집어치우고 자기와 같이 농사일을 보며 편하게 살기를 바라고 있었다. 동생이 별 탈 없이 흡족하게 농사일에 열중하여 행복해 하는 것을 보고 용준은 마치 양 한 마리를 멀리 보내고 항상 안쓰러워 노심초사 하다가 멀리 간 양이 돌아와 무리에 어울려 있으며 잘 지내고 있는 것과 같은 느낌을 가졌다. 용준내외는 저녁 때 되기 전에 돌아가고 정애는 숙모와 저녁준비를 했다.

"숙모, 진짜 할 만 해? 괜찮아? 계속할거야? 처음이니까 잘 몰라 얼떨결에 좋다고 하지만 계속 하면 힘들 텐데. 나는 작은엄마가 안쓰러워 자다가도 깨. 숙모, 이런 일 안 해 봤잖아."

정애는 숙모한테 자기 엄마에게 하는 말과 행동이 꼭 같았다. 그래서 존대 말 쓰기를 거부했다.

"정애야, 너 숙모를 우습게보면 아니 된다. 섭섭하다. 사람은 마음먹기야. 제도 속에서 뭐 하는 사람들은 언제 지 무덤 지가 팔지 몰라. 그런데 내가 직접 해 보니까 이 농사는 그런 거 없는 것 같아. 콩 심은데 콩 나고 팥 심은데 팥 나더라. 우리가 산전수전 다 겪어 보았지만, 결국 우리의 행복은 여기에 있다는 것을 깨달았어. 그런데 하나 해결 못 하겠는 게 있다."

"숙모, 작은엄마 뭐야. 내가 해결해 줄게. 말 해 봐."

"네가?"

"응, 숙모. 말만 해."

"정애야!"

신애는 정애의 손을 잡고 울기 시작했다. 눈물이 바닥에 뚝뚝 떨어졌다. 신애의 눈에서 눈물이 계속 흘렀다.

"숙모, 작은엄마 갑자기 왜 이래, 숙모!"

정애는 한 손으로 신애의 손을 잡고 다른 한 손으로는 신애의 눈물을 닦으며 신애의 얼굴을 쳐다보았다.

"정애야, 너 오늘 여기서 자고 가라. 이 숙모가 오늘 너와 같이 자고 싶다."

"그래, 숙모. 그런데 작은엄마, 왜 울어? 숙모답지 않게 왜 이래. 뭐가 있어?"

"정애야. 내 뱃속으로 낳은 자식이라야 정무 놈 하나 아니니? 그 놈이"

또 말을 못 하고 눈물만 흘렸다. 그제야 정애는 숙모를 감싸며 위로의 말을 했다.

"작은엄마, 숙모가 농사짓다 보니까 잘 된 놈 있고 잘 안 된 놈 있지? 잘 안 된 놈 어떻게 했어. 과감히 미련 없이 버리고 잘 된 놈만 골라 수확했잖아. 잘 된 놈 골라내는 것이 농사야. 작은 엄마, 정무 잊어버려. 그 애 이미 글렀어. 집 안 사준다고 부모 안 보겠다는 애, 애가 아니야. 자식이 아니야, 원수야. 잊어버리고 다시 생각 안하는 게 나아. 숙모와 삼촌이 어떤 일을 어떻게 겪어 여기까지 왔는지 나는 잘 알아. 정무는 아무것도 몰라, 알려고 하지도 않아. 내가 전화하여 삼촌과 숙모가 어렵다고 하니까, 나 보고 말도 하지 말래. 그래서 더 이상 말 안 했어. 그 애는 자식으로 안 치는 게 나아. 세상에, 삼촌과 숙모가 얼마나 애지중지 키웠는데 어쩜 그릴 수가 있어? 숙모! 내가 정무 몫 플러스 딸 역할 다 해 줄게. 작은엄마! 울지 마."

"정애야. 고맙다. 나는 너만 생각하고 살께."

옆에서 눈물을 글썽이던 용구도 한 마디 했다.

"여보, 정애 말 들어. 정애가 우리 옆에 있잖아. 당신이 정애 보고 싶으면 언제든지 정애한테 가. 안 말릴게."

"여보, 미안해요. 내가 애를 잘못 낳아 키워서."

"그런 말이 어디 있어."

"아이 참, 숙모, 말이 되는 소리를 해. 숙모가 왜 미안해. 숙모의 핸드폰은 내 꺼야. 전화 요금을 내 은행의 자동이체에 묶어 놓았으니까 숙모가 언제든지 전화해. 나도 숙모와 대화하면서 머리도 식히고 한숨 돌리며 일하게. 숙모, 약속이야."

"정애야 알았다. 그래 나는 너만 생각하고 살게."

"오케이 숙모, 브라보 삼촌!"

저녁을 먹고 세 식구는 오순도순 이야기꽃을 피우다 잠을 청했다. 신애 옆에 딱 붙어 누운 정애는 신애를 껴안으며 말 했다.

"작은엄마, 인간은 사회적 동물이라 주위 환경에 의해 좌우되는 것 같아. 정무는 그 환경에서 살도록 내 버려두고 우리는 우리 환경에서 우리 나름대로 편하게 살자. 응. 나 작은엄마 사랑해."

"정애야. 나는 너를 진짜로 사랑해. 오늘 여기서 같이 자 줘서 고맙다. 앞으로 자주 와."

"앞으로 자주 올게, 숙모도 나한테 자주 와."

신애와 정애는 서로 손을 꼭 잡고 잠에 빠졌다.

용구와 신애는 해가 갈수록 농사에 재미를 붙이고 익숙해지기도 했다. 유달리 모자랄 것도 남을 것도 없고 걱정될 것도 뽐낼 것도 없고, 자연과 더불어 편하게 사니까 한해가 쉽게 넘어가고 자연과 더불어 마음 편하게 사니까 두 사람은 건강도 좋아졌다. 한 해가 어떻게 넘어 가는지 모르는 가운데 용구는 환갑을 넘기고 신애도 환갑에 가까워졌다. 다만 일을 하는데 힘이 좀 드는 것이 점점 더 심해져 갔다.

45

용구가 일을 하다가 좀 쉬고 있었다. 쉬고 있는 용구를 보고 신애가 한 마디 했다.

"여보, 우리 여기 있으면서 잘 먹고 잘 자고 잘 지내고 있기는 한데, 그래도 병원에 그 건강진단 같은 거 한번 받아 볼 필요가 있지 않겠어요? 당신 출신 대학 대학병원에 한번 가 보세요. 당신, 요즘 좀 자주 쉬는 것 같아. 모르는 사이에 고칠 게 있는지 모르잖아요?"

"아이, 참, 나 잘 먹고 잘 자고 잘 있는데 뭘 검진을 해, 괜찮아. 당신이나 건강 잘 챙겨."

말도 못 붙이게 하는 용구를 어떻게 할가, 고민하던 신애는 정애한테 전화를 했다.

"정애야, 삼촌이 이제 환갑을 넘겼고 그동안 의사한테 가서 검사를 받아 본 적도 없고 해서 종합검진을 좀 받아 보라고 하는데 삼촌이 내 말을 안 듣는다. 네가 어떻게 설득을 좀 해 볼래? 아무 일 없겠지만 좋다는 것을 모르고 있기 보다는 알고 있는 것이 더 편하지 않겠니?"

"숙모, 하나 방법이 있어. 종합병원이나 대학병원에 가면 종합 건강검진 센터가 있어. 삼촌이 나온 대학병원에서는 졸업생한테 디스카운트도 해 줘. 숙모가 가서 종합검진 약속을 하고 와서 삼촌한테 돈 다 내 놓았으니 무조건 가야한다고 해. 약속을 해 놓았고 돈도 다 내 놓았으니 삼촌이 안 가고 못 베길 걸. 삼촌이 검진 받으러 가는 날, 내가 돈 보내드릴게. 기초검사는 얼마 안 해, 숙모."

"알았다 좋은 생각이다. 그런데 너 시집 갈 준비해야 하는데, 돈 막 그렇게 써도 되니?"

"숙모, 나는 돈이 안 드는 아주 신통한 시집을 갈 거야. 시집가는데 왜 돈이 필요해? 내 걱정 붙들어 매시고 어서 병원에 가서 검진약속하고 오세용."

"알았다. 정애야. 우리 정애, 역시 똑똑 해."

"내가 작은엄마 딸이라는 거 잊지 마, 숙모."

"알았다, 알았다. 우리 호적에 올려놓을게."

신애는 친구한테 다녀온다고 하고 용구모교 대학병원의 종합건강검진센터에 갔다. 검사종류가 여러 가지가 있었고 종류에 따라 검사비가 다 달랐다. 가장 기초검사만 하면 요금이 그리 비싸지 않았다. 기초검사를 하고 문제가 있는 부위가 발견되면 그 부분을 정밀검사한다고 하고 기초검사를 예약했다. 동창이라고 하니까 학번과 이름을 물어 보고 확인하며 상당히 할인한 가격으로 해 준다고 하여 건강검진에도 좋은 대학 혜택이 있다고 흐뭇해하며 돌아 왔다. 집에 와서 용구한테 일방적으로 명령 아닌 명령을 내렸다.

"여보, 오늘 사실은 친구한테 갔다 온 게 아니고, 여보, 내가 지금까지 살면서 당신한테 일방적으로 명령 한 적 있소? 당신도 내 말 안 들으니 나도 당신 말 안 듣고 일방적으로 내 마음대로 하고 왔소. 이것은 명령이오. 농담이 아니고 장난도 아니고 아내의 명령이오. 이

명령 거역하면 당신 각오해요. 나, 다시 안 볼 테니까."

"이 사람 봐, 어디 가서 무엇을 잘못 먹었나? 뭔데 이렇게 뜸을 드려?"

"오늘 내가 당신 대학교 대학병원에 갔었어요. 내가 당신 종합건강검진 예약하고 왔으니 무조건 내 말대로 해야 해요. 거역하면 나 당신 진짜로 안 볼거요. 돈도 내 놓았고 안내서도 받아 왔어요. 최소한의 기초검사만 받아 봐. 여보. 응, 부탁이야."

"알았어. 내가 당신 소원 들어 주는 거야? 당신이 내 소원 들어 주는 거야?"

"둘 다. 그래서 우리가 부부 아니요. 내 몸이 당신 몸이고 당신 몸이 내 몸이니까 당신 검사를 내가 예약하고 왔지. 뭐가 잘 못 되었소?"

"아니야, 당신이 옳아. 오케이, 나 당신이 하라는 대로 할게. 그런데 당신, 돈이 어디서 나서 미리 지불을 했어?"

"아! 정애하고 짜고 준비했지. 정애가 지불한다고 했어. 쌈짓돈이 주머닛돈이고 주머닛돈이 쌈짓돈이래. 요다음에 애 낳으면 나한테 갖다 맡긴데. 돈도 얻고 애도 얻고 양거 양득이라는 거, 당신 알아요? 바로 이런 거요. 어쨌든 9월 5일 오전 7시까지 당신대학 대학병원 검진센터로 가세요. 전날 오후 6시 이후에는 아무것도 먹거나 마시면 안 된 댔어요. 그 때 내가 다 챙겨드릴게요."

"여보, 고마워. 당신이 내 몸 까지 챙겨주고."

"내가 누군데? 당신 없으면 못 사는 사람이잖아요."

용구는 9월 5일 아침 7시 대학병원 종합건강검진센터에 도착했다. 이미 여러 사람이 와 있었다. 석장이나 되는 용지의 질문에 답하라고 하여 체크해서 냈다. 아무데도 아픈 데가 없다고 체크했으나 스트레스 등 정신적인 사항에 대해서는 좀 애매했다. 시간이 되자 곧 바로 검사에 들어갔다. 기초체력검사, 눈 검사, 청력검사, 초음파검사, 혈액검사를 위한 채혈, 가슴엑스레이 검사, 혈압검사, 심전도검사, 끝으로 건강 전반에 대한 교수 면담 등 여러 가지를 거쳤다. 혈액검사 결과가 나오면 당뇨 등 50여 가지 검사결과가 나온다고 했다. 일주일 후 전화로 결과를 알려 주거나 직접 와서 설명을 들으라고 했다. 가능하면 직접 와서 교수와 면담하고 설명을 듣는 것이 바람직하다고 했다. 검사에서 바로 나타난 결과로는 별 문제가 없는 것 같으나 우울증이 좀 있는 것 같으니 별도로 시간 내어 정신과 의사를 만나 보라고 했다. 별 문제가 없다고 하여 용구는 괜찮은 기분으로 돌아 왔다.

"여보, 검사를 했는데, 아무 일 없데. 혈액검사 등 자세한 결과는 일주일 후에 나온다고 하니 그 때 가 보면 되겠지. 아무 일 없을 거야. 당신이 보기에도 내가 얼마나 건강해. 쓸데없이 돈만 낭비하는 것 같아."

"건강하다는 것을 확인하는 것이 건강을 유지하는 비결이에요. 알았어요. 축하해요."

일주일 후 용구는 병원에 가고 신애는 큰 집에 갔다. 신애는 큰 집에서 정애와 같이 자고 다음 날 오기로 하고 갔다. 용구가 병원에 가서 결과를 알려고 하자 병원에서 복부 엑스레이에 이상한 것이 발견되어 검사를 좀 받아 보아야 하겠다고 했다. 용구가 간 곳은 일반 엑스레이 실이 아니고 정밀검사를 하는 엠 알 아이라는 정밀검사실이었다. 이 검사실에 와서 검사를 받는 사람들을 보니 대부분 병색이 확연해 보이고 어떤 사람은 병실침대에 누운 체로 검사를 받으러 왔다. 용구는 기분이 영 좋지 않았다. 큼직한 기계가 요란한 소리를 내며 누어있는 용구의 몸통을 훑어가고 있었다. 엠 알 아이를 마치고 건강검사실에 오니까 교수가 친절히 안내하며 엠 알 아이결과가 곧 나올 테니 조금만 기다리라고 했다. 그렇게 이야기를 듣고 보니 최근 속이 덥수룩하고 소화가 잘 안 되며 쉬 피곤하여 기력이 떨어진다고 느꼈다. 혹시 암이 아닌가 생각하니 소름이 끼쳐졌다. 이윽고 담당교수가 용구를 친절히 자기 방으로 안내하며 엠 알 아이 결과를 말해주었다. 췌장암이라는 것이었다. 교수는 더 이상 무어라 할 말이 없어 용구의 얼굴표정만 살폈다.

"그럼 어떻게 해야 합니까? 수술로 치료할 수 있습니까? 앞으로 얼마나 살 수 있습니까?"

"절제수술은 이미 늦었고 약물치료도 어렵습니다. 1년이 고비일 것 같습니다. 무어라 말씀 드려야 할지 모르겠습니다. 정말 안타깝습니다."

"알겠습니다."

병원을 나와 집으로 오면서 용구는 여러 가지 생각을 했다. 어떻게 해 보겠다고 갖은 애를 다 써 봐야 기껏 일 년 생명 연장인데, 억지로 생명을 연장하겠다고 할 기분이 아니었다. 쓸모없는 막장인생, 아무짝에도 쓸 수 없게 되어가는 애물몸통, 돈만 축낼 간병과 치료, 변명과 애걸만 남게 되는 신세, 누구한테 도움주기는커녕 부담만 주는 처지 등 어느 것 하나 더 살아야 할 이유가 없었다. 아들이 애를 태우며 안타까워 할 것도 아니고, 손자가 있어 그 놈이 크는 것을 보며 인생의 대물림을 즐길 수 있는 처지도 아니며, 돈이 있어 돈 관리나 상속 때문에 몇 년 더 살려고 해야 할 처지도 아니고, 부귀영화가 아까워 하루라도 더 살며 인생의 보람을 조금이라도 더 만끽할 수 있는 것도 아니었다. 하던 일이 값지고 안타까워 일을 좀 더 해야 할 것도 아니고, 신애를 사랑할 기력도 능력도 형편도 다 소진되어 버릴 형편이었다. 더 살아야 할 이유가 사실은 별로 없다고 생각했다. 오히려 더 살려고 발버둥 치면 신애와 큰 집 가족들한테 폐만 끼치는 것이 되고 돈만 낭비하게 될 것이라는 생각이 들었다. 어차피 인생 끝자락에서 죽지 못 해 사는 두더지 인생인데 호들갑 떨며 주위를 시끄럽게 할 필요가 없다고 느꼈다. 조용히 가는 것이 용구 자기한테도 좋고 신애한테도 좋아, 제일 바람직한 방법이 인생을 포기하는 것이라고 여기게 되었다. 항간에 행복의 조건으로 건강, 돈, 딸, 친구, 배우자라고 하는데 첫째 둘째가 있어야 셋째 넷째 다섯째가 조건이 되지, 첫째 둘째가 없으면 셋째 넷째 다섯째는 아무소용 없겠다는 생각이 들었다. 건강과 돈이 삶의 실체고 바탕이 되어 행복을 누릴 수 있는데 이것이 없으니 더 살면 살수록 신애한테 고생만 시키고 큰집 가족한테 실망과 안타까움만 더하게 할 뿐이었다. 삶의 의미 보다 죽음의 가치가 더 컸다. 사는데 대한 플러스 보다 마이너스가 더 컸다. 이것은 곧 죽음의 마이너스 보다 플러스가 더 크다는 것이었다. 냉정해지면 질수록 결론은 확고해 졌다.

용구는 우선 신애한테 알리지 않아야 한다는 생각과 죽기 전에 자기 몸을 어떻게 할 것인가를 면밀히 생각했다. 이제 살기는 글러지니까 어떻게 하면 신애한테 충격을 안주거나 적게 주고 조용히 갈 수 있을가, 그 방법을 강구해야 했다. 슬프면서도 슬픔을 감추기 위한 방법을 강구해야 하겠고, 이별의 아픔이 불가피하지만 최소화 해야겠다고 생각했다. '참, 어쩌면 이토록 기구한 삶이 되었나'생각하며 가능한 한 담담하려 노력하기로 했다. 겉으로 보기에 멀쩡하니 신애를 속이는 것은 문제가 아니 될 것 같은데, 끝을 어떻게 맺을가 면밀히 생각하고 또 했다. 신애도 신애고 큰 집 가족들한테 충격과 실망을 최소화 하는 방법을 강구하기로 했다. 그냥 집 나와 어디론가 가버리고 싶지만 가출신고를 하고 야단법석을 떨면 오히려 가족을 고생시킬 것 같고, 물에 빠지거나 사고를 내면 사후에 가족에게 누가 될 것 같아 그 방법도 내키지 않았다. 생각 끝에 용구는 자기 무덤을 자기가 파서 들어 가 스스로 생을 끝마치는 것이 최선의 방법이라고 생각하게 되었다.

오는 길에 사가지고 온 김밥 한 줄을 저녁으로 때우고 집 앞에 자리를 깔고 누워 하늘을 쳐다보니, 별들이 촘촘하고 별똥별이 가끔 밤하늘을 갈라놓기도 했다. '서울의 밤하늘과 너무나 다른 이 맑은 하늘의 저 많은 별들이 나를 이렇게 반겨주고 있는데, 왜 나는 그만 보고 저 하늘나라로 가야하나? 오 마이 갓! 저 하늘의 별들은 어떻게 해서 생겨 나 저렇게 빛나고 있는가? 지금이라도 맑은 공기에 아무 생각 없이 자연과 더불어 마음 편히 살려고 여기 왔는데, 왜 내가 살지 못하고 가야하는가? 애당초 자연에 순응하고 살았으면 무난히 잘 살 수 있었을 텐데, 제도 속에 들어가 유별나게 살아보겠다고 발버둥 치다가 이렇게 기구한 인생이 되고 말았구나 싶기도 했다. 스카이대학, 재벌, 유학, 사장 그 모두가 나를 이렇게 만들었나 생각하니 제도라는 것이 사람을 이토록 슬프게 할 수 있다는 생각도 들었다. 그러나 이미 때는 늦었다. 신이 있으면 의사가 말 못하는 이유나 듣고 싶었다. 용구는 시골에서 태어나 공부만 하고 일만 하느라 종교에 관심을 가져 본 일이 없었다. 종교의 필요성도, 빠져 들 계기도, 주위의 적극적인 권유도, 자연스러운 연결도 없었다. 실패를 거듭하며 헤맬 때도 누구하나 종교에 의지하라는 귀띔도 해 주는 사람이 없었다. 많은 사람들이 교회에 다녀도 용구와 신애는 교회에 갈 생각을 해 본 일이 없었고 시골집에서도 교회를 생각하는 사람은 아무도 없었다. 이 시점에서는 교회를 다녔으면 하는 후회 같은 것을 생각 할 여유를 부릴 처지도 못 되었다. 모든 것을 자기의 팔자소관으로 돌릴 수밖에 없었다.

두 발을 포개고 다리를 약간 구부린 상태에서 다리를 흔들며 하늘을 쳐다보니 자기도 모르는 사이, 무심한 노래 한 가락이 흥얼거려졌다.

해는 져서 어두운데 찾아오는 사람 없어
밝은 달만 쳐다보니 외롭기 한이 없다
내 아들 어디 두고 이 홀로 누워서
이일 저일 생각하니 후회가 막심하다.

고향하늘 쳐다보니 별 떨기만 반짝거려
마음 없는 별을 보고 말 전해 무엇 하랴
당신을 거기 두고 어떻게 가야 하나
내 무덤 내가 파서 잠들러 가누나

노래를 흥얼거리고 나니 허무한 생각이 머리를 스쳐갔다. 이일 저일 다 후회의 연속이었나 싶었다. 이 생각 저 생각 하다 보니 마음은 더 착잡해 졌다. 별은 빛나건만 내 마음과 몸은 병으로 또 후회와 절망으로 시들어 가고 있다고 생각하니 조 용필의 허공이 흥얼거려졌다.

꿈이었다고 생각하기엔 너무나도 아쉬움 남아
가슴 태우며 기다리기엔 너무나도 멀어진 아들
사랑했던 마음도 미워했던 마음도

허공 속에 묻어야 될 슬픈 아들 이야기
아내를 두고 혼자 가려니 갈 곳이 없어
내 무덤 내가 파서 스스로 들어가게 되누나.

다음 날 신애가 집에 와서 용구에게 검사결과를 물어 보았다.

"검사를 확인했어요. 어떻데요? 괜찮아요? 아무 일 없어요?"

"아무 일 없어. 내가 뭐랬어. 쓸데없이 돈만 날린다고 했잖아."

"아무 일 없다는 것을 확인하는 것이 중요해요. 축하해요. 당신 오래오래 사세요."

용구는 얼른 화장실로 가서 문을 잠그고 한 없이 눈물을 흘렸다. 울려고 해서 우는 것이 아니라 신애를 볼 수가 없어 눈물이 저절로 나왔다. 신애를 따돌리는 것이 쉽지 않을 것 같아 묘한 방법을 강구해야겠다고 생각하며 최대한으로 모르는 척 하기로 했다.

"여보, 내가 겉으로는 멀쩡한데 속으로 좀 허해졌어. 보약을 먹으면 도움이 될 것 같아. 우리 형편에 보약을 지어다 먹을 수는 없고, 내가 직접 산에 가서 약초를 캐와 정제해 먹으면 좋을 것 같아. 이제부터 내가 내 몸을 위해 약초를 캐서 정제하는데 시간을 보낼 거야. 당신, 말리지 마. 단, 모든 것은 내가 알아서 할 테니 당신은 그냥 구경만 해. 구경하기 지겨우면 농사 일 하던 거 그대로 하면 되. 좀 더 자주 정애한테 가서 있다 오는 것도 좋고. 나는 약초 캐서 정제하여 먹기에 바쁠 테니까. 당신의 이해와 협조를 부탁해."

"예, 맞아요. 요즘 당신이 좀 허약해졌어요. 일 하다 자주 쉬어야 하고 기침도 하고 식은땀도 흘리고. 전에는 안 그랬는데. 당신한테 보약이 필요해요. 그런데 당신이 보약에 대해 뭐 좀 알아요? 생전 약초를 캐 본 적이 없었잖아요."

"틈틈이 책을 보고 현지답사를 해 봐야지. '백문이 부려 일행' 직접 산에 가서 직접 내 눈으로 보고 확인하고 캐고 정제해야 진정 내 몸을 어떻게 할 수 있는 거 아니요. 신애 씨. 알겠어요? 나를 내 버려두세요. 예?"

"알았어요, 당신 몸 당신이 알아서 해요."

'그렇지 내 몸 내가 알아서 해야지' 맞는 말이었다. 용구는 산에 갖고 갈 장비와 재료를 구입했다. 호미, 삽, 곡괭이, 마대, 적당히 가늘고 긴 막대기, 스펀지, 강력본드, 칼 그리고 소주 몇 병. 문제는 적당한 지점을 찾는 일이었다. 흙이 부드럽고 습하지 않으며 땅을 깊이 1미터 이상 팔 수 있어야 하고 주위에 나무가 절려 있어 쉽게 노출되지 않아야 했다. 산의 경사도 가파르지 않아야 하고 향은 가급적 남향이면 좋겠다고 생각했다. 이 조건에 맞는 지점을 찾기 위해 매일 아침부터 저녁때까지 주위를 헤메고 또 헤멨다. 하루에 헤멜 수 있는 지점이 몇 개 되지 않았다. 모든 조건을 다 갖춘 지점이 쉽게 나타나지 않았다. 찾으러 다니는 도중에 제일 겁나는 것이 사람과 짐승이었다. 특히 멧돼지는 공포의 대상이었다. 어디에 있건 올라 갈 나무를 확인하면서 다녔다. 멧돼지가 나타나면 얼른 나무에 적어도 일 미터 이상 올라갈 준비를 하고 있었다. 어디서 뭐가 움직이는 소리가 들릴락 말락 해도 소름이 끼쳤다. 내 스스로 생을 마감하겠다고 헤매고 다니면서 왜 이리 겁이 많은가 생각하니 어처구니없기도 했다. 그러나 내 스스로 자리를 찾아 죽는 것 하고 놈에게 물려 죽는 것 하고는 차이가 있다고 생각도 했다. 용구는 매일 이산 저산을 헤매며 누울 자리를 찾는데 전력을 다 했다. 그렇게 넓고 넓은 산이지만 두 평도 안 되는 누울 자리가 쉽게 찾아지지 않았다. 자기 산이 있으면 그 안에서 적당한 지점에 묘를 쓰면 되는데 눈에 보이는 산 전체를 놓고 마땅한

지점을 고르려니 쉽지 않았다. 자기가 들어 간 곳이 노출되지 않아 산 주인도 모르게 하려고 고르고 또 골랐다. 거의 달포를 돌아다니고 있었는데도 마음에 드는 곳을 찾지 못했다. 기후는 변하여 낙엽이 들려 하고 기온은 급격히 떨어지기 시작했다. 용구는 좀 초조해지기 시작했다. 의사가 일 년밖에 못 산다고 했는데 겨울이 지나면 병색이 완연해 질 거고 그렇게 되면 식구들이 알게 되고 내 몸 내 마음대로 어찌할 수가 없게 되면 남에게 내 몸을 맡겨야 할지도 모르기 때문이었다. '몇 일내에 결판을 내야 한다, 아니면 아무데나 누워야 한다' 생각하며 열심히 찾았다. 비가 오고 난 며칠 후 용구는 원하던 지점을 찾았다. 노송 몇 그루가 에워싸고 있는 둔덕에 오리목 나무 가지가 무성하게 늘어져 주위를 덮고 있었고 향이 남향이며 흙이 부드럽고 건조한데다 돌이나 바위가 없어 1미터 정도 파는데 아무 문제가 없어 보였다. 그 지점을 종이에 그려가지고 집으로 왔다. 집에 와서 여느 때와 마찬가지로 신애한테 농담 반 진담 반 다음 날에 대해 말을 했다.

"여보, 오늘 저 쪽 산에서 꽤 크게 군락을 이루는 약초를 발견했어, 고놈들을 캐려면 아마 내일 하루 종일 걸릴 것 같아. 내일은 아침 일찍 가서 캐 가지고 저녁에 늦게 올 테니 당신은 큰집에 가서 있다가 정애와 같이 와서 약초 다려 먹도록 준비해줘. 그리고 저녁도 좀 잘 차려 놓고."

"알았어요. 내일 큰집에 가서 당신 잘 차려 먹일 여러 가지를 갖고 올게요. 정애도 데리고 올게요. 당신, 산 짐승 조심하세요. 혼자서 물리거나 하면 큰 일 나요. 아 참 동물은 쇠 소리를 내면 도망간대요. 뭐가 나타나면 호미나 곡괭이를 마구 두들기세요."

"알았어. 내일 약초를 캐려면 정력이 필요해. 그래서 오늘은 저녁 먹고 당신을 내일 아침까지 내 팔에서 놓지 않을 거야. 꼼작 말고 가만있어야 해. 당신의 기를 완전히 받아야 해. 알았지?"

"알았어요. 내일 큰집에 갔다 올게요."

다음 날 용구는 주위에 감춰 놓았던 기구와 재료들을 꺼내 갖고 그 지점으로 갔다. 흙을 파 보니 밑으로 내려 갈수록 더 부드러웠다. 비온 후라 습도가 적당했고 돌이 나오지 않아 다행이었다. 땅이 7도 정도로 경사지고 있어서 물이 잘 빠지면서도 가파르지 않을 것 같아 안성맞춤이라는 생각이 들었다. 누울 자리의 경사는 바닥을 어떻게 파느냐에 달려 있으니까 바닥의 경사는 문제가 되지 않았다. 우선 땅을 고르고 갖고 간 자로 가로 90센티 세로 180센티 재서 선을 그었다. 네 코너에 말뚝을 네 개 박아 놓고 끈을 10센티 높이로 둘러 쳐 묶어서 표시를 하여 누울 자리를 확정했다. 곡괭이로 찍어 놓고 삽으로 퍼내고 약간씩 울룩불룩 한 것은 호미로 다듬어서 맷맷하게 고르고 하여 마치 관이 들어 앉혀 있는 것 같이 만들었다. 나무 잎을 깔고 누워보니 몸 전체가 완전히 들어가고 근사한 자연관, 즉 땅 관 같이 느껴졌다. 일반 책상의 높이가 약 75센티 내외인데 1미터 깊이면 온 몸이 완전히 들어가고도 남는 깊이였다. 평평하게 고른 땅을 1미터가량 파 놓고 뚜껑을 만들기 시작했다. 나무막대를 긴 것 2미터 3개, 짧은 것 1미터 6개를 다듬었다. 근처에서 뜯어 온 칡넝쿨을 새끼나 끈처럼 줄로 하여 나무가 겹쳐지는 데를 동여매어 하나의 싸리문짝 같은 나무 판 떼기를 만들었다. 가로 1미터 세로 2미터짜리 싸리문짝과 같은 하나의 덮개를 만들었다. 이 문짝 가상 자리에 스펀지를 잘라 강력본드로 붙였다. 그리고 파 놓은 자연관 가상 자리에 스펀지를 잘라 강력본드로 붙였다. 그래서 싸리문짝 같은 덮개에 붙어 있는 스펀지와 자연 땅 관에 붙인 스펀지가 맞닿아 공기가 새지 않도록 했다.

싸리문짝처럼 된 문짝을 덮개로 하기 위해 자연 땅 관 위쪽 끝에 나무막대 세 개를 박고 이 문짝의 끝부분을 이 막대에 묶어 열리고 닫히게 하였다. 완전히 들쳐 열 필요는 없지만 사람 몸 하나 들어 갈 여유 즉 50센티 정도 문짝 밑쪽을 들칠 수 있도록 만들었다. 마대 여섯 개에 흙을 반 쯤 넣어 흙 들은 마대를 평평하게 했다. 싸리문짝 같은 이 덮개 위에 흙을 평평하게 해 놓은 마대 여섯 개를 얹었다. 공기가 새지 않고 밀폐되도록 하였다. 파 놓은 자연 땅 관으로 사람이 간신히 들어 갈 정도의 높이로 문짝 아래쪽을 열고 나무 막대로 받쳤다. 그리고 이 막대의 중간에 끈을 매었다. 이제 용구가 이 틈새로 들어가려 했다.

하루 종일 작업을 한 용구는 배가 고프고 목이 마르며 지칠 대로 지쳤다. 갖고 간 소주를 그 안에 집어넣고 용구는 무너지지 않게 조심하여 간신히 받쳐 놓은 나무 막대 옆으로 들어가려했다. 이 세상에서 저 세상으로 들어가는 황천길이었다. 삶을 마감하고 죽음을 맞으러 가는 운명의 행차였다. 가족을 하직하고 몰래 혼자 죽으러 가는 인생도피의 막장이었다. 가족에 대해 피해를 최소화 하는 비정상 무덤을 스스로 파서, 수의도 입지 않고, 이 세상 누구 보다 가장 편안하게, 자기가 만든 자연 흙 땅 관에 스스로 들어 가, 고요히 눈을 감으려는 의연한 자결 길이었다. 이 하직의 길에 사람이라고는 그늘도 없으니 장례의식이나 부고 또는 산소표시가 전혀 없었다. 이 모든 것이 자기 무덤 자기가 파서 자기가 스스로 들어가 스스로 생을 마감하는 독특한 인생하직 행사였다. 이 행차를 주관하고 안내하는 이는 하늘과 땅 뿐이었다.

사람 몸 하나 틈 새로 자연 땅 관에 살며시 들어 간 용구는 오리목 잎이 깔려 있는 자연 땅 관 바닥에 엎드려 소주를 까서 마시기 시작했다. 한 병 두 병 목마름이 가실 때까지 마시고 또 마셨다. 빈속에 들어 온 소주는 마취역할을 하면서 용구로 하여금 세상만사를 자연스럽게 잊게 만들었다. 취하여 정신이 몽롱해지기 시작했다. 용구는 자기가 들어가기 위해 뚜껑을 열어 바쳐놓았던 막대기의 끈을 잡아 당겼다. 문은 '탁' 하는 소리와 함께 굳게 닫혔다. 용구가 이 세상에서 저 세상으로 가는 출발의 신호였다. 위에 얹은 포대의 흙 무게가 덮개 문을 계속 짓눌렀다. 아래위로 붙여 놓은 가상 자리 스펀지가 완전히 딱 달라붙어지고 외부공기는 더 이상 새어 들어가지 않았다. 자연 땅 관 구덩이 속의 공기는 점점 희박해지고 용구가 숨을 쉴 수 있는 공기는 점점 줄어들어갔다. 시간이 지날수록 탄산가스는 늘고 산소는 줄어들었다. 산소의 감소가 용구의 목숨을 재촉하고 있었다. 술에 취해 잠이 든 용구는 점점 숨을 멈추어 갔다. 자연수면에서 황천수면으로의 시간은 길지 않았다. 용구는 세상에서 가장 저렴하고 편한 독자적인 저승길로 갔다.

밖에서는 노송가지가 용구의 영혼을 달래며 주위를 살피고 있고 오리목나무 가지와 잎이 용구의 무덤을 가리며 덮고 있었다. 멀리서 들리는 산새 소리만이 용구의 슬픈 영혼을 달래었다. 그 속에 용구가 들어 있다는 것을 말해 주는 생물은 어디에서도 찾아볼 수 없고, 오리목 가지와 잎이 용구의 묘 아닌 무덤을 덮고 있다는 것을 말해 주는 것은 주위의 우거져 내린 노송가지뿐이다. 이제 용구를 지켜주는 이는 비바람에 흔들거리는 노송과 주위를 날아다니는 산새들 그리고 계절이 지날수록 쌓여가는 오리목 나뭇잎 만이다. 용구의 파란만장 인생은 이러한 운명의 장난으로 끝이 났다. 부모의 산소를 잊지 않고 찾아오겠다고 표시를 하고 또 하는 여느 자식들과 달리, 용구의 무덤은 천지가 개벽을 해도 찾을 수 없게 된 자연 묘가 되어 버렸다. 찾을 생각을 하지 않을 정무를 외면해선가, 같이 가겠다고 나설 신애를 떼놓기 위해선가, 용구는 영영 말이 없다. 어머니뱃속에서 무의식으로 생겨나 60여년 후 한줌 무의식의 흙으로 돌아간 그의 일생은 그저 일촌극의 자연현상에 지나지 않았다. 인생이란 허무로 시작하여 허무로 끝나는 허무한 과정이라는 것을 용구를 바라보는 노송이 말해 주고 있었다.

신애는 정애와 같이 큰집에서 챙겨주는 쌈 야채와 삼겹살 그리고 동네사람들이 건네주는 과일을 잔득 싸들고 집에 와서 저녁준비를 했다. 저녁준비를 하면서 신애는 삼촌이 약초를 캐러 다니는데 짐승이나 독버섯 독풀 등에 위험하지 않을 가 염려가 되어 정애한테 물어보았다.

"정애야, 삼촌이 무사히 들어오시겠지?"

"작은엄마, 삼촌이 그렇게 다닌 지 얼마나 되었어?"

"오래 되었어. 그래도 혼자 다녀서 항상 마음이 안 놓여."

"아이, 삼촌이 많이 다니셨으니까 알아서 다니시겠지. 걱정 마, 숙모."

그래도 정애와 이야기를 나누고 있어서 신애는 편하고 안심되며 위로가 되었다. 그런데 저녁때가 지나고 어두컴컴해지는데도 용구는 오지 않았다. 날이 저물고 밤이 깊어 가는데도 용구는 나타나지 않았다. 용구가 전화기를 갖고 있지 않아 연락할 방법도 없고 누구한테 물어 볼 수도 없으며 깜깜한 밤에 어디로 가 볼 수도 없었다. 신애는 애가 탔다.

"정애야, 왜 삼촌이 안 오시지? 어떻게 할 수도 없고, 어떻게 하면 좋니? 정애야."

신애는 안절부절 못하며 발만 동동 구르고 있었다. 정애도 어찌할 도리가 없어 무어라 할 수도 없었다. 산에 간 삼촌을 119나 경찰에 연락하여 찾아달라고 할 상황도 아니었다. 두 사람이 발을 동동 구르고 있는데 정애가 텔레비전 앞을 보더니 숙모를 불렀다.

"작은엄마, 저게 뭐야? 왜 텔레비전 앞에 편지 봉투가 있지?"

정애가 봉투를 집어 신애한테 건넸다. 봉투 안에 편지가 있었다. 눈이 동그래진 신애는 봉투를 열었다. 하얀 A4용지에 정자로 쓴 글씨가 용구의 편지임을 신애는 금방 알아 차렸다. 편지를 읽기 시작한 신애는 서너 줄 읽다가 편지를 떨어뜨리고 까무러치며 쓸어졌다. 정애가 숙모를 큰 소리로 부르며 일으켜 앉혔다. 신애가 모기 목소리로 정애를 불렀다.

"정애야, 이거, 이거 좀 봐."

정애가 삼촌의 편지를 읽었다.

여보,

미안하오. 먼저 가서 미안하오.

사실은 내가 암 말기라 더 이상 살수가 없소.

나, 더 살기 싫소. 그래서 먼저 가오. 당신한테 미안하오.

당신과 큰집 식구한테 폐 끼치지 않기 위해 내 무덤 내가 파서 편하게 가오.

나를 찾을 생각 하지 마오. 찾는 거 불가능하오. 제사 같은 거 생각지도 마오.

당신한테 정말 미안 하오. 큰집에 가서 정애와 행복하게 지내요. 부탁이오.

여보, 사랑해요.

피 에스: 정애야, 미안하다. 숙모 곁에 있어주기 바란다.